Anna Maxted

Zoete
wraak

 DE KERN

Zoete wraak

Heren, zo hoort het dus niet.

BOEK EEN

LOS ANGELES, 1996

Emily

Het was halfelf 's ochtends en Emily lag naakt op het luchtbed. Met de favoriete suède jas van haar moeder als handdoek dobberde ze rond in het oneindig grote zwembad. In haar hand hield ze een groot glas ijskoude Baileys. Het eerste wat ze deed als ze terugkwam was Quintin opdragen om drie ijsblokjeshouders vol te gieten met haar favoriete drankje en die in de vriezer te zetten, want er was niks zo erg als warme Baileys of waterige Baileys. Ze nam een trekje van haar vijfde sigaret van die dag en staarde naar de eeuwig blauwe lucht van LA.

Alles: perfect.

Ze vond het fijn om de wereld ondersteboven te bekijken, zeker als alles zo prachtig was omringd door roze en rode bloemenrandjes die elke suggestie van lelijkheid uitwisten in de heuvels van Hollywood – muren, palen, hekken en, misschien zelfs, mensen. Ze vond het een prettige gedachte dat onzichtbare teams dag en nacht zwoegden om alles wat zij bekeek mooi te houden. Ze hield van de rust. Het enige geluid dat ze hoorde was het zoemen van de helikopters; de paparazzi die achter de sterren aan zaten, of natuurlijk de sterren zelf in hun eigen helikopters. Ze genoot ervan dat het zomer was en dat mama weer had meegedaan aan de jaarlijkse leugen dat Emily als 'stagiair' aan de slag was in het Beverly Grand.

Het was maar goed dat mama meer hield van het idee van een dochter dan van Emily in levenden lijve, waardoor ze elke mogelijkheid aangreep om zo ver mogelijk bij haar uit de buurt te blijven. Mama was niet geïnteresseerd in mensen van onder de achttien. En tegen de tijd dat Emily oud genoeg zou zijn om haar interesse te wekken, zou het al te laat zijn.

9

Voor mama was dit gewoon weer een van Emily's LA-avontuurtjes, waarin ze kon drinken en roken en coke snuiven in het enorme huis aan de Mulholland Drive, terwijl ze zogenaamd in het hotel van haar vader werkte. Zolang mama zelf maar geen *getuige* hoefde te zijn van haar wandaden en niet werd gedwongen om zich als een zorgzame ouder op te stellen, en zolang ze maar iemand kon betalen om alle sporen van illegale handelingen uit te wissen, was mama alleen maar blij dat ze een veertienjarige dochter had die intelligent genoeg was om zichzelf te kunnen vermaken.

Het was irritant om onderschat te worden, maar dat zou niet lang meer duren. Tot die tijd was het gebrek aan interesse van haar ouders erg handig. De kroon op haar levensplannen – het versieren van haar beste vriend Timmy – zou die middag in alle rust volbracht kunnen worden.

Timothy Rupert Peregrine Giles, erfgenaam van de vijftiende graaf van Fortelyne, was zeventien jaar oud en op Gordonstoun werd hij keurig voorbereid op een levenslang verblijf in de warme armen van de aristocratie. Hij was charmant, slim, en hij kon zich uit elke sociale situatie redden; hij kon goed roeien, was een geslaagde rugbyspeler en – aangezien hij op zijn zevende van zijn moeder was gescheiden en slechts kort met haar had samengewoond sinds hij was gaan puberen – hij wist helemaal niets van vrouwen.

Tim had geen idee dat als een meisje Lanikai Beach op Hawaï aanraadde als de beste plek om te surfen – meerdere keren, gedurende meerdere maanden, tot hij ervan overtuigd raakte dat het zijn eigen idee was – dat zij misschien wel eens andere motieven zou kunnen hebben. Hij was het type leuke maar frustrerende man; een man die geen idee heeft wie het goed of slecht met hem voor heeft, omdat hij zich verbeeldt dat slechte intenties aan een vrouw zijn af te lezen.

Maar zijn naïviteit en vriendelijke karakter waren een enorm pluspunt voor Emily. Ze zou wachten tot hij een ticket naar Hawaï had geboekt en dan tegen hem zeggen: 'Joh, dan zit ik net in LA. Kom gezellig langs voor een weekend. Ik stuur het vliegtuig wel.'

Ze wist dat een zeventienjarige jongen *haar* misschien nog wel kon weerstaan (bizar genoeg), maar dat hij 'het vliegtuig' nooit zou kunnen weigeren.

Tims familie had bakken met geld maar, tot Emily's ongenoegen, geen idee hoe ze het uit moesten geven. Die roestbak van een Land Rover waar ze in rondhobbelden! Die afgrijselijke veel te wijde groene ribbroeken waar zijn moeder Pat – een *gravin!* – altijd in rondbanjerde! Als ze al vlogen, dan vlogen ze met een *chartervlucht!* Met die vieze eeuwenoude bekleding! En die feestjes van hen! Ze waren niet tevreden als er geen grote, tochtige partytent aan te pas kwam waar hun gasten tot hun middel in de modder stonden; vreemdsoortig nonchalant ook als het op de kwaliteit en kwantiteit van het eten aankwam.

Dus vloog het privévliegtuig naar Hawaï en reed de Maserati naar het vliegveld om hem op te pikken. Voor zover hij wist bleef hij 'een weekend', een bekend begrip voor hem, aangezien bijna alle rijke mensen die ze kenden hun weekenden in hun kastelen doorbrachten met hun gasten, die geacht werden vogeltjes en konijntjes dood te schieten, eindeloze wandelingen te maken, kaartspelletjes te spelen en deel te nemen aan een groot aantal andere doodvermoeiende activiteiten, van zonsopgang tot zonsondergang. God verhoede dat ze ooit een rustig weekendje lekker konden hangen, naar muziek konden luisteren of tv konden kijken.

Dit weekend – *haar* LA-feestweekend – werd heel anders. LA was gemaakt om te feesten, anders dan Engeland. In Engeland was een feest geven bijna onmogelijk; het weer zat tegen, het verkeer en het feit dat je gasten liever thuisbleven, of bij de buren op visite moesten.

Emily glimlachte. Ze had haar eigen partyplanners geregeld, mensen die diepgeworteld waren in het *nu.* Zij hadden de parkeerservice verzorgd en de vergunningen. Zij hadden de buren op de hoogte gebracht, met enorme boeketten – ze wilde natuurlijk niet dat de politie op de stoep zou staan. Zij hadden de barmannen, de beveiliging, de cateraar, de verzekering en de verhuizers voor de kunstwerken – alsof haar dat iets kon schelen, maar *hun* wel – geregeld en ze hadden zelfs aangeboden om een stuk of twintig modellen te betalen om rond middernacht naakt in het zwembad te duiken.

Ik bedoel, als je het toch over het *allerslechtste* plan ooit hebt! Maar het idee van die limousinedienst naar de Hills was een goed idee, aangezien de meeste gasten niet konden rijden. Het feest zou mama negenhonderdduizend pond kosten, plus nog een ton omdat Emily haar vrienden uit Londen liet overvliegen. Ze schaamde zich dat ze hen businessclass met Virgin moest laten vliegen (ze vond het vreselijk om als een pauper over te komen) maar ze zouden met geen mogelijkheid allemaal in het familievliegtuig passen. Bovendien was dat gereserveerd voor Timmy en er was dus geen alternatief.

Ze had de gastenlijst met zorg samengesteld. Haar eigen groep was behoorlijk cool, en Leonardo was uitgenodigd, en Johnny – ze wenste vurig dat hij zijn vriendin niet meenam. Het was natuurlijk ongelofelijk vervelend dat de bar alcoholvrij moest blijven, maar ze wilde Quintin niet met problemen opzadelen omdat hij alcohol aan minderjarigen schonk. Bovendien had ze een geheime alcoholvoorraad voor de gelukkigen en, als *hommage* aan Johnny, had ze de jacuzzi met vintage champagne laten vullen. Ze *moest* een *paar* dames van de A-lijst uitnodigen, dus had ze voor Alicia en dat meisje Ricci gekozen – ze mochten natuurlijk niet te veel *afleiden.*

De dj's, Sasha en John Digweed – *zo* cool – ze vond het *geweldig* dat je zo lekker *jezelf* kon zijn bij die trancemuziek, en ze werd er *zo* opgewonden van. Ze zouden iedereen van de dansvloer blazen. En *zij* zou Timmy van de dansvloer blazen.

'Quintin!'

'Het is elf uur, Emily, er wacht een verzameling beeldschone outfits op je.'

Ze had ze een week eerder uitgezocht, bladerend door *Vogue*: 'Doe dat maar, en dat, en die.'

'Dank je, Quintin!'

Ze hield van Quintin. Ze vroeg zich af of haar moeder meteen toen ze hem zag doorhad dat hij homo was. Het was best cool om homovrienden te hebben. Om een echte homoseksueel te kennen. Officieel was het 'zijn' feest, en hij had er alles aan gedaan om het tot een succes te maken. Hij kende de beste schoonheidsspecialistes; haar wenkbrauwen en bikinilijn waren onvoorstelbaar mooi, en die massage met hot stones – 'Dat voelt alsof je net seks hebt gehad,' zei hij, waarna hij zijn hand voor zijn mond sloeg. Ze glimlachte, ze vond het heerlijk dat hij haar als volwassene behandelde.

Ze was helemaal door de mangel gehaald, met olie ingesmeerd, in zeewier gepakt en uitgerekt met pilates tot ze er bijna aan bezweek. Ze vond die ondergrondse sportzaal maar niks – zo leek het huis net op het Hyatt Hotel – maar ze had vijftien kilometer op de loopband gerend. Haar tanden waren maagdelijk wit en haar huid was prachtig gebronsd (die arme mama vond dat het 'sexy' was te zonnen tot je de kleur van een hotdog had). Ze was elke ochtend gaan joggen op de Runyon *en* ze kon nu de hele lengte van het zwembad onder water zwemmen.

Emily durfde nu wel te wedden dat niemand ooit beter voorbereid was geweest op een rondje orale seks.

Ze dronk haar laatste slok Baileys, zwom naar de zijkant en rende de trap op. De Mexicaanse tuinman vocht tegen de natuur om de andere kant op te kijken. 'Geef je ogen maar lekker de kost, hoor!' riep ze terwijl ze langs rende.

Quintin had de kleren op haar bed uitgestald. Tussen de kleine prachtige lappen stof die doorgingen voor jurkjes lag een zwarte minikimono van Galliano. Misschien kon ze die aan met de wonderbra, de zwarte netkousen, jarretels en een rood met zwart veterslipje van Topshop? En niks kon op tegen zwarte Prada-hakken. Donder op met je heroïnechic – zij voelde veel meer voor prostitueechic. Zeventienjarige jongetjes waren helemaal niet zo kieskeurig, waarom zou ze hem in verwarring brengen.

Dit was het plan. Ze zou de chauffeur met de Merc op pad sturen om een burger met friet voor haar te halen. Die zou ze liggend op de bank opeten, met MTV op de tv terwijl om haar heen aan het feest werd gewerkt. Quintin kon de vragen wel afhandelen en Timmy zou er pas om acht uur zijn. Om klokslag vier uur zou ze douchen en haar kapsel en make-up doen. De airconditioning moest echt op vrieskou staan – gelukkig was mama er niet zodat ze ook niet de hele tijd zou schreeuwen: 'Doe *godverdomme* die deuren dicht!' Mama hield van professionele visagisten, hoewel ze haar altijd omtoverden tot een travestiet. Emily zou echt nooit een van die clowns in de buurt van *haar* gezicht laten komen!

Ze at, sliep, werd wakker en keek in de spiegel; FUCK, haar oogleden waren OPGEZWOLLEN. Opgezwollen als een GEK.

'Quintin! Quintin, kom nu, help!'

Quintin kwam als een ware held de kamer in strompelen met een zeventiende-eeuwse stenen Boeddha.

Een noodpakket van ijsblokjes en komkommerschijfjes beperkte de schade. 'En het is van levensbelang dat je vanaf nu recht overeind blijft staan, en wat je ook doet, niet huilen.' Tegen zessen was ze voldoende afgekoeld om zich aan te kleden. Ze floste, poetste haar tanden, knipperde door het prikkende gevoel van het mondwater. Toen stak ze een peuk op. Ja, luister eens, daar had je toch kauwgom voor.

'Erg *Pretty Woman*,' mompelde Quintin terwijl ze een rondje voor hem draaide.

Stom genoeg was ze zenuwachtig. Tim had niet gebeld – had hij het nummer van de vaste telefoon wel? Hij had haar mobiele nummer, maar de ontvangst was waardeloos hier in de Hills. O, die jongens, ze belden ook nooit – ze kwamen gewoon. Ze rende terug naar haar slaapkamer, snel even snuiven; *nu* voelde ze zich perfect. Ze schonk nog een Baileys in voor zichzelf en liep toen naar het dakterras waar ze neerplofte op een strandstoel om door haar Chanel-zonnebril naar het geweldige uitzicht van de San Fernando Valley en de bergen van San Gabriel te kijken, bijna paars bij de ondergaande zon. De oceaan was een dunne, kalme lijn. Het was moeilijk om stil te zitten, dus sprong ze op, stak een peuk aan en ging hallo zeggen tegen Sasha en John.

'Ik vind jullie werk fantastisch,' zei ze, terwijl ze nonchalant met haar haren zwaaide.

John knipoogde naar haar en zei: 'Dank je, meisje.'

Hij was leuk op een vuige manier, als een bouwvakker. Ze kwam er niet uit of ze nou beledigd moest zijn of juist gevleid, dus kirde ze: 'Tot later,' en liep parmantig weg.

Het huis zag er wild uit. Ze hadden fout-maar-gave fluorescerende lichten bij de poorten geplaatst, en het woord *Believe* werd in enorme witte sierlijke letters op de bodem van het zwembad geprojecteerd. Later op de avond zou het bad veranderen in een groot bubbelbad (de bubbels in kleuren naar keuze, zouden gegarandeerd met zonsopgang weer zijn verdwenen, zonder een spoor achter te laten). Het was ze gelukt – hoe ze het deden in de duisternis begreep ze totaal niet – om het licht te breken in zijn oorspronkelijke kleuren; het eindresultaat was dat het hele huis een enorme massa aan regenbogen was. De pagode was ontdaan van zijn meubels en deed nu dienst als openlucht-dansvloer. De citroen-, vijgen-, perziken- en grapefruitbomen waren vol gehangen met glinsterende kristallen tussen het fruit. En overal hingen witte bloemen.

O, en ze hadden de tennisbaan omgetoverd in een ijsbaan.

Ze keek naar de openluchtjacuzzi, knielde neer als een kat voor een schoteltje melk, en dronk eruit. Jeetje! Als je nog nooit Champagne uit een jacuzzi had gedronken, dan had je gewoon niet *geleefd*. Emily kwam overeind, gooide haar hoofd achterover en bulderde van het lachen. Hoewel...

'Quintin!'

'Mylady?'

'Breng alsjeblieft tien flessen crème de cassis.'

Ze gooide de flessen leeg in de jacuzzi, giechelend, en keek hoe het bad veranderde in een felroze kleur. *Dit* was het helemaal, man! En denk maar niet dat ze Johnny niet aan de kant zou zetten om dichter bij Tim te komen. Hoewel, het was best vies. Ze vond het niet erg om haar lichaam onder te dompelen in Depps lichaamssappen, maar in die van zijn *vriendin*? Echt niet.

Nee, de jacuzzi moest worden afgezet met zo'n geel-zwart politielint. Ze vroeg aan Quintin om het te regelen en liep naar de bar. Alles alcoholvrij. Amerikanen waren zo bang voor drank dat het illegaal was om te drinken tot je *eenentwintigste*, maar als je een wapen wilt, prima! Dus zouden haar gasten maar high moeten worden van de drugs.

Eten was er in overvloed: sushi van Katsu-ya – hun tempura garnalen waren echt om een moord voor te plegen; *fish & chips* van Fords – die saus van hen is echt *fantastisch*, maar, zucht, vanavond maar beter *geen* knoflook; chocoladefonteinen; standjes met suikerspin; milkshakes van Fosselman – de allerlekkerste, zeker de cookies & cream; en uiteraard cakejes van Dainties. Ze moest zich inhouden, ze had belangrijker dingen aan haar hoofd en – omijngod, de limo's kwamen er al aan. Ze schreeuwde het uit van vreugde toen ze haar meiden zag, die allemaal terugschreeuwden. Haar feestjes waren altijd wel een flinke schreeuw waard. De Britse jongens liepen rond met hun handen in hun zakken, en deden hun best om niet onder de indruk te lijken. De Amerikaanse jongens riepen allemaal hetzelfde: 'Jezus man, dit is echt *geniaal!*' Er werd veel in de lucht gezoend en de muziek stond op vol volume. Het zou een *super* avond worden.

Maar waar was Tim?

Leonardo kwam met een gevolg van vijftien mensen. Hij was schattig, niet zo gedrongen als op het doek, maar hij bracht het merendeel van de tijd door in een klein groepje, of spelend met zijn mobieltje. Ze haalde lieftallig haar schouders op en zei: 'Ik denk dat je een feestje in de stad moet zoeken.'

Lijntjes vrolijkten haar op, en ze moest een glas jacuzzidrank testen om er zeker van te zijn dat het drinkbaar was, en die tempura garnalen, hoe verslavend! Hé, en daar was haar favoriete jongen, Barney: half bekakt, opgewekt slonzig, zo loyaal als een hond, *altijd* geil (hij had het geprobeerd bij haar moeder en zij wilde echt, maar dan ook *echt* niet weten of het hem was gelukt). Barney stond erop dat ze de chocoladefontein zou uitproberen. Maar in plaats van een roze marshmallow, doopte hij zijn piemel in de fontein.

Ze gilde van het lachen. 'Rot toch *op*, Barney, ik weet niet waar die allemaal heeft gezeten – of eigenlijk juist wel!'

Maar plotseling wilde ze niets liever dan hem pijpen. Meisjes als zij stuurden niet zomaar hun vliegtuig naar iedereen toe. Hoe *durfde* Tim haar te weigeren. Ze had maanden werk aan de voorbereiding gehad, om nog maar te zwijgen van de negenhonderdduizend pond, en dat allemaal voor wat orale seks!

Goed. Nou. Dan deed ze het maar met iemand anders, iemand die het *wel* kon waarderen. Ze keek Barney aan met haar allerbeste pruillip, en...

'Hi, eh. Cool feestje, man.'

Ze draaide zich om, haar ogen glinsterden en Barney verdween tactvol naar de achtergrond.

'Tim.' Ze *moest* wel lachen. 'Tim, jeetje, man, je hebt het vast *snikheet*!' Hij droeg een vale zwarte spijkerbroek, cowboylaarzen, een roze shirt onder een witte wollen trui en een grote rode sjaal met ingeweven gouddraad om zijn nek. 'Dit is LA, Tim, niet Edinburgh.' Ze grinnikte en liep om hem heen, terwijl ze zijn sjaal van zijn nek rolde. 'Je moet wel wat huid laten zien.'

'Ik weet niet,' zei hij. 'Er schijnt hier een ijsbaan te zijn.'

'Tja, dit is Hollywood. Er zal toch iemand zijn been moeten breken.' *Shit*. Ze was ook zo zenuwachtig. Wat een *suffe* grap was dat.

Ze zwaaide naar Quintin, die voor de drank zorgde, en drukte een illegale whiskycola in Tims hand. 'O, trouwens,' zei hij. 'Echt heel erg bedankt voor de lift. Dat was echt heftig.'

'Bedoel je dat er turbulentie was?' plaagde ze. 'Want dat kan ik echt niet toestaan.'

Hij bloosde en liet zijn haren over zijn ogen vallen. 'Alleen in mijn hart.'

Ze voelde haar hart verfrommelen als een zakdoekje. Arme jongen, hij was zo naïef. 'O, Tim,' zei ze terwijl ze met haar hand door zijn haren streek. 'Je bent zo... mooi.' Ze pakte zijn hand vast. 'Kom eens mee. Ik moet je iets laten zien.'

Ze liepen de trap af naar het lagere dakterras, waar de afgeschermde jacuzzi stond. De hele binnenstad van LA spreidde zich als een magisch tapijt voor hun ogen uit.

'Mooi uitzicht, hè?' zei ze.

'Ik heb liever dit uitzicht,' antwoordde hij terwijl hij in haar ogen keek. O nee. Onder geen beding mocht ze in de lach schieten.

Quintin had ergens een bord vandaan getoverd met 'LEVENSGEVAARLIJK' erop, boven een tekening van een voorover liggend mannetje met een bliksemschicht richting zijn nek. Em schopte het aan de kant. Ze ging beheerst op de grond zitten en zei: 'Ik wil geen natte voeten.'

Langzaam knielde Tim neer voor zijn koningin en haalde haar schoenen van haar voeten. Het was oké – ze had haar voeten grondig bespoten met deodorant. Hij ademde zwaar. Ze sloeg haar Kir Royale achterover; ze gooide haar hoofd te snel in haar nek waardoor haar ogen begonnen te dansen. Ze voelde zich vreemd, gespannen, maar niet op een prettige manier. Gefrituurde garnalen en wit poeder, dat ging niet samen– *onthoud* dat voor de volgende keer. Ze stond op het punt om Tims schoenen uit te trekken, toen ze zag dat hij *al* zijn kleren uit had, op zijn boxershort na.

Hij grinnikte: 'Laten we gaan bubbelen.'

Ze stond op en zonder een woord te zeggen trok hij aan haar sjerp. De zwarte minikimono viel open en ze schudde hem van zich af. Tims mond viel open toen hij haar zo zag staan, in haar kleine slipje, haar jarretels en haar wonderbra. Hij trok haar naar zich toe en hun lippen troffen elkaar in een harde botsing. Tot haar verbazing nam hij het initiatief.

'Je kunt goed zoenen,' zuchtte ze, en hij antwoordde: 'Er zijn dingen die ik nog beter kan.'

Zijn lid drukte hard in haar buik, en ze voelde een knoop van opwinding in haar maag. 'O, schat,' zuchtte ze terwijl ze haar benen om zijn middel vouwde. 'Ik ben nog maar een klein meisje, hoor.'

Dit was het moment om hem te pijpen... het ideale moment, maar haar maag speelde zo op. Ze leunde achterover terwijl hij voorover leunde, hij achtervolgde haar om haar te kussen, en, schreeuwend, vielen ze achterover in de jacuzzi.

'Mijn haar,' gilde ze, waarna ze een mondvol Kir Royale binnenkreeg.

'Lachen, dit!' gorgelde Tim toen hij bovenkwam. Hij trok haar weer onder. Maar ze kon van het lachen niet meer kussen, waardoor er champagne in haar neus kwam. Sputterend kwam ze weer boven, net als hij. Haar ogen prikten, maar ze was zo dronken dat ze niet kon stoppen met lachen, en hij ook niet.

'Hou op met lachen,' zei ze terwijl hij met zijn lippen naar haar tepels zocht. *Pats!* Elk gevoel werd uitvergroot en lekker was dat niet. 'Ik ga je'... Het was moeilijk om zich te concentreren. Ze wist niet zeker of ze wel zo lang haar adem in kon houden – ze probeerde een sexy stem. 'Ik ga je de pijpbeurt van je leven geven.'

Hij schreeuwde het uit van het lachen. 'Emily, Emily,' mompelde hij toen zijn mond de hare vond. 'Wat ben je toch een del.'

Hij stond op en zij trok zijn boxer omlaag. O, god. Bij normaal daglicht zijn dit nou niet bepaald de *mooiste* dingen. Sterker nog, eigenlijk was een penis, zeg maar, smerig. Maar op dat moment was ze *zo* in de stemming, en voor haar zag hij eruit om op te vreten. Ze likte en zoog en hij trilde en gromde en stootte. Het was allemaal prima, behalve dat stoten. Als hij tegen de achterkant van haar keel aan kwam draaide haar maag om. Maar ze slikte en zuchtte en keek hem spannend aan. Het leek wel duizend jaar te duren, en hij rolde met zijn ogen, half in coma van genot maar hij maakte geen enkele aanstalten om te komen. Jezus man, schiet eens *op*, zo leuk was dit nu ook weer niet. Dit was echt het deep-throat-moment, de grote finale, en dan zou hij nooit van zijn leven meer *kijken* naar een ander meisje. Hij zou dromen van een huwelijk – het was een ouderwetse jongen, hij zou door het juwelendoosje van zijn moeder spitten, waar hij binnen no time de verlovingsring van zijn overgrootmoeder uit zou toveren. De gedachte bemoedigde haar en ze voelde – goddank, want haar lippen waren helemaal gevoelloos – dat het bijna voorbij was. 'Ja, ik kom.' Ze kneep haar ogen dicht terwijl hij hevig schokte. Kom op, Em, denk aan kastelen. Bah, ze voelde helemaal schraal. Haar hoofd deed pijn, alsof het op ontploffen stond, en hij duwde haar hard omlaag en – 'o JA!' O, *nee* – ze trok zich terug en vol afgrijzen braakte ze een grote stinkende fontein van roze champagne en halfverteerde gefrituurde garnalen over hem heen.

LONDEN, EEN JAAR EERDER, 1995

Claudia

'Een grote kop thee, alstublieft. En kunt u er twee zakjes indoen? En koude melk – de melk moet echt koud zijn, niet *warm* – dan krijgt hij precies de goede kleur. De kleur van, eh, grenenhout! Of karamelpudding – ja, precies de kleur van karamelpudding. *Alstublieft*, niet te veel melk in mijn thee, het moet niet naar melk smaken. En een koffie verkeerd, medium, kunt u daar extra kaneel opdoen, graag? Niet te veel schuim, niet meer dan een derde van de beker. En de melk moet halfvol zijn. O, sorry, ik was vergeten te zeggen dat de melk in de thee volle melk moet zijn. Ja. En een driedubbele espresso, met drie centimeter warm water erin. En toast met pindakaas – bruinbrood, niet *te* lang geroosterd, en absoluut *geen* boter. Gewone pindakaas – onder geen beding met stukjes noot erin. Sorry. Een broodje gebakken ei, met een zachte dooier, en boter, *geen* margarine, op witbrood. Kunt u – het spijt me echt vreselijk – de korstjes er afsnijden? Dank u! En als laatste, deze zult u wel kunnen waarderen, een vetarme bosbessenmuffin. Jemig, is die niet ergens anders te krijgen? O, echt? Weet u dat heel zeker? Ze merkt het echt niet? Dan neem ik het risico wel! Nou, dank u, *dank u*.'

Het was hard werken in de journalistiek.

Claudia drukte op het knopje van de zevenentwintigste verdieping en probeerde de drie hete bekers zo te balanceren dat ze niet op het rode tapijt zou knoeien. Ze probeerde ook maar niet te denken aan hoe JR afgrijselijke hondenwraak aan het nemen was in haar appartement.

Volgens de mensen van de bovenverdieping – die deze informatie met een opmerkelijke vriendelijkheid vrijgaven – had JR elke dag zeven uur lopen janken. Voor een hoogbejaarde was hij nog verbazingwekkend energiek. Ze vermoedde dat hij ook nog in haar Prada-tas had gepiest. Die had ze per ongeluk op de grond laten staan en telkens als ze er langsliep werd ze verwelkomd met een grom. Ze moest een hondenoppas regelen, eentje die om kon gaan met hondenbeten. JR wist wie de baas was, en dat was niet Claudia. Hij sliep *in* – niet *op* – haar bed, met zijn lange, hooghartige snuit op haar crèmekleurige kussen. Zijn adem stonk, hij snurkte en hij had vlooien.

Ze vermoedde dat haar oma lachend op haar neerkeek.

En toch was Claudia gelukkig. Ze was twintig jaar oud en ze was *vrij.*

Ze had haar eigen huis, een piepklein eenkamerappartementje dat zogenaamd in Highgate lag maar in feite dichter bij de A1 lag. Het grootste deel van haar huisje was van de bank. Ruth had haar helemaal niets nagelaten – alles was naar de dierenbescherming gegaan – en ze ging nog liever dood dan dat ze ook maar een cent van haar vader zou aannemen.

Als Claudia haar tanden stond te poetsen kon ze de klik horen als haar bovenbuurman de lichtschakelaar in zijn badkamer aandeed. 's Nachts, als ze in bed lag, kon ze hem horen hoesten (of erger). Hij had een goedkope sportwagen en een tweede vrouw, en hij glimlachte non-stop. De mensen op de onderste verdieping hadden drie kleine jongetjes, waarvan er een in een rolstoel zat – de ziekte van Duchenne, dacht ze – en de moeder glimlachte ook non-stop.

Het was een gelukkig gezin, niet bepaald upperclass.

Men dacht van haar dat ze bulkte van het geld, vanwege haar pa, zelfs sinds hij zo in diskrediet was geraakt – wat niet kwam doordat hij te gronde was gericht door de problemen bij Lloyd's, maar juist doordat dat *niet* was gebeurd. Hij was miljoenen kwijtgeraakt, maar hij had er nog genoeg overgehouden. Tijdens het proces had men niet kunnen aantonen dat Jack bewust geld had doorgesluisd; hij won de zaak maar verloor zijn reputatie. De hoofdredacteur van *The Times* had geschreven: 'Iedereen is bankroet, maar sommigen zijn net iets meer bankroet dan anderen.' En de volgende dag stond er een brief in de krant, ondertekend door veertig notabelen: 'Sommigen zijn corrupter dan anderen.' Ze werd misselijk toen ze het las, maar ze was het er wel mee eens.

Jack was niet altijd zo geweest. Ooit was hij een goed mens.

Claudia's collega's hadden ontdekt wie ze was, ondanks dat ze de achternaam van Ruth had aangenomen – Mayer – en het deed haar reputatie bepaald geen goed. Ze bracht haar dagen door met het ophalen van jasjes bij de stomerij en precies opgegeven bestellingen, eindeloos op en neer zoeven in de zilveren liften van de Canary Wharf's Tower, en de hele dag proberen exclusieve interviews te regelen met mediahatende sterren. En ze wist dat als ze niet keek, Linda, de mollige secretaresse, haar loopje nadeed.

Het maakte haar niets uit. Ze had een *baan*, zonder op haar familie te leunen, en ze had het allemaal aan haar penvriendin Lucy te danken.

Het was Lucy geweest die had gesuggereerd dat Claudia de hoofdredacteur van de UK *Sunday* moest bellen, Martin Freshwater. 'Mijn stiefvader werkt voor de uitgeverij,' schreef ze. 'Maar je moet zijn naam *niet* noemen. Ik weet dat Martin mensen zoekt.'

Lucy had zelfs Martins directe telefoonnummer erbij gezet. Het was ontzettend aardig van haar. Vreemd, dat toen Claudia belde, Martin helemaal niet op zoek was naar mensen. Maar hij zei dat hij het geluid van haar stem waardeerde, en dat ze van harte welkom was om een weekje stage te komen lopen.

Ze was zo opgewonden dat ze Lucy had willen bellen om haar stem een keer te horen – ze hadden elkaar nog nooit gesproken. Maar Lucy's antwoord was teleurstellend geweest. Lucy's stiefvader nam de familie mee naar het buitenland: een zakendeal in Zuid-Afrika. Lucy zou in dienst treden bij het familiebedrijf en opgeleid worden tot accountant. Ze had beloofd om haar nieuwe adres in Kaapstad op te sturen, maar dat had ze uiteindelijk nooit gedaan. Claudia dacht dat het iets met die stiefvader te maken had. Ze probeerde het zich niet aan te trekken.

En dat lukte haar.

Dit had niets met innerlijke kracht te maken en alles met Martin Freshwater.

Martin Freshwater was ongelofelijk aantrekkelijk. Hij had blauwgroene ogen en een licht waas van stoppels. Hij had een scherpe kaaklijn en blond, dansend haar met een vleugje grijs erin. Hij typte heel onbeholpen, met twee vingers. Meestal rustte een aangestoken sigaret tussen zijn ringvinger (zonder ring) en zijn middelvinger terwijl hij driftig aan het werk was. Hij was een briljante redacteur, zo... *meesterlijk*, en zijn shirts waren een beetje gekreukeld, wat aangaf dat hij een vrouw nodig had om – doe *normaal*! Nee, wat ze bedoelde was dat Martin Freshwater een vrouw nodig had die hem een goede stomerij aan kon raden.

Martin Freshwater was de reden dat ze weer was gaan eten.

Volgens haar psycholoog, een aardige man van wie ze knettergek werd, was een eetstoornis een vorm van depressie. Ze zat helemaal vol met woede, maar die durfde ze niet te uiten, waardoor het zich ophoopte.

Ze nam aan dat haar psych wel gelijk zou hebben. In het begin was het een middel geweest om haar wat controle te geven over haar ouders. Maar boulimia was zo'n lelijke manier om mooi te worden. Het maakte dat je een nog grotere hekel aan jezelf had dan toen je nog gewoon te dik was. Na meer dan vier jaar wilde ze eindelijk weer *normaal* zijn.

Ze probeerde het. Het was hetzelfde als mensen die stoppen met roken. Je deed het een miljoen keer en dan had je die ene slechte dag, nee, *twee* slechte dagen, en dan had je ineens weer zin in een heerlijke, giftige, longverstoppende peuk. Ach wat, je kocht een pakje en rookte het helemaal op.

Ze wilde van zichzelf houden maar ze had de *bevestiging* nodig van een gerespecteerde bron. Er waren een paar jongens die haar 'leuk' vonden. Maar zij vond hen niet leuk, en niet alleen maar vanwege hun vervelende persoonlijkheden, of hun plannen met haar vaders geld. Ze zag na een minuut al dat deze jongens haar niet *begrepen*. Voor hen was ze niet meer dan een gokautomaat: goed om iets in te stoppen of geld uit te halen.

Martin Freshwater vond Claudia leuk om wie ze *was*. Hij had haar de kracht gegeven om met haar gewoonte te stoppen. Ze zou niet snel naar de taart grijpen, maar het ging weer goed met haar. Hij was geen jongen, hij was een man. Hij was zevenendertig. Martin Freshwater maakte Claudia gelukkig. Er was een band tussen hen: als ze in zijn ogen keek zag ze *herkenning*. Ze waren zielsverwanten. Haar gevoelens voor hem waren oergevoelens, iets wat ze nog nooit had meegemaakt, en ze wist zeker – het gevoel was zo sterk – dat hij hetzelfde voor haar voelde.

Ze hadden zelfs nog nooit gezoend.

Maar dat ging wel gebeuren.

Ze zette zijn driedubbele espresso op zijn bureau. Hij keek op. Iedereen stond voorovergebogen over de fototafel, met toegeknepen ogen keken ze naar de lichtbak, zonder twijfel om te kijken naar foto's van jonge vrouwelijke sterren voordat ze gefotoshopt waren en er nog wat menselijke onvolkomenheden zichtbaar waren, zoals gezichtshaar.

'Claudia, iets te doen vanavond?'

Ze ademde diep in. 'Nou, eh, ik moet mijn hond uitlaten... een snelle wandeling... hij moet naar het toilet...' Ja, heb het vooral over een *toilet*. 'Maar voor de rest...'

'Ik heb vanavond een afspraak met de pr-manager van Meg Ryan in het Connaught. Kom anders mee. Zie je hoe zoiets werkt. Misschien moeten we een flutstuk over een of andere nobody schrijven voor we Meg krijgen.'

'O, ja. Dat lijkt me geweldig.'

'Goed. Dan zie ik je daar. Halfnegen.'

Ze was zo blij als een kind. Klokslag halfzes verliet ze het kantoor, haastte zich naar huis en bracht twee uur voor de spiegel door. JR (die drie kussens aan flarden had gescheurd) kreeg de kortste plaspauze van zijn leven. Toen ze zijn verse pasta met kip voor hem neerzette – JR was beroemd om zijn zwakke maag die je alleen op eigen risico kon negeren – draaide hij zich ongeïnteresseerd weg van zijn eten.

'JR, ik *smeek* je!'

Hij viel met een plof op het tapijt neer en liet zijn kop tussen zijn poten rusten. Hij verlangde naar Ruth. Ze kroop naast hem op de grond en aaide over zijn zachte kop. 'Het spijt me, meneer.'

Ze keek onopvallend op haar horloge. Tijd om te gaan. Ze keek hoopvol naar JR's staart – geen beweging. Hè, shit.

'Het spijt me, mevrouw, maar honden mogen hier niet naar binnen tenzij...'

'Het is een blindengeleidehond!' *Claudia, idioot.* Ze keek met een glazige blik voor zich uit. 'Ik ben slechtziend.'

'Ik snap het. Ik bedoel... Ik wist niet dat collies ook...'

Ze dacht na over haar antwoord. Een collie? JR was toch een herdershond? Maar ze zei: 'Ik heb met iemand afgesproken in de bar. Kunt u...?'

De vrouw pakte haar arm stevig vast. Dit gaf een heel nieuwe betekenis aan de term blind date. Waarom, *waarom*?

Toen ze dichterbij kwamen zag ze Martin zitten. Hij stond op. Ze voelde dat dit mis zou gaan.

'Martin?' zei ze, en haar gezicht stroomde vol met bloed van schaamte.

'Claudia!'

De vrouw keek haar nog steeds verdacht aan. Schaamteloos greep Claudia de rugleuning van de stoel voor zich beet en deed alsof ze voelde waar de zitting zat. Ondertussen werkte JR bepaald niet mee om het beeld op te wekken dat hij een geleidehond was. Zijn staart zwaaide wild in het rond en hij sprong tegen Martin op en likte aan zijn hand.

'O jee,' zei Martin. 'Deze hond gaat zijn geleidehondenexamen niet halen.' Hij glimlachte naar de vrouw. 'Dank u.'

Ze liep weg.

Claudia durfde Martin niet in de ogen te kijken. 'De pr-manager heeft afgezegd,' zei hij.

'Goed zo. Ik bedoel... omdat ik...'

'Geeft niks. Ze zou onder de indruk zijn geweest dat UK Sunday een voorstander is van positieve discriminatie,' antwoordde hij.

'Lach je me nou uit?'

'Ja.'

Ze giechelde. 'Dat zal ik wel verdiend hebben.'

'Wat wil je drinken?' vroeg hij.

Ze probeerde een indrukwekkend drankje te verzinnen. 'Campari met 7-Up.'

Martin bestelde en het flapte eruit: 'Heb jij huisdieren?' Het was alsof haar hersenen waren overgenomen door een oerdom persoon.

'Ja. Keith. Een Siamese kat. Hij heeft mij uitgekozen.'

'*Keith?*'

'Keith Moon. Zelfde persoonlijkheid.'

'Ik ben dol op katten, maar ik heb JR geërfd en hij zou de competitie nooit dulden. Hij duldt *mij* al amper. Ik denk dat hij mij te min vindt.'

'Dan is het een hond met een slechte smaak.'

Ze keek op. Ze wilde hem zoenen. Ze was niet bang. Een kus hoefde toch niet tot seks te leiden? Ze kon hem best aan het lijntje houden... voor een jaar of zo? Hoe dan ook, *daar* wilde ze zich echt geen zorgen om maken. Ze hoefde nu alleen nog maar te denken aan een kus. En ze wist diep vanbinnen: als ze deze man zou kussen, dan zou ze geen paniek voelen, en geen dichtgeknepen keel. Ze wist dat ze in die kus zou wegzakken als in een donzen kussen. Alles aan hem was aantrekkelijk: zijn geur, het geluid van zijn stem. Het was een soort onzichtbare kracht die haar naar hem toe trok.

Het was het *lot.*

Van al die miljarden mensen die over de aarde liepen, waren Martin Freshwater en Claudia Mayer bij toeval op hetzelfde moment op die planeet, in hetzelfde land, in dezelfde stad, waar ze dezelfde tien vierkante meter kantoor deelden – jeetje. Hij had vijfhonderd jaar eerder geboren kunnen zijn, en zij kon haar leven in afgrijselijke afzondering hebben geleefd, haar zielsverwant dood en begraven voor ze überhaupt geboren was! Of ze kon zijn opgegroeid op een schaapsboerderij in Nieuw-Zeeland, onbewust van het feit dat de liefde van haar leven aan de andere kant van de aardbol woonde! Maar er was een god, en hier zat hij, glimlachend, hun knieën net niet tegen elkaar aan. Hij was ook nog haar baas. Nou ja, als het echt serieus werd kon ze altijd nog ontslag nemen. Maar dat was wel erg ver vooruit gedacht. Je hebt nog niet eens...

O. O! O.

Na een lange, lange tijd trok ze zich terug, ze beet op haar lip. Ze kreeg geen lucht meer!

'Dat heb ik nou al willen doen sinds ik je voor het eerst zag,' mompelde hij. Hij schudde zijn hoofd. 'Dit klinkt als een makkelijke versierzin, maar ik doe dit nooit. Collega's versieren. Of meisjes van jouw leeftijd. Toen ik jonger was...' Hij grinnikte. 'Laat maar. Ik ben een asociale oude lul. Maar' – hij haalde zijn schouders op – 'jij hebt iets, Claudia, iets dat ik' – hij leunde weer voorover – 'magnetisch vind.'

Ze keek omlaag. 'Ik vind dat... ook van jou,' zei ze.

'Nou,' zei hij met een opgetrokken wenkbrauw, 'Claudia Mayer, wat zullen we daar eens mee *doen*?'

PARIJS, NAZOMER 1996

Jack

Dit was geen adres dat de moeite waard was om te vermelden. Hij was zo gespannen dat hij helemaal *borrelde*. Hij kon geen pil meer zien. En die vijfde koffie was een vergissing geweest.

Het was echt vreselijk. Wat *deed* hij hier? Dit zou echt een ramp worden. De Engelse pers haatte hem, net als de aristocratie – mensen die hij zijn *vrienden* had genoemd.

Alleen Harry bleef hem trouw, maar Jack was zo cynisch geworden, zo paranoïde, dat hij niet kon geloven dat Harry hem mocht om wie hij was; hij wist zeker dat Harry er een kick van kreeg om met een armere, reputatieloze Jack om te gaan, dat het hem een goed gevoel over hemzelf gaf: Ja, ik ben slim en rijk, maar *jij* hebt alles fout gedaan, geen vliegtuigen en helikopters meer voor jou, mijn vriend, en dat verdien je!

Het ergste was dat de wereld te weten kwam dat Innocence de baas was. De wereld *moest* wel te weten komen – en met eigen ogen aanschouwen – dat zijn vrouw de eigenlijke eigenaar en baas van het imperium was, anders zou Lloyd's elke steen en cent van het bedrijf waar hij zo lang aan had gebouwd van hem afpakken.

Hij kon nauwelijks geloven dat dat valse kreng een groot deel van zijn bezit had gestolen vlak voor het debacle met Lloyd's – dat ze zich miljoenen en miljoenen ponden aan bezittingen had toegeëigend – maar hij kon haar niet aan de politie uitleveren, want als *zij* alles zou kwijtraken, dan zou *hij* ook alles kwijtraken, en dat was veel erger dan *bijna* alles kwijtraken.

Dus nu bevond hij zich in de vernederende positie dat hij haar om zakgeld moest smeken zodat hij dit lelijke oude wrak van een hotel kon kopen.

Vanity Fair wilde een nieuwjaarsomslag van hem, liggend op een besneeuwde ondergrond in een krappe toga met een kroon van doorns, terwijl zij over zijn rug liep met gouden stiletto's, een goudgepantserde bikini en een kroon, zwaaiend met een knots.

'Over mijn lijk,' had hij gezegd, waarop zij snauwde. 'Dat kan geregeld worden.'

Hij had het uiteindelijk gedaan om haar de mond te snoeren. In ruil daarvoor zou zij hem het geld lenen om *dit* hier te kopen.

Het was een schuur.

Hij ontweek al de hele week de telefoontjes van de manager. Hij wist dat er een vloek rustte op de plek, dat elk bericht een bericht van een ramp zou zijn. En het Hôtel Belle Époque zou over vier dagen opengaan.

Hij zat al vol met nare gevoelens, maar er kon altijd nog wel een extra vleugje wanhoop bij. Het hôtel – *zijn* hotel – was in de afgelopen tien jaar al zeker zeven keer van eigenaar veranderd en er had een artikel in een van roddelbladen gestaan dat de vorige eigenaar een geestuitdrijving in de kelder had laten uitvoeren om het hotel te ontdoen van zijn slechte karma. Jack geloofde niet in kwade geesten – zover hij wist waren mensen in hun leven al slecht genoeg – maar het was nuttig dat andere mensen dat wel deden. Hij had de pagina uitgescheurd en bewaard.

Je mocht een gegeven paard niet in de bek kijken, dacht hij. Het uitscheuren van een bladzijde uit de krant deed hem aan zijn moeder denken die, lang geleden, de kortingsbonnen uit de krant scheurde om geld te besparen op een pak koffie. Hij voelde zich alsof hij in een enorme, zinloze cirkel was beland. Hij voelde zich alsof hij succesvol was geweest, *ooit*. Het was een schok om te ontdekken dat succes je ook in de steek kon laten, als een minnaar. Hij had zijn hele leven naar succes gestreefd, en het was normaal geweest om te denken dat als hij het succes eenmaal had bereikt, het als vanzelf bij hem zou blijven.

Om te falen, en te falen voor het oog van de wereld, was verschrikkelijk.

Maar – zijn handen tot vuisten gebald – hij zou terugkomen. Hij zou iedereen een poepie laten ruiken, wat, hij zou ze *stront* laten eten; al die mensen die ook maar een beetje hadden moeten lachen om zijn ongeluk zouden stikken in hun cornflakes als ze het bericht lazen van zijn wederopstanding. Hij zou als een geest opstaan uit de dood, en hij zou opnieuw heersen over zijn rijk.

Vooral Innocence stond nog wat te wachten. Ze had hem nu bij de ballen, maar dat zou veranderen.

Dat gezegd hebbende, moest hij nu vechten tegen de behoefte om huilend op de grond te vallen. Hij durfde niet te *kijken* – goed te kijken – naar de ontvangst van zijn vernieuwde hotel. Hij was te angstig. Dit project was anders dan alle andere.

Achttien maanden geleden, toen hij de eerste investering van de rest van zijn leven bekeek, werd hij misselijk bij de aanblik. Het was indrukwekkend hoeveel moeite de eigenaar had gedaan om het *zo* lelijk te maken. Elke deur was met triplex betimmerd; elk origineel element aan het pand was er uitgetrokken en vervangen door goedkope troep. Het was een klein hotel, maar dat was juist het punt. Het had potentieel: hoge plafonds, enorme ramen, een zwembad in de kelder. De makelaar had veel kouwe drukte gemaakt over dat 'ondergrondse' zwembad, maar toen hij het voor het eerst zag, stonk het natuurlijk naar de afvoer en was het water groen van de algen, als een mest-meer.

Hij kocht het hotel aangezien hij geen betere optie had, terwijl hij wist dat hij er te veel voor betaalde. De banken wilden niet in hem investeren en hij ging nog liever dood dan dat hij Harry om hulp vroeg. Ze hadden geen zaken meer gedaan sinds ze hun eigen weg waren gegaan en hij wist dat dat een reden was dat hun vriendschap stand had gehouden.

Innocence had hem laten smeken.

Ze hadden snelle seks, vol wederzijdse haat – zij had hem *gebeten*, als een zwarte weduwe, in zijn schouder. Hij had hem erin geramd, ruw en hard, hij toonde zijn woede met elke stoot. Het probleem was dat hoewel de boodschap was dat hij haar haatte, zij het verkeerd opvatte en dacht dat hij naar haar verlangde; het was ook irritant lekker.

Toen ontbood zij haar advocaat om een wurgcontract op te stellen.

Dus was het Hôtel Belle Époque gerestaureerd met een budget van schaamte, en Jack had nauw samengewerkt met de bouwvakkers, de architect, de binnenhuisarchitect, en hij had zelf de sollicitatiegesprekken gevoerd met het toekomstig personeel. Vroeger zou hij dat hebben gedelegeerd, ongeacht de kosten, maar nu was hij als een oude vrijster die zorgvuldig ieder dubbeltje omdraaide. Geld rondstrooien kon echt niet meer.

Het had hem verbaasd hoezeer hij genoten had van zijn directe invloed. Hij was ook geschokt over hoeveel geld hij had bespaard door ter plekke zijn veto uit te spreken over extravagante aanpassingen: ze hoefden geen nieuwe stoelen te kopen, ze hoefden alleen de oude opnieuw te bekleden. Het deed hem inzien dat andere mensen nooit zo slim met jouw geld omgingen als jijzelf – nog een les die hij veel te laat had geleerd.

Het was een genot om te zien hoe dat oude verwaarloosde hotel uit de as herrees, en om er zo'n belangrijk deel van uit te maken. Hij wist dat dit hotel anders zou zijn dan de andere die nu in de Élite Retreat-stal zaten, die nu werd geleid door dat kreng. Het waren frisse en strakke hotels, een heldere bron voor de geest, maar het Hôtel Belle Époque zou een voorbeeld zijn van klassieke glamour. Het zou herinneren aan betere tijden, hoewel er wel elementen uit de eenentwintigste eeuw in zouden worden verwerkt (die stoelen waren opnieuw bekleed in kauwgomroze). Het zou een ouderwetse uitstraling hebben, vol met excentrieke elementen: spoetniklampen uit de jaren zestig, glinsterende kroonluchters; overmatig comfort – de ouderwetse banken waren zo zacht dat je er helemaal in wegzakte, harde meubels waren uit den boze. Het zou het gevoel van het zomerhuisje van zijn tante opwekken, met een wanordelijke verzameling blauwe en groene flessen op een plankje in elke witte badkamer, boven het bad op gouden leeuwenpootjes. Zijn allerbeste herinneringen zouden in dit kleine hotel worden gepropt: een weelderig palazzoplafond in het restaurant (waar degelijk Frans plattelandsvoedsel werd geserveerd, niet van dat nichterige Parijse eten); decoratief gietijzeren hekwerk. Wat dit hotel uitstraalde was: zak erin met jullie minimalistische pretenties, wij gaan jullie verzorgen op de ouderwetse manier, we gaan jullie verwennen tot je erbij neervalt, dus geniet er maar van. *Wij weten het beter.*

Het keizerrijk van Élite Retreat berustte op kille berekeningen; het Hôtel Belle Époque kwam uit het hart.

Klanten wisten wat ze konden verwachten in een Élite Retreat-hotel; wat ze wilden en wat ze gingen krijgen. In die zin was het inchecken in een Élite Retreat-hotel niet veel anders dan een KitKat kopen. Hoewel stijlen en elementen per locatie verschilden, was er een lijst van dingen die je overal kon verwachten: witte interieurs; badkamers met marmeren oppervlakken en enorme vierkante baden; sfeerverlichting; gigantische raampartijen, met luiken; bedden met neutrale linnen dekbedden; Shiseido cosmetica; verse seringen voor een beetje kleur (bij binnenkomst werd de gasten gevraagd naar eventuele allergieën); een donkere, houten, ovale tafel in plaats van een balie; biologische chocola en Cristal champagne in de minibar.

Maar het Hôtel Belle Époque was één grote verrassing. Normaal gesproken werd er een budget opgesteld per kamer. Innocence was helemaal ondersteboven geweest van het gevoel van een of andere kasjmier deken die ze op een januari-avond in Malibu had gekregen, dus, voor het hotel in LA hadden zijn mensen onderzocht hoeveel het zou kosten om er 820 te kopen; twee voor elke kamer. Het kostte 287.000 dollar meer, maar het was – zoals Innocence het zei – zo heerlijk *luxe*. In het Belle Époque was elke kamer persoonlijk en uniek. Er waren geen kasjmier dekens te bekennen, geen *automatische piloot*: elke kamer had een subtiel thema, en elke kamer had een aparte naam. Hij hoopte dat gasten uiteindelijk een favoriete kamer zouden vinden en dat ze daarvoor zouden terugkomen.

Gedurende die snelle rommelige maanden voelde hij zich opgewonden, hij wist zeker dat hij iets moois creëerde, met een klein, selectief gezelschap van geïnspireerde en toegewijde mensen – maar nu, nu de openingsavond dichterbij kwam, raakte hij zijn zelfvertrouwen kwijt. Elke nacht bracht een afgrijselijke nachtmerrie met zich mee, zijn geest hield hem voor dat zijn succes een vergissing was geweest, dat zijn grote geheim was dat hij zwak was, een leeg omhulsel van een man. Hij was zelfs een paar keer badend in het zweet wakker geworden.

Hij kon bij niemand terecht. Hij had zichzelf afgesneden van zijn geliefden, omdat hij geen andere manier kende om sterk te zijn. Hij mocht geen gevoelens hebben – niet sinds de dood van zijn eerste vrouw, Felicia. Gevoelens maakten je zwak. Hij maakte zichzelf wijs dat hij alleen maar hoefde te werken, en als hij weer succesvol zou zijn, *dan* zou hij terugkeren bij zijn familie, en *dan* zouden ze allemaal gelukkig zijn. Maar soms, zoals vandaag, kon hij zich niet indenken dat hij ooit nog gelukkig zou zijn.

Na haar een leven lang voor lief te hebben genomen, realiseerde hij zich dat hij zijn moeder miste. *Misselijkmakend.* Als mensen eenmaal begraven waren stond het je vrij om ze tot een idool te verheffen, om ze lief te hebben als nooit tevoren. Als ze dood waren kon je ze eindeloos liefhebben zonder er ooit iets voor terug te krijgen. Het was de veiligste manier van liefhebben, iets wat hij niet meer kon met de levenden.

Hij zou omhoog moeten kijken. Hij zou nu echt omhoog moeten kijken, hij zou de gevangenis van zijn eigen hoofd moeten ontvluchten en moeten bidden dat, voor deze ene keer, de werkelijkheid een beetje beter werd.

Langzaam, met de angst als een blok in zijn maag, tilde hij zijn hoofd op en keek door de lobby. Zijn hart klopte in zijn keel en zijn handen waren nat van het zweet. Zijn benen waren van elastiek. Hij ademde langzaam in en uit zodat hij de inhoud van zijn maag niet hoefde uit te braken. Heel even werd hij blind van angst. Toen knipperde hij en ging rechtovereind staan om zijn lot in de ogen te zien – en het *was* zijn lot, want als dit project zou falen was het zijn dood.

Maar hij klaarde op en hij stortte zich op zijn nieuwe obsessie, en terwijl hij vol ongeloof keek, prikten zijn ogen van emotie en voelde hij iets verschuiven in zijn borstkas. Hij beeldde zich in dat het de twee grijze stenen helften van zijn hart waren die langzaam naar elkaar toe schoven, nog steeds niet bij elkaar, maar toch dichterbij.

De lobby van zijn 'Hotel de Laatste Kans' was precies zoals hij zich had voorgesteld, maar dan duizend keer mooier. De prachtige muurlampen glinsterden en de warme rode muren leken je te omsluiten als een baarmoeder. Het was intiem maar vriendelijk, funky, niet intimiderend. Het was niet koel en het was niet grootschalig; het was perfect. De donkere antieke houten vloer glom in het flakkerende licht van het vuur; de blokken knetterden en herinnerden hem aan Kerstmis. Het was een vreemd gevoel om te hebben, om negen uur 's ochtends op een dinsdag in augustus, maar het kalmeerde hem. Hij voelde hoe de lang bevroren spieren in zijn nek en schouders zich probeerden te ontspannen, en hoe ze daar niet in slaagden.

De vrouw kwam als een engel tevoorschijn uit de zachte schaduwen van het conciërgebureau. Ze had prachtige rondingen, golvend blond haar en een ondeugende glimlach (het viel hem altijd op als een vrouw geen rechte lijnen in haar lichaam had). 'Bonjour, monsieur, et bienvenue. Welkom!' Ze bekeek hem schaamteloos van top tot teen. 'Ik ben blij dat u er bent,' voegde ze er nog aan toe, haar Londense accent zwak maar hoorbaar. 'Ik ben Maria, het hoofd van de huishouding. Ik heb aangeboden u rond te leiden. Ik ben het enige personeelslid dat u nog niet hebt ontmoet – u hebt gevraagd om kennis te maken met alle leden van het personeel, dus dacht ik dat dit een goede gelegenheid zou zijn en de manager was het met me eens.'

Ze glimlachte naar hem met een kleine beweging van haar kin. Maar hij bemerkte de trilling in haar stem, dat ze haar al gladgestreken rok gladstreek en een denkbeeldige pluk haar achter haar oren stopte. Nou ja, het was normaal om gespannen te zijn bij de baas, zelfs als je een zelfverzekerde pose kon aannemen.

Hij kon het echter niet helpen om de automatische berekening in zijn hoofd te doen: weer een teken van zijn gevallen status. *Voor* de Lloyd's ramp, toen hij nog meester was van alles wat hij zag, had niemand het in zijn hoofd gehaald om ook maar te suggereren dat Jack Kent rondgeleid zou worden door een *bediende*. En vergeet niet, in die tijd was iedereen een bediende... Nu vergeleek hij alles: vroeger zou het *zo* zijn, maar nu, in mijn treurige, goedkope leven, is het *zo*. Het was een onbeheersbare drang dat hij zichzelf moest folteren met de vreemde inhoudsloosheid van zijn eigen hart.

Zijn instinct was om humeurig te zijn, maar dat was ook weer een teken van zwakte. Ze zou een hekel aan hem hebben, ze zou het gevoel krijgen dat hij zijn val had verdiend. Hoe dan ook, als de toewijzing van een bediende een teken van gebrek aan respect was van het management, dan vond hij dat voor een keer niet vervelend. Hij herkende iets in de glimlach van de vrouw – of was het in haar ogen? Hij wilde in haar buurt verkeren.

'Het is me een genoegen om door jou te worden rondgeleid, Maria,' zei hij, en hij hoorde hoe zijn stem bromde op de manier zoals alleen de gladste *captains of industry* dat tegenwoordig deden. 'Kennen wij elkaar? Je komt me zo bekend voor.' Hij had meteen spijt van zijn vraag. De wereld was bezaaid met mensen die hij had beledigd.

'O,' zei ze, en lachte. 'Niet echt, nee.'

Later die avond zat hij op een terras een koud biertje te drinken, zijn hoofd was bijna tot rust gekomen. Vreemd, bedacht hij, dat noordelijk Frankrijk zo op Cornwall leek, maar dat Parijs zo ontzettend mediterraans *robochic* was – en kijk nou naar die monochrome *mademoiselles* die voorbij schrijden. Zo elegant op hun hoge hakken, anders dan Engelse vrouwen: op de kleinste hakken lopen ze al scheef, alsof ze een hevige storm trotseren. Maar niet Maria. Hij dacht aan haar antwoord.

Hij nam maar aan dat het waar was wat mensen zeiden, dat hij een slechte luisteraar was. Hij had de arrogante eigenschap ontwikkeld dat hij alleen maar hoorde wat hij wilde horen. Dat had hem grote problemen opgeleverd. Nu, in magerder tijden, luisterde hij veel beter. Hij analyseerde ieder woord dat tegen hem werd gezegd, klaar om ook maar het kleinste spoortje ongenoegen op te merken.

Maar het was geen minachting waar hij naar zocht in Maria. Hij vond haar intrigerend en hij wist niet precies waarom. Hij vroeg of ze elkaar ooit eerder hadden ontmoet. En toen hij haar woorden terugspeelde in zijn hoofd – 'O, [*lach*], niet echt, nee' – vroeg hij zich af of: 'O, niet echt, nee' niet betekende: 'Nee, dat denk ik niet', wat niet meer was dan een beleefde manier om 'nee' te zeggen.

Maar hij kon werkelijk niet bedenken wat haar woorden *wel* betekenden.

LONDEN, 1997

Claudia

Ze raakte snel door haar smoezen heen om geen seks te hebben met haar verloofde.

Dat een man zo volhardend kon zijn. Hij deed haar aan JR denken, jankend om te worden uitgelaten. Haar hele avond was al verpest voor hij überhaupt was begonnen omdat ze zich zorgen maakte over wat er *daarna* zou gebeuren.

Het ballet was geweldig geweest. Sylvie Guillem was haar favoriete ballerina – zo sterk, zo hooghartig, dan maakte je je gewoon geen zorgen. Zelfs als ze naar Darcey Bussell keek zat Claudia altijd verstijfd van de spanning omdat ze wilde dat ze niet zou gaan trillen. Maar zittend in dat prachtige Opera House en kijkend naar hoe Sylvie de Odette/ Odile danste terwijl ze Martins hand vasthield, was het alsof ze in de hemel was. Je voelde je zo veilig. En dan was klassiek ballet ook nog eens perfect omdat er helemaal geen seks in voorkwam. Waarom kon *Het Zwanenmeer* niet langer duren dan die miezerige drie uur en een beetje?

Nu zaten ze in een gezellig hoekje in Christopher's en ze weigerde een tweede glas wijn. *Zo* zou hij haar niet in bed krijgen. Ze voelde haar schouders verstrammen. Hij zou haar wensen moeten respecteren. In plaats daarvan werd hij boos op haar.

Ze zou moeten uitleggen wat er met haar was gebeurd toen ze nog een kind was, maar ze schaamde zich te erg. Ze hield van Martin en ze wilde met hem trouwen en voor altijd gelukkig zijn, en dat zou ze niet zomaar riskeren door de waarheid te vertellen.

Hij bestelde de kippenborst – *borst!* Zelfs het menu herinnerde haar aan de seks die ze niet hadden. Ze bestelde zelf zalmkoekjes met aardappelpuree en in de boter gegaarde spinazie – boter, botergeil, hier, daar had je het weer. Ze was zo geobsedeerd door het niet hebben van seks dat ze geobsedeerd was door seks.

Ze at langzaam en ze zou een toetje bestellen als er niets anders op zat – liever dik zijn dan met hem naar bed moeten. Haar ogen prikten van de tranen.

'Hé, Muis. Wat is er?'

'Niks. Ik heb gewoon...' als ze nu 'hoofdpijn' zou zeggen werd zijn humeur er niet beter op. 'Iets in mijn oog.'

Hij keek goed naar haar gezicht, alsof hij haar inspecteerde. 'Mijn god, ja, dat klopt, het is een... pupil!'

Ze glimlachte.

'Dat is de treurigste glimlach die ik ooit heb gezien. Ze zouden nog denken dat je niet gelukkig bent om verloofd te zijn met een oude gek als ik.'

Ze zag hem graag zo, mooi, geestig, en in een omgeving waarin hij haar onmogelijk kon bespringen. Ze glimlachte een oprechte glimlach, pakte zijn hand vast en kuste die. 'Martin, er is geen oude gek met wie ik liever verloofd zou zijn dan jij.'

'Ik ga je testen,' zei hij plagend. Heel nonchalant, zachtjes, zodat ze niet doorhad wat er gebeurde, hield hij haar hand in de zijne en legde hem zachtjes in zijn schoot, die schuilging onder het elegante witte tafelkleed. Ze voelde haar vingers over een hard, warm en glad oppervlak glijden, het leek wel een snookerbal maar...

Ze gilde, keihard, voor ze zich kon inhouden, en ze sprong op, waardoor ze haar stoel omverduwde.

Alle obers haastten zich naar hun tafel – het was het soort actie dat je in een ziekenhuis ziet als het hart van een patiënt het begeeft. 'Mevrouw! Wat is er aan de hand? Wat is het probleem?' Ze ademde met korte stootjes, en ze zocht naar haar inhaler. Ze was zo boos dat als ze wel wat had kunnen uitbrengen, ze waarschijnlijk iets had gezegd als: 'Het eten is heerlijk, ik ben alleen een beetje geschrokken toen mijn vriend hier mij zonder dat ik er erg in had zijn harde lid liet aanraken.'

Met een snelle, boze beweging haalde Martin de inhaler uit haar tas en legde die onder haar neus. Met een lage, kalme stem sprak hij de geschrokken obers toe. 'Alles is in orde. Het spijt me dat we u zo lieten schrikken. Mijn verloofde heeft last van een soort irrationele' – hij spuwde het woord 'irrationeel' uit – 'angst voor...' hij wachtte even '... vanillesaus.'

Vanillesaus? Ze kon zien dat de obers moeite hadden om hun ongeloof te onderdrukken.

'Stom genoeg dacht ik dat ze wel zou genieten van wat vanillesaus met zomervruchten, maar natuurlijk, *idioot* die ik ben, was ik vergeten dat ze daar juist van *walgt*. Weet u' – er klonk een bittere maar vriendelijke ondertoon door in zijn stem – 'ze kan niet tegen het *gevoel*, laat staan de *smaak* ervan, en zelfs bij de gedachte eraan krijgt ze al een paniekaanval.'

Ze kon het niet helpen, maar ze moest huilen en ze wist dat haar gezicht lelijk, rood en verkreukeld was.

De eerste ober keek hem met een stenen blik aan. 'Het lijkt mij, meneer,' zei hij met een ijzige stem, 'dat uw gezelschap erg overstuur is en dat ze verzorging nodig heeft. Alstublieft, mevrouw' – hij draaide zich naar haar toe met een vriendelijk gebaar waardoor ze zich aan hem vast wilde klampen – 'het eten is van het huis, en het spijt me vreselijk dat we u zo hebben ontriefd. Geniet u alstublieft van de rest van uw avond.'

Met een laatste blik op Martin en een scherpe knik van zijn hoofd trok hij zich terug en de rest van het bedienend personeel hobbelde achter hem aan.

'Heel erg bedankt,' fluisterde ze, en ze sloop de zaal uit. Maar toen ze uit het zicht was holde ze de stenen wenteltrap af en toen ze de ijzig koude lucht van de Engelse winter voelde, bleef ze rennen.

'Wacht, *wacht!*'

Ze negeerde hem, tot hij haar schouder vastpakte en haar dwong om te stoppen. Toen sloeg ze hem in zijn gezicht. 'Hoe *durf* je! Zeg dat het je spijt, *zeg* dat het je spijt!' Ze wist dat ze klonk als een verwend kind, maar ze kon het niet helpen. Maar hij zou zeggen dat het hem speet dat hij zo... *vulgair* was geweest, en dan zouden ze zoenen en het goedmaken en dan naar huis gaan, naar hun aparte bedden.

Het was hun gebruikelijke patroon.

'Nee,' zei hij met een zachte, kille woede in zijn stem. 'Nee, Claudia, ik zeg *niet* dat het me spijt. En sla me niet nog een keer, want ik sla harder terug. We hebben nu al twee jaar iets met elkaar en we zijn goddomme al een jaar verloofd en ik mag nog steeds niet *in je buurt* komen! Ik word er zo godvergeten *misselijk* van dat ik me altijd een vieze oude man voel bij jou. In feite kan ik me net zo goed maar gedragen als een vieze man. Ik ben het zat dat je tegen me liegt over je hoofdpijn, je migraine, je buikpijn. Het is allemaal onzin, Claudia. Het is *niet* mijn stijl om een vrouw in mijn kruis te laten grijpen maar ik zei dat ik je op de proef zou stellen en dat heb ik gedaan, en ik zal je eens wat zeggen, je hebt de proef niet doorstaan! Waarom zijn we in godsnaam verloofd als het zo duidelijk is dat je van me walgt!' Hij draaide zich om en liep weg.

Ze keek hem na.

Het was een ramp en het was allemaal haar schuld.

Ze wilde achter hem aan rennen, ze wilde hem smeken om haar te vergeven – maar wat zou ze daarmee winnen? Geen enkel ander excuus dan de waarheid zou haar redden, en het echte excuus zou hun relatie kapotmaken.

Al haar shit stond hen in de weg.

De relatie was voorbij nog voor iemand zelfs maar wist dat ze verloofd waren. Wacht maar tot Jim, adjunct-hoofdredacteur en Martins rechterhand, hier achter zou komen. Claudia haatte Jim, een arrogante, talentloze lul. Waarschijnlijk dacht hij dat zij en Martin elke avond lagen te rollebollen, en vroeg hij zich af waarom ze dat niet met *hem* deed.

Als Jim erachter kwam was het hek van de dam. Hij zou het lekken naar een roddelblad en hij zou haar als een sloerie te kijk zetten. En dan zouden de kranten het oppikken – ook die van haar – omdat het nieuws is als een vermeende erfgenaam trouwt met een gewone *burger*, zeker eentje die zeventien jaar ouder is dan zij.

En dan zouden papa en Innocence ontploffen van woede. Papa omdat hij het idee niet kon uitstaan dat ze had... wat ze niet had. Bovendien wilde *hij* de man zijn met de jongste vrouw.

Innocence zou ook wel iets vinden om boos op te worden. Toen Claudia vijftien was, was Innocence een keer dronken teruggekomen van een weekendje vrij uit haar afkickcentrum. Zwaaiend over de dansvloer met een blik bier in haar ene en een peuk in haar andere hand had ze Claudia gewaarschuwd om 'de bloedlijn niet te bezoedelen'. Tegenwoordig had Innocence knalroze haar, en maakte ze zich niet meer zo druk om de bloedlijn, maar Claudia wist dat ze Martin niet zou goedkeuren. Hij was veel te mooi – ze zou hem zelf willen hebben. Hoewel dat nu allemaal niets meer uitmaakte – haar dromen van woedende ouders en gemene collega's waren niet meer dan een fantasie nu haar relatie te gronde was.

Ze nam een taxi naar huis en trok haar zachtste, oudste en smerigste pyjama aan. Maanden terug, in een bizarre vlaag van optimisme, had Martin een roze La Perla nachtjapon voor haar gekocht. Vanuit zijn doos op een hoge plank sprak deze haar nu zonder woorden boos toe. Ze zuchtte, en trok een dikke jas aan. 'JR. Kom, we gaan een plasje doen.'

Toen zag ze een witte envelop, zonder postzegel, onder de deur doorgeschoven. Niet *nog* een huisfeest. Deze mensen waren echt onmogelijk vrolijk. Ze scheurde de envelop open. Toen las ze wat er in de brief stond. Er kroop een rilling over haar rug als een insect, en ze bevroor.

Claudia,
Ik schrijf je dit als vriend. Je moet je relatie met Martin Freshwater
meteen beëindigen. Er kan niets goeds uit voortkomen, alleen maar
pijn en ellende.
Het spijt me.

PARIJS, WINTER 1997

Jack

'Ik zie je onder de Eiffeltoren,' had ze tegen hem gezegd, bij wijze van grap. Het was een gevaarlijke grap. Dit was niet het plan. Maria had een missie te volbrengen met Jack Kent, dus ze mocht zich niet door *lust* van de wijs laten brengen. Ze was verbaasd en geschokt dat ze hem zo sexy vond. Ze voelde zich een roofdier. Het sloeg nergens op om iets met hem te beginnen. Ze moest haar taak volbrengen en niet een relatie met hem aangaan: zij had een hoger doel te dienen. Al die vruchtbare jaren van bespioneren, haar opleiding tot hotelbediende, waren maar om één reden, en eindelijk was de tijd gekomen.

Ze moest het doen.

Ze had vaak getwijfeld aan de morele juistheid van waar ze mee bezig was, al heel vaak zelfs. Maar nog vaker had ze het goedgepraat. De opeenvolging van afschuwelijke, ongelofelijke, misschien niet te voorkomen dingen die ze in het afgelopen jaar had gezien, sterkte haar in haar gelijk.

En dat zette ze allemaal op de tocht voor een robbertje seks.

Eén robbertje seks had nog wel gekund, maar ze wist dat er meer van zou komen. Er was een sterke en niet te ontkennen aantrekkingskracht. Het was moeilijk om elkaar *niet* aan te raken als ze in elkaars nabijheid waren. Zij zou hem met geen vinger aanraken, maar hij vond altijd wel een excuus om een hand op haar schouder te leggen, of op haar arm, en telkens als hij dat deed schoot er een bliksemschicht van verlangen door haar heen, en ze wist dat het wederzijds was. Ze had hem al meer dan eens als een preuts meisje van zich afgeduwd. Maar het was niet meer dan een kwestie van tijd. Zij *was* de vrouw die 'nee' zei maar 'ja' bedoelde; ze was een flirt en als ze zijn avances in de linnenkamer weerstond, haar adem snel en oppervlakkig, was dat niets anders dan een lange, trage verleidingsdans. Hij wist het, zij wist het, en het vulde hen beiden met een vuur van verlangen dat gedoofd moest worden... en snel ook.

Maar wat nog veel erger was, ze vond hem *aardig*. Hij had een hard schild om zich heen, maar ze kon zien dat hij zich daarbinnen verschool, omdat hij bang was om lief te hebben.

Het zou in de weg komen te staan van haar doel. Niet per se, maar het zou kunnen, en zij zou gek zijn als ze dat risico nam.

Ze zuchtte, stak een sigaret op en keek omhoog vanonder een enorme boog van het ijzeren vlechtwerk. De toren stak in een gouden gloed af tegen de nachtelijke hemel. Het was verschrikkelijk romantisch en bizar mooi.

Ze wist dat het vanavond zou gebeuren. Het begin – en mogelijk ook het eind.

'Doe je ogen dicht en kom met me mee,' zei de stem die haar deed rillen en ze voelde hoe hij haar in een stevige greep door de menigte duwde. 'Vertrouw me maar,' fluisterde Jack, en ze voelde hoe zijn wang langs de hare streek terwijl hij haar een taxi in hielp. Ze ademde de zware lucht van zijn aftershave in, citroenachtig, vol, krachtig, ze koesterde het gevoel van zijn handen op haar armen. Ze stond zichzelf een korte blik toe op zijn handen, en beeldde zich in hoe het zou voelen, zijn sterke, gebruinde vingers in haar... Hij droeg een honkbalpet – de kranten vonden het geweldig om hem op de voorpagina te zetten, hij was iemand met veel vijanden. De media betaalden veel geld voor een foto van hem in de buitenlucht en iedere lezer begreep het beeld van een getrouwde man en een 'goede vriendin'.

Ze wisten niet *half* waar ze het over hadden.

Ze vroeg zich af of ze het ooit zouden weten.

Het was wonderlijk opwindend om zich door hem te laten ontvoeren.

'*Merci*,' hoorde ze hem tegen de chauffeur zeggen. Ze liepen een tijdje over grind en toen tilde hij haar op en zette haar op een stoel. 'Ogen dicht,' zei hij zacht, en ze deed wat haar werd opgedragen. Ze wist precies waar ze waren, maar dat maakte niet uit. Deze avond liep zoals hij liep, en ze zou zich erdoor laten meevoeren. Ze voelde een vleug koude lucht over haar gezicht strijken terwijl ze opstegen.

'Kus me,' hijgde hij, en hij leunde over haar heen, sterk en lang, en zij liet zich door hem overheersen – voor een paar uurtjes maar. Ze was blij dat ze zat, want haar knieën voelden als water. Zijn kus was als muziek; het was een gedicht. Ze was een nuchter meisje dat deed wat ze moest doen om de eindjes aan elkaar te knopen, maar nu was haar hoofd een draaikolk van duizelingwekkende opwinding en ze herinnerde zich vagelijk een vers uit haar schooldagen – Shakespeare, of die andere vent – iets over een kus die de ziel uit het lichaam kon zuigen. God, ze zou haar eigen ziel met plezier opgeven. Misschien had ze dat al gedaan.

Toen ze elkaar eindelijk met tegenzin loslieten en ze haar ogen opende, stegen ze uit boven het wonderlijke spektakel van de Champs Élysées en de Arc de Triomphe, boven de lichtstad zelf. Ze voelde dat als ze voorover zou leunen, ze de Obélisque de Louxor zou kunnen aanraken. Het was vreemd en betoverend, zo'n gigantisch en schaamteloos fallussymbool dat met trots door het ene land aan het andere was gegeven. O, Maria. Ze had maar één ding in haar hoofd die avond – en het was niet het goede.

Hij streelde haar gezicht. Ze kon hem niet in de ogen kijken, maar hij tilde zachtjes haar kin op zodat ze niet anders kon.

'Heb ik gelijk,' zei ze plagerig, 'dat dit de eerste keer is sinds lange tijd dat jij in een reuzenrad hebt gezeten?' Op dit moment was een grap het enige waarmee ze zich nog kon redden.

'Het is gek,' zei hij. 'Als ik naar jou kijk dan wil ik je meenemen naar elk reuzenrad in elke stad in de hele wereld.'

Ze probeerde een flauw grapje te maken, maar de woorden bleven hangen. Ze rilde en hij trok haar dichter tegen zich aan. Ze nestelde zich tegen zijn shirt, het luxe gevoel van de boterzachte katoen deed het hem. Ze voelde een korte steek van haat, zo vluchtig dat hij al was verdwenen voor ze hem kon verjagen, een reflex vanwege zijn *gerieflijke* leven. O, ze wist dat hij had geleden, maar dat maakte niet uit: hij kon kopen wat hij wilde, hij *had* alles wat hij wilde al gekocht, alles *en* iedereen. Hij had geen idee van de strijd die zo velen dagelijks moesten leveren om te kunnen overleven.

Bijna al zijn problemen had hij aan zichzelf te wijten. Zij was een deskundige op het gebied van Jack Kent. Hij had gewerkt voor zijn geld en zijn macht en succes, maar er was een keerzijde aan die medaille. Hij had gelogen, bedrogen en – wat voor *haar* het meeste telde – hij had *gestolen*. En dan voelde hij zich zielig! Jack had geen idee.

Hij hield haar hand vast. Ze voelde hoe zijn vingers over de onderkant van haar polsen streelden en ze werd er helemaal wild van. 'Alsjeblieft,' smeekte ze bijna. 'Neem me mee naar bed.'

Ze haalden het amper tot de suite. De seks was wanhopig en luidruchtig en beestachtig. Ze kreunde van geluk en van pijn en hij stootte keer op keer in haar – 'meer' snakte ze: 'meer' – en hij was bijna wild van lust, hij gromde haar naam steeds maar weer. Hij was net een kunstwerk, en hij was zo *verdomde* goed, het was net of hij haar aanbad met zijn onderlijf. Ze moest hem in haar mond hebben, en hij haar – ze wilde hem overal tegelijk, ze wilde woorden schreeuwen, maar ze was te extatisch, te gretig naar zijn lippen, zijn handen, zijn tong, het gevoel van zijn sterke, krachtige lichaam onder het hare, boven op haar, achter haar, zijn gulzige lid dat zich hevig in haar bewoog. God, laat dit nooit meer ophouden.

Maria was een kuis meisje, diep in haar hart.

Helaas waren er meer plekken in haar lichaam die minder kuis waren.

De vijfde keer, vlak voor zonsopgang, deden ze het op het stenen balkon. 'Ik wil het met je doen, en heel Parijs mag het zien,' fluisterde hij in haar oren en hij spinde van genot en drukte haar billen tegen zich aan zodat ze kon voelen hoe hij hard werd. Ze liet zich vanachter nemen – een goede metafoor voor hun verhouding, nog *één keer,* dacht ze – en toen gleed ze langzaam van hem af, draaide zich om, sloeg haar benen om zijn middel en, hoewel hij haar gemakkelijk kon dragen duwde ze hem naar binnen en tegen de grond. Ze kronkelde over hem heen terwijl hij omhoog staarde met een weeïge, hongerige glimlach op zijn mooie gezicht.

'Wat zou je doen als mijn vrouw nu binnen zou komen?' vroeg hij.

Ze trok een wenkbrauw op. 'Je bedoelt: wat zou *jij* doen?'

Ze was totaal uitgeput, maar ze kon er geen genoeg van krijgen. En dit zou niet eeuwig kunnen duren. Wie weet hielden ze het niet eens een dag met elkaar vol.

Om negen uur 's ochtends doken ze samen het hoge bed in. Haar hele lichaam trilde en ze voelde zich slap en alsof ze van elastiek was en er geen botten meer in haar lijf zaten.

Ze dronken rode wijn, staarden in elkaars ogen, en ze voerden elkaar gebraden kip. Ze was uitgehongerd en voelde zich net een wilde. Vrijen, eten, slapen, en dan weer vrijen.

Jack liet een kippenbotje in de zilveren schaal vallen en het viel neer met een holle plof. Hij rolde over het bed tot hij haar onder zijn lichaam had geklemd. 'Maria,' zei hij, zijn ogen vol van een glimlach. 'Mijn god! Word de moeder van mijn kinderen!'

Met een uiterste krachtsinspanning duwde ze hem omver, rolde over hem heen en drukte *zijn* lichaam onder het hare. 'Jack,' zei ze. 'Mijn lieve Jack. Die *heb* ik al.' Ze zat stil. Haar hart klopte zo snel dat ze het als een trommel in de kamer hoorde roffelen. 'Althans, ik heb *een* van je kinderen.' Ze leunde achterover op haar hakken en draaide haar gezicht van de ene naar de andere kant. 'Zie je dan *helemaal* geen gelijkenis?'

NEW YORK, FEBRUARI 1998

Emily

Veel tieners die wegliepen hadden geen idee. Ze jatten de sleutels van hun vaders Land Rover, raapten wat ondergoed bij elkaar en reden vrijwel altijd met de auto in een greppel, meteen al. Emily had haar dienstmeisje zes Louis Vuitton-koffers laten inpakken, ze had haar chauffeur opgedragen haar naar het vliegveld te rijden en ze had haar moeders piloot geleend die haar in de jet naar een particuliere landingsbaan in Manhattan vloog. Je moest het natuurlijk wel een beetje chic houden. Het had geen enkele zin om weg te lopen naar een plek die minder chic was dan haar eigen huis.

Ze checkte in bij het Paramount. Ze vond het leuk om juist *niet* in een van haar moeders hotels te logeren. Ze vond het statige gebouw in de Upper West Side wel mooi, maar die witte vleugel en de exacte kopie van Michelangelo's fresco's in de Sixtijnse Kapel die haar moeder op het plafond van de balzaal had laten schilderen vond ze maar niks.

41

Mammie was er zo trots op en Emily kon het niet over haar hart verkrijgen om haar te vertellen dat deze versie van 'Het laatste avondmaal', met Innocence als de Heilige Maagd, in heel New York bekendstond als het meest vulgaire kunstwerk in de stad. Bovendien zou ze natuurlijk *gevonden* worden als ze in haar hotel zou logeren, en dat was niet de bedoeling.

Ze wilde een beetje lol trappen. Bovendien was Timmy in New York. Hij werkte op Wall Street, bij JP Morgan Chase. Ze vond het schattig dat hij zijn eigen geld wilde verdienen terwijl hij heel Schotland zou gaan erven. Nou ja, bijna heel Schotland.

Ze had hem niet meer gezien sinds het jacuzzi-incident, nu bijna anderhalf jaar geleden. Omijngod, dat was echt het meest *gênante* moment van haar *hele* leven. Ze was naar haar slaapkamer gevlucht waar ze flauwviel op de grond en vijftien uur later weer wakker werd. Quintin had alle rotzooi opgeruimd – later had ze gehoord dat Élite Hotels de rekening had betaald van twee gebroken armen, een kapotte knieschijf *en* vijf juridische processen. IJsbanen en alcohol dat ging dus *echt* niet samen.

Timmy had haar nadien zelfs nog geschreven. *Hij* vond het klaarblijkelijk geen probleem – ze had helemaal gelijk gehad dat ze geen seks met hem wilde hebben. Tot op het moment dat het misging was het vast fantastisch geweest. Ze had zijn brieven niet beantwoord, anders dan al die andere meisjes die hij vast en zeker ook schreef. Er was niets waar de aristocratie meer van kon genieten dan een goede brief – je kon het bijna niet maken om iemand op straat tegen te komen zonder hem daarna een bedankbriefje te sturen. Ze schaamde zich zo vreselijk voor hun laatste ontmoeting – overgeven was zo *kinderachtig* – maar nu had ze haar rust weer gevonden, ze was een jaar ouder, een jaar aanlokkelijker. Het was tijd om hem weer eens op te zoeken.

Ook deze keer zou hij geen beurt krijgen. *Bijna*, maar niet helemaal. En zij zou hem niet bellen, ze zouden elkaar toevallig tegen het lijf lopen op het moment dat hij zijn kantoor uit liep. Century 21 zat in de buurt. Behalve dan bij Top Shop had Emily echt geen zin om ergens te gaan winkelen waar ze minder dan twee assistenten per klant hadden, en het idee alleen al aan een soort *rommelwinkel* met allerlei *koopjes* maakte haar misselijk. Maar dat mocht Timmy natuurlijk niet weten en het was een prima excuus om hem tegen het lijf te lopen.

Ze hield haar adem in, rende de Century 21 binnen, pakte het eerste kledingstuk bij de deur, betaalde het, deed de tas dicht en vertrok met het schaamrood op haar kaken. Eenmaal buiten trok ze meteen de desinfecterende lotion uit haar tas en wreef haar handen schoon. Toen, terwijl ze het onzichtbare vuil uit haar haren stond te schudden, riep ze haar chauffeur. Het was ijskoud, en haar zwartsuède Christian Louboutin-laarzen met hun tien centimeter hoge rode hakken waren niet gemaakt om op te lopen.

Wall Street nummer zestig, beter bekend als het wereldhoofdkantoor van JP Morgan Chase, was een grote lul van een gebouw. Het stak recht omhoog de helderblauwe lucht in, lang, dom en zelfgenoegzaam. God, wat was ze toch dol op New York. Ze hield van New York en ze hield van New Yorkers. *Onbeschoft*? Het waren stadsmensen! Slimme, snelle stadsmensen die voor zichzelf opkwamen. Niet zoals Londenaren. Ze was absurd gek op Londen maar in vergelijking met New Yorks grotere, brutalere en stralender skyline was Londen een oud vrouwtje, en wat de onbeschoftheid betreft wonnen de Londenaren het met een *straatlengte*. Ze schreeuwden niet, ze mompelden, wat nog veel erger was. Emily was nooit echt in de Londense metro geweest, maar volgens Quintin – die regelmatig zijn moeder in Acton bezocht – stonden mensen niet eens op voor een zwangere vrouw, en deden ze net of ze verdiept waren in hun kranten. De Londense metro stond vol met zielige, zwangere, staande vrouwen. En dat was echt misselijkmakend. Emily was overigens ook nog nooit in de New Yorkse metro geweest, maar ze verbeeldde zich dat als een reiziger dat in deze stad zou flikken, de zwangere vrouwen echt wel voor zichzelf zouden opkomen. Kranten zouden uit handen worden gerukt met de woorden: 'Hallo! Moet ik soms staan!'

New York was als een adrenalineshot, het gaf je het gevoel dat je iets kon bereiken. Het tilde je op, het hield van het leven, het was de stad die zei: 'Slapen doe je maar als je dood bent.' Emily kromp ineen van de pijn en brak een hak van haar laars af. Het gaf niks, zei ze tegen zichzelf, ze had thuis nog zeven paar staan. Ze hinkelde naar een van de grote zwarte vierkante pilaren en deed net of ze de schade aan het opnemen was. Mannen als Timmy raakten gehypnotiseerd door een dame in nood. Ze hielden ervan als hun sterke vrouwen uitgeschakeld waren, dat maakte dominantie minder moeilijk.

Hoewel er ergere dingen waren te bedenken dan te kijken naar een eindeloze optocht van mannen in pak, vond ze het bepaald niet leuk om meer dan een uur op één been in de kou te moeten staan, en ze vervloekte Timmy dat hij niet kwam opdagen. Ze zou een warme chocolademelk halen en morgen wel weer terugkomen. Ze keek in haar tasspiegeltje – haar neus was roze en bevroren van de kou. Je hebt *geen* idee, Timmy, zei ze tegen zichzelf, hoe ver ik ga voor jou.

Op de derde dag werd haar geduld eindelijk beloond.

'*Em?* Hé! Wat een geweldige verrassing! Wat brengt jou naar deze jungle?'

Ze zwaaide met haar licht verfrommelde Century 21-tas en hield de afgebroken hak voor zijn neus.

'Wat goed om je te zien! Emily, dit is James Claudderaugh – James, Emily, Emily, James – en Toby McIntosh-Forbes – Toby, Emily, Emily, Toby – en Rahdirahblablabla.'

'*Dag heren!*' Ze glimlachte beminnelijk en bekeek zijn collega's, ze vielen allemaal binnen enkele seconden af als mogelijke partners: te vroeg kaal... ogen te dicht bij elkaar... te klein... laat me niet lachen... einde bericht.

'Wat ben je allemaal aan het doen? Heb je zin om met ons te eten bij Elaine's? Zij is echt geweldig.'

Emily at graag fastfood, ze had geen zin om haar tijd te verdoen in een restaurant, laat staan dat ze geïnteresseerd was in een of andere dikke oude kokkin. Kon het zijn dat het bankwezen Tim in een nerd had veranderd?

'Lieverd, ik zou niets liever willen, maar ik heb al een afspraak. En ik moet mijn schoen laten maken. Hoewel... ik ben rond halfnegen in de Oyster Bar op Grand Central.' Ze glimlachte ondeugend naar hem. 'Als je zin hebt in schaaldieren, beter dan daar krijg je ze nergens.' Ze geloofde erg in de onderliggende (of niet zo onderliggende) boodschap.

Nu zou ze wel zien. Zou hij die oude dikke Elaine en zijn lelijke vriendjes dumpen en de halve stad doorkruisen vanwege de vage halve belofte van wat horizontale actie?

Er verscheen een peinzende blik op Tims gezicht. 'Dat lijkt me helemaal geweldig! Je zei toch al dat je een film wilde pakken, of niet, Toby.' Toby's gezicht stond totaal onwetend. 'Eh, je weet wel, die ene film die ik al had gezien?' Nog steeds geen reactie. 'Elaine's was eigenlijk ook maar een suggestie, onze plannen waren nog erg vaag.' Eindelijk verscheen er weer wat begrip in het ruwe, door het rugbyen platgeslagen gezicht.

'O, ja, nee, *natuurlijk!*'
Emily knipoogde. 'Nou, fantastisch. Dag, heren. Tim, tot straks!'

In haar 'Deluxe' kamer in het Paramount bereidde ze zich liefdevol voor – een ideaal pakketje van verleiding in een luipaardprinttopje van Dolce & Gabbana met spaghettibandjes, hotpants, een overjas van Christian Lacroix en zwartsuède laarzen tot op haar knieën van Voyage. Ze zou hier in ieder geval niet nog eens terugkomen. De kamer, netjes, stijlvol, modern, blablabla, was niet veel groter dan een luciferdoosje. Nog veel erger dan dat, ze voelde zich hier *arm*. Zo moest het voelen om in een huurflatje te wonen. Afgrijselijk. Hoe hielden mensen zoiets vol? Het gebrek aan *lucht*, je stikte er bijna in. Ze bleef maar tegen de meubels botsen, ze voelde zich er helemaal *dik* van. Een hotel waar je je dik en arm voelde – wat een falende marketing. De hotels van papa en mama waren schitterende paleizen in vergelijking hiermee – waarschijnlijk boekte men alleen maar kamers hier omdat de portiers echt heerlijk waren. Ze kon geen enkele andere reden bedenken. Volgende keer zou ze in het Four Seasons logeren: grote kamers, marmeren plafonds – het Four Seasons wist wel hoe het zijn gasten moest verwennen.

Ze kwam net iets te vroeg aan in de Oyster Bar zodat ze zich kon presenteren zoals ze dat graag wilde. Tims eerste aanblik van zijn toekomstige vrouw zou een klassieke pose zijn, een jarenvijftigsterretje, misschien met een sigaret in haar hand en een milkshake drinkend door een rietje. Milkshake, geen alcohol, ook al had ze heel veel zin in een glas rode wijn, want als Emily een echt sluw plan had, dan wilde ze zich graag op haar alleronschuldigst voordoen.

Tim kwam precies om vijf over halfnegen binnenlopen – ze zag dat hij gedoucht had en andere kleren aan had getrokken. Schattig.

Hij gleed neer op de stoel naast haar en glimlachte. 'Hoe is het?'

'Lekker,' zei ze.

'Tuurlijk, met jou is altijd alles lekker,' zei hij grinnikend.

Ze staarde naar hem vanonder haar wimpers. 'Vandaag wel,' zei ze met wat ze hoopte dat zou klinken als een terughoudende stem. 'Het is veel te koud om me te misdragen. Ik ga gewoon een hapje eten, wat bijkletsen met mijn oude vriend Tim en dan duik ik om halfelf mijn bed weer in.' Ze glimlachte. 'Zullen we bestellen?'

Het vervelende was dat Emily een hekel had aan schaaldieren, maar ze wilde Tims hoofd helemaal op hol brengen om hem daarna af te wijzen. Een nachtzoen en dan moest hij weer weg. Ze keek naar de 'rauwe' kant van de kaart. 'Rauw' was sexyer dan 'warm'. En venusschelpen – ja, dat was het helemaal. Rauwe venusschelpen, ik bedoel, kom op – als dat geen metafoor voor iets heel stouts was, dan kon ze het net zo goed opgeven en meteen naar huis gaan. Hoewel... garnalenpopcorn... mmm.

'Die tequila limoen oestershooter lijkt me wel wat,' zei Tim.

Wilskracht was ook niets anders dan een positieve draai aan 'zelfopoffering', en daar was Emily bepaald geen fan van. 'Zou het onbeschoft zijn als ik niet met je meedoe?' zei ze.

'Enorm,' antwoordde Tim.

De oestershooters volgden elkaar in hoog tempo op. 'Weet je,' zei Emily met een halve glimlach, nonchalant over de bar hangend en met een blik op Tim – hij was zo leuk, met zijn slordige haar, en hij was nu *mager*, niet dun. 'Dat klinkt wel echt *heel* lekker, rauwe venusschelpen, en ik ga ze zeker *ooit* een keer bestellen, maar nu denk ik dat ik een vistaartje neem, om al die alcohol te absorberen. Want anders...'

'Nee, je hebt gelijk,' stemde Tim in.

Ze bloosde. Hij dacht dat hij vanavond wel een kans maakte.

Ze at de helft van het vistaartje op, hij de rest. Op een gegeven moment hing er een stukje aan haar kin en hij reikte met zijn hand naar haar gezicht, veegde het stukje eraf en likte het van zijn vinger. Ze viel bijna van haar stoel – jeetje, wat *opwindend*!

Vervelend, dit. Theoretisch gezien was Tim helemaal niet zo sexy. Maar in de praktijk was hij dat wel, en dat maakte het moeilijk om hem te weerstaan.

'Hun toetjesmenu is echt *fantastisch*,' zei ze, en ze zwaaide haar fles Goose Island "Honker" bier (die moest je wel bestellen, vanwege de naam, zei Tim) tegen de zijne. 'Moet je horen: honingpecanpompoentaart... pruimentaart met amandelcrème... limoentaart... New York cheesecake... chocolademuis... ik bedoel, chocolademousse... mokkataart.' Ze gooide haar handen in de lucht. 'Ik bedoel, hoe moet je nou ooit een keuze maken?'

'Bestel ze gewoon allemaal.'

In theorie erg geschikt voor de 'eerste date', maar in praktijk erg vies en onaantrekkelijk. 'Ik bestel er *eentje*.'

Tim zuchtte. 'Je bent wel erg braaf vandaag, maar vooruit. Ik zou zeggen de chocolademuis.'

Ze weigerde hem haar ook maar een lepel te voeren. 'Ik wil zelf de controle hebben,' legde ze uit. Hij gaf haar *zo'n* blik. 'Wat nou?' Hij schudde zijn hoofd. 'Ik heb een sigaret nodig.' Ze keek hoe hij zijn hoofd achterover liet vallen om de rook omhoog te blazen tegen de witte tegels van het ronde plafond. Ze had zin om zijn nek te likken. Ja, ze bracht hem echt in vervoering. Hij smeet een stapel geld op tafel. 'Zeg schat, zullen we hier weggaan?'

'Je mag me wel thuisbrengen, als je wilt.'

Zijn ogen zeiden *Ik wil wel meer dan dat* en er ontsnapte een kreuntje aan zijn lippen terwijl hij voorover leunde. Ze liet zijn lippen langs de hare strijken. 'Nee, dat gaan we niet doen, jij ondeugende jongen,' ademde ze.

Precies twaalf minuten later, ondanks de wat koude omstandigheden van min tien graden, liet Emily zich door Tim nemen tegen een muur. Het was haar eerste keer en het was *heerlijk*. Ze had altijd al geweten dat seks geweldig zou zijn, maar dit sloeg echt alles. Het was hemels. Ze kon zichzelf horen schreeuwen en kreunen. Toen ze klaar waren greep ze zich aan hem vast. Hij pakte haar op en fluisterde in haar oor: 'Kom op, schat, laten we dit *goed* doen.' Hij was even stil. 'Ik werd helemaal *gek* van al dat gepraat over venusschelpen.'

Ze giechelde en hing aan zijn arm.

En dus kreeg Emily onbedoeld gelijk. Ze lag inderdaad om halfelf in haar bed. Zij en Tim gingen als beesten tekeer, tot ze om vier uur 's nachts in slaap vielen. En toen Emily de volgende ochtend wakker werd, rolde ze zich op hem en begonnen ze opnieuw. 'Je bent echt heel *stout*,' zei ze tegen hem. 'Je hebt me op het slechte pad gebracht.'

Als de seks niet zo geweldig was geweest en als hij niet zo'n enorme *god* zou zijn, dan had ze hem gehaat. Ze haatte *zichzelf* dat ze zo zwak was geweest en zelfs terwijl Tim haar klaar liet komen met zijn tong en ze het uitschreeuwde van genot barstte ze bijna uit haar voegen van woede: *Wat ben je toch stom, Em, dit was niet het plan.*

En wat ze ook niet wist, was dat ze tegen de middag zwanger zou zijn – en dat was ook niet het plan geweest.

Jack

Maria keek hoe alle vormen van verwarring, ongeloof, angst, verbazing, schok en, uiteindelijk, herkenning in Jacks gezicht te zien waren. Toen, tot haar verbazing – o, die man bleef haar maar verbazen – pakte hij zachtjes haar hand en kuste die. Ze had het gevoel dat het niet genoeg was en dat hij van het bed wilde glijden en voor haar wilde knielen.

'Claudia's echte moeder,' riep hij uit, en toen begroef hij zijn gezicht tussen haar borsten en huilde. Dit had ze niet verwacht – ze wist niet wat ze kon verwachten – en omdat ze hem nodig had om haar te helpen, maakte ze zich zorgen dat hij zou denken dat de seks voor haar niet meer dan een middel tot een doel was geweest. Dat was het niet. Ze was verliefd op hem.

Als kind had Maria haar drie oudere nichten zich zien verloven, de een na de ander, en ze had zich ingebeeld dat ieder aanzoek een enorme verrassing was geweest. Toen was ze nog afschuwelijk seksistisch geweest, zoals kinderen dat meestal zijn, en ze nam aan dat de beslissing om te trouwen helemaal aan de man was, en dat de vrouw alleen maar 'ja' kon zeggen. Erger nog, ze nam aan dat de beslissing om van iemand te *houden* helemaal aan de man was, en dat alleen als *hij* zei dat het goed was, de vrouw haar geest en haar hart kon openstellen voor boeketten en jurken, confetti en taart.

Ze was dan ook stomverbaasd dat toen ze de man van haar dromen ontmoette, het gevoel van liefde direct bestond, dat er geen twijfel over bestond dat het wederzijds was, dat ze uiteraard een aanzoek zou krijgen. Het huwelijk was een gegeven, geen verrassing!

Maar zo was het niet helemaal gegaan.

Hoewel een romantisch hart gebroken kan worden, is het bijna onmogelijk om het onherstelbaar te beschadigen, en nu, meer dan twintig jaar later, voelde Maria hoe die lang vervlogen emotie, die zo bizar dicht tegen totale gekte aan hing, haar helemaal beheerste. Dit was liefde, absoluut.

De eerste keer had zij het verpest, en dat kwam door de seks. Ze was bang dat de geschiedenis zich zou herhalen en het feit dat ze het met hem had gedaan voor ze de waarheid had onthuld en duidelijk had gemaakt wat ze van hem wilde, zou het allemaal verpesten.

Ze gooide het eruit: 'Ik hou van je, weet je dat. Het was niet de bedoeling, maar ik kan er niks aan doen.'

Hij glimlachte naar haar. Zijn ogen waren nog steeds rood. 'Dat weet ik. Ik hou ook van jou.'

'Ik wilde niet dat het zo zou lopen,' zei ze. Hij stak een sigaret aan en gaf die aan haar. 'Dit was helemaal niet mijn plan.'

'Wat,' zei hij, 'was dan *wel* je plan? En' – een strengere toon kwam in zijn stem, alsof hij net iets had bedacht wat nog niet eerder boven was gekomen – 'hoe wist je dat Claudia van jou is?'

Ze bloosde en trok de witzijden ochtendjas om zich heen. Plotseling, als Eva, moest ze haar naaktheid bedekken. 'Als je een baby afstaat,' begon ze zachtjes, 'blijf je altijd zoeken. Je kunt nooit stoppen met zoeken naar je verloren kind. Ik wilde mijn baby niet afstaan, maar ik had geen keuze. Het waren de jaren zeventig – het was het *allerergste* wat je maar kon doen. Ik kom uit een trotse familie. Ze noemden zichzelf een *goede* familie. Ik was voor het eerst in mijn leven verliefd en ik wist van niets, ik was zestien jaar oud. Ik deed wat me werd opgedragen en dus deed ik... *dat*. Ik wist niet eens dat je de eerste keer al zwanger kon worden. Ik dacht dat je eerst geoefend moest hebben voordat het zou... lukken. Ik liet het gebeuren, omdat ik zeker wist, op mijn moeders leven, dat dit mijn man was, dat we zouden trouwen en voor de rest van ons leven samen zouden zijn. Ik was toen nog een heel eenvoudig meisje. En tieners denken nu eenmaal in absolute termen. Het is allemaal helemaal geweldig of totaal klote. Het werd klote. Hij werd bang. Ik denk dat hij bang was voor mijn vader. Hij ontkende dat het van hem was. Hij was ook nog maar zestien. Hij had plannen met zijn leven, hij wilde vrij zijn, en het was zo beschamend. Hij verdween uit mijn leven, en daar stond ik dan, een enorme bal schaamte. Mijn eigen moeder wilde niet meer met me praten. Ik werd weggestuurd, naar een familielid, en toen ik van mijn kind was bevallen, werd ze weggenomen. Ik heb haar niet eens kunnen vasthouden. De dokters waren kil, afkeurend, maar de vrouwen waren nog veel erger. Er was een aardige zuster, *eentje maar*. Ik wilde mijn kind iets van mezelf meegeven, en het enige wat ik bezat was de gouden ketting met een gouden hart dat mijn ouders me hadden gegeven voor mijn zestiende verjaardag. Hij is uniek: mijn oom was juwelier, hij had hem gemaakt. Ik hield de gouden ketting op en de zuster speldde het hart op het rompertje van de baby. Als je je kind afstaat en je zelf ook nog maar een kind bent, heb je geen idee van wat je hebt gedaan, van de verwoestende allesomvattendheid van je vergissing. Dat besef je pas later, als het al te laat is. Ik mocht niet weten waar mijn kindje naartoe was gegaan, bij wie ze woonde. Er was geen officiële weg die ik kon bewandelen om haar te vinden. Maar ik heb altijd naar mijn dochtertje gezocht. Op straat, in de bus, overal waar ik ging zocht ik naar haar.'

'Maar,' ze sprong op toen Jack iets zei. Ze praatte niet meer tegen hem, ze was verzonken in haar eigen gedachten, 'maar, Maria, hoe zou je ooit weten dat zij het was?'

'Dat zou ik geweten hebben,' zei ze. 'Een moeder... weet zoiets.' Ze was even stil. 'Dag na dag zag ik baby's en meisjes, overal, maar nooit de mijne. En toen' – ze schudde haar hoofd alsof ze het niet kon geloven – 'tien jaar na haar geboorte, *op de dag af*, bladerde ik door de *Daily Mail*, en er stond een foto op de roddelpagina van Nigel Dempster. Het was een foto van jou en je... vrouw, en Claudia, en de kop erboven luidde: "De hooggeboren Innocence Ashford en haar man, de multimiljonair Jack Kent, nemen Claudia, de geadopteerde dochter uit zijn eerste huwelijk, mee naar *De Notenkraker*, ter ere van haar tiende verjaardag."'

Maria keek hem aan en glimlachte. 'Dat kon best toeval zijn,' zei ze. 'Maar Claudia droeg een ketting. En aan die ketting hing mijn hart.'

Jack schudde zijn hoofd. 'Dat is echt een wonderbaarlijk verhaal,' zei hij. 'Dus, wat heb je toen gedaan? Heb je geprobeerd om contact te zoeken?' Hij fronste. 'Ik kan het me niet herinneren maar...'

'Nee,' zei ze. Ze glimlachte weer. 'Wat had je gedacht als ik dat *wel* had gedaan?'

Hij keek haar in de ogen. 'Ik had gedacht dat je een moeder was die *mijn* kind terug wilde.'

'En?'

'Ik had gedacht dat je alleen op het geld uit was.' Hij was stil. 'Ben je dat? Is... is dat waar dit om gaat?'

'Ach, hou toch op,' zei ze. 'Ik verzamelde alle informatie die ik maar kon vinden, over jou, en over Claudia. En vanaf die dag heb ik haar gevolgd.' Maria keek omlaag en plukte aan het gouden borduurwerk van het laken. 'Ze zag er nooit gelukkig uit.' Ze keek op. 'Niemand van jullie.' Ze schudde haar hoofd. 'Het was een les, om een familie weg te zien rijden in de nieuwste Rolls, gekleed in de mooiste kleren, op weg naar de luchthaven om naar New York te vliegen, of Bermuda, of Fiji,' ze grinnikte, 'die goeie ouwe Nigel gaf alles door – zo ongelukkig zagen jullie eruit. Ik wilde haar redden, maar ik was doodsbang dat ze me zou verstoten. Het was beter, het was veiliger om haar van een afstand te bekijken, te bewonderen en lief te hebben. Ik hield me voor dat het te laat was om haar moeder te kunnen zijn, maar ik kon wel haar beschermengel zijn. Ik bedoel,' Maria lachte, het was een bitter geluid, 'dat zei ik tegen mezelf om me beter te voelen. Ik wist dat ik niets voor haar kon betekenen, nooit. Ik had niets. Mijn wereld bestond uit pijn en ellende, die ik mezelf had bezorgd. Het was een marteling. En dat is het nog steeds.'

Jack kneep in haar hand.

Ze schraapte haar keel. 'Jack,' zei ze. 'Ik *dacht* dat er niets was wat ik voor mijn meisje kon doen. Maar, god, nu blijkt dat er toch iets is. Een paar jaar geleden heeft ze immers een baan gekregen bij de krant. En toen...' Maria slikte. 'Toen ik zag dat... was ik... Ik denk dat het op een of andere afschuwelijke manier ook... iets natuurlijks is. Ik heb het wel eerder gehoord. Je wordt er gewoon ingezogen... je weet niet eens waarom. Ik kon me niet inhouden – ik schreef gewoon. Ik had het nog nooit eerder gedaan, en ik had het nooit moeten doen. Ik heb je *nodig*, Jack. Je moet dit stoppen. Vertel haar nooit de waarheid. Dat zou ze niet aankunnen. Maar je *moet* iets bedenken.'

Hij keek haar aan, vol ongeloof. 'Maria. Ik begrijp het niet. *Wat* moet ik stoppen?'

Haar maag draaide zich om, en ze besefte dat het allemaal zo weerzinwekkend was dat ze er als een bang dier omheen had gedraaid. Dus vertelde ze het hem. Ze keek hoe hij naar de badkamer rende en moest overgeven.

LONDEN, WINTER 1997

Claudia

Claudia liep het kantoor binnen en gaf Martin een afgemeten knikje. Ze zou professioneel blijven. Ze zou zich *waardig* gedragen. Als je eigen gedachten je levend opvraten was dat nog niet zo'n makkelijke opgave. De afgelopen twaalf uur had ze nergens anders aan kunnen denken dan aan de woorden op dat briefje.

Kon het van Innocence zijn? Innocence schepte een bijna misdadig ongenoegen in het geluk van andere mensen; het gaf haar een minderwaardig gevoel. Als ze een zoenend stel zag was haar hele dag verpest. Claudia had het niet aan Innocence verteld, maar haar stiefmoeder liet wel vaker mensen volgen. Innocence wist waarschijnlijk meer over Martin dan Claudia zelf.

Wie het ook was, de brief was een leugen, een zielige poging tot sabotage. Maar wat als er *echt* iets aan Martin was wat Claudia niet wist? Hij had het nooit over zijn verleden, maar hij had wel gesuggereerd dat er iets was waar hij bepaald niet trots op was. Had hij zich laten ombouwen? Hij had zich laten ombouwen! Nee. Ze had zijn geslachtsdeel gezien, die kon *onmogelijk* door een arts zijn gefabriceerd. Claudia legde een hand op haar voorhoofd. Dat voelde ontzettend warm aan. Ze moest misschien even rusten. Ze werd zo langzamerhand hysterisch.

Ze klokte haar dubbele espresso achterover en zette haar computer aan. Ze was *journalist*, niet een of ander zielig watje. Ze zou Martin niet zonder harde bewijzen veroordelen. Ze zou de *feiten* overzien. *Zij* was degene die zich misdroeg: weigeren met hem te slapen zonder duidelijke reden, hem dwingen om haar te vertrouwen, om te geloven dat ze op een miraculeuze dag, ergens ver weg, zouden vrijen voor volk en vaderland en nooit meer zouden stoppen. Als Claudia met Martin wilde trouwen – en dat wilde ze, *niets liever* – dan moest ze de brief negeren en geduld hebben, lief zijn. Ze moest tonen dat ze van hem hield *en* dat ze naar hem verlangde op elke mogelijke *andere* manier. En dat ze hem had vergeven voor de avond ervoor. Dat ze spijt had van haar eigen gedrag en dat hij het niet mocht uitmaken, want op de dag dat ze zouden trouwen, zou ze haar verleden achter zich laten en de perfecte echtgenote zijn. Ze kon zich er niet toe zetten om naar zijn bureau te lopen, maar ze schreef hem een e-mail: 'Vergeef me, lieverd, ik heb me verschrikkelijk misdragen. Het was allemaal mijn schuld, jij hebt hier totaal geen schuld aan. Ik heb veel te overdreven gereageerd en ik kan me je frustratie heel goed indenken. De waarheid is dat alles aan jou mooi en heerlijk is. Ik wil je zo graag, ik heb nog nooit zoveel van iemand gehouden, en ik wilde gewoon iets langer wachten, tot we getrouwd zijn, maar ik wil je niet verdrietig maken, en ik haat het dat je denkt dat ik niet naar je verlang, dus wat zeg je ervan als we vanavond bij mij slapen? We kunnen wat drinken en dan zien we wel wat er gebeurt...'

Toen drukte ze op de deleteknop en stuurde een e-mail met alleen maar 'Hi' erin.

Geen antwoord. Toen, *drie* uur later, kwam hij bij haar bureau staan, waar ze driftig aan het werk was.

'Hi,' zei hij. 'Ik heb een opdracht voor je. Volgens mij is het wel leuk.'

Ze keek hem aan. Hij keek haar strak in de ogen en ze probeerde te glimlachen. Het was moeilijker dan ze had gedacht om lust en aanbidding uit te stralen. 'Wat is het?' zei ze.

'Nou. Luister. We willen een exclusief interview met Meg Ryan. Ons pluspunt is de hoge oplage, en de juiste demografie: drie miljoen werklozen die alleen maar fastfood eten en rotzooi kijken.'

Ze glimlachte. Zijn stem werd wat warmer.

'Maar, twee jaar geleden hebben we een flutartikel over haar geschreven, waar ze helemaal niet blij mee was. Je weet wel, zo'n interview samengesteld uit andere, oudere interviews, vol dingen als: "Ryan zegt: 'Dennis en ik hebben een geweldige band samen, we blijven voor altijd bij elkaar'", wat ze misschien wel een tijd daarvoor tegen de *Sunday Times* of de *Daily Mail* had gezegd, maar wat ze zeker niet aan ons had verteld. Maar ze had het *gezegd,* dus in theorie was het nog steeds de waarheid.'

Hij glimlachte naar haar, in de verwachting dat ze terug zou glimlachen. Ze bleef hem strak aankijken. Hij hield vol dat een zootje citaten die uit hun context waren gerukt en op een hoop waren gegooid de waarheid was. Deze man kende het verschil niet tussen de waarheid en een leugen!

Met de woorden van de brief nog in haar hoofd gaf dit nou niet bepaald vertrouwen.

Martin haalde zijn schouders op. 'Hoe dan ook, als we een interview willen, moeten we eerst wat gunsten bewijzen. Haar pr-agent vertegenwoordigt een of twee *newbs* die ze...'

'Twee *wat*?'

'*New bloods*: twee jonge acteurs van wie niemand ooit nog heeft gehoord en die zij moeten promoten. Als we een halfuur met Meg willen, moeten we interviews met *drie* newbs plaatsen. Twee pagina's per stuk,' zuchtte hij. 'We hebben het over een meisje, Mollie Tomkinson, die in een of andere Mike Leigh-film speelt. Ze ziet eruit als een kikker en het is *Mike Leigh* – ik denk echt dat ze onze krant te gronde willen richten. Dus die doen we als laatste, en er is altijd een kans dat we Meg krijgen als we veel stampij maken over de eerste twee. Dus hier heb je de eerste band. Het is tenminste Hollywood, het heet *Vengeance*. De kerel die je ziet is Ethan Summers. Nee, ik heb ook nog nooit van hem gehoord. Hij ziet eruit als een bedbeest, en dat is de enige reden waarom hij het wel zal redden. Als over vijf jaar meer dan zes mensen hem kennen, kunnen wij in ieder geval roepen dat we hem als eerste hadden. Bel de Führer maar, ik bedoel de pr-agente, en vraag of ze zijn biografie wil doorsturen – dat heeft ze als het goed is trouwens al gedaan. Bekijk die film vanavond en regel het interview voor volgende week. Die vent woont in LA, maar hij is in Londen om zijn film te promoten.'

'Goed. Doe ik. Dank je.'

Martin trok een wenkbrauw op. 'Ik dacht dat je dat leuk zou vinden. Je eerste interview met een grote ster.'

Claudia keek hem aan. 'Wat is dit nou? Je zit hier tien minuten te vertellen dat het een absolute nul is. Waarom kies je geen versie van de waarheid en blijf je daarbij?'

Hij keek haar aan. 'In dit kantoor,' zei hij zachtjes, 'heb ik graag dat je onthoudt dat ik je baas ben en dat jij betaald krijgt om hier te mogen werken. Dus zou ik me daar maar naar gedragen.' Ze keek toe hoe hij de video van haar bureau griste. 'Ga maar door met typen. Er zijn hier meer dan genoeg mensen die deze kans met beide handen grijpen.' Hij liep weg.

Ze draaide zich om naar haar scherm. Ze hield van hem, maar ze was ook niet dom. Ze wilde dat hij van haar hield, maar ze kon niet net doen alsof ze vrolijk was terwijl ze eigenlijk kookte vanbinnen.

Zo'n interview met Ethan Summers had ze dolgraag willen doen. Nu kreeg de dikke secretaresse de kans.

Het was dom van Claudia dat ze haar emoties boven haar carrière stelde. Misschien had ze binnenkort wel niets anders over dan die carrière. Maar dat zou niet gebeuren. Ze zou Martin niet zo gemakkelijk laten gaan. Als hij echt een geheim met zich mee droeg, dan zou ze er wel achter komen. Ze zou hem bespioneren. Hij zou het toch niet merken, hij lette nooit op *mensen*, alleen op auto's. Hij miste nooit een leuke auto.

Ze zou hem ervan moeten overtuigen dat ze de stad uit was, zodat hij zich veilig voelde en zijn bedrog zou uitvoeren... zich kleden als een vrouw? Ze zou hem achtervolgen in een taxi. Ze zou een sjaal over haar hoofd dragen en een donkere zonnebril ophebben – het zou heel erg Jackie O. zijn. Ze zou een camera meenemen – een zwart-witcamera? En dan zou ze hem bij een Frans café confronteren met het harde bewijs. Ze zou de foto's voor hem op de tafel gooien – dat zou ze misschien even moeten oefenen – en hij zou *geschokt* zijn, maar er zou een simpele verklaring voor zijn! Hij deed mee in een toneelstuk! En ze zouden lachen en...

'Claudia, je moet even voor me naar beneden, ik heb koffie nodig. Dan kun je meteen mijn was ophalen bij de stomerij. God mag weten waar het kaartje is. Dank je.'

Ze sprong op en bloosde. 'Ja, Jim.'

Haar bouquetreeksjes gaven haar niet echt een realistisch beeld van de werkelijkheid; die moest ze maar niet meer lezen. Ze zuchtte en schonk Jim een glimlach. Hij keek haar met een strak gezicht aan. Ze keek omlaag. Ze dacht niet dat hij de brief had gestuurd: haar instinct zei haar dat hij het niet was. Als hij dat wel had gedaan had hij een arrogante grijns niet kunnen verbergen. God, wat werd ze er onzeker van.

Ze voerde Jims opdrachtjes uit en werd beloond met een klopje op haar onderrug. Martin was weg, anders had hij dat nooit gedurfd. Ze sprong weg terwijl hij gniffelde en liep terug naar haar bureau om weer aan de slag te gaan. Ze probeerde te werken maar het lukte niet. Ze moest *nu* alles van Martin weten, maar realistisch beschouwd moest ze wachten. Hij zou de hele vakantie weg zijn, op bezoek bij zijn zus in Canada. O jee, was dat soms een *leugen*? Nu was ze pas echt depressief. Het was geen spel. Als Martin haar *echt* bedroog zou het haar hart breken.

Haar telefoon ging en ze pakte hem op.

'Claudia Kent?'

'Nee, mevrouw Green, het is Claudia Mayer, als u het niet erg vindt.' Ze knarste met haar tanden. Alleen de secretaresse van haar vader *bleef* haar bij die naam noemen.

'Ik heb uw vader aan de lijn. Hij moet u onmiddellijk spreken.'

Claudia voelde zich plotseling als een plastic popje waar een eindeloze rij mannen mee speelde – Martin, Jim, Jack – en ze had er genoeg van. 'Als mijn vader me wil spreken kan hij zelf bellen,' snauwde ze.

'Het heeft te maken met uw verloving met Martin Freshwater.'

Een grote vuurbal van woede kwam in Claudia's maag omhoog. 'Zeg hem dat hij zich met zijn eigen zaken...'

'Claudia! Luister naar me!'

Ze sprong op van de zenuwen – haar vader klonk nog gespannener dan normaal. 'Nee,' fluisterde ze, haar stem zwak van de angst. Ze kon absoluut niet tegen confrontatie, het maakte haar doodsbang, ze haatte ruzie. 'Ik luister niet. Ik ben geen tien jaar meer! Praat niet tegen me alsof ik een kind ben. Ik ga met hem trouwen! We hebben al een datum geprikt!'

'Claudia, ik verbied het. Ik...'

'Waar heb je het over? Je kunt mij helemaal niets verbieden – ik vraag jou helemaal niet om toestemming, ik zeg het je gewoon!'

'Claudia, wacht, alsjeblieft. Ik heb mijn redenen. Ik b-b-bespreek het liever niet over de telefoon. Laten we...'

Hij was echt onverbiddelijk. Hij verwachtte echt dat zij haar verloving zomaar zou verbreken omdat hij het zei. Zelfs hij begreep dat dit wel heel erg grof was – ze had hem nog nooit in haar leven horen stotteren.

'De telefoon is ook prima,' zei ze. 'Dus zeg het maar,' voegde ze er met trillende stem nog aan toe. 'Wat heb je tegen hem?'

Kon het zijn dat haar vader wist dat Martin was getrouwd? Nee. Het was een zakending, dat wist ze bijna zeker. Jack aarzelde en ze wist dat ze gelijk had.

'Ik heb niks tegen de man zelf,' zei haar vader, en Claudia's lip krulde op van walging.

'Laat mij dan gelukkig zijn,' zei ze kil, waarna ze de telefoon op de haak gooide.

PARIJS, WINTER 1997

Jack

Die verdomde pot valium – ga nou toch verdomme eens *open*! Je zou toch denken dat ze wel begrijpen dat een mens in tijden van echte wanhoop last heeft van trillende handen, en dat je gewoon niet... Hè, hè, *eindelijk*. Jack schudde het potje leeg in zijn mond en gooide er snel een glas wodka achteraan om de pillen weg te spoelen. Hij stak een sigaret op en ging onder de dekens liggen met een zwart overhemd om zijn hoofd gewikkeld om zo veel mogelijk licht en lawaai buiten te houden. Al zijn zintuigen bonkten; het was net alsof zijn huid was afgestroopt en zijn zenuwuiteinden bloot lagen in de koude winterlucht.

En hij had het ijskoud. Aan de thermostaat kon hij weliswaar aflezen dat het eigenlijk tweeëntwintig graden was, hier binnen, maar hij had het zo verschrikkelijk koud dat zijn tanden ervan klapperden. Maria, wat wilde hij haar graag zien – hij had het gevoel alsof zijn lichaam uit elkaar viel, en dat alleen haar armen hem bij elkaar zouden kunnen houden, maar tegelijkertijd wilde hij haar juist *helemaal niet* zien, want hij wist dat ze ademloos van opwinding de kamer zou binnenstormen, en dat ze meteen zou vragen: 'En, heb je het haar al verteld?'

Gepijnigd wikkelde hij het overhemd weer van zijn hoofd, en het priemende licht van de lampen, en het gezoem van de plasmatelevisie en de dvd-speler – dat martelende gegons – spleet zijn kop zowat in tweeën. Hij zag dat ze geschrokken naar hem keek. Ze dribbelde naar zijn bed en voelde even aan zijn voorhoofd. Hij bedacht dat er al in geen twintig jaar meer een vrouw aan zijn voorhoofd had gevoeld.

'O, schat. Mijn god, wat is er toch met je? Heeft ze het zo... heeft ze zo akelig gereageerd?'

Hij hoorde het trillertje in haar stem. Als ze maar niet ging huilen, want dat trok hij niet. Hij had geen enkele emotionele reserve meer, hij had niks meer te geven. Hij kon zichzelf al bijna niet eens staande houden. 'Nee,' zei hij. 'Ik heb haar alles verteld. Er is niks aan de hand.'

'Godzijdank. Dat je daar nou een week over moest doen, dat is toch ongelofelijk, Jack? Ik weet ook wel dat het een hele schok was, maar... nou ja, geeft ook niet. Maar wacht even, hoezo is er niks aan de hand?'

'Nou,' verbeterde hij zichzelf vlug. Zijn hersenen waren zo wattig, en het kostte hem moeite om op de juiste woorden te komen. 'Nou ja, dat is natuurlijk overdreven. Maar ze had een stuk vervelender kunnen reageren.'

'Dus ze heeft het uitgemaakt?'

'Ja.' Laat me alsjeblieft alleen, nu.

'En ze... hebben ze... Ik bedoel, was ze niet...?'

'Nee.'

'O mijn god.' Ze legde haar hand op haar hart en liet zich achterover op het bed vallen. Haar stem tetterde als een luidspreker in zijn oren. Ze veegde wat tranen weg en ging weer rechtop zitten. 'En hoe *was* ze er dan onder?'

Godallejezus. Het was toch gebeurd? Nou ja, nee, het was niet echt gebeurd, maar zij dacht dat het was gebeurd, dus waarom hield ze er dan niet over op? Waarom was je succes nooit genoeg, waarom moesten vrouwen altijd tot in het kleinste detail weten hoe je tot dat succes was gekomen? Je kon de maan voor ze naar beneden halen, en dan hielden ze hem in hun hand, keken even bedenkelijk en begonnen dan aan hun spervuur: 'Dus, heb je hem *zelf* naar beneden gehaald – maar, hoe dan? Of heb je er soms een mannetje op gezet? En toen je ermee bezig was, dacht je toen aan mij? Was het makkelijk om de maan naar beneden te halen, ik bedoel, makkelijker dan iedereen denkt, want als het nou meeviel, dan heb ik liever een zwaardere planeet...'

Hij haalde diep adem. Je moest kwade gedachten bestrijden met goede. Zo eenvoudig was dat. 'Lieverd,' zei hij met een verbluffend geruststellende klank in zijn stem. 'Ze overleeft het wel.'

Maria's handen lagen bevend om haar hals. 'En... denk je... Ga je haar ook over *mij* vertellen? Ik weet dat het een afgrijselijke schok voor haar moet zijn, maar ik zou haar zo graag willen ontmoeten. Ik wacht al zo lang... fysiek is het zo ontzettend moeilijk om geen... contact te kunnen hebben. Misschien dat het haar afleidt van waar ze nu doorheen is gegaan...'

Haar zwakte gaf hem kracht. 'Maria,' zei hij met moeite maar ook met overtuiging: 'Dat is geen goed idee. Nu niet. Het is te veel, te snel. Geef haar de tijd om hier overheen te komen, en dan stel ik jullie aan elkaar voor als de tijd daar rijp voor is. Ik zat te denken om een feest te geven, voor de opening van het hotel. Dan zien jullie elkaar dan wel.'

Ze knikte stijfjes, haar lippen opeengeklemd, niet in staat haar bittere teleurstelling te verhullen. Er rolde een dubbele traan over haar wang.

'Schatje toch,' zei hij. 'Niet verdrietig zijn. Ik heb een verrassing voor je. Jij en ik gaan op reis.'

'Voor zaken zeker.'

'Nee, nee,' zei hij. 'Voor ons plezier – alleen voor ons plezier.'

SURREY, BEGIN ZOMER 1998

Emily

Emily keek met afkeer naar de metalen kleerhanger. 'Dat meen je niet.' Ze vond dat Tim hier schuld aan had. Hij had haar genomen, helemaal. Ze had het bij pijpen moeten laten, maar nee, hoor. Ze moest het zo nodig allemaal weggeven, gratis en voor niks, en moest je nou zien. Wat een nachtmerrie om een probleem te hebben dat je niet aan iemand kon delegeren.

Ze wist dat er dikke shit aan zat te komen, en ze had het moment dat het haar zou raken voor zich uit geschoven. Ze was weer terug op school, en Tim was weer aan het werk, en hij had haar geschreven: 'Gaaf om je weer eens te zien.' Misschien was dat een soort joviale afkorting voor: 'Gaaf om te zien hoe je boven op me op en neer stuiterde.'

Of deed hij soms net of het nooit was gebeurd?

Het probleem: dat was ook zo gemakkelijk, doen alsof. Je nam een douche, je trok je schooluniform aan, je had die muskusgeur van de hartstocht weggewerkt en je haar in een zedig staartje gebonden, je ging vroeg naar bed voor wat meidengeklets met je kamergenootje – een puber die nog met een roze konijntje naar bed ging en die verliefd was op alle jongens van Take That, je was de hele tijd misselijk en je viel af, en je wiste alle herinneringen aan die avond uit.

Gegeven de omstandigheden was een zwangerschap toch zeker totaal onmogelijk?

Ze was sinds die avond nog niet ongesteld geworden, maar behalve dat was er verder geen enkel teken geweest, en dus had ze er niks aan gedaan.

Ze dacht altijd dat ze geen enkele moeite zou hebben met abortus. En ze had zichzelf voorgehouden, al die maanden, dat ze ook absoluut abortus zou laten plegen: er was nog best tijd. Maar ze kon het niet opbrengen om Nanny of Quintin te bellen en te zeggen: 'Zeg, schat, regel eens even een abortus voor me.' De waarheid was dat ze geen baby wilde, maar ook geen abortus. Idealiter zou de baby vanzelf verdwijnen. Maar dat deed hij niet. Gek genoeg verbaasde de baby haar zelfs, het ontroerde haar dat hij wilde blijven. Hij *wilde* gewoon geboren worden. En hij was *haar* baby... o, god. Ze aaide over haar buik. Je bent slim, Emily. Je bent stom geweest, maar je bent wel slim, Emily.

Emily gooide de moorddadige kleerhanger terug in de kast en liep naar de erker. Het uitzicht was prachtig: het enorme gazon dat eindigde in het meer werd omzoomd door een verentooi van taxusstruiken. De zwanen op het meer hadden twee kleintjes – lelijke grijze monstertjes, maar de zwanenouders waren amusant trots op ze. Ze zwommen druk om hun spruiten heen en sisten en klapwiekten naar alle vogels die ook maar een beetje te dicht bij ze in de buurt kwamen.

Hoe moeilijk kon het zijn, als zelfs een zwaan het kon?

En trouwens, ze was zestien, tenminste, bijna.

Ze zou morgen naar mevrouw Priddy gaan, de directrice, en dan zou ze het rustig opbiechten. Mevrouw Priddy zou versteld staan van haar volwassen houding, en ze zou haar heus wel toestemming geven om op school te blijven zodat ze examen kon doen. Mevrouw Priddy was een moederlijk type, ze had zelf kinderen. Ze was eigenlijk best cool.

Mevrouw Priddy zou het nieuws wel aan papa en mama overbrengen. Mevrouw Priddy zou akkoord gaan met de baby. En als een topschool zo'n standpunt innam, dan zouden papa en mama heus wel achter haar staan, en de graaf en gravin zouden flink onder druk staan om ook hun goedkeuring te geven. Het werd een jongetje, en ze zouden wel omgaan voor het verleidelijke vooruitzicht van een mannelijke erfgenaam voor hun eigen erfgenaam. En als het dan niet om die reden was, welke man of vrouw zou zich tegen een schattige kleindochter in een roze jurkje met een kanten onderbroekje keren? Tim zou wel niet meteen willen trouwen, maar hij was het type dat heus wel zijn plicht zou nakomen. Hij zou zijn kind willen echten.

Ja, joh. Ze zag het best zonnig in.

Nanny was het zat om de veredelde secretaresse uit te hangen en smachtte naar vieze luiers en doorwaakte nachten. Ze zou het geweldig vinden om voor de baby te zorgen terwijl Emily haar opleiding afmaakte. Dus zoveel maakte het eigenlijk niet uit, die baby – hij was nog maar zo klein. Net een dure knuffel.

Jong een kind krijgen was alleen een probleem als je verschrikkelijk graag vrij wilde zijn en je geen personeel had. *Zij* had geld, en Tim was altijd al haar einddoel geweest. Emily haalde opgelucht adem. Het zou allemaal wel goed komen.

DE ENGELSE ZUIDKUST, DRIE DAGEN LATER

UK Sunday – uw beste krant, uw beste vriend,
elke zondag weer!

CELEBUTANT EMILY ZESTIEN EN ZWANGER – WIE IS DE PAPA?

Baby op komst
Emily Kent, 16, jongste dochter van de in ongenade geraakte hotelmagnaat, werd gisteravond van haar exclusieve privéschool gestuurd, nadat ze haar zwangerschap opbiechtte.

Fortuin van £ 53.000.000
Volgens Emily is de vader burggraaf Chateston, 18, oudste zoon van graaf en gravin Fortelyne, erfgenaam van hun titel en geschat vermogen van £ 53.000.000 in land, vastgoed, kunst en aandelen.

'Superverliefd'
Een bron die Emily goed kent vertelde *UK Sunday*: 'Emily en Tom zijn superverliefd en hij vindt het geweldig dat hij vader wordt. Ze zijn nog jong, maar ze zijn allebei gek op kinderen en kunnen niet wachten om een eigen gezin te beginnen.'

'Gouden wiegje'
'Ja, het wordt een rijk en bevoorrecht kind, maar dat maakt hun niets uit – ze verheugen zich enorm op hun gezinnetje. Emily heeft al een gouden wiegje uitgezocht bij Harrods!'

Graaf ontkent
De vader van burggraaf Chateston was gisteravond echter woedend en

ontkende deze beweringen. 'Emily staat bekend om haar voorliefde voor een feestje,' zei His Lordship, de graaf van Fortelyne, 54, in een exclusief interview met UK *Sunday*, op zijn kasteel van 20 miljoen in Schotland.

'Heel populair'

'Het is een heel populaire dame, met een indrukwekkende kring mannelijke vrienden. Wellicht dat ze tot de voor haar meest gunstige conclusie is gekomen wat betreft de mogelijke vader van haar kind. Misschien dat ze daar na een ontnuchterende brief van onze advocaten nog eens heel goed over nadenkt.'

Geen reactie

Burggraaf Chateston, 18, die een jaar op Wall Street werkt voor hij zijn studie aan de Universiteit van Cambridge begint, weigerde gisteravond om met verslaggevers te praten in zijn appartement van een half miljoen, in het chique Upper West Side.

Superauto van 2 ton

Miss Kent, die naar men zegt vier maanden zwanger is, werd gisteravond om acht uur met hoge snelheid weggevoerd door haar moeder, Lady Innocence Ashford, in een kanariegele Lamborghini Murciélago van twee ton.

'Schimmige' miljardendeal

Miss Ashford, zoals ze zich noemt – geboren als Sharon Marshall in een probleemwijk – is inmiddels miljarden waard, nu haar echtgenoot zijn hotelimperium aan haar heeft overgedragen na wat deskundigen een 'schimmige deal' noemen, vlak voordat de Lloyd's ineenstortte, waardoor hij anders aan de grond was komen te zitten.

Familiekrant

Haar reactie op vragen van verslaggevers is niet geschikt voor deze familiekrant.

Dierbare vriendin

Haar vader, hier op de foto met een dierbare vriendin, was niet beschikbaar voor commentaar.

Claudia had de krant alleen maar uit wrok laten komen – ze hoopte dat de secretaresse het interview met Ethan Summers had verprutst en dat het niet meer zou worden dan een paar regeltjes. De gastvrouw kwam hem brengen, tegelijk met het ontbijt – 'Bedankt, wat fijn' (ze vond het nog altijd gek dat zij door anderen werd *bediend*) en ze had hem aan de kant gelegd zonder er zelfs maar naar te kijken. Ze dwong zichzelf om haar havermoutpap op te eten en haar sinaasappelsap op te drinken, die vers geperst was. Ze kon een glimlachje niet onderdrukken. Dat was haar vaders schrikbeeld: hotels die metalig smakend sinaasappelsap serveerden. Nou, dit sap zou zijn goedkeuring wegdragen, ook al zat ze dan in een kleine bed & breakfast in Cornwall.

Ze had een paar dagen vrij gevraagd, en op donderdag was ze met JR naar de kust gereden, naar de Old Vicarage. De bed & breakfast stond ergens in een veld, ver weg van alles, en als je naar de rand van dat veld liep hield het land ineens op, en stond je plotseling te wankelen aan de rand van een steile rots met uitzicht op een kiezelstrand en een eindeloze blauwe zee. De schapen waren net plukken watten die overal waren rondgestrooid, en de eigenaren van de B&B hadden een cyperse kat met een dikke kop die het leuk vond om bij je in de auto te springen en een eindje met je mee te rijden – JR was geen enkele bedreiging voor hem.

Claudia had de halve vrijdag langs het strand geslenterd. De andere helft bracht ze door op het kerkhof. Het lezen van al die namen was iets waar ze nooit genoeg van kreeg, dan stelde ze zich de levens van deze mensen voor, hoe ze eruitzagen, en wie er van hen hielden. Het was er zo vredig. Het was zo lekker, die *stilte*. Haar mobieltje had hier nul ontvangst, maar voor de zekerheid had ze hem toch maar uitgezet.

Sinds hun ruzie, en die mysterieuze brief, hadden Martin en zij weer vrede gesloten. Zonder een woord te zeggen hadden ze besloten om de scheuren in hun relatie met de mantel der liefde te bedekken. Ze had het nergens over gehad, maar ze was ook niet met hem naar bed gegaan. Er was eigenlijk niet veel veranderd. Het leek erop dat ze ondanks hun verdenkingen en frustraties toch vooral heel erg graag van elkaar wilden houden. En toch, heel af en toe, kwamen die onderdrukte gevoelens bovendrijven, en dan raakte ze uit balans. Dan moest ze even weg.

Tegen zaterdagavond miste ze hem alweer zo erg dat ze de verleiding niet kon weerstaan om haar telefoon te checken. O mijn god! Zevenentwintig berichten. Hij moest wel echt heel veel van haar houden, maar beloofd was beloofd. Cornwall betekende even weg bij Martin, en dus besloot ze om de trieste liefdesverklaringen pas af te luisteren als ze weer in Londen was.

Maar de volgende morgen na het ontbijt en na het douchen liep ze haar kamer weer in, en sloeg ze de krant open. En terwijl het water van haar haren op UK *Sunday* drupte tot de woorden 'Zestien en zwanger' helemaal zompig waren, werd het ineens allemaal duidelijk. O, Emily. Dat arme, arme schaap. Wat zou ze zich nu bang, hulpeloos en verloren voelen. Wat verschrikkelijk. Ze zou haar bellen om haar medeleven te betuigen. Die *arme* Emily.

LONDEN, ZOMER 1998

Emily

'Rot OP, stelletje klootzakken. Laat me met RUST! Ik heb een koptelefoon op, dus ik kan jullie niet eens HOREN!'

Als het mogelijk was om ouderloos ter wereld te komen, dan zou Emily daarvoor gekozen hebben. Wat een eikels. Hoe durfden ze? Ja, zij konden lekker de hele wereld over reizen, en overal een beetje liggen rampetampen als een stelletje goedkope snollen, terwijl zij maar *één* keertje had gesekst – drie keer – met een jongen met wie ze ook nog eens van plan was te *trouwen*, en dan gingen ze zo uit hun plaat!

En ze was nog wel bijna zestien, toen, als je rekende vanaf de conceptie. Nou, ze ging Tim echt niet afkammen in de pers, denk maar niet dat ze haar kansen op die manier zou verzieken.

Niet dat hij haar trouw verdiende. Die hufter.

Nu kwamen er ineens geen briefjes meer! Hij had zeker al dat stompzinnige met zijn naam bedrukte briefpapier opgemaakt.

Hij belde niet.

Nou, zij ging hem ook echt niet bellen, hoor, bekijk het even, en als hij *wel* zou bellen – niet dat het haar wat kon schelen, of dat zij elke vijf minuten de telefoon even oppakte om te controleren of hij het überhaupt wel *deed* – dan was ze er niet.

En zijn vader, meneer de graaf, dat was al helemaal een kansloze zak. Het was *zo* gênant allemaal. Het hele land lachte haar uit. Dat hij aan Claudia's klotekrant had verteld – *gesuggereerd*, wat nog veel erger was – dat zij een crackhoer was die met een miljoen kerels naar bed was geweest! Hoe *durfde* hij! Maar oké, als hij oorlog wilde, dan was haar moeder heel wat meer waard dan die lullige drieënvijftig miljoen van hem. Kom maar op!

Emily stormde haar kast in. Het was een heel gave kast met een leren vloer en een automatische thermostaat, maar haar kleren pasten haar allemaal niet meer. Niet dat het wat uitmaakte, want ze droeg toch bijna nooit iets twee keer. Het beviel haar totaal niet om zo dik te zijn. Niet *vet*, mensen die zeiden dat zwangere vrouwen vet zijn, sporen niet. Die mensen waren zelf trouwens altijd vette kerels van middelbare leeftijd, was Emily opgevallen. Ze zou ervoor zorgen dat ze een geweldige tijd kreeg, en dat ze zo veel mogelijk aandacht op zou eisen. Ze voelde zich *bijzonder*, en *superieur*, en iedereen die *niet* zwanger was (zoals die opgefokte, schijnheilige bitch van een directrice, Preutse Priddy) kon mooi oprotten. En wat haar *vader* betrof... Jezusmina! Die was teruggestormd uit Parijs, waar dat domme hotel, de Belle Époque, hem helemaal in beslag had genomen – hij was een openingsfeest aan het organiseren, alleen was het natuurlijk helemaal geen opening, want het hotel was allang open, dus het was gewoon een protserige, overbodige toestand die in de herfst plaats zou vinden, alleen maar om rond te bazuinen dat die morsige ouwe feniks uit de as was herrezen. Alles wat *rich & famous* was kreeg een uitnodiging: Tom Cruise, Mel Gibson, Bruce Willis, Julia Roberts, de jongens van Duran Duran, Prince, Puff Daddy, Elton John, Linda Evangelista, Cindy Crawford, Cindy Lauper, Naomi Campbell, Helena Christensen, Bono. Zou het gebouw wel zoveel ego's kunnen hebben?

Het was een indrukwekkende lijst met ouwe lullen, vond Emily, en ze vroeg zich af of er überhaupt wel iemand van hen zou komen opdagen. Ze kon zich niet voorstellen dat ze met haar vader geassocieerd wilden worden. Maar aan de andere kant, een gratis feestje, met *gift bags* van Bvlgari...

Pap was woest dat hij weg moest bij zijn troetelprojectje voor zoiets onbelangrijks als een dochter die zich zwanger had laten maken op een leeftijd dat ze eigenlijk nog met poppen hoorde te spelen, en hij was ontzettend tekeergegaan tegen haar. Dat was heel vervelend geweest, want ze had hem nog nooit zo horen vloeken en tieren. Innocence stond erbij en keek ernaar, en ze schudde haar opgekamde roze haar, en controleerde of haar nagellak barstjes vertoonde terwijl ze een sigaretje rookte – lekkere oma zou dat worden. De strekking van al dat geraas was dat

Emily een domme snol was die haar benen bij elkaar had moeten houden, of in elk geval 'iets' had moeten gebruiken. Toen hij haar ervan beschuldigde dat ze de 'reputatie van de familie' door het slijk haalde, moest ze wel even lachen.

Maar ze was er verder toch echt behoorlijk van over haar toeren. Ze voelde zich heel *klein*, door hem. Daar zou ze hem nog wel voor terugpakken.

Emily ging in haar kast zitten en rangschikte haar vijfhonderd paar schoenen. Dat gaf troost, en het gaf haar het gevoel dat ze zichzelf in de hand had.

Hij had dat totaal niet. Ze vroeg zich af of hij soms iets had geslikt of gesnoven, zo opgefokt was hij. Op een gegeven moment – vlak voor hij weer wegstoof in zijn nieuwe rode Ferrari Testarossa (midlifecrisisalarm!) had hij geschreeuwd: 'Jij en die vervloekte zuster van jou, ik word knettergek van jullie. Ik snijd nog een keer mijn polsen door, en dat hebben jullie dan op je geweten!'

'Let maar niet op hem,' had Innocence gemompeld terwijl ze haar as aftikte.

Toen was hij tegen haar tekeergegaan: 'Jij weet nog niet de *helft*!'

'Ik weet alles,' had haar moeder toen geschreeuwd. 'Een of andere ouwe griezel heeft Claudia gevraagd om met hem te trouwen en ze heeft ja gezegd, en nu ben jij sjaggo omdat hij niet naar *jou* is gegaan om je om haar hand te vragen!' Innocence was in lachen uitgebarsten.

'Dat meen je niet,' had Emily gezegd, en ze vergat haar eigen ellende. 'Dus Claudia heeft zich *verloofd*?'

'Ja,' antwoordde haar moeder. 'Alleen, dat kan ons niks schelen, want hij stelt helemaal niks voor. Echt zonde, want ze had zo'n goeie partij kunnen trouwen.'

'We zijn de Tudors niet, moeder,' had Emily toen gezegd.

Innocence keek even naar haar dochters buik, en glimlachte.

Claudia

'Emily? Hoi, met Claudia. Ik hoop dat je het niet erg vindt dat ik bel. Ik weet dat we elkaar al een poos niet hebben gesproken, maar ik las de krant en ik vroeg me af hoe het met je gaat.'

'Je las *jouw* krant. Nou, je kunt een exclusief interview krijgen, hoor, als je dat wilt.'

Claudia haatte het als Emily zo sarcastisch deed. Ze hadden altijd al een moeizame relatie gehad. Emily had kennelijk een hele batterij redenen waarom ze haar niet mocht.

'Ik neem ontslag, Emily.'

'Doe niet zo belachelijk. Ik wil echt dat je een stuk over mij schrijft! Dat ik mijn kant van het verhaal ook kan vertellen, weet je wel. En daar mag de UK *Sunday* dan twee ton voor betalen.'

'Emily! Hebben ze je soms brieven gestuurd waarin ze je een aanbod doen?'

'Ja.'

'Negeren, allemaal. Je hebt het geld helemaal niet nodig, en voor dat bedrag denken ze dat ze kunnen schrijven waar ze zin in hebben. Dan willen ze dat je vertelt hoe Tim in bed is, en dat je dingen zegt als: "Hij lag gewoon naar het cricket te kijken terwijl hij op me lag te pompen en in zes innings kwam hij klaar. O ja, hij zou maar wat graag voor Engeland aan slag komen, nou, hij heeft inderdaad een *enorm* stuk slaghout en gigantische rooie ballen!" En jij hebt daar dan verder niks over te zeggen. Ze gaan echt niet zitten wachten tot jij het stuk hebt goedgekeurd. En dan moet je ook nog in een string op de foto. Zelfs als ik het stuk zelf zou schrijven, gaan ze het nog helemaal veranderen. Jij komt er hoe dan ook beroerd vanaf.'

'O. Aha.'

Claudia wist ook wel dat het slecht van haar was, maar ze vond het toch wel lekker dat zij nu in een positie verkeerde waarin zij Emily advies kon geven. Emily was altijd zo ontzettend zelfredzaam, en ze behandelde Claudia altijd zo minachtend.

'Em, wil je anders niet langskomen? Ik logeer in St. Martin's Lane. Zorg wel dat je niet wordt achtervolgd. Laat Charlie of Nanny maar in jouw lievelingsauto door de poort rijden – iets met getinte ramen zou goed zijn – en laat haar dan een blonde pruik dragen en een donkere zonnebril. Dan gaan ze met z'n allen achter haar aan, en dan kun jij ongezien wegkomen.'

Ze voelde dat Emily aarzelde. 'Ik ben helemaal niet bang, hoor, Claudia.'

'Weet ik. Maar het zou gewoon fijn zijn om even te praten. Ik heb namelijk zelf ook een probleem. Ik heb trouwens een kamer geboekt onder de naam Freshwater.'

'Dan zie ik je over een uur.'

'O, en Em?'

'Ja?'

'Een... een baby is altijd bijzonder.'

Claudia hing op en wapperde zich koelte toe. Ze liep naar het raam en keek uit over Leicester Square. Het was een schitterend uitzicht. Je kon Nelson op zijn zuil zo aanraken, leek het wel. Het was alsof Londen en al zijn monumenten waren geplet om in zijn eigen privégalerie gepropt te worden. New York was nieuw, en onbeschaamd en modern, maar ze was liever in Londen. Londen was echt mooi, het was een *statige* stad, met een lange, voorname geschiedenis. Misschien kwam het doordat ze geen idee had waar ze vandaan kwam, wie haar echte ouders waren, dat het verleden, welk verleden dan ook, zo belangrijk voor haar was, en Londen had een ontzagwekkend verleden. Het was een kick om toeristje te spelen in je eigen stad. Niet in een van papa's hotels, waar je op *zijn* wenken werd bediend. Nee, het was heerlijk om anoniem te blijven.

Er werd op de deur gebonsd. 'Ja?'

'Ik.'

Emily slenterde naar binnen en liep meteen naar de minibar. 'Oei, lekker, jellybeans.' Ze scheurde het zakje open. 'Dus,' zei ze terwijl ze een blikje cola opentrok, 'je stapt het bootje in met een of ander oud lijk?'

Emily kon zich altijd zo fijntjes uitdrukken. 'Nou,' zei ze. 'Zo oud is hij nou ook weer niet. Maar...' Claudia zweeg ineens.

'Wat?'

Verdomme. Nou moest ze nog huilen ook. 'Ik denk... ik weet niet... een paar maanden geleden heeft iemand me een brief gestuurd. En vorige week kreeg ik er weer eentje... waar hetzelfde in stond. Dat ik een eind aan mijn relatie moet maken omdat het alleen maar tot "pijn en verdriet" zal leiden. Ik weet niet van wie ze komen. Misschien wel van pa. Martin heeft hem geloof ik zakelijk iets misdaan. Hij probeert om er een stokje voor te steken, maar ik wil gewoon niet... ik praat niet meer met pa, want het enige wat hij doet is je beledigen. Maar misschien komen ze ook wel van iemand anders. Van een vriend of van een vijand. Ik, ik weet dat Martin van me houdt, maar ik denk ook dat hij me bedriegt.'

Emily barstte in lachen uit. 'Kom op, zeg! Jij bedriegt jezelf, zou ik eerder zeggen.'

De tranen droogden meteen op. 'Bedankt voor je steun,' zei ze stijfjes.

'Toe nou, Claudia, waar maak je je druk over? Laat hem de brieven zien, en vraag gewoon of hij soms iets voor je achterhoudt. Dan weet je het toch meteen? Jezus, als jij denkt dat jij een probleem hebt. Moet je mij dan eens zien!'

Claudia keek inderdaad naar Emily. En ze zag een doodsbang meisje. 'Sorry. Hoe... hoe voel je je?'

'Pislink. Je hebt toch gezien wat die kuttenkop over me zei in dat debiele blaadje?'

'Emily! Dat hoeft toch niet! Maar je hebt wel gelijk. Ik weet dat het niet waar is.' Ze *hoopte* in elk geval dat het niet waar was. Ze had geen idee wat haar kleine zusje allemaal uitvrat. Tenminste, alleen een vaag idee.

'Natuurlijk is het niet waar! Tim was de eerste met wie ik het ooit heb gedaan! En meteen de laatste.'

'O, Em! Had nog maar even gewacht. Jemig.'

'Ik heb bewijs nodig, en dat kan ik dan aan de hele wereld laten zien. En aan Tim. Die eikel. Ik zorg dat er een vaderschapstest wordt gedaan.'

'O! Weet je dat wel zeker? Moet je dan niet wachten tot de baby is geboren?'

'Nee hoor, dat kun je doen wanneer je wilt. Het enige wat je nodig hebt is wat van Tims DNA.'

'En hoe wil je daar aan zien te komen?'

'Ik bedenk wel wat. Quintin zegt dat er duizenden bedrijven zijn die het binnen een dag voor je uitzoeken. Ze komen zelfs bij je thuis om bewijs te vinden. Het enige is dat er is een piepklein risico voor de baby is, iets van een procent, of zo, en ze steken een naald in mijn...'

'Ja, laat maar, ik snap het al. Het lijkt me wel een beetje drastisch.'

'Mijn hele situatie is drastisch.'

'Da's waar. Ach, weet ik veel! Ik weet wat. Jij kunt je door *Hello!* laten interviewen. Voor niks.'

'Ben je wel helemaal lekker?'

'Emily, *Hello!* schrijft precies wat jij wilt, en je kunt ze een bedrag laten doneren aan een goed doel en dat schrijven ze dan ook op, en dan kom jij er des te beter vanaf. Als het ze om het geld gaat, dan zeggen mensen altijd heel nare dingen, zelfs als het bewezen is dat Timmy inderdaad de vader is.'

'Dat is hij verdomme ook! Lekker is dat, zelfs jij gelooft me niet.'

'Jawel, jawel. Emily, luister. Ik vind het een heel goed idee, die vaderschapstest, maar hoe krijg je Tim zo gek dat die daaraan meewerkt?'

Emily glimlachte. 'Hij belde net. Hij komt overvliegen uit New York. Hij wil "praten", dus we zien elkaar vanavond op zijn vaders sociëteit.' Ze grijnsde. 'Elke vierde dinsdag van de maand mogen vrouwen en honden daar ook naar binnen. Ik zorg dat ik ruzie met hem krijg in de rookkamer, en dan trek ik een paar haren uit zijn hoofd.'

Ondanks alles moest Claudia lachen. 'Kun je niet wat vriendelijkers verzinnen?'

Emily fronste. 'Ik ga niet gezellig kletsen, als je dat soms bedoelt.'

'Nee, dat bedoelde ik niet.' Claudia schraapte haar keel. 'Als je wilt,' zei ze, 'dan zal ik wel met *Hello!* praten. Ik weet zeker dat Innocence aanbiedt dat je haar pr-mensen wel mag gebruiken, maar dat moet je niet doen. Het verbaast me trouwens dat Max Clifford nog niet heeft gebeld. Je moet heel voorzichtig zijn. En Max is waarschijnlijk de verkeerde voor jou. Hij is geweldig, maar als je met Max in zee gaat dan lijk je meteen zo... zo door de mediawol geverfd. Em, luister je?'

Emily was druk bezig om de cashewnoten uit het potje met nootjes te vissen en ze veegde haar handen af aan de witlinnen sprei. 'Hm.'

'Emily,' ging Claudia verder, 'zou jij misschien iets voor *mij* willen doen?'

Haar zus keek plotseling op. 'Wat dan?'

'Zou je het erg vinden als Martin naar deze kamer kwam voor een, eh... een borrel?'

'Hij zit ook bij de krant, toch? Mijn god! Je hebt me gewoon laten komen om zelf te kunnen scoren!'

'Natuurlijk niet!' Ze zweeg even. 'Ik... ik wil alleen zo graag dat jullie kennismaken. Ik dacht, misschien... misschien *voel* jij wel of hij...'

'...of hij een homofiele seriemoordenaar is die al een ander aan de haak heeft?'

Claudia zuchtte. 'Het was maar een idee. Ga maar. Hij kan hier elk moment zijn.'

'Jezus, Claudia. Wat ben je toch een *martelaar*! Ik wil die vent heus wel een handje geven. Maar als hij het in zijn bolle hoofd haalt om ook maar *één* woord over mij te schrijven, dan zweer ik je...'

'Dat gebeurt niet. Ik beloof het. Jeetje! Daar zul je hem hebben!' Ze liep op een holletje naar de deur en bekeek zichzelf even snel in de spiegel. Emily lag al breeduit op bed te zappen.

'Hi,' zei ze verlegen en ze liet zich door hem zoenen. 'Kom binnen, dan kun je kennismaken met mijn zusje. Ze... ze ligt even uit te rusten.'

Ze nam Martin bij de hand en liep de kamer in. 'Emily, dit is Martin. Martin... *Emily*? Jezus, ze verslikt zich in een nootje! Martin!'

Ze stormden allebei op haar af. Emily stak een hand op. '*Chill!*' zei ze moeizaam. 'Niks aan de hand. Het was maar een cashewnoot.'

'Het ziet er anders niet uit alsof er niks aan de hand is, Emily. Je bent zo bleek. Ik haal een glas water voor je. Hier. Wil je ons niet zo laten schrikken? We kunnen allemaal wel iets te drinken gebruiken. Martin? Wat wil jij?' Ze schonk Martin een ongemakkelijk glimlachje. Hij lachte terug.

'Wat je maar hebt.'

'We kunnen ook wel koffie laten komen?' Ze keek even naar Emily, die Martin zat aan te gapen – superonbeschoft.

Martin grijnsde naar Emily. 'Wat nou? Zo oud ben ik nou ook weer niet.'

'Nee,' zei Emily, die achteruitdeinsde. 'Hoe oud precies?'

'Emily!'

'Geeft niks, Claudia. Ze wil gewoon op je passen, en ik ben nou eenmaal een ouwe lul. Veertig, ben ik.'

'Ja, dat zal wel. *Fuck*. Ik moet... ik ben zo misselijk. Claudia... ik denk dat je even met me mee moet.'

'Ik zal koffie bestellen, schat. Zorg jij maar voor je zusje.'

Claudia bracht Emily snel naar de badkamer en gooide de deur achter hen dicht. 'Jezus, Emily!' siste ze. 'Wat ben jij toch onbeschoft!' Ze had nog steeds diezelfde blik. O god, dus het was waar. Emily kon zien dat hij haar besodemieterde. Of erger nog, misschien had ze hem wel gezien in een of andere stripclub. 'Je... je kent hem ergens van, hè?'

Tot haar verbazing pakte Emily haar heel voorzichtig bij de hand. 'Claudia,' zei ze. 'Ik herken hem inderdaad. En jij zou hem ook moeten herkennen.' Claudia zag tot haar schrik dat de ogen van haar zusje vol tranen stonden. 'En nu weet ik ook waarom papa wil dat jij een einde maakt aan de relatie. Het heeft niks met zaken te maken. Hij weet het. O, Claudia. Dit is echt zo *ziek*. Ik... ik vraag me alleen af welke kwade genius jullie heeft samengebracht. Ik ben bang dat je gelijk hebt. Ik denk dat je inderdaad een vijand hebt...'

Emily zweeg.

'Wat is er dan?' fluisterde Claudia. Ze greep Emily bij de schouders en schudde haar heen en weer. 'Ik begrijp je niet. Wat nou "kwade genius"? Ik word doodsbang van je. Wat wil je nou eigenlijk zeggen?' Ze was half hysterisch van angst.

Emily slikte even. 'Claudia,' zei ze. 'Tim en ik zijn niet de enigen die een vaderschapstest moeten doen. Ik denk dat voor Martin en jou hetzelfde geldt.'

Heel even begreep Claudia haar verkeerd. 'Maar ik ben toch helemaal niet zwanger?'

Toen begreep ze het eindelijk, en haar wereld stortte in.

SCHOTLAND, NAZOMER 1998

Emily

Emily vond het niet prettig op deze manier, maar hij wel, en ze wilde nu eenmaal niet dat de baby hem om z'n oren kreeg, dus liet ze hem zijn gang maar gaan.

'Trek wel even mijn rok recht als je klaar bent,' mompelde ze nog, maar hij leek al helemaal vertrokken. Haar gezicht groef wat rond in de crèmekleurige leren bekleding van de Land Rover. Die rook naar beesten, of misschien roken *zij* wel zo. Als haar moeders auto niet meer naar nieuw leer rook, kocht ze altijd gewoon een nieuwe. Ongetwijfeld was deze Land Rover al generaties in Tims familie, want het was echt een cromwelliaans modelletje, van rond 1650 of zo. God mocht weten hoeveel mensen er op deze stoel hadden gezeten. Technisch gesproken zat ze nu met haar neus in iemands *kont*. Gatver, Emily. Denk eens aan leuke dingen. Kon de chauffeur hen door het scherm zien? Ze vond het wel spannend om te denken dat het zo was. Ze vond het lekker om verlangen los te maken – Emily was een flirt, en daar was ze trots op ook.

'O, mijn GOD,' hijgde haar echtgenoot, en hij sidderde in haar. Ze zuchtte en gaf hem een tissue. Op deze manier was er voor haar niks aan. Het was oncomfortabel, ze deed het alleen uit liefdadigheid. Bovendien was haar olijfgroene zwangerschapsjurkje van Chloé – je moet je goed kleden voor een bezoekje aan je schoonfamilie – en met sporen van lichaamssappen erop zou ze er vast niet zoveel indruk meer mee maken.

'Klaar,' verkondigde ze, ze rolde op haar zij en ging weer rechtop zitten, maar hij schudde zijn hoofd en duwde haar voorzichtig omlaag, tot ze op haar rug lag.

'Tim-Tim wil Em-Em een heel speciaal kusje geven.'

Ze zuchtte terwijl zijn hoofd tussen haar benen verdween. 'Doe je best.' En dat deed hij, o, hij was *wauw*! Hij was een absolute befkoning, maar dat babytaaltje van hem vond ze niets. Het ging gewoon niet samen met seks, vond Emily. Walgelijk, toch? Straks kwam ze er nog achter dat haar man het deed met een teddybeer. Nee, zelf had ze meer met schunnige taal.

Los daarvan was Tim echt een ontzettend lieve jongen, en deze verzetjes verdiende hij dubbel en dwars. Emily grijnsde onwillekeurig.

Toen ze hem op de sociëteit ontmoette, was hij eerst ontzettend zwaar op de hand geweest. 'Heb je dit soms expres gedaan, Emily, om me in de val te lokken? Is deze hele monsterlijke toestand je soms alleen om het geld te doen?' had hij gevraagd terwijl hij weggezakt zat in een veel te diepe fauteuil, nippend van een glas cognac en trekkend aan een dikke Cubaanse sigaar. Zijn voeten kwamen niet helemaal tot de glimmend gepoetste vloer. Hij zag eruit als een jochie van tien met een chocoladesigaretje.

Ze had zin om haar glaasje gingerale waar de prik van af was naar zijn stomme kakgezicht te smijten. 'Ja, dat klopt. Het leek wel slim om mezelf met een kind op te zadelen terwijl ik nog niet eens oud genoeg ben om ermee naar het park te kunnen rijden. Wat is er in godsnaam met jou gebeurd, Tim?' had ze met klem gevraagd, langzaam hoofdschuddend. 'Jij was mijn *eerste*. En daarna heb ik het ook met niemand gedaan. Ik hield van jou, ooit. En ik heb je baby hier in me. En wij verdienen het niet om door jou beledigd te worden. Ik verdien zelf geld, weet je nog wel? Ik zit echt niet te wachten op *jouw* tweedehands fortuintje, hoor.' Toen was ze opgestaan. 'Ik ga. En denk maar niet dat je mij, of je zoon, ooit nog te zien krijgt.'

Toen bracht ze haar gezicht vlak bij dat van hem, en ze aaide even over zijn haar, om er daarna flink hard aan te trekken, zodat hij kermde van de pijn. Ze stopte een handjevol van zijn haren in een plastic boterhamzakje. 'De uitslag van de vaderschapstest wordt bekendgemaakt in *Hello!*. Tot ziens.'

Toen was ze weg gebeend. Eenmaal buiten waren de tranen over haar wangen gestroomd, ze veegde ze boos weg. Ze was geen *jankpot*. Huilen was iets voor sneue mensen, je voelde je er alleen maar beroerd door en je hele make-up werd erdoor verpest. Oké, ze had hem een paar kleine leugentjes op de mouw gespeld, maar in essentie was het waar. Ze had hem inderdaad in de val laten lopen, en het was ook inderdaad om het geld – nee, om de zekerheid. En 'zekerheid' was toch zeker geen slechte reden? Maar de baby was de val niet. Het pijpen, dat was de val. En de baby had die hele val verpest! En... nou ja... ze had gewoon een sterk voorgevoel dat de baby een jongetje was.

'O, dat is een jongetje,' had Nanny ook gezegd toen ze haar buik even aanraakte. 'Meisjes nemen je schoonheid van je af.' Nou, Nanny wist het toch zeker beter dan wie dan ook?

Tim was de sociëteit uit komen hollen. Hij rook precies als zijn vader. Ze moest kokhalzen van de sigarenstank. 'Trouw met me!' had hij geroepen. Hij was op zijn knieën gezakt, daar op die chique Londense stoep. Hij had haar hand gegrepen, en die had hij vervolgens gekust. 'Het spijt me zo, *babe*,' had hij gezegd. 'Ik hou van je – ik heb toch altijd van je gehouden. Maar ik was bang – mijn vader – nou ja, ik kan zelf mijn eigen beslissingen wel nemen. En ik krijg een zoon! Ik wil jou als bruid. Wil je' – hij glimlachte: 'wil je mij de eer doen met me te trouwen?'

Het idee van een kasteel met torentjes dat opdoemt in de milde ochtendmist, een jonge prinses in een jurk van gesponnen goud die over de ophaalbrug komt zwieren, de edelstenen in haar blonde haar glinsterend in de zon, de Schone Emily... En Timmy was echt lekker in bed. Wel een beetje een slappe persoonlijkheid, maar hij was pas negentien, en meisjes waren nu eenmaal sneller volwassen dan jongens. Bovendien, elkaar eren was nog tot daar aan toe, maar de gehoorzaamheidsgelofte, daar wilde ze sowieso nooit aan beginnen. Dus dan kon je beter met een slappeling trouwen dan met een dominante vent.

'Ik heb maar twee woorden voor jou, meneer de burggraaf,' had ze geantwoord, en zijn glimlach stierf weg. Ze giechelde en schudde haar hoofd. Toen zakte ze op haar hurken tot ze allebei op de stoep zaten, en spinde in zijn oor: 'Las Vegas!'

Achtenveertig uur later waren ze man en vrouw.

Eerlijk gezegd kende ze geen enkele prinses die in een drive-in was getrouwd, ook al heette het ding A Little White Chapel Tunnel of Love, maar het was wel heel cool om achter op een Harley haar huwelijk tegemoet te blazen. De hitte was ondraaglijk en het was waanzinnig druk op de Strip – het leek wel een parkeergarage – dus die Harley leek haar wel een verstandige keuze, bovendien kon ze zo lekker aan haar bruidegom frunniken onderweg. Haar jurk was van Vera Wang (vandaar het oponthoud) en Quintin was uit LA over komen vliegen als getuige.

Na afloop hadden Timmy en zij zich helemaal suf geneukt op een van die gigantische ronddraaiende bedden, in hun enorme Sky Villa in het Medici Hotel. 'Heb je enig idee hoeveel geld ik heb moeten verliezen aan de speeltafels om in deze suite te mogen verblijven?' hijgde Tim terwijl hij zich in haar boorde.

'Ik ben het hoe dan ook waard, hoeveel het ook was,' hijgde ze terug. 'En trouwens, we hebben behoorlijk wat kosten bespaard op de bruiloft.'

Ze stopten net lang genoeg met vozen om even bij de topless showgirls te gaan kijken in het MGM Grand. Daarna strompelden ze terug naar hun suite, waar hij haar van achteren nam in het zwembadje, zodat ze allebei van het adembenemende uitzicht konden genieten. Het badje had aan het eind een glazen wand, en bij elke stoot had ze het gevoel dat ze zo met water en al naar de Strip onder hen zou donderen. Ze was wel wat protserigheid gewend, maar dit ging echt nergens meer over: de bronzen beelden, de waterval in de kamer, de marmeren vloer, de butlers... het leek net op thuis. En seksen was toch zo superleuk om te doen! Ze had Tim haar ook in de glazen lift laten nemen, en op de pokertafel. 'Trek maar gewoon je pokerface, en doe het,' had ze gezegd.

'Daar krijg je spijt van,' had hij geantwoord.

'O, *yes!*' gilde Emily nu. 'Wauw. Nou, ik ben in elk geval lekker ontspannen als we straks bij je ouders zijn.'

Tim kwam overeind, veegde zijn kin af en trok zijn das recht.

Ze glimlachte. 'Je stinkt naar seks, en die das, daar trapt natuurlijk niemand in.' Ze deed alsof het haar allemaal koud liet, maar ze was verschrikkelijk nerveus. De graaf zou niet bepaald blij zijn als hij hoorde dat zijn zoon in het huwelijksbootje was gedoken. Maar het feit dat zij die zoon een mannelijke erfgenaam zou schenken verzachtte de klap, dacht ze. Hij kwam er wel weer overheen. Hij moest wel. Ze had de huwelijksakte in haar Hermès-koffer van groen slangenleer, plus een kopie van de DNA-resultaten – maar daar zou ze alleen mee schermen als hij ging schelden. Het papier van het laboratorium was toch beter dan een nummer van *Hello!*, dacht ze zo.

'We zijn er,' zei Tim. Emily had zich al wel eens afgevraagd of mensen echt groen konden zien. En nu wist ze het. 'Dus, goed onthouden. Hij zal vragen of ik mijn opleiding wel af kan maken, en of ik gewoon carrière zal kunnen maken. En hij wil vast ook weten of jij me als mijn huwelijkspartner zult steunen en gehoorzamen.'

Huwelijkspartner? 'Je maakt een geintje, of niet?' De woorden rolden uit haar mond voor ze die tegen kon houden, en een kil gevoel nam bezit van haar hart.

Tim keek beledigd. 'Hij is van de oude stempel. Hij is precies zoals zijn eigen vader was. Hij wil zeker weten dat jij het kind als een echte Fortelyne zult opvoeden. Nanny Margaret komt maar al te graag terug, ook al is ze al met pensioen, en ze zullen waarschijnlijk willen dat je op het kasteel komt wonen, zodat ze een oogje in het zeil kunnen houden.'

Dit kon hij toch niet menen? 'Dus,' antwoordde ze, 'dan gaan je ouders... niet uit het kasteel verhuizen?'

Hij schoot in de lach. 'Hoe kom je daar nou bij? Hé, kop op, gup. Je hoeft je nauwelijks met het kind te bemoeien als je daar geen zin in hebt. Dat is toch zeker een groot voordeel, zou ik denken. Dan kun je lekker de hele dag paardrijden, zodat je snel je figuur weer terug hebt.'

'Fuck dat hele paardrijden,' zei Emily. 'En rot op met je figuur. Ik ben echt in een week wel weer precies zoals ik was, hoor. Kijk jij eerst maar eens goed naar je eigen figuur, vetklep. Ik ben tenminste nog zwanger, maar wat is jouw excuus? Ik *wil* graag moedertje spelen.'

Nu scheet ze pas echt peuken. Emily zag het woord 'moeder' als een werkwoord. Misschien kwam dat wel doordat ze ouders had die wel wat beters te doen hadden dat ouder zijn. Emily was één brok contramine. Maar diep vanbinnen was ze een traditioneel meisje – nou ja, zoiets. Ze wilde zo ontzettend graag deel uitmaken van een gelukkig gezin, een luidruchtige, vrolijke bende die samen lunchten op zondag, die balspelletjes speelden op hun enorme gazon, en die een huishoudster hadden die het vuur eens even lekker voor hen oppookte. Maar Emily wilde zelf haar kind voorlezen voor het slapengaan, en zij wilde met de soldaatjes of poppen spelen, en zoenen drukken op geschaafde knietjes, en ze wilde dit kind ook echt leren *kennen*. Ze wilde van hem houden en ze wilde dat hij van haar hield, want ze had echt wel liefde in zich, alleen tot nu toe had ze dat nergens kwijt gekund.

Toen je nog klein was waren je ouders de zon en de maan voor je, en zij waren zelf de enigen die dat beeld konden verzieken. Nou, dat zou haar niet overkomen.

Ze verwachtte half dat Tim haar een pets zou geven, maar hij woelde door haar haren. 'Koest maar,' zei hij. 'Die ouwe gaat het je niet gemakkelijk maken, maar hij trekt uiteindelijk echt wel bij. Als je een scène trapt mag je heus wel bij je ouders in Londen wonen, in elk geval de eerste paar jaar.'

Haar hoofd tolde. Het leek wel alsof hij twee totaal verschillende mensen was. In de vs was hij sexy, wereldwijs, had hij een lekkere gladde babbel. Maar hier in de uk was hij een bang jongetje. Niet bepaald aantrekkelijk.

'Kom, dan hebben we het maar gehad,' zei ze, en ze pakte hem bij de hand.

De auto stond geparkeerd buiten de gracht, en samen liepen ze de ophaalbrug over.

'Misschien zit je vader wel onder de brug verstopt, als een trol,' fluisterde ze,

Tims mond vormde een rechte streep.

Het valhek was opgetrokken. Emily stelde zich voor dat de graaf zijn lakei de opdracht had gegeven om het neer te laten zodra zij er onder liep, zodat de enorme ijzeren tanden haar van kop tot teen door midden zouden splijten, alsof ze een salamiworst was.

Ze staken de binnenplaats over en Tim tikte met de zware ijzeren deurklopper op de voordeur. Een man in een zwart uniform deed open, zonder glimlach. Emily herkende hem niet.

'De graaf en gravin zitten in de Torenkamer, *my Lord*.'

'Dank je,' zei Tim. Emily's lage hakjes weergalmden op de leistenen. Jezus, van een kleedje zouden ze toch niet doodgaan. Langzaam en zwijgend liepen ze de wenteltrap op. Eeuwenoude sleetse tapijten met strijdtaferelen hingen als een waarschuwing aan de muren en de ogen van een stuk of duizend hooghartige voorvaderen keken vol walging op haar neer vanuit hun ingelijste glorie. Als je een jaar of negen was, dan was zo'n kasteel iets geweldigs, maar op de volwassen leeftijd van zestien zag Emily dat ze alleen het hoogstnoodzakelijke hadden gedaan aan de inrichting. Zou een roodfluwelen gordijn hier of daar nu echt zo uit de toon vallen? Ze wilde druipkaarsen zien, maar in plaats daarvan hingen er elektrische peertjes onder foeilelijke groene lampenkapjes met franje. En die gordijnen, was dat nou echt *Laura Ashley*? Bovendien was het hierbinnen ondanks het warme weer *ijskoud*. Tim klopte op een deur.

'Binnen!' blafte een stem.

Ze liepen op hun tenen een kamer in waar duizenden en duizenden boeken langs de muren stonden. Het leek wel alsof ze op je af kwamen. Emily kromde haar schouders; bij de minste of geringste verkeerde beweging zou ze onder een lawine van eerste uitgaven worden bedolven. De graaf zat achter een groot bureau, en zijn vrouw was op een aftands bankje neergestreken. Op kniehoogte was de bekleding daarvan tot op de draad versleten door verschillende generaties labradors. De ramen waren nauwe schietgaten, zodat het hier slecht verlicht was. Het kleed op de grond was zo sleets dat Emily er met haar hakje in bleef haken, en er een zacht scheurend geluid was toen ze haar schoen lostrok.

'Goedemorgen, vader,' zei Tim. 'Hallo, moeder, wat ziet u er... enfin. Ik neem aan dat jullie het al hebben gehoord? Ik heb mijn plicht vervuld en...'

'Jij hebt iets krankzinnigs gedaan, stomme idioot. Je moeder is er volkomen van over haar toeren. De advocaten zouden het anders allemaal keurig hebben geregeld, maar je moest ons zo nodig allemaal voor schut zetten. Heb jij dan helemaal *niets* meegekregen tijdens je opvoeding? Heb jij dan helemaal geen idee van wat je *werkelijke* plicht is?'

Emily nam aan dat de graaf wel zou willen dat zij nu naar haar voeten staarde en dus bleef ze kijken naar zijn kille, razende gezicht. Hij droeg de allerwalgelijkste ribbroek die ze ooit had gezien, in de kleur van vogelpoep, en een jasje met leren stukken op de mouwen, net als haar oude aardrijkskundeleraar.

'Maar vader, ik heb wel degelijk plichtsbesef, en het is een jongen, dus daarom...'

'Ik heb het niet over jouw plicht ten opzichte van Miss Kent uit Hampstead en die bastaard van haar, dwaas die je bent! Ik heb het over jouw verplichtingen ten opzichte van jouw familie, je erfgoed. Betekent het wapen van de Fortelynes dan helemaal niets voor jou? Heb je er dan helemaal niet bij stilgestaan dat jouw krankzinnige gedrag hele *generaties* in diskrediet brengt? Jij stamt af van een vooraanstaande bloedlijn, en van mannen die de naam Fortelyne al meer dan zeshonderd jaar koesteren en naar waarde weten te schatten. Mannen die hun leven hebben opgeofferd om die unieke nalatenschap en hun onbezoedeld blazoen te beschermen en voort te zetten. Jij hebt hen stuk voor stuk te schande gemaakt!'

De gravin, zag Emily, zat niet te huilen. Ze zat te staren, met een uitgestreken gezicht, naar een punt ergens achter het hoofd van haar zoon. *Zeg iets*, dacht ze. Hij is toch ook *jouw* zoon?

Geen woord.

'Maar je hebt geluk. Dit is helemaal niet rechtsgeldig. Wij betalen haar wel. Hoewel je Kitty Fotheringhaugh nu wel op je buik kunt schrijven – een week geleden zou de dochter van een edelman er ik weet niet wat voor hebben gegeven om de naam Fortelyne te mogen dragen. Maar dat heb jij nu allemaal vergooid, samen met je toekomst. We zullen proberen te redden wat er nog te redden valt.'

'Maar het is *wel* rechtsgeldig!' barstte Emily uit. Niet te geloven, die vent.

'Ik heb uit betrouwbare bron vernomen dat de wettelijk vereiste leeftijd om in het huwelijk te kunnen treden in' – de graaf stak zijn scherpe neus in de lucht – '*Nevada*, achttien is.'

Emily straalde. 'Ja, dat wisten we. En daarom heeft mama ook toestemming moeten geven, door middel van een notarieel bekrachtigde verklaring.' Ze balde haar hand tot een vuist, waaruit ze haar vinger, haar *ringvinger* omhoogstak naar de graaf. De vinger waaraan een brede gouden trouwring blonk. 'Dus is het even rechtsgeldig als een huwelijk dat door de aartsbisschop van Canterbury persoonlijk is gesloten in Westminster Abbey. Mooie ring, hè?'

Ze voelde Tim naast zich verschrompelen. Ze stak haar buik nog eens even flink naar voren.

'In dat geval,' zei de graaf met een diepe zucht, 'vrees ik dat je me geen andere keuze laat.' Zijn stalen blik nam zijn zoon gevangen. 'Ik zal mijn advocaten de opdracht geven. Jij zult niets erven. Geen titel, geen kasteel, geen land, geen cent. Nog geen stoeltje.'

'Maar...'

Ze had het gevoel alsof de tijd stilstond, alsof ze voor altijd in een nachtmerrie gevangenzat. Was zij dan *echt* zo vreselijk dat hij zoiets kon doen? Ze had er nooit bij stilgestaan, ze wist niet eens dat zoiets kon. In 1998. Tim trouwens ook niet, zo te zien. Hij zag asgrauw. Het was alsof zijn ziel uit hem was geglipt op het moment dat hem dit werd meegedeeld, en dat er nu alleen nog een stoffelijk omhulsel van hem over was. Tranen stroomden over zijn gezicht, en ze huiverde.

'Je hebt ervoor gekozen je eigen pad te gaan, en daarmee heb je je van je eigen familie afgekeerd.'

'Vader, alstublieft...'

'Familie is het allerbelangrijkste,' viel de graaf hem in de rede. Hij maakte een afwijzend gebaar met zijn hand. 'Laat ons motto je tot troost zijn: *Semper fortis existo.* Je kunt gaan. Derek zal je wegbrengen.'

'Mag ik... mag ik moeder een afscheidskus geven?' zei Tim bedrukt.

Emily keek toe. De vrouw zat erbij als een standbeeld. Emily draaide zich om en liep achter Tim aan de kamer uit. Hij snikte, zijn schouders schokten ervan. Ze wist dat ze hem moest troosten, maar ze kon geen woord uitbrengen.

Al die dromen. Al die jaren waarin ze bezig was geweest om haar perfecte toekomst tot in het detail te plannen. Wie had nou ooit kunnen denken dat het zo zou eindigen? Ze zat opgescheept met een slappe, straatarme, kasteelloze prins... met een *baby*, ook nog. Waarom was het toch ook altijd de prinses die het allemaal weer op kon knappen, verdomme?

LONDEN, LENTE 1998

Claudia

Claudia kon niet huilen. Ze kon niet eten en ze kon niet huilen. Ze wist niet eens of ze wel verder kon leven. Elke seconde van haar leven was een kwelling. Als ze naar haar spiegelbeeld keek werd ze aangestaard door een geest. Ze zette de douche aan en liet het warme water over zich heen vallen. Ze boende haar huid net zo lang met een ruw washandje tot haar benen de kracht niet meer hadden haar overeind te houden, en dan ging ze maar op de grond zitten, haar mond geopend tot een stille schreeuw, tot het warme water op was.

Ze had Martin niet meer gezien sinds die keer in het hotel. Hoe, dat mocht god weten, maar ze had de kracht gevonden om hem te zeggen dat Emily wat 'privacy' nodig had. Hij nam aan dat haar vreemde gedrag aan haar bezorgdheid om haar zusje te wijten was. Ze ging nog net niet over haar nek toen hij haar op de mond had gekust. Maar zodra ze de *ping* van de lift hoorde was ze op de grond gevallen: 'O god, o god... nee... nee...'

Emily was de badkamer uit komen lopen en had Martins bierflesje in een plastic zakje gestopt. 'Ik kan het natuurlijk mis hebben. Laten we de DNA-test gewoon even afwachten.'

Toen had Claudia uitgeschreeuwd: 'Fuck die DNA-test! Hij is mijn vader. Mijn echte vader! Ik weet het gewoon, ik zie het ineens... en jij weet het ook dondersgoed. En ik was bijna met hem getrouwd! O god, ik was bijna met hem naar bed gegaan! Ik was bijna met mijn echte *vader* naar bed gegaan!'

En toen was ze opgestaan en had ze gegild en gegild totdat Emily haar een klap in haar gezicht gaf.

Er ging een week voorbij, en ze was de hotelkamer niet uit geweest. De DNA-test bevestigde wat ze al wist. Toen Martin belde zei ze dat ze griep had en dat hij niet langs moest komen. Ze voelde zich zo zwak dat ze nauwelijks op kon hangen. Ze dacht eraan hoe ze hadden gekust, en aan zijn armen om haar heen, en ze ging over haar nek.

Ze haatte hem – ze haatte hem omdat hij het nooit had gezien, het nooit had beseft, het nooit had geweten. Zij was een foutje uit zijn jonge jaren dat hij allang was vergeten, en nu zou hij oogsten wat hij had gezaaid. Ze huiverde. Goddank hadden ze het tenminste nog niet gedaan. De rest was erg genoeg, maar als ze het ook nog zouden hebben gedaan... Dan zou ze een pistool hebben gekocht en zich een kogel door het hoofd hebben gejaagd.

Ze kon het niet opbrengen hem de waarheid te vertellen. Ze kon het gewoon niet. Ze wilde hem nooit meer zien, en nooit meer spreken.

Wel wilde ze hem pijn doen. Het was zijn schuld. Hij had haar verraden. Hij had haar bijna drieëntwintig jaar geleden verraden, toen hij uit bed was gerold en haar echte moeder zonder haar aan te kijken had beloofd: 'Ik bel nog.' Vanaf dat moment had hij haar ook verraden, telkens weer. Elke seconde dat ze ongelukkig was geweest in haar leven was *zijn* schuld.

Maar *zo* graag wilde ze hem nou ook weer geen pijn doen, althans niet genoeg om hem te vertellen dat het niet *dit* had gescheeld of hij had zijn bloedeigen dochter genomen. Die wetenschap verscheurde je vanbinnen. Je voelde je smerig, je was vies en je kon je nooit meer schoonwassen. Het bleef altijd aan je kleven, alsof er voor jou geen plek was in de wereld, en alsof jij een afgrijselijke dwaling van de natuur was, en je geen recht had om te leven.

Dat zou ze hem besparen.

Ze was wreed uit goedheid. Ze zou hem net genoeg pijn doen dat hij blij was dat hij van haar af was. Hij zou haar haten en verachten en, dat was het belangrijkste, hij zou zich heel snel uit de voeten maken. Maar daar zou hij allemaal wel weer bovenop komen, en dan zou hij terugkijken op hun relatie, fronsend maar zeker ook opgelucht. Hij zou nooit meer contact met haar opnemen, en hij zou een andere vrouw ontmoeten, en de onprettige herinnering aan Claudia Mayer zou oplossen in het niets.

Claudia klemde haar kaken op elkaar. Het was niet anders.

Langzaam en duizelig liet ze zich uit bed zakken, en ze pakte de telefoon.

'Hi.' Haar stem klonk hees omdat ze hem zo weinig had gebruikt. 'Met Claudia. Claudia Mayer. Ik ben weer terug. In het St Martin's Lane. Sorry. Ja, ja, dat heb ik. Ik kan je alles vertellen, als je wilt. Vraag maar naar me bij de receptie. Maar alsjeblieft – vertel het verder aan niemand. Over anderhalf uur? Oké. Dag.'

Ze kokhalsde de hele weg naar de strakke leistenen douche. Daar waste ze haar haren en elke millimeter van haar lichaam. Ze probeerde om niet naar zichzelf te kijken. Ze föhnde haar haar, deed lippenstift op – vuurrode lippenstift – en een dikke laag mascara. Ze trok een witkanten beha aan met een bijpassend slipje, een *wit* slipje. Ze had een rode jurk van Stella McCartney die ze had gekocht voor de dag waarop ze hadden zullen vieren dat ze elkaar voor het eerst hadden ontmoet – wat een vervloekte dag. Hij was gemaakt van een rode fluwelige stof en had een laag uitgesneden halslijn, korte mouwtjes en een wijd uitlopende rok. Sinds ze was hersteld van haar eetstoornis had ze een wat vollere boezem en haar decolleté bolde boven de jurk uit. Ze voelde zich verschrikkelijk kwetsbaar. Ook had ze – stomme trut – een paar Jimmy Choo stilettohakken gekocht, van rood lakleer. Meer om naar te kijken dan om te dragen. Het waren snollenschoenen, maar wat waren ze mooi. Enfin, ze was er in elk geval op gekleed.

Nu moest ze nog een laatste telefoontje plegen.

Na afloop had ze haar hoofd in haar handen gelegd. Maar huilen deed ze niet.

Ze zat op dat grote witte bed en wachtte af. Eén keertje maar kwam ze in beweging, om de regenbooglamp boven het bed op rood te zetten. Toen sprong ze op om de luxaflex dicht te trekken zodat Londen geen getuige zou zijn van haar schande. Daarna belde ze een bestelling door aan de roomservice.

De telefoon naast haar bed ging over en ze sprong op. 'Ja. Ja. Laat hem maar boven komen, alstublieft.' Ze slikte. Haar keel voelde droog aan.

Er klonk een felle klop op de deur. 'Binnen,' riep ze.

Hij was sexy – als je jezelf haatte, wat ze deed. Hij was sexy – als je seks zag als een smerige, ranzige daad, wat het was. Toch was ze misselijk van de angst en de walging. Ze keek naar hoe hij de situatie in zich opnam. De koude, honende uitdrukking op zijn gezicht maakte plaats voor een geslepen opkrullende bovenlip.

'Claudia,' zei hij terwijl hij zijn hand door zijn haar veegde. 'Wat aardig van je om mij een exclusief interview te gunnen. We hebben je gemist.' Hij zweeg even, en stak een sigaret op. '*Ik* heb je gemist.'

Hij zou het doen. Dat wist ze zeker. Niet omdat hij haar zo leuk vond, maar vanwege de macht, en de rivaliteit. 'Ik jou ook,' zei ze. 'Wil je misschien... gaan zitten?' Ze klopte op het bed.

Hij ging pal naast haar zitten, zodat zijn been langs het hare streek. Ze probeerde zich op het *nu* te concentreren. Hij was een man, een slechte, sexy, ongeschikte man, maar hij was in elk geval geen familie, en zij was een vrouw die genomen moest worden, en wat ze gingen doen was iets wat alle grote mensen deden – voor de lol. Ze deden het voor de *lol*! Ze was geen zevenjarig meisje, alleen op een onbewoond eiland met alleen een vent met een baard die haar gezicht richting zijn schoot duwde.

Toch lag haar inhaler naast haar. Ergens begraven in de angst voelde ze toch zeker wel iets van opwinding? Ze was altijd zo'n brave meid geweest, iets slechts doen zou haar juist een kick moeten geven. Maar het voelde verkeerd, en ze wilde wegrennen. Ze had door het enorme raam kunnen springen, zo graag wilde ze daar weg. Ze had zich moeten concentreren op haar haat voor Martin, ze hield van hem en ze haatte hem, en op het feit dat ze hen beiden uit deze wanhopige situatie wilde redden met zo min mogelijk extra schade.

Hij bood haar de sigaret aan. Met trillende hand pakte ze die. Ze inhaleerde, en begon te hoesten.

Hij lachte en wrikte hem weer los uit haar greep. 'Je bent wel een heel stoute meid vandaag.'

Ze staarde naar de grond. Ruw pakte hij haar kin in zijn hand en dwong haar om hem in de ogen te kijken. Zijn adem stonk naar rook en het rode licht boven het bed weerspiegelde in zijn donkere ogen.

'Ja,' fluisterde ze. O god. Zijn mond was nu nog maar een paar centimeter bij de hare vandaan. Ze bewoog niet. Ze voelde hoe zijn hand langs haar blote been omhoog kroop. *Een spoor van vuur*, dacht ze in een flashback naar een van haar boeken. Ze wilde dit niet, maar ze wilde het toch. Ze kon er niets aan doen. Ze rilde en probeerde haar benen tegen elkaar te duwen, maar hij duwde zijn knie ertussen.

'O, nee, Claudia,' mompelde hij terwijl zijn vingers bij het elastiek van haar slipje waren aanbeland. 'Nu niet meer *teasen*.' Zijn knie duwde haar benen verder van elkaar, en zijn vingers groeven nog dieper. Ze hield haar adem in en greep zijn schouder. 'Je wilt het, bitch. Je bent zo nat als een perzik.'

'Niet doen...' fluisterde ze. 'Stop,' en toen de woorden er helemaal verkeerd uitkwamen, wist ze waarom. Het was gemakkelijker het koelbloedig met deze man te doen dan om de liefde te bedrijven met haar 'verloofde', omdat haar enige seksuele ervaring tot nu toe zo'n afgrijselijke kwelling was, waar ze zichzelf de schuld van gaf. De gedachte aan seks ging wat haar betrof niet samen met slijmerige, dromerige liefde; daar haatte ze zichzelf te erg voor. Seks was iets dat samenging met schuldgevoel en schaamte – het was pervers en dit was de enige manier waarop ze het ooit met iemand kon doen. *Dit* was wat ze verdiende.

Ze deed haar ogen dicht. *Blijven ademhalen.*

Er werd op de deur geklopt. 'Godv...'

'Het is onze... dat is roomservice,' fluisterde ze. 'Wacht even.'

Een paar seconden later kwam ze terug met de dure fles champagne. De deur had ze net niet dichtgetrokken. De binnenkant van haar dijen voelde heet en kloppend aan. Voorzichtig zette ze de emmer op het bureau.

'Wat schattig,' zei hij. 'Ik word verleid.' Ze zag de enorme bobbel in zijn spijkerbroek. Hij zag haar kijken, en hij lachte. 'Dat is allemaal voor jou, schatje. Vijftien centimetertjes, helemaal voor jou alleen.'

Ze was bang dat ze flauw zou vallen. Hij was zo ontzettend grof. Ze wilde hem smeken om wat liever voor haar te zijn, maar ze wist dat hij juist geilde op haar angst. Ze wierp een blik op haar horloge. Het was bijna zover. Ze beet op haar lip om niet te jammeren.

'Ik moet... Laten we eerst iets drinken,' zei ze.

Hij knikte naar de fles, en langzaam liep ze op haar wiebelschoenen naar het bureau. Ze schonk twee glazen champagne in. Ze nam een forse slok uit de hare, draaide zich om en haar adem stokte. Hij stond pal achter haar. Hij sloeg zijn glas in één teug achterover, schoof een hand in haar decolleté en begon hard in haar borsten te knijpen. Ze voelde zijn hete adem in haar oor terwijl hij siste: 'Ik ga je er eens flink van langs geven.'

Hij draaide haar om en duwde haar hoofd omlaag, zodat ze over het bureau gebogen stond, en hij trok haar jurk ruw omhoog. Ze hoorde hem zijn broek openritsen en voelde toen hoe hij haar slipje aan de kant schoof, en hoe hij kreunend in haar stootte. Ze voelde ook een stekende pijn en ze beet op haar vuist. De tranen rolden over haar wangen en spatten op het glazen bureaublad. Ze stond te trillen. Niet in paniek raken. Relax, *relax.* Ze deed haar ogen dicht en probeerde zich niet te verzetten. Toen voelde het iets beter. Zijn handen lagen op haar heupen, vreemd teder. Merkte hij soms dat ze nog nooit...? Hij liet haar zien hoe het moest. Ze probeerde om mee te deinen op zijn beweging.

Hij leunde over haar heen. 'Wat ben je toch een hete heks, Claudia,' fluisterde hij, en ze drukte zich tegen hem aan. Dit... het... hij... het was afschuwelijk, maar het was ook *lekker*. Ze was een walgelijk, walgelijk meisje. 'Zeg dat je me wil,' zei hij terwijl hij door bleef pompen. 'Zeg het.'

'Ik wil je, Jim,' zei ze, en haar stem was een kreun van verlangen – omdat het voorbij was; het deed er nu allemaal niet meer toe. Ze was verloren, en dus kon ze zich er net zo goed aan overgeven.

'Vieze *slet*,' zei een stem heel zachtjes. 'Vieze, valse slet die je bent.'

Ze draaiden zich allebei razendsnel om. Jim met een glimlach, zonder enige gêne en Claudia haastig aan haar jurk sjorrend, met een glans in haar ogen die een vreemde mengeling van list en wanhoop was. Martin was binnengekomen, zoals ze wist dat hij zou doen, en hij was keurig volgens plan getuige geweest van de daad die hen voor altijd van elkaar zou scheiden. Ze deed haar mond open om iets te zeggen, maar hij stak zijn hand op.

'Hou je mond.' Hij was even stil. Zijn gezicht was lijkbleek. Zijn ogen waren tot spleetjes samengeknepen en tussen zijn wenkbrauwen lag een diepe rimpel – precies als bij haar als *zij* fronste. Het was precies dezelfde gezichtsuitdrukking, stomme zak. Nee, het was zijn schuld, hoe had hij het niet kunnen zien?

'Ik hoop dat jij nog eens je verdiende loon krijgt, Claudia, en dat zal ook ongetwijfeld gebeuren. En als ik je tegenkom in de hel, dan is me dat nog te vroeg.'

Ze staarde hem tartend aan, en zijn blik was er een van zo'n diepe pijn dat het haar hart doorboorde als een hele bos pijlen. *Dus jij denkt dat jij pijn hebt? Man, je hebt geen idee.* Pappie. *Ik heb je zojuist gered van de waanzin.*

Hij draaide zich om en liep de deur uit.

Ze liet zich op de grond zakken en sloeg haar handen voor haar gezicht. Ze haalde eerst piepend adem, en toen helemaal niet meer – ze greep naar haar inhaler.

Jim gooide hem naar haar toe, en hij rolde met zijn ogen. Toen stak hij een sigaret op. 'Je hebt me gebruikt,' zei hij. 'Of niet soms?'

Ze wapperde de rook weg, veegde de tranen van haar gezicht en wierp een blik in de spiegel. Ze hadden niet gekust en haar rode lippenstift zat nog keurig op zijn plek. 'Wat kan jou dat schelen,' zei ze. 'Je vond het lekker.'

Hij grijnsde en haalde zijn duim over haar mond. 'Jij bent een natuurtalentje. Nou... waar waren we gebleven?'

Ze duwde zijn hand weg. 'Jij was op weg naar buiten, baas. Beschouw dit maar als mijn ontslagbrief.'

Hij keek haar verbaasd aan en zijn neusvleugels trilden. Heel langzaam kleedde hij zich aan en pakte zijn notitieblok op. 'Je bent inderdaad een slet.'

Ze glimlachte vermoeid. 'Ach, Jim,' antwoordde ze. 'Dat zijn we toch allemaal.'

Ze was nu een ander mens. Haar gedweeë, maagdelijke velletje had ze afgeworpen als een slang. Het leven had haar door de mangel gehaald en hard gemaakt. Het was waar: degene die haar die waarschuwingsbrief over Martin had geschreven was inderdaad een vriend. Maar ze had ook ergens een vijand, dat wist ze zeker. Iemand had haar doelbewust naar deze absolute bodem van de wanhoop geleid. Maar waarom?

ITALIË, JANUARI 1998

Isabella

'**D**ank u wel,' zei de vrouw terwijl Isabella de ravioli met een vulling van wild zwijn op de houten tafel zette.

Isabella glimlachte. '*Prego.*'

De man en de vrouw, ze zagen er zo gelukkig uit. Het was fijn om gelukkige mensen te zien. Ze zaten hand in hand aan tafel. Dat was wel eens prettig, voor de verandering. Al die stelletjes die hier zwijgend zaten te eten, het deed haar pijn om ze te zien. Het was niet goed om mensen zo vreugdeloos aan tafel te zien zitten. Voedsel en liefde: twee essentiële dingen in het leven. Ze dankte God elk dag dat hij Luca op haar pad had gebracht, haar goddelijke Luca, druk in de weer in de keuken, met zijn donkere krullen die over zijn knappe gezicht vielen. Ze gokte dat dit de tweede keer was voor die twee – of misschien zelfs wel de eerste? Zoveel mensen wachtten tegenwoordig langer. De trouwring van de vrouw fonkelde in het kaarslicht. Die was nieuw, dat zag je zo. De man, hij droeg geen ring, maar Isabella kon altijd zien wanneer mensen van elkaar hielden, en in zijn ogen scheen het liefdeslicht.

'U getrouwd, hier?' Kon je toch best vragen? Dat was toch niet erg? Gelukkige mensen wilden altijd graag praten.

'*Si,*' antwoordde de vrouw. 'Afgelopen zondag. In de kerk van La Madonna Del Soccorso.'

Isabella keek verbaasd. '*Molti congratulazioni!*' zei ze, en ze glimlachte nog maar eens om haar verbazing te verhullen. 'Ik wens jullie veel vreugde toe.'

In die kerk trouwden alleen mensen uit het dorp. Dus deze mensen hadden waarschijnlijk flink wat invloed. Misschien waren het wel filmsterren? Die kwamen nu ook hier, met hun honkbalpetjes en de zonnebrillen die nooit van hun neus kwamen, en hun veel te magere koppies, als uitgehongerde kinderen, zelfs de mannen prikten maar een beetje in haar heerlijke eten alsof het niet lekker was – dan wilden ze dit anders, en dat moest anders – en dan keken ze je aan van *Inderdaad, ik ben het, oké?* Ze had geen geduld met filmsterren. Ze kwamen naar haar prachtige land niet om te bewonderen, maar om bewonderd te worden, en ze waren helemaal niet gelukkig. In hun ogen zag ze alleen maar gebrek, ogen die op zoek waren naar iets wat ze nooit zouden vinden.

Deze mensen – *Americani? Inglesi?* – deze bruid en bruidegom, ze zagen er goed uit; de man, hij was een knappe man, maar hij was geen filmster. Rijk, besloot ze. De schoenen, de gladde huid, de nagels, de ontspannen manier van doen: o ja, meer geld dan waar je ooit van droomde. Maar vandaag, zag ze, was het niet het geld dat hem deed glimlachen, het was de vrouw – en zo hoorde het ook.

'Dank je,' zei de vrouw en ze lachte nog eens.

'Dank je,' zei de man en ze hoorde de emotie trillen in zijn stem. 'We hebben het gevoel dat ons vreugde is overkomen.' Ze hield haar hoofd een beetje schuin om hen te kunnen horen. Misschien was zijn volgende woord niet voor haar oren bestemd, maar Isabella was goed in liplezen – wat zou het zonde zijn als ze dat niet kon, in een restaurant! Nee, ze wist zeker dat hij zei: 'Eindelijk.'

LOS ANGELES, OKTOBER 1998

Emily

Emily was niet goed met geld, en eerlijk gezegd was ze daar trots op. Het was ook nooit nodig geweest. Haar familie had miljarden en ze had geen idee hoe je anders zou moeten leven. Iemand die 'goed' met geld was, was eigenlijk goed in het niet hebben van geld, in bezuinigen – over burgertruttigheid gesproken. Weet je wie bezuinigden? Huisvrouwen in, weet ik het, *Liverpool*, of zo. Als je geld zat had, dan deed je niet aan bezuinigen, dan was het er gewoon, net als lucht.

Ze miste Tim. Hij was al vroeg naar Cambridge vertrokken, en had haar alleen in het appartement achtergelaten. Ze was een keer bij hem langsgegaan; het was geweldig om hem na twee hele *weken* weer terug te zien – ze had hem wel nog even gepijpt op zijn kamer; hij had een kussen onder haar knieën gelegd zodat ze daar geen last van kreeg, maar echt gepraat hadden ze niet. Ze wilde het niet met hem hebben over hun... haar... problemen, want als je je man over je problemen vertelde, dan ging hij *jou* zien als het probleem.

Er waren afgrijselijke dingen gebeurd – een maand voor zijn vertrek was het allemaal begonnen. Echt verschrikkelijk. Dingen die ze totaal niet onder ogen wilde zien en waar ze helemaal niet over na wilde denken. Na de eerste dreigbrief had ze tegen de huishoudster gezegd dat zij voortaan de post zelf wilde openen. Ze had haar hele leven nog nooit iets anders opengemaakt dat valentijnskaartjes. Het was doodeng. De dingen die er in stonden. Zo gemeen, zo onmenselijk, terwijl zij over een maand een *kind* zou krijgen!

De brieven bleven maar komen; op een gegeven moment kon ze ze er zo uit halen. Het adres van de afzender was altijd iets vaags, niks verdachts op zich, en dan deed je ze open en dan zat er zo'n afschuwelijk rood papiertje in waar in dikke zwarte letters op stond: 'AANMANING'. Ze had geen idee dat er mensen waren die echt zo leefden. Hoe overleefden ze zoiets? Hoe konden ze ooit slapen, met dit soort ondraaglijke, verstikkende stress?

'U dient deze **schuld** binnen 7 dagen te **voldoen**, anders zullen wij deze zaak overdragen aan een **deurwaarder**... **Incassobureau Kwelgeest en Co**...'

Het kon toch niet legaal zijn om mensen zo de stuipen op het lijf te jagen?

'Wij zijn gerechtigd deze zaak over te dragen aan de deurwaarder voor incasso. In dit geval bent u ook verdere administratiekosten verschuldigd alsmede een **boete**...'

'Indien u in **verzuim** blijft, kunt u **vervolgd** worden... betaal dus direct om **verdere rechtsvervolging** te voorkomen...'

Ze begonnen zelfs te bellen – op haar mobiel, en thuis. Ze was verbijsterd en woedend. En denk maar niet dat ze je netjes begroetten, nee, ze waren heel kortaf en onbeschoft. Niemand had haar ooit zo behandeld. Niemand had haar ooit behandeld als een arme sloeber.

Tim had een bankrekening voor huishouddingetjes, maar om de een of andere reden stond daar niets op. Ze kon er trouwens toch niet bij, maar het hypotheekbedrijf – ze wist niet eens dat hij een hypotheek had. Wat was dat trouwens, een hypotheek? – beweerde dat er 'onvoldoende tegoed' op de rekening stond en ze dreigden met 'inbeslagname'.

'Wat?' had ze verdwaasd gevraagd aan de telefoon. 'Dus u komt het afpakken?'

Ze had Tim zeven keer proberen te bellen, op Magdalene College, maar hij belde nooit terug. Hij was een waardeloze beller. In een vlaag van paniek had ze de graaf gebeld, maar die weigerde om aan de telefoon te komen. Ze had hem ook een brief geschreven, maar uiteindelijk kwam haar brief ongeopend terug.

Haar moeder... ze moest misschien aan haar moeder vragen om haar wat cash te geven, maar Innocence keek dan altijd zo moeilijk, alsof Emily haar vroeg om een stuk van haar been of zo. Innocence deed heel raar over geld. Zelf deed ze niks anders dan uitgeven, maar nooit aan een ander. Bovendien was het nu ook een kwestie van trots. Innocence had zo lelijk gedaan over dat Tim was onterfd. Als Emily haar nu om geld zou vragen, dan zou het net lijken alsof ze *alweer* had gefaald.

Dus de enige mogelijkheid om aan geld te komen was via haar vader. Nou, dan ging ze nog liever dood.

Ze had zo ontzettend haar best gedaan. Ze had *Hello!* wel zeven exclusieve interviews gegeven in drie maanden – te veel dus. Ze had gemerkt dat haar marktwaarde daardoor flink omlaag was gegaan. Ze was te veel in het nieuws geweest. Bovendien, zoveel viel er ook niet meer te onthullen. En nu haatten de roddelbladen haar, omdat ze had geweigerd om hun 'vriendin' te zijn. Ze had nog even een pr-adviseur in de arm genomen. Maar dat stomme wijf had haar geadviseerd om te 'glimlachen' en om 'aardig te doen', maar dat voetvolk was zo ontzettend onbeschoft, om razend van te worden. Dus waarom zou ze hun niet de vinger geven?

Die foto waarop ze dat ook echt deed was natuurlijk in al die waardeloze tijdschriften terechtgekomen. Het had de eikel die hem had genomen een half miljoen opgeleverd. Het was een enorme opoffering, maar Emily had twee weken lang, dag in dag uit dezelfde outfit gedragen, gewoon om ze te zieken. Als ze haar haar ook hetzelfde droeg en telkens een uitgestreken gezicht trok zouden er geen nieuwe foto's komen. Maar ze hadden veel te veel macht, daar kon je nooit tegenop. Het was persoonlijk geworden: ze wilden haar te gronde richten. En dat lukte aardig. De enige keer dat ze sinds ze wist dat ze zwanger was een glaasje Baileys had gedronken en een sigaretje had gerookt – eentje maar, want ze stikte bijna van de zorgen en de angst – stond er een mannetje in de struiken met zijn telelens.

Ze stond net op het punt om een contract van honderdduizend pond per jaar te tekenen om een juwelierswinkel in Bond Street te vertegenwoordigen. Dat was natuurlijk maar een schijntje, maar het zou toch wel wat hebben geholpen. Waarschijnlijk hadden die nog steeds schellen voor de ogen dankzij haar huwelijk met de zoon van de graaf, en het feit dat haar vader bezig was aan een comeback, en bovendien had ze nog steeds meer dan genoeg waanzinnig mooie kleren en schoenen en tassen en oorbellen om de illusie in stand te houden dat ze het prima redde. De winkel richtte zich op jonge mensen. Emily zou net dat 'gevaarlijke' randje aan hun imago toevoegen, net dat beetje extra glamour.

Ze moesten eens weten.

Maar toen die foto van haar waarop ze eruitzag als een poetsvrouw, met haar peuk, haar fles Baileys en haar dikke zwangere buik, op de voorpagina van de kranten verscheen, kwam er een beleefd briefje waarin de winkel haar uitlegde dat ze haar helaas vanwege haar 'beoordelingsfout' en de daaropvolgende veroordeling door het grote publiek en hun eigen verantwoordelijkheid om een positief rolmodel te kiezen voor de jonge vrouwen die zo'n groot onderdeel vormden van hun cliëntèle en die nog zo gemakkelijk te beïnvloeden waren... het spijt ons oprecht... veel succes met uw toekomstige projecten... en je koter... en nou oprotten.

Misschien dat er nog andere kansen lagen: een autobiografie. Maar dan zouden allebei haar ouders haar aanklagen. Dat hadden ze al gezegd.

Modellenwerk? Er waren wel wat aanbiedingen, maar jezus, ze had toch ook hersenen? Haar vader had met tegenzin betaald voor iemand die haar thuis lesgaf. O god, en op school hadden ze nog wel voorspeld dat ze alleen maar hoge cijfers zou halen, maar door alles wat er dit jaar was gebeurd was ze zo in de war dat ze zich totaal niet kon concentreren: dus haalde ze twee krappe voldoendes, en acht onvoldoendes. Was het dan echt zo erg dat ze haar *lichaam* moest verkopen? Nu ze aan de grond zat was het daar ook al te laat voor. Ze zou nog onderbroeken hebben geshowd voor de goedkoopste supermarkt als ze haar dat hadden gevraagd. Maar dat hadden ze niet. Met haar buik van acht maanden was ze veel te gigantisch, en die poetsvrouwenfoto was zo vaak afgedrukt dat ze de tel kwijt was. Nee, iedereen was het erover eens, ze had zichzelf laten *verslonzen*.

Maar, godallemachtig, ze was pas zestien!

Ze had dat geld van de interviews moeten opsparen, maar, even serieus hoor, hoe dan? Een miljoen pond, daar was je zo doorheen, ongelofelijk, zo snel als dat ging. Als je eenzaam was, en als je je verveelde, en zielig en arm was, dan was geld uitgeven je enige verzetje. Datzelfde gold trouwens ook voor als je rijk was. Ze kwelde zichzelf met dromen over die goeie ouwe tijd, toen ze met mama bij Versace langsging en ze de deuren achter hen op slot deden en hen champagne brachten op een presenteerblaadje. Dan gaven ze zo honderdduizend pond uit, dat was echt niks.

Versace was geen optie meer, en dus had Emily zich twee weken laten opnemen in die beroemde afkickkliniek, de Priory, voornamelijk om te zien waarom iedereen het daar altijd over had, en deels ook voor het geld, maar de pers was met een oeroude foto van haar gekomen – ze was toen *overduidelijk* pas veertien! – waarbij ze uit een nachtclub was komen rollen, apestoned, en nu was ze dus ook nog eens 'drugsverslaafd'. Ze had hen aangeklaagd en die zaak had ze gewonnen, maar de rectificatie was piepklein afgedrukt, ergens verstopt op pagina zestien, en dat voelde ook weer als honderdduizend pond die ze zo door de plee had gespoeld. Bovendien, die Priory was echt vreselijk. Het *leek* niet eens op een spa.

Dit was nu echt zo'n ervaring waardoor je de stad gaat haten – dat en het feit dat geen van haar zogenaamde 'vrienden' nog met haar wilde praten tegenwoordig – dus was ze maar naar een exclusieve *echte* spa gevlucht, aan de kust van Sussex. Het had: 'Gotische raamstijlen... een met rozen begroeide binnenplaats... haardvuur... grachten en beekjes... een buitenjacuzzi, net als in Californië.' Het was er super, en luxe en ook best een beetje kasteelachtig, maar het drong tot haar door dat ze het niet 'net als in Californië' wilde, ze wilde 'in Californië'.

En dus had ze een vlucht geboekt naar Los Angeles – toeristenklasse, maar je moest nu eenmaal *verstandig* zijn met je geld! Ze was zo trots op zichzelf! En terwijl ze de spanning van zich af voelde glijden, trok ze in een bungalow op het Chateau Marmont. Ze schaamde zich te veel om bij Quintin langs te gaan in de Hollywood Hills. Als ze het medelijden in zijn ogen zou zien dan zou ze gewoon *doodgaan* van ellende. Bovendien had ze gigantisch ruzie met haar moeder. En het zou een beetje moeilijk zijn om dat in stand te houden als Innocence zou merken dat ze haar ijskast aan het plunderen was.

Het Chateau was een schitterende, overdadige mengeling van oude en nieuwe glamour, met een oneindige catwalk van A-sterren die om het zwembad hingen zonder dat ze ooit echt gingen zwemmen. Niemand kwam haar even gedag zeggen, en dus negeerde ze hen, maar het deed haar toch goed om in zo'n exclusieve sfeer te baden. Papa had wel eens gezegd dat het niet uitmaakte hoeveel succes je had, maar dat je je in LA toch shit voelde. Nou, mooi niet. Emily vond LA warm en ze had het gevoel dat ze hier welkom was, ook al was vooral haar geld hier welkom. Nou ja. Haar geld was het natuurlijk niet.

Vlak voordat ze uit Engeland wegging had ze vijf leningen afgesloten op haar vaders naam, in totaal voor zo'n driehonderdduizend pond. Ja, hoor eens, wat moest ze dan? Hij was het haar verschuldigd. Laten we zeggen als schadeloosstelling. En als juffrouw Green er achter kwam en helemaal uit haar dak ging – stomme bemoeizuchtige trut die ze was – dan zat zij al duizenden kilometers bij hen vandaan. Lekker puh!

De leningen hadden een eind gemaakt aan die afschuwelijke, eindeloze zondvloed aan rekeningen en dreigementen. Ze had die vakantie op het Chateau dus gewoon verdiend na alle moeite die ze had genomen om haar financiële moeilijkheden op te lossen. Soms at ze 's avonds op de kleine binnenplaats, maar ze liet liever roomservice komen. Het eten was superlekker en ze hadden hier lange, dunne frietjes, net wormen. Het was een fijne, gezellige cocon, en op een bepaalde manier, een namaakmanier, was ze hier gelukkig.

Ze wilde best glimlachen naar die tienersterretjes – o, o, wat vonden die zichzelf toch mooi, terwijl ze eigenlijk graatmager waren en kromgetrokken van de botontkalking, als een stel ouwe wijven. Ze was zelfs bereid om het grappig te vinden hoe de mensen van het hotel in hun nopjes waren met hun nepgotische lounge. Als hier iets ouder dan tien jaar was, vonden ze het al antiek. LA. Hoe kon je daar nou niet dol op zijn? Ze herinnerde zich dat Quintin haar het verhaal vertelde over hoe hij was aangehouden door een agent, op Ventura. Hij had alleen een oud Brits rijbewijs, zonder foto. 'Het is een Engels rijbewijs,' had hij met zijn allerarrogantste stem uitgelegd. 'Wij hebben geen foto nodig, want bij ons *kent* iedereen elkaar.' De agent had geknikt, en toen mocht hij doorrijden.

Emily had expres alle nare gedachten uitgebannen.

De baby schopte, en ze aaide hem over zijn bolletje (of zijn kontje, dat wist ze niet precies). Maar ze dacht er niet over na dat hij er over drie weken ook echt *uit* zou komen. Ze nam aan dat Tim colleges volgde, en op zijn fietsje door de stad croste, of met een boot over de Cam punterde, en dat hij haar miste. Natuurlijk miste hij haar – ze was zijn *vrouw*, en bovendien was er niemand zo goed in bed als zij. Niet dat ze het zo vaak hadden gedaan, maar bij mannen ging het meer om de kwaliteit dan om de kwantiteit, toch? Vegas zou hij nooit vergeten. De gedachte aan Vegas en aan de pokertafel zou er wel voor zorgen dat hij zijn pik in zijn broek liet. Aan de dwangbevelen dacht ze ook niet meer: alle rekeningen waren betaald. En de leningen werden keurig afbetaald door de andere bedrijven bij wie ze een lening had afgesloten. De kleine lettertjes had ze niet gelezen, want als het er niet duidelijk leesbaar op stond, kon het nooit belangrijk zijn.

Maar mijn god, zeg, het Chateau was niet bepaald goedkoop. En vandaag was ze vriendelijk maar wel zeer dringend uit haar cocon geschopt.

Het was echt *zo* gênant. Ze lag op haar witte bedje naar het plafond te staren, en ze dacht aan sneeuw. Ineens bedacht ze dat ze zin had om een sneeuwpop te maken en van een heuvel af te sleeën. De manager had aangeklopt. Hij was discreet, vriendelijk, charmant, maar ze zag heus wel dat er stront aan de knikker was. Haar laatste cheque was geweigerd. Ongelofelijk. Dat al dat geld nu alweer op was!

Ze bloosde en vroeg de manager om de rekening naar juffrouw Green te sturen, de secretaresse van haar vader. Deze ene keer zou juffrouw Green het toch wel regelen. Niet voor haar, maar voor haar vader. Juffrouw Green was net een koning die de vloed kon keren door een hand op te steken: ze vocht als een leeuw om te zorgen dat de reputatie van haar baas brandschoon bleef, ook al was die al lang geleden aan barrels gevallen. Emily had tegen de manager willen zeggen: 'En laat doorschemeren dat je naar de krant stapt als hij niet over de brug komt', maar hij leek haar niet het type dat zoiets zou doen, en dus had ze haar mond gehouden.

Maar het gaf allemaal niks. Ze had wat bedacht. Tenminste, ze zou vast nog wel wat bedenken.

Ze betaalde voor haar *People* zodat ze wat wisselgeld had voor de taxi. En tegen de tijd dat ze bij pagina zeven van het tijdschrift was, had ze haar plannetje rond. Volgens *People* zou de 'Paas Party' van haar vader de volgende avond zijn. In oktober! Wauw. Jack draaide er kennelijk zijn hand niet voor om, om de wederopstanding een nieuwe datum te geven. Wat een waanzin. Haar uitnodiging was ongetwijfeld zoekgeraakt in de zee van aanmaningen.

Haar moeders landhuis in de Hollywood Hills was op slot. *Shit.* Quintin was vast bij zijn moeder langs. Innocence was toch zo'n egocentrisch kreng. Dat zij het huis nou toevallig niet wilde gebruiken, dat wilde nog niet zeggen dat Emily het ook niet nodig had, als schuilplaats. Emily toetste de code in waarmee het hek openging. Niet dat Innocence haar die ooit had verteld, maar ze kon het zo ook wel raden: 6969, wat kon het anders zijn? En toen had Emily ingebroken. Niet subtiel: nee, ze had eerst een hordeur doorgeknipt met een heggenschaar, en toen een raam ingegooid. Ze liep regelrecht naar de tweede vriezer, waar een platina creditcard lag en veertigduizend dollar in contanten. Daar kon ze twee vliegtickets van betalen: eentje voor haar, en eentje voor Timmy.

Ze vloog regelrecht naar Parijs, naar het feestje, en daar zou ze eisen dat haar vader over de brug kwam met wat geld. Hij zou niet gierig willen doen waar Tom Cruise bij was.

Innocence

Was Jack maar dood, dacht Innocence. Hij begon haar op de zenuwen te werken. Hij had een maîtresse – een of andere goedkope troela die in het hotel werkte en die al ergens in de dertig was. Het getuigde van gebrek aan respect dat hij er zo mee te koop liep. Ze wist dat het zijn manier was om haar publiekelijk te vernederen. Goedkoop van hem. Maar ja, goedkoop was het enige wat hij zich tegenwoordig nog kon veroorloven... Hij zou het haar nooit vergeven dat zij zich zijn fortuin had toegeëigend – ook al bleef het op deze manier wel in de familie. *Zij* was verantwoordelijk voor de wedergeboorte. *Zij* had hem gedwongen om opnieuw te beginnen. En dan was dit zijn dank.

Innocence vond het niet prettig om voor gek gezet te worden, en al helemaal niet door die idioot. Innocence had bepaalde regels waar ze zich altijd aan hield. Ze vond bijvoorbeeld dat mensen zonder hersenen niet rijk hoorden te zijn. Dus het feit dat haar echtgenoot kans had gezien om haar voor schut te zetten en miljoenen had weten te verdienen, in een jaar tijd, dat vond ze verbijsterend. Het liet haar maar niet los. Ze lag er wakker van en hoopte dat hem iets heel afschuwelijks zou overkomen, zodat ze weer gelijk stonden. Zijn plotselinge, niet noodzakelijk gewelddadige dood (zo'n monster was ze ook weer niet) zou alles weer rechttrekken.

Als Jack dood zou zijn, was haar leven helemaal perfect. Dat was het ook bijna, maar net niet helemaal. De wereld was haar vreugdevuur, en hij stond erin te pissen. In de krant van vandaag stond een gigantische foto van haar man en die snol, zoenend over de zilveren motorkap van een Bugatti. Innocence bekeek haar eens goed om te zien of ze zich had laten verbouwen, of dat ze misschien cellulitis had. Ze voelde haar hart in haar keel en haar handen trilden van woede. Haar zakelijke prestaties waren ongehoord: ze was bijna een miljard waard en ze kon niet eens opnoemen hoeveel prijzen ze had gewonnen, die ze allemaal nooit had opgehaald omdat ze het daar te druk voor had. In het liefdadigheidscircuit werd ze als beschermheilige gezien. Ze had namens de Verenigde Naties gesproken, als Goodwill Ambassadeur. Ze was een moeder die nog altijd een stijlicoon was, en ze had nog altijd geen dikke reet.

En toch vielen al deze verbluffende triomfen in het niet omdat die schoft vreemdging. *Hij* ging vreemd en daardoor stond zij nu voor gek, want als een man zijn lolletjes buiten de deur zoekt doet de buitenwereld altijd braaf alsof ze zo geschokt zijn, maar ze speculeren er vrolijk op los: wat zou er dan mis zijn met zijn *vrouw*, denk je?

Ze kon het niet uitstaan. Volgens de krant had Jack met 250 kilometer over het circuit gescheurd. Ze hadden moeten crashen en verbranden. Het irriteerde haar dat Jack zo onoverwinnelijk leek. Ze was er kotsmisselijk van dat zijn stomme Parijse hotel meteen zo'n doorslaand succes was, *the place to stay*, met een wachtlijst van drie jaar voor wie er een kamer wilde. Ze had haar haarstyliste langs gestuurd om er een kijkje te nemen. Patrice vertelde dat 'het wel leek of het opgebouwd was uit de sigarettenpeuken van Liberace'.

Hoe durfde Jack een feest te geven om zijn wederopstanding te vieren? Ze kon gewoon niet geloven dat Tom Cruise zich zo verlaagde en nog kwam ook. Jack was een *crimineel*. Ze had ademloos de lijst van beroemde namen doorgekeken die in de zogenaamd serieuze kranten stond. Hollywoods nieuwste *golden boy*, Ethan Summers, een uitzonderlijk goede acteur en extreem prettig om naar te kijken; en aanstormend talent Mollie Tomkinson, dat goddelijke schepseltje, die altijd zo van het scherm spatte – dat kutwijf. Waarom wilden al deze nieuwe sterren aan het firmament hun naam verbinden aan *Jack*? Ze klemde haar kaken op elkaar – haar gladde, strakke (maar niet te strakke) kaken. Innocence deed niet mee aan de mode in LA waarbij je in je gezicht moest kunnen terugzien wie je plastisch chirurg was, zodat mensen even een blik op je boezem wierpen en riepen: 'O, je bent bij dokter Octopus geweest, ik ben zelf ook zo *dol* op zijn werk!'

Ze gooide de krant neer en trok haar witte kalfsleren handschoenen uit.

Ze was zich ervan bewust dat Jamie, haar *personal assistant*, de voorpagina van de krant van vandaag had vervangen door die van gisteren. Dat vanwege de andere krantenkop van vandaag: *Tycoon Jack Kent en vrouw uit elkaar.*

Vrouw? Vrouw? Was dat alles wat ze was? Hoe *durfden* ze?

Jamie haalde haar handschoenen weg en bood haar een bordje met ontvelde druiven aan. 'Suiker,' zei ze kribbig en ze wuifde ze weg. Zij verdomde het om oud *en* dik te worden.

Hoe haalde Jack het in zijn hoofd om zijn bloedeigen vrouw niet uit te nodigen voor de party van het millennium? Innocence ging er hoe dan ook heen, als de boze fee, en ze zou haar vloek uitspreken en zijn hele fuifje in rook doen opgaan. Als hij dood was (die gedachte bleef maar de kop opsteken) dan zou zij alles erven. Hij mocht dan een minnares hebben, maar zij was de echtgenote. En er waren nu vijf Hôtels Belle Époque, en Jack streek alle winst op. Volgens een van de roddelpagina's had hij het met die slet van hem gedaan op een bed dat met duizenden briefjes van vijftig was bestrooid. Razend maakte het haar.

Wat zou ze zijn idiote hotels graag verkopen aan een of andere goedkope keten.

Patrice frunnikte aan een gigantische roze toef haar. Innocence vond het minimalisme van de jaren negentig maar saai, en dus was ze blijven hangen in haar lievelingsdecennium, de jaren tachtig. Voor haar was een enorm roze kapsel altijd in. God weet wat ze moest als er ooit iets met Patrice zou gebeuren. Ze had haar eigen haar al in geen zes jaar gewassen of geföhnd. Als ze mocht kiezen wie er dood moest, haar man of haar kapper – Jezus, dat was wel een heel makkelijke keuze! Het zou een kwestie van eerwraak zijn. Ze wilde Jack niet vermoorden om het geld. Het geld was een leuke bonus, maar ze had het natuurlijk niet echt nodig.

Als ze Jack zou vermoorden, dan was dat puur voor de lol.

PARIJS, 13 OKTOBER 1998

Jack

Hij was helemaal euforisch. Hij had gewonnen. Hij was weer de beste.

Innocence was een enorme fout geweest, en ze had hem flink laten bloeden. Maar misschien had hij hoe dan ook wel moeten bloeden. Hij trok nu eenmaal het ongeluk aan, hij kon er nooit aan ontsnappen. Er was een tijd dat hij sterk het gevoel had dat er ergens een duistere macht aan het werk was om hem het leven zuur te maken. Nog steeds had hij vier bodyguards in dienst, allemaal voormalige leden van de geheime dienst: Maria pestte hem daarmee, maar paranoia hoorde nu eenmaal bij hem.

Hij voelde de bedreiging ook echt. En het was niet zoiets stompzinnigs als iemand die hem wilde vermoorden. Daar was hij prima tegen beschermd. Nee, het was eerder een soort boosaardige geest, die zich nauwelijks zichtbaar ophield in de periferie van zijn leven waar het, heel af en toe, zijn tanden liet zien en rampspoed over Jack afriep. Dat was natuurlijk allemaal maar verbeelding. Misschien was het zelfs zijn geweten wel. Want hij kon maar één gebeurtenis bedenken die door een vijand bedacht kon zijn, en dat was het feit dat Claudia verliefd was geworden op een onbekende die haar echte vader bleek te zijn. Hij durfde er gif op in te nemen: het feit dat die twee elkaar hadden gevonden was het werk van een heel zieke klootzak.

Goddank had hij Maria, die van een afstandje over haar dochter waakte. Zo was ze voor een drama behoed. Hij had geen idee waarom ze het had gedaan, en hij wist ook niet of ze zelf de waarheid kende. Waar het om ging was *dat* ze het had gedaan. Nu kon ze opnieuw beginnen. Die jonge meiden hadden nog zoveel veerkracht. Hij wilde niet stilstaan bij haar pijn – het was gemakkelijker om die maar te negeren. De waarheid was dat hij het niet aankon, de gedachte dat een van zijn kinderen zo wanhopig was, en dus dacht hij er maar liever helemaal niet aan. Wat hij ook niet aankon was het schuldgevoel over hoe hij zijn eerste vrouw Felicia had verraden door haar geliefde geadopteerde dochter niet te beschermen. Maar als ouder faalde je immers altijd, want wat je ook deed, je kinderen hadden nooit een perfect leven. Natuurlijk niet, maar als ouder kon je dat belachelijk genoeg toch nooit accepteren.

In de tussentijd had Emily – de beeldschone, getalenteerde Emily – kans gezien om geheel eigenhandig haar leven naar de kloten te helpen. Het was een van de grootste teleurstellingen in zijn leven. Als kind leek ze zo ontzettend veelbelovend. Hij herinnerde zich nog hoe hij haar *Assepoester* voorlas toen ze een jaar of vier was, en ze hem boos verbeterde omdat hij een paar woordjes oversloeg in het verhaal. Hij had 'afgezet met gouden tressen' overgeslagen om tijd te winnen, en toen had hij ontdekt dat dit kleine meisje zich een boek letterlijk kon herinneren als je het haar een keer had voorgelezen. Ze was zo ontzettend slim. En nu had ze alles verpest. Het was te pijnlijk om erbij stil te staan. Maar goed, Emily had tenminste nog Innocence als moeder. Dus was ze genetisch geprogrammeerd om alles te kunnen overleven. Het was dan ook waarschijnlijk een goed teken dat ze nu al uitbundige interviews liet afnemen door de mensen van *Hello!* in Tims luxe appartement aan Ecclestone Square, dat ze opnieuw aan het inrichten was. Een schilderij van Damien Hirst (als je het een schilderij mocht noemen) hing aan de geelgestreepte muur van de kinderkamer tussen een houtskooltekening van Tims moeder van de hand van zijn grootmoeder en een landschapsschilderijtje dat zijn vader had gemaakt. 'We weten nog niet of het een jongen of een meisje wordt,' had Emily schaapachtig verteld aan de pennenlikker. 'Maar dat maakt ons ook helemaal niet uit. Als het maar gezond is.' Ze hadden een overdadige bruiloft gevierd, op kosten van het tijdschrift, bijgewoond door een paar verlopen leden van de jetset, een handjevol soapies en een aantal van Emily's drugsvriendjes. Jack had de uitnodiging afgeslagen – ze had hem te diep gekwetst – en trouwens, hij had een polowedstrijd.

Hij zuchtte. Ze was echt een dochter van haar moeder. Ongetwijfeld kwam er nog een tiende interview als de baby er eenmaal was. En dat was dan meteen zijn enige kans om zijn kleinkind te zien. De kloof tussen hen was diep, bitter en blijvend: het was een kloof die alleen nog maar met geld gevuld kon worden. De jongen, Tim, was ingestort nadat ze hem hadden onterfd. Hij had zich keurig in een jasje gehesen voor de foto's, maar zijn gezicht leek wel een geglazuurde donut. Prozac of lithium, vroeg Jack zich af. Volgens *Hello!* was Tim deze maand naar Magdalene College in Cambridge gegaan, geheel volgens plan.

Emily zou een poosje 'vrij nemen' om te 'moederen'. Ze zag er afgemat uit. Jack zou wachten tot ze echt volledig in de greep van de wanhoop was, en dan pas zou hij haar te hulp schieten zoals Richard Gere in die aardige film over de prostituee: dan zou zijn dochter wel weer van hem gaan houden. Uit dankbaarheid. Ze had toch geld nodig als die man van haar niet werkte. Jack huiverde bij de gedachte dat Emily nog steeds zo graag mee wilde tellen in de hogere kringen – het was dat verlangen dat hem had geruïneerd. Ze weigerde om in te zien dat die verschrikkelijke mensen haar nooit geschikt zouden vinden om een Fortelyne te worden, zelfs al had ze wel braaf haar benen bij elkaar gehouden tot ze een ring aan haar vinger had. Ze was niet een van hen en dat zou ze ook nooit worden. Dat kasteel zou nooit van haar zijn: de graaf zou nog liever een moord plegen dan dat hij dat zou toestaan.

Jack haalde een hand door zijn haar en trok aan zijn sigaar. Hij gaf meer om zijn kinderen dan hij eigenlijk wilde, maar, mijn god, wat maakten ze het hem moeilijk. Hard zijn was het beste – daar kwam hij niet meer op terug. Daar werden ze sterk van... hoopte hij.

Hij vroeg zich af of de kinderen vanavond zouden komen. Hij hoopte vurig van wel, ook al zou Emily waarschijnlijk alleen maar komen voor de *goody bag* en kwam Claudia alleen maar om te zaniken. Dat maakte hem niet uit, hij wilde zijn meiden gewoon graag zien. En hij had Maria beloofd dat zij deze avond haar dochter voor het eerst zou ontmoeten. Om de spanning de kop in te drukken nam hij een dubbele hoeveelheid pillen. Stel dat Claudia helemaal uit haar dak ging? Stel dat Maria het niet aankon? Hij had Maria in elk geval over weten te halen – door te smeken – dat de kennismaking pas laat op de avond zou moeten plaatsvinden. Als excuus voerde hij aan dat Claudia dan meer op haar gemak zou zijn, maar de werkelijke reden was dat hij doodsbenauwd was en de hereniging zo lang mogelijk wilde uitstellen.

In de tussentijd was het onvermijdelijk dat Innocence langs zou komen en een scène zou trappen. Maar goed, alle publiciteit was goed. En een foto waarop zij door de beveiliging naar buiten werd gebracht – bij voorkeur eentje waarop een tepel zichtbaar was, of een glimp van haar rode onderbroek – zou door elk boulevardblad in de hele westerse wereld worden gekocht.

Innocence had hem gebruikt als haar spaarvarkentje. Over zijn rug was ze tot grote hoogte gestegen. Als hij haar niet zo haatte, had hij nog bewondering voor haar lef. Het enige wat de situatie draaglijk maakte was het feit dat hij een troef had, en dat zij daar op een dag achter zou komen en dat hij, Jack, het laatst zou lachen. Ze deden het nog steeds, af en toe. En als ze het deden, dan dacht hij altijd: *Deze wip heb je te danken aan het feit dat ik weet dat jij de loser bent.* Met andere woorden: hij wreef het er bij haar in. Voor de meeste mensen was seks een uiting van liefde, vriendschap of op zijn minst waardering. Voor Jack en Innocence was het een uiting van wederzijdse walging.

Hij trok zijn strikje recht en keek op zijn horloge. Een zwerm paparazzi stond buiten in drommen aan beide kanten van de rode loper en de showbizzreporters waren hun stukjes al aan het inspreken voor de camera's. Boven het hotel klonk het geronk van helikopters. Er waren minstens zeshonderd medialui daarbuiten. Zijn hoofd pr had de beste plekken op de stoep toegewezen aan de zenders of programma's met de meeste macht: MTV, *Entertainment Tonight* en *Access Hollywood*, stonden vooraan, pal naast de hekken. De politie had de straat afgezet maar het waren zijn eigen beveiligingsmensen die de orde handhaafden – de gendarmerie kon het verder geen bal schelen. Hij zou zijn gasten binnen, in de hal, begroeten: hij was een egoïst, maar hij was niet op zijn achterhoofd gevallen. Ze wilden de gouwe ouwe sterren: Tom Cruise, Brad Pitt. En ze wilden de nieuwe garde: Ethan Summers, Mollie Tomkinson. Ze wilden de supersterren die zo lekker gewoon waren gebleven: Will Smith, Sandra Bullock, Matt Damon. Jack wist inmiddels wel beter. Hij zou de perfecte gastheer zijn en hij zou zijn gasten laten stralen. Hij zou de glamour alle ruimte geven.

Prince zou live spelen: het zou dus hoe dan ook een geweldig feest worden. Elton John was sowieso al een vriend – en die zou ook geen weerstand kunnen bieden als er een mooie piano stond. Er werd *fusion* eten geserveerd: niet te geloven hoeveel die celebrity's konden verstouwen. Je hoorde ze altijd over Atkins en The Zone en meer van dat soort diëten, maar denk maar niet dat je kon bezuinigen op wat je ze voorzette, want anders was de A-lijst de volgende dag verdwenen en zag je er minstens eentje met een Big Mac in de krant verschijnen.

De champagne werd verzorgd door Krug, en Maria, die er ravissant uitzag in haar Missoni-jurk van turquoise zijde en die heerlijk rook naar Givenchy, was behangen met gele diamanten van De Beers, ter waarde van drie miljoen pond. De Beers had er een bodyguard bijgeleverd, waar hij haar dan weer mee pestte. Hij wist niet of hij blij moest zijn dat De Beers hem kennelijk weer zag zitten, of dat hij kwaad was omdat ze de diamanten die hij zelf voor haar had gekocht niet droeg. Ja, eigenlijk was hij daar best pissig over. Hij had het helemaal niet nodig om door een winkel te worden gesponsord, maar goed, ze bedoelden het natuurlijk niet beledigend en dus moest hij zich er maar niet druk over maken. Zijn pak kwam van een klassieke Britse kleermaker uit Jermyn Street en zijn schoenen waren van Hermès. Hij voelde zich sterk, machtig, en hij zag er nog beter uit dan hij zich al voelde. Robuust was het woord. Hij was beter in vorm dan ooit tevoren, met dank aan zijn *personal trainer* en zijn voedingsdeskundige en chef-kok.

Jack was van plan om nog heel lang te leven, misschien zelfs wel eeuwig.

'Ga je mee naar beneden, lieveling?' Maria's zachte stem verbrak zijn gedachten. 'Er staat een gigantische file van heel dure auto's vol met beroemde mensen. Je moet echt naar beneden nu om mensen welkom te heten. Het wordt geweldig. Het ziet er waanzinnig uit allemaal, en er hangt een fijne sfeer. De chocoladebeelden van Marilyn Monroe en Steve McQueen zijn gewoon waanzinnig. En de sigarettenmeisjes zien er zo schattig uit in die pakjes. Ik vraag me af of iedereen in het zwembad eindigt, of zouden ze soms niet willen dat hun haar nat wordt? Je zou denken dat ik er zo langzamerhand aan gewend moest zijn, maar ik ben nog altijd een beetje onder de indruk van al die sterren. Ja, niet al die nieuwe, maar, nou ja, Kirk Douglas, en Tony Curtis. Oude Hollywood-sterren zijn de perfecte gasten voor een feestje. Ze hebben zulke goede manieren en ze komen nooit in een spijkerbroek maar keurig in smoking. O god, wat ben ik aan het ratelen. Ik ben doodnerveus, merk je het?'

Hij streelde haar gezicht. 'Engel, dat je nerveus bent heeft helemaal niks met al die filmsterren en modellen en popsterren te maken. Die spreek je dagelijks over al hun problemen; je geeft ze advies en je kent hun geheimen. Zij kijken juist op tegen *jou*. Jij bent de halve reden waarom ze hier komen, dat weet ik zeker. Jij, mijn lieve schat, bent nerveus omdat ik jou ga voorstellen aan iemand van wie ik zeker weet dat ze stapeldol op je zal worden, net als ik. Iemand die een heel bijzondere plek in jouw leven gaat krijgen.' Dat had hij toch goed gezegd zo? Dit soort dingen wilden vrouwen toch graag horen?

Tranen glinsterden in haar ogen.

Helemaal mis, dus!

'Je bent een schat. Dankjewel.'

Nu wist hij het helemaal niet meer.

Ze zweeg even en pinkte een traan uit haar ooghoek. 'Ik kan niet wachten, maar ik zal toch nog even geduld moeten hebben. Je hebt gelijk, denk ik. Tegen middernacht zullen de meeste gasten zichzelf wel kunnen vermaken, en dan hoef ik me niet meer zo uit te sloven. Niemand merkt dan dat jij en ik met Claudia naar buiten gaan.' Ze keek op en glimlachte. 'O, mijn god, moet je mij nou eens zien, ik sta helemaal te trillen!'

Hij glimlachte terug en haakte zijn arm in die van haar. 'Zullen we dan maar?' vroeg hij.

De balzaal was propvol mensen, maar toch zag het er anders uit dan op andere feestjes. Het duurde heel even voordat Jack de vinger op het verschil kon leggen. Toen zag hij het: universele schoonheid. Hier was een groep mensen bijeen die allemaal extreem succesvol waren en extreem rijk. Een aantal van hen hadden een uitzonderlijk talent maar ze waren allemaal gezegend met een schitterend uiterlijk: mooie gezichten, strakke achterwerken, en alles daartussenin. En ter ere van *zijn* feestje hadden ze zich laten plukken en plamuren en perfectioneren tot ze er werkelijk schitterend uitzagen. Hij was trots. Het kon hem niet schelen wat de pers er verder nog over zou zeggen of schrijven. Hij was weer *terug*, dit was zijn *triomf*. Hij hoorde er weer helemaal bij.

Jack haalde diep adem en begaf zich in de menigte. De zaal vulde zich met gelach en het diepe gerinkel van Italiaans kristal. Overal werden visitekaartjes uitgewisseld en handen geschud en verhalen verteld. Hij kneep even in Maria's hand toen ze uit elkaar gingen – pas als hij haar weer in hun suite gevangen had genomen, zou zij weer van haar verplichtingen zijn ontslagen, in het Belle Époque – en ze zou toezicht houden op het personeel, zich ontfermen over veeleisende gasten (iedereen, dus) en ervoor zorgen dat ze alles kregen waar ze om vroegen, en ervoor zorgen dat gezworen vijanden bij elkaar uit de buurt werden gehouden (wie was ooit door wie ontslagen, wie had het ooit met de vrouw van de ander gedaan). De avond was een diplomatieke stormbaan.

'Tom.' Hij glimlachte. 'Hoe is het? Wat jammer dat Nicole is verhinderd... En de kinderen? Ontzettend bedankt voor de... Ik heb het nog niet kunnen... Ziet er heel bijzonder uit...'

'Madonna, sensationeel – witte bergkristal?... Ik moet er zelf ook eentje hebben! Wat heb ik je allang niet gezien, al niet sinds...? Gefeliciteerd, zij is nu iets van...? ...prachtige leeftijd! Ach... wat aardig. Ik weet zeker dat Emily dat dolgraag zou willen zodra de baby er is.'

'Mollie, gefeliciteerd met al je successen. Zo verdiend... je maakt uitstekende keuzes, vind ik... en zo moedig, wij gewone stervelingen zouden ons nooit in zo'n *fat suit* willen hijsen. Ja natuurlijk, je spijsvertering... maar eet toch wat!'

Hij was hoffelijk, glad, en niet al te erg met zichzelf ingenomen, tenminste, niet zo dat anderen er iets van merkten. Hij kon even goed acteren als de rest. En beter dan Madonna. Kijk, daar had je Emily, bezig om de biceps van Bruce Willis te onderzoeken. Nou, die stond op knappen, zeg. En die man van haar – die leek zich ook nergens druk over te maken. Ach, wat waren medicijnen toch een prachtige uitvinding. En Claudia, die was er beroerd aan toe. De onthullingen hadden haar duidelijk verpletterd. Hij slikte en draaide zich om. Maria stond aan de andere kant van de balzaal, waar ze ongetwijfeld de ruimte scande op zoek naar haar verloren dochter, maar dit ellendige schepsel was nauwelijks nog herkenbaar als mens. En toch, zelfs met zijn uiterst zwakke inzicht in de menselijke geest, wist Jack dat als Maria dit meisje zou zien, ze haar de mooiste vrouw van de wereld zou vinden.

Hij hoopte maar dat de kennismaking met Maria een blij soort schok zou zijn voor Claudia. Jack was geen geweldige vader, maar hij had in elk geval een geweldige moeder voor haar in de aanbieding. Meer kon hij niet doen. Hij kon zich niet veroorloven om met haar mee te huilen. In plaats daarvan zou hij Claudia de mogelijkheid geven om uit haar bad van zelfmedelijden te stappen en de draad weer op te pakken.

Er klonk geroezemoes, en toen hij zich omdraaide zag hij Innocence in de deuropening staan. Ze zag eruit als een heks, in haar rode flamencojurk die haar roze haar op de een of andere manier complementeerde. Fonkelende robijnen zakten weg in haar decolleté. Ze had, zoals gewoonlijk, een lange zwarte sigarettenhouder in haar hand – die hij even aanzag voor toverstaf – en haar zwaar opgemaakte ogen waren tot spleetjes geknepen. Haar giftige blik viel op Maria. En toen, met haar kin tartend in de lucht gestoken, keek ze hem aan.

De angst greep hem naar de strot. Haar blik werd wijder, haar wenkbrauwen werden omhooggetrokken en hij werd getrakteerd op uitdagend getuite lippen. Ze gooide haar haren naar achteren en schreed over de dansvloer naar hem toe. Hij zag dat De Niro zich snel uit de voeten maakte – en op elk ander moment zou dat hem hebben geamuseerd. Stemmen verstomden. Een dwaas ogenblik dacht hij dat ze een pistool in haar hand had, en hij keek om zich heen waar zijn lijfwachten uithingen, ook al vond hij dat verachtelijk van zichzelf.

Binnen een paar tellen stonden ze om haar heen. Uiterst discreet. En zijn gasten zouden zomaar kunnen denken dat deze verbluffende vrouw gewoon arm in arm met een stel gretige vrienden binnen was komen zeilen, die haar warm wilden houden tot ze bij de limousine was, waar ze haar mobieltje had laten liggen en misschien aan de journalist van *People* zou vertellen waar ze haar schoenen, haar jurk en haar tasje vandaan had. Had ze nou echt een pistool in de hand? Of was hij zijn pillen vergeten? Nee, natuurlijk niet, en trouwens, dat deed er ook niet toe: het punt was dat zij nog altijd deed alsof ze zijn vrouw was, terwijl hun relatie allang voorbij was en hij geen zin had in haar gal en haar gif op deze prachtige avond.

Hij zag dat Maria haar hand vriendelijk op Robert Downeys arm legde; ze voelde Jacks blik en keek hem glimlachend aan. Ineens bevroor die lach, omdat een oorverdovende knal de ruimte vulde met een verblindend vuur. Hij voelde hoe hij de lucht in werd geslingerd met ongelofelijk veel kracht. Hij snakte naar adem toen hij in zijn gezicht werd geraakt door iets hards – de bloederige stomp van een arm, waar een verfijnd diamanten armbandje bungelde aan de nog warme pols. Hij struikelde over gebroken glas, terwijl de rook zijn neusgaten vulde en zijn keel droog aanvoelde van het stof. Het was stikdonker in de zaal; er klonk een diep gerommel, toen een verschrikkelijke knal, en vlak daarop kwamen enorme brokken beton uit het plafond vallen, als een dodelijke hagelbui. En toen, in de zinderende hitte, verloor hij zijn bewustzijn, en de kreten van angst en pijn van de groten der aarde verdwenen in het niets.

BOEK TWEE

SUFFOLK, ENGELAND, 1969

Jack

'Chique gozer die je bent, Cannadine,' zei Jack. 'Dit huis is zo groot als half Zweden.'

Harry schoot in de lach. God, wat had hij witte tanden. Jack besloot dat hij zelf alleen zou glimlachen in kamers met een zwakke verlichting. Dit huis was erop gebouwd om je heel klein te laten voelen. Alles – van het zwart met gouden gietijzeren hek bij de poort tot de keurig bijgehouden tuinen, de blauwe torentjes en de gele stenen muren – ademde eeuwenlange eigendunk en snobisme.

Een stokoude vent in een zwart pak stond onder aan een stenen trap die naar de brede, gewelfde voordeur leidde. De man knikte nederig toen de witte Aston Martin gierend tot stilstand kwam op nog geen tien centimeter van zijn glimmend gepoetste schoenen. Jack geneerde zich. Een *oude* man die zijn hoofd boog voor Harry en voor hem. Hij wilde pantoffels voor hem halen en hem voor de televisie parkeren met een krantje en een pijp.

'Het oude wijf is nogal een draak,' zei Harry met een luide, opgewekte stem. Hij gaf Jack een knipoog. 'Dus goed op je taal letten. Maar het lekkere ding maakt alles goed, let maar eens op.'

Hij keek even naar Jacks koffer. 'Die zou ik maar laten staan voor de huisknecht, ouwe jongen,' zei hij.

Jack liet de koffer vallen alsof hij zijn vingers eraan zou branden. Hij zweette als een otter in zijn pak. Zijn das was veel te smal, veel te modieus. Harry droeg zijn jasje van kotskleurige tweed. In de ene mouw zaten gaten en de manchet was rafelig – waarom was dat dan geen sociale blunder?

'Tantetje!' balkte Harry toen er een oudere dame op hen af stevende.

Jezus, dat was dus Lady Templeton, de IJskoningin met haar waanzinnige kapsel, idiote make-up en gebreide mantelpak. Het zag eruit alsof ze nog in *1860* leefde. Heel even was hij doof van angst toen Harry hem aan haar voorstelde. Ze heette hem minzaam welkom: ze zei precies wat je hoort te zeggen, maar er zat geen greintje emotie achter. Hij vond het bewonderenswaardig.

De oude man bracht hen naar hun kamers – in de Vrijgezellenvleugel. Nou, dat zou niet lang meer duren!

Jack zette zijn pokerface op. Het enorme schilderij van de generaal kwam hem bekend voor. Jezus, dat was een *Gainsborough*!

'Het diner wordt stipt om acht uur opgediend, in de Rode Eetkamer. Om kwart over zeven wordt de borrel geschonken in de Blauwe Kamer. Hebt u verder nog iets nodig, belt u dan alstublieft.'

Jack was misselijk. Hij kon zichzelf nu niet voor gek zetten. Dit was zijn grote kans – zijn enige kans. Hij mocht het niet verpesten.

Ze waren in de vergaderkamer op kantoor. Jack staarde naar een monsterlijk olieverfschilderij van een vloot met allemaal grijze schepen die zich een weg baanden door een storm – de hemel was ook al grijs, met slechts een klein stipje geel. Een of andere ouwe zak vond dat kennelijk een mooi beeld voor optimisme. Zelf zou hij hier een Lichtenstein ophangen. *Wham!* Die ene met het exploderende gevechtsvliegtuig: modern, dynamisch, cool.

Het is het eind van het seizoen, had Harry gezegd, zijn gedachten onderbrekend.

Jack kon zich nog inhouden en zei niet: 'Hoe bedoel je, de herfst?'

Harry's tante, Lady Templeton, gaf een dineetje ter ere van haar jongste dochter en er waren nog wat extra jongens nodig. 'Het wordt lachen. En voor jou is het ook weer eens wat anders dan rondhangen op Carnaby Street met die snoezepoezen van je, of die concerten van de Which.'

'Van de Who, zakkenwasser,' zei Jack lachend. Hij was maar één keer naar een concert van de Who geweest, en Pete Townsend had zijn gitaar stukgeslagen op een versterker aan het eind van het optreden. Hij, Jack, was helemaal voor zinloos geweld, daar niet van, maar hij vond het toch een beetje vreemd. Misschien hield hij wel gewoon niet van... verspilling. 'Ga door,' zei hij tegen Harry.

Hij moest in smoking. De dochter had een gezicht als een waterspuwer, maar allicht waren er een paar lekkere hapjes onder de debutantes.

'Weet je zeker dat ze het niet erg vindt als je komt opdagen met een jid?' vroeg Jack.

'Onze familie heeft veel Joodse vrienden,' had Harry stijfjes geantwoord.

Jack haalde zijn schouders op. 'Waarom ook niet?' zei hij achteloos, maar eigenlijk was hij enorm in zijn nopjes.

De meisjes aan wie zijn moeder hem wilde koppelen vond hij allemaal niks – zo saai, zo gewoon, net alsof je het met je zusje deed. Nee, Jack had grootse plannen. Hij was pas onder aan de ladder begonnen bij de effectenmakelaar, maar hij werkte in elk geval in de City. En aangezien hij, in tegenstelling tot zijn collega's, naar een gewone school was geweest, doodsbang was voor rugby en zijn klantenportfolio niet was gevuld met voormalige klasgenoten, deed hij het verdomd goed. Goddank voor zijn sleutel tot de betere kringen: de edelhoogachtbare Harry Cannadine, die grote vriendelijke labrador van een kerel die het bureau naast het zijne bezet hield.

Harry had gelijk, die nicht moest het niet van haar gezicht hebben, ze moest het van haar geld hebben. Ze zag er werkelijk niet uit: witte handschoenen, een jurk als zo'n gehaakte toiletrolhouder van glimmend witte stof, opgelcukt met gouden kant. Ze droeg overal diamanten – er zat er zelfs een op haar kont, als die daar tenminste zat. Ze sprak zachtjes maar duidelijk, op een kuise afstand van hem op de bank, en informeerde vriendelijk naar allerlei lulkoek. Maar die ouwe Vleermuis wilde natuurlijk niet dat haar dochter tijd zou verspillen aan een sociale nul zoals hij, en dus kwam ze haar na een minuut of acht alweer wegplukken.

Twee van de mannen kwamen op hem af om kennis te maken. Ze waren allebei groter dan hij – van een superieur ras, grootgebracht met flinke maaltijden en gezonde lichaamsbeweging in de frisse buitenlucht. Ze kletsten gladjes over de dingen die ze zoal gemeen konden hebben: de aandelenmarkten, de paardenrennen, hun huidige vervoermiddelen. Jack moest even lachen, want het was eigenlijk helemaal niet zoveel anders dan bij zijn oom Ted in de East End en hoe die altijd in de pub zat te kletsen. Die vroeg ook altijd aan de kerel die aan de bar naast hem kwam zitten: 'Wat rij jij?'

Jack had zichzelf er bijna van weten te overtuigen dat alle mensen in feite hetzelfde waren, chic of sjofel, toen een van de mannen – Charles, Tom, Dick, zo'n soort joviale, degelijke naam in elk geval – zei: 'Ik loop liever van het station dan dat ik geld verspil aan de taxi. Ja, ik ben een echte Jood.'

Jack verslikte zich in zijn wodka. Hij liep rood aan, alsof *hij* zich moest schamen. Alsof hij had geblunderd doordat hij een echte Jood was.

De etiquette vereiste waarschijnlijk dat hij dit moest negeren – dat hij die zak niet mocht wijzen op het feit dat hij een zak was. Hij zou niks zeggen. Hij zou er boven staan.

'Ik ben Joods,' zei hij.

'Zomaar een gezegde, ouwe jongen,' antwoordde een van de andere titanen. 'Maak je niet dik.'

Ze lachten en hij voelde zich klein, onbeduidend. Een sneue outsider die ze eigenlijk liever buiten de deur wilden houden. Wacht maar, dacht hij. Ik ben even goed als jullie. Beter zelfs.

Toen klonk de grote gong, als in een oude lachfilm, en liep hij naast een meisje met een paardengezicht en een sjaal naar de eetkamer. Hij was nog veel te gekwetst en veel te kwaad om iets te zeggen, maar een klein lachje kon er wel van af. Het was een enorme, overdadig ingerichte kamer. De tafel lag propvol tafelzilver, kristal, roze rozen en een porseleinen sjeik met een schelp in zijn handen – wat was dat? Een asbak?

De rest van het land zat nu met een bord biefburgers op schoot te kijken naar de *Wrekers.*

Maar toen zag hij haar, en zijn woede smolt als sneeuw voor de zon.

Ze was een godin. Ze had grote donkere ogen met lange zwarte wimpers, babyachtige ronde wangen, en rode tuitlipjes – godallemachtig – en lang blond haar, in wilde pijpenkrullen.

Ze zat naast hem. Hij trok haar stoel voor haar uit. Hij kon zijn ogen niet van haar afhouden.

Ze had een schijt-aan-allesketting om en droeg een of andere jurk... en *borsten.* Hij haatte de mode van die tijd, met al die magere scharminkels; alsof je het met een strijkplank deed. Shit. Nee, dan dit! Hij ging zitten, griste zijn servet van tafel en spreidde die uit over zijn schoot.

'Dank u, meneer,' zei de godin. 'Erg vriendelijk van u. Ik ben Felicia Love. Aangenaam.'

Een Amerikaanse! Natuurlijk. Ze had zo'n open blik. Die Engelse vrouwen waren allemaal zo *heimelijk.*

'Jack Kent. Het is mij ook een genoegen.'

'Dat zie ik, meneer Kent.' Ze wierp een snelle blik op zijn servet en zoog op haar onderlip. Zij wist duidelijk precies wat ze had aangericht. Hij dacht dat jonge dames zich niet bezighielden met dit soort zaken. Hij was geschokt!

Hij kon niet meer slikken, en dat was jammer, want dit was zonder meer het lekkerste eten dat hem ooit was voorgezet: heldere bouillon met rivierkreeftjes, kalfsvlees en rund. Hij was van plan om alles wat Cannadine deed precies na te doen, om zichzelf niet te kijk te zetten, maar het was onmogelijk om zijn ogen van haar gezicht af te wenden.

'Bent u... bent u...?' God, wat was er met hem aan de hand? Hij kwam niet meer uit zijn woorden!

'Ben ik iemand?' vroeg ze. Ze zat hem te pesten. Elk woord dat ze zei, in dat langgerekte accent van haar, klonk suggestief.

'Nee! Nee – natuurlijk niet. Ik bedoelde, bent u bevriend met de familie?'

Ze kwam uit Minnesota. Haar vader zat in de ijzermijnen. Voor de dochter van een mijnwerker was ze leuk opgedroogd. Hij moest lachen. Hij was hier gekomen in de hoop een chique meid aan de haak te slaan, bij voorkeur eentje met een adellijke titel, zodat hij er iets aan zou hebben, in sociaal en zakelijk opzicht. Eentje die hem langs de achterdeur het Establishment binnen kon brengen.

Maar na de derde gang was hij verliefd – echt, inclusief bliksemflitsen en de hele santenkraam – op de dochter van een mijnwerker uit een of ander Amerikaans boerengat.

De butler (met een mager gezicht dat nog nooit een straaltje zon had gezien) kwam bij Jack langs met een dienblad. Hij nam aan dat het de bedoeling was dat hij het bord eraf nam – er lag een of ander zinloos kanten kleedje op – de glazen kom, en het minibestekje, om een appel mee te eten. Niet te geloven.

Hij pakte het hele zaakje ervan af en keek weer naar Felicia. Ze bleek nog nooit van de Rolling Stones te hebben gehoord! Ineens voelde hij een zekere spanning, hij keek op en zag dat de hele tafel hem aan zat te gapen, maar net deed alsof ze van hun drank zaten te nippen. Die ouwe Vleermuis keek woedend, alsof ze over de tafel wilde vliegen om hem in zijn nek te bijten. Hij sneed zijn appel in stukken, nou en? Hij keek even snel naar Harry.

Harry fluisterde allerlei leugens in het oor van een meisje met een fors uitgevallen boezem. Hij was ook bezig een appeltje te schillen, maar Cannadine, die ontzettende nicht, had zijn kanten kleedje van zijn bord gehaald, en het keurig onder het glazen schaaltje gedrapeerd.

Jack gooide zijn schillen *op* het kanten kleedje!

Hij voelde nu dat zijn gezicht paars werd. Hij had wel door de grond willen zakken.

Felicia Love ving de blik van de ouwe Vleermuis. Expres pakte ze haar appel en begon die verwoed op het midden van het kleedje in stukken te snijden.

Er viel een korte stilte. En toen pakte de man aan de andere kant van Felicia heel langzaam zijn appel, en begon die met een zwierig gebaar te schillen boven het kleedje. En zo ging het door, de hele stijfselstrakke tafel rond: een heerlijke rimpeling van rebellie, een prachtig soort appelschilsolidariteit. Uiteindelijk begon zelfs Lady Templeton ook haar appel – zij het met veel geweld – in stukken te snijden boven op het kleedje. Jack moest een grijns onderdrukken.

Hij wist best aan wie hij dit te danken had. Deze verbluffende vertoning van ware klasse had niets met hem te maken: het was ter ere van de zachtmoedige godin uit Minnesota. Niettemin haatte hij de titanen. Maar van Felicia hield hij des te meer.

'Felicia is een schatje,' zei Cannadine toen ze de volgende dag weer naar huis reden.

Harry was in een goede bui omdat hij het meisje met de enorme bos hout voor de deur in bed had weten te krijgen (het was de dochter van een of andere graaf die half Wales in zijn bezit had). Maar aangezien hij wel wist hoe je een appel hoorde te eten, zou die ouwe Vleermuis het waarschijnlijk wel over het hoofd zien als ze zaadvlekken zou ontdekken op haar zeventiende-eeuwse Perzische beddensprei.

'Verder zou ik haar maar vergeten, als ik jou was. Die ouwe van haar is vijftig miljoen waard – heeft een paar ijzermijnen geërfd van *zijn* pa. Die ellendige Yanks ook altijd, die doen nooit iets half. En bovendien zijn ze van de lutherse kerk. Het zou me niet verbazen als haar vader na haar optreden van gisteravond een telefoontje van tantelief heeft gekregen dat die dot van een Felicia meteen weer terug naar huis moet. Je hebt het mooi verprutst, Kent.' Hij grijnsde. 'Je moet snel toeslaan in dit soort situaties – en dan wegwezen.'

Jack stak een Stuyvesant op. Een *erfgename* dus.

Dat kon nooit kwaad.

Of toch. Hij zat niet op haar geld te wachten. Hij was prima in staat om zelf zijn fortuin te maken. Maar haar ouders zagen dat vast heel anders.

'Ik ga er zeker achteraan,' zei hij zachtjes.

Cannadine schudde zijn hoofd. 'Ze komt uit een totaal andere wereld,' zei hij. 'Dat kan nooit iets worden.'

MINNESOTA, USA

Felicia

'Papa, mama. Dit is mijn man, Jack Kent.'

Haar stem klonk schor en piepend. Maar er lag ook trots in. Hij was zo knap – en helemaal de hare. Alles aan hem vond ze even geweldig: zijn accent, zijn lach, zijn hoekige jukbeenderen, zijn prachtige lichaam; ze hield er zelfs – nee, vooral – van om het met hem te doen. Bij de gedachte alleen al werd ze helemaal wee.

Ze slikte een giechel in. Als ze bang was had ze altijd de neiging om in lachen uit te barsten. Stel je *voor* dat papa en mama haar een uur geleden hadden gezien? Ze reden door een paradijs van spiegelgladde meertjes, dennenbossen en prairie, en overal was de hemel strakblauw. Jack was van de weg gegaan met de huurauto; ze had het uitgegild. Toen trok hij haar mee het gras in, midden tussen de gele en paarse veldbloemen, en toen had hij zijn gezicht begraven in haar... *oh my!* Ze had liggen kronkelen, hijgen, had haar handen voor haar ogen geslagen, tegengestribbeld, maar hij hield niet op! Dat wilde ze ook helemaal niet... De warmte van de zon op haar blote huid, de zoete geur van de weelderige grassen, die zoete kwelling van zijn tong, tot ze het bijna niet meer uithield... en toen, die compleet andere wereld van verrukkelijke gevoelens. Ze had geschreeuwd, zo intens was haar genot, en ze had haar hoofd achterover gegooid en zijn handen vastgegrepen. En toen, toen ze uitgesidderd was, zag ze een dikke hommel in een roze stokroos, en ze was in vreugdetranen uitgebarsten. Toen, toen pas, kuste hij haar op de mond, en ze proefde zichzelf. Maar in plaats van walging voelde ze een verlangen aanzwellen vanuit haar buik en ze sloeg haar lange benen om hem heen en voelde zijn... zijn *pik* (ze kon het woord nog steeds niet hardop zeggen, ze durfde er zelfs nauwelijks aan te denken!) groter worden en harder, en nou ja, hoe dan ook, het duurde wel even voor ze hun weg vervolgden.

Ze durfde haar moeder niet aan te kijken. Ze had alle blaadjes en takjes uit haar haren geplukt, en ze had het goed door geborsteld, had weer haar bleekroze lippenstift bijgewerkt en zich met Chanel 5 besprenkeld, maar ze had nog steeds het gevoel dat de seks brutaal uit al haar poriën stroomde.

O, het zou allemaal wel goed komen met Jack en haar, dat wist ze zeker. Ja, tuurlijk, stiekem trouwen met een Jood was wel een tikje *lastiger* dan een roze prinsessentelefoon eisen voor haar verjaardag in plaats van die stomme broche die de Amerikaanse vlag voorstelde, van Tiffany & Co, maar als papa Jack eenmaal leerde kennen dan was hij zo verkocht. Papa en mama wantrouwden altijd alles wat ze niet kenden en ze hadden nog nooit iemand ontmoet van zijn 'denominatie', zoals papa het altijd noemde.

Het feit dat hij arm was hielp niet echt. Maar ja, vergeleken met hen was *iedereen* arm! Wie was er nou verder nog opgegroeid in zo'n somber gotisch landhuis omgeven door strenge tuinen, serene meertjes en vijvers met waterlelies, een golfbaan, een racebaan voor de paarden en eindeloze landbouwgrond? Ze wist ook wel wat haar ouders dachten over Joden en geld. Maar papa zou hem nooit echt beledigen. Als ze nou maar samen konden eten – Jack zou dan wel even voor de show mee moeten bidden – dan zouden ze echt wel zien wat voor geweldige, lieve, gulle man hij was.

Mama nipte van haar water met ijsblokjes, en wendde haar gezicht naar de muur. Maar ze droeg haar mooiste jurk, een blauwe van Anne Fogarty, dus er was hoop. Die arme mama. Ze had zo'n benepen leven: al dat geld en nooit een keertje *lol*. Ze zat de hele dag haar keurige kapsel te schikken en de dienstmeiden te commanderen en eindeloze slokjes water te nemen. En ze keurde alles – maar dan ook alles – af.

Ze kookte nooit, ze deed niets in het huishouden, ze stond totaal buiten haar eigen leven. Ze overzag alles, maar leefde niet echt. Toen ze papa leerde kennen was ze lid van Ladies Aid geweest, een damesclub die liefdadigheidswerk deed. Na de begrafenis van zijn opa had ze hem een zelfgemaakte kersentaart gegeven. Ze was toen nog maar een doodgewoon plattelandsmeisje met een hoepelrok. Het verwarde haar om in een huis te zijn dat zo vol stond met heel dure, compleet zinloze spullen; ze kon de schoonheid niet meer zien van de zon die opsteeg uit de mist achter de bergen. Het kon Felicia geen moer schelen dat Jack niet rijk was – geld was voor haar niks nieuws, en het was al helemaal geen doel. Papa zou haar wel begrijpen. Hij was best cool, als hij zich tenminste even een beetje liet gaan – mama wist nog steeds niet dat ze van papa rustig met zijn paarden mocht racen en met zijn geweren mocht schieten. Ze kon een hert recht in het hart raken, zo goed was ze. Papa noemde haar altijd zijn kleine robbedoes. Maar dat was ze allang niet meer. Ze was nu *chic*.

Ze had een nieuwe zwart-witte garderobe: een korte witte jas van Courrège en knielange laarzen van wit vinyl, een zilveren regenjas van Fenwick's (die ze uit Parijs had laten komen), een witte gehaakte jurk van Biba, bleke lippenstift, zwartsuède lieslaarzen van Yves Saint Laurent, vijftien pakjes van Chanel, een zwartfluwelen broekpak met geel stiksel; allemaal schitterend mooi, en allemaal veilig opgeborgen in haar huis in *Londen* – o, ze kon niet wachten om terug te gaan en daar weer lekker te gaan winkelen! Mama vond de mode van de jaren zestig verschrikkelijk ordinair. Wat haar betrof was het al een schande als je je enkels liet zien.

'Goedemorgen, meneer, mevrouw, hoe maakt u het?' zei Jack.

Felicia slikte. Hij klonk zo ontzettend *Brits*, en dat was goed, het was alleen zo... *vreemd*. Hij was een lange man, en zelfs al was hun salon enorm groot, het leek net of hij elk moment tegen de vleugel op kon botsen. Ze zag dat zijn zelfvertrouwen haar vader irriteerde. Papa zou gaan schreeuwen. Op haar aanraden droeg Jack zijn trouwpak, want het stond hem zo fantastisch in Schotland, maar hier, in de gloeiende hitte, stond het eigenlijk belachelijk. *Zij* was gehuld in een mantelpakje van Givenchy, net zoals Elizabeth Taylor in *The v.i.p.s*. Ze wilde er graag degelijk uitzien.

'Hoe durf je,' zei papa. 'Hoe durf je dat hier in mijn huis aan mij te vragen? Hoe denk je zelf dat ik het maak?' Hij sprak zo zachtjes dat ze wenste dat hij zou gaan schreeuwen. 'Ik rouw, omdat ik mijn jongste dochter ben kwijtgeraakt, aan *jou* – aan een dief. Jij hebt totaal geen respect. Jij houdt niet van Felicia, anders had je haar nooit blootgesteld aan zo'n publieke vernedering.'

'Het komt door al die rock-'n-rollmuziek!' flapte mama eruit. 'Door die Elvis! Het is walgelijk, walgelijk!' *Walgelijk*, mompelde ze nog een keer in haar waterglas. Haar hand beefde.

Felicia voelde zich ongemakkelijk. Elvis was van de *fifties*, mama. En ze wist best waarom ze hem 'walgelijk' vond – omdat hij seks uitstraalde. Mama vond de gedachte dat mensen aan seks deden onverdraaglijk. Maar haar ouders moesten nu eenmaal op de een of andere manier uiting geven aan hun woede en teleurstelling. Het was net alsof je een roestige kraan opendraaide – je moest gewoon een poosje wachten tot er schoon water uitkwam. Haar ouders hadden zo graag een grote bruiloft voor haar georganiseerd, zoals ze voor haar oudere zusjes Camelia en Grace hadden gedaan. Ze had zelf ook dolgraag een grote bruiloft gehad – ze zag het al helemaal voor zich: een witfluwelen jurk en een zijden waaier; zonlicht gefilterd door een tent in de appelboomgaard; de juwelen van haar moeder, de roze diamant en de tiara met de smaragden zo groot als musseneieren – hij was nog van een tsarina geweest. Mama bewaarde hem in een kluis, ze keek er nooit meer naar.

'Meneer, het is geen schande als een vrouw trouwt met een man die van haar houdt. Ik ben van plan om de rest van mijn leven voor Felicia te zorgen.' Jack stond daar met zijn kin vooruit. Ze bewonderde hem om zijn moed, maar ze had toch liever dat hij iets meer spijt liet zien, op dit moment.

'U bedoelt waarschijnlijk dat u van plan bent om Felicia voor *u* te laten zorgen, denk ik zo.'

Oh my. 'Papa, ik...'

'Stil!' bulderde papa, en ze schrok zich suf. Hij keek woedend de kamer rond en liet zijn blik op mama vallen. 'Ik denk dat jij nou wel genoeg water hebt gedronken, Elaine.'

Mama zette haar glas iets te hard op het buffet. *Krak!*

Papa deed een stap in Jacks richting. 'Ik zal jou iets zeggen, jongeman, dus luister goed. Mijn dochter is opgegroeid in een fatsoenlijk, godvrezend huishouden. Wij zijn altijd nederig omgegaan met wat de Heer ons heeft toebedeeld. Maar *u*, meneer, u bent schaamteloos en hebzuchtig. Enige vorm van hoffelijkheid is u totaal onbekend. En hoffelijkheid is een oppervlakkige term voor de daden die een cruciale rol spelen bij de vorming van het karakter van een fatsoenlijk mens.'

Felicia durfde Jack bijna niet aan te kijken. Nu had papa toch echt wel genoeg stoom afgeblazen. Hij zou zo wel wat tot bedaren komen. Moest ze hem misschien voorstellen om Jack een rondleiding te geven over het landgoed? Dan kon papa zijn trots laten zien en dan zou zij met mama in de salon gaan zitten praten over... wat dan ook. Misschien was er wel een oude vriendin overleden of iets dergelijks.

Papa drukte zijn sigaar uit in de zilveren asbak. 'Ik zie mijn advocaat morgen, en ik ben van plan om Felicia uit mijn testament te laten schrappen. Als ik volgende week dood neerval, zal mijn dochter dus geen cent van mij erven. Wat heb je daarop te zeggen?'

Jack glimlachte en stak zelf een sigaret op – zonder daar eerst toestemming voor te vragen aan mama. Ze wist niet hoe ze het had. Hij was zo *koelbloedig*. Maar toch zou het geen kwaad kunnen als hij zich nu een beetje eerbiediger opstelde. Zou dat niet helpen om het pad naar verzoening te effenen?

'Dat doet mij veel genoegen, meneer Love,' antwoordde Jack. 'Want dan kunnen er ook verder geen geruchten de ronde doen dat ik van mijn vrouw profiteer. Op die manier zal het iedereen duidelijk zijn dat ik met haar ben getrouwd omdat ik van haar hou, en dan ook echt alleen maar om die reden. Tot ziens. Wij zullen elkaar hierna nooit meer ontmoeten. We gaan, Felicia. We moeten onze vlucht halen.'

Mama staarde ons aan, en nam een enorme slok water – reuze ongemanierd. Papa knipperde met zijn ogen alsof hij hem niet goed had verstaan.

Felicia stond op, en wist niet goed wat ze moest doen. Dat geld kon haar niet schelen, echt niet, maar het was allemaal zo pijnlijk. Ze voelde zich verraden. Ze had wel uit willen roepen: *Dus nou zie ik jullie nooit meer?* Ze had een belachelijke drang om naar haar kamer te rennen en op haar zachte roze bed te gaan liggen huilen.

'Dag, mama. Dag, papa.' Ze keek niet meer om. Ze ging haar man voor de kamer uit, het huis uit, weg.

Sharon

De vijftien jaar oude Sharon liep de school binnen en sloot zichzelf op in het toilet. Ze was misselijk van angst, en de stank van de wc's maakte dat alleen maar erger. De deur van het hokje wilde niet op slot. Ze trok de mouw van haar vestje over haar vuist om het slot dicht te schuiven, maar het bleek kapot te zijn. De pot zat vol waterige poep, en ze kokhalsde. Ze schopte het deksel omlaag, scheurde een stuk glimmend wc-papier af, hield dat voorzichtig vast zodat haar vingers niet met de trekker in contact zouden komen, en trok door.

Toen stond ze in het piepkleine hokje en probeerde de zware poeplucht niet in te ademen en om niet op de natte plekken te gaan staan. Zonder het te willen las ze wat er op de deur was gekrast: *Paul, ik wil aan je rietje zuigen.* Ja, dit was een topschool. En nu? Ze had geen keuze. Ze moest hier wel blijven, met al die weerzinwekkende bacteriën die over haar heen zouden kruipen. *De hele dag.* Ze had geen idee wat ze morgen moest. O, had ze nou maar niet het loon van twee maanden werk op de markt uitgegeven aan een nieuw kapsel. Maar goed, het was wel heel zwart, heel Mary Quant, dus het was het wel waard.

Voorzichtig viste ze haar make-upspiegeltje uit haar onderbroek. Het was eigenlijk een spiegelscherf die ze op straat had gevonden. Uit haar magische onderbroek kwam ook een potje rouge tevoorschijn – lekker warm, ha ha! Ze gebruikte haar vingertoppen om een gezonde blos op haar wangen te toveren, want die kreeg ze niet van nature.

Ineens klonk er een oorverdovend kabaal.

'Marshall? Marrr-shall! We weten echt wel dat je hier zit!'

Bang! Bang! Bang! Sally schopte alle pleedeuren open. Was ze soms gek geworden?

Sharon liep langzaam het hokje uit en stond met haar handen in haar zij alsof het haar geen moer kon schelen allemaal. Als je met je armen over elkaar stond, dan zag dat er nog ongeïnteresseerder uit, maar het probleem was dat je dan niet kon uithalen als het nodig was.

'Ja, ik ben hier. Ik ben met mijn haar bezig, oké?'

Sally's bleke sproetenkop – ze had een platte neus met uitstaande neusvleugels, net een varken – straalde sluw, omdat ze dacht dat ze gewonnen had. Ze keek niet eens naar beneden, maar gilde meteen: '*Geweldige* schoenen!'

Haar vriendinnen – Patsy Gapper, lang, spichtig, oranje haar, heel scherpe tandjes, en Kerry Nelson, die liep als een gorilla, bonk, bonk, en die een heel gemene linkse directe had – lachten als een stel heksen.

Er trok een felle scheut haat door heel Sharons lichaam. Niet vanwege Patsy, of Kerry, en zelfs niet eens vanwege Sally. Maar vanwege haar ouders: haar misselijkmakend zwakke moeder en haar walgelijke vader, die altijd maar weer werkeloos was. Er kwam een beeld bij haar op van haar moeder, die het lillende spul van een stuk ingeblikte ham wegspoelde. Sharon huiverde. Dat was haar *leven*. Zij waren het die ze haatte, omdat zij van mening waren dat vormeloze zwarte schoenen met gaten in de zolen, die nog waren gedragen door een vrouw die nu dood was, best konden. Ze wist dat Patsy haar uit dat ellendige winkeltje had zien sluipen, met dat beschamende bordje boven de deur: *boedelverkoop*.

Het kon haar ouders niks schelen dat er straf stond op arm zijn, dacht ze terwijl ze zich slap voelde worden en haar adem inhield terwijl ze haar hoofd diep in de wc-pot duwden – 'Wacht even, laten we er eerst eens even goed in plassen!' – ruw, zodat ze met haar hoofd tegen het porselein van de pot stootte, haar mond opendeed van de pijn en een sloot pleewater en *plas* van Sally binnenkreeg.

Sharons moeder kende haar plaats, en ze had haar kinderen grootgebracht om die van hen te kennen. Sharons zusje zat in de bak voor een poging tot chantage; haar broer Gerry had een bestelbusje gehuurd om meubels te stelen op een interieurbeurs. Het kwam gewoon niet bij ze op dat ze ook konden werken voor hun geld, omdat hun moeder haar minderwaardigheidscomplex als een zigeunervloek op haar kinderen had overgedragen en zij dus helemaal geen idee hadden van wat ze allemaal konden. Rijkdom was iets voor andere mensen.

Nou, dat zag Sharon dus heel anders.

Ze waste haar haar in de piepkleine wasbak, en ze gebruikte de grauwe zeep als shampoo. Ze schraapte er eerst alle smerige troep vanaf. Ze bracht het weer in model, voorzichtig, kalm, in haar gebroken spiegeltje. Vervolgens marcheerde ze het klaslokaal in, smeet de deur keihard achter zich dicht, plofte op een stoel en zwaaide haar voeten, in die afschuwelijke tweedehands schoenen, op het houten tafeltje. Juffrouw Elliot barstte meteen los, maar Sharon deed net alsof ze haar niet hoorde.

Zij zou rijk worden, en dan zou ze voor elke dag van het jaar een paar echt heel dure schoenen kopen van een topontwerper, verdomme – en daarvoor zou ze nooit iets doen waarvoor ze in de gevangenis kon belanden. Zij was een knappe meid. Ze had andere opties.

LONDEN, 1974

Felicia

'*For your pleasure...*' Terwijl Bryan Ferry die woorden zong, leek het wel of hij haar recht in de ogen keek. Felicia giechelde en tuitte haar lippen een beetje. God, wat was dat toch een schitterende man, zelfs met die zilveren oogschaduw en dat strakke glitterpakje, en zij was er helemaal voor in. Ze streek haar regenboogkleurige avondjurk van Yves Saint Laurent glad om haar heupen; die zat strak op precies de goede plekken. Dat was een van de voordelen van haar situatie. Over haar kapsel was ze niet zo zeker, want ze ging meer voor de glitter dan voor zo'n afro, maar ze kon het wel uitgillen, zoveel lol had ze. En dansen. Ze wilde dansen en dansen tot de opkomende zon de strenge skyline van Londen in een warme oranje gloed zette.

Jammer van die ouwe Knorrepot, daar. Die daar stijf op het roodleren bankje zat als een boze papegaai, en die de flirterig roze cocktail die ze voor hem had gehaald niet aanraakte. Maar toch zag hij er ook weer zo lief uit, in zijn verschrikkelijk keurige Engelse pak en met zijn gepoetste zwarte schoenen. Hij zat te pruilen, en dat was helemaal niet eerlijk van hem. Hij kon best een van die schattige pilletjes gebruiken; ze nam ze zelf alleen maar vanwege haar figuur. Ja, daar zou hij wel eens even lekker van uit zijn bol gaan! Ze nipte van haar champagne, behoedzaam, zodat haar kersenrode lippenstift netjes op zijn plaats bleef, controleerde haar decolleté (borsten mochten weer), keek op en zag dat Bryan Ferry diezelfde controle uitvoerde. Hij neeg zijn hoofd een beetje, bijna onmerkbaar. Vanuit het niets tilden twee fors uitgevallen kerels haar als een pop het podium op.

Ze kreeg een roze blos terwijl ze in zijn donkere ogen keek. Verdomme, hij was knetterstoned, maar toch was hij woest sexy. Bovendien hield hij haar hand vast en zong hij alleen voor haar, en zij kende alle vrouwelijke aanwezigen in de club – de gluiperige actricetjes, de koele ijsblondines, de diplomatensnollen – stuk voor stuk vervloekten ze haar en wilden ze haar tot moes slaan met hun plateauzolen!

Ze lachte en danste de shimmy. Er klonk gefluit van kerels achter in de zaal. Bryan Ferry tilde haar hand in de lucht en lokte haar naar zich toe. Haar borst botste tegen die van hem, en hij boog zich voorover om iets in haar oor te fluisteren...

'Laat me *los!*' bulderde een stem boven de muziek uit. 'Dat is mijn *vrouw*, ja!'

Er klonk lachend geroep en ze werd nog een keer opgetild en op de grond geploft. Jack – jemig, zijn gezicht was asgrauw – greep haar bij haar pols en beende de keldertrap op, waarbij hij haar ruw met zich mee trok. Er stonden een paar mensen te klappen en te lachen. Ze keek achterom naar het podium. Bryan Ferry glimlachte heel even, haalde haast onzichtbaar zijn schouders op en ging door met zingen.

'Ik wens nooit meer zo door jou te worden vernederd, Felicia. Je misdraagt je en dat sta ik niet toe.'

Hij was net als papa, realiseerde ze zich met een schok. Hij schreeuwde nooit, maar de woede in zijn stem deed het bloed in je aderen bevriezen. Die fijne roes van net had haar verlaten als een geest, en ze huiverde in de kille buitenlucht.

'Kom op, schatje, doe toch kalm. Het was maar voor de lol.' Ze trok haar zilvervos wat steviger om haar schouders en sloeg haar armen gezellig om zijn middel.

Hij schudde haar van zich af. 'Jezus, Felicia, waarom luister jij nou nooit eens? Je hebt jezélf verschrikkelijk te kijk gezet, daar in die... walgelijke tent. Als je dan zo nodig naar een nachtclub wilt, laten we dan naar een fatsoenlijke zaak gaan, zoals Annabel.'

'Annabel!' Felicia voelde de woede in zich omhoogkomen. 'Dan kunnen we verdomme net zo goed meteen naar de kerk! Ik wil lol maken!'

Jack greep haar bij de polsen en trok haar naar zich toe. 'Ja, schat, dat weet ik, en je maakt net iets te veel lol naar mijn zin.'

Ze probeerde zich van hem los te maken, maar hij was te sterk. Ze smoorde een lachje – als hij niet zo boos was, dan was dit best wel kinky. Maar toen keek hij zo stuurs dat haar stemming in één klap was bedorven.

'O, wat maakt het jou eigenlijk uit?' zei ze kribbig, want ineens had ze zin om ruzie te maken. 'Jij bent er nooit, je zit altijd maar op kantoor, en als je niet op kantoor zit, dan zit je wel in die belachelijke *heren*sociëteit van Harry Cannadine gin-tonic te zuipen en te praten over *paarden*. Over paarden!' gilde ze met haar allerijzigste Britse accent. 'O hemeltje, zeg, we hebben het al een eeuwigheid niet over paarden gehad.'

'Dan zal ik jou eens even uitleggen,' siste hij terwijl hij haar nog een keer flink aan haar polsen door elkaar rammelde, 'waarom ik zo verdomd hard werk. Dat doe ik voor *ons*. Omdat jij de hele dag geen klap uitvoert! Harry's vrouw heeft tenminste nog een cursus huishouding gevolgd. Die heeft geleerd hoe ze moet koken en hoe ze een manchet moet keren. Die heeft een rol en die neemt ze heel serieus. Elke minuut van de dag is zij bezig om ervoor te zorgen dat hij vooruit kan komen in de wereld. Ze geeft dineetjes, ze is een voortreffelijke gastvrouw. En ze stelt hem op de eerste plaats: *altijd*!'

'De vrouw van Harry is een domme dikke zeug die haar eigen kinderen nooit ziet. Die nanny van ze, dat is hun moeder, en zij komt en gaat zoals het haar goeddunkt. Toen we er laatst op de thee waren had Alfie een tekening van een trein voor haar gemaakt, nou, ze *keek* er niet eens naar. Dat arme joch was zo verdrietig. Ik *haat* de vrouw van Harry, die domme trut. Ik word kotsmisselijk van haar!' Ze stond te trillen op haar benen.

'Felicia!' zei Jack, iets vriendelijker, en omdat zijn stem zoveel zachter klonk, barstte zij in tranen uit. 'Liefste, huil nou niet. Het komt wel weer goed.'

'Nee, dat komt het niet!' brulde zij, en ze zakte in elkaar op de koude stoep. Hij raapte haar weer op en nam haar in zijn armen. 'Ik kan geen ba-ha-by krijgen! Nooit! Het enige wat ik wil is een baby, en die kan ik niet krijgen!'

'Waar heb je het toch over?'

Ze trok zich los en lachte door haar tranen heen.

'Jack,' zei ze. 'We doen het nu al vijf jaar. Zonder bescherming. Geen baby. Vind jij dat soms normaal?'

Hij beet op zijn lip en schudde zijn hoofd. 'Ik weet het niet,' zuchtte hij. 'Ik vroeg het me wel eens af, maar... ik wilde jou niet ongerust maken.'

'Het is mijn schuld!' zei ze. 'Ik wilde jou juist niet ongerust maken. Ik weet ook wel dat het een gekkenhuis is geweest. Ik weet ook wel dat je veel stress hebt gehad, met al dat oliegedoe, en iedereen die zijn geld kwijtraakte. En het spijt me als ik niet wat meer interesse hebt getoond. Maar, ik ben niet... vruchtbaar. Ik ben bij dokter Isaacs langs geweest. Ik had het je eerder moeten vertellen. Maar ik schaamde me zo. Nog steeds. Ik voel me zo'n mislukkeling. Het heeft iets te maken met die stomme hartkwaal – die zit bij ons in de familie. Je gaat er niet aan dood – tenminste, behalve oom Wallace dan, maar die was toch niet getrouwd – maar het zorgt er wel voor dat je de fout niet nog eens kunt herhalen.'

Heel voorzichtig, alsof ze van glas was, zette hij haar op de stoep en streelde hij haar haren. 'Godallemachtig, Felicia. Ik heb je zo verschrikkelijk lief. Het spijt me zo ontzettend. Het is mijn schuld dat je het niet aan mij hebt verteld. Ik ben een zak geweest, een typische zakenpief die alleen maar met zijn werk bezig is. Het laatste waar jij je druk om hoeft te maken is de prijs van een vat olie, verdomme. Je krijgt een kind. Wat er ook gebeurt, jij – wij – krijgen een kindje.'

Hij kuste haar, en ze voelde haar hele lichaam knetteren en vonken van de liefde en de hoop.

LONDEN, 1978

Claudia

'Vertel me het verhaal nog een keer, mama!' Claudia viste voorzichtig de zwarte bessen uit haar bakje yoghurt en legde ze in een rijtje op tafel, voor straks.

'Goed, dan,' zei mama met een glimlach. Mama glimlachte altijd. Ze was de mooiste mevrouw van de hele wereld. Ze leek wel een prinses. 'Nou, er was eens, heel lang geleden, wel drieënhalf jaar, een mevrouw, en dat was ik. En ik liep te wandelen...'

'Was papa op kantoor?'

'Nee, nee, papa was niet op kantoor. Papa was ook aan het wandelen.'

'Moest hij dan niet overwerken?'

'Nee, schatje. Het was weekend. Maar goed. Toen kwam er een lieve mevrouw op me af en die zei: "Ik heb een heel lief klein baby'tje, een meisje, maar ik kan zelf niet voor haar zorgen. Zouden jullie misschien voor haar willen zorgen? Dan worden jullie haar papa en mama." En wij zeiden: "O ja, graag!" En toen namen we je mee naar huis, en daar gaven we je een lekker flesje melk, want baby'tjes zijn dol op melk, en toen stopten we je heerlijk in, in je wiegje...'

'En toen heb je Nigel de aannemer gevraagd om mijn kamer roze te schilderen, hè?'

'Ja, omdat we zoveel van je houden. We vinden het fantastisch om jouw papa en mama te zijn.'

'Als papa straks thuis is mag ik wat lekkers uit de trommel, hè?'

De colasnoepjes waren vies, maar als je dat per ongeluk vergat en je pakte er toch eentje, dan mocht je van papa nooit een ander snoepje. Papa was veel strenger dan mama. Hij mopperde altijd zo, omdat hij moe was van zijn werk. Hij moest werken om geld te verdienen, zodat ze snoepjes konden kopen.

'Mama, was dat een heel arme mevrouw?'

'Welke mevrouw bedoel je, liefje?'

'Die mevrouw die de baby aan jou gaf. Mij.'

Mama's glimlach verdween. 'O, ik denk niet dat ze heel arm was, maar ze had geen papa voor jou. En ik denk dat ze graag wilde dat jij in een fijn groot huis zou wonen, met heel erg veel speelgoed.'

Bass was haar lievelingsspeeltje. Het was een basset met heel grote oren. 'Wij zijn rijk, toch, mama?'

Mama's glimlach kwam heel even terug. 'We hebben genoeg, Claudia. Het is veel belangrijker om een papa en een mama te hebben die je veel knuffeltjes geven dan om heel veel geld te hebben.'

'Alfie zei dat wij rijk zijn. Hij zei dat zijn papa en mijn papa rijk zijn geworden door de oliebollen.'

'Wat zeg je nou? Wat heeft Alfie gezegd?'

'Hij zei dat onze papa's rijk zijn van de o-lie-bol-len.'

Alfie was een grote jongen. Hij noemde zijn moeder 'nanny' en hij droeg een bruin schooluniform. Ze werd toch altijd zo boos als mama haar niet begreep. Dan had Claudia zin om haar bakje yoghurt door de keuken te gooien.

'O, de oliebronnen!' zei mama en ze schoot in de lach. Dat vond Claudia fijn, als mama lachte. Daar werd ze gelukkig van. Maar toen pakte mama een tissue, likte er even aan en veegde er Claudia's mond mee af. Het voelde vies en nat.

'Getver, niet met spuug, dat is vies!'

'Sorry, schatje.'

'Mama, waarom had die mevrouw dan geen papa voor mij?'

'Nou... dat hebben sommige mevrouwen nou eenmaal niet.'

'Ben ik uit *haar* buik gekomen?'

'Ja, lieveling.'

'Hoe kwam ik daar dan?'

'O, Claudia, raad eens? Papa en mama hebben een verrassing voor jou!'

'Een cadeautje?'

'Ja, het mooiste cadeautje dat je maar kan verzinnen.'

'Een speelhuisje?'

'Nee, schat. Het is nog iets veel mooiers dan dat. Moet je horen.' Mama trok aan haar krullen – dat deed ze wel eens vaker. Ze deed het als papa boos was. 'We dachten dat het wel heel leuk voor jou zou zijn als je een klein broertje kreeg.'

'Ik wil een zusje!'

Mama keek bezorgd. 'Nou, liefje, we dachten dat een jongetje juist leuker zou zijn, omdat die niet met jouw speelgoed wil spelen.'

'Ik vind jongens stom.'

'O, maar je bent toch dol op baby'tjes, of niet soms? En het adoptiebureau...'

'Wat is dat, een bureau?'

'O, ik bedoel de mevrouw die ons de jongetjesbaby geeft, die zegt dat hij het allerliefste jongetje ooit is. En er waren nu eenmaal geen meisjesbaby's.'

'Zijn die dan uitverkocht?'

'O! Nee, schat. Je betaalt niet voor een baby.' Mama's gezicht werd heel erg roze. 'Je... je doet alleen een donatie.'

'Wat is dat?'

'Dat is geld dat je geeft om iets aardigs te doen.'

'En krijg je dan ook een leuke baby en geen stomme?'

'Er zijn geen stomme baby's, Claudia. Alle baby's zijn leuk.'

'Word jij dan ook *zijn* mama?'

'Ja, liefje.'

Claudia wilde opeens een knuffel. Ze klom op mama's schoot en liet mama een kus op haar haren geven. Mama rook altijd zo lekker naar parfum. Mama was haar beste vriendin op de hele wereld. Ze hield van mama. Maar van de nieuwe baby hield ze niet. Baby's stonken. Naar poep. Er zaten negen zwarte bessen in haar yoghurt.

'Ik wil die baby niet. Ik wil dat hij weer teruggaat naar zijn mevrouw.'

'Lieveling, hij is nu onze baby. Je hebt gelijk, baby's zijn in het begin altijd een beetje saai. Maar als hij groter wordt, dan wordt hij jouw vriend. Hij heet Nathan. Baby Nathan.'

'Wat een rare naam is dat.'

'Vind je? Het is een bijzondere naam, maar wel heel mooi.'

'Komt baby Nathan dan voor altijd bij ons wonen?'

'Ja, Claudia. Hij komt morgen, en dan leven we nog lang en gelukkig.'

ITALIË, 1978

Jack

Jack kneep zijn ogen dicht tegen de zon en lachte. De serveerster met de grote bruine ogen boog zich voorover terwijl ze zijn Rossini-cocktail naast zijn zonnebed zette, zodat haar decolleté goed zichtbaar was. Hij was niet geïnteresseerd, maar hij waardeerde het gebaar van gastvrijheid.

Hij dronk van de ijskoude mix van aardbeien en mousserende wijn, en gooide zijn *Financial Times* aan de kant. Het licht schitterde op het saffierkleurige meer, en daarachter rezen de besneeuwde bergtoppen op naar de wolkeloze hemel. Een of andere poenerige sukkel had een adembenemend vakantiehuis laten bouwen, op drieduizend meter hoogte. Het gebouw leek net een zonneklep, het had een ronde gevel van getint glas die hooghartig uitkeek over de vallei: hier sta ik allemaal boven.

Het was zonder twijfel de droom van een man, een huis waar James Bond zich graag even zou terugtrekken met een schare blondines. Jack vergat nog altijd, zelfs nu nog, dat hijzelf ook best zo'n optrekje zou kunnen laten bouwen als hij daar zin in had. Hij had verdomd veel mazzel gehad door op de termijnmarkt voor olie en derivaten te investeren toen de City als een kip zonder kop rondliep omdat ze geen idee had wat de volgende stap van de OPEC zou zijn. Maar hij was altijd nog maar gemiddeld rijk. Wat hij wilde was krankzinnig rijk worden. Privé-eilandenrijk.

Nog heel wat bergen te verzetten dus.

Dat was een deel van de reden waarom ze hier nu waren. Dat had hij Felicia niet verteld. Die hoefde dat nog niet te weten. Voor zover zij wist, waren ze heerlijk vakantie aan het houden in een hip hotel, om hun trouwdag te vieren, en nog een paar dingen. Jack had de penthousesuite geboekt. Elke ochtend zaten ze op hun balkon in dikke witte badjassen een espresso te drinken terwijl ze keken naar de gouden zon die door de ochtendnevel heen brandde. Maar het sinaasappelsap was *niet* vers geperst.

Een detail, maar Jack eiste nu eenmaal perfectie.

De tuin rondom het hotel was weelderig en enorm groot, misschien een tikje te slordig. De bloemen die over de keurige wandelpaden tuimelden waren rood, roze en paars; een strakker kleurenschema zou hem meer aanspreken. Misschien alleen wit? Rood en roze, dat vond hij vloeken. Felicia zou die kleuren ook nooit samen dragen, dus waarom zou het dan in een bloemenperk ineens wel door de beugel kunnen. En het gras voelde ruw aan. Hij hield meer van het fijne Engelse gazongras. Kon dat hier wel groeien, vroeg hij zich af.

De kamers waren ruim, licht, en het teakhouten hemelbed was heerlijk zacht. Een hard bed was goed voor je rug, zeiden ze, jammer dan. Jack mocht graag wegzakken in een matras dat zo zacht was als een roompudding. Felicia en hij hadden het bed waarschijnlijk zwaarder op de proef gesteld dan in lange tijd was gebeurd. Het antieke hoofdeinde met de spiegel stootte daarbij de hele tijd tegen de muur; anders zou hem dat misschien hebben geïrriteerd, maar Felicia had momenteel overal lak aan, en dat wond hem verschrikkelijk op. Ze rook naar kokoszonnebrand en de hitte van de dag.

Ze had een luchtig jurkje aangehad, à la Marilyn, en toen ze in de privélift naar boven stonden, na een uitgelezen diner met hert en oude barolo, had ze zijn hand gepakt en die langzaam naar beneden laten glijden. Zijn adem stokte, en hij was snel aan zijn riem gaan frunniken. Ze werd almaar sexyer; haar loopje was anders, het was zwieriger geworden.

Ze trok zijn handen weg en zakte op haar knieën op het rode tapijt. Het was zo'n waanzinnig goed gevoel, dat hij bijna door zijn hoeven zakte. En toen was de lift gestopt – en bleek hij toch niet zo heel privé te zijn – en stond er ineens een hooghartige Italiaanse vrouw in zwarte lovertjes, met een blauwe veer in haar haren en een dramatische ketting van gitten en diamantjes voor de open deur. Ze was gaan gillen en had hard op de liftknop gemept. Felicia was ook gaan gillen en drukte aan de binnenkant op de knop – en als gevolg daarvan bleef de liftdeur open en dicht, open en dicht, open en dicht gaan, waarbij de Italiaanse vrouw telkens een ijselijke kreet sloeg.

'Ach, ga dan toch ook gewoon weg,' riep Felicia. 'Het is maar een pik, hoor.'

Toen waren ze allebei omgevallen van het lachen.

O, hij kon maar geen genoeg van haar krijgen. Ze hadden de slaapkamerdeur nog niet achter zich dichtgetrokken of ze scheurden elkaar de kleren alweer van het lijf. Misschien dat ze vanavond, na zijn gesprek met de eigenaar, hun eten op de kamer konden laten brengen. Dan zou hij zijn vrouw vertellen dat hij een uur daarvoor dit hotel had gekocht: zijn eerste grote investering. Het zou een van de mooiste dagen van zijn leven worden. Geen aandeelhouders, een kleine lening van de bank: hij wilde zo min mogelijk gedoe.

Hij had deze prooi al een poosje op het oog. Hij had ontdekt dat de eigenaar in financiële moeilijkheden zat, en dat hij geld nodig had. Hij had een mooi bod neergelegd. Het was een vijfsterrenhotel, maar wel een beetje sleets. De recessie had mensen de reislust enigszins ontnomen, maar het economische klimaat begon zich net weer wat te herstellen: een uitstekende tijd om te investeren.

Hij zou het hotel naar een volkomen ander niveau tillen. Natuurlijk was er het risico dat het personeel loyaal was aan de oude eigenaar, maar hij voorzag geen grote problemen. Mensen vonden het geweldig om voor een duur hotel te werken. Het gaf aan dat je goed was in je vak, en dat je kon werken onder hoge druk. Hij dacht niet dat iemand zijn ontslag zou indienen. Ze zouden eerder opgelucht zijn dat de zaak weer in goede handen was, en dat hun banen zeker gesteld waren. Hij was absoluut niet van plan om dramatische veranderingen door te voeren, alleen noodzakelijke veranderingen. De traditie van het hotel zou worden voortgezet, alleen beter. Een hotel zoals dit zou eigenlijk alleen op zijn reputatie moeten draaien, en onder zijn beheer zou het draaien als een dolle.

Het enige wat hij nog moest doen was een handtekening zetten, en dan was dit allemaal van hem. Vanavond zou zijn Romeinse Rijk geboren worden.

Hij zou Felicia zijn nieuws vertellen, en dan zouden ze cocktails drinken op hun balkon en kijken naar de zonsondergang boven het meer. Felicia was een meisje van het land: ze deed het graag in de frisse buitenlucht. Hij had haar overgehaald om de nanny van de Cannadines voor een week te lenen; godzijdank had ze dat niet geweigerd, want anders hadden ze nu de hele vakantie als monniken moeten leven. Niet dat hij last had van Claudia. Het kind was een engeltje. Hij rolde zich om op zijn zonnebed en keek naar haar.

'Hallo, papa!' Ze zwaaide naar hem vanaf de duikplank bij het grote zoetwaterzwembad. 'Kijk eens hoe ik spring!'

Ze zag er zo schattig uit in haar zwempakje met roze bloemen – en zo onbevreesd. Pas net vier geworden en nu al zonder bandjes.

'Ben je er klaar voor, mama? Niet vangen, hoor! Ik kan het zelf wel.'

Felicia straalde. Ze was verreweg de meest oogverblindende vrouw hier, in haar rode bikini met witte krullen – waarschijnlijk had hij er iets van moeten zeggen dat die witte stukjes doorschijnend werden in het water. 'Klaar voor de start...'

'AF!' riepen ze allebei tegelijk. Hij lachte terwijl Claudia in het blauwe water verdween om als een zeehondje weer omhoog te komen. Ze was verrukkelijk.

Het probleem was baby Nathan.

Jack kreeg een akelig gevoel in zijn maag als hij aan dat kind dacht. De proefperiode van drie maanden die het adoptiebureau aan had gehouden was nu verstreken, en dus was hij officieel van hen, wat een van de dingen was die ze deze vakantie te 'vieren' hadden. Maar als Jack baby Nathan vasthield dan voelde hij... helemaal niets. Hij voelde totaal geen liefde. Geen spatje. Terwijl toen hij Claudia vasthield, dat een heilig moment was. Hij zou nooit vergeten wat zijn vrouw had gezegd toen hij dat warme bundeltje voor het eerst tegen zich aandrukte. Vreemd formele woorden, maar zo raak: 'Dit kind zal mij redden.'

In haar dagboek, dat ze aan hem had laten lezen, had ze geschreven: *Ik ben zo gelukkig. Mijn gebarsten hart is genezen. Ik ben meteen moeder, en ik hou van dat kind met mijn hele wezen. Ik zou door woestijnen kruipen en oceanen over zwemmen voor dat kleine meisje.*

Nathan had evengoed een plastic pop kunnen zijn, te oordelen naar de hoeveelheid warmte die Jack voor hem voelde. Hij hoopte dat er mettertijd vanzelf een band zou groeien, maar als dat nou niet gebeurde? Lag het aan hem, Jack, en was dit een idiote reactie op een ander mannelijk wezen dat met hem vocht om Felicia's aandacht? Belachelijk! Of was het echt zo dat iemand je soms op het eerste gezicht kon tegenstaan, wie die iemand dan ook was? Nathan had een hoofd als een halloweenpompoen, en zijn mond hing bijna altijd open, in een verwrongen, jankerige stuip. Jack vond zichzelf een grote zak dat hij zulke kille, onvriendelijke gedachten kon hebben over een baby van acht maanden. Maar als hij heel eerlijk was, dan hoopte hij dat er een wonder zou geschieden waardoor baby Nathan voorgoed uit zijn leven zou verdwijnen.

Jack had Nathan deze hele vakantie nog niet één keer aangeraakt. Hij griezelde van hem. Als Felicia daarachter kwam... hij huiverde. Nanny sjouwde maar wat graag rond met 'de hummel' – hij was onder de indruk van de spirit van het mens. Hij bewonderde mensen die hun werk serieus namen. Hij zou het helemaal niet erg vinden als Nanny ook zijn nanny werd, en dat ze zijn leven voor hem zou organiseren. Felicia deed haar best – hij dacht terug aan het etentje waarbij ze een aangebrande taart op had gediend – maar ze was niet bepaald efficiënt op die kordate, emotieloze Britse manier van Nanny.

Hij wierp een blik op zijn horloge, een witgouden Patek Philippe: al bijna zes uur! Zijn afspraak was om zeven uur.

'Lieveling!'

Felicia keek op en glimlachte. Haar blonde haar droeg ze in een hoge staart, en hij zag hoe die slanke Franse dame haar voortdurend in de gaten hield vanonder haar grote gele zonnehoed. Gek, hoe vrouwen altijd naar andere vrouwen keken. Als man kon je rustig de hele dag in een groen monsterpak rondsjouwen, en zij zouden het geen seconde in de gaten hebben.

Felicia trok Claudia uit het zwembad en ze kwamen met veel gespetter naar hem toe gelopen.

'Liefje, ik moet even iets bespreken met de manager van het hotel. Het duurt niet lang – een uurtje misschien. Ik ben rond een uur of acht klaar. Ik dacht, misschien vind je het leuk om daarna even een borrel met ons te drinken in de lounge. Maar misschien wil ik het ook wel net zo lief' – en hij fluisterde hees – 'met zijn tweetjes vieren op onze kamer.'

Felicia trok een wenkbrauw op. 'Jij zit toch ook altijd vol verrassingen en eisen, mijn lief! Ik wist wel dat er meer achter zat, deze vakantie. Hoe wil je dat ik je opwacht. In mijn Italiaanse dienstmeisjespakje, of heb je genoeg aan mijn saaie oude avondjurk van Chanel, met mijn roze diamanten?'

Hij hield van haar. 'Verras me maar,' zei hij.

'Lief zijn voor Nanny,' zei hij tegen Claudia. 'En zeg maar... dag tegen Nathan, namens mij. Slaap lekker, poppetje.'

Hij stond zich fluitend te douchen – ook al klonk het nog zo vals. Het was maar een klein gebrek voor een man. Hij floot ook terwijl hij zijn ijsblauwe pak van Ferragamo aantrok (waarvan de onberispelijke snit altijd een betekenisvol knikje ontlokte – hij hoopte maar dat Ferragamo niet het c&a van Italië was! Hoewel die kans niet zo groot was, want het was een peperduur pak). Fluitend slenterde hij door de gang op weg naar de directiekamer. Buiten die kamer zat een verbluffend mooi meisje met glanzend haar en blauwe ogen achter een bureautje. Ze stond op toen ze hem zag naderen.

'Meneer Kent, goedenavond. Meneer en mevrouw Maltese verwachten u al. En uw secretaresse is ook gearriveerd. Komt u maar mee.'

Als Maltese zijn vrouw had meegesleept, had hij Felicia ook moeten vragen. Maar dit was een zakelijke bijeenkomst, het was niet voor de gezelligheid. Het was al lastig genoeg geweest om zijn secretaresse ervan te overtuigen dat het geen straf was, zo'n weekendje Italië. Hij had het gevoel dat ze met zware tegenzin was meegekomen. Die kon haar baan wel op haar buik schrijven binnenkort. Hij stelde zich voor dat hij Nanny in een mantelpak zou hijsen om voor hem te notuleren – was het maar waar! Hij had zo het vermoeden dat het nog een grotere misdaad was om andermans nanny weg te kapen dan andermans vrouw. Nee, dat zat er niet in. En als je je eenmaal had verlaagd tot het stelen van nanny's, dan had geen mens meer vertrouwen in je ruggengraat. Waar was je dan allemaal niet nog meer toe in staat: je schoonmoeder in de billen knijpen?

Hij haalde diep adem en probeerde kalmte uit te stralen. Kom op, Kent, het zijn maar zaken, niet denken aan wat dit voor je betekent. Het zijn maar *zaken*.

Hij liep de kamer in met een ontspannen glimlach op zijn gezicht en een uitgestoken hand om mevrouw Maltese als eerste te begroeten. Dames eerst – o god, nee, hè? Zijn glimlach verdween, en die van haar ook. Ze trok haar hand uit de zijne en wendde zich tot haar echtgenoot in hysterisch Italiaans geratel. Jezus, ze stond nog te janken ook, die ouwe heks! Het was alsof hij in een oude griezelfilm zat. Meneer Maltese, een onberispelijke heer van de oude stempel – verdomme, waarom was hij nou niet gewoon een louche ouwe playboy? – keek Jack aan. Uit zijn blik sprak pure minachting.

'Het spijt me verschrikkelijk, *sir*,' zei hij, 'maar ik kan geen zaken doen met iemand die mijn vrouw zo heeft beledigd. Dit hotel is een familiebedrijf, en wij runnen het al vele jaren. Als ik het verkoop, dan maakt het uit aan wie ik het verkoop. Mijn reputatie is verbonden aan deze zaak, en mijn reputatie betekent alles voor mij. Ik kan dit hotel niet overdragen aan iemand met zulke losse zeden als... als u. Afspraak is afspraak, maar sommige dingen zijn belangrijker dan dat. Mijn reputatie is belangrijker.'

En terwijl Maltese het doodvonnis uitsprak over deze langgekoesterde droom, verbaasde Jack zich erover hoe prachtig zijn woorden klonken door dat zangerige accent van hem. Jammer alleen dat die kerel van geen ophouden wist. Genoeg. Nou wisten we het wel, hoor. Jezus christus nog aan toe, zeg. Wat was hij kwaad op zichzelf. Hij zou nooit, maar dan ook nooit meer zo'n misser begaan.

'Ik begrijp het, meneer,' antwoordde hij. 'En het spijt me ongelofelijk. Ik dank u voor uw tijd.' Hij knikte – hoffelijk, naar hij hoopte – tegen de ouwe helleveeg en banjerde de kamer weer uit. Toen hij eenmaal in de lift stond staarde hij naar zijn geschrokken, ontnuchterde gezicht in de vergulde spiegel, en... hij barstte in lachen uit. Stomme idioot, mompelde hij. Ontzettende *oetlul* die je bent. Wacht maar tot Felicia dit hoort! Hij kon niet wachten om het haar te vertellen. Ze zou hem willen troosten...

'Lieveling! Ik ben het!'

Geen antwoord. Ze zou wel in bad liggen. Hij liet zichzelf hun suite binnen. Hij hoorde het bad lopen.

'Liefje,' riep hij terwijl hij zijn das afdeed. 'Ik zal je eens wat zeggen: door jou gepijpt worden, dat kost een man tien miljoen! Dat ouwe wijf dat ons in de lift betrapte is blijkbaar de vrouw van de eigenaar. Ze ging helemaal over de rooie toen ze mij zag. Dus de koop ging niet door!' Hij deed er heel nuchter over, maar in werkelijkheid was het een ramp. Er waren andere, betere hotels, dat wel. En hij had nu een belangrijke les geleerd. Hij vroeg zich af waarom Felicia geen antwoord gaf. Soms negeerde ze hem wel eens. ('Jack, ik wil niet dat je maar een beetje naar me loopt te schreeuwen vanuit een andere kamer'.)

Hij deed zijn jasje uit en wierp een blik in de spiegel. En toen, vanuit zijn ooghoek, zag hij iets bewegen. Hij draaide zich met een ruk om. Er kwam water uit de badkamer, een geniepige straal liep zo de kamer in. Hij holde erheen, gleed nog bijna uit, en de tijd leek stil te staan. Daar lag ze, bewegingloos, in het bad, als een prachtig beeldhouwwerk. Haar nog zachte rode lippen stonden een klein beetje van elkaar, en haar dikke blonde krullen tuimelden zachtjes over de rand van de marmeren badkuip. Haar grote bruine ogen staarden naar niets. Hij zag meteen dat ze dood was.

Dat ene verschrikkelijke moment leek zich uit te rekken tot een eeuwigheid. Hij draaide de kranen dicht. Hij tilde haar uit het bad en legde haar op het bed. Hij hoorde hoe hij het uit snikte, zonder enige rem, als een klein kind. 'O mijn liefste, mijn liefste, Felicia, laat me niet alleen, o god, alsjeblieft, nee, o god, ik hou zoveel van je.' Hij belde de nanny. Zij nam meteen de touwtjes in handen, belde met de receptie en liet een ambulance komen. En toen, uit het niets, midden in die onvoorziene hel, had hij die ene beschamende hoopvolle gedachte. Hij had gekregen waar hij om had gevraagd, zij het in de vorm van de allervreselijkste straf die hij zich ooit had kunnen voorstellen. Zijn stille smeekbede om een wonder was verhoord: het adoptiebureau zou niet willen dat het kind bleef in een gezin waar geen moeder was.

Baby Nathan zou uit zijn leven verdwijnen.

Sharon

Earl Grey thee smaakte smerig. Net alsof je de binnenkant van een oude damestas uitlikte. Trouwens, de Engelse upper class had *zoveel* walgelijke gewoontes. Het was echt een smerig zootje, die koninklijke familie. De prinses mocht dan oorbellen dragen met parels zo groot als een flinke zuurbal, maar ze waste zich niet achter de oren. Die ouwe was wel oké, een beetje een sufferd, dat wel. Hij had haar gevraagd waar ze vandaan kwam. Ze zei uit een buitenwijk van Londen.

'Wat enig,' had hij geantwoord. 'En houd je daar ook paarden?'

Die kakkers hadden echt geen idee hoe gewone mensen leefden. Niet dat dat zo'n verrassing was. Zij hadden zelf een sprookjesleven. Sharon was nog nooit buiten Londen geweest. Haar ogen vielen bijna uit hun kassen toen ze voor het eerst een echt schaap zag, *levend en wel*, in een weiland – een hele zooi tegelijk trouwens. Het enige schaap dat zij ooit van dichtbij had meegemaakt hing aan een haak bij de slager. En waar waren alle huizen? Het platteland was helemaal leeg, er stonden alleen maar bomen!

Ze hield haar ogen open en haar mondje dicht, dat was een verstandige regel om naar te leven. Als je niet veel zei, dan vertelden mensen je altijd meer dan ze eigenlijk van plan waren. En bovendien had niemand door dat je eigenlijk niet zo heel veel wist. Bovendien was ze nieuwsgierig naar wat de prinses allemaal te vertellen had. Ze had verwacht dat ze net zo'n stem had als koningin Elizabeth, zo'n hete-aardappelklank, maar dat was niet zo. Haar stem was hypnotiserend, het was een soort zachte perfectie, elk woord werd uitgesproken met de helderheid van een zilveren vork tegen een kristallen glas.

's Avonds lag ze op haar smalle bedje en herhaalde ze die woorden bij zichzelf. *Enig. Hoe vulgair. Zalige lunsj.*

Zij zou er wel aan kunnen wennen, wonen in zo'n mooi landhuis. Ja, niet dat ze er ook echt woonde, natuurlijk, hoewel ze een heel belangrijke baan had als kamenierster. Voorlopig was het genoeg om haar gezicht tegen het raam te kunnen drukken en al die pracht en praal te zien. Goed, ze was dus een bediende, maar dat was ze thuis ook, en daar kreeg ze er niks voor betaald. Het was geweldig om voor de garderobe van haar mevrouw te zorgen. De jurken waren allemaal zo prachtig, zo *waanzinnig* – echt van die Assepoester-op-het-baljurken. Soms moest ze bij zichzelf lachen, en stelde ze zich voor hoe de prinses zou reageren als ze een spijkerbroek voor haar klaar zou leggen. Haar beste vriendin van school, Cheryl, zei dat ze mazzel had – nou, mazzel had er niks mee te maken. Het had Sharon jaren gekost om zover te komen. Ze had een brief geschreven naar de loopbaandeskundige bij het tijdschrift *Woman & Home*, om haar vraag voor te leggen. Ze had Cheryls adres opgegeven. Haar eigen familie vertrouwde ze voor geen cent. Die hadden geen enkel respect voor haar. Het antwoord was verdomd deprimerend:

Een kamenierster heeft doorgaans ervaring als coupeuse. Ze dient te weten hoe men kostbare materialen moet strijken en verzorgen. Wanneer haar werkgeefster naar een gelegenheid gaat, is het de taak van de kamenierster om de juiste kleding voor haar klaar te leggen: handschoenen, handtas, hoed. Dikwijls zijn zij ook verantwoordelijk voor het kapsel en de make-up van mevrouw. Derhalve reizen zij met haar mee; zij moeten dan ook weten welke kleding zij moeten pakken. Zij leggen daarbij vloeipapier tussen de kledingstukken, wat veel talent vereist...

Ze was met de bus naar King's Road gegaan en had twee maanden salaris uitgegeven aan een mini-jurk van witte brokaat, een transparante Wolsey panty en een paar schoentjes van wit lakleer, met kleine hakjes en bandjes om de enkel – echt Twiggy, vond ze toen ze zichzelf in de spiegel bekeek. En dankzij het door haar armoede ingegeven dieet had ze ook zo'n beetje hetzelfde figuur als Twiggy. Als accessoire koos ze een goedkope leren handtas; de outfit was zo duur geweest dat ze hoopte dat men dacht dat de tas dat ook was.

Ze was van plan om bij Bazaar binnen te lopen en daar om een baan te vragen. Maar toen ze die zaterdagmiddag King's Road nummer 138a naderde, zag ze twee ongelofelijk chique jonge vrouwen bezig in de etalage met een schitterend geklede etalagepop, en de moed zakte haar meteen in de schoenen. Ze liep weer naar huis en haatte zichzelf.

'Mijn oom is kleermaker,' zei Cheryl twijfelachtig. 'Hij werkt in een fabriek in Farrington. Misschien kan hij iets voor je doen.'

De man heette meneer Kroll, hij was Pools en hij droeg zijn haar achterovergekamd, met veel brillantine, als een zoetige zanger uit de jaren vijftig. Hij verdiende vijftien pond per week met het maken van rokken, jassen en colbertjes voor Harrods en Selfridges. Alles met de hand. Hij had met haar te doen. Hij maakte zelf thuis zijn eigen kleren, ze kon wel eens langskomen en kijken. Het kostte hem twee dagen om een overjas te maken, hij had geen naaimachine. Hij jatte de patronen mee uit het atelier. Elke avond zat ze bij hem in het piepkleine souterrain waar hij woonde. Het was warm in de kamer, en het rook er naar geschroeid textiel, vanwege het strijkijzer, maar ze hield van de vredige rust die er heerste. Hij werkte snel, met zijn mond vol spelden, een meetlint om zijn schouders en de vierkante stukjes krijt in zijn zak om het patroon mee aan te geven op de stof. Na een poosje mocht zij knippen; de stof voelde zo zacht aan.

Ze had voorbeelden van haar werk meegenomen naar het bureau – als ze eraan terugdacht zakte ze alsnog door de grond. De vrouw (wier platinablonde haar uit haar gezicht was geföhnd alsof ze in een windtunnel woonde) zei: 'Gut, wat aardig. Ik vrees alleen dat je een jaar of twintig achterloopt. Zeker, vroeger moest een kamenierster ook kunnen naaien. Maar dat is tegenwoordig allemaal zo anders, natuurlijk.'

Natuurlijk.

Ze kon onmogelijk meteen al kamenierster worden bij een van de topfamilies!

'Ik heb een vacature voor een dienstmeisje in het Londense verblijf van Lady Home,' zei de tang. 'Je zult eerst moeten worden gescreend.'

Alsof ze een crimineel was! Ze had geen flauw benul wie *Lady Home* zou kunnen zijn, maar ze was aangenaam verrast toen bleek dat het de vrouw van de minister van Buitenlandse Zaken was. Dan vond ze het niet zo erg om haar plees te moeten schrobben.

De eerste keer dat ze de elegante stadsvilla binnenstapte, met het gedraaide trappenhuis, de met goud versierde plafonds en de fonkelende kandelaars, moest ze ontzettend haar best doen om ervoor te zorgen dat haar mond niet openviel. Er stonden marmeren borstbeelden op zuiltjes in de Grote Eetkamer, en aan de muur hingen ontzettend mooie portretten van dames in lange jurken (die trouwens geen van allen wimpers hadden; waarom zag je eigenlijk nooit een wimper op die oude schilderijen?). Er waren waanzinnig mooie open haarden, met echte blokken hout – klotewerk om dat schoon te houden; ze was opgelucht toen ze voor elke haard een keurig elektrisch kacheltje zag branden.

Ze zag lang niet zoveel rijkelui als ze had gehoopt. Die waren namelijk veel op reis, en dus zat ze veel te vaak in de keuken koper te poetsen. Maar het was een druk huishouden, en er waren altijd wel gasten, zodat ze nooit stilzat. Dat maakte haar niet uit, zolang ze haar ogen en oren maar de kost kon geven. Op een dag hoorde ze Lord Home iets schreeuwen over hoe 'de lichten de hele nacht in elke kast en elke kamer hadden gebrand!' Maar dat was de enige keer dat ze hem ooit zijn stem had horen verheffen. En zijn vrouw was gezellig, en ze lachte aan de telefoon: 'Als ik 's avonds naar bed ga, weet ik eigenlijk nooit hoeveel mensen er dit keer weer in mijn huis liggen te slapen.'

Dat komt zo, jij hoeft ook niet voor ze te zorgen, dacht ze, maar de vrouw deed altijd heel aardig tegen haar. Ze hadden honden, labradors, en een grappig klein gedrongen mormeltje genaamd Muddle. Mevrouw had haar een keer betrapt toen ze Muddle zat te aaien. Ze dacht dat ze op haar donder zou krijgen, maar Lady Home (dat vreselijke twinset van blauwe tweed kon echt niet, met die ronde schouders van haar; ze kon echt wel een kamenierster gebruiken. Eentje die modebladen las) zei: 'Ze is half corgi, half poedel. Ze ziet er vreemd uit, maar we houden allemaal heel erg van haar.'

Lady Home was echt een lady, en hij was een heer, en ze zag precies hoe dat kwam. Lady Home was niet van haar stuk te brengen, ze wist mensen op hun gemak te stellen en ze zei nooit iets verkeerds. Hij was net zo. Er was een agent die eigenlijk achter Lord Home aan hoorde te lopen, om hem te beschermen tijdens de korte wandeling naar het Parlement, maar elke ochtend weer zag ze dat hij de man vroeg om naast hem te komen lopen. Ze leken altijd diep in gesprek. Ze had veel geleerd, maar ze kon hier niet blijven rondhangen. Toen ze haar contract had uitgediend, ging ze terug naar het bureau met haar gouden troef: een persoonlijke aanbeveling van Lady Home zelf.

'Aangezien het hier gaat om leden van de koninklijke familie,' zei de tang, en de hebzucht deed haar ogen glanzen, 'zul je door het hoofd van de huishouding worden ondervraagd.'

Dit keer nam ze geen enkel risico. Ze zag hoe verlekkerd hij naar haar keek en ze maakte haar lippen vochtig. Toen zakte ze op haar knieën, trok de rits van zijn stijf gesteven broek los – nog net niet zo stijf als de inhoud ervan – en gaf hem de Rolls Royce onder de orale sekssessies. Gelukkig smaakte zijn piemel een beetje fris: hij rook naar zeep.

Ze begon er net lol in te krijgen toen ze tot haar irritatie voelde dat ze aan haar haren omhoog werd getrokken en over het zeventiende-eeuwse mahoniehouten bureautje werd gelegd (vanwaar een kostbare papegaai van blauw en geel porselein haar recht in het gezicht staarde). Een hand duwde haar hoofd omlaag, terwijl er een ding dat aanvoelde als een grote komkommer dringend tegen de achterkant van haar onderbroek werd geduwd. Ze stampte op zijn voet en bevrijdde zichzelf. Toen wapperde ze met haar wimpers en zei: 'Als ik de baan krijg, meneer, dan hoeft u maar te knippen.'

Ze wachtte terwijl hij belde met het bureau en keek toe hoe hij de brief schreef waarmee ze in dienst werd genomen. Toen leunde ze langzaam over het mahoniehouten bureau en staarde een hele poos naar de porseleinen papegaai.

De prinses was een ongehoord kreng. Dan zat ze in de salon, waar ze nogal tekeer waren gegaan met marmer en goud, kruimeltjes taart te morsen op een tapijt dat nog was gemaakt voor Lodewijk xiv, en dan zat ze nog te klagen. Eén keer ging het over 'de lagere sociale klassen' die meededen aan een sportevenement in het veld aan de overkant van haar toegangspoort, en ze deed hun accent na, ook al stond zij, de dienstmeid, nog geen meter bij haar vandaan. Alsof ze er totaal niet toe deed! Die vrouw had koninklijk bloed, geld en allerlei privileges – en dan nog een minderwaardigheidscomplex hebben!

Die oude kerel was een ander verhaal. Die kwam na het eten de keuken in om tegen Kokkie te zeggen dat het hem 'heerlijk had gesmaakt'. Zoiets had haar vader nou nog nooit tegen haar moeder gezegd. Maar alles moest precies zo gebeuren als hij dat wilde, want anders nam hij het niet. Als zijn ontbijttafel werd gedekt, en iets niet *precies* zo was neergezet als hij wilde – als een potje jam te veel naar links stond – dan werd je bij hem geroepen. Dan bleef hij wel een halfuur emmeren over hoezeer het hem speet, maar dat het toch echt precies zo moest, en niet anders. Eerst vroeg ze zich af of hij soms niet helemaal goed bij zijn hoofd was, maar toen besefte ze dat hij nog nooit in zijn hele leven iets zelf had gedaan – echt helemaal *niks*.

De koningin was de aardigste van het verschrikkelijk suffe stelletje.

Ze was zo lief, net een heel chique oma. Sharon maakte zich zorgen om de koningin. Ze zag de mensen die voor haar werkten en dacht: god moge u bijstaan, want niemand geeft ook maar ene moer om u. Zij deed zelf de bezoekjes aan de koningin, en Hare Majesteit vroeg altijd naar haar familie. Uiteraard zei Sharon alleen iets als er haar iets werd gevraagd, en ze kletste nooit eindeloos door – de koningin had te veel aan haar hoofd. Op een keer had de koningin haar juwelenkluisje meegenomen, en toen had ze het de hele nacht bij haar gelaten – zoveel vertrouwen had ze dus in haar! Terwijl ze dag in dag uit het bad vol liet lopen voor de prinses, haar stinkende onderbroeken van de vloer viste, het slotje van haar ketting met smaragd en marquisegeslepen diamanten dichtdeed – 'Je hebt wel twee miljoen in je handen, dus een beetje voorzichtig graag!' – de wladimirsaffieren recht opspeldde – 'Dat is een tiara van acht miljoen, dus doe alsjeblieft voorzichtig!' – en er was geen greintje intimiteit tussen hen gegroeid, in al die drie jaar niet. Niet dat het haar iets kon schelen. Ze leerde hoe het hoorde – en hoe het niet hoorde. Ze zoog de etiquette op als slierten spaghetti.

En ze mocht met het mens op reis – en als ze dan in het George V in Parijs logeerden (in de tijd voor ze al het mooie antiek hadden verkocht) en de prinses weg was naar een of ander staatsbanket in het Élysée, dan liet ze zich voor die ene keer wel eens gaan, en danste ze in de regen op het balkon. Ze deed het met het Hoofd van de Huishouding (voor de afleiding) totdat hij werd ontslagen omdat hij niet van een van de dienstmeisjes af kon blijven. De prinses kwam net de roze marmeren trap af gelopen, zag ze bezig, en ging helemaal uit haar dak; ze werd zelf nooit meer genomen, en ze kon er niet tegen als anderen wel seks hadden.

Hij vertrok, verbitterd. 'Ze hebben geld,' zei hij. 'Maar verder hebben ze niks.'

Zelf zag ze het probleem niet zo.

Tegen de tijd dat Sharon Marshall Jack Kent ontmoette was ze een hele dame.

Nathan

'**L**open!' schreeuwde Stockley. *'Lopen!'*
Het probleem was alleen dat Nathan pas elf maanden oud was, en ook al deed hij nog zo zijn best, hij kon nog helemaal niet lopen.
Stockley trok zijn leren riem uit zijn broek.
Toen Clare Nathan die avond in bad zette, werd het water rood.

Stockley lag voor pampus op bed. Clare keek even op haar horloge – tien over twaalf – en zuchtte. Ze had nu een paar uurtjes rust, en god wist dat ze die had verdiend ook, na zo'n avond. Stockley was in een heel kwaaie bui geweest. Ze kromp ineen bij het geluid, en ze kon niet meer in de kamer blijven. Een moeder wil haar kind niet zo zien lijden.

Het was Nathans eigen schuld. Hij trok altijd zo'n gezicht, dat verdomde kind. Dook altijd in elkaar als Stockley binnenkwam – waarom deed hij dat nou ook? Het maakte het alleen maar erger. Stockley raakte steeds meer opgefokt – niemand vindt het leuk om te worden gehaat. Dat kon je hem niet kwalijk nemen. Van dat gesnuf zou een heilige nog krankzinnig worden.

Maar toch, ze kon het ook niet aanzien hoe het kind werd geslagen. Ze was stapelgek op kinderen, hoewel, jongens, poeh, jongens waren lastig, met al dat testosteron. Ze had veel liever meisjes. Maar ze kon geen nee zeggen. De pleegzorg was hun enige bron van inkomsten – als je dat zo mocht noemen. De toelage was lachwekkend, je kon er nauwelijks een pakje sigaretten voor kopen.

Alles bij elkaar was ze best een goede pleegmoeder, het waren de kinderen die zo lastig waren. Ze deed iets goeds door deze ongewenste kinderen een thuis te geven. En ze moest ook iets voor zichzelf hebben. Stockley gaf haar alleen een goed gevoel als hij daar zin in had. Het was een beste man – en dan al die spieren, door zijn werk als automonteur.

Ze zou zichzelf eens lekker trakteren. Dat had ze wel verdiend. Ze liep naar beneden – een lekker blikje bier, een pakje B&H, krantje d'r bij en, o ja, ze had nog wat Quality Streets in haar tas, dacht ze. Je moet goed voor jezelf zorgen! Ze sloop weer naar boven, en hield haar adem in toen ze langs de kamer liep waar Nathan lag. Soms hoorde ze hem dreinen, maar vanavond zweeg hij als het graf. Ze deed haar slaapkamerdeur achter zich dicht. Er was iets. Nee, ze had gewoon nog een beetje de schrik in haar lijf. Wanneer ze was ingedommeld wist ze niet meer precies, maar ze schrok opeens wakker. Haar instinct zei haar dat ze het lege blikje moest verstoppen. Stockley vond het niet goed, vrouwen die drinken. Jezusmina, hoeveel sigaretten had ze niet gerookt? Het stonk hier nog erger dan op vrijdagavond in de pub!

Ze had vast iets onder de leden, want ze had het bloedheet. Ze hoestte. Jezus, een of andere gek was ergens een vuurtje aan het stoken. Om deze tijd? Er klonk geknetter, toen een harde knal en toen ging het licht uit. Ze haatte het donker. Shit, wat was er aan de hand – het leek wel, godallemachtig, het huis stond in de fik – het stond in de fik, verdomme!

Ze gilde: 'Stockley, word wakker!' maar hij gaf totaal geen sjoege. Ze strompelde jankend naar de slaapkamerdeur, stak haar handen voor zich uit in het donker, en struikelde over iets scherps dat op de grond lag. Ze snakte naar adem en rilde van angst. *De deur zat op slot.*

'Stockley!' gilde ze. 'Waar heb je de sleutel verdomme gelaten! Het huis staat in brand!' Ze liet zich op haar knieën vallen, bevend, en voelde blind over de grond – niet in paniek raken, niet in paniek raken – want de sleutel moest hier ergens gevallen zijn. Niks. Hoe kon dat nou? Ze was een paar uur geleden naar beneden gegaan, en toen ging de deur nog gewoon open. Nu stikte ze bijna. De dikke, bijtende rook vulde haar longen en brandde in haar ogen en de hitte was onverdraaglijk. Ze greep de deurknop weer vast en gilde het uit. Het leek wel of ze haar hand in een hete oven stak.

'O god,' riep ze. De huid van haar rechterhand voelde nat en los aan, en de pijn schoot omhoog door haar arm; het voelde alsof ze levend werd verscheurd door een wild beest. Snikkend en kokhalzend kroop ze naar het raam. Er klonk een sissend, knisperend geluid, en toen stonden de zijkanten van de slaapkamer in lichterlaaie, net zoals in *The Exorcist*. De hel kwam haar halen. Ze beukte tegen het raam, maar dat zat klem. Stockley had het geschilderd toen ze hier pas kwamen wonen, en dichtgedaan voor de verf droog was.

'Help!' probeerde ze te roepen, maar ze kreeg nauwelijks lucht. Er ontsnapte slechts een heel ijl kreetje.

Haar ogen prikten, maar toch zag ze een groep mensen op de stoep staan. Sommigen hadden hun hand voor de mond geslagen, een vrouw in een duster stond te huilen en te wijzen. Een brandweerwagen – mijn god, schiet nou toch op! – en een stel smerissen, en, en... O, waarom zetten ze nou toch geen ladder tegen haar raam? 'O god – de vlammen,' gilde ze toen de deur van de slaapkamer leek te exploderen en een enorme bal rood vuur de kamer in werd gezogen, of andersom. Ze voelde hoe haar haren verschroeiden, achter in haar nek...

Stockley was nu ook wakker, en hij schreeuwde het uit. Kijk, dacht ze droogjes, hij verbrandt levend. Hij ruikt naar spek. Ze was nu toch een beest, hij kon haar nu toch niks meer schelen. Zijn pijn was ruis, meer niet.

'Help me!' schreeuwde ze met haar laatste adem, en haar rauwe vuisten lieten rode strepen na op de ruit. Maar ook al werd ze besprongen en verteerd door de likkende vlammen die haar huid deden smelten door hun sadistische foltering, haar doodsbange blik werd getrokken naar een klein figuurtje dat daar helemaal alleen op straat stond, met een dekentje om zijn smalle schoudertjes.

Nathan.

Hij leek haar recht in het gezicht te kijken, en... te *zwaaien*? Hij had iets in zijn handje, iets dat hij haar wilde laten zien... een sleutel.

LONDEN, LENTE 1980

Claudia

'Daar is mama,' zei Claudia terwijl ze wees naar de grootste, helderste ster aan de hemel. Ruths hart voelde als een prop verkreukeld papier. Dit ging elke avond zo. Gelukkig was het vanavond een heldere hemel. Als het betrokken was, nou, dan kon je je bergen.

'Ja,' zei Ruth. 'Zeg, liefje, zullen we nu even bij JR en bij papa gaan kijken? Je moet papa nog vertellen over het ballet. O, al die danseresjes in hun roze jurkjes! Wat waren ze mooi, hè? En die balletmeneer die een bloem naar je toe gooide!'

'Het waren feetjes,' zei Claudia, die nog altijd naar de hemel staarde. 'Ik wil ook een fee worden. Als ik doodga, kan ik dan een fee *en* een ster worden?'

Ruth voelde een vlaag woede opkomen. Die verdomde Jack. Hij was haar enige zoon, en ze had hem veel te veel verwend. Hij was een stomme, verwende kerel, hij had geen idee. Alles draaide altijd alleen maar om *hem*. Ja, ja, we raken allemaal wel eens een man of een vrouw kwijt, en het was natuurlijk heel tragisch dat Felicia al zo jong was overleden, maar Jack stond nooit eens stil bij *andere* mensen.

Jarenlang hoorde ze niks van hem – nou ja, heel af en toe kwam hij eens langs, en hij belde wel eens – en dan gaat zijn vrouw dood, en dan wordt zij, Ruth, ineens ontboden als een of andere... oma (en zo oud was ze niet, zeker niet na haar operatie) om op een moederloos kind te passen, alleen maar omdat hij te egocentrisch is om het zelf op te knappen. Hij wist best dat ze niks had met kinderen. Kinderen waren totaal anders dan hondjes. Als hij haar niet had toegestaan om JR, haar prachtige collie, mee te nemen, dan had hij het mooi op zijn buik kunnen schrijven dat ze bij hem in zou trekken. Jack scheen te denken dat hij gewoon door kon gaan met zijn leventje en dat Ruth het kind wel voor haar rekening nam. Hij was net zijn grootvader, behalve dan dat het in die tijd van mannen werd verwacht dat ze nauwelijks belangstelling toonden. En papa had tenminste het een en ander voor elkaar gekregen. Hij had de familie over laten komen van Hamburg naar Amsterdam, waar hij een vriend bereid had gevonden om hen drie jaar bij hem te laten onderduiken. Hij had haar naar die vreselijke kostschool in Engeland gestuurd – hoe kon je nou ooit van een lelijk eendje veranderen in een mooie zwaan, met dat eten dat je daar kreeg. Vleespasteitjes en worstjes! Dankzij zijn grootvader had Jack het nu gemakkelijk. En wat was zijn reactie bij het eerste beetje tegenslag dat hij kreeg? Hij liet zijn secretaresse kaartjes reserveren voor het ballet.

'Je kunt best hier op aarde een feetje worden en een ster, daar hoef je niet eerst voor dood, hoor. Morgen zal ik mijn couturier bij Harrods bellen, en dan bestel ik voor jou een feeënkostuum en een sterrenpakje, en papa betaalt. Kom nou maar binnen, het is hierbuiten ijskoud.'

'Dag mama, tot morgen!' zei Claudia, en ze liep langzaam naar de prachtige voordeur. Ze zag eruit als een dametje, in dat kleine vosje met bijpassend Davy Crocket-mutsje en die snoezige zwarte lakschoentjes, maar ze was nog maar een klein kind. O, ze hoorde JR blaffen. Jack was zeker vergeten om hem uit te laten. Dat arme beest stond waarschijnlijk op knappen!

'Hallo lieverd, dag moeder, hoe was het ballet? Heeft Baryshnikov die roos nog naar Claudia toe gegooid?'

'Ja, die kleine, in die strakke broek, die heeft de roos gegooid. Toen werd ik net weer even wakker. Die secretaresse van jou regelt ook echt alles, hè Jack? JR! Schattebout!'

'Ruth, waarom mag JR lippenstift op en ik niet?'

'O, hij kreeg gewoon een beetje van mijn lippenstift op zijn snuit toen ik hem zoende. Ik wil jou ook best zoenen, hoor.'

'Moeder, doe even gewoon. Zou jij Claudia naar bed willen brengen? Ik moet nog wat papieren doornemen. Slaap lekker, lieverd.'

Hij was zich al aan het terugtrekken en liep achterstevoren de trap op. Hij was bang voor haar, die verdomde angsthaas.

'Papa, wil je me een verhaaltje voorlezen?'

'Lieverd, het is al laat, en je moet morgen naar school.'

Claudia kreeg die glazige blik in haar ogen die Ruth zo verafschuwde.

'Kijk eens wat ik in mijn tas heb,' fluisterde ze. 'De helft voor jou, de helft voor JR. En dan gaan we samen een verhaaltje lezen.'

'Maar niet *Bambi*.'

Het was een kinderfilm – hoe had zij moeten weten dat die moeder het loodje zou leggen? Claudia had gegild tot ze geen stem meer overhad. Ze moesten de bioscoop uit, en iedereen staarde hen na. En dan laat haar vader zijn secretaresse ook nog het boek voor haar bestellen.

Ruth hielp het meisje bij het tandenpoetsen, kamde haar haartjes en trok haar een nachtpon aan. Dat gesleep met kinderen was toch doodvermoeiend. Daarna deelden ze de KitKat – mooi dat ze niet nog een keertje ging tandenpoetsen, dat kon best een keertje zo – en las ze een boekje voor over een heksje, getiteld *De eieren van Meg*. Rotboek, maar in elk geval lekker kort.

Claudia gaf JR een knuffel en zoende hem op zijn neus. Ze tuitte haar lippen: 'Heb ik nu ook lippenstift?'

'Ja,' zei Ruth met een glimlach. 'En hier is nog een zoen van mij, dan weet je het helemaal zeker.'

'Waar is Bass? Hij moet bij me in bed. En Dekentje. En alle deurtjes van de kasten moeten dicht, anders komen de monsters me halen. En wil je alsjeblieft onder mijn bed kijken?'

Ruth slaakte een zucht, deed alle kastdeurtjes dicht, keek onder het bed en keek rond om zich heen in de gigantische roze slaapkamer. Aha. De huishoudster had het smerige dekentje opgevouwen en op een plank gelegd, en het stinkende, kaalgeplukte bassethondje lag daar bovenop. Ruth pakte ze allebei op met haar lange nagels, en Claudia griste ze daar uit, ging lekker liggen op het brede veren matras, stak een duim in haar mond, krulde een stukje van haar dekentje over haar wijsvinger om aan te ruiken en propte Bass stevig onder de andere arm.

Ruth liep op haar tenen naar de deur, en toen ze achteromkeek had het kleintje haar ogen al dicht. Daarna marcheerde Ruth over de overloop naar Jacks studeerkamer en schopte de deur open – ze leek wel een nazisoldaat, dacht ze, maar het kon haar niks schelen. JR kwam achter haar aan gehobbeld. Tijdens de oorlog hadden ze een klein schnauzertje gehad. Die noemden ze Tommy, naar de Britse soldaten in die tijd.

O, *mein Gott*, wat vreselijk om een volwassen kerel te zien huilen. Zo vermoeiend ook, dat je dan weer verplicht bent om daar op de geëigende manier op te reageren.

'Jack, lieverd, het spijt me.'

'Er is niks aan de hand, moeder. Misschien dat je voortaan wil kloppen? Wat is er?'

'Het gaat om Claudia.'

Jack glimlachte op die gespannen, zakelijke manier van hem. Wat haar betrof bleef hij altijd een klein jongetje in een korte broek, zwaaiend met zijn magere pootjes. 'Het gaat goed, hè? Dapper ding.'

'Nee, Jack. Het gaat helemaal niet goed. Haar moeder is dood, en haar broertje is weg.'

Jack zuchtte. 'Moeder, ze is veel te jong om te begrijpen wat de dood inhoudt. Het enige wat ze kan begrijpen is haar afwezigheid. Voor haar is dat niet hetzelfde als voor... mij. Het zou goed kunnen dat het voor haar net zoiets is als dat mama boven ligt te slapen.'

Ruth kreeg koppijn van dat eindeloze gejank van violen. 'Gelul!' riep ze. 'Stomme idioot die je bent! Haar mama was haar hele wereld! Dat kind zit er helemaal doorheen! Haar hart is in duizend stukjes gebroken! Ze laat het alleen niet zien aan jou. Ze weet dat het toch geen zin heeft, want jij bent helemaal niet in haar geïnteresseerd.'

Jack wreef langzaam met zijn handen over zijn gezicht. 'O god,' zei hij. Ruth deed haar best het verdriet in zijn stem niet te horen. Hij keek haar aan. 'Wat moet ik doen?'

Ruth haalde haar schouders op. Mensen verwachtten altijd wijsheid, alleen omdat je toevallig een zekere leeftijd had bereikt. Ze was vroeger ook al nooit heel slim, en dat was ze nu nog steeds niet. Ze moest het hebben van haar schoonheid, en ooit had ze daar ook inderdaad flink van geprofiteerd. Tijdens de oorlog had haar moeder haar donkere haar in een prachtige koperkleur geverfd. De Duitse soldaten vonden haar leuk: ze waren niet zoals de Gestapo of de ss. Ze was veertien, had geen papieren, en ze was helemaal niet bang voor ze. Waarschijnlijk was dat wel een beetje dom van haar. Maar het waren heel gewone jongens, althans, de meesten. Ze stond een keer met een van hen te kletsen, en ze vroeg hem: 'Wat doe jij eigenlijk in het gewone leven?'

Hij antwoordde: 'Ik ben kapper. Ik kan altijd zien of een vrouw haar haar verft.'

Ze had geglimlacht, ook al ging haar hart tekeer. Maar de soldaat wilde niks van haar, behalve dan een beetje praten en een beetje flirten met een mooi meisje. Nadien had ze zich afgevraagd wat hij had gedaan als ze ietsje minder mooi was geweest. De les die ze hieruit had getrokken was dat je gebruik moest maken van wat je had, al was het nog zo weinig. Haar zoon had zowel een mooi uiterlijk als hersenen, en hij deed er niks mee.

Ruth zuchtte. Het zou helpen als JR naar Jack toe zou lopen en zijn snuit op Jacks knie zou leggen. Dat zou hem troosten. Lassie zou zoiets hebben gedaan. Maar JR was een typische man: egocentrisch tot op het bot. 'Ik weet niet,' zei ze. 'Maar ik zie wel dat niemand het hier in huis ooit over Felicia heeft.' Alsof ze nooit had bestaan. 'Claudia moet weten dat zij er niks aan kon doen dat haar mama dood was gegaan. Dat haar mama niet dood wilde. Ze moet weten dat haar moeder van haar hield. Dat die liefde altijd blijft bestaan, en dat ze die in haar hart kan bewaren. En dat moet ze van *jou* horen.'

Jacks ogen vulden zich met tranen, wat Ruth verder negeerde. Ze gaf hem een kordaat klopje op zijn knie, en toen liep ze naar de deur. 'Ik weet iets wat je kunt doen,' zei ze.

'Wat dan?'

'Je kunt een nieuwe moeder voor haar zoeken.'

Jack deinsde achteruit.

'Dat kind heeft een moeder nodig,' zei Ruth vastberaden, en ze deed de deur achter zich dicht. JR keek naar haar op. Ze stak haar handen in de lucht, perste haar lippen op elkaar en zei tegen de hond: 'Ze hebben allebei een moeder nodig.'

EGEÏSCHE ZEE, NAZOMER 1980

Innocence

Sharon stond in het donker en liet de warme avondlucht haar gezicht strelen. De sterren waren net miljoenen diamanten die over zwart fluweel waren gestrooid. Een enorme maan wierp haar zilveren licht over het water. Ze werd heen en weer geschommeld door het snelle bewegen van de boot; ze deed haar ogen dicht en luisterde naar het vriendelijke klotsen van de golven.

'Kijk,' zei een diepe stem, en ze zag dolfijnen uit het water omhoog springen. De dieren lieten een spoor van groene glitters achter.

'Wat is dat?' vroeg ze. Ze was waarschijnlijk in een totaal andere wereld terechtgekomen: eentje uit een sprookje, met piraten, krokodillen en een jongetje dat kon vliegen.

'Fosforescentie,' zei de man. 'Maar ik noem het liever elfenstof.'

'O!' zei ze. 'Ik ook!'

De man keek haar aan en glimlachte. 'Ik heet Jack. Jack Kent.'

Boing! deed haar hart. Ze had liever nog wat tijd gehad om zich voor te bereiden. Ze had niet gedacht dat hij zo lang zou zijn. Hij was oogverblindend. Vaak waren mensen in het echt veel lelijker dan op tv. En hij keek precies triest genoeg.

Eigenlijk was dit juist perfect. Hij had haar overrompeld. En dat vonden mannen charmant, toch? Eigenlijk had ze net dat moment geprikt om even in haar eentje om zich heen te kunnen kijken. Om van de natuur te kunnen genieten moest je precies rijk genoeg zijn. Als je te arm was zag je nergens de schoonheid van in. Was je te rijk, dan was je veel te verwend om nog ergens plezier aan te beleven dat geen enorme hoeveelheden geld had gekost. Sharon Marshall had precies het goede banksaldo om deze wonderbaarlijke zeewezens die deze avond zo over de oceaan dansten op waarde te kunnen schatten.

Met dank aan de koningin van Engeland.

Ze voelde zich wel een klein beetje schuldig, maar, nou ja, de koningin had meer dan genoeg, en wat niet weet, dat niet deert.

En trouwens, het was haar eigen schuld. De koningin had haar zo ongeveer aangemoedigd. En de prinses had haar mond moeten houden. Maar nee, die ging maar door over die diamanten oorbellen van Hare Majesteit. Dat koningin Victoria in 1858, of was het 1885, achtentwintig stenen uit een ereteken van de Orde van de Kousenband en een ceremonieel zwaard had laten verwijderen om een diamanten collier met bijpassende oorbellen van te laten maken. Ze had ze aan de kroon vermaakt toen ze stierf, en de prinses was ervan overtuigd dat zij het zwikje cadeau zou krijgen, met kerst.

Die avond had de koningin Sharon haar juwelenkluisje weer toevertrouwd, en de prinses had het opengemaakt waar Sharon bij was. 'Gewoon om even te kijken, en mijn favoriete erfstuk even in mijn vingers te hebben.' En toen had ze dus gezien dat het niet echt een topkwaliteit kluisje was, het was een heel goedkoop ding. Ze kon haar ogen niet geloven. Het was een schande waar ze Hare Majesteit tegenwoordig mee opzadelden. De helft van het koninklijke huishouden was zo corrupt als de pest. Haar broertje Gerry zou die kinderspaarpot in twee tellen open hebben.

Ze was naar een telefooncel gehold en had hem gebeld. Hij begon te kreunen, want hij vond het te veel gedoe. Zijn maat in Hatton Garden zou de helft van de opbrengst willen. Gerry, stomme zak, deze oorbellen zijn van de koningin. Ze heeft ze gedragen bij de kroning. We hebben het niet over goedkope troep, hoor! Zijn mannetje moest de oorbellen ergens in het buitenland verkopen.

'Je denkt toch niet dat mijn maat die oorbellen in een nachtje kan namaken? Wat ben je toch een domme koe! We hebben het hier eerder over een maand werk.'

Maar Sharon wilde niet zo snel opgeven. Niet als er tien miljoen op het spel stond. Ze liet Gerry's maat de oorbellen namaken aan de hand van foto's. En zodoende was ze er klaar voor toen *zeven* zenuwslopende maanden later het kluisje weer aan haar zorg werd toevertrouwd. Gerry's vriend kreeg zes uur met de echte oorbellen, precies genoeg tijd om de namaakjuwelen helemaal perfect te krijgen, en toen ruilde ze de oorbellen om. Ze bleek er uiteindelijk bij lange na geen tien miljoen voor te krijgen. Ze kregen elk twee miljoen, en die kerel uit Hatton kreeg drie miljoen, maar eerlijk is eerlijk, hij had puik werk afgeleverd: die namaakoorbellen zagen er precies zo uit als de echte. En de echte maakten de vrouw van een Perzische wapenhandelaar heel gelukkig.

Sharon bleef nog een jaar aan als kamenierster: je moet je geduld weten te bewaren, als dame. Toen diende ze haar ontslag in, ging weer terug naar Londen, en kocht daar een herenhuis van vier verdiepingen in Chester Row, waar ze *contant* voor betaalde. Dus nu woonde ze in sw1. In Londen was je postcode nu eenmaal heel belangrijk. Ze had ook de vrijheid genomen om zichzelf een titel aan te meten. Een Engelse titel was natuurlijk te riskant, aangezien de adellijke kringen maar klein waren. Zelfs *la noblesse* was uitgesloten. Maar om het beetje bij beetje uit te laten lekken dat zij afstamde van een van de negentien families die werden genoemd in de akte van wapenstilstand die in 1487 werd ondertekend door koning Matthias als 'Magyarország természetes bárói', de 'geboren baronnen van Hongarije'... Het enige wat ze daarvoor hoefde te doen was naar Ascot gaan, waar ze de fotograaf van *Tatler* deze informatie gaf, en breed glimlachte voor de kiek. Haar achternaam, Ashford, was uiteraard een Angelsaksische verbastering van *Aczel* – hoewel die naam in allerlei verschillende spellingen voorkwam. Haar eigen naam stamde af van vier generaties 'graven'. Jazeker, ze was een 'hooggeborene'. Tragisch genoeg waren haar ouders, haar voorouderlijke landgoed en de relevante documenten allemaal vernietigd tijdens de Revolutie. Laten ze dat maar eens bewijzen!

Een klein stijlbloempje kon ze niet weerstaan. Ze had zichzelf omgedoopt van 'Sharon' naar 'Innocence'. Dat klonk mooi zuiver, het had iets van een nieuw begin, en als de paus zoiets kon maken, waarom zij dan niet?

Niet dat ze helemaal geen wroeging had, trouwens.

Drie jaar geleden had ze de koningin op tv gezien, met haar zilveren jubileum, en toen droeg ze die nepdiamanten uit Hatton Garden. Ze was het Hare Majesteit verschuldigd om een enorm succes van zichzelf te maken. Ze moest heel zorgvuldig te werk gaan.

Die rijkelui waren allemaal zo nieuwsgierig als de pest. Die rustten niet voor ze je helemaal konden plaatsen. Altijd maar dat gezeur van 'En waar ben je naar school geweest?' zelfs als je al dik in de vijftig was. Ze had een keurig cv voor zichzelf bedacht. Ze was de weduwe van een grootindustrieel met een lange buitenlandse naam, want mensen waren te beleefd om 'Wablief?' te zeggen, en je kon moeilijk het bestaan achterhalen van iemand wiens naam je niet helemaal kon volgen. Ze hadden vier jaar in het buitenland gewoond: in Australië, had ze besloten. Wat haar opleiding betrof: L'Institut Le Rosey, in Zwitserland – net als de Hertog van Kent en een vent die Aga Khan IV heette – en voor het geval een of andere gehaaide gek dat wilde controleren, had ze bedacht dat ze daar van af was getrapt omdat ze haar met een stickie hadden betrapt. Het zat namelijk zo: voordat papa en mama omkwamen in de strijd om de vrijheid, in 1956, hadden ze haar naar Engeland weten te smokkelen toen ze nog maar twee jaar oud was – samen met een oppas – die helaas niet meer leefde – en een paar waardevolle eigendommen, genoeg om haar opleiding van te kunnen betalen. Uit voorzorg had ze een van Gerry's maten ingehuurd om een geboorteakte te fabriceren, zogenaamd die van haar vader. Wat zo geniaal was: die akte, opgesteld in het Hongaars, bewaarde ze in het zicht, achter een willekeurige uitnodiging op de schoorsteenmantel, waar Lady Helen hem vroeg of laat zou zien liggen, om vervolgens de gewenste conclusie te trekken.

Dat was namelijk de clou: om haar buren dat soort informatie te laten vinden, want ze wist dat ze ernaar op zoek waren. De makelaar kon niet wachten om haar de stamboom van allemaal uit de doeken te doen, en zij kon niet wachten om het allemaal aan te horen. Ze wist best dat het hier tjokvol chic zat. Nette mensen waren namelijk net lemmingen, ze zochten elkaar allemaal op. Daar zat verder geen specifiek idee achter of zo, en daar kon zij haar voordeel mee doen. Ze verkondigde dat ze geïnteresseerd was in liefdadigheidswerk – iets met kindermishandeling deed het altijd goed – maar ze zette niet te hoog in. Ze zag het als konijnen strikken. Je moest zorgen dat de konijnen op *jou* af kwamen.

Lady Helen was het beestje dat ze daarvoor in gedachten had. Iemand met een enorm drukke sociale agenda, klepperdeklep, constant, maar niet al te snugger. Ze zag eruit alsof ze vooral veel tijd besteedde aan taartjes eten.

Sharon zorgde ervoor dat ze er in haar aanwezigheid chic slonzig uitzag. Het laatste wat ze wilde was dat men haar buitensloot uit jaloezie. Ze benadrukte bij Helen ook dat zij, Innocence, een traditionele, *veilige* weduwe was. 'Niemand weet tegenwoordig meer hoe je een tafel dekt, een fatsoenlijke brief opstelt, mensen behoort aan te spreken...' *Zucht.*

Miss Ashford ontving een eindeloze stroom misselijkmakend saaie uitnodigingen voor lunches, waar weerzinwekkend eten werd geserveerd, waar het gezelschap bestond uit pretentieuze kwallebakken, en waar de 'vrijwillige' donaties schandalig hoog waren. En waar ze *geen enkele* leuke man ontmoette, want Helen vond haar eerder geschikt voor paars aangelopen dronken kolonels die haar uren aan één stuk verveelden met verhalen over de Oorlog.

En toen, na vijftien maanden met dit soort dwazen opgescheept te hebben gezeten, ontving ze zo'n uitnodiging van stevig wit karton met gouden randjes en daarop in reliëf gedrukte zwarte krulletters die elke aristocraat onmiddellijk te pronk zet:

Het behaagt Sir Harry Cannadine u uit te nodigen hem te vergezellen op zijn jacht
My Fair Lady, ter gelegenheid van zijn tweeëndertigste verjaardag.
Kledingvoorschrift: als in het Oude Griekenland
Locatie: Egeische Zee, voor de kust van het eiland Eos
Vervoer: taxi, privévliegtuig vanaf Heathrow

Sharon Marshall drukte de uitnodiging aan haar borst en slaakte een verrukt gilletje. Nu ging het gebeuren. Dit was het tripje waardoor ze de rest van haar leven onder de pannen zou zijn.

Ze draaide zich om, en keek Jack aan, zodat de kalme oceaanbries haar haren zachtjes om haar gezicht deed dansen, en ze schonk hem een glimlach. 'Hallo,' zei ze. 'Miss Innocence Ashford. Maar noem me Innocence, alstublieft.'

LONDEN, 1982

Nathan

Meteen toen Shanta het arme schaap zag, wilde ze hem de dikste knuffel geven die hij ooit in zijn leven had gehad. Maar je moest het niet overdrijven met je affectie. De Hoge Heren wilden liever niet dat je een band aanging met de kinderen – dat was kennelijk niet goed voor ze.

Shanta zuchtte. Sommige mensen schenen te denken dat een hart van steen een pre was voor een maatschappelijk werkster. Het meisje dat ze op Nathan Williams hadden gezet had er een potje van gemaakt. Ze had nauwelijks een dossier bijgehouden, en ze had niet regelmatig gecontroleerd in hoeverre de pleegouders het kind goed verzorgden. Die paar keer dat ze langs was geweest, had ze altijd van tevoren een briefje gestuurd. Oké, dan deed iedereen dat, maar je hebt toch ook hersenen in je hoofd, meid? Als er inderdaad sprake was van mishandeling, dan gaf je die pleegmoeder zo toch de tijd om de sporen uit te wissen?

Shanta werd misselijk toen ze de tekening zag die Nathan van zijn pleegouders in het vuur had gemaakt: twee wanhopige vogelverschrikkers met wijd open monden en rode vlammen als haar, en overal bloed. Dat arme kind – hij was pas vier – zou eigenlijk liedjes moeten zingen over diertjes, en hij zou egeltjes moeten maken van klei en spaghetti.

Ze had een vrij aardig idee waar hij in plaats daarvan aan was blootgesteld. Hij kromp in elkaar telkens als er een man in de buurt was. En zijn blik was zo leeg, alsof alle hoop eruit was verdwenen.

Shanta vermoedde dat er meer aan de hand was dan alleen de schok van het verlies van zijn ouders, door de brand. Volwassenen konden de meest vreselijke dingen doen, en dan nog hielden hun kinderen van hen. Maar Nathan was veel te jong om de verschrikkingen van het ongeluk te begrijpen; hij was veel meer bezig met de brandweerwagens. Hij wist dat Clare en Stockley 'doodgemaakt' waren, maar toen ze hem vroeg wat hij daarvan vond, haalde hij zijn schouders op alsof hij de vraag niet begreep.

'Nathan, dit wordt jouw nieuwe thuis, en ik ben jouw tante Shanta. Dus als er iets is waar je over wilt praten, dan kom je meteen naar mij toe, en dan ga ik je helpen, goed?'

Nathan keek haar aan. Het was een lege blik, waar ze een ongemakkelijk gevoel bij kreeg. Wat hadden ze dit kind aangedaan? Was het maar een beetje vrolijker, hier in Shakespeare House, dacht ze. Ze deden echt hun best, dat wel, maar ze hadden geen budget om alles wat kapotging te vervangen, en daardoor was het hier veel te ongezellig om echt als een thuis aan te voelen. Ze zou erop moeten letten dat Nathan niet werd gepest. 'Het is altijd een beetje akelig als je ergens opnieuw moet beginnen, hè, Nathan? Ik weet nog hoe het was toen ik voor het eerst naar school ging – ik had helemaal geen zin! Maar toen ben ik toch gegaan, en het was zo leuk, joh. Ik kreeg een heleboel vriendjes. Net als jij hier zult krijgen, dat weet ik zeker. Heb je honger, schat? We eten lekker stoofvlees, en een extra lekker toetje – appeltaart met vanillesaus.'

Het kwam niet bij haar op om te vragen of hij soms vegetariër was, wat ze anders wel altijd deed, uit beleefdheid. Ze was het namelijk zelf wel, ook al was het voor de dames die kookten kennelijk heel moeilijk om dat tot zich door te laten dringen. Die zeiden altijd: 'We hebben wat groente voor je overgelaten. Met wat lekkere jus.' Maar wat zou zo'n vraag voor zin hebben? Dit kind had duidelijk nooit wat te kiezen gehad.

'Dan gaan we nu naar je slaapkamer kijken. Hé, hou jij van Batman? Ik heb een poster van Batman bij je bed gehangen. En er staan een paar leuke nieuwe speeltjes voor je klaar, want... want al je oude speeltjes... Nou ja. Het is wel leuk om nieuwe speeltjes te krijgen, toch, Nathan?'

Ze glimlachte naar hem. O, zijn polsen waren zo dun. En hij had nieuwe kleren nodig, behoorlijke kleren, niet van dat flutspul. Het hoefde niet allemaal even functioneel te zijn. Een coole spijkerbroek zou geweldig zijn voor zijn zelfrespect.

Nathan keek naar van alles maar niet naar haar. Hij leek net een wilde kat die controleerde of er nergens roofdieren zaten.

Shanta deed de deur van Nathans slaapkamertje van het slot. Gelukkig, het leek bijna een gewone kamer. Op het raam na, dat gewapend glas had, en de tafel, die aan de grond was gespijkerd, was het hier best gezellig. Shanta had stiekem een blauwe teddybeer van huis meegenomen – toen Karlwant geboren was had ze zo ontzettend veel knuffels gekregen. En het tehuis had nu eenmaal niet zoveel geld.

'Zo dan. Zullen we even gaan zitten en samen een boekje lezen, voor het eten? Kijk eens, we hebben *Groene eieren met ham*. En we hebben *De fantastische Meneer Vos*. Dit zijn nu jouw boeken, Nathan. Kijk, ik heb je naam erin gezet. Zullen we een paar verhaaltjes lezen? Dan ga ik je daarna de andere kindjes laten zien...'

Er klonk een ongelofelijke knal en een bloedstollende gil. O hemeltje, wat nu weer? Net nu die arme Nathan wel wat rust en vrede kon gebruiken.

Freddie Walsh zeker weer: een wervelwind van ellende. Nog maar tien. Ze probeerde altijd in elk kind het goede te zien, maar Freddie Walsh maakte het haar wel heel erg moeilijk. Hij kon niet met zijn tengels van zijn pielemans afblijven – dat was gewoon niet *fris*, onder het eten. En hij had een keer een nieuw meisje bewerkt met een kurkentrek-ker, zogenaamd om haar een tatoeage op haar arm te geven. Hoe Freddie überhaupt aan die kurkentrekker kwam...

'Wacht even, Nathan. Ik denk dat de grote kindjes lol aan het trappen zijn. Ik ben zo weer terug.'

Shanta liep snel op de herrie af. Tenminste, zo snel ze kon. Haar eksterogen speelden weer op. De dokter zei dat ze er artrose van in haar voeten kreeg. Dat een teen zo'n pijn kon doen, onvoorstelbaar.

Ze kreeg Kim Harris in de smiezen, een mooi popje, dat vlug de hoek om sloeg. 'Kim!' riep ze. 'Kim! Kom eens even hier, alsjeblieft.'

Maar dat kleine kreng had zich al uit de voeten gemaakt. Shanta slaakte een zucht. Dit sloeg ook nergens op. Ze hadden een man personeel te weinig (er was nog steeds geen vervanging gevonden voor Brian, die weirdo met de gitaar; ze had zo haar verdenkingen), maar dat maakte een boel uit.

Ach nou, wat het ook was geweest, het was inmiddels weer rustig. Ze moest maar vlug terug naar Nathan.

Ze zag de dichte deur, en de angst sloeg haar om het hart. Ze probeerde de deurklink, maar die gaf niet mee. 'Nathan! Nathan? Ben je binnen? Is... is er iets mis met je?'

Stomme vraag. Hij had die deur heus niet zelf gebarricadeerd. 'Freddie? Freddie! Ben jij daarbinnen? Lucas? Ik wil graag dat jullie de deur voor me opendoen. Anders krijgen jullie geen zakgeld.'

Ze moest hulp gaan halen. Dat ze hier in getrapt was. Oké. Rustig blijven.

'Freddie? Hoor je me? Nathan is nog maar klein, en we moeten goed zorgen voor onze kleintjes.'

Die etterbak. Voor hetzelfde geld zat hij daar nu binnen met een mes. Dat was natuurlijk onmogelijk, maar Freddie wist altijd het onmogelijke voor elkaar te krijgen, en helaas waren dat nooit eens positieve dingen. Ze legde haar oor tegen de deur. Een manisch lachje, wat gefluister. 'Hou zijn arm vast. Hou hem stil!'

Gejammer: 'Dat *probeer* ik ook!'

Lucas.

'Nathan? Nathan, is alles goed? Freddie, Lucas, ik ga nu het blokhoofd erbij halen, en als we er achter komen dat jullie Nathan ook maar een haar gekrenkt hebben, dan spijt het me wel, maar dan moeten we de politie bellen. En agent Morgan heeft echt helemaal geen zin om jullie alweer op te halen, heren. Dat is vast allemaal niet nodig, want ik weet dat jullie twee aardige knullen zijn, maar wat jullie nu doen kan echt niet door de beugel. We willen toch niet dat jullie straks nog naar gevangenis moeten, of wel soms?'

Shanta, hou toch je kop. Zo maakte ze het alleen maar erger. En toen – zo'n geluid had ze nog nooit gehoord – het was een langgerekte, schrille kreet van pijn.

'Nathan!' riep ze uit, en ze gooide zich met haar hele gewicht tegen de deur. Die vloog onverwacht gemakkelijk open, en dus viel ze met een plof op de grond. Trillend keek ze de kamer rond, op zoek naar Nathan, half in de verwachting dat zijn dode lichaampje op de kale vloerbedekking zou liggen. Maar o! Daar zat hij, kalm op zijn stoeltje. Hij... hij was nog helemaal heel! Hij had zijn boekje opengeslagen op schoot liggen.

Ze draaide zich om toen ze een zacht gejank hoorde. Lucas was weggekropen in een hoekje. Zijn gezicht was krijtwit, hij had zijn armen om zijn knieën geslagen. Ze volgde zijn blik naar waar Freddie gehurkt zat, vlak achter de deur. Hij had zijn handen voor zijn ogen geslagen. Het bloed spoot tussen zijn vingers door. Naast hem op de grond lag een metalen kompas, en – o god – die klodder wit met roze gelei, dat leek wel... een deel van een levend wezen. Het was toch niet... o, laat het alsjeblieft... *braaksel* zijn... maar nee, ze wist dondersgoed wat het was. Het was een stuk *oogbol*...

Terwijl Shanta haar misselijkheid onder controle probeerde te krijgen en op de paniekknop af sprong, keek kleine Nathan op van zijn boekje.

'Hij probeerde me te steken. Hij is een ontzettend stoute jongen.' En met een opgeheven vingertje schreeuwde Nathan tegen Freddie: '*Stoute jongen!*'

Jack

Als Jack ergens een bloedhekel aan had, dan was het wel aan boten. *My Fair Lady* was een grote boot, speciaal voor Harry gebouwd, een mooi, smerig luxe, strak, wit en superieur schip, met vloeren van gepolitoerd rozenhout en wanden die met rood leer waren bekleed. Maar een boot is een boot.

Hij had gewoon graag land onder zijn voeten. Dat zeilen was veel te hard werken. En hij haatte het idee van al dat diepe, donkere water onder zich. En het feit dat zo'n boot altijd maar in beweging was. De vorige keer dat hij met Harry mee was geweest, op diens andere boot, was hij heel blij dat hij niet zeeziek was geworden, en toen hij weer terug in Londen was, had hij nog een week lang overal tegenaan gebotst.

Die Egeïsche Zee was natuurlijk best mooi. Al die piepkleine eilandjes, met hun piepkleine witte huisjes midden tussen de bomen, die hadden best zo hun charme. En de hete droge zon streelde zijn gezicht alsof hij wilde zeggen: Kalm nou maar. En Harry deed echt zijn best om een goede gastheer te zijn. Onder de neus van zijn vrouw had hij twee professionele masseuses ingehuurd, allebei voormalige playmates. De avond ervoor had Jack op de zijden lakens gelegen terwijl Brandi en Candi zich hijgend uit hun strakke witte uniformpjes wurmden, elkaar insmeerden met geurige amandelolie en hun best deden om hem tot een triootje te verleiden. Maar hij had er geen zin in. Dus waren ze maar weggegaan, en Jack bleef trillend achter.

Hij had zijn toga omgeslagen, prikte wat in zijn gebakken visje en vervloekte het feit dat ze hem naast Lady Helen hadden gezet. Ze mocht dan in de liefdadigheid zitten, maar ze bezat geen greintje compassie.

Felicia was nu twee jaar dood, maar het voelde als twee minuten. De verschrikking van haar begrafenis bezorgde hem nog altijd een knoop in zijn maag. Het was zo uitgebreid als de Lutherse traditie toeliet, in de mooiste kerk in Minnesota, met alle lievelingspsalmen uit Felicia's jeugd. Maar hij voelde zich er totaal niet op zijn plek, alsof hij was binnengedrongen bij een herdenkingsdienst voor iemand die hij helemaal niet kende. Haar ouders hadden hem volkomen genegeerd.

Niemand die zag dat hij bijna doodging van verdriet, toen niet, nu niet.

Gisteravond was een van de toetjes (hij wist dat nette mensen 'toetje' zeiden, en niet 'dessert') citroentaart, en hij herinnerde Lady Helen eraan dat Felicia een keer een aangebrande citroentaart had geserveerd. Dat stomme wijf was helemaal verstijfd, alsof nette mensen het niet hebben over hun overleden echtgenotes. Hij had een heleboel dure drank achterovergeslagen en stond op het punt haar te vertellen hoe ongelukkig hij precies was. Ze had waarschuwend een klauw op zijn arm gelegd en gezegd: 'Jack, ik vind het toch zo knap van je dat je niks laat merken van je gevoelens in deze zaak. Dat is ook veel beter om je over je verdriet heen te helpen. Huilen heeft geen enkele zin. Daar raak je alleen maar meer van overstuur.'

Ze droeg een tiara met parels en saffieren. Ze had haar dienstmeisje gevraagd om daar een paar olijftakjes doorheen te vlechten, waarschijnlijk als knipoog naar het Oude Griekenland. Maar ze leek toch nog altijd op een neushoorn in vrouwenkleren. Hij knikte, en wurgde zijn linnen servet onder tafel, terwijl hij zijn best deed om een hapje citroentaart door te slikken.

Die nacht kon hij niet slapen.

Hij sliep überhaupt nooit meer. Hij wilde ook helemaal niet slapen, want hij droomde nooit meer over haar, ook al wilde hij dat juist zo verschrikkelijk graag. Om middernacht was hij aan dek gegaan en struikelde bijna over een heel mooie jonge vrouw, met ijsblauwe ogen, zwart haar en de sensuele rondingen van een Griekse godin.

Innocence.

Hij zette zich schrap voor weer zo'n suikerspingesprek, maar tot zijn verrassing was zij heel echt. Ze was zelf ook weduwe. Het was duidelijk dat ze veel geld had en van een goede familie kwam, maar toch was ze zo roekeloos om echte emotie te laten zien. Ze was het met hem eens dat niemand begreep hoe eenzaam je kon zijn, en dat je soms het gevoel had dat je helemaal gek werd. En hoe haalden sommigen het in hun hoofd om je te vergelijken met iemand die gescheiden was, want dat was zo totaal iets anders: gescheiden mensen waren verbitterd en ook een beetje blij, maar op een nogal vreemde manier.

'Iedereen verwacht dat je zomaar, huppekee, weer met iemand anders trouwt,' zei ze, en even klonk een trillertje in haar hese stem door.

Ze begreep hem.

'Inderdaad,' zei hij.

'Ik denk niet dat ik ooit nog trouw,' zei ze met een zucht. Ineens had hij ontzettend zin om met zijn tong door het holletje bij haar sleutelbeen te glijden. Nee. Hij deed het niet.

'Ik kan niet eens meer kijken naar andere mannen,' ging ze verder. 'Ik zie mijn... man, overal. Heb jij dat nou ook, Jack, zo'n obsessie voor het verleden?'

De manier waarop ze zijn naam uitsprak, met die raspende stem van haar.

Hij stak een sigaret voor haar op, en keek naar haar terwijl ze staarde naar een vallende ster. 'Mooi,' mompelde ze terwijl ze de rook opzoog, en hij wilde dat niemendalletje van haar lijf scheuren, en... nee, natuurlijk niet. Felicia was de enige vrouw voor hem.

Al twee jaar geen seks meer.

'Ja,' zei hij. 'Dat heb ik ook. Ik... ik trouw ook nooit meer.'

Ze schonk hem een glimlach en raakte zijn borst heel even aan met haar champagneglas. *Waarom* vond hij dat zo ontzettend opwindend?

'Op het alleen-zijn,' mompelde ze, en ze liep weg.

FRANS-POLYNESIË, NEGEN DAGEN LATER

Innocence

Ze wroette met haar tenen in het witte poederzand en zuchtte terwijl het warme water van de lagune over haar lange bruine benen klotste. De zon glinsterde op haar gladde, geoliede huid, en de zee leek wel afgezet met edelstenen onder de azuurblauwe hemel. Ze keek over het kleine onbewoonde eilandje, weelderig begroeid met palmbomen, naar waar de vulkaan uitsteeg boven de wazige horizon, en ze wist dat er in de hele wereld niets heerlijkers was dan dit.

Hoewel.

'O, schatje, ja,' spinde ze terwijl de prachtige man op wie ze schrijlings zat haar witte bikini opzijschoof. Ze liet zich langzaam over hem heen zakken, en hij trok haar topje weg met een ongeduldige ruk aan het touwtje. Zijn tong likte, zoog en zij kreunde en duwde haar handen onder hem, om hem naar binnen te duwen.

'Heerlijk kreng dat je bent,' hijgde hij.

Ze wilde het langer laten duren, maar dat lukte niet. Ze wilde het allemaal, nu, en hij ook. Het gaf niet – over twintig minuten zouden ze opnieuw beginnen. Ze beet in zijn oor, waarschijnlijk net iets te hard, en keek toen even op haar Bvlgari-horloge. Het was vijf over halfelf in de ochtend. Hij kuste haar – mijn god, wat kon die man kussen – en ze rolden lachend door het zand.

'Oeps,' giechelde ze. 'Waar is mijn bikinitopje gebleven?'

Haar stem klonk lichtvoetig, maar ze was ernstig. Het was een bikini van Chanel, *limited edition*. Dat was het probleem met vrijen op het strand. Het zand ging overal in zitten en het mocht dan wel fijn poedersuikerzand zijn, het schuurde toch. En je liep het risico dat je prettig dure designerbikini als een blaadje wegdreef op de golven.

Sharon Marshall zag de lol niet in van verspilling. Twee miljoen pond bleek helemaal niet zoveel te zijn. De hooggeboren Innocence Ashford had Jack Kent precies op tijd aan de haak weten te slaan. Een van de geneugten die het huwelijksleven haar moest brengen was een luxe leven, daar viel niet op af te dingen. Ze wilde nooit meer krap zitten. In luxe kunnen leven, dat was toch het hele punt van rijk zijn. Het was leuk hoor, dat gerollebol op het strand, maar ze deed het eigenlijk liever in een hemelbed. Het was niet echt een probleem. Mannen waren net honden: je kon ze africhten.

'Meneer! Mevrouw! Neemt u me niet kwalijk!'

Zij bedekte haar borst met haar handen.

'Laat mij maar,' zei haar kersverse echtgenoot.

Ze probeerde niet te lachen, maar het lukte haar niet. Ze was gewoon zo blij dat hij zo sexy bleek te zijn. Als hij nou een vervelende vent met een dikke buik en een kleine piemel was geweest, had ze dapper doorgebeten, maar hij was gewoon geweldig. Een schot in de roos.

'Meneer en mevrouw Kent, *je suis desolé*. Het spijt me echt ontzettend dat ik u moet storen.'

Ze beet op haar lip. De manager keek alsof hij elk moment in tranen uit kon barsten. Het voelde nog steeds zo nieuw dat mensen voor je door het stof gingen. Heerlijk vond ze het.

'Mijn excuses, want ik weet dat dit uw wittebroodsweken zijn' – hij probeerde te glimlachen – 'maar hoe moet ik dit nu zeggen? Dit is maar een klein eilandje, een intiem toevluchtsoord, en we kunnen hier maar twaalf gasten verzorgen. Ik vrees dat sommigen van de andere gasten bezwaar maken tegen uw, eh, *gedartel* op het strand. Werkelijk, het spijt me, maar zou het mogelijk zijn om uw, eh, activiteiten tot de slaapkamer te beperken?'

Jack glimlachte, en de man lachte terug, opgelucht. Hoewel Innocence vermoedde dat hij gelukkiger zou zijn geweest als ze een bovenstukje om haar borst droeg in plaats van de handen van haar man.

'Monsieur Bertrand,' zei Jack. (Hij had de naam van die kerel onthouden: hij was echt heel gladjes. Dat vond ze een goede zaak.) 'Mijn excuses. De andere gasten zullen geen last meer hebben van onze... activiteiten.'

De manager straalde. Misschien dat hij nu opduvelde zodat ze door konden gaan met hun *wittebroodsweken*. Wat haar betrof was ze als compromis bereid om zich te beperken tot de buitendouche – die keek uit over zee, maar je kon hem niet zien vanaf het strand. Hoewel ze niet begreep wat je er tegen kon hebben, zo'n gratis showtje. Het was vast een vrouw die had geklaagd. Die Raquel had haar al zo misprijzend bekeken toen ze haar gisteravond op het ponton passeerden. Maar ja: ze maakte alleen nog maar waardeloze films, ze begon de veertig te naderen en *haar* kerel was niet half zo aantrekkelijk als Jack.

De manager maakte een buiging. Hij zweette. 'Dank u, meneer Kent. Ik ben u dankbaar voor uw begrip...'

Ze draaide zich om, want ze hoorde een vaag gerommel uit de oceaan opstijgen. De manager volgde haar blik, hij kneep zijn ogen dicht tegen het felle zonlicht. Haar adem stokte, en ze sloeg een hand voor haar mond. Zo'n schitterend schip had ze nog nooit gezien, dat van Harry verbleekte erbij. Het was zilverkleurig en het had scherpe lijnen, als een haai.

Ze moest toch echt leren niet zo snel onder de indruk te lijken. Dus geen stokkende adem meer en niet meer haar hand voor haar mond slaan als een kind van tien. Ze wist heel goed wat Jack in haar had gezien. Hij dacht zelf misschien dat het alleen haar gezicht en haar figuur waren, maar er was veel meer. Deze man wilde een vrouw die was geboren in de kringen waar hij zo graag bij wilde horen. Ze had gezien hoe zijn ogen oplichtten toen ze zich aan hem voorstelde met haar deftige accent. Zij bood hem de mogelijkheid om tot die kringen door te dringen. Dus moest ze die vrouw blijven spelen, een vrouw van voorname afkomst, die eigenlijk alleen maar een verveeld soort interesse op zou moeten brengen voor alweer zo'n hypermodern superjacht dat over de intens blauwe baren op haar af kwam zeilen. Ze was nu Miss Innocence Ashford: Sharon Marshall was dood.

Jack knikte even naar het schip. 'De andere gasten zullen geen last meer van ons hebben, Monsieur Bertrand, want ze worden allemaal voor twee weken overgebracht naar Hotel Bora Bora, op mijn kosten. U begrijpt dat ik mijn vrouw een heel bijzonder huwelijkscadeau wilde geven, en wat is er nu bijzonderder dat dit kleine stukje paradijs?'

Wat!

'U hebt het eiland gekocht?' vroeg de manager.

Dit... dit was dus allemaal van haar? De adem stokte in haar keel en Innocence sloeg haar hand voor haar mond.

'Inderdaad.' Jack keek hen beiden grijnzend aan. 'Ik ben de nieuwe eigenaar van Spyglass Island.'

'O, lieveling!'

Hij kuste haar hals. 'Ik wil al sinds... al heel lang het hotelwezen in. Het verbannen van mijn gasten is niet iets waar ik een gewoonte van wil maken, maar dit is dan ook een unieke gelegenheid.'

'Absoluut, meneer!'

'En gezien uw jarenlange ervaring in deze bedrijfstak, meneer Bertrand, vertrouw ik erop dat u...'

Ze luisterde niet meer. Dit was nog beter dan ze ooit had durven dromen. Hij was rijk, maar ook weer niet zo rijk als sommige anderen. Hij was geen miljardair, een van die kerels die altijd werden omringd door mensen die iets van hem moesten. Maar ze had onderzoek gedaan naar Kent, en ze wist dus dat het niet lang zou duren of hij had wel miljarden op de bank. Dat wist ze, want ze herkende veel van zichzelf in hem. Hij had een honger naar overdaad. De aanschaf van Spyglass Island was een mooi begin – hierna zou hij niet meer kunnen stoppen tot de hele wereld van hem was. En zij zou hem daarbij niet in de weg zitten.

Monsieur Bertrand verliet hen met veel buigingen.

Innocence rekte zich uit op het fijne witte poederzand, en ze keek haar echtgenoot flirtend aan. Dat had hij wel verdiend.

Hij zonk op de grond, en ze boog zich naar hem toe.

'God, je bent zo...' mompelde hij. Ze wierp een blik over zijn schouder. De gasten gingen aan boord van het jacht, aan het eind van de ponton. Raquel droeg een gigantische hoed. Kijk dan, kijk dan – *yes*! Ze zwaaide. Raquel draaide zich om. Lekker puh!

Terwijl het jacht wegvoer, kwam Innocence klaar.

'Bedankt voor mijn eiland, liefje,' kirde ze.

Jack grijnsde. 'Ach, je verdient toch minstens een huwelijkscadeautje dat niet van kristal is. En je vond het niet erg om met me te trouwen in een hutje op het strand...'

Ze lachte en streelde zijn haren. 'Als we nu eens een klein feestje geven als we weer in Londen zijn?' Ze hoopte dat hij wel begreep dat ze met 'klein' eigenlijk 'heel groot' bedoelde.

'Wat jij wilt, schat.'

Ze zou het niet in het Dorchester doen – nog niet. Misschien in Claridges. Dat was de plek waar je je bruiloft hoorde te vieren. En altijd op donderdag.

'Jij maakt me ontzettend gelukkig,' zei ze. En ze meende het!

Hij gaf haar een zoen op haar neus. 'Wat een mazzel dat ik jou heb leren kennen. Je bent... alles. Wij gaan samen heel gelukkig worden. Jij, ik en Claudia.'

Claudia? Wat? Wie! Wie was Claudia in godsnaam?

'Ze is zo'n lief kind, ik weet dat jullie dol op elkaar zullen zijn.'

Het kind. Helemaal vergeten. Jezus. Ze verwachtte de vrouw te worden van een magnaat, met alle pracht en praal die daarbij komt kijken. Maar hij verwachtte dus dat ze... moedertje zou spelen.

Innocence liet haar hoofd op zijn borst rusten, zodat hij haar gezicht niet kon zien. Terwijl ze een onheilspellende blik wierp in de richting van de zee, verdween de zon achter een wolk. Nou goed, dat gebeurde niet echt, maar dat was verdomme wel heel passend geweest.

LONDEN, HERFST 1980

Claudia

Claudia stapte haar kledingkast in en scharrelde er wat rond. Ze was dol op haar kast. Hij was groot genoeg om je in te verstoppen, maar ook weer niet te groot. Papa's nieuwe huis was nog groter dan haar *school*! Ze ging graag met haar zaklamp, Bass, haar poppen en een dekentje in de kast zitten, waar ze dan een nestje maakte onder de jurkjes. Nanny M. had ze alle vierenzestig op kleur gehangen: die van wit brokaat naast die van crèmekleurige zijde en chiffon, dan de roze met tule en kraaltjes, de hardroze kanten jurk, de rode met veertjes en pareltjes... en dan, helemaal aan het eind van de rij, in een plastic hoes, de jurk van zwarte organza, de jurk waarin ze afscheid had genomen van mama. Sinds mama dood was had ze een heleboel spullen gekregen.

Claudia hield ervan als alles netjes opgeruimd was. Mevrouw Print, de huishoudster, had haar een pak viltstiften gegeven voor haar verjaardag, en ze vond het leuker om die op kleur te rangschikken dan om ermee te tekenen. Papa had haar ook weer iets bijzonders gegeven. Het was een armband die heel erg glinsterde. Hij was eigenlijk te zwaar voor om haar pols, maar als je ermee in de zon zat, dan maakte die armband allemaal regenboogjes, heel veel piepkleine regenboogjes. Toen Nanny M. dat zag, trok ze dat gezicht van haar. 'Is het niet netjes, Nanny?' had ze gevraagd, en Nanny moest lachen.

Maar nu had papa het allermooiste cadeau ooit voor haar meegebracht: een nieuwe mama. De nieuwe mama zou vandaag worden afgeleverd. Claudia koos haar roze feeënjurkje – het was gemaakt van satijn met een laagje tule erover, afgezet met lovertjes. En het had vleugeltjes. Al haar jurken werden speciaal voor haar gemaakt door een meneer die meneer Kroll heette. Ze was een beetje bang voor hem – dat kwam door zijn naam, want die deed haar denken aan een trol. Toen trok ze haar witzijden panty aan. En haar roze balletschoentjes met de lintjes die om haar benen gebonden hoorden te worden. Die lintjes raakten een beetje in de knoop, en dus deed ze ze maar gewoon in een strik. Ze zou haar regenboogarmband omdoen. Haar tiara was ze kwijt. Ze liep op haar teentjes de achterste trap af, en sleepte een stoel in de garderobe om haar witte nertsmanteltje met de ivoren knoopjes te pakken, en haar Davy Crocket-muts van zilvervos. De muts was wel heel warm, en het jasje drukte haar vleugeltjes plat. Maar ze wilde de nieuwe mama al haar lievelingskleren laten zien. Ze keek in de spiegel die in de garderobe hing. Er zat een gouden lijst om, net als in de film *Sneeuwwitje en de zeven dwergen*. 'Zonder mijn lippenstift voel ik me zo kaal!' zei ze hardop.

Claudia wist waar Ruth haar lippenstiften bewaarde – ze had ze overal door het huis verstopt, want als ze een lippenstift nodig had, was het altijd een noodgeval, en dan wilde ze niet eerst een kilometer hoeven lopen. Ze wilde ze altijd bij de hand hebben! Claudia koos er een die Corvette Rood heette, ook al vond ze het niet fijn om haar hand achter de kussens van de bank in de serre te moeten steken – misschien zat er wel een spin, en ze haatte spinnen. Ze wilde ook haar wimpers lang maken, maar Nanny M. droeg nooit make-up en Ruth bewaarde haar zwarte wimperverf in haar handtas. Dus deed ze het maar met zwarte viltstift. Het was moeilijk om daarmee op je gezicht te tekenen, en door de spiegel ging je ook steeds de verkeerde kant op.

Er moesten bloemen komen voor de nieuwe mama. Claudia zou wel wat gaan plukken. Het mocht eigenlijk niet, maar als ze dan zeiden: 'Dat is heel stout van je', en je zei: 'Maar ze zijn voor jou', dan werden ze toch niet boos. Ze glipte stiekem naar buiten door de dienstingang, sloop langs de bewaking en begon de oranje en roze leeuwenbekjes te plukken uit een van de borders voor het huis. Niemand zag het – ze wist wel dat niemand op haar lette. Er waren zoveel mensen in huis. Mevrouw Print, de mevrouw die het eten kookte, de andere schoonmaakmevrouwen en een meneer die in papa's auto reed. En Ruth, en Nanny, maar die hadden het allemaal druk. Te druk om met haar te spelen – en ze dachten ook altijd dat iemand *anders* wel op haar zou passen. En vandaag waren ze helemaal superdruk. Er was een groot feest voor grote mensen, omdat papa vandaag thuis zou komen met de nieuwe mama. Ze kon niet wachten.

Ruth was leuk, maar die deed altijd maar alsof ze naar je luisterde, en als ze een verhaaltje voorlas voor het slapen, dan sloeg ze altijd stukken over. Nanny was lief, maar die was heel streng, net als de juf – die liet je altijd hele einden lopen, tot je blaren had, en je moest ook altijd het vel op je pudding opeten van haar. Papa nam wel cadeautjes voor haar mee, maar hij stelde haar nooit een vraag en hij nam haar ook nooit eens mee naar het park. De vorige keer had hij gezegd: 'Maar schatje, kijk dan wat ik voor je heb gekocht!' en toen had zij gezegd: 'Het kan me niet schelen wat je voor me hebt gekocht. Ik wil spelen met vriendinnetjes!'

Toen was hij heel stil geworden, en dus had ze gezegd: 'Heb ik je verdrietig gemaakt, papa?' En hij had geantwoord: 'Wel een beetje.' Het was heel erg als grote mensen verdrietig waren, en dus maakte ze haar cadeautje maar open, om hem een plezier te doen. Alweer oorbellen.

Ze waren echt heel mooi, hoor, maar ze had geen zin om alweer regenboogjes te maken. Ze wilde lekker met Imogen en Alicia onder de glijbaan in het park zitten, om Walt Disney-stickers te ruilen.

Maar nog liever dan dat wilde ze een mama.

Een mama, die gaf je altijd precies genoeg knuffels. Die begreep dat je je komkommer niet meer kon opeten als er macaroni met kaas op gekomen was. Die zag het als je schoenen te klein werden en je tenen knelden. Die wist dat je misschien ook best nog wel eens zin had in een babyverhaal, ook al was je al een grote meid. Die wist dat je graag naar *Doctor Who* keek, maar alleen als de slechteriken niet wonnen. Die wist dat het lampje in de badkamer 's nachts nooit uit mocht. Die ging niet schreeuwen als je per ongeluk op de vloerbedekking had overgegeven, en overal. Die legde 's avonds je handdoek voor je op de verwarming, voor na het badderen. En die vond een speeltje voor je, ook al had je nog helemaal niet verteld dat je het kwijt was. Dat deed verder niemand voor je.

Claudia zuchtte en probeerde niet te huilen. De laatste keer dat ze moest huilen omdat ze mama zo miste, moest papa *ook* huilen. Ze zou een spin vast willen houden om ervoor te zorgen dat papa ophield met huilen. Of avocado eten. Ze zou zonder onderbroek naar school gaan. Ze zou Simon Larchkin zoenen, die altijd naar pies rook. Ze was altijd zo bang als papa huilde. Ze had er alles voor over om te zorgen dat hij nooit meer zou huilen. Maar nu... ze ging in het gras zitten. De enorme zwarte poort zwaaide langzaam open. En heel in de verte kwam de rode auto aanrijden, zo klein als een speelgoedautootje, nog. Het was niet haar lievelingsauto. Ze vond de grote auto met het zilveren feetje voorop, dat ze er niet af mocht halen, veel mooier. Maar in die rode auto zat papa. Papa was terug!

Claudia sprong op en begon in de richting van de poort te hollen. De wind blies in haar gezicht en nadat ze een hele tijd had gerend, werden haar benen moe. Toen voelde ze zich heel verlegen, en ze verstopte zich achter een grote roze bloemenstruik. Ze wilde eerst even zien hoe de nieuwe mama eruitzag. Haar beste vriend, Alfie, met wie ze zou gaan trouwen, had haar nieuwe mama al wel ontmoet. En *hij* zei dat ze heel mooi was, en dat ze lang zwart heksenhaar had. Claudia zei dat een prinses ook best zwart haar kon hebben, dat heus niet alleen heksen zwart haar hadden – ook al wist ze dat niet zeker – en ze nam aan dat ze het wel in vlechten zou dragen. Ze keek omlaag en slaakte een kreet. O nee! Haar witzijden panty zat vol modder. En nu had de wind ook nog haar Davy Crocket-muts afgeblazen, midden op het pad!

En terwijl de auto het grindpad op kwam rijden, sprong Claudia ervoor.

EEN UUR EERDER, IN DE BUURT VAN HEATHROW

Innocence

De nieuwigheid van het eiland was er snel vanaf. Innocence vergeleek het met het kopen van een bijpassende tas bij een outfit. Een kwartier nadat je de cheque had overhandigd om voor de tas te betalen was je er helemaal verliefd op, maar de volgende dag was hij al ietsje minder speciaal. Niet meer zo *nieuw* – en hoewel ze natuurlijk nooit iets weg zou gooien, droeg ze dezelfde outfit nooit vaker dan twee keer. Dus daarmee werd zo'n handtas overbodig. En aan het eind van dag drie werd hij dan ook bij de rest van haar tassen gezet, om nooit meer uit de kast te worden gehaald.

Na drie weken in het paradijs vond Innocence dat Spyglass Island wel het een en ander te wensen overliet. Schattig, me hoela, het was gewoon hartstikke klein. En overal zat personeel, net vliegen. Ze nam nooit de moeite om hen te begroeten, dat niet, maar het was irritant dat je ze kon ruiken.

En ze hield er niet van als het 's ochtends eb was, en je dat natte zand zag. Slordig. Daar moest iemand echt eens iets aan doen.

En de bruine palmbladeren die op zee dreven, vond ze ook vreselijk.

En het was er veel te warm; je zou buiten eigenlijk ook airconditioning moeten hebben.

En soms had je van die irritante wolkenformaties, qua vorm dan.

Innocence staarde treurig naar de kleine ijskristalletjes die zich op het raam van de privéjet hadden gevormd. Hij was gecharterd, wat gewoon een duur woord is voor 'gehuurd'. Als het zo doorging zouden ze nooit hun eigen vliegtuig kunnen betalen. Ze droeg handschoenen van wit kalfsleer, deels vanwege de look, maar ook om te zorgen dat ze de

bacteriën niet binnen zou krijgen van al die smoezelige, armoedige mil-
jonairs die voor haar in deze stoel hadden zitten zweten op de fluwelen
kussens, winden latend in de zachte bekleding, en die hun slechte adem
hadden uitgeademd in de gerecyclede lucht. Ze huiverde. De Dom Pérignon uit een mooi jaar die in antiek kristal werd geserveerd, de *hu-
midor*, want ze hield echt van een Cubaans sigaartje, en de charmante
steward (lekker ding, maar niet *te* lekker): in haar waas van angst had ze
geen oog meer voor al die op maat gesneden luxe. Ze zag weer een heel
nieuw leven vol tweedehands schoenen voor zich.

Ze kende Jack nauwelijks, niet als *mens* – niet dat dat haar verder
veel kon schelen. Iemand als mens kennen werd schromelijk overschat.
Hoewel je aannam dat je een echtgenoot vroeg of laat wel zou leren
kennen. Dat leek haar onvermijdelijk. Jammer, want de seks met een
vreemde was altijd zoveel spannender. Als je bij ze bleef, dan werden
mannen altijd zulke luie minnaars. Dan werd zo'n Superman ineens
een stuk minder super, om niet te zeggen: dodelijk saai.

Jack leek aanvankelijk indrukwekkender dan de meeste kerels: slim,
maar zonder die zielige neiging om alsmaar over zichzelf te praten.
Dommige mensen rustten niet voordat ze hun ziel en zaligheid bloot
hadden gelegd. Zo vulgair. Ze giechelde bij zichzelf toen ze dat dacht,
maar ja, ze was altijd al een snob geweest, al lang voor de tijd dat ze bij
de koninklijke familie diende. Als kind al haalde ze haar neus op voor
de snol van de buren, die haar *onderbroeken en beha's* aan de waslijn te
drogen hing. Dat hoorde je privé te houden – wat een ordinaire del!

Het enige nadeel aan Jacks gereserveerdheid was dat ze nog niet helemaal wist hoe ze hem kon manipuleren. Ze zag wel in dat Spyglass
Island snel een blok aan hun been zou worden. Dit hotel was hun toekomst, maar het was veel te erg in het verleden blijven hangen. Telkens
als ze een ober in een rood vestje zag, werd ze acuut misselijk. Voor
iedereen onder de vijftig schreeuwde zo'n rood vestje: NIET COOL.

Jack moest in actie komen. En als hij niet wist hoe hij het moest aanpakken, dan zou zij hem wel een zetje geven in de juiste richting. Ze had
al fantasieën over hoe ze hem het hele management zou laten ontslaan,
terwijl zij op het strand met een droge martini en een sigaret lekker lag
bij te kleuren. En daarna zouden ze tekeergaan als een stel konijnen.
Een flinke bos rozen deed haar niks, wat haar opwond was een flinke
dosis meedogenloosheid.

Maar hij gedroeg zich als een toerist, helemaal gecharmeerd van die ouwe rotzooi, omdat het zo exotisch was. Nee, die zonsondergangen interesseerden haar geen bal, die waren altijd hetzelfde. En ze had zin om de pianist in het hotel dood te knuppelen met een kokosnoot. Ze wilde echt eten, en niet een bord met nieuwe aardappelen, godbetert. Meneer Bertrand was een sul van de oude stempel die vastgeroest was in de jaren zestig; die zou veel beter op zijn plek zijn in een hotelletje ergens in Cornwall, waar ze van die potsierlijke ansichtkaarten verkochten bij de receptie.

Jack leek geen oog te hebben voor *oorzaak en gevolg.*

Dat was typerend voor de rijken. Die keken nooit echt naar andere mensen. Of misschien was het wel gewoon typerend voor mannen.

Niet dat het verder een probleem was. Zelfs als ze wel het ideale type gasten zouden weten te trekken – coole, sexy jonge filmsterren, rijke erfgenamen, rocksterren, superrijke industriëlen – dan zouden die mensen het wel zien. En ze zouden nooit meer terugkomen. Jack begreep niet dat voor die superieure soort mensen de azuren lagune werd besmet door zijn non-descripte personeel. Lelijke mensen waren als een olievlek. De mannen hadden alleen oog voor beeldschone meiden, en de lelijke filterden ze gewoon weg, maar de beeldschone meiden waren hyperallergisch voor de kleinste imperfectie. Lelijk was oud; het was de dood; het was een belediging voor hen die eeuwig jong wensten te blijven.

De eerste investering die haar man had gedaan in haar bijzijn was dus een ramp, en toch had hij niks gedaan of gezegd om haar veiligheid te waarborgen. Ze was echt ontzettend beledigd.

Er was een grootindustrieel op wie ze een oogje had, maar dat was niks geworden. Hij was al twee keer getrouwd, en hij had vijf kinderen en een maîtresse. Dus dat leverde niet echt een hoopgevend testament op. Maar ze had naast hem gezeten tijdens een van Harry's dinertjes, en toen hadden ze het gehad over zijn kunstcollectie. Ze had haar kennis van de kunstgeschiedenis bijgespijkerd en was dus in staat om de juiste geluiden te produceren toen hij vertelde dat hij drie schilderijen van Matisse had, vier Gaugins, twee Pissarro's en tien Courbets. Hij propte een berg zalmmousse met cracker en al in zijn mond, en zei – terwijl de kruimels over haar zilverkleurige Dior-jurkje spatten: 'Voor mij zijn het allemaal alleen maar getalletjes.'

Alleen maar getalletjes! O! Ze *smolt* gewoon!

Tot haar verontrusting leek Jack helemaal geen – wat was het woord? – geldwolf. Hij was leuk gezelschap, maar als ze daarnaar op zoek was geweest had ze ook een hond kunnen nemen. Misschien zou ze dat nog wel doen, een keer. Had ze dan een domme fout gemaakt door met hem te trouwen?

'Schatje?'

'Ja...' ze zweeg even. 'Lieverd.'

Ze kon hem niet aankijken. Mannen die niet wisten hoe ze rijk moesten blijven waren totaal onaantrekkelijk. Dan mochten ze nog zo op Steve McQueen lijken, dat hielp geen moer. Als ze niet in staat waren om hun geld aan te laten jongen, dan waren het slappelingen, en het idee dat ze het met een slappeling moest doen gaf haar de rillingen. Hij had haar erin geluisd. Hij had een klein fortuin verdiend op de aandelenmarkt. Dat was waarschijnlijk stom geluk geweest. En een *klein* fortuin was niet genoeg. En stel dat Harry Cannadine het brein was in hun partnerschap? Dan mocht god haar wel bijstaan. Die man was nou een heel mooi voorbeeld van waarom de aristocratie binnenkort zou uitsterven.

'Gaat het wel, lieverd?'

Ook al kookte ze eigenlijk van woede, haar instinct zei haar dat ze alle eventuele vijandigheid moest verbergen. Hij was niet het type man dat tegen kritiek kon. Welk type man kon dat eigenlijk wel? De paniek gonsde door haar hoofd. Wat nu? Een scheiding? Na *een maand* al? Dan zou ze uit vuilnisbakken moeten eten. Ze had zijn advocaat ontmoet en ze had even op zijn rug gekeken of hij daar soms een rugvin had. Ze had bijna tien jaar van haar leven in dit project gestoken. Ze was als Innocence Ashford bekend komen te staan. Dat zou ze echt niet allemaal opgeven. Als haar nieuwe echtgenoot van plan was om zijn eigen falen met open armen tegemoet te gaan, dan zou *zij* hem wel het pad van het succes op sturen.

Misschien was hij wel heel dom, maar zo erg was dat verder niet. Het zou hooguit nog iets langer duren voor ze haar doelstellingen had gerealiseerd.

Ze snakte naar rijkdom en de macht die dat met zich mee bracht, meer dan naar wat dan ook. Ze begreep waarom de slechterik in het verhaal altijd zo graag miljarden mensen in zijn greep kreeg – achterlijke mieren waren het. Ze wilde dat zelf ook, dat, en het respect en de angst die je ermee afdwong. Ze verlangde naar een pot vol *fuckyou*-geld die haar hele leven niet meer leeg zou raken. Ze zou nooit gelukkig kunnen zijn als het Huisvrouwtje, wier enige taak in het leven was om geld uit te geven en die zich de valse blikken moest laten welgevallen van al die mensen die haar een hoer vonden. Nee. Zij wilde zelf haar oneindige fortuin creëren. Ze wilde even almachtig worden als Jack, en daar wilde ze om erkend en bewonderd worden.

Klein probleempje: als Jack zou weten dat dit haar ambitie was, dan zou hij dat niet erkennen en ook niet bewonderen. Jack vond het niet vrouwelijk, een vrouw met ambitie, net zoiets als een vrouw met een snor.

Maar Innocence wist precies wat ze wilde. Ze had geld gestolen en ze had geld verdiend, en eigenlijk kreeg ze vooral een enorme kick van uitgeven wat ze zelf had verdiend. Ongelofelijk maar waar: wat verschrikkelijk ironisch eigenlijk. Ze vergeleek het zelf met verkouden zijn en niks meer kunnen proeven. Dan nam je, laten we zeggen, een hap albino ossetra-kaviaar en dan kwam dat speciale gevoel maar niet, zodat je de hele pot achter elkaar opat, en nog steeds niet die bevrediging, alleen maar een vaag, leeg gevoel. Nou, zo'n gevoel gaf het ook als je andermans geld over de balk gooide. Die vonk was er niet, vond ze, en omdat ze dat zo moeilijk te geloven vond, gaf ze alleen nog maar meer uit, steeds sneller – op jacht naar die kick – en als het zo doorging was er in no time niks meer over.

Jack begon al snel te lijken op een klein lammetje dat was verdwaald in het woud van de financiële wereld, en als ze de touwtjes niet zelf in handen nam, dan was het geld binnenkort verdampt. Hij had een tak van sport gekozen waar zij toevallig een scherp instinct voor had. Zij had zelf een heel andere stijl, maar ze wist precies waar het juiste soort clientèle naar op zoek was. Dit was haar kans om een imperium op te bouwen dat echt helemaal van haar zou zijn. Op je knieën kon je maar tot op zekere hoogte iets bereiken.

Jammer dat Jack dat niet met haar zou willen delen. Ze smoorde een honend lachje. Gaf niks. Hij zou vanzelf wel leren dat het juist goed was om te delen. Ze zou hem wel eens even bijbrengen wat het precies betekende: verdeel en heers. En dat kon maar op één manier: door hem eerst flink op zijn gezicht te laten gaan.

EEN UUR LATER

Jack

Jack permitteerde zich een glimlach. Na twee jaar ongelukkig zijn en alleen maar bezig zijn met geld verdienen, was hij nu eindelijk weer gelukkig. Gek om je weer zo levend te voelen. Dat was aan Innocence te danken. Zij had hem gered van een spiraal van depressie, waarin elke dag een getand randje had. Hij was niet goed in het slikken van valium. Hij gaf de voorkeur aan zijn suïcidale gevoelens boven het idee dat hij geestelijk niet in orde zou zijn. Hij haatte het idee om de controle over zijn hersenen over te geven aan een pilletje. Zo'n pilletje smeerde een laag vaseline over de werkelijkheid, dan voelde de hele wereld zachter aan. Nou, dan had hij toch liever dat scherpe randje. Maar echt *gelukkig* zijn, dat was iets heel nieuws.

Spyglass Island was een koopje geweest. Het was een verbluffend mooie plek: het licht was er zo anders, zo helder dat de wereld er hyperrealistisch uitzag. Maar het hotel was natuurlijk ouwe meuk. Ze verkochten het als 'authentiek', maar dat was gewoon een ander woord voor 'aftands'. De meeste personeelsleden waren zo oud dat het wel een spookhotel leek. Hij had hun de kans geboden om vrijwillig met vervroegd pensioen te gaan, en hij had ze daarvoor zulke hoge afkoopsommen geboden dat ze wel gek waren om er geen gebruik van te maken, maar dat had hij voornamelijk gedaan om zijn eigen schuldgevoel af te kopen. Hij wilde van ze af, ook in zijn hoofd. Wat dat betrof was geld echt heel fijn, je kon er allerlei problemen mee oplossen.

Hij had het ergste nog bij Innocence weg weten te houden. Hun villa, aan het water, kon er alleen mee door omdat hij die had laten renoveren voor ze aankwamen. Hij wist niet zeker of het met gouden tressen afgezette meubilair wel zo goed paste op een onbewoond eiland, jammer dan. En trouwens, ze hadden het grootste deel van hun verblijf al vrijend doorgebracht, daarom achtte hij de kans groot dat de inrichting van het hotel haar niet eens was opgevallen – en die geesten in hun uniformpjes ook niet. Hij had zich deze keer veel beter voorbereid, want na zijn Italiaanse drama wilde hij het slimmer aanpakken. Wat er die dag in Italië was gebeurd had een ander mens van hem gemaakt. Hij was gedwongen om meedogenloze beslissingen te nemen.

En dus was hij op jacht gegaan naar een zwak bedrijf in zwaar weer. Eerst voelde Jack zich er nog rot over. Hij wilde aardig gevonden worden. Maar hij wilde ook nog rijker worden. Hij wist niet of hij werd voortgedreven door de behoefte om zijn middelvinger op te kunnen steken naar de wereld of gewoon door de behoefte aan een luxe leventje. Hij had gewacht tot de markt rijp was voor zijn aankoop, en toen had hij toegeslagen. Hij zou het hotel redden – de banken stonden op het punt om tot executie over te gaan – maar de prijs die hij ervoor betaalde was ronduit beledigend. Enfin, als hij geen misbruik had gemaakt van de situatie, dan had iemand anders het wel gedaan.

Zo was het met Innocence trouwens ook. Hij kon nauwelijks geloven dat zo'n vrouw nog vrij rondliep. Ze paste bij hem, en ze paste bij zijn situatie. Ze kon zichzelf redden in alle opzichten, behalve in bed. Ze waren tot elkaar aangetrokken door de seks, het was hun belangrijkste vorm van communicatie. Hij vond het fijner dan praten. Van praten kwam altijd ellende. Vrouwen verwachtten altijd dat je de kleinste dingetjes onthield, en hij onthield nooit iets. Hij was niet goed in details. Hij vond het niet prettig om te dicht bij iemand te komen. Die tijd was voorbij.

Dat was ook de reden waarom hij niet alleen blijdschap voelde dat hij nu eindelijk zijn eerste hotel had gekocht, maar ook angst. Een hotel was zoiets *persoonlijks*. Hij zou het eerst een jaar dichtdoen voor de verbouwing. Hij had een visioen van iets heel erg succesvols, maar dat visioen was ineens zo wazig geworden. Dat baarde hem zorgen. Hij wist wat *hij* wilde als hij in het hotel verbleef, maar wat wilden andere mensen eigenlijk? Hij had wel verwacht dat hij zich eenzaam zou voelen na de dood van zijn vrouw, maar dat afbrokkelende zelfvertrouwen was echt een schok voor hem. Hij had veel minder vertrouwen in zijn eigen mening. En dat verborg hij door steeds patseriger te worden.

Niet dat het slecht ging. Hij had de afgelopen tijd een paar goeie investeringen gedaan... Hij glimlachte bij de herinnering aan de privéjet. Hij had geregeld dat ze 'You to me are everything' draaiden toen ze aan boord gingen. Dat soort dingen vonden vrouwen geweldig. Maar Innocence wilde graag 'Heart of glass' horen – het enige liedje dat ze niet hadden. Het ene moment was ze dan ook chagrijnig, en het volgende moment zat ze boven op hem en deden ze het uiteindelijk in de wc.

Hij keek even naar haar. Ze zat naast hem in de lichtrode Bristol 401, met haar handen in haar schoot gevouwen; ze had zulke verfijnde manieren, en toch was ze *ranzig*. Zo ging dat kennelijk in de betere kringen, dacht hij. Ze waren gek op modder, paarden en seks. Ze blaften 'wat?' in plaats van 'pardon?' Ze droegen foeilelijke kleren en keken neer op jouw handgemaakte Italiaanse pak omdat het door de *verkeerde kleermaker* in elkaar was gezet. Hij streelde haar haren. Ze zat stil, maar dat leek haar moeite te kosten, alsof er binnen in haar allerlei krachten woedden die ze onderdrukt hield. Dat vond hij geweldig. Ze was jong, ze gaf hem het gevoel dat hij ook nog jong was, en dat was zo'n ongelofelijke opluchting. Hij voelde zich zo oud, als weduwnaar. Soms hoorde hij zijn hersens zelfs kraken als hij zijn hoofd bewoog.

'Over' – hij keek op zijn Purdey-horloge – 'vijf minuten krijg je je nieuwe huis te zien.'

Ze draaide zich om en haalde langzaam haar zonnebril van haar neus. Haar ogen hadden een intens blauwe kleur. 'Wat fantastisch, lieveling.'

Hij moest erom lachen dat ze onder het seksen een totaal andere taal leek te spreken. Eerlijk gezegd was het net alsof hij met een bootwerker in bed lag. Dan kwam er echt geen 'wat fantastisch' aan te pas.

'Ik moet het eigenlijk niet vertellen, want dan is het geen verrassing meer, maar' – hij liet zijn hand naar haar gezicht glijden. God wat was hij hier beroerd in – 'misschien dat je toch graag wordt gewaarschuwd, of eh, dat je je erop kunt voorbereiden. Maar ik heb een welkomstfeestje voor je laten organiseren.'

Innocence schoot in de lach. 'Wat zeg je nu?'

Ze was blij, dat zag hij wel. 'Ja, speciaal voor jou. Gewoon een gezellig feestje. Met vijfhonderd van mijn beste vrienden. Iedereen wil je zo graag ontmoeten. Dus ik dacht, dan bouwen we daar een feestje omheen. Het thema is *Moonraker.*' Hij haalde zijn schouders op. 'Leek me wel leuk.'

Hij zag dat ze naar haar witte Chanel-pakje keek. Goddank had hij Martha Green, zijn secretaresse. Die wist altijd de spijker op zijn kop te slaan! Hij trok een deken van de achterbank om een stapel jurken te onthullen. 'Je hebt de keuze. De rode is van Valentino. Die glitterjurk is van Ian Thomas. En de jurk met de pythonprint is van Givenchy.'

Die met de pythonprint vond hij maar zozo – Martha was zich een beetje te buiten gegaan. 'Ik hoop dat je het niet erg vindt, maar ik denk dat ik wel weet wat je gaat kiezen.' Hij grijnsde. 'En ik weet je maat.'

Hij zweeg even. 'Er liggen ook een paar prulletjes om het af te maken.' Ook Martha's werk. Die had voorgesteld om een paar oorbellen en een ketting van Graff te kopen. 'Diamanten zijn altijd goed,' had ze gezegd. Hij vertrouwde op Martha. Martha wist hoe het allemaal moest. Het was een goed idee van hem om Martha in dienst te nemen, behalve dan die... die ongemakkelijke sfeer, soms. Maar gezien de omstandigheden was het hem vergeven. Martha – van middelbare leeftijd, stijf kapsel, dwangmatig aan de breinaalden, heimelijke modekoningin – had hem de afgelopen jaren door weten te slepen. Ze zou vanavond niet op het feestje zijn; haar voormalige werkgevers zouden ook komen, en Jack wilde geen zout in hun wonden strooien.

Jack schonk Innocence een glimlach. Hij hoopte dat ze de Ian Thomas-jurk zou kiezen voor als ze straks zijn vrienden zou ontmoeten. Die pythonprint was meer iets voor later.

Ze was erg in haar nopjes. Als ze blij was, was ze altijd zo schattig. 'Die Valentino is echt *goddelijk*,' zei ze. 'Dan ben ik precies een *Bond girl*!' Ze kroop dicht tegen hem aan en leunde over de versnellingspook om zijn dijbeen te kunnen strelen. 'Zo ontzettend lief van je, schatje. Zeg, vertel eens over vanavond!'

Hij kon zich de details niet meer precies herinneren. Martha had het samen met de huishoudster geregeld. 'Nou,' nu moest hij niet al te vaag klinken, 'ik wilde eigenlijk nog het een en ander geheim houden, maar Shirley Bassey komt zingen.' Dat kostte een lieve duit, en dat was dan jammer, maar je leefde maar één keer en hij dacht niet dat The Jam bij Innocence in de smaak zou vallen. 'En Gualtiero Marchesi kookt. Italiaans. Hij doet ook de Franse keuken.' Hij zou die Italiaan nog niet herkennen al zou hij over hem struikelen, maar hij had twee Michelin-sterren, dus het zou wel goed zijn. Hij nam aan dat Innocence zijn naam wel zou kennen, maar ze gaf geen sjoege. Hij begon er plezier in te krijgen, in die gewoonte van de hoogste kringen om elke emotie in de kiem te smoren, het had iets waardigs. Toch zou een heel klein pietsje waardering geen kwaad kunnen.

Enfin. De avond begon te vallen, en dan zouden de duizenden kleine lichtjes in de tuin aangaan. Hij had opdracht gegeven om het grind aan te harken, en om elk verdwaald blaadje te verbranden. Die klotenatuur. Dat was ook de reden waarom hij geen landgoed wilde. Toen hij bij Harry op bezoek was in diens landhuis in Gloucestershire hadden die grauwe schapen het hele effect verpest. 'Waarom laat je ze niet even wassen door zo'n, eh, schaapherder, voor je thuiskomt?' had hij een keer gevraagd, en toen had Harry zo hard gelachen dat hij verder beschaamd zijn mond had gehouden.

'We zijn er bijna,' zei hij. 'De gasten arriveren om acht uur, dus je hebt een uur om je om te kleden. En je krijgt natuurlijk ook Claudia te zien – ze verheugt zich er zo ontzettend op. Maar vanavond draait het allemaal om jou. Het is een feest ter ere van jou.'

Het probleem met vrouwen die veel onderhoud vergden – en Innocence was duidelijk gewend aan het beste van het beste – was dat je je in zoveel bochten moest wringen als je hun zelfs maar een lachje wilde ontlokken.

'Zet de auto stil,' kirde ze.

'Maar... we zitten op de grote weg.' Hij wist niet of hij wel zin had om het in de auto te doen – dit was een Bristol, geen Ford Capri of zo.

'O!' plaagde ze. 'Het is ook wel heel stout van ons!' Ze zuchtte, deed zijn rits open en ging schrijlings op hem zitten. *O god.* Ze fluisterde iets in zijn oor. Wat? Was ze helemaal gek geworden? 'Doe het,' mompelde ze. 'Je vindt het vast lekker.'

Rijden met haar boven op zich; ja, niet dat het specifiek verboden was in het verkeersreglement. Wauw. Hij was blij dat de poort eindelijk in zicht kwam. O ja. Hij drukte op de afstandsbediening. *Jezus.* Hij kon bijna niks zien – als ze naar beneden kwam was dat niet zo erg, maar ging ze omhoog, dan zag hij echt geen bal. O, schatje toch. Hij hoopte vurig dat het personeel geen erehaag voor hen had gevormd, Nou ja, dan maakten die ook eens wat mee. O GOD!

O god. Hij had iets geraakt.

LATER DIE AVOND

Innocence

Was er iets erger dan dat andermans pech *jouw* dag vergalde? Dat rotkind. En ze was niet eens ernstig gewond. Een gebroken been en een hersenenchudding en een rib doormidden. En een verbrijzelde vinger. Flinke kneuzingen overal. Het stelde eigenlijk niks voor. Maar goed. De grootmoeder zou het straks overnemen, en dan kwam Jack weer terug uit het ziekenhuis. Ze keek op haar Bedat-horloge. Nog een halfuur en dan kwamen de gasten – tijd zat, dus. Ze bestudeerde haar gezicht aandachtig in de spiegel. Het was een gewone spiegel, zag ze. Ze zou Jack toch echt moeten leren hoe hij flink geld over de balk moest gooien, hij had duidelijk geen idee. Die rode auto van hem, wat was dat eigenlijk? Een *Datsun* of zoiets?

Innocence zou een spiegel laten aanrukken als die in *Sneeuwwitje*. Eentje die een koningin waardig was, met een lijst van puur goud. Ze wapperde met haar valse wimpers en keek door geloken ogen om het verbluffende effect van haar zilveren oogschaduw te bewonderen. Ze was echt de mooiste van het hele land. Ze stond op, haalde haar handen over haar slanke rondingen en keek naar de jurken op het bed. Die lelijke Ian Thomas ging zo de prullenbak in. Jack wilde graag dat ze die couturier zou kiezen omdat hij voor de koninklijke familie ontwierp, dan zouden die brallerige vriendjes van hem extra goed zien dat hij iemand met klasse had getrouwd. Nou ja, zo lelijk was de jurk niet, en die vleermuismouwen afgezet met kristalletjes gaven het geheel wel een zekere glamour. Maar *Bond* was het niet bepaald. Misschien dat het Leger des Heils er iets leuks mee kon, of anders zou ze hem wel doorverkopen.

Die pythonprint was meer haar ding. Hij was schitterend, met die laag voile erover die afgezet was met transparante lovertjes, en hij kleefde aan haar lichaam als een echte slangenhuid. En wat de Valentino betrof – als hij goed genoeg was voor Jackie O, dan vond zij het ook prima. Maar die slangenjurk was gewoon voor haar *gemaakt*.

Er werd fel op de deur geklopt. De huishoudster. Die waren ook allemaal precies hetzelfde, die huishoudsters. Allemaal afgestudeerd bij de ss.

'Mevrouw. Wilt u het huis en de tuin nog een keer doorlopen voordat de gasten arriveren?'

Innocence wiebelde wat met haar delicate voetje, gestoken in een zilveren sandaaltje met een hoge, stalen hak. 'Dank je, maar daar ben ik niet echt op gekleed. Dat laat ik graag aan mijn man over.' *Die komt toch zo thuis, domme muts, dus zit me niet zo aan te gapen.*

Ze had het huis en de tuin al gezien. Het was fijn om een beetje de ruimte te hebben. Die kouwe kak kon geen weerstand bieden aan een smal, hoog herenhuis waarin je alsmaar trap op en trap af moest. Haar eigen woning in de stad was eigenlijk geen steek beter dan een huurhuis van de woningbouwvereniging: de muren waren precies even dun, en je kon er ook de buren horen schreeuwen aan de andere kant. Het gaf haar een bespied, unheimisch gevoel – alsof ze eigenlijk geen moer opgeschoten was. Jacks huis was enorm groot, en de tuin was gigantisch. Je kon je buren niet eens *zien*, en dat was precies wat Innocence graag wilde. Er waren veel te veel mensen op deze wereld. Ze was dol op het zwembad in de kelder, met het mozaïek dat een dolfijn voorstelde. En ze was gek op de balzaal, met die eindeloze eiken dansvloer, die door iemand anders werd geboend. Ze hield van de gedraaide trappen – wat voor *stijl* was dat nou ook weer? O ja, Guggenheim! Ze haatte die gaten in haar opvoeding.

Jacks huis was een beetje disco, wat haar verbaasde. Hij hield overduidelijk van moderne kunst. Fuck, alweer iets waar ze niks vanaf wist. Ze dacht beschaamd terug aan die keer dat ze naar een vernissage was geweest in South Kensington. Toen had ze een jasje opgeraapt dat op de grond lag. Bleek dat het centrale stuk van de kunstenaar in kwestie te zijn. *Afwezige vader* heette het.

Over afwezig gesproken, Jack moest zo langzamerhand toch echt een keertje terugkomen. Hij moest nog douchen en zich verkleden voor ze iedereen als man en vrouw konden begroeten. Dit was haar moment van triomf, en ze vroeg zich af of de diamanten wel genoeg waren. Ze stak een Marlboro op. Ze wist niet goed wat ze moest doen. Ze deed de dubbele deuren open en ging op het balkon staan. Het was een frisse, droge avond. Ze voelde een golf van angst opkomen toen ze een hele stoet auto's als een slang de oprit op zag komen – een Jaguar xj-s, een Aston Martin db5, een Triumph Spitfire, zilver, zwart, moerasgroen – oorlogskleuren. Dit was een ramp! Waar bleef hij nou, verdomme? Hij had het *beloofd*.

Ze wankelde met een duizelingwekkende, gevaarlijke vaart de trap af. Het zag er spectaculair uit allemaal. Overal stonden zwartgeverfde orchideeën, waardoor er een zware, sensuele geur hing. Draaiende camera's vuurden bewegende beelden af op de muren bij de muziek van Abba. Heel keurig. Een lange man in een metallic spacekostuum gaf instructies aan een troep mooie serveerstertjes met blond kroeshaar en zilverkleurige hotpants – heel retro, reuze snoezig. Maar eigenlijk zou *zij* die hotpants moeten dragen. God, het viel echt niet altijd mee om de snob uit te hangen. Ja, tuurlijk, die Ian Thomas stond haar geweldig, maar iemand van veertig kon hem ook makkelijk nog dragen. De bedoeling van dit feestje was toch om haar te laten schitteren, nou, dan was het verdomd oneerlijk dat ze zo kuis moest zijn.

De huishoudster liep op haar af, maar keek haar niet aan.

'Bel het ziekenhuis, en vraag waar hij blijft,' commandeerde Innocence. 'Alsjeblieft,' voegde ze er nog aan toe. 'Hartelijk dank.'

Je moest Himmler niet meteen tegen je in het harnas jagen. Bovendien, al deed ze nog zo haar best om het de kop in te drukken, ze vond het altijd vervelend om onbeschoft te doen tegen het personeel.

De huishoudster glimlachte wrang en, zonder waarschuwing, kwam er een enorme stroom mensen met veel kabaal de voordeur door – een woeste kluwen bontjassen, sigarettenrook, juwelen, gelach, geglitter en alcohol. Innocence slikte en dwong zichzelf om op iemand – het maakte niet uit wie – af te stappen en kennis te maken.

'Goedenavond,' riep ze met een verblindende neplach. Haar eigen huwelijksfeestje, en haar kersverse echtgenoot had het te druk om ook even langs te komen. Hij en dat nest van een dochter van hem zetten haar voor schut tegenover al deze mensen. Charmant zijn, wees beeldig: de woorden schoten door haar hoofd als een tickertape. Gedraag je als een filmster, dan komt het wel goed, meid.

'Zo, lekker ding, en wie ben jij?' schreeuwde een jonge kerel met glad achterovergekamd haar en een fel oranje overhemd terwijl hij haar hand in de zijne nam.

'Ik ben mevrouw Kent,' antwoordde ze, schor van de ingehouden woede.

'Wat? Praat eens wat harder!'

Haar hart ging verschrikkelijk tekeer en ze trok haar hand terug. 'Ik ben uw gastvrouw. Neem me niet kwalijk,' stamelde ze. Ze was bijna in tranen, en dus beet ze hard op haar lip. De huishoudster was verdwenen en liet haar in haar eentje haar ondergang tegemoet gaan. Al die geweldige, beschaafde mensen: ze voelde zich nu al gewogen en te licht bevonden. Ze moest het heft in handen nemen, maar het leek wel alsof ze een kudde rondstormende rinocerossen in bedwang moest zien te krijgen. De meesten van hen waren jong en beeldschoon, en duidelijk rijk geboren. En rijke mannen hadden nu eenmaal mooie vrouwen. De helft van de aanwezigen was nu al stomdronken. Aan hun kleding te oordelen, eerder David Bowie dan James Bond, hadden ze overduidelijk het gevoel dat ze zich ergens tegen af moesten zetten. Waartegen dan – een overvloed aan geld?

Ze zou ze eens wat laten zien. Er stond een beeld van Giacometti van een meisje met anorexia – foeilelijk – op een gigantische sokkel van grijs marmer. Ze trok het beeld in een hoek, trok haar jurk omhoog, klom boven op de sokkel, stak twee vingers in haar mond en floot.

Ze voelde een rimpeling van wegstervend lawaai terwijl iedereen naar haar staarde. De man in het spacekostuum rook het drama, hij wuifde met zijn hand dat ze Abba uit moesten zetten.

'Welkom!' riep ze. 'Voor degenen die mij nog niet kennen, ik ben... *Miss* Innocence Ashford. *Mevrouw* Kent.' Zo, die konden ze mooi in hun zak steken. 'Mijn man, Jack, komt zo dadelijk. Een familielid is ziek geworden' – denk maar niet dat ze het Claudia gunde om vanavond in de schijnwerpers te staan – 'maar desalniettemin wil ik dat jullie allemaal een leuke avond hebben en... *let's party!*'

Ze glimlachte en tuitte haar lippen, in de hoop dat niemand zag hoe ze stond te trillen. Er klonk wat gemompel; de gezichten keken haar vriendelijk aan... vol medeleven... of was het medelijden?

'Bravo!' schreeuwde een diepe, donkere stem. Harry. Goddank. Een sigaret bungelde in zijn mondhoek terwijl hij op haar afstevende en bij haar op de sokkel klom. 'Drie hoeraatjes voor Innocence! Ze is een rots in de branding – een absolute diamant!' Door het waas van sigarettenrook begonnen mensen te klappen en te juichen. Harry gaf haar een knipoog. 'Kom, ouwetje,' zei hij. 'We gaan een drankje voor jou regelen.'

Ze dronk een beetje Bollinger, rookte een heleboel Marlboro's, verwenste de sexy serveersters, at wat eend, sloeg de cocaïne af en probeerde niet te letten op de orgieën. (Getver, ze moest straks de sauna laten schrobben met Dettol *en* met bleek *en* met Vim). Om tien uur kwam Shirley Bassey binnenzeilen, gehuld in meters witte vos. Het ging allemaal wel goed, maar toen kreeg Shirley ineens zin om de conferencier uit te hangen, en ze riep de gastheer en gastvrouw op om op haar grootste hit te komen dansen: 'Goldfinger'.

Shit. Innocence liet zich door geen mens zeggen wat ze moest doen.

Maar dit was wel *Shirley*. Innocence had het gevoel dat ze niet mocht weigeren. Ze keek wild om zich heen, alsof Jack als bij toverslag zou opduiken. Het leek wel of hij dood was. Harry was waarschijnlijk met een van de serveerstertjes in het zwembad gedoken. Waarom bood geen van de andere mannen aan haar te helpen? Misschien durfden ze wel niet.

Op benen van elastiek liep ze naar het midden van de dansvloer en gaf Shirley een koel knikje. Shirley trok een van haar smalle wenkbrauwen op en begon te zingen. Innocence voelde zich misselijk. Haar lichaam voelde alsof ze van steen was. Ze dwong zichzelf om mee te deinen op de muziek. Haar gezicht was zo rood als een biet. Stonden de mensen haar nu uit te lachen? Ze besloot om er een flinke show van te maken en ze begon wild te dansen. Ze wiegde, kronkelde en draaide in het rond. En toen, halverwege het nummer, zag ze ineens een brede grijns op een mooi gezicht, en hoorde ze een stel mensen samenzweerderig lachen, en toen trok ze het niet meer. Ze stopte, keek Shirley hoofdschuddend aan en rende de zaal uit.

Vijf ademloze minuten later kwam ze bij de grote marmeren trap. Ze keek op en zag hoe Jack rustig naar beneden kwam lopen. 'Lieveling!' riep hij. 'Ik ben er! Wat zie je er geweldig uit!' Hij maakte net zijn das vast. Zijn haar was nat. Hij was op zijn dooie gemak gaan douchen, terwijl zij de meest gênante momenten van haar hele leven had doorgemaakt.

Innocence haalde diep adem. Maar de Engelse taal kende geen woorden die nu lelijk genoeg waren om hem naar het hoofd te slingeren. En dus zei ze alleen, met ijzige stem: 'Ik heb hoofdpijn. Ik ga naar bed.'

'Liefste, wacht nou even,' zei hij.

Ze stak een hand op om hem tegen te houden. 'Ga, alsjeblieft.' Ze snoof, veegde haar neus af aan een van haar glittermouwen en holde naar boven, waar ze zich op de zwartzijden lakens liet vallen en in tranen uitbarstte.

Ze hield bijna meteen weer op met huilen. Het zou die eikel nog duur komen te staan, wat hij haar die avond had aangedaan. Shirley Bassey mocht dan over *big spenders* zingen, nou, Sharon Marshall zou Jack wel eens laten voelen wat het is om arm te zijn.

En wat Claudia betrof: de competitie moest uitgeroeid worden. Innocence had wel een idee wat er met die lieve Claudia moest gebeuren.

Nathan

Nathan zoog de avondlucht in zich op alsof het een drug was. Het was fijn om uit de gesloten instelling te mogen. Het was toch een gevangenis, wat ze er ook van zeiden. Je zat tussen vier grijze muren en de deur zat op slot, en het personeel gedroeg zich ook als gevangenbewaarders. Je werd geobserveerd, altijd. Als je mazzel had bleef het daar ook bij. Sommigen deelden wel eens klappen uit, maar meestal lieten ze je wel met rust. Hij had de afgelopen twee jaar elke dag gevochten. Hij vond het fijn, vechten. Had hij tenminste iets te doen. Het was ook lekker om iemand anders aan het schreeuwen te krijgen. Maar toch verveelde het hem nu. Van de omgeving had hij geen last – alsof het wat uitmaakte of iemand een poster voor hem ophing?

Charlie floot naar hem, snerpend, alsof hij een hond was. Het was oké. Nathan wilde van hem leren. De dag dat Charlie hem niet eerlijk zou behandelen, zou Nathan hem openscheuren als een zak chips. Maar tot die tijd was het cool. Charlie was elf, vier jaar ouder dan Nathan.

Nathan keek hoe Charlie te werk ging, zo zorgvuldig. Hij had gevraagd of hij naar de British Library mocht. Het personeel scheet natuurlijk peuken. Nathan mocht ook mee. Zijn wereldje was zo klein, dat hij nauwelijks kon bevatten dat er zulke grote gebouwen bestonden, met zulke hoge plafonds. Hij kon ook nog niet zo heel goed schrijven, maar lezen kon hij wel – en onthouden. Hij had een goed geheugen.

Charlie was kort in huis geweest bij een pleeggezin. Het was een stel bekakte witjakkers die bij een of andere krant werkten. Charlie wist precies hoe hij om de juiste boeken en kranten moest vragen zonder dat het opviel. De *Mail* was nuttig. *Tatler*. En *The Standard* gaf informatie over de grote evenementen, en wie daar allemaal aanwezig zouden zijn. De *Mail* kon je precies vertellen wie er rijk was, en waar die rijke mensen woonden.

Charlie zou vragen of hij even naar de plee mocht, en dan zou hij *The Standard* bellen vanuit een telefooncel – om 4 uur 's middags, als de redactie het net hartstikke druk had. Wie er de telefoon op zou nemen, zou de minst belangrijke van allemaal zijn. Charlie was nergens bang voor. 'Hallo, ik bel namens meneer Bailey. U spreekt met Freddie

Marks, zijn assistent. Luister, de hoofdredactie heeft een fotoshoot afgesproken met Lady Bracken, morgenochtend in haar optrekje in West-Londen. De baas heeft het adres op de achterkant van een sigarettenpakje gekrabbeld, maar ik kan het niet goed lezen – en als het niet wordt geregeld, krijg ik ontzettend op mijn lazer.'

Ze zouden het adres lospeuteren, en dan zou Nathan aan de bibliothecaris vragen naar de plaatselijke geschiedenis van de buurt. Of het een belangrijk huis was, en of ze er misschien tekeningen van hadden, of een plattegrond of zo. *Tatler* had misschien wel eens een rapport gedaan over het interieur, en alle waardevolle spulletjes. Het was niet alleen het huis waar je onderzoek naar moest doen, maar ook naar de mensen zelf. Wat waren het voor types, met wie waren ze zoal bevriend. Rijkelui waren echt ontzettend onnozel als het ging om het beschermen van hun bulletjes. Ze dachten dat ze zo belangrijk waren dat hen nooit iets kon gebeuren. Daarna zouden Charlie en Nathan weer teruggaan naar huis, en daar gingen ze dan weer even braaf op in het grauwe bestaan van een zorginstelling.

De avond van de inbraak zouden ze naar hun kamers gaan en dan gingen ze daar zitten – net als de avond ervoor en de avond daarvoor. Niemand zou de derde avond komen controleren – ze hadden geen tijd om zich druk te maken over kinderen die geen ellende veroorzaakten. Nathan was nu alweer vier maanden terug op de instelling, en dit was zijn derde klus. De eerste was een makkie geweest, gewoon om te kijken of hij het wel in zich had – een of ander rijk oud wijf, dat alleen woonde. Het moeilijkste was nog om er met de bus naartoe te rijden. Elke kamer in dat monsterlijke huis lag helemaal vol met stapels oude kranten, papieren en boeken. Het was net alsof ze zichzelf langzaam aan het begraven was. Ze hadden een oude juwelendoos meegenomen, waar een trouwring in zat, van een man.

De tweede klus was wel wat lastiger. Het herenhuis van twee miljoen van een graaf en een gravin die die avond naar een liefdadigheidsbal zouden gaan voor de arme kindertjes in Afrika – kosten: tienduizend pond per tafeltje. Elton John zou er optreden, en de bloemen zouden later ontploffen tot een vuurwerk. Het was niet het soort van avond dat je wilde missen als je eenmaal had gedokt. Ze wachtten tot twee uur 's nachts: wie er dan nog was, sliep of was bezopen. Charlie had een bamboestok met een haak eraan door de brievenbus gestoken en een setje reservesleutels van het mooie haltafeltje gevist. Toen had hij de deur opengemaakt en konden ze zo naar binnen. Het was er donker. En griezelig stil. Ergens achter in het huis klonk verstomd gelach: de keuken. Ze liepen doodkalm naar de eerste verdieping, propten hun zakken vol met kettingen en ringen die de vrouw in haar nachtkastje bewaarde – ze hielp hiermee de arme kindertjes in Engeland enorm – en toen liepen ze ijskoud de trap weer af. Daar kwamen ze die verdomde puberzoon van hen tegen, die zijn slaapkamer uit was komen lopen. En dikke vette eikel, piemelnaakt. Hij had een boterham in zijn mond. Ze ramden hem, jankend als beesten. Toen hadden ze hun buit laten vallen en waren weggerend. Nathan had een diamanten ring achtergehouden, maar hij vond het niet nodig om dat aan Charlie te vertellen.

Nathan fronste en zijn hart begon sneller te slaan. In zijn hoofd voelde hij geen angst. Dus hoe durfde zijn hart hem zo te verraden? Opstandig liet hij zijn borst opzwellen onder zijn witte overhemd. Van dichtbij zag je alleen de rafelige kraag. Hij zag eruit als een nicht. Allebei trouwens. Hij had verdomme een *vlecht* in zijn haar, met een rood *lintje* erom. Dat had Charlie van een van de meiden gejat. De witte streep over zijn neus was muurverf: het jeukte, en hij wilde het er afkrabben. Ze liepen hard door. Charlie droeg ook nog lipgloss, hij trok een blik van *hou je bek*.

Het huis was omringd door hoge rode muren, begroeid met klimop. Ze hadden niet eens prikkeldraad. Nathan had een touw bij zich dat ze uit een schuurtje hadden gestolen. Voor een boomhut, mocht iemand ernaar vragen. Charlie droeg een voetbal onder zijn arm.

Nathan vond het een gek idee dat hij er voor een willekeurige voorbijganger uitzag als een kind voor wie het overleven een doodnormale zaak was. Een kind dat niks belangrijkers te doen had dan een boomhut te bouwen.

De auto's stonden in een file voor de oprit, en iedere wagen had de elegante rondingen van een mooie vrouw. Nathan liet zijn blik over de auto's glijden en over de wazige silhouetten van de passagiers; hij zag hoe ze hun hoofd hielden, met hun kin een klein beetje omhoog. Charlie en hij praatten niet met elkaar. De bewakers stonden op scherp bij de poort. Ze vonden hun positie: een paar honderd meter verderop, waar de eenrichtingsstraat begon. De stoplichten bleven er vijfenvijftig seconden op rood staan.

Nu! Charlie hielp Nathan langzaam over de muur. Hij trok zich op aan de bovenkant van de muur en keek eroverheen. Eindeloze groene vlakten; zoveel ruimte, voor maar *vier* mensen! De halve planeet leek het wel. Toen sprong hij op het gras. Charlie gooide het touw over de muur. Nathan ging eraan hangen, en dankzij zijn gewicht kon Charlie er langs de andere kant van de muur aan omhoog klimmen. Charlie sprong ook omlaag. Gelukt.

'Wat voor volgorde houden we nu aan?' vroeg Charlie. Hij kende die volgorde natuurlijk heel goed. Het was net zoiets als Batman die aan Robin vroeg: 'Waar is mijn cape?'

'Vanaf halfacht worden de mensen in de Grote Hal ontvangen met champagne. Dat is aan de, eh, westkant van het terrein. De bewaking bestaat uit,' weer zweeg hij even, 'een paar kerels uit zijn hotel die hier komen overwerken.' Hij klonk helemaal niet als Nathan. Hij klonk als de man die over het feestje had geschreven in de krant. Die man had ook geschreven dat 'bronnen in de City beweerden dat dit voorlopig Jack Kents laatste feestje zou zijn'. Nathan begreep wel dat de man op een valse manier suggereerde dat er iets naars met Jack Kent stond te gebeuren. Inderdaad, ja. Hij zou beroofd worden! Maar Nathan vond het interessant hoe die man al die dingen opschreef. Als je onthield hoe iemand anders dingen zei, dan kon je zelf die iemand worden. Hij vond het een leuk idee dat hij in andermans huid zou kunnen kruipen: als een kannibaal die de scalp van zijn slachtoffer op zijn hoofd zette.

Charlie snoof. 'Eikel.' Hij liet de bal vallen en schopte hem naar Nathan. 'En wie zijn wij?'

Nathan schopte de bal nonchalant terug. 'We zijn vrienden van Claudia. Vriendinnen, bedoel ik. Ze is tien. En er is nog een zusje. Emily. Die is drie.'

'Godsamme, wat een *namen* hebben die lui! We moeten weg hier bij de muur. Kom op. Kijk alsof je er lol in hebt. Hoe ziet ze er eigenlijk uit, die Claudia? Is het een beetje een lekker wijf?'

Lekker? Meisjes waren walgelijk! Hij werd misselijk van ze. 'Er stond geen foto bij.'

Charlie bleef doorlopen met een brede glimlach, en hij schopte de bal steeds naar hem terug, maar zijn stem klonk kil: 'We zijn haar vrienden, maar we weten dus niet eens hoe ze eruitziet. Jij...' Charlie bleef even staan. 'Jij hoort dat te weten.'

Nathan voelde een golf van woede maar ook tevredenheid. Charlie

186

had op het punt gestaan om hem eens flink de les te lezen, maar hij hield zich in. Zelfs *Charlie* was dus een beetje bang voor hem.

'We komen er vanzelf achter,' zei Charlie. 'Geen punt. Wat een krankzinnig huis is dit, zeg.'

Schoonheid deed Nathan niks. Alles was in essentie lelijk. Het huis leek wel een paleis. Wit en langgerekt, met grote lage ramen, en pilaren. De tuin was heel raar: vol met heggen in de vorm van vogels. Het was donker, maar de borders waren verlicht. In een van die borders hadden ze rode bloemen zo geplant dat ze een zinnetje vormden, met de witte bloemen als een vel papier: *Innocence is een godin.*

Wat? Het was een heel keurige tuin; hoe kreeg je het allemaal zo netjes?

Ze waren nu in de buurt van de gasten. Hij zag een paar kinderen, ongeveer zo oud als Charlie. Goed teken. Er stonden een heleboel nichterige rode jasjes met gouden kwastjes, en een heleboel strakke zwarte broekspijpen. Grote mensen in verkleedkleren. Bizar.

Charlie liet de bal stuiteren, ving hem op en slenterde naar een oude dame in een strakke gouden jurk. Hij trok verlegen aan haar rok, keek haar niet in de ogen. 'Hallo. Weet u ook waar Claudia is?'

De vrouw straalde, en haar huid rekte helemaal strak op. 'Ja natuurlijk weet ik dat, want ik ben haar o... de moeder van haar vader! Wat zijn jullie laat, stoute jongens! Nu hebben jullie het zwemmen gemist, de kinderen zijn zich allemaal al aan het omkleden voor het eten. Ga maar naar binnen. En vraag even of ze je de weg willen wijzen, want het is hier zo groot, je vindt het anders nooit. Je moet eigenlijk een spoor van broodkruimels achterlaten als je er straks nog uit wilt! Wel even tegen Claudia zeggen dat ze er mooi uitziet, hoor, ook al is haar haar zo kortgeknipt. Die arme schat!' De mevrouw keek even bezorgd.

'Heel hartelijk dank,' zei Charlie, en een oprechte lach deed zijn gezicht stralen.

Ze liepen de gladde stenen trap op, Charlie stuiterde nog steeds met de bal. Er stond een man in een soort van politie-uniform. Hij had kort haar en een donkere bril op. Hij keek naar de jongens, zogenaamd onopvallend. Nathan negeerde hem – dat zou je namelijk doen als je een rijk kind was op een feestje zoals dit. Zijn ogen voelden branderig en pijnlijk door de stralende perfectie van dit huis. Zijn eigen leven bestond uit miljoenen tinten grijs, maar dit huis leek wel een heel ander land. Er waren zoveel kleuren, niet normaal meer. En er was ook zoveel licht, en er waren zoveel spullen, en alles was zo groot. Het was net Wonderland toen Alice was gekrompen.

Charlies arm schoot uit toen een dikke dame in een bikini op hoge hakken langs kwam deinen met een blad vol biefstuk en frites. De biefstukjes waren maar klein, met witte prikkertjes er ingestoken, zodat je er eentje af kon pakken. Het rook ongelofelijk: Nathan kon wel huilen. In de instelling rook al het eten naar bedorven olie. Ze boog zich voorover. Haar lichaam was zilver geverfd. Dat zag er heel gek uit. Charlie gaf haar een knipoog; hij pakte drie biefstukjes en een heleboel frietjes. De beveiligingsman keek naar hen. Al die voorbereidingen en dan zou Charlie het nu verpesten voor een stuk gefrituurde aardappel. Ze hield Nathan het blad voor. Zijn maag knorde. Nathan voelde de priemende blik van de bewaker. Hij wilde het eten zo graag proeven, echt zo ontzettend graag. Maar hij schudde zijn hoofd. 'Nee, dank u,' zei hij.

Hij wachtte tot Charlie klaar was met kanen. 'Die beveiligingsman zit naar ons te kijken,' fluisterde hij. 'We kunnen niet naar boven.'

'Het zwembad moet deze kant op zijn,' zei Charlie. 'Dan gaan we even naar het meisje kijken – ze hoeft ons verder niet te zien – en dan gaan we daarna naar boven. Er moet toch een andere manier zijn om er te komen. En als iemand ons tegenhoudt, dan zijn we gewoon verdwaald. Het zal hier wel krioelen van het personeel.'

Ze sprongen de brede traptreden af. De muren waren wit, en er hingen zeven enorme spiegelbollen aan het plafond. Nathan bedacht hoe het zou zijn om die met een hamer aan diggelen te slaan, en hoe het glas als duizenden kleine dolkjes in het rond zou spatten, met verschrikkelijk veel lawaai. Onder aan de trap was nog een gigantische zaal, met overal deuren, zoals in een kasteel, en overal lag dik, paars tapijt. Die lui waren echt *knetter*gek.

'Ik denk,' zei Nathan langzaam, 'dat we gewoon moeten doen waar we voor kwamen en dan wegwezen. Die beveiligingskerel had ons in de smiezen. We hoeven dat meisje helemaal niet te zien.'

Charlie zei niks. Toen haalde hij zijn schouders op.

Nathan zei ook niks. Hij haalde zijn neus op. Als *hij* in dit huis zou wonen, wat zou *hij* dan willen? Een paal in zijn slaapkamer waarlangs hij naar beneden kon glijden, als een brandweerman... die dan in het zwembad terecht zou komen? Nee, niet echt. Hij zag het nut er niet van

in om in koud water rond te hangen, waar allerlei mensen in gepist hadden. Maar deze lui, deze verwende lui die niks beters te doen hadden
dan een beetje rondlummelen, die zouden willen dat het zwembad bij
de hand was, zodat ze niet te ver hoefden te lopen. Hij zou Charlie de
slaapkamer van de ouders laten checken. Zelf wilde hij de kamer van
het meisje zien. Die 'arme schat'. Mensen boeiden hem. Hij was in ze
geïnteresseerd zoals hij ook in vliegen was geïnteresseerd: die manier
waarop ze lagen te spartelen als je hun vleugeltjes had uitgetrokken.

Hij had gelijk. Er was een wenteltrap van donker hout, met harig wit
tapijt waar je voeten in wegzakten, net als in de modder. Ze slopen er-
langs omhoog, en bevonden zich toen in een eindeloze gewelfde hal vol
wit en goud. Aan het eind was een enorm glas-in-loodraam, alsof je een
kerk binnen stapte. Het licht viel erdoor naar binnen, ook al was het
avond. Het stelde een vrouw voor, of een engel. Hadden engelen dan
ook zwart haar? Het was in elk geval de bedoeling dat je die vrouw in
het raam aanbad – ze had ook een stralenkrans om haar hoofd, en witte
vleugels. Maar wat ze in haar hand had... was dat nou een *sigaret*?

Charlie gaf hem een por. Een roze bordje: *Claudia's Kamer.* 'Ga jij
maar bij dat kind kijken, en zie maar of ze iets heeft liggen dat de moeite
waard is. Dan doe ik de grote slaapkamer. Ik zie je over een kwartier.'

Perfect. Charlie was dus toch een beetje dom, bleek nu. Nathan werkte veel liever alleen. Hij klopte zachtjes aan, en ging naar binnen. Het
was er schemerig, en je hoorde de muziek van beneden. De kleur van
deze kamer was echt spuuglelijk, perzik, een pleepapierkleur, en de kamer zelf was helemaal niet zo groot als hij had verwacht. De kamer van
een middelste prinses, maar niet die van de *hoofd*prinses. Het rook er
naar bloemen. Er stond een vierkante juwelendoosje op een plankje,
met een ballerina erop. Hij stapte erop af, opende het, en *shit* – het begon een deuntje te spelen, echt heel hard, en dus duwde hij het meteen
weer dicht. Maar *fuck*, het zat wel propvol diamanten en dat soort shit.
En dat stond hier zomaar, waar iedereen erbij kon! Nou, eerlijk gevonden. Hij nam de hele doos mee. Hij liep weer naar de deur... maar bleef
als aan de grond genageld staan.

Er klonk een snikje. Jezusmina, er lag iemand in bed.

Hij haalde langzaam en diep adem. Zijn hand gleed naar zijn zak en
zijn vingers krulden zich soepel om het mes. Hij liep op het geluid af,
irritant, was het. Hij wilde er met zijn mes een eind aan maken. Het

meisje was onder het dekbed gedoken, opgekruld als een kat. De bovenkant van het kussen stak boven het dekbed uit: daar zat ze in te snikken. Op een kastje naast het bed stond een klein porseleinen kasteeltje met een heleboel kleine gaatjes in het dak. In dat kasteel zat een piepklein figuurtje met een kroon op, en een spinnewiel. Hij drukte op de knop. Kleine straaltjes licht stroomden door de gaatjes in het dak van het kasteel, waardoor de kamer een soort magisch koninkrijk werd. Hij staarde naar het kasteel.

Het meisje zat nog steeds zachtjes in haar kussen te snikken (hou je bek) en ze had geen idee dat hij daar naast haar stond, *die arme schat*. Hij voelde een steek van woede. Wat kon *zij* nou voor reden hebben om te janken? Hij moest zijn mes eigenlijk dwars door haar dekens steken. Maar hij wilde haar liever in de ogen kijken als hij haar stak, anders was er geen lol aan. Hij keek even naar de doornroosjelamp. Er lag iets in. Hij stak zijn hand erin, en trok er een klein roodfluwelen zakje uit. Met gretige vingers haalde hij er een klein gouden hartje uit, dat aan een ketting hing. Hij vond het mooi. Dat wilde hij zelf hebben. Hij liet het in zijn schoen zakken, en bleef toen even stilstaan. Hij trok met zijn mes langs de vorm van het meisje, heel voorzichtig, en stopte het mes toen met tegenzin terug in zijn zak. Geweld was nu niet nodig.

Hij liep weer naar de deur, met de juwelendoos in zijn handen, en sloop de gang op.

Hij voelde de vloer heel even trillen, nog geen seconde voor hij de mannen zag. Uit het niets waren ze daar ineens, als een stel woedende gorilla's: een stormde Claudia's kamer binnen, de ander greep hem in zijn nek, en tilde hem een meter omhoog langs de fluwelen muur. Hij maaide met zijn armen en benen, want hij kreeg geen lucht. De doos viel uit zijn handen, en de juwelen vielen op de grond.

'Door jou sta ik er nu gekleurd op, etterbakje dat je bent. En daar ben ik helemaal niet blij mee.'

Er klonk een harde schreeuw. De tweede gorilla rende de slaapkamer uit en gaf Nathan een stomp in zijn gezicht. Godver, dat deed pijn. Maar hij had wel eens hardere klappen gehad. De eerste kerel liet los, en hij viel op de grond, waar hij bijna stikte in zijn eigen bloed. Het smaakte metalig. 'Hij ligt verdomme te bloeden op het tapijt. Die bitch gaat strak helemaal door het lint. Weg met die klootzak. Stop hem maar bij die andere totdat de wouten er zijn.'

Hij was misselijk. Hoe konden ze hem nou toch betrapt hebben – *waarom*? Het was Charlies schuld.

Hij werd aan zijn haren mee naar beneden gesleurd, zijn neus zwol op en hij werd op de grond gesmeten in een keuken, naast Charlie, die zuur keek en die een beginnend blauw oog had.

Nathan zuchtte terwijl er een paar gedachten bij hem opkwamen. Ten eerste: hij zou meteen weer in de isoleer moeten, of erger. Ten tweede: die klotekranten schreven ook maar wat. Want zij waren allebei perfect verkleed als Adam Ant, terwijl alle gasten die wel echt waren uitgenodigd zich hadden uitgedost als Michael Jackson. Ten derde: er was een dief betrapt in de slaapkamer van juffrouw Claudia, maar haar ouders stonden gewoon nog op de dansvloer. Grote mensen waren hufters. Er trok een zelfgenoegzaam lachje over zijn gezicht. Hij had haar kleine hartje in zijn schoen.

Die arme schat.

ESSEX, 1989

Nathan

We hebben een monster van hem gemaakt, dacht Mark Stevens terwijl hij het dossier doorbladerde. Hij beet op zijn lip (*hou daar nou mee op!*) en bedacht hoe vervelend het was dat zijn haar zo dun werd. Dat was echt een smet op zijn psychiatersblazoen. Die klootzakjes hadden je met één blik in de gaten, ze hadden een wreed soort instinct voor je zwakke plekken. Hij zag als een berg op tegen dit gesprek. Het leven van dit kind was een aaneenschakeling van rampen. Geadopteerd. Adoptie ongedaan gemaakt. Pleegouders die hem mishandelden. Instelling in, instelling uit. Isoleercellen. En dan nu, op de rijpe leeftijd van elf, zat hij dan hier, in de jeugdgevangenis.

Ze waren veel te mild. Dit jonge kind was door zijn reclasseringsambtenaar omschreven als 'de gevaarlijkste klant die ik ooit heb meegemaakt'. Waarschijnlijk had hij zijn pleegouders de dood ingejaagd, in hun brandende huis. Volgens een getuige had hij een jongen zijn oog uitgestoken. Extreme gewelddadigheid was voor hem iets heel gewoons.

Op achtjarige leeftijd was hij heel kort in huis geweest bij een rijk echtpaar, als pleegkind. Na een jaar nam het echtpaar nog een pleegkind in huis. Drie dagen later werden dat kind en de moeder dood aangetroffen in hun zwembad. Het bewijs hadden ze niet honderd procent rond kunnen krijgen. Wat een bullshit.

Mark schudde zijn hoofd. Er viel een haar op de bladzijde, en hij veegde hem boos opzij. In plaats van te worden vervolgd, werd Nathan in weer een andere instelling gestopt: slim, hoor. Zijn misdaden waren allemaal niet zijn fout: ze waren de fout van al die grote mensen die hem zo slecht hadden behandeld. Hij kwam overal mee weg. En zo had hij het idee gekregen dat hij almachtig was, en schuldloos. Het was in feite mishandeling dat ze hem *niet* afstraften. Ja, goed, hij was te jong om voorgoed achter de tralies te verdwijnen, maar waarom hadden al deze mensen niet gewoon eens echt een straf opgelegd? Ze hadden allemaal een groot, warm hart, dat wel, maar ze zaten er volkomen naast.

Met hun systematisch medeleven hadden ze een psychopaat gekweekt.

Mark nam een slok van zijn koffie, goedkope instantmeuk uit een plastic bekertje. Wat de overheid betrof was hij niet meer dan een loopjongen. Hij kreeg nog minder respect dan de gevangenen. De gevangenen met hun lessen dramatische expressie, en hun geweldige sportzalen, en hun drie voedzame maaltijden per dag, en hun eindeloze therapiesessies. Mark liet zijn zolder verbouwen, en zelfs de bouwvakkers haalden hun neus op voor Nescafé. Die lieten hem cappuccino voor hen zetten. Want als hij dat niet zou doen, god weet hoe ze de boel dan zouden versjteren.

Er stond zweet op zijn bovenlip. Shit. Hij veegde het af met zijn mouw. Hij kon dit best. Hij sloeg de map dicht, stak hem onder zijn arm en knikte naar de bewaker. 'Ik ga naar zijn cel, maar ik wil wel dat de deur openblijft.'

Als Mark deze wandeling maakte voelde hij zich altijd net een moddervet model op de catwalk. Dat was een volkomen onterecht stukje projectie. Hij moest echt eens werken aan zijn zelfbeeld. Nathan lag languit op bed, met één been gebogen. Hij keek Mark recht in het gezicht, langdurig. Mark dwong zichzelf om niet te slikken. Het was een uitzonderlijk knappe jongen om te zien – maar met het hart van de duivel. 'Dag, Nathan. Ik ben Mark. Ik kom vandaag met je praten.'

De bewaker sleepte een grijze plastic stoel naar binnen. Was er maar een tafel, dacht Mark. Hij wilde een barrière opwerpen, al was het maar een symbolische. Het was een kleine ruimte en ze zaten veel te dicht op elkaar. Gruwelijk intiem was het zo. Bovendien stond de verwarming op zijn hoogst. Dat kregen ze ook maar niet goed. Het rook hier naar hem. Hij voelde zich als een gazelle die op de thee was in het hol van de leeuw. Dit was een grote fout. Hij had op neutraal terrein moeten afspreken. Mijn god, wie was hier nou eigenlijk de baas?

De jongen had grote donkere ogen met lange wimpers. Hij was mooi. En dat vond hij tegen beter weten in toch niet kloppen. Shit, liet hij ook nog zijn pen vallen. Hij bukte om hem op te rapen, maar Nathan was hem voor.

'Mag ik mijn pen terug, Nathan?' Vriendelijk maar streng.

Een trage grijns. Goddomme. Nathan zat... hij zat te krabben aan het kruis van zijn spijkerbroek. Hij wreef langs zijn piemel met de pen. 'Kom maar halen.'

Fuck een eind op, perverse gek. 'Nathan, ik wil mijn pen terug.' Meer gewrijf. Mark zuchtte en stond op. 'Nathan, ik ga niet met je praten als jij mij die pen niet teruggeeft.'

Nathan knipperde met zijn ogen, stak de pen uit met een berouwvolle blik en zei: 'Het spijt me, Mark. Hier, wil je hem hebben?'

Kijk, zie je nou wel, hij kon het best! 'Graag, Nathan.' Hij stak zijn hand uit om... *Shit*! Die klootzak trok hem weer terug.

Nathan zat zich te verkneukelen omdat Mark zich zo ongemakkelijk voelde. Mark had het gevoel alsof hij elk moment over zijn nek kon gaan. Oké, prima, weet je wat, hij was er klaar mee. Die verdomde bouwvakkers, die slavendrijvers die zijn salaris betaalden, en dan nu deze kleine rotzak, allemaal deden ze alsof hij gek was. Zijn stem klonk sissend: 'Nathan, als je zin hebt moet je vooral zo doorgaan, maar laat me je dit vertellen: jouw nabije toekomst ziet er niet best uit. Als jouw gedrag niet aanzienlijk verbetert, dan eindig je in een BTC. En weet je wat dat is? Dat is een Bewaakt Trainings Centrum, met de allerergste bewakers die je je maar kunt voorstellen. En daar zitten geen psychologen, beste vriend. Geen gezellige babbeltjes over hoe je vandaag in je vel zit. Ik zal je dit zeggen: die brandstichters en verkrachters en moordenaars in het BTC, die smeken me om hen voor gek te verklaren, want dan mogen ze lekker weer terug naar hier, want hier is het een stuk veiliger.'

'A-hum.'

Mark sprong op. De bewaker stond daar nog. Lekker dan. 'Mark, mag ik je even spreken?'

Hij durfde Nathan niet eens aan te kijken. Hij zou het niet trekken, dat zelfingenomen lachje: 'Ja, ja natuurlijk.'

Hij legde zijn dossiermap op de stoel en stapte naar buiten, met bonkend hart. Zijn wangen stonden in brand en het zweet druppelde langs zijn bakkebaarden. Morgen zou hij zijn hele gezicht onder de deodorant smeren. Dan voelde je gezicht wel strak aan, alsof je een masker op had, maar alles beter dan deze vernedering.

'Mark, dit kun je niet maken. Heb je soms problemen thuis? Je maakt het tot iets persoonlijks. Dan veegt hij natuurlijk de vloer met je aan. Ik denk dat we het er vandaag verder maar even bij moeten laten. Denk je dat je Nathan volgende week wel aankan, of moet ik met je supervisor gaan praten?'

O, die was leuk.

'Nee, dat komt heus wel goed. Het is alleen' – vergeef me deze leugen, Lieve Heer – 'dat mijn grootvader is overleden. Verleden week.'

'Wat akelig voor je. Gecondoleerd. Misschien moet je een paar dagen vrij nemen om tot jezelf te komen.'

'Ja, ja. Dat denk ik ook.' *Shit*. 'Nou, even mijn pen halen dan.'

Hij kon zich er niet toe zetten om als een kind van vijf te klikken: *Nathan heeft mijn pen afgepakt*. Dan ging hij nog liever een potje knokken met die crimineel, als het niet anders kon. Zijn benen leken wel van elastiek toen hij de cel weer in liep. Hij keek zo neutraal mogelijk. Hij was bang voor een kind van elf. Nathan lag relaxed achterover op bed en floot zachtjes. Hij zag meteen dat zijn pen op zijn dossiermap lag, op de stoel.

De map. Hij had de map in de cel laten liggen. De map met alle geheime informatie over Nathans voorgeschiedenis: pathologisch en sociaal. Zijn schedel vulde zich met ruis en hij begreep ineens precies waarom mensen een kogel door hun eigen hoofd joegen – alles om maar van de druk af te komen. Als iemand hier ooit achter kwam! Er stonden *namen* in het dossier. Ze zouden hem ontslaan. O god, wat stond er ook alweer allemaal in? Was het echt zo erg? Ja, het was echt zo erg. Dat dossier bevatte *alle* informatie over Nathan. Maar dat wist Nathan natuurlijk niet. Hij was tenslotte pas elf. Alsof hij geïnteresseerd was in zo'n saaie grijze map. Hij keek naar Nathans gezichtsuitdrukking. Die was onbe-kommerd, zoals alleen een psychopaat kon kijken. Maar hij keek niet alsof hij net zijn geheime verleden had ontdekt.

'Nathan,' zei hij, en hij proefde gal in zijn keel. Even opletten of er iets was veranderd, of Eva een hap van de appel had genomen. 'Tot volgende week, hoop ik.'

Nathan stond op. Was dat nou een glimlach? Het leek oprecht. De jongen deed zijn mond open en Mark vroeg zich af wat voor smerigheid hij naar zijn hoofd geslingerd zou krijgen. Nathan schraapte zijn keel. 'Mark,' zei hij – *hartelijk?* – 'dat hoop ik ook.'

ESSEX, 1990

Nathan

Mark duwde zijn nieuwe bril op zijn neus. Hij was van Prada, heel hip, heel erg Tom Cruise ook. En zijn geweldige nieuwe kapsel van die dure kapper was ook een briljante zet, briljant! Want zo zag je niet dat zijn haargrens optrok, en hij zag er meteen heel cool uit. Ja. Het ging lekker met hem.

'Goeiemorgen!' riep hij vrolijk naar de bewaker. Het was geweldig om Mark Stevens te zijn vandaag. Als hij door zijn neus inademde kon hij nog een vleugje van Christophers aftershave ruiken. Krankzinnig, dat al dat geouwehoer over eigenwaarde nog waar bleek te zijn ook. Hij had het hem geflikt. Hij was uit de kast gekomen. En hoe! Eindelijk seks! Maar hij had het dan ook verdiend. Hij was een aardige gozer.

Niets kon zijn humeur vandaag nog bederven. Vanuit een professio-neel oogpunt – en hij was superprofessioneel, en hij had de loftuitingen gekregen die dat bewezen, vergeet dat vooral niet! – was het van belang, die primaire behoefte die de mens had om succes te hebben in zijn car-rière.

En aan wie had hij dit alles te danken? Aan Nathan Williams.

Het werk dat hij met Nathan had verricht was werkelijk uitzonderlijk. Laten we ons die uiterst bevredigende herinnering nog maar eens voor de geest halen. 'Wat jij met Nathan voor elkaar hebt gekregen is *werke-*

lijk uitzonderlijk.' Die woorden en de blik van oprechte bewondering op het gezicht van zijn supervisor gaven Mark zo'n kick, dat het bijna iets erotisch had. Hij wist dat professor Heaton hem nooit zo bijzonder had gevonden. Maar zijn werk sprak inmiddels voor zich, en dus moest de prof zijn woorden inslikken.

'De omslag in Nathans houding en geestelijke gesteldheid is zeer uitzonderlijk.'

Hij had zich natuurlijk heel bescheiden opgesteld, zoals van hem werd verwacht: 'Ja, nou ja, als Nathan eens iets goed deed, vroeger, zag niemand dat ooit... slecht gedrag werd zo versterkt... het was gewoon een kwestie van het benadrukken van goed gedrag... schoolvoorbeeld van een cliënt die straf nodig heeft maar ook beloning... de meest effectieve manier om kwaad in goed te veranderen... streng, consistent, warm... bla... bla... bla.'

En dan verwoed geknik, stralende glimlachen, schouderklopjes.

Mark vond het amusant dat klinisch psychologen, met al hun geniale inzichten in de menselijke geest, ongetwijfeld de meest lichtgelovige mensen op aarde waren – en dat de kans groot was dat ze door het minder eerzame voetvolk in de maling werden genomen. (Hij was een 'band' aangegaan met de prof, bij een biertje en een gesprek over de cowboys onder de aannemers die het presteerden om dwars door het plafond van je slaapkamer boven op je *bed* te vallen. Gelukkig – ha, ha, wat een dijenkletser – lag hij er op dat moment niet in!)

Zijn hart maakte een sprongetje terwijl hij Nathans cel naderde. Het was zulk dankbaar werk. Een jongen die was afgeschreven vanwege een gedragsstoornis omdat hij zo agressief was en zijn socialisatie te wensen overliet. Een jochie zonder vrienden, een kind dat zich altijd had verlaten op geweld om te krijgen wat hij wilde, en die daarom buitengesloten was, waardoor zijn gevoel voor anderen nog verder uitdoofde. Een jongen die afstandelijk en koud was geworden. En hij, Mark, was de enige die tot hem door had weten te dringen, de enige die de moeite had genomen om hem de vaardigheden bij te brengen die hij zo node miste. ('Wat gebeurde er precies toen je Jeremy in elkaar ramde? Noemde iedereen je een loser?')

Mark had hem laten zien dat de rollen en de regels voor vriendschappen echt werkten.

Mark was trots, en met recht.

En nu had hij een kleine beloning voor Nathan. Nou ja, eerst een testje, en daarna, afhankelijk van de uitkomst, een beloning.

Nathan was een boek aan het lezen. *Avontuur op de Amazone.* Nog zoiets. Dat kind was reteslim. En niemand, behalve ondergetekende, had dat in hem gezien.

'Hallo, hallo, hoe gaat het?'

Nathan grijnsde. 'Heel goed, dank je. En hoe is het met jou, Mark?'

'Prima, bedankt. Een kater, maar verder alles goed. Ik zou een moord doen voor een kop koffie, en dan niet die automatentroep van hier. Als ik nu eens even naar de Starbucks ga en iets lekkers te drinken haal? Een mocchacino, of warme chocolademelk, zeg het maar.'

Nathan leek hierover na te denken. 'Ik wil wel graag een warme chocolademelk, alsjeblieft.'

Mark glimlachte. Hij legde zijn *Daily Mirror* (rotkrant) strategisch opengeslagen op de juiste pagina op zijn stoel.

Toen hij zich omdraaide om weg te lopen, voelde hij dat Nathan de krant van de stoel pakte. Het was toch zo heerlijk eenvoudig allemaal.

Nog geen twee minuten later was hij weer terug, want hij had de drankjes al gekocht, en ze in zijn kantoortje neergezet. 'Het was niet zo druk,' zei hij toen Nathan verbaasd opkeek. En toen, argeloos: 'Wat lees je?' Hij nam een slok om niet te laten merken hoe gespannen hij was.

Nathan bladerde naar de roddelpagina. 'Dit hier, over Innocence die met Emily naar een Roemeens weeshuis is geweest.'

Mark werd duizelig. 'Aha,' zei hij. Hier was hij zo bang voor geweest. 'Aha.' In de hoop dat hij er naast zat, vroeg hij: 'Ik kan me voorstellen dat alles wat met adoptie te maken heeft meteen jouw aandacht trekt, als je kijkt naar jouw voorgeschiedenis.'

Nathan trok een grimas. 'Nou, ja. Maar daar gaat het niet om. Ik ken die familie. De *Kents*.'

Mark voelde de moed in zijn schoenen zinken en het werd hem koud om het hart. Dus. Daar had je het. Een klein foutje, een jaar geleden, en Nathan Williams had zijn dossier kunnen doornemen en zo was hij tot de ontdekking gekomen dat hij ooit een adoptievader had gehad die op de lijst van rijkste mensen stond van de *Sunday Times*. Mark voelde zijn hand letterlijk verslappen, alsof hij zijn mocchacino elk moment over de grond kon laten lopen. Hij zette zijn beker snel op de vloer, en was blij dat hij zo de ontzetting op zijn gezicht kon verbergen. 'O, echt? Hoezo dan?'

Nathan schoot in de lach. 'Dat kan ik je eigenlijk niet vertellen.'

Mark lachte met hem mee. Een zwak geluid, eerder een soort geblaat. 'Ik kan het wel hebben, hoor.'

Nathan keek bedroefd. O god. Nu zou je het hebben. 'Nou, ik heb wel eens bij ze ingebroken, jaren geleden.'

Sodemieter op! Dat *meen* je niet. Ja, dus. 'Nathan' – Mark probeerde heel streng te kijken, terwijl hij eigenlijk 'hoera!' wilde roepen – 'je zegt zelf dat het al een hele tijd geleden is, en ik weet zeker dat je spijt hebt van je fouten.'

'Ja, superspijt. Die dag heb ik een enorme fout gemaakt.' Er klonk diepe spijt door in zijn stem. Poeh! Missie volbracht. Gevaar ontweken. Hij zat safe. Gelukkig dat hij het had gecheckt. Jemig, wat was hij toch grondig. Wat een vakman! Vlug door met het volgende. Hij voelde vlinders van opwinding.

'Maar Nathan, je bent sindsdien zo ontzettend veranderd, in positieve zin. En om mijn waardering te laten blijken voor alles wat je hebt bereikt, heb ik een verrassing voor je.' Hij aarzelde, keek over zijn schouder. Dit was niet bepaald volgens de regels, maar het kon geen kwaad. Het voelde zo lekker om Nathans... ja, wat eigenlijk?... waardering te krijgen? Goedkeuring? Hij had geen zin om het verder te analyseren. Al die introspectie, je kon het ook overdrijven.

Hij zweeg. 'Nathan, we hebben zoveel tijd besteed aan het praten over jouw gevoelens over het feit dat je bent geadopteerd.'

Nathan knikte.

'Dat je meteen na je geboorte bent gescheiden van je biologische moeder heeft jouw natuurlijke evolutie in de weg gestaan en het heeft heel ingrijpende gevolgen gehad voor je gemoedstoestand.'

Nathan knikte weer. Zijn onderlip trilde een beetje. Mark tuitte zijn eigen lippen vol medeleven. 'Klinisch gezien betekende deze scheiding van de fysiologische en psychologische band die *in utero* gesmeed, was een enorm gevoel van verlaten zijn en verlies voor jouw onderbewuste. En sindsdien voel jij je incompleet, en ben je altijd in verwarring geweest over de vraag: Wie ben ik eigenlijk? In werkelijkheid is een deel van jouw ik toen gestorven.'

'Ja,' zuchtte Nathan. Het was een zucht van de ziel.

En dan nu graag wat tromgeroffel. 'Nou. Ik heb wat detectivewerk voor je gedaan, Nathan. En ik ben er achter gekomen welk bureau je kort na je geboorte heeft geplaatst. Het bureau bestaat inmiddels niet meer, maar de dossiers zijn overgenomen door een ander bureau. Enfin, om een lang verhaal kort te maken' – hij voelde dat hij bloosde – 'ik heb iets voor je.'

Hij haalde de envelop uit zijn zak.

Nathan verroerde geen vin.

'Kijk maar.'

Heel langzaam stak Nathan zijn hand uit naar de envelop. Mark dacht aan de plafondschildering in de Sixtijnse Kapel, het beeld van de man die de hand van God aanraakt. Zo belangrijk was dit moment ook: een klein wonder dat zo ontzettend veel betekende voor deze kansarme jongen.

Ik schrijf dit in de vurige hoop dat jij het ooit zult lezen en dat je mij kunt vergeven voor wat ik heb gedaan. Ik was te jong om te weten wat ik heb opgegeven, en ik bid dat jij veel liefde hebt gekregen in je leven. Elke dag denk ik aan je en ik zou je zo ontzettend graag eens in mijn armen sluiten. Het enige wat ik wil, is jou komen halen, en dan zal ik je nooit meer laten gaan. Maar ze willen me niet vertellen waar je bent – zo oneerlijk, zo onvriendelijk. Kom naar mij, ik smeek het je, mijn liefste zoon – ik zal op je wachten.

Mark keek gespannen naar zijn gezicht. Hij wilde zien hoe Nathan reageerde.

Hij stelde hem niet teleur. Terwijl Nathans gesmolten bruine ogen de brief scanden, werden ze langzaam steeds wijder. De kleur trok uit zijn gezicht en zijn handen begonnen te beven. Hij staarde Mark aan zonder hem te zien, alsof hij in trance was. Hij slikte een paar keer, en heel even was Mark bang dat hij zou gaan overgeven.

Maar toen zei hij: 'Dankjewel.' Met een hese stem en een onzeker glimlachje. Hij was natuurlijk in shock, dat was volkomen begrijpelijk.

Mark voelde zich licht en blij – wat was hij toch ook een sentimentele zak. Maar waarom zou hij zich niet goed voelen? Hij had iets bereikt wat niet veel mensen in hun leven meemaakten. Hij had de moed gehad om de regels te negeren om een kind te helpen dat een beroerde start had gekend. Een kind dat zoveel onbegrip was tegengekomen. Een kind dat wel eens iets moois in zijn leven had verdiend. En Mark had hem dat moois nu gegeven – hij had iets goeds gedaan.

TWEE UUR LATER

Nathan

'Ik wil graag dat je eens nagaat hoe je jezelf ziet,' kwinkeleerde juffrouw Lawson, de creatief therapeute.

Nathans ademhaling werd diep en langzaam doordat hij zich concentreerde op het vormgeven van de homp klei zo groot als een voetbal. Hij neuriede terwijl hij er in kneedde en stompte. Het was fijn om iets te scheppen, alsof hij een god was, met dit verschil: wat hij hier aan het scheppen was, was de wereld *na* het verraad. In den beginne was er slechtheid.

Nathan drukte zijn vingers voorzichtig in de kleverige bruine massa.

'Zie jezelf,' zei de juf. 'zie jezelf.'

Hij deed zijn ogen dicht. Waar moest hij beginnen? Wat was hij? Er waren geen spiegels in het lokaal. Stiekem voelde hij aan zijn huid. Hij schudde zijn hoofd. Wanneer had hij eigenlijk voor het laatst in een spiegel gekeken? En foto's dan? Dat uitstapje met de instelling naar Southend: toen was er een foto van hem genomen. Kon hij zich die nog herinneren? Grijze trui, grijze korte broek, afgetrapte schoenen. Een bolletje ijs dat langs zijn knokkels begonnen te druppen. Dat was de dag dat hij het bord had gezien. Het grote bord met het schilderij erop. Een schilderij van een domme, dronken familie. Zo'n bord waar je achter kon gaan staan en je hoofd door kon steken, voor een grappige herinnering aan je vakantie. Een moeder, een vader en een baby. Allemaal zonder gezicht. Meneer Davis zei dat ze er niet achter mochten klimmen voor de foto, maar sommigen hadden het toch gedaan. Nathan bevroor toen hij het zag, en staarde naar de baby zonder gezicht. Die stomme ouders: onnozel, dronken, lol trappend. De vette koppen die in die gaten werden geprop vertrokken lachend, gillend; zijn ijsje smolt maar door.

Zijn vingers grepen steviger in de klei. Hij duwde ze erin en wroette met zijn duimen om ogen te maken. Wie hield hij nou eigenlijk voor de gek? Hij had helemaal geen ogen. Geen gezicht. Geen moeder.

De woorden van die leugenbak bleven maar door zijn hoofd spoken, als een gebed. *Mijn liefste zoon mijn liefste zoon.* Nathan stopte en klapte dubbel. Hij lachte zo hard dat het bloed hem pijn deed in zijn oren.

Juffrouw Lawson stond meteen naast hem, en haar magere vingers grepen zijn pols. 'Nathan, jongen, wil je het anders overdoen? Dit lijkt nergens op, zo.'

Nathan keek haar aan. Heel langzaam kreeg hij haar gezicht scherp. Ze had een lange grijze vlecht en haar zoete vrouwenlucht maakte hem misselijk.

'Zullen we het nog een keertje proberen?'

Hij keek omlaag. Zijn vingers hadden lange strepen getrokken vanuit de ogen die er niet zaten. Zijn nagels hadden kloddertjes droge klei over de hele tafel gestrooid. Zijn mond, met twee vingers doorstoken, was niet meer dan een gerimpelde schreeuw, alsof hij zichzelf met zijn eigen handen keelde.

'Haal je hand eens weg, Nathan. Dan beginnen we opnieuw.'

Geweldig.

'Het is klaar, juf Lawson.'

'Maar Nathan, weet je dat zeker? Want het lijkt mij juist dat je net bent begonnen.'

'Klopt, juf Lawson.' Hij glimlachte en kneep zijn ogen halfdicht. 'Klopt precies. Ik ben klaar *en* ik ben net begonnen.'

BOEK DRIE

FRANS-POLYNESIË, 1982

Claudia

Claudia stak haar tenen in het witte zand en wenste dat mama weer levend was. Ze haatte Innocence. En ze haatte papa. Ze haatte school. Ze haatte het dat ze op de nieuwe school moest blijven slapen en dat ze alleen nog in de vakanties naar huis mocht. Ze haatte het thuis. Ze wilde dat ze bij Ruth en JR mocht wonen, maar dat mocht niet van papa. Ruth woonde weer in haar eigen huis, en Claudia zag haar bijna *nooit* meer. Claudia hoopte dat Ruth ook op het hotelfeest mocht komen, en dat ze met hen mee zou komen in het privévliegtuig, maar Ruth zei dat ze niet bij JR weg kon omdat JR zijn hondenoppas had gebeten.

Claudia zuchtte. Ze zat op een onbewoond eiland en het was hier ongelofelijk warm. Nanny had haar ingesmeerd met zonnebrand, maar er was een beetje in haar ogen gekomen en dat prikte. Nanny lag nu in bed met migraine. Dan heb je heel erg hoofdpijn, zo erg dat je moet overgeven en dat je tegen iedereen schreeuwt dat ze stil moeten zijn. Ze had tegen Claudia gezegd dat ze *De Reuzenperzik* maar moest gaan lezen, maar het was zo donker in de kamer, en als je een duwtje tegen deur van de villa gaf, ging hij open, en daarbuiten was het strand en de zee. Zo mooi en zo licht. Claudia wilde naar de wolken zwemmen, maar Nanny had gezegd dat er haaien waren.

Dat was helemaal niet zo erg, want ze kon heel hard zwemmen. Zij en Alfie, met wie ze ging trouwen (geheimpje), hadden samen zwemles gehad, in haar zwembad, van die aardige meneer, Duncan, die van zwemmen zijn beroep had gemaakt.

Was Alfie er nu ook maar, dacht ze, maar hij kon niet tegen warmte. Hij zat met zijn papa, Harry, met een hoedje op en in een overhemd met lange mouwen bij de ventilator in het hotel. Harry vond ze heel leuk. Je kon met hem lachen. Hij gooide haar in de lucht en ving haar dan weer op, ook al was ze daar eigenlijk veel te groot voor. Ze was tenslotte al zeven. Met haar eigen papa kon je helemaal niet lachen. Hij zat altijd op zijn werk. En als hij op zijn werk zat, deed Innocence altijd heel gemeen tegen haar. Ze haatte school, want het eten was er zo vies, maar ze haatte het ook als ze weer naar huis moest.

Van Innocence moest je de vloer boenen, op handen en voeten, net als Assepoester. Maar Assepoester zag er tenminste mooi uit. Innocence had Claudia's haar helemaal kort geknipt, ze leek wel een jongen.

Claudia schraapte haar tenen over het zand. Het was heet, maar als je maar diep genoeg groef werd het weer koud. Ze vond het fijn om even alleen te zijn, maar ze was bang dat Innocence haar zou zien en dat ze dan boos zou worden. Innocence werd altijd boos als ze Claudia zag. Had mama maar beter haar best gedaan om te blijven leven. Als Innocence haar aardig vond, zou Claudia Innocence ook aardig vinden. Maar ze haatte papa, en dat zou altijd zo blijven, want papa deed er niks aan.

Stomme grote mensen. Die gaven een groot feest voor dat stomme nieuwe hotel van papa, en er waren mensen die er een verhaal over gingen schrijven voor in de krant. Er waren ook mensen die ze wel eens op tv had gezien, op *Top of the Pops*. Beroemde mensen. Ze mocht niet altijd naar *Top of the Pops* kijken, maar als Innocence niet thuis was, dan mocht het toch van Nanny. Het was een heel belangrijk feest, want papa wilde dat de mensen zijn hotel leuk vonden. Nou, Claudia vond er niks aan. Het was hartstikke donker binnen. Net een spookhuis.

Haar hoofd brandde in de zon. Ze had het gevoel alsof ze elk moment vlam kon vatten. Ze wilde toch zo graag het water in. Het was heel ondiep, je kon de bodem zo zien, en een paar piepkleine visjes. Ze sprong op – au, au, dat zand leek wel een *oven* – snel, het water in! O, wat was dat warm, net alsof je in bad stapte. Het kolkte om haar knieën, en haar middel. Ze spetterde met haar handen en deed haar benen bij elkaar zodat ze net een zeemeermin leek. Behalve dan dat ze niet onder water wilde, echt niet. Het was afschuwelijk om niet te kunnen ademen totdat iemand je weer naar boven haalde. Best moeilijk, zwemmen met je benen tegen elkaar aan. Eigenlijk had ze een echte vissenstaart nodig. Maar, o, het water duwde haar steeds dieper. Ze probeerde wel te stoppen, maar het was veel te sterk. Bah, wat smaakte dat zout – help – ze kon niet – ze ging kopje-onder – ze stikte – o –

'Hebbes!'

Een grote dikke man, net een beer, met een grote zwarte baard en krulhaar keek haar lachend aan, en hij tilde haar op en op en op, zo het water uit. Ze was blij en toch moest ze huilen, want ze was ook bang.

'Huil maar niet,' zei de man terwijl ze hoestte en proestte. Het water prikte in haar neus. 'Je bent weer veilig.'

'Alsjeblieft niet aan mijn stiefmoeder vertellen,' vroeg ze. 'Anders krijg ik op mijn kop.'

De man keek ernstig. 'Jij mag helemaal niet in je eentje het water in, jongedame. Er had wel van alles kunnen gebeuren. Hoe heet je? En waar is je stiefmoeder eigenlijk? Zij zou op je moeten letten.'

'Claudia. Ze is in het hotel, met papa en alle andere mensen. Ik ben zeven en ik kan best voor mezelf zorgen. En hoe heet *u* eigenlijk?'

De man glimlachte, maar ze vond hem niet aardig, ook al had hij haar gered. Hij was veel te harig.

'Wat vind jij de mooiste naam voor een jongen, Claudia?'

'U bent helemaal geen jongen!'

'Wat vind jij de mooiste naam voor een jongen, Claudia?'

'Ik... nou, eh... Orinoco. Zet me nu maar weer neer.'

'Goed dan, Claudia. Ik heet Orinoco, en ik ga jou eerst afdrogen. Als jij dan een heel zoet meisje bent en precies doet wat ik zeg, dan zal ik niet aan je stiefmoeder vertellen hoe stout jij bent geweest. Dan blijft dat ons geheimpje.'

'Ik ben al droog, Orinoco. Door de zon. Vertel het alsjeblieft niet aan haar.'

'We zullen wel zien. Als jij doet wat ik zeg, dan zal ik het haar misschien niet vertellen. We zijn er bijna.'

Ze voelde haar hart kaboem, kaboem doen, maar ze wilde niet dat Orinoco boos op haar werd. Ze zag wel dat hij *bijna* boos was, en ze vond het zo verschrikkelijk griezelig als grote mensen boos waren. Dan waren het net monsters. Orinoco keek om zich heen, en liep toen vlug naar de strandhut aan het eind van het strand, ver weg bij het hotel. Hij zette haar op een stoel. Die was van bamboe gemaakt en voelde ruw aan. Orinoco deed de deur op slot.

'Zo is het veel te donker,' zei Claudia in haar hoofd, niet hardop. Ze wilde naar papa toe. Orinoco was een boef, en ze vond het ook niet meer de mooiste jongensnaam. Ze voelde haar ogen warm worden, en dat betekende dat ze zo ging huilen.

'Straks komt er een vriend van mij, en ik wil dat je heel lief voor hem bent.'

Ze knikte. De zitting van haar stoel was ineens helemaal nat en warm en ze zat te trillen. Heel langzaam deed Orinoco de rits van zijn korte broek los. Hij legde een vinger tegen zijn lippen, en zij beet op de hare om niet te gillen. Deze leek helemaal niet op die van papa – hij was veel groter en hij stond rechtop, paars en walgelijk.

Orinoco ging op een andere stoel zitten en glimlachte naar haar, als een wolf. Ze wilde wegrennen, maar Orinoco had de deur op slot gedaan. Ze kreeg bijna geen lucht meer, alsof ze nog onder water lag.

'Wie heeft je leven gered?'

'Jij, Orinoco,' antwoordde ze, maar haar stem wilde niet. Het kwam er helemaal krakerig uit.

'Precies. En daar ga je me nu voor bedanken.' Hij zweeg. 'Kom eens bij me zitten, Claudia.'

TIEN MINUTEN DAARVOOR

Alfie

Het was het allerstomste feestje *ooit*. Allemaal grote mensen die stonden te schreeuwen en omvielen. Maar het eten was super: een chocoladetaart in de vorm van het eiland, en pudding en chocoladefondue met marshmallows, en een fruitsalade met kersen erin, en een gigantische barbecue met heel dikke worstjes en garnalen zo groot als bananen. Er was een speenvarken aan het spit, net als in de middeleeuwen, maar daar kreeg hij niks van, omdat de grote mensen zo hebberig waren. Ze duwden je weg, en dan kreeg je nog op je kop ook vanwege je slechte manieren! Ze sprongen in het enorme zwembad dat in de zee leek over te lopen, en sommigen zaten zelfs te *zoenen*.

Alfie gleed van zijn stoel. Zijn benen kwamen los van de zitting als een sticker van zijn achterkantje. Hij had uitslag van de hitte en hij had insectenbeten die helemaal opgezwollen waren en waar pus uit kwam.

En zijn rug was warm en pijnlijk, ook al had hij maar vijf minuten mogen snorkelen. Hij had zijn sunblock in de speedboot laten liggen. Wat een ellende. Zijn vader had gezegd dat het leuk zou zijn, maar het was alleen maar leuk voor grote mensen. En die grote mensen stelden zich aan als kleine kinderen – zijn vader was met al die journalisten gaan waterskiën en windsurfen, en vissen met speren. Hij moest binnen blijven en hij had een tekening gemaakt van een Chieftain-tank.

Zijn vader had het duidelijk naar zijn zin: hij hing in het zwembad en zat te lachen met een mevrouw in een rood badbak met heel grote borsten. Claudia's nieuwe moeder.

Hij was niet bang voor Claudia's nieuwe moeder. Ze was mooi, maar ze rookte uit zo'n lange sigarettenhouder, net als Cruella Krengemans. Volgens Claudia was ze een heks, en ook al geloofde Alfie niet in die onzin, hij had wel al die pruiken van haar gezien, in de kamer waar ze haar jurken bewaarde. Het waren net indianenscalps. Hij wilde graag kijken of er nog huid aan zat, en bloed, maar Claudia was bang dat ze betrapt zouden worden.

Het was zo oneerlijk. Hij wilde met Claudia spelen – ze was best leuk, voor een meisje – maar Innocence zei dat ze aan het rusten was, en dat hij niet bij haar mocht omdat haar nanny niet lekker was. Hij vond zijn kamer wel mooi. De bodem van het bad was doorzichtig, en daaronder was de zee. Hij had een koraalduivel zien zwemmen. Het enige was dat duikers je in je blote kont zagen zitten.

Alfie wilde op zoek naar een boom om in te klimmen. Op het hele eiland hingen hangmatten, en overal zaten konijnen, pauwen en eekhoorntjes. Hij vroeg zich af of zijn vader zijn luchtbuks had meegenomen.

Hij banjerde tussen de bomen, en sprong steeds weg voor het zonlicht. Telkens als zijn huid zon ving, kreeg hij jeuk. Hij zag een slapende schildpad. En een paar flippers en een duikbril die iemand buiten een strandvilla had laten liggen. Hij staarde: tegen de muur stond een geweer waarmee je speren kon afschieten. Hij keek naar links en naar rechts. Eén keertje maar. Hij zou op zoek moeten naar een vis – nou, dat was niet zo moeilijk, de zee zat er vol mee!

Hij tilde het geweer op en raakte de punt van de pijl aan. Hij wist dat hij dat niet zou moeten doen, maar dit was net zoiets als zo'n bordje waar *pas op, verf is nog nat* op staat. Verdomd scherp, die pijl. Het was een zwaar ding, bijna net zo groot als Alfie zelf, maar hij was heel sterk. De handgreep was hetzelfde als die van een gewoon geweer. Moest je het *per se* gebruiken om mee te vissen? Want als er geen schaduwrijk plekje op het strand was, kon hij echt niet naar het water – bij elke stap op het zand voelde hij de zon schroeien. Hij wist precies hoe het moest zijn voor dat speenvarken.

Hij zou wel wat rondsluipen tussen de bomen om te zien of hij op de een of andere manier bij de oceaan kon komen. Zelfs de spikkels zonlicht die door de palmbladeren schenen irriteerden zijn huid. Hij kon het lawaai en de muziek van het feest nog horen. Doorlopen. Oké. Helemaal aan de andere kant van het strand lag een hoge stapel surfplanken, naast een strandhutje – mooi, beschutting – en ietsje verder lagen een paar kajaks ondersteboven in het zand. Daar kon hij een heel stuk door de schaduw kruipen, als een sluipschutter, en van daar was het water heel dichtbij, en bovendien waren daar ook rotsen. Perfect: vis *en* schaduw.

Hij liep vlug tussen de bomen door, het geweer stevig in zijn bezwete handen, en schoot langs de surfplanken. Toen de schaduw van de strandhut in – lekker, hier was het echt koel. Hij bleef even staan en liet het geweer in het zand rusten zodat hij zijn handen aan zijn korte broek af kon vegen. De vijand was in zicht! Toen hoorde hij het, en hij bleef als aan de grond genageld staan. Het was het geluid van iemand die heel bang was. Hij huiverde ervan. Het geluid kwam uit de hut; de kille, harde toon van een volwassene die geen genade kende en dat verschrikkelijke, hartverscheurende gejammer van een kind, een klein meisje.

Claudia?

Alfie hield zijn adem in en heel langzaam en heel zachtjes pakte hij het geweer op. Ineens was hij even kalm als de spiegelgladde azuurblauwe zee. Samen met zijn vader had hij al sinds hij kon lopen op herten gejaagd in de Schotse Hooglanden. Zijn vader zei dat hij een beroerde schutter was. Maar dat was niet zo. Nee, je moest juist ontzettend goed zijn om overtuigend elke keer mis te schieten als je zo'n schitterende hertenbok voor je had. Hij sloop naar het raam van de hut.

'Kom eens bij me zitten, Claudia.'

De man zat op een stoel en hij had zijn ogen dicht en er lag een gespannen uitdrukking op zijn gezicht. Hij hijgde een beetje. Alfie kon alleen zijn hoofd en zijn schouders zien. Hij legde het geweer aan en mikte op het midden van dat lelijke voorhoofd. Pas toen hij de trekker overhaalde begon hij te trillen, zodat het vizier verschoof. De man gilde. Hij leek wel achterover te vliegen, in een helderrode regen van bloed. Alfie wankelde door de kracht van de terugslag en viel in het zand. 'Claudia!' gilde hij terwijl hij weer op zijn wiebelende benen probeerde te staan. Zijn schouder gloeide van de pijn op de plek waar het geweer tegen geslagen was. 'Claudia? is alles goed met jou?' Hij sprong naar het raam, en hij probeerde naar binnen te kijken. De man lag op de grond en lag te kreunen met zijn handen om zijn hoofd. Hij had zijn piemel uit zijn broek. De pijl stak in de bamboemuur achter hem, dwars door het afgescheurde oor. Alfie haalde diep adem en keek de andere kant op.

Claudia had geen kleren aan en ze keek verdwaasd. 'Claudia. Ik ben het, Alfie. Zet de stoel eens bij het raam.'

Als verdoofd staarde ze hem aan.

'DOE WAT IK ZEG,' schreeuwde hij met een stem als die van zijn vader. Zelfs praten deed pijn aan zijn schouder.

Ze schrok, en ze begon tegen de stoel te duwen.

'Snel.'

Hij beet zijn kaken op elkaar van de pijn en trok zich op aan het raamkozijn. De man kwam moeizaam omhoog en zijn gezicht was grauw als de dood. Ze klom op de stoel. 'Kom op nou!' zei hij. 'Springen!' Hij stak zijn magere armen uit. 'Ik vang je wel.'

Ze staarde hem aan en aarzelde, en hij was weer terug in de Hooglanden, hulpeloos als altijd als hij de lichte wanhoop zag van een hert vlak voor het werd afgeschoten. De man maakte een sprong, greep haar vast en zij verdween uit het zicht.

DE BAR IN HET ZWEMBAD,
TWEE MINUTEN DAARVOOR

Harry

Wat een stel tieten. Je zag haar tepels duidelijk zitten onder de dunne stof. Hij kreeg er een stijve van. En ze gaf hem ook zo'n blik. Maar ze was de vrouw van zijn vriend, en Harry bevuilde zijn eigen nest niet, ook al had Jack hem wel een rotstreek geflikt. Zijn vrouw Helen vond dat er verzachtende omstandigheden golden, maar toch was hun vriendschap nooit meer geworden wat het geweest was.

Nou ja. Een man moest wat te dromen houden. Dat decolleté van haar, daar kon je in verzuipen. En als ze haar benen van elkaar haalde, dan zag je haar...

'Harry.'

'Jack, ouwe jongen! Mieters feest. Je vrouw en ik zaten net over de aandelenmarkt te...'

'Harry, waar is Alfie?'

'De kleine vent? Die zit daar, bij – ach, verdomme.'

'Claudia's nanny is net wakker, en die kan Claudia nergens vinden. Ik heb het personeel in elke villa laten kijken, maar geen spoor. Misschien is ze bij hem?' Jack zweeg. 'Je denkt toch niet dat ze de zee in zijn gegaan, hè?'

Fuck. Helen zou hem vermoorden als er iets met Alfie gebeurde. Niet dat dat dan nodig was, want hij zou zichzelf ook willen vermoorden. Dat ventje was het zonnetje in zijn leven. Waarom had hij dan niet beter op hem gelet? Alleen omdat ze toevallig op vakantie waren? Hier was het veel gevaarlijker dan thuis. Zijn hart kromp ineen tot een erwtje van angst.

'We hebben geen tijd te verliezen. Dat stelletje sloebers – we moeten hen erbij halen.'

Jack was stil. Harry keek hem aan. 'Dit is geen moment voor trots, Jack.'

'Je hebt gelijk, natuurlijk niet.'

'Ik zal hun aandacht wel even vragen,' zei Innocence. Ze liep naar de plek waar de band stond te spelen en fluisterde iets in het oor van de zanger – was het nou een Fransman? Hij heette Le Bon, maar hij klonk

Engels. Nou ja, eigenlijk produceerde hij vooral veel lawaai. Niet echt haar smaak, maar Jack nam tegenwoordig niks van haar aan.

'Het spijt me dat ik de feestvreugde moet verstoren,' kirde ze in de microfoon, met een glimlach op haar beeldschone gezicht – ze bleef altijd koel als een kikker onder de meest rampzalige omstandigheden – 'maar Jacks zevenjarige dochter, Claudia, en Lord Cannadines zoon Alfie van tien zijn vermist op het eiland. We smeken jullie om mee te helpen zoeken. Ze kunnen overal zitten. Misschien zijn ze wel in gevaar.' Ze zweeg, sloeg haar blik neer en leek een snik te onderdrukken. 'Ontzettend veel dank.'

Terwijl Harry uit het zwembad sprong en in de richting van het strand begon te rennen, zag hij dat Jack zijn vrouw een woedende blik toewierp. Wat was er mis met hem, verdomme? Zijn *kind* werd vermist, en dan maakte hij zich zorgen om de slechte pers. Maar het had wel effect. Dat zootje alcoholisten was eraan gewend om op drank te lopen, en ze gingen allemaal als speurhonden op zoek naar de prijs. Al die coke die ze hadden lopen snuiven gaf in elk geval genoeg energie voor de zoektocht. Die kinderen konden hun niks schelen, zij deden het vooral voor het verhaal. Maar dat maakte hem niet uit. Als Alfie en Claudia maar werden gevonden.

Hij stormde het strand over en tuurde over zee. 'Alfie!' riep hij. 'Alfieeeee!'

En toen, o, goddank, kwam er een klein figuurtje aanstrompelen, in de verte, bij een strandhut. 'Papa, papa, rennen!'

'Alfie! Papa komt eraan. Jongens, hier zijn ze!'

COMOMEER, ITALIË, EEN WEEK LATER

Innocence

'Geef me een seconde, schat.'

Innocence vloog de marmeren trap op naar een van de Romeinse badkamers, deed de met bordeauxrode fluweel beklede deur dicht en op slot en ging met haar pronte achtersteven op het brede rode marmer van het bad zitten. Ze staarde naar de witmarmeren buste van een

Griekse god – een of andere kale kerel met een baard – en lachte zich een ongeluk.

Na de afschuwelijke gebeurtenissen van de afgelopen week zou Jack haar smeken om zitting te nemen in de raad van bestuur. En dat betekende dat zij Plan B een halt toe kon roepen. Plan B zou ook wel een heel zware straf zijn voor die arme Jack.

Het was zo lief van die schattige Gianni om hun dit snoezige optrekje aan het meer te lenen zodat de *bambina* bij kon komen van de schrik. Ze was altijd al gek op zijn jurken geweest, maar nu was ze er zelfs verrukt van!

Ze was wel licht geïrriteerd dat Jacks renovatie van het Spyglass Island Villa Retreat zo schitterend was geworden. Het hout was weliswaar te donker, en hij was niet goed in details, maar alles bij elkaar was het geweldig gelukt om een begerenswaardig, exclusief oord te maken, en dat zonder dat hij haar ook maar één keer naar haar mening had gevraagd – en al het nieuwe personeel was jong, beeldschoon en niemand had zo'n rood vestje aan.

En, realiseerde ze zich – wel dom dat ze er nu pas achter kwam – dat je wat die lui betrof net zo goed een zooi caravans op het strand had kunnen zetten. Waar het om ging was dat Jack die bloedhonden een geweldige tijd had bezorgd. Drank, drugs, happen, allemaal in grote hoeveelheden. De morsige horde was met jasmijnolie gemasseerd, had gezeild op catamarans, had roze krulschelpen gezocht op het witte poederstrand en had daar zijn zakken mee volgepropt. Het ging allemaal om hebzucht, om graaien wat je graaien kunt. Ze werden omgekocht om ervoor te zorgen dat de bewondering van hun pagina's af zou spatten.

En dat zou ook zeker hebben geloond. De *rich & famous* zouden hun butlers onmiddellijk hebben laten bellen om de presidentiële suite te boeken, de villa's met uitzicht op de oceaan, het hele eiland, het hele jaar, en Jack zou zich dan onoverwinnelijk hebben gewaand.

Maar Claudia, magneet voor alle mogelijke rampspoed, had de kroon op haar vaders jonge imperium weten te ruïneren.

Dus nu zou hij wel inzien dat hij Innocence nodig had. Wilde hij nog eens echt rijk worden, dan kon hij niet zonder haar.

De koppen waren schokkend. Innocence' favoriete krantenkop was die in de *News of the World*: 'PEDO IN HET PARADIJS – HOE WIJ HET KIND VAN EEN HOTELMAGNAAT HEBBEN GERED'.

Met daarna een verslag op de pagina's 2, 3, 4, 5, 6, 7, 8 en 9 – 'Terwijl haar steenrijke en stomdronken papa de beest uithing met een roedel blondines...' – waarin werkelijk elk gruwelijk detail aan de orde kwam, waaronder ook het feit dat Jack een keer in zijn bed had geplast. Toen hij elf was.

Zij had haar zaakjes uiteraard grondig afgedekt – ze was zo slim geweest om een stelletje drop-outs van die dure school een omkoopsom te betalen om een 'verhaal' over haar te verkopen. Met trillende hand scande ze de pagina's, maar de krant bleek voornamelijk geïnteresseerd in haar cupmaat. De foto die ze hadden geplaatst was redelijk – hoe haalde Jack het in zijn hoofd te vragen waarom het nodig was dat er een haarstyliste met haar meereisde! Als ze eenmaal met hem zou samenwerken, dan zou ze ook een fulltime visagist in dienst nemen. Het waren de jaren tachtig, hoor. Alles draaide om je image.

En het image van Jacks schitterende eiland was naar de knoppen. Het zou voor altijd bekendstaan als dat eiland waar zijn zevenjarige dochter nog net niet was verkracht en vermoord door een of andere kinderlokker. Jacks eigen image had ook een flinke deuk opgelopen: hij deugde niet als vader. Hij had de nanny ontslagen, maar dat was net iets te laat – want waarom had hij toch niet zelf op zijn kind gelet? Het was *zijn* eiland, en daarmee was het dus ook *zijn* kinderlokker. De foto's op pagina twee toonden een ruige Harry Cannadine met een slaphangende Claudia in zijn armen, en zijn knappe zoon en erfopvolger Alfred Horatio Nelson Cannadine die naast hem voort hobbelde – met een schouder die uit de kom was geraakt tijdens het redden van zijn knappe prinsesje. Harry en Alfie waren de helden. 'Dat klote-establishment ook altijd,' had Jack gemompeld.

Het enige wat de News of the World had verzuimd op te schrijven was dat de kinderlokker in kwestie ook journalist was.

Innocence werkte haar bloedrode lippenstift bij terwijl de in het glas geëtste godin goedkeurend op haar neerkeek. Ze was dol op neoklassiek. Lekker over de top. Gianni had elk stuk in hoogsteigen persoon opgesnord bij alle veilinghuizen over de hele wereld om het palazzo in zijn achttiende-eeuwse staat te herstellen, toen het in bezit was van de aristocratische familie Cambiaghi uit Milaan. Het was nog niet klaar, maar het was al een heel eind. Ze was gek op de achttiende-eeuwse Russische kristallen kroonluchter. Die had nog in het keizerlijk paleis in

Sint-Petersburg gehangen. En zij, Sharon Marshall uit Hackney, trad in de voetsporen van lords, lady's, koningen en koninginnen – als hun gelijke.

Ze moest nu toch echt bij Claudia gaan kijken. Ze huiverde. Ze hadden haar niet aan de praat kunnen krijgen. Ze was getraumatiseerd, zei de dokter – een heuse neurochirurg. De dokter had haar aan een intern onderzoek onderworpen – wat het trauma waarschijnlijk alleen nog maar verergerde. Maar wat wisten mannen (die idioten) daar nu van.

Innocence stond daar vorige week op het strand, bevend en misselijk. Ze kon dat kind niet uitstaan – telkens als Jack met zoveel liefde in zijn blik naar zijn geadopteerde dochter keek voelde ze de greep van haar intense haat om haar keel sluiten. En Claudia was zo ontzettend *dom*. Dat kind had eens een goed pak op haar flikker nodig.

Maar *dit*.

Innocence had zich de strandhut binnen geworsteld waar een stel van die journalisten bezig waren om die pedo een lesje te leren. 'Mag ik even,' had ze gezegd, en toen waren ze als een stel ondeugende kinderen achteruit geschuifeld. Ze vond het amusant dat zij schenen te denken dat ze nog nooit geweld had gezien – alsof een paar lullige trappen in zijn kruis zo erg waren. Die viezerik bekeek haar van top tot teen, een onbeschaamde grijns op zijn gezicht, ook al miste hij een oor, en hij zei met een rasperige stem: '*Jouw* schuld...' Miss Ashford had lief geglimlacht en hem vervolgens in zijn gezicht getrapt, waardoor zijn neus brak. Toen stampte ze weer naar buiten en stak een sigaret op.

Het is *jouw* schuld. *Jij* hebt hem verleid. Ze was pas tien. Haar moeder was gefrustreerd, en blind van woede omdat ze zo'n lelijke heks was dat haar kerel niet meer in haar was geïnteresseerd. Uiteindelijk had Gerry met haar vader afgerekend. Sharon was toen negentien, ver weg en onaantastbaar. Gerry had hem dronken gevoerd, in stukken gesneden en in de Theems gedonderd. Haar vader was zo'n vuile rat, dat er aan de lijst van verdenkingen van de smerissen geen eind kwam. Gerry was altijd al gek op zijn grote zus geweest. Wat dat betrof was het echt een softie.

Met trillende vingers stak Innocence nog een sigaret op.

Er gebeurden verschrikkelijke dingen, zo zat het leven nu eenmaal in elkaar. Ze dacht nooit meer aan die ellende – dat was voorbij, ze had er niks aan om erover te piekeren. Die zure bierwasem die hij in haar gezicht blies; die ruwe eeltvingers van hem die paarse plekken achterlieten op haar tere huid; die misselijkmakende geur van zijn lijf, als kip uit de magnetron. Er gebeurden wel ergere dingen, en ze haatte mensen die zeurden over hun lot. Ze had wraak genomen. Hij was dood, en zij leefde er goed van.

Op een bepaalde manier was het ook goed dat haar vader met haar had gerotzooid, en niet met haar kleine zusje, Susan. Sharon was een taaie. Susan was een teer popje, een *zwakkeling*.

Net als Claudia.

Innocence streek haar kapsel glad en paradeerde door de lange gang naar de logeerkamer waar Claudia onder een dekbed van rood met goud satijn lag. 'Claudia?' zei ze.

Het wicht lag te slapen, met haar donkere haar in een waaier over haar kussen. Ze leek precies op dat dooie mokkel op Jacks schilderij. Ophelia. Dat vond ze een naar schilderij. Ze kreeg er de kriebels van. Ze zou toch eens tegen Jack zeggen dat hij het aan de Tate Gallery moest verkopen. Wat kon hem het verder schelen? Hij hield helemaal niet van kunst – hij zag nergens de schoonheid van in – hij zag altijd alleen maar dollartekens. Ja, hij begon het te leren.

Innocence liep naar het grote raam en schoof de groen met gouden gordijnen open. Het zonlicht wierp regenbogen over de fontein, achter in de tuin van het palazzo. Ze ging op een blauwsatijnen stoel zitten en stak een sigaret aan. Nog geen minuut later werd Claudia hoestend wakker.

'Hoe voel je je, schatje?' Gek, die onkarakteristieke zachtheid in haar stem. Het woord 'schatje' rolde ongemakkelijk van haar tong.

Claudia glimlachte. 'Goed hoor, Innocence,' antwoordde ze. Haar stem was nauwelijks hoorbaar. Ze had al twee dagen niks gezegd.

O, god. Wat pathetisch. Dat kind was net een puppy, met haar grote smekende ogen, hunkerend naar liefde.

Innocence gaf een klopje op het dekbed. Ze kon het echt niet opbrengen om Claudia aan te raken. Het was net als met een huisspin: daar wilde je ook niet te dicht bij in de buurt komen, uit angst dat hij je zou bespringen. Maar – Innocence ademde diep in door haar neus – het leek wel alsof de woede die altijd meteen door haar aderen begon te stromen als ze dit onderkruipsel zelfs maar zag, een beetje... verdund was. Voor het eerst voelde ze iets als... een band?

'Wil je misschien iets eten?' Ze zou dit praktisch aanpakken. 'De chef heeft een lunch klaargemaakt.' Ze wierp een blik op het elegante handgeschreven menu dat op het tafeltje naast haar lag.

Tortina di carciofi – artisjokkentaart
Risotto Milanese e ossobuco – kalfsschenkel met saffraanrisotto

Haar maag draaide ervan om.

'Ik heb geen honger,' fluisterde Claudia.

Goddank. Het kwam door al die walgelijke herinneringen. Innocence was misselijk, en als ze die kalfsschenkel ook maar zou ruiken, zou Gianni haar een rekening moeten sturen van de stomerij omdat ze dan op zijn kostbare zeventiende-eeuwse Ushak-tapijt over haar nek zou gaan. Jack moest maar alleen eten.

'Goed dan, schat, rust maar lekker uit. Ik kom over een uur nog wel eens kijken.'

Ze haastte zich terug naar haar badkamer en braakte in het roodmarmeren toilet. Ze was nooit misselijk. Wat *had* ze?

Woest poetste ze haar tanden – gatver, de smaak van de tandpasta deed haar kokhalzen. En toen liet ze de tandenborstel in de wastafel vallen en zakte ze met een plof neer op de groen met gouden empiredivan.

Zodra ze met hem getrouwd was, was ze met de pil gestopt. Je kon maar beter zo veel mogelijk je klauwen in hem slaan. Maar de dokter had gezegd dat... ach, rot toch op met die dokter, sinds wanneer hadden dokters ergens verstand van? Het was zover. Het was zover! Geen wonder dat haar kleren een beetje strak zaten. Ze gooide haar hoofd achterover en glimlachte. Ze was zwanger. Ze zou Jack een kind van zichzelf schenken – in tegenstelling tot die onvruchtbare muts van een Felicia die hem met een weesje had afgescheept.

Innocence schikte haar kapsel in de spiegel en keek naar zichzelf van opzij. Haar buik was nog plat. Ze kon niet wachten om het Jack te vertellen.

Ze huppelde de badkamer uit, maar bleef toen plotseling stokstijf staan. Iemand riep haar met een hese, wanhopige kreet. 'Innocence! Help! Help! Orinoco wil me pakken – help! Ik ben zo bang!'

Jezusmina. Ze stampte de gang door en gooide de deur open. Claudia schrok zich een ongeluk. 'Doe eens gewoon, zeg! Je bent toch geen baby? Hoe durf je zo tegen mij te schreeuwen. Hou eens op om een probleem te maken van niks. Je hebt gewoon naar gedroomd. Dus hou je mond en ga weer slapen.' Voor ze de deur dichtsmeet, ving ze nog een glimp op van Claudia's gezicht. Nou, ze moest er maar aan wennen. Niemand, en al helemaal geen onwettige bastaard waar verder niemand op zat te wachten, zou tussen Jack Kent en zijn eigen vlees en bloed komen. Hun kind – *hun* kind – was haar troef, en het blote feit dat Claudia bestond, was genoeg om haar de oorlog te verklaren.

En de vijand moest vernietigd worden.

Terwijl Innocence als een koningin de marmeren trap af schreed om haar man op de hoogte te stellen van het feit dat zijn bloedlijn zou worden voortgezet, zong ze een liedje. Het was een liedje dat kennelijk door haar aderen stroomde. Een liedje dat moeders in Engeland al honderden jaren voor hun kroost zongen:

Lavender blue, dilly, dilly, lavender green
When you are King, dilly, dilly, I shall be Queen.

DE VERSACE-VILLA, COMOMEER, TIEN MINUTEN EERDER

Jack

Het Spyglass Island Retreat in Frans-Polynesië was een sensatie. Helaas om de verkeerde redenen.

Het was een ramp. Maar er was nu eenmaal geen kruid gewassen tegen het kwaad. Hij had zichzelf niets te verwijten. Nee. Waarom wel? Het hotel was zijn kindje. Claudia was aan de zorg van de nanny en van Innocence toevertrouwd. Zij waren hier dus schuld aan.

Hij vond het zorgwekkend dat Innocence haar plaats niet kende. Het was haar taak om ervoor te zorgen dat hij tot de betere kringen zou doordringen, en dat zij de juiste soort van sociale gelegenheden zou organiseren en bijwonen, en dat ze hem een gezin zou bezorgen dat ervoor zou zorgen dat de naam Kent een Britse trots zou zijn.

En daar zaten ze dan: gasten van een Italiaanse kleermaker. Hij had verder niks tegen Versace zelf – dat was duidelijk een vriendelijke, keurige vent, die meteen klaarstond om zijn 'vrienden' (hij was wel zo tactvol om Innocence niet 'klant' te noemen) een toevluchtsoord te bieden waar ze bij konden komen van een verschrikkelijke gebeurtenis.

Maar Versace was geen high society.

Jack stak een sigaar op en stortte neer op een met oranje zijde beklede chaise longue. Wat een nachtmerrie. Als hij een pistool had, dan had hij die smeerlap in zijn gezicht geschoten. Zijn *personal assistant* – juffrouw Martha Green, of, zoals hij haar bij zichzelf noemde, Geheim Agent Green – had hem bij de arm gepakt en hem bij de strandhut weggehaald. Zij zou er wel voor zorgen dat hij niet iets deed waar hij spijt van zou krijgen, al helemaal niet waar de voltallige rioolpers bij was. Ze had hem naar Claudia gebracht, zodat hij haar over kon nemen uit Harry's armen.

Het was een heel pijnlijk moment geweest.

Hij was doodsbang. Hij durfde zijn dochter nauwelijks aan te kijken. Hij kon haar pijn niet zien, want hij wist dat het anders ook zijn pijn zou worden. En dus blaatte hij wat sleetse woorden van troost ('Het is voorbij, lieveling, het komt goed.'). God mocht weten wat dat monster haar had aangedaan – of wat hij haar had laten doen. Ze wilde niks zeggen, en hoewel het interne onderzoek uitwees dat ze niet was verkracht, had die hufter wel degelijk *iets* gedaan. Dat was duidelijk. Als Jack zich ertoe dwong om haar in de glazige ogen te kijken, dan zag hij hoe beschadigd ze was. Hij had weggekeken. Hij had nooit iets anders gewild dan zijn dochter beschermen en zorgen dat ze gelukkig was. Niemand vond het prettig om zijn eigen mislukking onder ogen te zien.

Het hotel kon hij wel vergeten.

Hij groef in zijn zak op zoek naar een pil. Hij was behoorlijk aan de prozac. Hij vond het wel geestig dat hij ooit zo moeilijk had gedaan over het slikken van pillen. Vitamines voor de hersenen, meer was het niet. Het hielp hem te functioneren. Vooral als hij er ook nog een paar valiumpjes achteraan gooide.

Geestelijke gezondheid, besefte hij, was vooral een kwestie van volhouden. En daarbij kon hij wel wat farmaceutische steun gebruiken.

Hij haatte die onbedwingbare golven van paniek die bij het minste of geringste over hem heen sloegen, en hoe zijn hersenen maar bleven zigzaggen over de kleinste dingen. Marmelade op zijn brood, of jam? Jam! Nee! Marmelade! Zo erg was hij eraan toe. Prozac gaf hem een soort superieure afstand, en het bevrijdde hem van die vreselijke zwakke twijfel. Het vermorzelde die belachelijk verwijfde paniekaanvallen en het maakte hem de koele, beheerste meester van het universum die hij hoorde te zijn. En laten we eerlijk zijn, prozac slikken gaf je status. Als je geen prozac nodig had, dan was je een nul.

Hij zou het seizoen meteen al met gigantische kortingen moeten beginnen: hij zou dus nauwelijks uit de kosten komen. En hij had een levensstandaard op te houden, en bovendien zou hij hotels openen in LA, New York en langs de Amalfi-kust, dus hij had helemaal geen reserves. Hij had leningen afgesloten met het air van een man die graag snel succes wilde hebben, en hij was daarom volledig door de banken gegijzeld. De banken! Alsof het grauwe, gezichtsloze entiteiten waren, terwijl ze door een specifiek soort mensen werden gerund. Mensen die even meedogenloos waren als charmant, rijk, belangrijk en *chic*. Mensen die een hekel hadden aan de nouveaux riches.

Een van hun eigen mensen zouden ze nooit failliet laten gaan, en daarom wilde hij zo ontzettend graag in hun kring worden opgenomen. Innocence had makkelijk praten, zij was een van hen. Zij kon het zich veroorloven om excentriek te doen – hij had eerst helemaal niet door hoe excentriek ze precies was. Als hij dat had geweten dan had hij misschien... Maar hij was niet op zijn achterhoofd gevallen. Hij zat wel goed zo.

Harry kon hem maar tot op zekere hoogte helpen. Innocence had de sterke indruk weten te wekken dat ze geweldige connecties had, maar ze leek niet bereid om die connecties voor hem aan het werk te zetten. Eén keer, tijdens een benefietvoorstelling in Chelsea voor oude soldaten, had de hertogin van York een beetje verbaasd naar haar gezwaaid, alsof ze haar niet precies kon plaatsen. Jack was op Fergie af gebeend en wilde kennismaken. Maar toen had Innocence gefluisterd: 'Denk om je manieren, Jack', en had hem vervolgens de andere kant op geduwd.

Hij schudde zijn hoofd en keek de blauwe kringetjes rook na die naar het plafond zweefden.

Een klop op de deur.

'Binnen!'

De butler: een kleine, heel oude Italiaan met verdacht zwart haar. 'De telefoon belt voor u, meneer.' Hij zweeg. 'Het is *niet* de krant. Ik heb praten gedaan.'

'Dank je.' Jack knikte en pakte de hoorn van de haak. De telefoon was heel erg... goud.

Tien minuten later hing hij op en stompte in de lucht. '*Yes, yes! Yes,* potdomme!'

Hij ontbood de butler en bestelde een fles Dom Pérignon uit 1966. Hij had geen bal verstand van drank (behalve dan van hoe je het moest drinken) maar hij had een sommelier ingehuurd om een wijnkelder voor hem in te richten. Die kerel had voor Sol Kerzner gewerkt, dus Jack nam aan dat hij wist wat hij deed. Hij had de hele wereld over gereisd en flessen wijn besteld op wijnveilingen. Hij was niet goedkoop, maar het moest wel lijken alsof je verstand van dit soort dingen had. Waarschijnlijk kregen ze op Eton een vak Geschiedenis van de Alcohol. Twee kristallen coupes met bubbels stonden te sissen dat het een aard had toen Innocence in de deuropening verscheen.

Ze zag er wel heel mooi uit, vandaag – en, ze was van *mij*! Helemaal van mij! Ze keek stomverbaasd toen ze zijn grijns zag. Ach, dat vergaf hij haar. Want vorige week was hij ook wel in een heel zwarte bui geweest. 'Lieveling,' vroeg ze. 'Is alles wel... in orde?'

Hij kuste haar, en draaide haar rond aan zijn hand in die gigantische kamer. 'Alles is perfect.' Hij grijnsde. 'Ik ben voorgedragen voor een lidmaatschap bij Lloyd's. Dus binnenkort ben ik een *Naam**. Een Naam bij Lloyd's!'

Innocence leek te verstrakken.

'Leuk voor je, schat. Maar... *hoezo* dan?'

Met een ruk draaide hij zijn gezicht naar haar toe, vol verbazing. Ze wist toch best hoezo. Het betekende dat hij eindelijk erkenning kreeg van de gevestigde orde. Eindelijk was hij *een* van hen. Vond ze soms dat hij dat niet waard was? Het maakte hem witheet dat ze scheen te denken dat ze er een andere reden voor konden hebben – haar verdenking zette hem in een verkeerd daglicht.

---

* Verzekeringsmaatschappij Lloyd's betrok tot begin jaren negentig bijna al haar kapitaal van rijke mensen, de zogenaamde *Names*, die hun vermogen bij het bedrijf onderbrachten. Begin jaren negentig maakte Lloyd's dusdanige verliezen dat vele *Names* al hun geld in één klap kwijtraakten. (vert.)

Hij dacht aan zijn eigen mensen, die hij al zo lang geleden de rug had toe gekeerd. Ruth gaf geen bal om religie, maar die andere vrouwen waren dodelijk. Een man had een vrouw die eigenlijk protestant was maar die zich had laten bekeren; die wist waarschijnlijk meer af van de joodse leer dan de hele synagoge bij elkaar, maar toch zou ze altijd 'de bekeerling' blijven. En ook al lieten ze deze vrouw toe in hun kring, ze zouden haar nooit als hun gelijke zien.

Zou het establishment *hem* soms ook zo zien? Nee. Hij was een selfmade man, getrouwd met iemand uit adellijke kringen. Hij verdiende het om ook een Naam te zijn.

'Omdat ik zo'n enorme pik heb. Ik denk dat ze de geruchten daarover hebben opgevangen.'

Ze lachte niet. 'Ik bedoel, waarom vragen ze je dat *nu*, een week nadat de zaak zulke beroerde publiciteit heeft gekregen en je toekomst dus zo... onzeker is?'

Ze wist precies hoe ze hem over de zeik moest krijgen. 'Luister, pop, het is schattig dat je zo achterdochtig bent, maar je kunt gerust zijn, ik ben nog niet door de ballotage. Maar *entre nous*' – hm, Franse teksten uitslaan, klasse of burgerlijk? Hij zou het Agent Green eens vragen – 'het is kat in het bakkie.'

'Wie heeft je voorgedragen?'

'Altringham. De bankier. Een vriend van een vriend van Harry. Je hebt hem wel eens ontmoet.' Even dacht hij dat Innocence er zelf achter kon zitten, maar die mogelijkheid wees hij meteen weer van de hand.

'Is Harry dan ook een Naam?'

'Wat doet dat ertoe?' Hij voelde hoe de prozac de degens kruiste met de storm adrenaline.

'Schat, Harry heeft uitstekende financiële adviseurs. Terwijl die van jou...'

'Onzin. Als ik het me goed herinner heb jij niks te maken met mijn zaken en...' Hij zweeg. Het leek alsof zij iets wilde zeggen, maar zich bedacht. 'Wat nou?' zei hij bits.

'Hoeveel moet je ze betalen?'

'Dat gaat jou niks aan.'

'Kom op, Jack. Ik ben je vrouw, vertel op.' Innocence was niet voor nederigheid.

Hij zuchtte. 'Ik moet een kredietbrief overleggen ter waarde van tweehonderdduizend pond. En daarnaast moet ik bewijzen dat ik goed ben voor nog ten minste driehonderdduizend pond. Hoe meer geld ik aanbreng, hoe hoger de premie die ik kan verdienen,' zei hij vlug. 'Je krijgt dus eigenlijk gratis geld van ze.' Hij lachte. 'Dat geld heb ik zo bij elkaar. Misschien dat ik een schilderij verkoop. Ik heb wel gezien wat je van die Millais denkt.'

Innocence plofte neer in een weelderige stoel. Ze keek niet blij. 'Wat is het risico?'

Hij snoof. 'Er is helemaal geen risico! Dit is een club die al driehonderd jaar achter elkaar winst draait!'

'Maar wat nu als het onmogelijke toch gebeurt?'

Ze irriteerde hem mateloos. Zijn vingers jeukten om nog een pil te pakken. Om van de ergste woede af te komen. Hij knarsetandde. 'Ik heb genoeg aandelen en obligaties om eventuele verliezen van Lloyd's te vereffenen. Maar dat gaat niet gebeuren. Zeg, schat, vind je het goed om op te houden met dit kruisverhoor? Ik vind dit namelijk iets om te vieren.' Hij greep een van de champagnecoupes en dronk die in één teug leeg. 'Hier.'

Ze nam een klein slokje.

'Wat is er nou? Is een Dom uit '66 soms niet goed genoeg voor je?'

Zijn zenuwen stonden op knappen. Tegen vrouwen was geen enkele dosering anti-ellendemedicijn opgewassen.

Ze aaide hem over zijn gezicht. Hij wilde zich terugtrekken, maar... o, wat was het toch prettig om door haar te worden aangeraakt. 'Lieveling,' lispelde ze. 'Ik vind het niet te drinken... maar daar is een goede reden voor. Ik moet je wat vertellen. We worden *ouders*.'

Hij gaapte haar aan en schoot in de lach. Zijn *eigen* – nee, zo moest hij niet denken! Een baby! Zijn hart bonkte dwars door de mist heen. 'Maar dat is fantastisch!'

Ze keek ingetogen. 'Ik redeneer als moeder, denk ik. Ik wil zo graag onze toekomst... de toekomst van ons *kind* veiligstellen. Het was niet mijn bedoeling om je boos te maken, liefste.'

'Maar schatje, doe niet zo raar! Je hebt gelijk dat je zo voorzichtig bent, volkomen gelijk!'

Ze lachte verlegen. 'Ik... ik maak me zorgen dat er *wel* iets misgaat, en Lloyd's, wat toch een verzekeringsmaatschappij is, het schip in gaat – ook al weet ik ook best dat die kans maar klein is. Maar het blijft een gok, en ik ben zo bang dat jij alles kwijtraakt waar je zo hard voor hebt gewerkt, inclusief je hotels en je *huizen*. En als baby straks geen dak boven het hoofd heeft? Ik wil er niet eens aan denken, ons arme lieve kleintje, al die *armoede*! Ik vraag me af of het niet veel verstandiger is om een deel van je – kom, hoe heet dat ook weer?' Ze knipperde schattig met haar ogen. 'O ja, kapitaal, op naam van iemand anders te zetten.' Ze zweeg. 'Claudia, bijvoorbeeld. Of je moeder?'

Hij fronste. Daar had ze een punt. 'Claudia is te jong. Dat kan niet. En mijn moeder – die is niet te vertrouwen, die kan zulke rare dingen doen. Straks maakt ze alles nog over aan de dierenbescherming.'

Innocence knikte. 'Ik hou van je, Jack. Ik moet me er niet mee bemoeien, maar ik wil jou... ons... zo graag beschermen.' Ze klopte op haar buik.

Hij werd overspoeld door een golf van liefde. Aan de buitenkant was ze keihard, maar haar hart was zoet en zacht als een roze marshmallow. 'Innocence, jij wordt een geweldige moeder. Knapperd.'

Ze giechelde. 'Je hebt zelf anders ook een belangrijke bijdrage geleverd.'

Hij zette de champagnecoupe voorzichtig aan de kant en trok haar naar zich toe in een heftige omhelzing. Ze zuchtte, en ze voegde haar weelderige rondingen naar hem. Hij kreunde en trok haar op de grond. Ze wurmde zich uit haar zwartkanten slipje en ging boven op hem zitten. God, wat was ze toch *lekker*. Ze sloeg haar lange benen om hem heen. O ja, o, ja, o...

'Schatje.' Haar lippen knabbelden aan zijn oor en haar stem klonk hees. Hij moest vechten om de controle niet te verliezen. 'Ik denk dat je mijn hulp nodig hebt.'

'Je – helpt – me al, liefste. Je – helpt me – enorm.'

Ze gleed van hem af, helemaal naar beneden en – o, jezus. Zijn ogen rolden praktisch om in hun kassen.

'Nee, ik bedoel...'

'Niet praten! Ik bedoel – ga door! *O, ja!*'

'Ik zou graag wat meer...'

Aaah!

'...actief betrokken zijn bij jouw...'

Wo-oh!

'...zaken.'

Hij duwde haar van zich af en trok zijn rits omhoog. 'Hoe bedoel je?' vroeg hij.

'Joh,' antwoordde ze, en ze leek net een spinnende tijger. 'Ik wil alleen zeker weten dat er niet nog een keer zoiets gebeurt als dat van verleden week. Weet je nog wel, verleden week?'

Hij huiverde.

'Dat heeft namelijk wel gevolgen.'

'Een paar.'

Ze streelde zijn gespierde buik op een manier die hem deed trillen. 'Liefje. Ik kan zoveel meer dan *dit*. Als ik jouw marketing zou doen, dan had ik de journalisten persoonlijk voor je uitgezocht. Want die kerel die het nu voor je doet – en die zit er geloof ik nog maar drie maanden, toch? – heeft die kinderlokker uitgenodigd.'

'Die eikel heb ik de zak gegeven, en die zal nooit meer ergens aan de slag komen. Ik ben van plan om te procederen tot hij erbij neervalt.'

'Ben je dan niet op zoek naar een vervanger?'

Hij glimlachte. 'Maar dat zou toch nepotisme zijn?'

'Ach,' zei ze, 'het is een familiebedrijf.'

Hij nam haar hartvormige kinnetje in zijn hand en draaide haar gezicht voorzichtig naar zich toe. 'Je wilt dit echt heel graag, hè?'

Er was iets in haar blik.

Hij veegde het haar uit haar gezicht. *Waarom* wilde ze het eigenlijk zo graag? Ze had alles wat haar hartje begeerde: status, geld, en straks nog een baby ook. Tenzij ze iets in haar schild voerde wat hij niet wist. Hij was paranoïde, daar hielp geen enkele pil tegen.

'Engel. Jij hebt de allerbelangrijkste baan op de hele wereld: jij moet ons kind opvoeden... onze kinderen.' Hij voelde dat hij bloosde. 'Je mag uitgeven wat je wilt, maar laat het verdienen nu maar aan mij over. Ik vrees dat ik wat dat betreft een beetje ouderwets ben. Ik wil niet dat mijn vrouw werkt. Ik wil niet dat anderen zien dat ze werkt. Misschien wel wat liefdadigheidswerk, voor de show: iets met kinderen, of kanker. Aids is ook heel hip. Maar verder niks. Ik wil niet dat jij stress hebt tijdens je zwangerschap.'

Eerlijk gezegd verwachtte hij een driftbui, tranen zelfs. Maar ze knikte alleen en zei: 'Wat jij wilt, lief. Ik wilde je alleen maar helpen. Ik begrijp het wel. En sorry dat ik zo lelijk deed over Lloyd's. Jij hebt ook veel meer ervaring met dit soort dingen – en het is een geweldige kans voor je.' Toen gaf ze hem een kusje op zijn wang, lachte lief en deed haar benen een beetje van elkaar. 'Zeker weten dat je niet wil afmaken waar we aan begonnen waren?'

Terwijl Jack erop los pompte, verlangde Innocence naar een goede plumeau om de spinnenwebben mee van de kroonluchter te kunnen vegen. Dat personeel van tegenwoordig, dat kon ook niks. 'Hm,' zuchtte ze. 'O ja, o, *Jack!*'

Sharon Marshall had wel duizend verschillende manieren om iemand ergens van te overtuigen. Jammer alleen dat Jack zich niet zo graag liet overtuigen. Had hij maar meteen ja gezegd, dan was het allemaal een stuk eenvoudiger. Maar ja, hij was koppig, en dus had ze Plan B al in werking gesteld.

Arme Jack. Het was ook te gemakkelijk. Niet dat ze zoiets lelijks echt zou doen – hoewel dat natuurlijk allemaal afhing van de baby...

LONDEN, 1990

Nathan

'Ze verwacht je,' zei Mark, grijnzend als een aap vanaf de bestuurdersstoel in de oranje deux chevaux. 'Niet zenuwachtig zijn! Wil je dat ik blijf wachten? Of zal ik je later op komen pikken?' Zijn lachje klonk geforceerd. 'Goed onthouden, ik kan hier serieus door in de problemen komen, meneertje. We zitten immers zogenaamd in de dierentuin.'

Nathan lachte. 'Chill, Markie,' zei hij. Mark vond het geweldig als Nathan hem Markie noemde. 'Ik bel je. Maar het duurt vast wel even.'

Mark knikte. 'Weet ik. Het is ook niet niks. Neem de tijd. Bel maar als je klaar bent.'

Nathan zwaaide. 'Bedankt, hè,' zei hij en hij bleef staan tot Mark de hint begreep en wegreed. Haar huis was groot – een *heel* huis, geen half huis, of eentje in een rij. Niet zo'n rothuis dus. Aan de voorkant zaten drie ramen, en het had een schuin dak, helemaal tot beneden aan toe. Daardoor leek het net alsof het huis sliep. Er groeiden ordentelijke rode rozen langs de muur en er was een zwarte garage. De voortuin was een keurig vierkant gazonnetje, met bloemenborders langs alle kanten. Er stonden hoge witte begrafenisbloemen, en citroengele, knalroze en grote bloemen die op madeliefjes leken. De namen wist hij niet. Het was een mooi huis. Een *keurig* huis. Hij keek naar zijn broek. Het was een mooie nieuwe spijkerbroek. Hij zag er tiptop uit! Mark had erop aangedrongen. Het was per slot van rekening een heel bijzondere gebeurtenis. Die bloemen waren ook zijn idee. 'Vrouwen zijn gek op bloemen,' zei hij. Alsof *hij* daar verstand van had. Het ware roze bloemen; Nathan had geen idee wat voor soort. Maar zij waarschijnlijk wel.

Hij liep het pad op en belde aan. Ineens ging zijn hart sneller slaan. Wat nu als ze een gezin had – een kerel, en kinderen? Nee, dat kon haast niet. Het huis zag er zo netjes uit. Nergens plastic speeltjes op de oprit. Daar was hij blij om. Hij werd misselijk van plastic speelgoed.

Voetstappen. *Klikklak, klikklak.* Hoge hakken. Houten vloer. De deur zwaaide open en de vrouw zei: 'Ha – o god!'

Hij staarde haar aan. Echt, hij stond naar haar te staren. Zijn maag veranderde in een kolkende vloeistof en hij moest zijn best doen om op zijn benen te blijven staan.

Zij staarde terug. Ze was best oud – wel dertig. Ze had zijn ogen.

Zij zag het ook. Hij glimlachte verlegen. Ze legde haar hand op haar hart om het te verstoppen. 'Simon?' vroeg ze. 'Jemig. Ben jij het? Simon!' Ze deed een stap naar achteren. 'Kom...' ze slikte. 'Kom binnen.'

Heel beleefd. Beleefde grotemensenpraat. Of hij van ver had moeten komen. Nog een geluk dat het niet regende. Maar toen ze hen allebei een kop thee had ingeschonken zag hij dat ze haar mooiste servies had gebruikt, uit het bovenste keukenkastje, en dat haar handen trilden. Ze bleef maar naar zijn gezicht staren, en keek dan steeds weer weg. Hij zei dat ze een erg mooie tuin had, en o ja, deze bloemen waren voor haar, en...

Plotseling ging ze op een stoel zitten en hapte naar lucht, alsof ze niet meer kon ademen. 'Hoe?' hijgde ze. Ze huilde, heel erg hard. Er rolden *dubbele* tranen over haar wangen. Hij voelde dat hij werd vastgegrepen en dat ze hem tegen zich aan drukte. Nu kreeg *hij* bijna geen lucht. Ze rook naar een parfum waar je bijna in stikte. Hij wilde niet, maar hij sloeg zijn armen om haar nek en drukte. Hij moest zich schrap zetten om niet naar de andere kant van de kamer te springen, huiverend. Hij voelde zich precies zo als toen hij die pad had gelikt, voor een wedden-schap.

'O, Simon.' Haar stem was een diepe grom. Ze klonk als een van die vrouwen in pornofilms vlak voor ze het deden. Hij was kotsmisselijk. En Simon, wat was dat een zeiknaam. Het was de naam op zijn ge-boortecertificaat, de naam die *zij* had uitgekozen. Hij vond het een ver-schrikkelijk gevoel om bij de verkeerde naam te worden genoemd.

'Ik heet Nathan.'

'Nathan! Natuurlijk. Je vriend Mark vertelde dat al aan de telefoon. O, Nathan!' Nu begon ze zijn gezicht te aaien, en ze staarde hem in de ogen. Ze zat gewoon boven op hem. Het was hem te veel. Dit was veel te heftig. Het was net alsof iemand een pistool tegen zijn hoofd hield. Hij kon haar adem ruiken.

Ze trok hem tegen zich aan, en haar armen hingen zwaar om zijn nek. Ze praatte, non-stop geratel tot hij het gevoel had dat zijn hoofd zou ontploffen. Hoe had hij haar gevonden, ze wist dat hij ooit zou ko-men, ze had zoveel brieven geschreven, maar niemand wilde haar ver-tellen waar hij was, godzijdank, dit was een wonder, ze had gebeden dat deze dag ooit zou komen, maar ze had nooit durven geloven dat het echt zover zou komen, ze moest in haar arm knijpen – en in de zijne! – om te durven geloven dat dit allemaal echt was, wat was hij mooi, wat een knappe jongen, en zo groot al, het speet haar zo verschrikkelijk, maar ze was zo jong toen ze hem kreeg ('toen ik jou kreeg': *hoe durfde ze, de gore lef, alsof ze haar tong diep in zijn keel stak*), haar ouders waren uit hun dak gegaan, hadden haar een slet genoemd (echt waar), en hadden haar gedwongen om de baby weg te geven, ze had geen keus, ze moest doen wat ze haar opdroegen, ze schaamde zich, je zou denken dat de tij-den waren veranderd maar, jezusmina, het was nog precies als vroeger, maar ze had gehoopt, ze had altijd gehoopt dat hij een beter leven zou hebben dankzij haar, hun, beslissing... dat stomme, hoopvolle, zwakke gezicht met die grote waterige ogen die hem aanstaarden. *Zijn* ogen. Alsjeblieft, zeg nu niks naars, laat *mij* toch vooral niet lijden, zeg iets waardoor alles goed komt, voor *mij*...

Alles was prima gegaan. Hij was een of twee keer in een pleeggezin opgenomen, maar dat werd niks, en nu woonde hij in een kinderte-huis.

'Een kindertehuis!'

Uit haar verschrikte blik bleek dat ongewenste kinderen allemaal in roze sprookjespaleizen kwamen te wonen, als prinsjes en prinsesjes, waar ze de hele dag bloemenkettingen maakten en rondreden op mooie fietsjes en waar ze roze suikergoed aten, *stom klerewijf.*

'En' – verlegen, aarzelend – 'heb jij kinderen?' Stilte. *'Andere* kinderen?'

Ze keek verdrietig en gelukkig tegelijk – wat een domme kop. 'Nee... nee. Geen kinderen meer. Dat is... dat is gewoon nooit meer gebeurd.' Ze zweeg. 'Ik ben getrouwd geweest, ja, niet met jouw... vader. Met hem... Het gebeurde tijdens een vakantie, en ik heb hem nooit meer gezien.' (*Snol*) 'Ik ben vrij jong getrouwd.' Ze lachte zachtjes. 'Waarschijnlijk om aan mijn ouders te ontsnappen. Het was geen gelukkige tijd. Ik ben nu gescheiden.'

'Wat erg voor je.'

'Ach nee,' antwoordde ze, maar je hoorde best dat ze het fijn vond dat hij dat zei. 'Ik heb in veel opzichten geluk gehad, denk ik. Na de scheiding... heel goede regeling... en jammer genoeg zijn mijn ouders drie jaar geleden omgekomen... auto-ongeluk... ik hoef dus niet meer te werken.'

Wat een suikerzoet mokkel.

'Dat lijkt heerlijk,' zei hij nadenkend – het was altijd goed als je de manier van praten van de ander overnam, en zij sprak alsof ze van flinterdun porselein was – 'niet meer te hoeven werken. Maar het is wel triest om je ouders te moeten missen.'

'Ja.' Ze slaakte een zucht. Het was net alsof zij een kind van twaalf was en hij de volwassene! 'Het is soms wel een beetje... eenzaam.' Een timide lachje. 'Jij bent nu mijn enige familie, Nathan. Ik vind het zo fijn dat je weer terug bent.' Ze wilde hem nog een keer knuffelen, hongerig naar de liefde die ze niet verdiende.

Hij onderging haar schaamteloze aanraking gelaten. 'Ik ben erg blij dat ik je heb gevonden. Maar... nu moet ik weer terug naar het tehuis. Mijn... begeleider komt me dadelijk halen. Mag ik even gebruikmaken van je telefoon?'

Toen Mark eindelijk op kwam dagen in zijn stuk blik, stormde Nathan de voordeur uit en zoog hij de frisse buitenlucht met volle teugen op. Hij had het gevoel alsof ze hem onder water had gehouden.

Tijd voor nog een aanval. Na wat wel een jaar leek te duren liet ze hem los, maar ze deed geen stap naar achteren; en hij kon wel over zijn nek gaan. Hij glimlachte. 'Het was ongelofelijk om je te ontmoeten.' *Rot op, wijf.* Hij was even stil. Zou hij? Of was het overdreven? Ach, dat mens was zo gestoord, die vond vast niks overdreven. *'Mama.'* Het leek wel of ze klaarkwam. 'O! O, dank je... *lieveling.'* Toen vroeg ze aan Mark: 'Moet hij echt weg?' Tranen.

Hij keek nadrukkelijk verdrietig en gaf veel handkusjes toen ze wegreden.

'Hoe voel je je?' vroeg Mark. Het was een van Marks lievelingsvragen. Hij had hem waarschijnlijk al vijftigduizend keer aan hem gesteld. Maar hij moest het Mark niet moeilijk maken. Hij had veel van Mark geleerd.

'Ik voel me *geweldig,*' zei Nathan. 'Ze is precies zoals ik had gehoopt.' *Zou ik over zoiets liegen?*

LONDEN, 1991

Paula

Soms sloop ze zijn kamertje in om te kijken hoe hij lag te slapen. Dan zag hij er zo jong en onbedorven uit dat het net leek alsof de tijd had stilgestaan en alsof hij nog een baby'tje was. Hij *was* ook een baby'tje. Ze kon hem wel in zijn billen bijten! Die heimelijke wens had ze hem voor de grap opgebiecht – al meende ze het voor een deel echt – en ze hadden er samen hartelijk om gelachen. Ongelofelijk, zoveel als ze met elkaar gemeen hadden. Ze lachten om dezelfde dingen. En ze hadden dezelfde ogen, maar er was meer. Ze zag ook dat hij dezelfde maniertjes had als zij. Zoals hij bijvoorbeeld zijn handen gebruikte om een punt te onderstrepen.

Ze zag alles.

Hij was eraan gewend om niets te hebben: dat kon ze zien. Onverdraaglijk vond ze het. Ze was zo blij dat ze hem dingen kon geven, tenminste, als ze eindelijk de voogdij terug zou krijgen over haar *eigen kind* – dat was toch ook belachelijk, al die bureaucratie! Het liep nu al een jaar. Dat was toch schandalig? Die afschuwelijke rooie rakkers in die...

nou ja, het was een gevangenis. 'Tehuis, mijn zolen!' Ze huiverde bij de gedachte dat haar kindje daar zat opgesloten met al die akelige kleine crimineeltjes. Hoe durfden ze zulke lelijke dingen over hem te zeggen? Ja, vind je het gek dat hij een beetje ontspoord was? Zelfs zij, die alles had, had wel eens een appel uit het lunchtrommeltje van haar vriendin gegapt toen ze een jaar of zeven was. En daar voelde ze zich nog altijd schuldig over.

Goddank was Mark er ook nog. Hij wist dat Nathan een andere jongen was geworden. Hij was de enige van dat hele zootje die gekwalificeerd was om een aanbeveling te doen. Hij kende Nathan immers al jaren. Het deed haar pijn dat dat voor haar niet opging, en dat er grote gaten zaten in zijn levensgeschiedenis waar zij helemaal niets van wist.

Ze had die pijn al zo lang buiten de deur gehouden, meer dan tien jaar, dat ze een geweldige opdonder had gekregen doordat ze al die tijd met hem had moeten missen. Ook al mocht ze nu het onwaarschijnlijke geluk smaken om hem in haar armen te kunnen sluiten, en die goddelijke geur van haar eigen kind op te kunnen snuiven. Het was net of iemand haar in het gezicht sloeg met een eind hout.

Ze kon niet genoeg aan hem geven, niet genoeg voor hem doen. Ze kon niet van hem afblijven – het was gewoon een verslaving. Ze had gedacht dat ze het meteen aan haar vriendinnen zou willen vertellen – *welke* vriendinnen? Na de scheiding had iedereen partij voor hem gekozen, vanwege zijn geld. Mensen waren zo oppervlakkig. Maar ze wilde dit wonder toch het liefst voor zichzelf houden. Ze wilde *hem* voor zichzelf houden. Ze was net een hond met een lekker bot. Ze zou Nathan achter de bank willen slepen en grommen tegen iedereen die bij hem in de buurt kwam. Hij was haar eigendom. Ze wilde hem niet delen, nog geen minuut.

Ze had hem de grootste slaapkamer gegeven. Die had ze speciaal voor hem geschilderd, en op het plafond stond nu het zonnestelsel, vol sterren en planeten. Waarschijnlijk was hij te oud voor een mobiel met treintjes, of zelfs voor een helikopterlamp, maar hij vond het vast niet erg als ze een doos speelgoedsoldaatjes voor hem kocht, voor de heb. Ze kocht een computer voor hem (een Apple, uiteraard) en een stereo-installatie, en een plasma-tv. En skeelers. En een fiets. En een tennisracket. En een kast vol designerspullen, en gympen van Nike. En een mobieltje – zodat hij haar kon bellen als hij op stap ging, en zodat ze hem kon bellen. Ze moest zijn stem horen. Ze *genoot* van dat heerlijke geluid van zijn stem.

Hij had ook zijn eigen badkamer. Hij was ontzettend schoon op zichzelf, voor een puber – hij douchte minstens twee keer per dag. Ze verwende hem. Nou en? Haar enige kind was zoveel tekortgekomen, en ze werd doodziek van die gedachte. Toen de dienst maatschappelijk werk eindelijk toestemming gaf en zij Nathan in huis mocht nemen, had ze hem gevraagd of ze een busje moest huren om zijn spullen te verhuizen. 'Hoe bedoel je, spullen?' had hij toen gevraagd.

Ze kon de gedachte dat hij nooit iets had gehad niet verdragen. Ze vroeg hem of hij haar ooit zou kunnen vergeven, en hij had gezegd: 'Er valt niets te vergeven.' Hij at lang niet zoveel als ze zou willen; hij was ietsje te dun. Moest je haar nou horen! Moederkloek! Maar o, wat was hij mooi, echt een knapperd, en dat vond ze echt niet alleen omdat zij nu toevallig zijn mama was. Ze was er trots op dat hij haar zoon was.

Als hij zei dat hij iets leuk vond, dan sloeg ze dat op. Eigenlijk was hij nu pas aan het ontdekken wat hij allemaal leuk vond. Hij had nooit iets te kiezen gehad – hij had bijvoorbeeld nog nooit avocado gegeten, of olijven! Hij was nog nooit in het buitenland geweest, dus bezorgde ze hem zijn allereerste paspoort. Het was fantastisch om... een *doel* te hebben. De tuin was beeldig, net als het huis, maar toch waren er grenzen aan hoeveel bevrediging een huis je kon schenken. Er was een grens aan hoe vaak je de zitkamer opnieuw kon inrichten, of de keuken laten verbouwen. Maar met Nathan waren er helemaal geen grenzen. Er was altijd wel iets nieuws wat ze kon doen.

Ze kon goed koken, maar er was geen lol aan geweest voor haar alleen. Na haar scheiding was ze al bijna zeven kilo afgevallen. Terwijl haar ex gedurende hun achtjarige huwelijk bijna vijfentwintig kilo was aangekomen. Maar nu kon ze weer alles uit de kast halen. Nathan was gek op Italiaans: spaghetti alla puttanesca, lasagne. Thais durfde hij eigenlijk niet aan, maar met haar groene curry met kip had ze hem over de streep weten te trekken! En hij was zo dankbaar: het brak haar hart, want ze nam aan dat niemand ooit lekker voor hem had gekookt. Rotzooi hadden ze hem voorgezet, als het maar vulde en als het maar goedkoop was.

Walgelijk, zoals ze hem hadden behandeld.

Nou, voortaan kreeg hij alleen nog maar het beste van het beste. Hij was al begonnen met zijn middelbare school – *school*, wat een lachertje! Het was eerder een jeugdgevangenis, vol met vloekende misdadigers die expres 'fuck' zeiden als je langsliep. Er stond altijd een politieagent op wacht als ze uit de school zwermden, om de samenleving te beschermen. Ze kon niet wachten om hem ervan af te halen.

Ze schreef hem in bij de allerbeste privéschool in de buurt. Er was een forse wachtlijst, maar het hielp enorm dat er 'uitzonderlijke omstandigheden' golden. Niettemin was er gezien zijn 'achtergrond' (grrr) een onderzoek vereist door een onderwijspsycholoog. Zelf was ze heel gespannen – ze vertrouwde die psychologen voor geen cent – maar Nathan was er glansrijk doorheen gezeild. Hij was een *gemakkelijk* kind. Je kon zien dat andere kinderen hem fascineerden. Hij praatte niet veel, maar luisterde goed. Volgens de psycholoog was hij goed in 'reflectie'; ze nam aan dat dat iets goeds was. O, en hij was zo onafhankelijk, en dat vonden ze geweldig.

Hij bloeide helemaal op. Elke nieuwe ervaring ging hij vol overgave tegemoet, en het gaf haar zoveel voldoening dat ze het leven van haar zoon zo had weten te verbeteren. Ze had hem leren skiën in Oostenrijk, ze hadden gekampeerd in de New Forest, ze waren gaan zeilen in Zuid-Frankrijk, hij zat op toneel en op gitaarles, en hij sloot vriendschappen met het *juiste* slag kinderen. Hij was populair, vertelden zijn leraren, en hij bood de anderen altijd een luisterend oor als ze ergens mee zaten, en hij klaagde zelf nooit ergens over. Mentaal was hij verbazend... *volwassen*, hadden ze gezegd. Hij dacht na, en deed nooit iets impulsiefs. Hij had enorm veel zelfbeheersing; ze hadden hem nog nooit op een negatieve emotie kunnen betrappen. En dat vonden ze prima, zolang hij zijn gevoelens maar niet onderdrukte. Misschien dat hij wat aanmoediging nodig had – misschien dat een volwassene die hij vertrouwde eens moest vertellen dat het helemaal niet erg was als hij zich af en toe ook eens liet gaan? Maar het was maar een kleinigheid, hoor. Hij was geestig, gelijkmatig, charmant, en verschrikkelijk goed in sport. Hij had wel wat bijles nodig in wiskunde en Engels, maar hij haalde het zo weer in. Ja, de directrice vond hem een aanwinst voor de school! Hij was perfect. Het perfecte kind. De perfecte zoon.

'Lieveling!' riep ze. Nathan zat in zijn slaapkamer naar Metallica te luisteren, zoals gewoonlijk. Dat was normaal op deze leeftijd. Toch hield ze het niet lang vol: ze snakte naar zijn gezelschap. Ze zou hem naar beneden lokken. Ze hadden een video gekocht van *The Breakfast Club*, en die wilde ze gezellig samen kijken. Ze had wat lekkers gekookt. Ze had goede kwaliteit rundvlees gekocht en daar had ze zelf biefburgers van gemaakt, met zelfgemaakte frites en een blaadje sla.

'Ik kom eraan, mam!' Hij was toch zo voorkomend. Hij had wel buien dat hij erg teruggetrokken was, maar voor een beginnende puber viel het nog alleszins mee. Niet dat hij afstandelijk was – dat vond ze helemaal geen leuk woord – maar hij was gewoon graag op zichzelf. Dat was het. Maar hij was ook haar lieve jongen, haar enige pleziertje.

'Zo dan, schattebout. Ik heb er al ketchup en mosterd bij gedaan, want dat vind je toch zo lekker? En dungesneden komkommersla, ja? En een plakje tomaat. En hier is je cola. Met ijs, maar zonder citroen.'

Ze vond het fijn om hem te laten zien dat ze precies wist wat hij wel en niet lekker vond. Hij moest weten dat zij een expert was in de Nathankunde. Ze zag zelf ook best dat ze misschien een beetje overdreef, maar ja, ze leefde nu eenmaal voor zijn liefde. Ze wilde hem met de hare overstelpen, maar ze wilde er ook iets voor terug.

En dat kreeg ze, dat kreeg ze.

'Bedankt, mam, het ruikt heerlijk.'

'Graag gedaan, jongen.'

Ze leunde voorover voor haar zoen. Ze zoenden elkaar op de mond, een traditie die ze had ingesteld en die ze per se wilde voortzetten. Het gebeurde wel eens dat ze haar lippen tuitte en hij haar zijn wang toekeerde, maar ze zoende hem liever op de mond. Dat was veel intiemer, veel specialer, en *zij* wilde het zo. Ook al komt het kind altijd op de eerste plaats, de moeder had toch ook rechten?

Ze slaakte een zucht, en terwijl ze keek naar hoe hij zat te eten kon ze de verleiding niet weerstaan om over zijn bol te aaien. Hij kromp ineen, en ze trok haar hand terug, gekwetst; de tranen begon snel te stromen.

Hij schoot in de lach. 'Nee, joh, ik had alleen mijn mond vol met mosterd.'

'O, arme schat!' kirde ze, dol van opluchting. Ze was een beetje kinderachtig als het om Nathan ging, een beetje overgevoelig. Maar ze had zich voor niets zorgen gemaakt. De aanbidding was volledig wederzijds. Ze pikte een frietje van zijn bord, stak het in zijn mond en likte haar vingers af. Het was alsof ze een en dezelfde waren. Ze kon zich niet meer voorstellen dat ze zo lang zonder hem had kunnen leven. Ze vervloekte haar eigen stommiteit omdat ze niet eerder had ingezien wat een ongelofelijk geschenk dit was: de liefde tussen moeder en kind. Het was als eeuwigdurende wittebroodsweken, en ze zou met liefde voor hem sterven.

LONDEN, 1986

Innocence

'Niet dat het me iets kan schelen als *jij* iets oploopt, maar als jij Emily ziek maakt, dan vermoord ik je.'

Hoe haalde dat kind het zich in het hoofd om op straat wildvreemde honden te aaien. Ze kon wel ik weet niet wat oplopen. En Emily was pas vier. 'Nou, genoeg getreuzeld, wat ben je toch ook *langzaam*.' Innocence greep Claudia bij de pols, zette haar nagels in haar vel en sleurde haar de straat over, waar de chauffeur met de Bentley stond te wachten.

Het was een lelijk kind om te zien – nu. Het verdriet en de prepuberteit hadden hun tol geëist – het mokkel was minstens vijftien kilo te zwaar.

Innocence gleed op de stoel voor in de auto, terwijl de nanny Emily in het autostoeltje zette.

'Mammie, ik wil een nieuw tutu, eentje van de Suikerfee, want ik heb alleen die van de Witte Zwaan, en Sylvia heeft die van de Suikerfee en ze pest me, omdat die van haar roze is en die van mij alleen maar wit, dus mag ik die van de Suikerfee ook, mammie, alsjeblieft? Dan ben ik voortaan altijd lief!'

'Natuurlijk mag je de Suikerfee-tutu, schatje. Maar waarom zei je dat niet toen we net nog in Harrods waren?'

'Toen had ik een chocoladetaartje, weet je nog wel?'

'Je hebt gelijk, engel. Maak je maar geen zorgen. Nanny, bel jij ze even om er eentje te bestellen zodra we thuis zijn? Bestel er maar meteen drie. De kleermaker heeft haar maten.'

'Harris, wil je heel hard rijden, want mammie heeft een konijn voor me gekocht en ik wil hem voeren. Hij heet Petronella. Hij is een jongetjeskonijn, maar hij heeft geen piemeltje. Claudia, heb jij een piemeltje?'

'Nee, Emily. Ik ben een meisje. Meisjes hebben geen piemeltje.'

'Volgens mij heb jij er wel eentje. Onder je vachtje.'

'Emily, liefje! Ach, Nanny, wat is ze toch geestig, vind je ook niet? Dat moet ik vanavond echt vertellen als we bij Harry gaan eten! Wat dat kind toch allemaal uitkraamt! Maar ja, bij dikke kinderen begint de puberteit nu eenmaal altijd vroeg, dat is wel waar. *Onder je vachtje!* Help me herinneren, Nanny, dat moet ik echt aan iedereen vertellen. Harris, jij moet me ook helpen herinneren!'

'Mammie, mag Claudia ook een tutu? Dan zijn we tweelingen.'

'Nee, liefje. Claudia is veel te dik voor een tutu. Een tutu is alleen voor mooie meisjes, zoals jij. Claudia, jezusmina' – dat kind was gestoord. Innocence draaide zich om in haar stoel en kneep Claudia keihard in haar dijbeen – 'die dikke vette olifantenknieën van je steken in mijn rugleuning.'

'Sorry, Innocence.'

'Hou je bek. Emily? Emily, waarom huil je, lieverd?'

'Je moet niet zo *lelijk* doen tegen Claudia! Claudia is mijn vriendje!'

O! Innocence voelde haar wangen branden. Ze wist even niet wat ze moest zeggen. Dat valse wraakzuchtige kreng had Emily tegen haar opgezet. Innocence kon het nauwelijks geloven. Tegen haar *eigen* moeder! Ze was er misselijk van. Hoe kon dat nou toch zijn gebeurd? Die verdomde nanny's ook altijd – de dagnanny, de nachtnanny en de weekendnanny – het was altijd hetzelfde liedje. Luie varkens. Allemaal lieten ze het aan Claudia over om Emily te vermaken, terwijl zij kauwgum zaten te kauwen en met hun vriendjes aan de telefoon hingen. Ze wist dat Claudia het leuk vond om samen met Emily met poppen te spelen, en dat ze haar voorlas – Claudia mocht niet vrij spelen – maar dat het zo uit de hand was gelopen, daarvan had ze geen idee.

Innocence klemde haar kaken op elkaar en stak een sigaret op. Dus Claudia was Emily's vriendin. Nou. Daar zou ze meteen een eind aan maken.

SCHOTLAND, 1986

Emily

Emily vond het hartstikke leuk om bij Timmy te logeren. Timmy woonde in een kasteel met torentjes en kantelen, net als een echte prins. Maar hij was geen echte prins, hoor, want zijn papa en mama waren graaf en gravin. Emily mocht Pat en Fred zeggen, want het waren vrienden van papa. Voor ze werd geboren was het papa's werk om op hun geld te passen. Dat stopte hij dan in vesten.

Timmy had een kleiner broertje en een zusje, maar hij was de grootste thuis, en zijn mama zei dat hij de belangrijkste was. Hij was ook de leukste. Hij had een stinkhond, een hazewindhond, en hij had vloerkleden vol met gaten. En het was superkoud in het kasteel, maar ze hadden dekens. Timmy's tuin was heel erg groot. Mama zei dat ze wel vierhonderd hectare hadden, grotere tuinen zijn er niet. Ze hadden een bos vol met grasklokjes, en Timmy en zij gingen daar altijd rijden op de pony's. Zij mocht op Pippin, die worteltjes at, uit haar hand. Maar dan moest je je hand wel heel plat houden, omdat hij anders dacht dat je vingers ook wortels waren. Er was een vijver met eenden, en een gracht, helemaal om het kasteel heen. Timmy zei dat zijn papa daar wel eens in zwom, maar Timmy zelf niet, want het was veel te koud, en hij was ook bang dat de eenden erin plasten. Emily vond het leuk om op de ophaalbrug te spelen, en in de toren die vroeger een gevangenis was. Dan was zij de prinses en Timmy de prins en dan kwam hij haar redden. En dan, voor de eerlijkheid, ging zij hem ook redden, want het was helemaal niet zo leuk om in de kerker te zitten. Het was er heel donker, en het rook schimmelig.

Emily was bang voor Timmy's papa – hij schreeuwde en hij droeg een rok. Maar Timmy had ook wel eens een rok aan, als er iets bijzonders was. Voor kinderen kon dat best, want dat was verkleden, maar voor grote mensen was het gek. Timmy's mama vond ze wel lief. Ze droeg groene rubberlaarzen, zelfs aan tafel. En Emily mocht aardbeien voor haar plukken in de moestuin. Als Emily kwam logeren en als Timmy's papa in een goeie bui was, dan aten ze samen in de grote hal, waar een heleboel oude kleden aan de muur hingen. Ze hadden kaarsen, en een heel groot vuur in plaats van elektriciteit, dus was het net zoiets als kamperen. Maar als Timmy's papa boos was, dan aten Timmy en Emily vissticks in de kinderkamer, helemaal alleen. Timmy's papa was bijna altijd boos als Emily kwam logeren. Maar Emily vond het leuk om in de kinderkamer te eten, dus vond ze het helemaal niet erg. Daarna gingen ze altijd naar de keuken, en dan kregen ze van kokkie een glas cola met een schijfje meloen erin. Emily sliep in de logeerkamer, in een hemelbed. Dan moest je eerst op een krukje klimmen, want anders was het te hoog. Een zwarte kat die Bertie heette sliep altijd aan het voeteneind, en er was een speciale steen om je handen mee te wassen in de badkamer.

'Kom, dan gaan we cola halen, Timmy. Ik heb genoeg vissticks gegeten. Ik zit vol.'

'Oké. Maar het is geen wedstrijdje.'

Emily liep voorop naar de keuken. Ze vond het leuk om de eerste te zijn. Lest best. 'Ik neem meloen in mijn cola, Timmy.'

'*Limoen*, Emily. Limoen, niet meloen.'

'Hallo, Kokkie. Van roken ga je dood. We hebben onze vissticks en puree op. Mogen we nog onze cola – AAAAAAAHHHH!'

'Mijn hemel, kind, wat is er aan de hand? O *jee!* De kat heeft een konijn te pakken. Nou ja, dat is nu eenmaal de aard van het beestje.'

Het was walgelijk, ze was er helemaal ziek van. Het grijze vachtje van dat arme konijn was gescheurd en vanbinnen was het helemaal rood en bloederig en het was morsdood, en die mooie zwarte kat die ze wel eens op zijn snuitje had gezoend zat hem op te eten. Hij stak zijn kopje midden in al die rode troep. Emily was misselijk, en toen moest ze spugen en haar spuug smaakte naar vis en daardoor moest ze nog een keer spugen, helemaal over haar fluwelen jurkje met de witte kantjes.

'Wat een stadse meid ben jij, zeg, tjongejongejonge!'

Kokkie probeerde haar jurk uit te trekken maar Emily kreeg geen lucht omdat ze zo hard moest huilen. 'Ik wil naar huis, Kokkie. Mag ik nu naar huis, alsjeblieft?'

'Kom, kom. Wat een drukte om niks! Het is maar een kat, en die doet nu eenmaal wat katten doen. Je kunt nu niet naar huis, kindje, want het is al hartstikke laat en het is een hele reis en dan daarbij...'

'Ik wil naar HUIS, ik wil naar HUIS, ik wil naar HUIS, ik wil naar HUIS, ik wil naar HUIS, ik wil naar HUIS, ik wil naar HUIUIUIUIUIS! Ik wil naar huis, ik wil naar h-h-h-h-h-h-h-h-ui-ui-ui-ui-s-s-s-s-s!'

'Ik begrijp het, juffrouw Emily. Je wilt naar huis. En nu doe je rustig, of je verslikt je nog in je eigen tong. Ik zal mevrouw de gravin voor je roepen. Als zij het goedvindt, dan zal Vincent de Land Rover warmdraaien.'

'Niet huilen, Emily. Dan kom je toch een ander keertje spelen. Maar weet je, de kat zit altijd achter de konijnen aan.'

'Timmy, ik moet naar huis. Het is een noodgeval. Ik heb zelf een konijn als huisdier, Petronella heet hij, en mijn grote zus Claudia past op hem als ik hier ben. Het is een heel bijzonder konijn met een heel zacht, perzikkleurig velletje. En zijn oren zijn zo groot als de vleugels van een vliegtuig. Maar hij komt niet van buiten, hij komt uit Harrods. Hij zit altijd bij mij op schoot en dan mag ik hem aaien. Hij is helemaal tam en hij houdt van appeltjes en ik hou van hem en ik wil zien of alles goed met hem gaat. Ik maak me heel erg zorgen om hem, want hij is mijn liefste speelgoedje. Ik hou nog meer van hem dan van mijn Suikerfee-tutu. Dat kapotte konijn dat dood is wil ik nooit meer zien, want dan moet ik overgeven. Kokkie, ik voel me niet zo lekker. Ik denk dat ik weer...'

Kokkie was een jokkebrok. Het was helemaal niet een heel eind rijden van Schotland naar Londen. Het was maar een heel kort reisje. Pat hielp haar zich te wassen en een schone jurk aan te trekken, en toen nam ze afscheid van Timmy. Vincent pakte haar koffertje en zette haar in de auto, en over vijf minuten was het ochtend en dan was ze weer thuis!

'Hallo mammie, ik ben er weer.'

'Dag schattebout. Pat vertelde al dat je zoiets akeligs had meegemaakt. Wat jammer dat je zo overstuur bent geweest van het dode konijn. Zullen we Petronella maar gaan aaien, dan gaat het vast wel beter met je. Claudia zegt dat ze op hem heeft gepast voor je, dus het gaat vast prima met hem. Zullen we een lekker worteltje voor hem meenemen?'

'Ja. Waar is Claudia nu? Ik heb haar gemist.'

'Claudia heeft het te druk. Ze komt straks wel even, zei ze.'

'O, oké.'

Emily huppelde de moestuin in, waar het hok van Petronella stond. 'Petronella!' Ze keek, maar ze zag hem nergens. Anders hoorde ze hem altijd krabbelen als ze hem riep.

'Doe het deurtje maar open, snoetje.'

'Het stinkt! Claudia had beloofd dat ze zijn kooi elke dag zou schoonmaken, omdat Petronella altijd zoveel poepjes doet.'

'Misschien is ze dat gewoon vergeten, schatje.'

'Maar ze had het beloofd!'

Emily ging op haar knieën zitten en maakte het slotje los om het houten deurtje open te maken. Eerst begreep ze niet goed wat ze zag, maar toen vloog er een vlieg recht in haar gezicht, en ze begon te gillen en te kokhalzen. Toen ze wat beter keek schreeuwde ze het uit, totdat mama haar wegtrok.

'Wat is er aan de hand? Wat is er nou? Emily?'

Emily keek naar het stomme bezorgde gezicht van haar zus toen die op haar dikke poten aan kwam draven en ze was zo ontzettend kwaad dat het net voelde alsof de hele wereld zou ontploffen. Ze schudde mama van zich af en stormde krijsend op haar zus af, krabbend en stompend.

'Ik haat je, ik haat je, stomme Claudia! Je hebt beloofd dat je voor Petronella zou zorgen en nu is hij dood en bloederig en er kruipen allemaal wormen uit hem en de vliegen eten hem op en er is er bijna eentje in mijn mond gevlogen. Ik haat je, ik haat je voor altijd, want je hebt hem vermoord omdat ik een konijn had en jij niet en als jij een konijn krijgt maak ik die ook dood. En jou maak ik ook dood!'

'Emily! Hou op, alsjeblieft! Dat... dat kan toch helemaal niet... Innocence, toe dan... vertel het dan. Ik begrijp er niks van. Er was niks aan de hand met Petronella. Ik heb het hok gisteravond nog schoongemaakt, dat heb je zelf gezien. Dit – getver, dit stinkt – het kan toch niet... Dit konijn is al dagen dood. Weet je zeker dat dit niet...'

'Hou je mond, Claudia. Lieg niet. Jij hebt Petronella niet gevoerd omdat je jaloers bent en wraakzuchtig en omdat je hoopte dat hij dood zou gaan, want je gunt het Emily niet dat zij wel iets leuks heeft. Jij bent een heel akelig kind, en je moet je diep schamen. Bied nou maar je excuses aan Emily aan.'

Emily was te aangedaan om boos te blijven, en dus viel ze op de grond en huilde en huilde. Heel erg verdrietig was ze om Petronella, nog verdrietiger dan om het wilde konijn, maar het allerverdrietigst was ze om haar zus Claudia, want ze dacht dat Claudia haar vriendin was, terwijl Claudia alleen maar deed alsof. Claudia had haar pijn gedaan – en dat was heel erg.

'Het spijt me, Emily,' zei die stomme Claudia.

'Spijt telt niet!' gilde Emily. 'Hou je mond, stomme idioot! Ze moet weg, mama. Ik haat haar, ik haat haar!'

'Laat ons met rust, Claudia,' zei mama, en Emily zag dat ze geen boos gezicht meer had. 'Emily is nu niet meer jouw vriendin.'

THE LLOYD'S BUILDING, LONDEN, 1989

Jack

Jack keek naar de achttiende-eeuwse marinestukken die in de grote directiekamer aan de muren hingen, en hij glimlachte wrang. Er was een tijd dat hij die meteen zou hebben laten vervangen door werk van Andy Warhol. Hij had het ver geschopt. In die tijd was hij nog een parvenu. Nu hoorde hij erbij, en hij zag de schoonheid en de waarde in van deze sombere schilderijen. Het was nog steeds niet echt zijn smaak, maar hij begreep ze in elk geval.

Hij was sentimenteel als het om deze kamer ging, want hier had hij zijn interview gehad. Interview! De sfeer was joviaal geweest, jongensachtig, en Sir Peter, de voorzitter, had gezegd: 'Geef me een blanco cheque met je handtekening. Dat is het risico dat je neemt als Naam bij Lloyd's.'

Daar was hij wel van geschrokken, maar toen hij vlak daarvoor in de grote marmeren hal zat te wachten, had hij een paar diazepammetjes geslikt en de angst die rond kolkte in zijn maag loste tegelijk met de pilletjes op. Natuurlijk kleefden er risico's aan – het was tenslotte een verzekeringsbedrijf – maar hij zat goed, want wanneer betaalde een verzekeringsmaatschappij nou ooit uit als je het nodig had? Daar hadden ze die kleine lettertjes immers voor.

Het punt was dat hij zich veilig voelde in de zakenwereld. Het was veel gemakkelijker om zaken te doen dan om... je met je gezin bezig te houden. De harde werkelijkheid was dat hij het gezinsleven verschrikkelijk vond. Claudia, ooit het zonnetje in zijn bestaan, was een dik, somber kind geworden. Hij had haar helemaal niks meer te vertellen. Als ze ooit samen in dezelfde ruimte zaten kostte het hem moeite om een gespreksonderwerp te bedenken dat hen allebei interesseerde, en meestal zaten ze dus maar wat te zwijgen.

Het was duidelijk dat zij en Innocence elkaar haatten, en dat irriteerde hem, want het was zo onpraktisch. Die paar keer dat ze als 'gezin' aan tafel zaten waren een marteling. Als Claudia er was, had Innocence een gezicht als zo'n stenen beeld op Paaseiland. Een paar maanden geleden had Claudia verstijfd van angst, en om zich heen spiedend of Innocence in de buurt was, aan Jack gevraagd of ze misschien naar de gewone middelbare school in de buurt mocht, zodat ze wat vaker bij Ruth op bezoek kon. 'We zullen wel zien,' had hij toen gezegd.

Maar als zij er niet was, dan was de sfeer thuis zoveel beter. Dus toen Innocence voorstelde om Claudia op een andere kostschool te doen, had Jack daarmee ingestemd. Hij probeerde haar af en toe een briefje te sturen, want ze had hem een keer verteld over een klasgenootje dat elke dag iets in haar postvakje kreeg van haar vader of moeder – die hadden daar waarschijnlijk een schema voor ingesteld. Andere ouders: wat vonden die het toch heerlijk om de rest een schuldgevoel te bezorgen met hun geweldige zorgzaamheid. Uiteindelijk had hij haar maar een ansichtkaart gestuurd van een dubbeldekker met een punker aan boord. 'Hoop dat alles goed gaat en dat je je gedraagt! Liefs, papa.' Juffrouw Green had de kaart voor hem uitgezocht.

In de lente had Claudia vrij. Ze gingen naar New York, op werkvakantie, want zijn hotel het Apple Core werd verbouwd en hij wilde er zijn om wat laatste dingen zelf te regelen. Hij was geschokt toen hij haar weer terugzag. In twee maanden tijd was ze veranderd van een zeekoe in een garnaal. Ze was broodmager; ze leek wel een vogelverschrikker. Hij hield niet van mager. Zelfs in het Twiggy-tijdperk vond hij het verschrikkelijk dat borsten uit de mode waren. Hij vond dat vrouwen er op hun best uitzagen als ze niet zo uitgehongerd leken.

Hij had met Innocence, Claudia en Emily ontbeten, samen met een stuk of drie nanny's, in het restaurant van het hotel. Wat een fiasco. Het was een schitterende ruimte: strak, wit, modern, maar niet te kil. Hij had een vermogen uitgegeven aan een interieurontwerper die kijk had op sfeerverlichting, en die had volle boekenplanken toegevoegd voor wat authenticiteit en een paar enorme doeken van een jonge Engelse kunstenaar genaamd Tom Hammick. Zijn *Norfolk – Zee en Lucht* zoog je het doek als het ware in. Heel kalmerend, alsof je op de golven in slaap werd gewiegd. Jack mocht graag denken dat Hammick de twintigste-eeuwse versie van die oude marinestukken had gemaakt, alleen zonder de schepen. Alleen al dat donkerblauw van de zee en die frisse, lichte lucht – als je naar die schilderijen keek voelde je je vrij.

De ontbijtkaart was heerlijk. Het Apple Core bood een echt Engels ontbijt, uitstekend bereid. Hij kon niet geloven dat mensen tegenwoordig zo weinig respect voor eten hadden. Juffrouw Green was laatst met haar zoon (hij wist niet eens dat ze een zoon had) naar een tentje in Marylebone gegaan om te lunchen, en daar hadden ze zijn tosti gewoon in de magnetron gestopt. Hier was het sinaasappelsap vers geperst, niet uit een pak. De croissants waren warm en die ochtend versgebakken, dus de boter smolt als je die erop wilde smeren, en de koffie was van superieure kwaliteit, en superieure sterkte. En het mooiste was nog wel dat ze PG Tips hadden, echte thee van thuis. Weg met die Lipton-meuk!

Zijn boekhouder had zuinig gekeken, maar hij had nog altijd een prima winstmarge, en Jack wist dat een perfect ontbijt zijn gewicht in goud waard was als je wilde dat je gasten bleven komen. Niemand was tegenwoordig nog toerist, en mensen vonden het vreselijk als je ze zo behandelde. Heerlijk eten, opgediend in een prettige omgeving door charmant personeel: dat was meer dan een recept voor succes, het was de garantie.

De Kents waren waarschijnlijk de eersten die in die zachte stoelen met hun zilveren rugleuning zaten, in die zonnige eetzaal, starend naar de chique vaas met witte seringen, en die zich daar doodongelukkig bij voelden. Claudia knabbelde wat aan een stukje droge toast, zuchtte, dronk wat water, klopte op haar holle buik en mompelde: 'Ik zit *overvol*.'

Innocence keek zo stuurs dat haar voorhoofd helemaal gerimpeld was; en dat was een hele prestatie, aangezien ze pas nog... een of andere nieuwe behandeling was het, om van je lachrimpels af te komen, maar hij had niet echt geluisterd toen ze erover vertelde. Hij had alleen gekeken naar haar bewegende mond. Innocence had gehuiverd bij de aanblik van al het eten, ze dronk vier kopjes thee met drie suikerklontjes en ze zat met haar voet te zwabberen onder tafel. Dat was haar tic. Kwam het door de cafeïne? Of de nicotine? De irritatie misschien? Dat mens was één bal nauwelijks in te houden agressie. Claudia kromp naast haar in elkaar als een hond die elk moment een pak slaag verwachtte.

Niet dat Innocence tegenwoordig ooit echt gelukkig leek. Hij had geen idee wat ze dan van hem verwachtte: dat ze samen met hem zijn imperium mocht bestieren? Hij had een vrouw nodig die tegen hem opkeek, en ze kreeg ook heel behoorlijk betaald voor die taak, maar er waren grenzen. Hij had een uitgelezen team extreem intelligente (en extreem goed betaalde) en gemotiveerde specialisten die zijn zaken beheerden. Innocence had goede instincten, maar ze had totaal geen ervaring met zaken. Dat mens was opgegroeid in weelde, wat wist die nu van werken?

En dus had Innocence gedaan wat er van haar werd verwacht, maar met tegenzin en daar had hij goed de balen van. Het was een kennis van *haar* – een van de vele mannen met wie ze het gezellig had gehad in het liefdadigheidscircuit – die hem voor het lidmaatschap van Lloyd's had voorgedragen. Hij dacht eerst dat hij het aan Harry te danken had, want die ging om met dat soort lui, maar toen bleek dat Harry nergens vanaf wist. Innocence had dus haar plicht gedaan, maar toch. Ze had liever gezien dat het niet was gelukt – er was altijd die onderstroom van wedijver, en van een zekere weerzin dat hij in *haar* aristocratische vaarwater kwam. Ze was niet slim genoeg om in te zien wat voor voordelen het bood om een Naam te zijn. De investeringen die hij had kunnen doen na zijn inwijding, de investeerders die hij had weten aan te trekken – snobisme en klasse hadden hem gemakkelijk dertig miljoen opgeleverd in die drie jaar tijd.

Waarom *was* geluk eigenlijk niet te koop? Verder kon je toch alles aanschaffen wat je wilde? En toch werd hij helemaal depressief van het beeld van hen met zijn vieren met zure gezichten rond de ontbijttafel in zijn exclusieve hotel.

Gelukkig at Emily tenminste met smaak. Ze was nu zeven, en ze was even sociaal aangepast als een wolf. Luid smakkend had ze een heel bord gebraden worstjes met spek, tomaat, champignons en roerei naar binnen gewerkt. Daarna had ze een koffiebroodje in haar mond gepropt, terwijl ze chocolademilkshake dronk door een rietje. En tot slot gooide ze de helft van de enorme milkshake over haar roze jurk, de stoel en de grond. De rest dreef op tafel en druppelde op de kasjmier broekspijpen van Jacks krijtstreeppak.

Vervolgens kreeg Emily iets wat veel weg had van een epileptische aanval – ze jammerde en jankte en stuiterde op en neer en schopte tegen haar stoel. Dit leidde weer tot een hoestbui die zo heftig was dat ze moest overgeven. Het leek *The Exorcist* wel. Jack had weerstand weten te bieden aan zijn impuls om meteen de beveiliging te roepen en hij sjorde haar zelf mee de eetzaal uit. Het had wel iets van een gevecht met een enorme zalm, en hij vreesde dat een aantal van zijn gasten onder gespetterd werden met chocolademilkshake en kots toen hij haar spartelend naar de lobby bracht.

Het was *verbluffend* weinig ontspannend geweest. Hij verweet het Innocence dat Emily zo verwend was. Het leek wel een kind van drie met een permanente driftbui. Zijn hoofdconciërge had een rondvlucht over Manhattan georganiseerd met een privéhelikopter, maar tot Jacks onuitsprekelijke genoegen had juffrouw Green iets gemompeld over een videoconferentie met LA en dat die naar negen uur was verschoven vanwege vijf andere dringende afspraken om tien uur, halfelf, elf uur, kwart over elf en kwart voor twaalf. Hij ontsnapte dus naar de directiekamer, geflankeerd door juffrouw Green, het hoofd bedrijfsvoering en de CFO van Élite Retreat Enterprises, waar hij zich opgelucht op budgetvraagstukken stortte.

Dit was waar hij in uitblonk, en hij merkte dat hij het niet prettig vond dat Innocence net deed alsof zij ook een plek verdiende aan deze prachtige eiken directietafel. En hij vond het niet prettig dat zij het niet prettig vond dat hij haar die plek niet gunde. Wat een kapsones, dat mens. Ze had het wel aan hem te danken dat ze nu kon doen en laten wat ze wilde. Met haar armzalige twee miljoen had ze het nog geen drie maanden uitgehouden, als je keek naar haar uitgavenpatroon! Misschien dat ze een paar keer als breekijzer had kunnen fungeren, maar het was aan zijn zakelijke instinct en zijn verstand van zaken te danken dat dit imperium er stond. Terwijl zij nog niet eens twee kinderen een beetje fatsoenlijk kon opvoeden. Claudia was gestoord en Emily was een verwend nest.

Hij liet haar zelfs niet toe in zijn Laboratorium: dat was zijn bijnaam voor het Spyglass Island Retreat in Frans-Polynesië, waar hij al zijn ideeën uitprobeerde en waar hij fouten mocht maken. Ook al kon ze daar verder geen enkele schade aanrichten. Het was het enige hotel dat nog altijd met verlies draaide. Na het pedofielendrama hadden ze de fout begaan om veel te lage prijzen te vragen, en dat had het hotel nog verder in diskrediet gebracht, zodat het er nu vol zat met Europese toeristen. Toen hadden ze de boel nog maar eens verbouwd, de prijzen flink opgedreven, en drie maanden later was het hele zootje door een tyfoon tot brandhout geblazen.

Hij had erover gedacht om Innocence een symbolische plek toe te wijzen in de directie, met een flink salaris en nul macht, maar ze was hem veel te gretig – dus dat had hij maar niet gedaan. Ze kwam de hele tijd met schattige ideetjes: afscheidscadeautjes voor als de gasten naar huis gingen, of een persoonlijke horoscoop voor degenen die in dat soort bullshit geloofden. Hij vond haar ook een stuk minder aantrekkelijk door dit soort dingen. De seks was allang niet meer zo geweldig, en Jack hield nu eenmaal van geweldige seks. Dat Innocence daar ook van hield was al wel bij hem opgekomen – dus wat spookte zij precies uit op dat gebied? Ze was niet zo'n fan van soloseks. Zoals ze altijd al zei: ze maakte haar handen niet graag vuil aan dat soort dingen

En dat was geen geintje van haar. Op een avond was hij binnen komen lopen toen zij in bad zat met een paar *gele huishoudhandschoenen* aan.

Toen ze zijn blik zag, zei ze: 'Van water wordt je huid sneller oud.'

Ze had inderdaad prachtige, zachte, jeugdige handen, maar... 'Dacht je dat ik dit allemaal zomaar cadeau kreeg?' had ze gezegd, met een gebaar langs haar heerlijke rondingen.

'Nee,' had hij geantwoord, en hij was de badkamer weer uitgelopen.

Jack wilde gaan verzitten, maar omdat ze dat konden opvatten als teken van zwakke zenuwen, en zijn advocaten, secretaresse en adviseurs samen met hem een lange rij strenge pakken en attachékoffertjes vormden aan tafel, hield hij zich in. Wat een zelfbeheersing. Om eerlijk te zijn scheet hij peuken, en hij voelde het zweet via de boord van zijn op maat gemaakte overhemd naar beneden druppelen. Hij gooide die hemden meestal al na een paar keer dragen weg – maar dit wilde hij het liefst ter plekke al van zijn lijf scheuren.

Er deed nu al een poos een vreselijk gerucht de ronde over Lloyd's – enfin, het was eigenlijk erger dan een gerucht. Hij wist wel van Sasse 762, het syndicaat van 110 Namen die samen veertig miljoen dollar hadden moeten ophoesten tot het bestuur had ingegrepen en het grootste deel van de schuld over had genomen. Uiteindelijk had het die lui honderdtwintigduizend dollar de man gekost – dus dat was niet zo erg. En trouwens, hem was verteld dat dit een op zichzelf staand geval was. Toch was de paniek niet gaan liggen. Er gingen geruchten over fraude. Het jaar hiervoor waren er krankzinnige claims ingediend, die niet waren gehonoreerd. Wel waren er allerlei Namen geschorst – zoiets was tot dan toe even onwaarschijnlijk als het bestaan van de Tandenfee, en Jack had zich ervoor afgesloten, de angst negerend die hem als een steen op de maag lag. Eerst was hij opgelucht toen zijn contact binnen Lloyd's stellig beweerde dat er geen vuiltje aan de lucht was. Het enige wat hij over Sasse 762 had te zeggen, was: 'Gewoon het verkeerde syndicaat – jammer dan.'

Maar toen de verhalen maar bleven komen, verdampte zijn opluchting.

Jack vond het verschrikkelijk om nare dingen te zeggen over de aristocratie, maar hij begon zijn contact binnen Lloyd's nu toch echt te wantrouwen – waar kende Innocence die zak eigenlijk van? En nu Jack de schellen van de ogen waren gevallen, zag hij de man in een heel nieuw licht. Het was zo'n vreselijke gladjakker, dat je niet raar zou staan te kijken als hij een glibberig slakkenspoor achter zich zou laten. Zijn hart ging vreselijk tekeer en vocht zich een weg door de medicijnen. Wat stond er eigenlijk precies op het spel?

Alles?

Hij kon het niet geloven. Echt niet. Lloyd's was toch een solide bedrijf? Dat *kon* niet anders. Alleen, drie jaar geleden was het bedrijf verhuisd naar een spiksplinternieuw space-age gebouw van twaalf verdiepingen, een en al metaal en met een spectaculair uitzicht over de City en de Theems. Hij voelde even aan zijn gouden lidmaatschapskaart. Het was net zoiets als verraden worden door je eigen moeder.

Die lui waren toch verplicht om voor hem te zorgen? Hij had hen volledig vertrouwd, meer dan wie ook: zij hadden het hele land in handen, omdat ze wisten wat ze deden. Hij schaamde zich nog half voor zijn automatische ontzag voor het gezag, want het herinnerde hem eraan dat hij maar een jongen van het volk was die, diep in zijn hart, geloofde dat die lui beter waren dan hij. Dat was heel suf, maar het was een gevoel dat hij niet in de hand had. Bovendien *wilde* hij ook in hen geloven. Net als dat je als je vijf bent wilt geloven dat je vader een vrijgevige god is. Want als dat geloof aan diggelen viel, dan brak je zelf ook.

Hij stond op toen de voorzitter met zijn krijtpakkengevolg, zoals juffrouw Green hen noemde, binnenkwam. Hij wilde helemaal niet gaan staan – hij vond dat dat gezien zijn status niet meer nodig was. En dankzij die status had hij zijn chauffeur op kunnen dragen om te parkeren op de voor de voorzitter gereserveerde parkeerplaats. Maar toch stond hij op, want hij wilde dat ze hem als een gentleman zouden zien – niet als iemand die zijn status zelf had verdiend, maar iemand die ermee was geboren.

'Jack, ouwe jongen,' zei de voorzitter, die hem een verpletterende handdruk gaf en benepen naar hem lachte. 'Altijd een genoegen je weer eens te zien. Ik hoor dat je bij ons weg wilt.'

Jack knikte. 'Klopt.'

De voorzitter klemde zijn lippen op elkaar. 'Mijn beste kerel,' zei hij, 'dat gaat niet zomaar, vrees ik.'

MIDDLESEX, ENGELAND, 1991

Claudia

Als zij zou trouwen, dan zou ze het maar één keer doen, om een kind te maken, en daarna nooit meer. Claudia wist dat haar man daar een probleem mee zou hebben, wie dat dan ook maar zou zijn – een of andere geweldige vent, die nu nog geen idee had dat hij voor haar was voorbestemd. Maar haar held zou natuurlijk een gezonde seksdrive hebben, anders was het geen echte kerel. Ze had genoeg bouquetreeksjes gelezen om te weten hoe de vork in de steel zat. Het was frustrerend en verwarrend. Want ze was aan de andere kant ook vastbesloten om een ouwe vrijster te worden, met een hele zwik katten.

Claudia zuchtte en liep de heuvel op naar Ruths huis. Ze probeerde om niet in het openbaar te huilen. Ze was niet zoals al die andere meiden van zestien. Haar leven was een complete mislukking, meteen al vanaf het begin. Zoveel pech als zij had gehad, had niemand. Alles ging mis. Altijd maar weer. Ze verachtte haar biologische moeder omdat die haar had weggedaan, ze was kwaad op Felicia omdat die dood was gegaan, en ze haatte die heks van een Innocence, die papa tot een huwelijk had verleid terwijl het haar duidelijk alleen maar om zijn geld ging. Nou, dan had ze mooi pech. Want ze waren helemaal niet gelukkig samen. Ze knuffelden nooit, ze wisselden alleen praktische informatie uit.

Ze waren niet meer zo dol op elkaar. Jemig, zo'n huwelijk wilde zij echt nooit. Zij wilde iemand met wie ze de hele tijd zou zoenen. Als ze maar niet hoefde te... shit... waarom draaide altijd alles om de seks? Het verleiden, ja, dat vond ze leuk. Elke nacht droomde ze van een knappe vreemdeling, donker, lang, met sterke armen (een gezicht had ze hem nog niet gegeven) die haar hartstochtelijk tegen zich aan drukte, ergens in de woestijn, misschien wel... of in elk geval ergens waar het heel warm was, met een bougainville op de achtergrond en dat zij dan een witte wapperjurk droeg. Ze zou van hem weg rennen, waarbij haar haren opgetild werden door het briesje, als zacht protest. Maar dan kwam hij haar achterna en drukte hij zijn lippen op de hare.

En daarna... ja, wat dan? Dan reed hij met haar naar huis en gingen ze wasgoed vouwen? Het idee dat hij haar achterna moest sprak haar enorm aan. Wat er kwam nadat hij haar had gevangen niet. Ze vond het een vreselijk idee dat de man op wie zij verliefd was haar in haar blootje zou zien. Ze voelde zich helemaal niet sexy, laat staan – tingelingeling! Vies woord! – *seksueel*. Ze voelde zich weerzinwekkend. Het idee alleen al dat je het zou doen... al dat vocht... die geur... Vies en gênant vond ze het. Ze wist best dat ze zo langzamerhand wel over het 'incident' op Spyglass heen zou moeten zijn, maar dat was ze niet, en dat zou ook nooit gebeuren. Zodra een jongen haar probeerde te kussen – zoals Alfie een keertje, voor de gein, op haar vijftiende verjaardag – brak het zweet haar uit en snakte ze naar adem. Dan ging haar keel dichtzitten alsof iemand een touwtje aantrok om haar nek en dan moest ze als de donder op zoek naar haar inhaler.

Niet bepaald aantrekkelijk.

In gedachten was ze nog altijd een dikke pad van veertien, ook al was ze veel afgevallen. Dat was haar gelukt door veel over te geven. Broodmager, daar ging ze voor. Maar ze was zo'n veelvraat – dagenlang ging het prima, acht rozijntjes en drie pinda's als ontbijt, sla bij de lunch, een cracker met een schrapje boter als avondeten – maar dan ineens begon ze toch weer aan chocola te denken... Dan flitsten er alleen nog maar KitKats, Marsen en Tobleronerepen door haar gedachten, en het verlangen zwol op als een ballon die haar helemaal in beslag nam, en die haar boosaardig kwelde net zo lang tot ze het op een vreten zette.

Dan voelde ze zich heel even voldaan. Maar het volgende moment werd ze overweldigd door zelfhaat en dan sloop ze naar de plee en stak ze een vinger in haar keel. Daarna voelde ze zich high en wanhopig, zwak en triomfantelijk. Ze haatte zichzelf. Waarom ook niet – de rest haatte haar immers ook. Toen de problemen met Lloyd's eerder dat jaar waren begonnen, mocht die lieve Emily gewoon op haar kostschool blijven zitten, maar die stomme Claudia werd wel meteen van de hare af gehaald en op de gewone middelbare school in de buurt gedumpt. De meiden op die school waren net beesten.

Ze had nog nooit eerder meegemaakt dat een wildvreemd iemand naar je toe kwam en je zomaar in je gezicht tufte. Het voelde net alsof ze in een vreemd land was waar ze alle regels brak zonder dat ze het doorhad. Zware straffen waren het gevolg. Op een dag, toen ze erachter kwam dat iemand haar schoudertas als... wc had gebruikt, was ze zo stom geweest om dat aan de leraar te vertellen. De volgende dag was er een meisje naar haar toe gekomen om haar een kopstoot te geven, waardoor ze haar neus had gebroken. Innocence was zonder iets te zeggen met haar naar een privékliniek gereden. 'Ik ben gestruikeld,' verklaarde Claudia. 'Ik vroeg je niks,' antwoordde haar stiefmoeder.

Ze was echt zo gemeen. En papa deed net of hij niks zag, die lafaard. Emily was superegocentrisch – die leefde alleen maar voor zichzelf en pakte wat ze pakken kon. Maar de meeste mensen trapten er gewoon in. Emily, die nu negen was, was toch zo'n slim, mooi, snoezig en getalenteerd kind. Ze kon waanzinnig goed paardrijden. Ze was heel handig op de ski's. Ze kon schaatsen, balletdansen, zingen – ja natuurlijk kon ze dat allemaal, want ze kreeg les van experts. Ze blonk uit in Engels en rekenen. In de rest was ze helemaal niet goed, maar wat maakte dat uit? Ze was geestig, charmant, en mensen waren dol op haar. Ze kregen haar duistere kant namelijk nooit te zien: haar jaloezie, haar krankzinnige ambitie, haar driftbuien, het feit dat ze niet alleen zelf wilde winnen, maar vooral wilde dat alle anderen verloren.

Het was zo zielig. Want vroeger waren ze vriendinnen.

Papa had een van de succesvolste bedrijven ter wereld opgebouwd. Maar een gezin bouwen, dat was hem nooit gelukt. Als gezin waren ze een jammerlijke mislukking met zijn vieren. En het werd alleen maar erger.

Papa was al drie jaar niet te genieten. Sinds hij doorhad dat hij niet bij Lloyd's was gevraagd omdat hij een van hen was, maar omdat hij een onnozele parvenu was. Wat zeiden ze ook alweer in de kranten? *Meer losers, minder verlies.*

Hij was financieel kanonnenvoer voor hen. Hij en zijn nieuwe geld werden gebruikt om de monsterverliezen van de gerenommeerde verzekeringsmaatschappij te compenseren. Papa betaalde zich nu al blauw, maar het ergste – de financiële doodklap die hen tot de bedelstaf zou veroordelen – zou nog komen. De angst – *zijn* angst – was tastbaar, en besmettelijk. Als het wachten op een monster dat je kwam pakken en verslinden.

Onwillekeurig maakte ze zich zorgen om hem. Als zij het niet deed, dan deed niemand het. Innocence en Emily maakten ze vreemd genoeg niet al te druk. Misschien dat zij de ernst van de situatie niet inzagen. Of misschien dachten ze wel dat er een wonder zou geschieden en dat het allemaal vanzelf goed zou komen. Dat Lloyd's voor hen een uitzondering zou maken. Nee, *jouw* geld pakken we niet af, hoor, en je huis en je meubels ook niet. Jij bent veel te belangrijk – jij bent *jij*! Mensen zaten wat dat betrof gek in elkaar. Ze dachten altijd dat het kwaad hen nooit zou treffen. Alleen anderen. Terwijl Claudia precies het tegenovergestelde geloofde. Alle akelige dingen zochten haar automatisch op. Dat was altijd al zo geweest.

Ze had maar drie echte vrienden op de hele wereld. Meer niet. Haar oma Ruth, haar jeugdvriendje Alfie en haar penvriendin Lucy. Als zij er niet geweest waren, dan was ze allang doorgedraaid. Ze zag Ruth en Alfie niet zo vaak als ze zou willen, en Lucy had ze zelfs nog maar één keertje in het echt gezien, en dat kon ze zich stom genoeg niet meer precies herinneren – maar papa had ook altijd zulke grote feesten dat je je onmogelijk iedereen voor de geest kon halen die je een handje had gegeven. Nou, ze zou Lucy nog wel eens ontmoeten – ooit.

Innocence vond het niet goed dat Claudia bij Ruth op bezoek ging, want Claudia was Ruths lievelingetje. In tegenstelling tot alle anderen had Ruth geen geduld met Emily, en dat maakte Innocence razend als een dolle hond.

Alfie was nog steeds een goede vriend, maar zijn leven was al helemaal uitgestippeld. Hij was waarschijnlijk het enige goede dat Eton ooit had voortgebracht. Hij studeerde nu economie in Oxford. Hierna zou hij een officiersopleiding gaan volgen aan Sandhurst, en dan zou hij uiteindelijk een baan krijgen in de City. Hij zou trouwen met een degelijk, sexy meisje met een klaterende lach en goede werpheupen, en ze zouden vier prachtige blonde kindjes krijgen. Ze zouden gaan wonen in een heerlijk huis ergens op het platteland, en ze zouden kippen houden en koken op een Aga. Claudia kon zich geen vreselijker dier bedenken dan een kip, en koken boeide haar voor geen meter, maar toch haatte ze Alfies droombruid nu al en ze verzon dus allerlei passende manieren om haar alvast om zeep te helpen: dat iemand haar per ongeluk met een golfclub doodsloeg, dat ze door de bliksem werd getroffen op Ascot, dat ze stikte in een olijf op het Queen Charlotte Ball...

Godzijdank had ze Lucy nog.

Lucy begreep haar. Lucy begreep haar omdat zij verkeerde in net zo'n situatie als zij. In Claudia's hoofd woedde zo veel kwaadheid en gal dat ze zou ontploffen als ze niet af en toe stoom af kon blazen. En dat deed ze in haar brieven aan Lucy. Lucy wist meer van haar dan wie dan ook op de hele wereld, en Lucy veroordeelde haar nooit. Hun vriendschap was twee jaar geleden begonnen, toen Lucy de moed had opgevat om contact met haar te zoeken. Ze hadden elkaar dus kennelijk ontmoet op een van haar vaders feesten. Ze was de dochter van een vriendin van een nicht en ze kende helemaal niemand. Ze hadden heel even met elkaar gekletst. Claudia kon het zich waarschijnlijk niet meer herinneren (inderdaad) maar Lucy wilde haar toch nog bedanken omdat ze zo lief voor haar was geweest. Eerlijk gezegd kon ze wel een vriendin gebruiken, iemand die aardig voor haar was: thuis was het leven... verre van ideaal.

Patsboem!

Claudia zag meteen een lotgenoot in Lucy, en ze had gretig teruggeschreven. Die arme Lucy. In haar geval was haar stiefvader het probleem. Hij was aan de drank en hij sloeg haar. Haar moeder was verliefd en kneep dus liever een oogje dicht; ze had Lucy wel eens een camouflagestift aangeboden toen die een blauw oog had. Toen had ze beweerd dat het een 'geneesmiddel' was.

Claudia stortte haar levensverhaal uit op papier, in haar brieven aan Lucy. Als Innocence dat zou weten! Dus nu konden ze elkaar zeker niet ontmoeten. Want Lucy's vader was een controle-freak en Lucy mocht het huis niet uit zonder dat er een 'volwassene' bij was, ook al was ze al zestien. Dat geloof je toch niet? Maar Lucy was al bezig met het plannen van haar ontsnapping. Ze zou gaan werken bij een krant, het maakte niet uit wat ze daar moest doen. Want de journalistiek vond ze toch zo interessant, al die glitter en glamour! Misschien konden ze allebei bij de krant gaan, want dan konden ze de hele dag samen kletsen – nou ja, als ze niet hoefden te werken natuurlijk. Echt, het zou een makkie zijn, ze konden toch gewoon allebei solliciteren?

Lucy maakte Claudia aan het lachen. En dat idee van haar over bij de krant werken, dat was eigenlijk niet zo'n slecht plan. Papa zou heus geen werk voor haar hebben. Niet dat ze voor hem zou willen werken – ze wilde juist graag bij haar ouders weg, en niet nog meer tijd met hen opgescheept zitten.

Claudia glimlachte bij zichzelf toen ze vlak bij Ruths tuinhek was. Ruth woonde in een huis dat 'veel te groot' voor haar was. Ze haatte het, 'maar het moest van Jack'. Typisch papa, dacht Claudia, om anderen zijn wil op te dringen. Hij had echt geen idee hoe hij zijn liefde moest uiten. Hij leek net een buitenaards wezen dat alles uit een handleiding moest zien te halen. Ze holde het stenen trapje op en belde aan. JR stond al te blaffen, net als altijd. Het was echt een superirritante hond. Als hij een mens zou zijn, was het een ouwe nicht; zo'n welgemanierde acteur die zich in zijn stadsvilla in een roodfluwelen jasje liep aan te stellen met een sigaartje in zijn mond.

Ruth stond meestal voor het raam op haar te wachten. Claudia wist dat ze eenzaam was en dat Ruth het vreselijk vond dat ze dat wist. Claudia gluurde naar binnen, met haar handen om haar ogen tegen het glas. O nee! Nee, nee! Op de vloer, bij de deur, zag ze – een *arm*. De hand bewoog, en reikte naar – wat dan ook? Claudia voelde haar knieën vloeibaar worden. Ze bonsde op het raam, en gilde door de brievenbus: 'Ruth! Ik ben er! Het komt allemaal goed. Ik bel een ambulance. Ze komen zo – wacht!' ... stomme idioot! 'Wacht even!' Ze had een hartinfarct of een beroerte gehad, en ze lag nu op de vloer dood te gaan, en wat deed Claudia? Die riep: 'Wacht even!'

Terwijl ze haar mobieltje pakte en 999 belde, en toen de ambulance met gierende remmen tot stilstand kwam, samen met de brandweer, en terwijl de brandweermannen de deur intrapten en terwijl Ruth op een brancard werd getild met een zuurstofmasker over haar mond en neus, en terwijl ze bij haar in de ambulance zat terwijl het ambulancepersoneel haar grootmoeder probeerde te reanimeren, en zelfs terwijl de dokter haar met een somber gezicht de woorden 'Het spijt me verschrikkelijk' uitsprak: al die tijd was ze vervuld van gedachten over haar stommiteit.

Maar toen ze koud water in haar gezicht plensde, in een poging om het beeld van zich af te schudden van het bundeltje vacht dat JR was toen hij in de witte bestelbus van de dierenbescherming werd gestopt, zei ze hardop: 'Nee.' En toen: 'Ik kan er niets aan doen.'

Ze kon er ook niets aan doen. Ze had er alles aan gedaan om voor haar grootmoeder te zorgen, maar ze was in feite nog maar een kind, dus wat kon ze doen? Degenen die echt iets hadden kunnen doen – Jack en Innocence – hadden niks gedaan. Innocence kon je het moeilijk kwalijk nemen want dat was een verschrikkelijk feeks. Maar Jack. Papa. Hij was Ruths zoon. Haar enige kind. En zoals hij altijd alles probeerde op te lossen in zijn privéleven, zo had hij ook dit willen oplossen door met geld te smijten. Want hij beschouwde mensen nu eenmaal als problemen die je op moest lossen.

Hij had Ruth in een groot huis gezet, kilometers uit de bewoonde wereld, dus als iemand met wie hij zaken deed er ooit naar zou vragen, dan zou hij kunnen zeggen dat hij het allemaal 'goed geregeld' had voor zijn moeder. Ja hoor. Goed geregeld, zoals de maffia dingen goed regelde. Dus nu had Claudia nog maar twee vrienden op de hele wereld, en dat was zijn schuld.

Haar mond vertrok tot een harde, smalle streep.

'Ik zal jou eens iets vertellen,' zei ze tegen de bleke geest in de vuile spiegel – en het was net alsof die geest haar iets beloofde in plaats van andersom – 'die hufter krijgt zijn verdiende loon nog een keer. En dan kom *ik* het hem brengen.'

NEW YORK, 1993

Innocence

'Dat. En dat. Allebei. Nee. Die Prada. En de Chanel. De zwarte en de gouden! Hebben ze hem ook in het roze? Laat ze dat maar regelen. En laat het dan bezorgen in mijn suite in The Core, samen met de schoentjes. Huur maar een vrachtwagen.'

Innocence klapte haar mobieltje dicht en veegde een denkbeeldig stofje van haar schoudervulling. Haar nieuwe kapsel was *super*. Flink getoupeerd – Bonnie Tyler kon nog een puntje aan haar zuigen – en knalroze. Fekkai was er eerst niet zeker van, en hij mompelde nog dat de jaren tachtig achter ons lagen, maar ze had haar zin doorgedreven.

Het haar was eerder Essex dan Eton, en Jack kreeg vast een rolberoerte als hij het zou zien, maar dat was dan jammer. Ze was die eikel niets meer verschuldigd. Niet meer. Haar hele leven had ze al lol willen trappen, en zal ik je eens wat zeggen? Ze had het verdomme geweldig naar haar zin. Haar nieuwe hondje, een piepklein beestje, had ze ook roze laten verven. Dat combineerde zo leuk.

Het Grote Uitgeven was vlak na de lunch begonnen, toen ze nog net even het nieuws meepikte voor de televisie vlug werd uitgezet. Jack had niet de moeite genomen om haar te bellen.

Ze was Tiffany & Co binnen gestormd, op weg naar de kapper, en ze had een ketting gekocht bestaande uit drie strengen diamanten, gevat in platina, ter waarde van 52.000 dollar. Het zag er wel een beetje uit alsof ze het ding in een koopjeskelder op de kop had getikt, dus toen ze in de salon zat te bladeren in een *Tatler*, vroeg ze haar assistente Jamie om even te bellen met Bvlgari in Bond Street, voor de unieke 87-karaats diamanten ketting die – volgens de advertentie in het tijdschrift – alleen kon worden getoond tijdens een besloten bezoek aan de juwelier. Er stond een foto bij. Ze hoefde helemaal niet besloten op bezoek te gaan. Stop dat ding maar in een doos, en opsturen die handel! Het was een 87-karaats diamanten ketting: wat kon daar nou mis mee zijn?

Er was ook een pagina met de titel 'Duurkoop is de enige koop', een stelling die ze van harte onderschreef, en dus bestelde ze ook maar meteen een paar cabochon geslepen saffieren oorbellen, met briolet geslepen diamanten hangertjes, voor vijfhonderdduizend pond bij David Morris, en een 44-karaats kussen geslepen saffieren ketting met 182-karaats diamanten bij Harry Winston (Alleen Op Bestelling). Hij kon de pot op met zijn bestelling. Bestellingen werkten op haar als een rode lap op een stier. Je dacht toch zeker niet dat zij een bestelling wilde plaatsen om vervolgens braaf te gaan zitten afwachten! Dat was iets voor arme sloebers. Moussaieff had ook een platina ketting met robijnen en diamanten, alleen op bestelling, en dus droeg ze Jamie op die meteen ook maar aan te schaffen. Daarna voelde ze zich een stuk beter. Al die nieuwe juwelen, het roze haar en het hondje gaven haar echt een kick.

Fekkai was doddig. Hij zei: 'Het is erg belangrijk dat je persoonlijkheid spreekt uit je kapsel, en dat het een weerspiegeling vormt van je lifestyle en van je stemming.' Precies. Al veel te lang had haar kapsel – dat domme Alice in Wonderland-haar dat Jack zo leuk vond – precies het tegenovergestelde uitgedrukt van hoe ze eigenlijk was.

Vanaf vandaag zouden Innocence en haar roze haar alleen nog zijn wat ze zelf wilden zijn.

De salon was een fijne cocon, waaruit zij dadelijk tevoorschijn zou komen als een vlinder. Geen woord over wat er vandaag was gebeurd. Haar mensen hadden ervoor gezorgd dat ze geen enkele Britse krant onder ogen kreeg. Ze dronk koffie, ontspande terwijl haar voeten werden gemasseerd en keek bewonderend in de spiegel naar haar perfecte huid. Het licht flatteerde haar, maar ja, met haar gezicht flatteerde elk licht nu eenmaal. Ze probeerde niet te denken aan de nachtmerrie die haar leven het afgelopen halfjaar was geweest, maar dat viel vandaag – de dag waarop al het meubilair uit hun schitterende huis in Hampstead werd gehaald door Jacks schuldeisers toch niet mee. Goed, ze hadden nog andere huizen: een brownstone in de Upper East Side en het huis op Bermuda. Maar het huis in Hampstead was het pronkstuk. Het was vernederend. Het had nooit mogen gebeuren. Ze wist ook best dat het 'maar een huis' was, maar het was haar droomhuis, en ze had altijd gedacht dat het voor altijd van hem – van haar zou zijn. Ze vond het verschrikkelijk dat Emily dit allemaal moest doormaken, dat ze haar thuis kwijtraakte. Het was traumatiserend. Zij voelde zichzelf ook enorm getraumatiseerd.

Een ramp zoals deze maakte duidelijk wie je echte vrienden waren. Innocence vond de meeste mensen maar oppervlakkig. Mensen vonden je leuk vanwege je geld, want in hun kille hartjes hadden zij het idee dat het hebben van geld betekende dat je een prettig mens was, net zoals het verliezen van geld (of erger nog: helemaal geen geld meer hebben) wilde zeggen dat je eigenlijk niks waard was als mens. Dat je heel dom was, of slecht opgeleid, of anders dan anderen. Misschien zou je hen zelfs wel meeslepen in je ellende: jouw armoede en ongeluk zouden misschien wel op hen afstralen.

Dus toen Jack zes maanden geleden om twee uur 's nachts bij haar op de stoep had gestaan, stomdronken en helemaal in de puinpoeier, met zijn Thomas Pink overhemd aan flarden gescheurd en zijn zwarte Lobb-schoenen helemaal onder de modder en de krassen, stinkend naar whisky en goedkope sigaretten en met een wilde blik in zijn ogen, terwijl hij een hele reeks krankzinnige getallen lalde en ratelde over ongelimiteerde aansprakelijkheid en asbestclaims voor in totaal twee miljard pond voordat hij plat op zijn gezicht op het antieke eiken parket viel, aan haar in Christian Louboutin gestoken voeten, en nog net kon uitkramen dat hij geruïneerd was, toen voelde Innocence haar onverschilligheid omslaan in haat.

Ze had het aan zien komen. Ze had zich er zelfs op voorbereid. Zijn dood werd haar brood. Daarom verbaasde het haar dat ze toch die overweldigende golven van op zeeziekte lijkende angst in haar maag voelde klotsen toen het onvermijdelijke nieuws haar uiteindelijk bereikte. Zij had deze kwelling toch zeker zelf geregisseerd? Jacks geloof in zijn eigen ondergang was essentieel als zij haar doelen wilde bereiken. En toch was ze doodsbang voor deze situatie – al had ze hem uit eigen vrije wil laten ontstaan.

Maar dat kwam doordat zij last had van zijn stommiteiten.

In de daaropvolgende weken zag ze dat Jack in shock was doordat zijn zogenaamde vrienden hen begonnen te mijden op feestjes. Zijn naïviteit was iets wat haar verbijsterde: wat had hij dan gedacht? Ja, natuurlijk was zij ook kwaad op die mensen die altijd op hun feestjes waren geweest, hun eten hadden gegeten, hun coke hadden gesnoven, en hun champagne hadden gedronken, met hun gasten in bed waren gedoken en die nu ineens deden alsof zij onzichtbaar waren. Ja, natuurlijk zou ze er met plezier bovenop duiken zodra ze maar de kans kreeg om flink wraak te nemen op deze kloothommels. Maar de woeste storm van eeuwigdurende toorn en haat die binnen in haar woedde was geheel en al voorbehouden aan Jack.

Ze liet hem een maand lang in zijn zielige sop gaarkoken, terwijl de lijst eigendommen waar Lloyd's beslag op zou leggen steeds maar langer werd. Al hun vastgoed, hun wagenpark, hun kunst, de zaak – ze hadden zes schitterende, exclusieve Élite Retreats op de meest ontzagwekkende plekken die de wereld te bieden had. En dat was allemaal van Jack, en dus zou nu overal beslag op worden gelegd. Emily moest van haar dure kostschool worden gehaald en ook naar een gewone school gaan, waar ze alleen maar inferieure kwaliteit drugs verhandelden en waar de leerlingen goedkope sigaretten rookten in plaats van Silk Cut. Ze zouden hun huishoudelijk personeel moeten 'laten gaan', en er was geen geld meer voor kleren.

Jack kwam steeds vaker dronken thuis, en hij schoor zich niet meer. 'Sta op,' zei ze nadat ze zijn metamorfose tot zwerver vier weken lang had aangezien. 'En als je straks weer nuchter bent, zie ik je graag in de zitkamer.'

Het bevel werd uitgevaardigd met een zelfvertrouwen dat ze niet echt voelde, want hoe moet je aan je echtgenoot duidelijk maken dat je op grote schaal fraude en diefstal hebt gepleegd, en hoe moet je hem er vervolgens van zien te overtuigen dat je dat allemaal voor zijn, *ahum*, bestwil hebt gedaan? Ze moest enorm op haar woorden letten. Ze had per slot van rekening ook een wat eigenaardige manier om haar imperium en fortuin veilig te stellen... ze glimlachte terwijl ze terugdacht aan haar zakelijke bespreking met meneer Jones, zo lang geleden alweer...

LONDEN, FEBRUARI 1983

Innocence

Lancelot Jones zat achter zijn enorme eiken bureau en keek ernstig over zijn halve brilletje naar zijn cliënte, die zedig op een klein hard stoeltje zat midden in zijn enorme, met fluwelen gordijnen behangen kantoor.

'Ik zal nog eens recapituleren,' zei hij. Dames waren altijd onder de indruk van zijn juridische jargon en moeilijke woorden. 'Als uw man geen passiva heeft, dan kan hij met zijn activa doen wat hij wil. Desnoods schenkt hij ze aan het mannetje op de maan. Maar als er mensen zijn die aanspraak maken op een deel van zijn vermogen en hij doet inderdaad een schenking aan dat mannetje op de maan, dan zal dat worden beschouwd als het onrechtmatig onthouden van gelden waarop zijn schuldeisers recht hebben. Als hij dit doet, dan zijn de transacties die hij doet *vernietigbaar* in plaats van nietig. Een rechter zal dat soort transacties dan vernietigen.'

Lance zweeg even om te controleren of zijn cliënte wel met voldoende ontzag naar hem keek. Ze deed hem denken aan Sophia Loren, in die zilvervos die bijna tot haar elegante enkels reikte. Ze droeg een diamanten ketting en een bijpassend bonthoedje, en zwarte veterlaarsjes met hoge hakken. Wat een kittig kind. Een warm gevoel van prettige verwachting roerde zich binnen in hem. 'Echter,' ging hij verder, 'indien uw man niet verwacht dat hij in moeilijkheden zal komen – en dat verwacht hij inderdaad niet, aangezien de arme man niet door het syndicaat op de hoogte is gesteld van het feit dat het een slecht jaar was, en daar kunnen wij zeker van zijn – ja, *dan* is het prima als hij een deel van zijn vermogen op naam van zijn vrouw zet. Prachtig zelfs! De rechter dient dan uiteraard op de hoogte te zijn waar deze persoon precies wel en niet vanaf wist op het moment dat deze vermogensoverdracht plaatsvond.' Lance haalde zijn bril van zijn neus en glimlachte. 'Ik moet eigenlijk zeggen, op het moment dat deze vermogensoverdracht *beweerdelijk* plaatsvond.'

Hij zweeg even en likte langs zijn lippen. Ze was een lekker hapje, maar hij was tegenwoordig ook niet te versmaden. Sinds die cholesteroltest at hij geen vet vlees meer en had hij behoorlijk geminderd met alcohol: zijn riem zat al drie gaatjes strakker en al die wandelingen over de Downs – nou, hij was in topvorm. Hij had nog al zijn eigen haar; zilvergrijs, uiterst gedistingeerd.

Een klein teken van dankbaarheid zou volledig op zijn plaats zijn.

Zijn cliënte glimlachte ingetogen en wapperde zich wat koelte toe. 'Meneer Jones, het lijkt hier wel een kas, zo met dat winterzonnetje op de ramen van uw kantoor. Vindt u het vervelend als ik de gordijnen dichttrek?'

'Gaat uw gang.' Zijn keel voelde plotseling droog aan.

Zijn cliënte stond op met een soepele, katachtige gratie, schreed naar het raam en trok de gordijnen dicht. Toen liep ze terug naar haar stoel en ging met een glimlach zitten, haar handen keurig in haar schoot gevouwen en de volumineuze bontmantel om zich heen getrokken. Verdomme, wat speelde ze dit goed. Hij had een enorme paal in zijn broek.

'Neemt u mij niet kwalijk,' kirde ze. 'Ik viel u in de rede. Als ik me niet vergis' – en even wapperde ze met die ongelofelijke wimpers – 'dan hebt u iets voor mij.'

Hij kuchte. 'Zeker, zeker. Het kadaster was mij uitermate behulpzaam. Uitermate plezierig. Dus zoals wij eerder overeenkwamen, heb ik de eigendomsaktes op uw naam kunnen deponeren dankzij een, och, ik hou niet zo van het woord "vervalst" – dus laten we zeggen "geïnspireerd", een geïnspireerd verzoek tot overdracht. Het kadaster wilde uiteraard een vrijwaringsbewijs van de huidige eigenaar. Ik moet zeggen dat u de handtekening van uw man uitstekend na weet te bootsen. Ik betwijfel of een grafoloog het verschil zou zien. Zoals u mij hebt opgedragen zijn de nieuwe eigendomspapieren voor alle zes de hotels, plus de huizen op Bermuda en Manhattan hedenochtend per aangetekende post aan mijn adres bezorgd. Ik heb alle overdrachten op uw verzoek geantidateerd – het is dan nu ook zo dat Jack alles aan u heeft overgedragen op de dag dat u zijn bruid werd. Mijn felicitaties, Miss Ashford. U bent hiermee de eigenaar geworden van een behoorlijk indrukwekkende portfolio.' Hij keek op.

Innocence trok een onberispelijk geplukte wenkbrauw op. 'Het is bijna te gemakkelijk gegaan. Weet u zeker dat het kadaster ook daadwerkelijk de eigendommen op mijn naam heeft gesteld? Controleren ze dit soort zaken dan helemaal niet?'

Lance glimlachte minzaam. 'Lieve kind, waarom zou het kadaster hier iets achter zoeken? Er zijn niet veel echtgenotes die zouden doen wat u zojuist voor elkaar hebt gekregen. En dat is fijn, want daardoor is het voor u een stuk eenvoudiger om een stout meisje te zijn.'

Innocence ontblootte haar tanden. 'Meneer Jones,' zei ze zwoel, 'u hebt geen idee.' Weer een glimlach. 'Maar dat duurt niet lang meer.' Langzaam zette ze haar hoed af en trok ze haar jas uit. Daaronder droeg ze een zwart korsetje van Yves Saint Laurent met netkousen, en haar zwartkanten slipje had nauwelijks iets om het lijf. Haar borsten werden opgeduwd en samengedrukt. Hij bevroor op zijn stoel terwijl zij van de hare gleed en op handen en voeten naar zijn bureau kroop. Het scheelde weinig of hij verloor ter plekke alle controle. Hij greep zich vast aan de armleuningen terwijl zij behendig zijn broek open ritste.

'Overigens, Miss Ashford,' zei hij gesmoord, 'ik dank u hartelijk voor de snelle betaling van mijn honorarium. Dat maakt men in deze onzekere tijden nog zelden mee.'

Innocence duwde zijn stoel naar achteren en ging over het bureau liggen, zodat haar donzige bilpartij vlak voor zijn gezicht hing. 'Gaat uw gang,' zei ze.

Mijn god. Ze was het allemaal waard. Niet dat hij enig risico liep. Nee, ze zaten allebei... ahum... geramd. Als de onbetrouwbaarheid van zijn vrouw aan het licht zou komen, dan zou Kent zijn klep dicht moeten houden en alle medewerking moeten verlenen, anders had hij zelf echt helemaal geen cent meer. Het was de Jaguar E-type onder de slimme plannetjes: elegant, klassiek.

Hij hijgde als een hond toen ze hem meevoerde aan zijn lichtblauwe stropdas naar haar zilvervos, die ze op de grond had uitgespreid. Ze beval hem te gaan liggen, en ze ging boven op hem zitten, met haar heerlijke slipje in zijn gezicht, om aan te vallen op zijn lid. Hij kon zich nu toch echt niet meer beheersen. Hij duwde haar weg, ging op haar liggen en stootte bronstig van achteren in haar. Allemachtig, wat een schoonheid. Toen hij het uiteindelijk niet meer hield, waren de golven van extase zo hevig dat hij bijna flauwviel.

Ze veegde zijn lid af aan haar mantel, trok zijn rits netjes dicht en zijn das netjes recht.

'Wil ik even een glaasje water voor u halen, Miss Ashford?' vroeg hij.

Ze glimlachte. 'Nee, dank u, meneer Jones, dat is niet nodig. Maar als u wilt, dan kunt u mij gerust nog eens nemen.' Ze keek naar de minikoelkast in de hoek van zijn kantoor. 'Hebt u misschien een pakje boter in die koelkast?'

Na afloop hielp hij haar duizelig in haar jas. Ze deed wat roze lippenstift op, borstelde haar haren en poederde haar neus. Hij keek vol ontzag toe. Wat een vrouw. Eerbiedig overhandigde hij haar haar hoed.

Ze trok de bontmantel stevig om zich heen, en met tegenzin liep hij naar de deur om die voor haar open te houden. 'Laat me u naar uw auto begeleiden.'

Ze duwde een gebiedend vingertje tegen zijn borst. Hij vroeg zich af of ze het effect daarvan op zijn hart kon voelen. 'U hebt al meer dan genoeg voor mij gedaan, meneer Jones,' antwoordde ze, en ze gaf hem een knipoog.

Hij staarde haar na, en hij had spijt dat er niet meer papieren te ondertekenen waren – als hij deze engel nog maar even in zijn greep kon houden. 'Het was mij een genoegen,' riep hij haar na, en hij bleef luisteren tot het felle klikken van haar stilettohakken op de stenen trap werd opgeslokt door het gezoem van alweer een drukke dag in de grote stad.

Emily

Toen Emily vijf was had ze haar eigen vader gezoend. Hij wilde haar een nachtzoen geven, en toen probeerde zij haar hoofd zo schuin te draaien, zoals op tv. Papa had zich meteen teruggetrokken en gelachen, maar zij vond het helemaal niet grappig. Nu ze eraan terugdacht giechelde ze beschaamd. Wat naïef!

Nou, naïef was ze zeker niet meer. Ze was behoorlijk door de wol geverfd, maar ze was dan ook al tien, en dus bijna een *vrouw*. Ze rookte (in de stofzuiger, als papa thuis was), ze dronk (kir royal – dat deed iedereen in Verbier – of whisky-cola) en ze had de kunst van het pijpen geleerd – met behulp van een komkommer. ('Ik ben dol op groente,' had ze tegen kokkie gezegd. En dat was ook zo. Je kon de komkommer op allerlei manieren gebruiken. Het was ook belangrijk om zelf aan je trekken te komen. Het draaide echt niet allemaal om de man.)

Ja, de ultieme test van haar vaardigheden – op een echte piemel – die moest nog komen. Maar daar werd aan gewerkt. De laatste keer dat ze had gelogeerd op Fortelyne Castle, had ze Timmy gevraagd of die wel eens een meisje had gekust. 'Echt niet!' had hij toen geantwoord. 'Meisjes zijn walgelijk.' Hij zweeg, en voegde daar toen galant aan toe: 'Behalve jij dan.'

Ze besefte dat het maar weinig had gescheeld. Nee, ze zou Timmy pas pijpen als ze daar echt supergoed in was geworden. Ze moest eerst nog oefenen op de broers van haar vriendinnen, hoewel... misschien nu nog niet. Waarschijnlijk was het beter dat ze zou wachten tot ze elf was. Het was ook belangrijk dat ze Tim eerst nog wat liet experimenteren met die stomme kliek kakwijven die altijd met hun tong uit hun mond achter hem aan sjokten. Als hij eerst een paar keer met zijn voorhuid vast kwam te zitten in hun beugelbekkies dan zou hij een vrouw met raffinement pas echt waarderen.

Emily zou later trouwen met Timmy, en dan werd zij de koningin op zijn kasteel, ook al wist hij dat zelf nog niet. Ze moest snel zijn, want anders zouden ze hem nog koppelen aan een of andere adellijke tuttebel met een paardengebit, met een vader die heel Wales bezat. Het probleem met Timmy was dat hij zo verlegen en stil was, dat hij deed wat Pat en Fred wilden, ook al vond hij het nog zo'n vreselijk wicht. Nou, zij zou mooi een stokje steken voor zo'n tragische romance. Je moest je eigen geluk maken, zei papa altijd. Dat was ook de reden, volgens mama, waarom hij Claudia niet aan een baan wilde helpen. (Gelijk had hij, dat luie varken!)

Emily was niet alleen supermooi, maar ook nog eens superslim. Waarschijnlijk was zij het enige meisje van haar leeftijd dat totaal niet geïnteresseerd was in Wet Wet Wet. Wat konden die kerels van Wet Wet Wet en al die andere ouwe zakken die kapitalen verdienden aan de natte dromen van pubermeisjes in godsnaam voor haar betekenen? Helemaal niks! Haar *vader* was zelfs fan van Wet Wet Wet – ik bedoel maar. Ze kon haar tijd wel beter besteden dan met hunkeren naar een stel nietsnutten. Als zij al naar popmuziek luisterde, dan alleen naar de klassiekers: Tears for Fears en Soft Cell en de Simple Minds – die kerels waren stuk voor stuk lelijke bavianen, maar ze maakten schitterende muziek. Haar lievelingsliedje was 'Don't You Forget About Me'. Dat had ze aan Tim laten horen. Die was vanaf zijn tweede volgegoten met Wagner, dus hij wist niet wat hij hoorde.

Timmy was haar bestemming. Hij was een lieve jongen en hij was erfgenaam van een heerlijk leven vol privileges. Haar eigen leven was tot dusverre ook waanzinnig, maar ze was als de dood dat ze dat allemaal kwijt zou raken. Ze zou het niet trekken als ze ineens niet meer mee zou tellen. De oplichting van rijk geboren worden betekende dat je ook helemaal niet je best hoefde te doen. Je kon op hun spullen schijten, en dan nog vonden mensen je geweldig. Ze was ook geweldig, want ze kreeg altijd haar zin. Ze had haar eigen kleedster, een vrouw die ervoor zorgde dat haar kleding op kleur hing, naar de stomerij werd gebracht en dat haar schoenen en tasjes netjes bleven.

In haar vakanties ging ze op reis. NY was altijd super, en Positano was zo chique, maar het liefst ging ze naar Spyglass in Frans-Polynesië. Ze was gek op surfen en duiken bij het koraalrif, en haar instructeur wist het nog niet, maar die winter zou ze hem laten zien hoe goed ze door haar neus kon ademhalen. Het hotel zelf was een beetje armoedig – papa was het een beetje zat – maar er kwam nooit een mens, en het personeel droeg haar op handen. Het was Emily's geheimpje. Ze vond het leuk om onder de mensen te zijn – sterker nog, ze moest mensen om zich heen hebben – maar Spyglass was haar jaarlijkse retraite uit de bewoonde wereld.

Ze had drie enorme roze slaapkamers met eigen badkamer; ze had drie huizen die allemaal in schitterende, luxe postcodegebieden stonden, in de hipste steden ter wereld. Ze moest naar een rotschool – wat wil je: *school* – maar ze betaalden een vermogen om ervoor te zorgen dat het tenminste draaglijk was. Haar probleem was dat ze veel te slim was. Sommige meisjes in de klas hadden grote problemen met het lezen van Shakespeare – maar ja, die konden nog geen kinderboek lezen zonder met hun vingertje langs de zinnetjes te gaan.

Mama verwende haar. Emily kreeg alles wat haar hartje begeerde. Claudia was het dikke, domme, zwarte schaap. Niemand hield van haar. Heel soms had Emily best wel medelijden met haar, maar aan de andere kant was Claudia ook zo *zwak*. Als ze nou eindelijk eens voor zichzelf op zou komen in plaats van altijd maar zo in elkaar te duiken, dan had Emily tenminste nog een beetje respect voor haar. Ze was nu achttien en ze wilde 'journalist' worden – want ja, als stewardess wilden ze haar niet hebben – en ze was echt zo verschrikkelijk saai, met die sjaggo kop van d'r. Ze wist niet eens hoe je oogschaduw op moest doen. Ik bedoel: *hallo!* Ja, Emily had het mooi voor elkaar.

En daarom kreeg ze de schrik van haar leven toen ze zich realiseerde dat ze alles wat ze had, en alles wat ze was, in één klap – *poef!* – kwijt kon raken.

Dat was een paar weken geleden. Ze had gehoopt haar ouders te betrappen als ze op het bed lagen te stuiteren. Ze deden het met elkaar, dat wist ze wel, en het fascineerde haar. Haar vriendinnen op school gilden en huiverden alleen al bij het idee van s-e-k-s, maar Emily had het met eigen ogen gezien, en het zag er waanzinnig uit.

Maar in plaats van naar boven te lopen, liep haar moeder de blauwe zitkamer in, met felle bewegingen. Papa, die er heel slonzig uitzag, liep langzaam achter haar aan, met zijn handen in zijn zakken. Ze zag wel dat er geen s-e-k-s zou volgen. Ze drukte haar oor tegen de deur. Hun stemmen klonken eerst nog zachtjes, maar al snel begonnen ze te schreeuwen.

'Ik wist dat dit zou gebeuren!'

'Ach, hou toch je bek! De voorzitter van Lloyd's en alle andere financiële genieën die al veertig jaar in deze branche werken hadden dit niet kunnen voorzien, maar *jij* – de vrouw die nog geen diploma heeft – jij wist het allemaal allang. Jij wist gewoon van tevoren dat al die mijnwerkers doodgingen aan de asbest, tientallen jaren geleden, en jij wist gewoon dat op een dag hun kleinkinderen herstelbetalingen zouden eisen en dat ze daarmee de allerberoemdste, allerdegelijkste, meest veilige bank van de wereld kapot zouden maken...'

'Het is helemaal geen bank, lul, het is een verzekeringsmaatschappij. Maar het feit dat jij denkt dat het een bank is, zegt genoeg. Ik wist het omdat ik, in tegenstelling tot jou, niet zo dolgraag bij die adellijke kliek wilde horen. Toen jij een Naam werd waren er al geruchten, en omdat ik discreet navraag heb gedaan bij de juiste mensen, kwam *ik* achter iets waar de meeste mensen geen idee van hadden – dat het heel goed mogelijk was dat het bedrijf in de nabije toekomst onbeschrijfelijke verliezen zou lijden, maar jij wilde daar niets van weten, je wilde niet naar me luisteren – want daar was je veel te ijdel voor. Nee, jij wilde zo nodig...'

'Hou je mond. Je hebt het me verteld, nou en. Ik heb niet geluisterd. En nu raken we binnenkort alles kwijt. Inclusief mijn bedrijf – ik ben Lloyd's nu al achtenzeventig miljoen pond verschuldigd. Maar ik ben heel blij voor je, want jij bent de morele winnaar. Gefeliciteerd. Wilde je dat zo graag horen?'

'Natuurlijk niet, stomme *idioot*!'

Het was vreselijk om papa en mama zo ruzie te horen maken. Ze wist wel dat het over geld ging. Toen klonk mama's stem ineens heel zachtjes – Emily hoorde haar mompelen, de hele tijd. Toen niks. En toen een enorme brul van papa. Ze schrok zich een ongeluk.

'JIJ SMERIGE DIEVEGGE – WAT BEN JIJ TOCH EEN – DAT KAN HELEMAAL NIET! HOE DAN? IK GELOOF MIJN EIGEN OREN NIET, VERDOMME!'

Emily probeerde niet op haar nagels te bijten. Dat was haar enige zwakte. Nanny moest nog maar wat van dat spul kopen dat je op je vingers moest smeren.

Mama gilde terug: 'Ik had geen keus! Het is beter dat ik het heb dan zij!' En toen: 'Ongelofelijk, dat je zo reageert. Ondankbaar zwijn! Ik heb je gered, goddomme! Ik heb onze toekomst veiliggesteld! Ik moest wel! Voor jou – voor ons – voor Emily!'

Mama was ook zo'n *user*.

Meer gemompel. Ze duwde ongeduldig haar haren opzij. Toen zei papa: 'Ze pakken je toch alles weer af.'

'Dat kunnen ze helemaal niet. Want voor zover zij kunnen nagaan heb jij die overdracht zelf gedaan, voor je een Naam werd. Met andere woorden, jij hebt de zaak aan mij overgedaan in de veronderstelling dat alles nog mooi en winstgevend was bij Lloyd's – want als je niet had gedacht dat je bij Lloyd's geramd zat, dan was je natuurlijk nooit zo vlak daarna lid geworden. Dus het bewijst dat je de overdracht niet hebt gedaan om te voorkomen dat je moest betalen. Je dacht namelijk dat dat nooit nodig zou zijn. Begrijp je wel? Het was jouw huwelijkscadeau aan mij, mocht iemand ernaar vragen. Lieve schat, ik moest iets doen om ervoor te zorgen dat jij niet het schip in zou gaan. Dit is maar een klein offer, als je nagaat wat er had kunnen gebeuren. Laat ze je maar haten – jij hebt tenminste nog je zakken vol.'

'Je denkt zeker dat je me nu bij de ballen hebt, of niet soms... *Sharon?*'

Sharon? Wie was dat nou weer?

Mama liet een griezelig kakelend lachje horen. Emily werd er eng van.

'Jij denkt dat je zo slim bent, of niet soms, Sharon? Nou, je bent inderdaad reuzeslim. Want alles is nu inderdaad van jou. En ik zie wel in dat mij nu niets anders rest dan erin meegaan. Als ik jou nu aangeef bij de instanties, dan gaan we er allebei aan. Ik kan me mijn levensstijl alleen nog permitteren dankzij jouw goedertierenheid. Dus als ik nog een rol wil blijven spelen in mijn eigen imperium, dan kan dat alleen als boegbeeld, zonder dat ik daarvoor betaald krijg. Ik ben gedwongen om het spelletje mee te spelen. Nou, ik neem mijn pet voor je af, hoor, mevrouw Marshall. Je hebt je zin. Je hebt me een loer gedraaid. Ik ben er met open ogen in getuind.'

Verdomme, pap. Praat eens wat harder! Emily's hart ging als een wilde tekeer. Dit was heel erg. Want, nou, papa was dus al zijn geld kwijt, en mama had het dan wel teruggekregen, maar ze leken er geen van beiden erg zeker over, en blij klonken ze ook al niet. Zouden ze deze winter nog wel gaan skiën in Verbier?

'Ik zeg het nog maar eens, want het lijkt wel of je doof bent: zonder mij was je nu zeker alles kwijt, begrijp je dat dan niet?' En toen, kalm, geamuseerd: 'Lieve Jack. Je moet mij juist zien als jouw beschermengel. Ha-ha-ha!'

Emily voelde zich niet lekker, en haar hoofd bonkte.

Toen viel er iets kapot, en papa siste: 'Lach jij maar, schattebout, maar ik zweer je, binnenkort heb jij niks meer te lachen.' En toen lachte hijzelf, een akelige, verbitterde lach. Ze kon wel huilen, zo eng vond ze het. Wat zou hij toch bedoelen? Mama was stil – wat heel gek was – dus die wist het kennelijk ook niet. Misschien deed hij maar alsof, omdat hij boos was.

Woedende voetstappen kwamen op de deur af, en ze sprong op en rende weg. Terwijl ze haar slaapkamer in holde en de deur achter zich dichttrok spookte er maar één gedachte door haar hoofd: *Sneeuwwitje trouwde met de prins, en ze leefden nog lang en gelukkig.*

Maar ze wist dat je je prins met zorg moest kiezen. Jongens waren veel dommer dan meisjes, *zij* hadden *jou* nodig, als bruid. Emily zou een prins kiezen die door kon gaan met wat papa was begonnen. Ze zou de prins helpen om rijk te blijven, net zoals mama die arme papa nu hielp. Behalve dan dat haar prins nooit een cent zou verliezen. Ze zou een verstandige, gehoorzame prins uitkiezen, die niet tegenstribbelde of moeilijk deed zoals papa.

Op tienjarige leeftijd koos Emily Timmy als haar prins.

NEW YORK, 1993

Innocence

Jamie kwam aangehold en struikelde bijna over de pedicure in zijn haast. 'Het is Meneer K., mevrouw.'

Ze trok haar neus op. Hij trok de zijne op. Ze zuchtte en ze stak haar hand uit naar de telefoon. 'Lieveling.'

'Wat spook je daar verdomme uit? Ik krijg net telefoon uit Bermuda dat er twee komma zes miljoen van onze rekening is geboekt – twee komma zes miljoen, voor wat *glitters*! Ben je helemaal gek geworden? En uitgerekend vandaag, terwijl de media en de overheid boven op ons zitten. En dan ook nog van een buitenlandse rekening – de buitenlandse rekening – waar geld op staat dat eigenlijk helemaal niet hoort te bestaan. Ga jij daar eens even lekker de aandacht op vestigen, dom rund! Je hebt trouwens niet eens toegang tot die rekening – dat zou tenminste niet moeten, dus vertel eens even, wie heb je nu weer afgezogen, wie moet ik nu weer ontslaan?'

'Ach, Jack, hou je toch eens koest. Je weet best dat ik het verschrikkelijk vind als je zo' – Innocence keerde haar hoofd om zodat ze haar roze kapsel beter kon bekijken – 'vulgair doet. Het is toch niet zo gek dat ik nog even wat wilde kopen, nu het nog kan.'

'Maar het kan helemaal niet! Ze zijn beslag aan het leggen op ons huis! En ze hebben de Aston Martin meegenomen, en alle Porsches, de Bentley en de Range Rovers. Ze hebben de Picasso, de Pissarro, de Monets en mijn lievelingsstuk van Giacometti – ik ben alleen vandaag al tweeënveertig miljoen kwijtgeraakt. Weg, foetsie. O nee, sorry, vierenveertig komma zes miljoen, en de bezittingen die mijn accountants zo zorgvuldig hadden weggesluisd zijn nu dus ook in gevaar. Zeg, wat ik me nou afvraag, hè, is het nu omdat jij een gedachteloze, egocentrische trut bent, of zit er nog iets veel duisterders achter?'

'Hoe durf je?'

Sinds haar bekentenis was het snel bergafwaarts gegaan met hun relatie. Voor die tijd was het al niet echt geweldig – eigenlijk al niet sinds Jack doorhad hoe ambitieus ze precies was – maar vanaf het moment dat ze hem had verteld over haar geheime financiële maatregelen was zijn houding tegenover haar volledig omgeslagen. Hij vroeg zich niet alleen af hoe goed hij zijn vrouw kende, hij leek zich zelfs af te vragen of hij überhaupt wist wie ze was. Niet dat ze daarmee zat. Hij had al een privédetective op haar gezet en zo ontdekt dat Miss Innocence Ashford en haar aristocratische afkomst allebei uit de duim waren gezogen, en dat hij in werkelijkheid was getrouwd met die doodgewone Sharon Marshall uit de volksbuurt Hackney. Nou en? Hij kon er niets tegen doen. Hij zat voor altijd met haar opgescheept.

'Ik durf, want ik heb namelijk niks meer te verliezen.'

Daar moest Innocence even over nadenken. Ze giechelde. 'Nou, er is nog wel wat, hoor.'

Ze hoorde hoe hij aan de andere kant van de lijn zijn adem inhield. 'Hier zul je voor bloeden. Wacht jij maar af.'

'Zoals jij nu bloedt, bedoel je?' vroeg ze liefjes. Toen zei ze keihard: 'Moet je horen, Jack, wat ik heb gedaan, was om ons allebei te redden. En Emily.' Ze nam niet de moeite Claudia erbij te betrekken. Ze was het zat om de schijn op te houden.

Ze was het zat om de slimmerik te zijn in dit huwelijk. Ze was het zat om altijd maar overal voor te moeten zorgen zonder er ooit de credit voor te krijgen. *Hij* stond over de hele wereld met zijn tronie in de krant. Zijn zes Élite Retreat-hotels waren de komende acht jaar volgeboekt door de rijken der aarde. En elke keer als zij met een suggestie kwam – over de service, het interieur, het eten – dan keek hij haar honend aan, alsof ze niet goed bij haar hoofd was en alleen maar onzin uitkraamde. En als ze dan de volgende keer in het hotel kwam, dan was haar idee altijd doorgevoerd – en altijd met groot succes. Hij had een groot interview gehad in de *Vanity Fair*: ze hadden haar ook uitgenodigd voor de fotoshoot, maar alleen omdat haar decolleté goed was voor de verkoopcijfers. Ze wist best dat ze hem zagen als John Lennon en haar als Yoko Ono. De serieuzere bladen negeerden haar al helemaal, alsof ze een stinkende hoop was. Hij zou haar nooit vrijwillig enige macht geven, nou, dus had ze geen ander keuze dan het van hem af te pakken.

'Ik wil graag de Stars and Stripes op al mijn teennagels. Ja.'

'Wat?' krijste Jack. 'Waar zit jij eigenlijk? Ik mag hopen dat het niet in een of andere frivole tent is. Die kloterige *Daily Mail* staat te trappelen om jou op de voorpagina te knallen met je vingers onder de diamanten terwijl je zogenaamd aan de grond zit.'

'Ik had het niet tegen jou. Nu wel. Jij zou blij moeten zijn dat het bij de tweeënveertig miljoen blijft, en dat weet jij dondersgoed. We moesten het huis wel opofferen met flink wat vertoon in de pers, om te laten zien dat jij, net als al die andere Namen, *alles* kwijt bent. Maar in werkelijkheid gaat het maar om een fractie van je vermogen. Die buitenlandse rekeningen, daar kan niemand bij – of, nou ja, Lloyd's in elk geval niet. En onze – sorry, jouw zaak is nog helemaal intact. Mensen zullen je misschien haten, maar ze kunnen je in elk geval niks maken.'

'Je vindt het hopelijk niet erg als ik dat net iets anders zie, hè? Maar ik ben net iets minder opgewekt over de zaak als jij.'

'Maar schat, je weet toch dat je wat mij betreft alles wat van mij is als het jouwe mag beschouwen? En alles wat van jou is, is van Lloyd's.'

Hij zat duizenden kilometers verderop maar toch hoorde ze hem knarsetanden. Innocence slaakte een zucht en hing op zonder te groeten. 'Zeg, lieverd, wil je die strepen roze maken in plaats van rood?'

LONDEN, 1994

Nathan

Ze wilde met hem naar het voetbal, dat was toch wat alle jongens van zestien graag wilden, los van rotzooien met meisjes en drinken en roken en kloten met hun vrienden? Hij had ingestemd, omdat hij het fijn vond om heel gewoon te lijken. Mensen, vooral zij, konden het anders niet aan. Anders was eng. Dat trokken ze niet. En dus rookte hij, dronk hij, rotzooide hij met meisjes en hing hij wat rond met jongens van zijn leeftijd – als een modelpuber – en dus ging hij mee naar het voetbal. En daar had hij ook lol in, zij het om geheel andere redenen dan zij dachten.

Maar op de heuglijke dag zelf, een zaterdag, had hij gevraagd of ze met hem naar het theater wilde. Dat wilde ze natuurlijk maar al te graag.

Ze was zo trots toen hij de titelrol speelde in de schooluitvoering van *King Lear*, voor alle ouders, leraren, casting agenten, talentenjagers. Hij vond haar trots beledigend. Zij had namelijk niks bijgedragen aan zijn talenten. Zij had hooguit als katalysator gewerkt. Zij had hem immers op die op kunst georiënteerde school gedaan; als een leerling daar een heel kunstige scheet liet stond iedereen al te klappen. Het enige wat zij dus had gedaan, was hem op een plek neerzetten waar zijn genialiteit zou worden ontdekt. Hij had een zak vol visitekaartjes. Het liep allemaal keurig volgens plan. Na vandaag zou hij een paar telefoontjes plegen, en dan was zijn toekomst in kannen en kruiken.

Na *vandaag.*

Zijn moeders uitzinnigheid was wel iets getemperd toen hij haar vertelde naar welke voorstelling hij wilde: *Annie.*

Hij vond haar emoties maar wonderlijk. Ze lagen zo dicht aan de oppervlakte... ze spoot ze in het rond als diarree. Ze had totaal geen zelfbeheersing en ze had werkelijk geen idee hoe ze zichzelf in bedwang moest houden. Wat ze ook voelde, je zag het meteen aan haar. Ze hield niets voor zichzelf. Alsof je naar een auto-ongeluk keek. Ze dacht dat ze rekening hield met zijn behoeften en gevoelens, maar net als met alle andere mensen op de hele wereld draaide het in feite allemaal alleen om haar. Om wat *zij* wilde. Alles wat hij tegen haar zei werd eerst door haar Ik-Filter gegooid voor ze kon reageren.

Dus toen hij zijn biologische moeder – de vrouw die hem in de steek had gelaten toen hij nog geen dag oud was – vroeg om met hem naar een musical te gaan over een weeskind, vertrok haar gezicht ontzet. Misschien wilde hij er wel gewoon heen om dezelfde redenen als waarom miljoenen andere mensen hem hadden gezien – omdat het uiterst onschuldig vermaak was. Misschien wilde hij het wel zien omdat hij vroeger, in het tehuis, de video had gezien, en ze met zijn allen de liedjes uit volle borst hadden meegezongen. Ach, hoe ironisch!

Maar nee, dat zou nooit bij haar opkomen. Zijn werkelijke behoeften en wensen waren maar bijzaak. Haar reactie was meteen: wat zegt dit verzoek over *mij*? Dit doet hij vast omdat ik hem als baby heb gedumpt zodat hij verschrikkelijk heeft moeten lijden door kwaadwillende grote mensen, ook al was ik, zijn bloedeigen moeder, nog gewoon in leven. Daarom is dit verzoek kwetsend voor mij, en daarom ga ik nu pruilend kijken van het zelfmedelijden en zal ik hem met een klein, trillend stemmetje antwoorden: 'O. Ja, natuurlijk gaan we naar *Annie*. Als jij dat zo graag wilt.'

Toevallig had haar Ik-Filter dit keer gelijk.

Hij voelde een golf van opwinding. Hier had hij zo lang op gewacht. Hij liet haar zijn hand aaien, ook al had hij eigenlijk zin om haar tot moes te slaan. Maar het was goed voor hem, dit alles: het was een repetitie, de generale repetitie voor de rest van zijn leven. Hij zat naast haar in het theater, en hij genoot ervan hoe ongemakkelijk zij zich voelde tijdens die matinee. Hij merkte dat ze op een gegeven moment tranen weg moest pinken – en natuurlijk niet vanwege zijn pijn en ellende. Hij was haar tranen meer dan zat. Bij haar stroomde geen bloed door de aderen, maar zout water.

'Mam, dat was helemaal *top*, superbedankt,' had hij gezegd toen zij met een grauw gezicht een taxi aanhield. Het was een kwelling geweest voor haar – tenminste, dat hield ze zichzelf voor in haar dramatische zelfobsessie. Een kwelling! Ze had geen idee. Hij vond het heerlijk als ze in zo'n bui was: de zwijgende, lijdende martelares. Hij deed expres verschrikkelijk opgewekt, en hij negeerde haar verdriet alsof het totaal onzichtbaar was. Zo draaide hij haar wanhopige verdriet nog een tandje aan, alsof hij dwars door haar hart ging met een schroevendraaier, vrolijk kwetterend. En of hij het cassettebandje mocht kopen, dan konden ze daar thuis naar luisteren – ach, een geintje.

'Ik heb zo'n zin in het eten, mam,' zei hij. 'Ik sterf van de honger.'

Ze lachte zwakjes. 'Het is zo klaar, hoor, ik heb het vanochtend allemaal al voorbereid. Dus als jij nu lekker gaat douchen, dan duik ik de keuken in.'

'Tuurlijk.'

Hij draaide zijn hoofd naar het raam en keek hoe Londen in een waas aan hem voorbijtrok. Ze had haar mooiste schoenen uitgedaan, zoals ze altijd deed zodra ze niet meer hoefden te lopen, en wreef met haar voeten over elkaar. Schraap, schraap. Het nylon van haar panty maakte een geluid waar hij de rillingen van kreeg. Maar daar zou binnenkort een eind aan komen.

'Fijn.'

Ze betaalde de taxi, en hij deed de voordeur open. Ze wist nog een zoen van hem los te peuteren voor hij de trap op vluchtte. Hij waste zijn gezicht met Dettol en spuugde in de wastafel. Toen nam hij een douche, waste zijn haar, schoor zich en trok schone kleren aan. Dit was een bijzondere gelegenheid, dus hij wilde er op zijn best uitzien. Het enorme boeket stond in het water bij het raam. Hij had het na school ongezien mee naar binnen weten te smokkelen – en dat was een godswonder, want ze lag altijd, maar dan ook *altijd* op de loer. Het was een traditie waar hij een paar jaar geleden mee was begonnen: elke vrijdagavond nam hij een bos bloemen voor haar mee. Een degelijke voorbereiding was het halve werk.

Deze keer was het een uitbundig feest van gele bloemen: rozen, vingerhoedskruid, fresia's, leeuwenbekjes, dahlia's en aronskelken. Hij deed zijn kledingkast open en haalde er een takje uit. Het was prettig verwelkt en begon al uit te vallen, zoals te verwachten viel na een week zonder water. Hij pakte een van de afgevallen blaadjes, vouwde het in een papieren zakdoekje en stak dat in zijn zak. Toen stak hij het dorre takje tussen de verse bloemen, zodat het nauwelijks zichtbaar was.

'Het eten is klaar, schat!' riep ze. Hij was ook klaar. Hij galoppeerde de trap af.

'Voor jou, mam.'

'Ach, lieve schat!' Weer tranen. 'Wat zijn ze schitterend! Maar schatje, het is jouw verjaardag! Dat had je toch helemaal niet hoeven doen!' Hij verafschuwde het dat haar stemming volkomen afhankelijk was van hoe hij haar behandelde. Nu hij haar weer een schouderklopje had gegeven, was ze ineens weer vrolijk. Walgelijk.

'Waarom zet je ze niet even in een vaas,' zei hij. 'Dan zetten we ze op tafel tijdens het eten. Die fresia's ruiken zo fantastisch lekker.' Jezus, wat zou hij blij zijn als dit allemaal achter de rug was. Hij had schoon genoeg van die nichtenpraat.

'Ik doe het meteen!'

Ja, natuurlijk. Hij wilde de vaas zelf niet aanraken.

Ze schikte de bloemen en zette de vaas zorgvuldig midden op tafel toen ze gingen zitten.

'Het ziet er zalig uit.'

Ze straalde. 'Je hebt ook iets heel lekkers uitgekozen. Witlofsalade is zo jammie!'

Jammie. Godallemachtig. Hoe oud was dat mens, vier?

'Heb je het soms anders klaargemaakt?'

'Nee, precies als altijd. Ik weet toch hoe je het graag hebt! Er zit rucola in, en jonge spinazieblaadjes, veldsla, krulandijvie, radicchio, waterkers en natuurlijk witlof. Niet meer en niet minder. En ik heb twee keer zoveel passievruchtdressing gemaakt.'

Blablablablabla.

'Oei, de visschotel ruikt ook geweldig. Daar zou ik wel wat tomatensap bij lusten. Hebben we nog, mam?'

'Ik zal wel even voor je kijken. Ik denk dat er nog wel een pak in de kelder staat.'

'Mag ik er ijs en een stukje citroen in, alsjeblieft?' Hij was even stil. 'En een scheutje wodka?'

Ze lachte. 'Ach, waarom ook niet. Dan doe ik gezellig mee.'

Terwijl ze in de keuken aan het rommelen was, nam hij het zakdoekje uit zijn zak en stopte het verwelkte blaadje behoedzaam in haar salade. Hij goot er flink wat van de dressing over. Hij was net bezig om ook nog wat over zijn eigen salade te gieten toen ze terugkwam met zijn drankje.

'Op je gezondheid.' Hij glimlachte terwijl ze met elkaar klonken. Ze greep zijn hand. Ze moest ook altijd aan hem zitten. Weerzinwekkend.

Hij grijnsde. 'Laten we eten!'

'Ik heb al even van de vis gesnoept en al zeg ik het zelf – die is ook weer zalig!'

Oftewel: wat ben ik toch een goede moeder. Dat ben ik toch, een goede moeder? Zie je nou wel.

Dom klerewijf. Ze vond het kennelijk helemaal niet gek dat een jongen van zestien op de avond van zijn verjaardag bij die ouwe heks wilde blijven die zichzelf zijn *moeder* noemde.

Hij schoof de bittere slablaadjes naar binnen. Zij deed het wat eleganter, maar at alles tot de laatste kruimel op. Hij kon een grijns niet onderdrukken. Als zijn research klopte, zou het nu niet lang meer duren. En het duurde inderdaad niet lang.

'Ik voel me niet zo lekker,' hijgde ze. Ze zag groen. Ze greep naar haar buik. 'Mijn *god.*' Ze stond wankelend op, maar viel toen op de grond. 'Nathan,' zei ze moeizaam, 'help me.' Ze lag hijgend te kronkelen op de grond, kreunend van de pijn. 'Ik krijg... geen... lucht... ik moet...' En ze gaf over op haar dierbare Afrikaanse vloerkleed. 'Mijn hoofd' – ze snikte – 'zo'n pijn. Wat gebeurt er? Help... help... ik... ik ga dood...'

Hij ging op zijn hurken naast haar zitten en aaide teder de lokken haar uit het vertrokken gezicht. 'Mama,' zei hij. 'Het komt goed. Je gaat inderdaad dood.' Hij zag hoe ze worstelde om haar hoofd op te tillen. Het lukte niet, en ze viel met haar gezicht in haar eigen braaksel. 'Ik heb het allemaal zo gepland...' hij zweeg even en schoot in de lach, '... ver voordat ik je leerde kennen.' Haar hele lichaam beefde nu hevig. Hij keek geïnteresseerd toe. 'Vergiftiging met digitalis. Cool, hè?' Haar ogen draaiden in hun kassen en ze zag wit van de pijn. 'Luister naar me, kutwijf!' Ze keek hem aan, met doffe ogen van de kwelling en het ongeloof, en hij glimlachte. 'Fijn zo. Een beetje beleefdheid, meer vraag ik niet van je. Goed, waar was ik gebleven. O ja. Jaar in, jaar uit die debiele bos bloemen. Die truttebollen van de bloemist vinden me toch zo'n *aardige* jongen. Ik heb een takje vingerhoedskruid van het boeket van verleden week bewaard en het laten wegrotten zonder water en licht. Komt dat je bekend voor, *moeder?*'

Er trok een waas over haar ogen. Hij boog zich voorover en schreeuwde in haar gezicht. 'Ik zei: KOMT DAT JE BEKEND VOOR, KUTWIJF?'

'Nathan,' zei ze met een rasperige stem. 'Ik... ik hou zoveel van je. Zoveel.'

'Ach,' zei hij. 'Wat bedoel je daar eigenlijk mee? Jij houdt niet van mij, mammie. Je denkt wel dat je van me houdt, maar het is fantoomliefde. Net zoiets als fantoompijn. Want jij houdt alleen maar van jezelf. Jouw liefde komt maar op één plek voor, ook al voelt het net alsof je het ook ergens anders voelt. Er is helemaal geen liefde voor mij, dat is een misvatting.' Hij was even stil. 'Je snapt het niet, hè? Goed dan, laten we het anders stellen. Jouw liefde voor mij is net zoiets als maanlicht. Jezus, moet ik dan echt alles uitleggen? De maan geeft helemaal geen licht, domoor! Het is het licht van de zon dat afketst op het oppervlak van de maan. Jij denkt dat je van mij houdt, maar jouw liefde is net als maanlicht.'

Ze keek hem somber en niet-begrijpend aan.

'Ach, wat heeft het ook voor zin. Ik kan het net zo goed aan een eekhoorn uitleggen.' Hij gaf haar een klopje op haar been. 'Maar weet je, mama, dit is je verdiende loon. Nog los van alle shit die ik dankzij jou heb moeten doorstaan. Ik heb moeten lijden, zowel voordat ik je ontmoette als daarna. Ik bedoel, je hebt me gewoon misbruikt. Al dat godvergeten geaai en gezoen van je: seksuele intimidatie, dat is het. Ik moest mezelf elke avond desinfecteren. En dus...' Hij keek toe terwijl ze nogmaals probeerde haar hoofd op te tillen, maar opnieuw terugviel in de kots. 'Dit is wat er gaat gebeuren. Jij gaat nog een poosje verschrikkelijk veel pijn lijden, terwijl ik een biertje ga drinken met mijn vrienden in de kroeg – want dat had ik afgesproken, en als ik dan over een paar uur terugkom,' – hij keek op zijn horloge – 'als ik tenminste geen meisje weet te scoren, want in dat geval blijf ik de hele nacht weg... Hoe dan ook, als ik terugkom heeft dat tere hartje van je het begeven. Dan bel ik een ambulance, maar het is te laat. En als ze je opensnijden tijdens de autopsie, komen ze erachter dat jij per ongeluk een blaadje van het mooie maar dodelijke vingerhoedskruid hebt binnengekregen. Wat een tragedie! Maar toch ook best plausibel, vind je niet? Zo jammer dat je het nou net op tafel had tijdens het eten... met dat ene dode takje, waarvan maar een blaadje afviel, en dan ook nog precies midden in de sla. Een dodelijke dosis. De bovenste blaadjes zijn het dodelijkst, wist je dat? Ja, ik heb mijn huiswerk goed gedaan. Niemand zal ooit kunnen bewijzen dat het moord was, hoe hard ze het ook zullen proberen. En dan ben ik dus weer eens een arm weesje – hoewel, echt arm ben ik natuurlijk niet, dankzij jou. Dan kan mijn leven eindelijk beginnen, en wel zoals ik het *zelf* wil.' Hij leunde naar achteren op zijn hakken. 'Ben je niet trots op me?'

Het zweet gutste van haar af, en ze lag ineengekrompen te stuiptrekken. Ze stonk naar braaksel en naar diarree. De dood was iets walgelijks!

Hij veerde op, liep de gang in en pakte zijn favoriete zwartleren jack. Alle telefoons waren veilig buiten haar bereik. Ze kon niets meer doen. 'Maak je over mij maar geen zorgen,' riep hij. 'Ik red me wel. Bedankt voor al je hulp. De wereld ligt aan mijn voeten!'

'Toe...' zei ze met een gebroken stem. 'Toe nou.'

'Wat, toe nou?'

Ze moest verschrikkelijk haar best doen om te kunnen praten. 'Nooit... bedoeling... jou... pijn... doen.'

Je zou ze toch, al die lui? Ongelofelijk. Je geduld werd zo wel erg op de proef gesteld. Hij liep de kamer weer in. 'Nou en?' vroeg hij. En toen: 'Luister, mop, het spijt me voor je, maar dit gaat niet over jou, dit gaat over mij. Jij bent niet eens nummer één op mijn lijst klootzakken. Jij bent niet meer dan een egeltje dat ik onderweg moest overrijden, op weg naar het slagveld.' Hij klemde zijn kaken op elkaar om niet toe te geven aan de drang om haar alsnog de hersenen in te slaan. 'Zal ik je eens wat zeggen?' siste hij. 'Mensen zoals jij zijn zo verdomd tactloos. Ik wilde helemaal niet over Jack Kent nadenken – die hufter die het stokje van jou overnam als het ging om het verneuken van mijn leven – maar nu doe ik dat toch en dat is jouw schuld en ik ben ECHT WOEDEND!'

Het geluid van zijn eigen geschreeuw bracht hem weer bij zijn positieven. Hij wierp haar een woedende blik toe, ademde diep in en probeerde te kalmeren. Uiteindelijk knikte hij en draaide zijn schouders naar achteren om de spanning van zich af te schudden. 'Jack,' zei hij bedachtzaam. 'Mijn grootste probleem is Jack. Jij was mijn Zesdaagse Oorlog. Jack is mijn Vietnam.' Toen sloeg hij zichzelf voor het hoofd. 'Duh! Bijna vergeten. Er is nog een ding!' Hij haalde een stiletto uit zijn zak en zwaaide daarmee voor haar neus. 'O, je hoeft niet bang te zijn, mama! Je voelt er niks van.'

Ze lag te kokhalzen en te jammeren van angst. Haar complete zenuwstelsel was naar god. En over haar blaas had ze ook al geen controle meer.

'Mama, kom nou toch. Je bent toch geen baby? Ik zou je dolgraag levend aan mootjes snijden, zodat je tenminste iets mee kon krijgen van de martelgang en de ellende die *ik* heb moeten doorstaan. Maar weet je wat zo jammer is? Het is zo verdacht als ze straks een verminkt lijk vinden. Dus de lol van jouw doodskreten is me helaas niet gegund. Dit is het plan. Als jouw diepverdrietige zoon sta ik erop dat ik de laatste ben die nog een blik mag werpen in je kist voordat het deksel erop gaat en je onder de zoden verdwijnt. O, en trouwens, ik laat ze je dat perzikkleurige broekpak aantrekken, want daar lijk je zo lekker dik in, weet je wel. Dan vraag ik of ze me even alleen willen laten, en dat doen ze natuurlijk, want je moet iemand die zoiets vreselijks heeft meegemaakt rustig zijn gang laten gaan. Het is trouwens zo gebeurd – ik heb geoefend op die zeikkat van je. Ik druk ze eruit als erwtjes uit een peul en dat met een flinke keep van het mes – o, sorry, je snapt niet waar ik het over heb. Ik heb het over je *ogen*, mammie! Zoals je altijd zei: ik heb jouw ogen.'

Ze begon weer te stuiptrekken. Hij grijnsde en liet het mes weer in zijn zak glijden. 'Het is alleen precies andersom. Ze zijn van *mij*, mama,' fluisterde hij zachtjes. 'Jij hebt *mijn* ogen. En ik wil ze terug.'

BOEK VIER

PARIJS, 13 OKTOBER 1998

Tim

Tim probeerde hoestend op te krabbelen. Hij haalde een trillende hand door zijn haar; het zat onder het stof en gruis. Zijn benen wilden niet, en dus ging hij maar op de grond zitten. Zijn broek was aan flarden gescheurd en zijn knie was nat van het bloed. Een explosie – een *bom*, er was een bom afgegaan. Het had niet veel gescheeld of hij was aan stukken gereten door een *bom*, en overal om hem heen lag nu puin, het leek het Midden-Oosten wel. Hij kroop op handen en knieën over de glasscherven, en spoorde zichzelf aan: *sta op, sta op, weg hier*. Hij klom over een – goeie god, een lijk, een vrouw. De helft van haar gezicht was er afgeblazen. Hij keerde zich om, en ging over zijn nek.

De lucht hing vol rook en stof, en er zat een gigantisch gat in het plafond. Mensen huilden en schreeuwden; *hij* huilde en schreeuwde, en het gekreun van de gewonden en de stervenden deed zijn bloed stollen. Hij hoorde de jankende sirenes. Hij was verstijfd van de shock en zijn hoofd deed pijn alsof het in tweeën was gespleten, maar hij leefde nog, hij had het overleefd. Hij moest hier weg, want stel dat er nog een tweede ontploffing zou volgen, maar zijn benen weigerden dienst. Als hij hier heelhuids vandaan wist te komen, dan zou hij het ook de rest van zijn leven redden – zeker weten. Geen leugens meer. Hij zou zichzelf trouw blijven en als hij straks van Cambridge kwam dan ging hij *niet* door naar Sandhurst. Hij wilde helemaal niets met het leger te maken hebben. Hij zou de kunsthandel ingaan – ja, dat ging hij doen. Vandaag had hij de dood in de ogen gekeken, en dat was hem helemaal niet bevallen.

'Kom, ik help je.' De stem was weldadig, diep, vriendelijk en kalm – de stem van een held – en Tim, in een waas van verbijstering, liet zich door de jongeman optillen. De jongeman was sterk en lang, en hij had een engelengezicht en Tim slaakte een kreet van angst. Wat nu als hij inderdaad dood was en hij zich nu dus in de hemel bevond? De engel sloeg Tims rechterarm moeizaam ademend om zijn schouder en trok hem in de richting van de uitgang. 'Het komt allemaal goed met je. Hoe heet je, makker?'

'Tim Fortelyne,' zei hij hees, en de engel – nee, het was toch een echte, levende aardbewoner, ongeveer even oud als hij – glimlachte. Zijn gezicht zat onder de as, maar hij was onbeschrijfelijk mooi, met een prachtig wit, gelijkmatig gebit, en Tim wist meteen dat hij hier met een heel bijzondere man te maken had. Normale mensen waren niet zo perfect.

'Ik ben Ethan,' zei de jongeman. 'Blijf maar gewoon bij mij, dan kan je niks gebeuren.'

De acteur – die vent was een internationale superster, op zijn twintigste – had de wereld al minstens twee keer gered, op het witte doek, en nu redde hij Tim. 'Echt heel tof van je,' fluisterde hij, en toen werd hij door duizeligheid bevangen en werd alles zwart.

LONDEN, OKTOBER 1998

Emily

Ze was dolblij toen ze merkte dat ze weer teruggevlogen werd naar Engeland. Maar die blijdschap was niet van lange duur. Het ziekenhuis waar ze naartoe werd gebracht leek wel op iets uit een Indiase sloppenwijk in de jaren vijftig. Echt meer dan walgelijk. Twee bedden verder lag een patiënt met handboeien aan zijn bed geketend, en er stond een stel agenten met semiautomatische wapens bij hem op wacht. Ze was doodsbang en dodelijk verontwaardigd – ze had geëist om naar een privékliniek te worden overgebracht, maar een zuster, die haar 'mens' noemde, had misprijzend gezegd dat er geen enkele privékliniek was die zulke 'uitstekende' faciliteiten had als dit ziekenhuis.

Faciliteiten? Ze had twee helse weken achter de rug, waarin ze nauwelijks een oog dicht had gedaan. De vrouw in het bed naast haar bad elke nacht tot de Here Jezus, half snikkend en half hysterisch; Emily vond dat het naar voodoo klonk. Het eten was hier echt puur vergif, en McDonald's wilde niks langs brengen. Dus bestelde ze elke dag een mand bij Fortnum's, want anders zou ze het echt niet overleven. Als ze gebruik moest maken van de gezamenlijke plee moest ze haar adem inhouden om niet over haar nek te gaan.

Maar toen was ze eindelijk, eindelijk, overgeplaatst naar het Portland. Hoewel het daar bijna even beroerd was. Ze *haatte* dit ziekenhuis. Ze deden net alsof ze een hotel waren, maar van de hotelbusiness hadden ze duidelijk totaal geen kaas gegeten. Het eten was verdomme een lachertje, dus dit keer bestelde ze de biologische, glutenvrije maaltijdservice van Selfridges, op rekening, en ze zat drie uur aan de telefoon om zijden kussentjes te bestellen bij Liberty en schaapshuiden van Toast, geurkaarsen van Diptyque, porseleinen servies, een rode sidetable van La Chapelle en een witleren stoel van Versace voor in haar piepkleine kamertje. Ze had het laten overschilderen met biologische, verantwoorde verf (beter voor de baby). En de badkamer zou ze er helemaal uit laten slopen en dan Philippe Starck vragen om hem opnieuw voor haar in te richten, maar het mocht niet – belachelijk, want zij wilde er toch best zelf voor betalen. Die badkamer was een armeluisding. Tenminste, zo stelde ze zich de badkamers van arme mensen voor.

Inmiddels kon ze het net aan, deze kamer, maar het verveelde haar onnoemelijk hier te moeten liggen. Ze was weer gaan bloeden. Dat vonden ze niet zo fijn als je zeven maanden zwanger was. Maar de hartslag van de baby deed het prima, en volgens de superleuke arts lag haar baarmoedermond er 'schitterend' bij. Toen had ze even geglimlacht, voor het eerst sinds lange tijd. En lachen was een leuke afwisseling, bij al dat huilen. Raar maar waar. Het klonk als absolute bullshit toen ze het je bij biologie leerden, maar nu was ze er zelf achter gekomen: mensen bestonden *inderdaad* voor negentig procent uit water.

Er werd zachtjes op de deur geklopt. Haar hart maakte een sprongetje. Maar het was waarschijnlijk een dokter of een verpleegster of de schoonmaakster, of een van die miljoenen andere mensen die hier elk minuut binnenkwamen om een naald in haar te steken of een vreemde papieren thermometer onder haar tong te leggen. Privékliniek, nou je had hier dus totaal geen privacy.

'Ja?'

'Emily! O, mijn god, is alles goed met de baby? Sorry dat ik niet eerst even heb gebeld. Ik ben gekomen zodra ik het hoorde.'

Ze zakte terug in haar vijf met eiderdons gevulde kussens. 'Hallo Claudia. Nou, dat werd tijd.' De aanblik van Claudia, met holle ogen en een gebroken arm, was in principe niet bepaald opwekkend, maar toch voelde Emily een steek van triomf.

'Dus ze houden hem in de gaten? Of haar? Wat is de... kunnen ze het nog redden?'

'Met de baby is alles prima.'

'O! Godzijdank! Ze zijn tegenwoordig ook zo knap, ze kunnen echt alles...'

'Claudia, ik heb gelogen. Het hartje van de baby is er nooit mee opgehouden. Maar ik moest iets verzinnen om te zorgen' – ze merkte hoe haar stem aanzwol tot ze schreeuwde – 'DAT IK JOU HIER OP DE EEN OF ANDERE MANIER NAARTOE WIST TE LOKKEN!'

Claudia zakte met een plof op een Eames-stoel. 'Dat... jij... zo... gemeen.' Ze zuchtte. 'Maar ik begrijp het wel. Het spijt me dat ik niet... eerder ben langsgekomen. Ik...' ze viel even stil. 'Dit is wel een ontzettend mooie kamer, voor een ziekenhuis. Ik heb Alfie trouwens meegenomen.'

'Alfie?'

Claudia bloosde. 'Ja. Je weet wel. Alfie Cannadine. Hij vond het zo erg toen hij hoorde van de... van dat *gedoe*...'

'De bom, bedoel je?'

'Hij is meteen met Harry naar Parijs gevlogen die avond. Harry heeft geregeld dat iedereen – wij dus, per ambulancevliegtuig naar Engelse ziekenhuizen zijn gevlogen, hoewel ik zelf uiteraard niet lang hoefde te blijven. Alfie is zo lief voor me geweest. Hij heeft de eerste week elke avond voor me gekookt: chili con carne, spaghetti, zelfgemaakte hamburgers, en die kwam hij dan bij me brengen. Ik geloof niet dat hij weet dat ik vegetariër ben. Hij weet niet dat ik... Nou ja, hij weet dat ik mijn verloving heb verbroken...' Ze bloosde.

'Je bent gek op hem,' constateerde Emily.

'Nee!' siste Claudia. 'Hij heeft al drie jaar iets met die Polly. En het is heel serieus, dus begin er alsjeblieft niet over.'

Emily rolde met haar ogen. Claudia holde ook van het ene relatiedrama naar het andere. Waarschijnlijk bood dat wat afleiding van haar obsessie voor Martin. 'Nou, waar *is* Alfie dan?'

'Buiten. Hij wilde wel even wachten. Ik weet niet precies wat de etiquette vereist nu jij...'

'Jezusmina. De paparazzi liggen op de grond als ik uit de auto stap. De hele wereld heeft mijn kind al gezien. Ga hem maar halen.'

Claudia straalde en haastte zich de gang op. Alfie kwam binnen en had een stijlvol boeket bij zich. Hij keek enigszins verbaasd naar een stuk of vijftig andere stijlvolle boeketten. Ze had hem al minstens een jaar of vier niet meer gezien. Ze herinnerde zich hem als een nerd, maar *shit* zeg, wat was dat een lekker ding geworden. Het lichaam van een rugbyer, en hij had een prachtige kop. Ze was altijd heel precies wat betreft het aanbrengen van haar make-up – maar nu had ze het er een paar weken bij laten zitten, en meteen draaide het uit op een ramp.

'Emily,' zei hij alsof hij echt bezorgd was. 'Wat fijn om je weer eens te zien. Hoe voel je je?'

'Nou, klote dus,' zei ze. Ze bedoelde het als grap, maar de tranen sprongen haar toch in de ogen. Ze boende ze ruw aan de kant. 'Ik ben bang, nou goed? Ik ben doodsbang. Bang om een kind te krijgen, bang voor die bomaanslag, en ik ben al bang als er een blad van de boom valt.' Ze zag hoe ze even een blik wisselden. 'Maar nu jullie hier toch zijn, wil ik het weten,' zei ze. 'Ik beveel jullie om het me te vertellen.'

Ze zwegen.

Ze voelde de hysterie in haar stem kruipen. 'Niemand wil iets tegen me zeggen. Ze hebben de tv weggehaald en het lukt me zelfs niet om de Tunesische schoonmaakster om te kopen zodat die me een krant brengt. Ik heb de *Hello!* besteld, maar die hebben ze bij de receptie in beslag genomen. Ik word er helemaal knettergestoord van.' Ze greep Claudia's gebroken arm en kneep erin. Haar zusje snakte naar adem vanwege de pijn. Net goed. Alfie, gentleman die hij was – god, wat had ze het gehad met die gentlemen, als ze nog een keer zou trouwen, dan ging ze voor een ordinaire bouwvakker – kwam snel tussenbeide.

'Hou je toch een beetje kalm, Emily. Ook al begrijp ik je natuurlijk prima. Maar weet je, Clau wil niet dat je bloeddruk in gevaar komt door je over zo'n traumatische gebeurtenis te informeren.'

Clau?

'Hoor eens, Alfie, ik vind dit allemaal heel schattig, hoor: die bloemen en die fluistertoon en die ernstige blikken van jullie. Maar als jullie me niet vertellen waarom nog niemand van mijn familie me in het ziekenhuis is komen opzoeken in al die tijd dat ik hier nu lig, en waarom er twee gewapende bewakers bij mijn kamer staan, vierentwintig uur per dag, dan zal ik... ik heb namelijk enorm veel macht... ik ken allerlei mensen...' Ze zweeg. 'Alsjeblieft,' vroeg ze. 'Het niet weten is veel erger. Dus zeg het nu maar. Papa. Mama. Tim. Zijn ze dan *allemaal* dood?'

BARBUDA, EEN PIEPKLEIN EILANDJE IN DE CARIBISCHE ZEE, NOVEMBER 1998

Tim

Vreemdgaan in het buitenland telde niet echt. Vreemdgaan telde niet als ze er toch nooit achter kwam. En vreemdgaan telde ook niet als je helemaal niet hield van degene met wie je vreemdging. Dit was geen liefde. Hij wilde zichzelf niet voor de gek houden. Hij kon misschien net doen alsof dit liefde was, maar hij wist heel goed dat het alleen maar lust was. Hij rekte zich uit op het weelderige hemelbed, en zijn lichaam voelde als een drilpudding, wat een heel lekker gevoel was. Het was alsof het na jarenlange ontberingen eindelijk voor zijn werkelijke doel werd gebruikt.

Hij stak een sigaret op, leunde wat achterover met zijn hoofd en volgde de rook die naar het witte plafond kringelde. Het zonlicht stroomde de kamer in en hij wiebelde met zijn tenen in de warme stralen. Links van hem waren het aquamarijnkleurige zwembad, de kleine palmboompjes en de azuurblauwe lucht. Het zand van het strand was heel lichtroze, daar hadden ze nog zo om gelachen. De vorige avond hadden ze stoofschotel van geitenvlees gegeten in de Palm Tree, en daar hadden ze ook om gelachen. Hij zou nog hebben gelachen om de dood van zijn grootmoeder, zo ontzettend gelukkig was hij met zijn nieuwe geliefde. Niets kon deze droom vergiftigen. Want het was een droom.

Het voelde nauwelijks echt. Dat wil zeggen, het voelde alsof hij heel even in andermans schoenen stond – andermans heel fijne, mooie schoenen. Niemand kon hem hier iets aandoen. Hij was hier honderd procent veilig. Hij was gered uit een nachtmerrie, een nachtmerrie die was begonnen ver voordat een onbekende het Hôtel Belle Époque en een flink aantal van zijn gasten opblies. Hij wist niet precies hoeveel doden er waren gevallen. Dat wilde hij ook liever niet weten. Hij had een scherpe herinnering aan hoe een reddende engel – Ethan Summers – hem in veiligheid had gebracht, maar daarna was de film op. Hij had een hersenschudding opgelopen. Het was vreemd, maar het moest wel zo zijn. Kennelijk is een hersenschudding niet iets wat je meteen merkt. Maar Andy, zijn goddelijke privéverpleger, had de gaten in zijn geheugen voorzichtig ingevuld. Hij was nog steeds een beetje wattig, en het was gemakkelijker om niet te veel vragen te stellen. Andy vond het ook niet goed voor zijn geestelijke gezondheid. Hij moest genezen met veel rust, zonneschijn en een totaal andere omgeving – Barbuda bood dat allemaal in overvloed.

Hij zou eigenlijk zijn vader moeten bellen om hem te bedanken omdat hij dit allemaal betaalde, maar het eiland had zo'n vreselijk onbetrouwbaar netwerk en bovendien had hij geen trek in moeilijke gesprekken. Hij wilde eigenlijk helemaal niemand spreken uit de buitenwereld. Voor zijn herstel was het noodzakelijk dat hij in zijn cocon bleef. Andy was een schat – hij had namens hem met papa gebeld, zodat die zich niet tegen het hoofd gestoten voelde – Tim had Andy uitgelegd dat het absoluut noodzakelijk was dat hij zijn vaders olijftak met beide handen vastgreep: er hing ontzettend veel af van hun hereniging. Alles, zelfs.

'Ik weet nog wel iets wat met beide handen vastgegrepen moet worden,' had Andy gemompeld, en hij trok zijn handdoek weg, waarbij zijn oogverblindende erectie tevoorschijn kwam.

Tim voelde hoe hij zelf ook verstijfde. Die symmetrie, ongelofelijk! Hij kroop het bed over om te doen wat hem werd opgedragen.

Het was wel bij hem opgekomen – maar nee, hij weigerde om zich er schuldig over te voelen – dat als de naamloze vijand geen bom had laten afgaan op het grote feest van zijn schoonvader, hij nooit gewond was geraakt, en hij nooit een posttraumatisch stresssyndroom zou hebben opgelopen (quatsch natuurlijk, maar de arts was ervan overtuigd), en dat hij dan nooit was weggestuurd om in exotische eenzaamheid te herstellen, en dat hij dan ook nooit Andrew zou hebben ontmoet, de man die zijn leven voor altijd had veranderd.

Bovendien weigerde hij om zich schuldig te voelen over zijn vrouw. Emily was langzaam aan het herstellen – Andrew hield contact met haar artsen – maar het was beter dat zij geen contact hadden. Ze was er niet best aan toe, en de minste emotionele uitbarsting zou heel slecht zijn voor de baby. Gek, dat hij haar ooit aantrekkelijk had gevonden, maar ja, lust was net zoiets als stromend water: het moest toch ergens heen. Medelijden had hij niet: hun huwelijk was een val waarin zij hem had gelokt, wat zij ook mocht beweren. Die baby was natuurlijk altijd al haar plan geweest. Pech voor haar dat haar plan zo jammerlijk was mislukt.

Hij vond het niks om met Emily getrouwd te zijn. Het was één doffe ellende. Toen Kokkie een dag vrij was, had ze geprobeerd om voor hem te koken! Maar ze bakte er totaal, maar dan ook totaal niks van. En ze probeerde van alles te veranderen. Hij vond het fijn om de pleerollen in een rieten mand te bewaren, naast de pot, en niet op een rolhouder. Hij wilde graag de zwart-witfoto van zijn moeder als jong meisje met een diadeem in haar haren naast zijn bed, en niet een verzameling lege colablikjes. En op kerstavond wilde hij graag terug naar Fortelyne, om samen met zijn vader en moeder de boom op te tuigen met versierselen die al generaties in de familie waren. Hij hoopte dat zijn ouders hem rond de kerst zouden hebben vergeven – het was toch ook de tijd voor vrede en welwillendheid. Ze zouden cadeautjes inpakken, *mince pies* eten en glühwein drinken, en mama zou een sinaasappel in zijn kerstkous stoppen, en de honden zouden aan zijn voeten liggen.

Toen hij dit tegen Emily zei, keek ze ontzet. 'Omijngod,' had ze gezegd. 'Ik wilde een oppas huren en lekker samen stappen.'

Zelfs toen ze vermoedde dat hij een slippertje had gemaakt, wist hij zeker dat Emily altijd zijn vrouw wilde blijven – niet omdat ze van hem hield, al dacht hij dat ze dat wel deed, maar omdat ze de hoop om ooit de koningin van Fortelyne Castle te worden niet helemaal had laten varen.

'Draai je eens om, lekker dier van me,' fluisterde Andrew, en Tim rilde vol verwachting. Dit was zonder twijfel de fijnste middag van zijn hele leven. Rollebollen met deze jonge god, cocktails slurpen in een hangmat tussen twee palmbomen, elkaar verse kreeft voeren, een duik in de warme Caribische Zee, slenteren langs het privéstrand, een romantisch plekje zoeken waar niemand je zag... ook al waren ze wel geschrokken van die jonge vogelspotter met zijn telelens. Nou ja, misschien had hij er nog wat van opgestoken...

En terwijl hij licht in het hoofd werd bij wat die dag zijn vierde orgasme zou worden, besloot Tim dat zijn herstel nog minstens twee maanden zou vergen.

Innocence

Het was gemeen en weerzinwekkend, en als ze van het slappe, rug-gengraatloze, verachtelijke slag was geweest dat paniekaanvallen had, dan zou ze er nu zeker eentje hebben gekregen. Ze had haar witte handschoenen nog niet uitgetrokken sinds ze het gebouw binnen was gestapt – dat enorme, spuuglelijke, zielloze gebouw vol van het soort labiele wezens waar ze lang geleden al voor was gevlucht. Ze hield een zijden Hermès-sjaal met luipaardprint voor haar mond en neus. Je kon hier zomaar een of andere dodelijke bacterie oplopen – ebola, of iets dergelijks. Het zou haar niet verbazen.

Nou ja, *als* Jack al uit zijn coma zou bijkomen, dan was er in elk geval altijd nog de mogelijkheid dat een ziekenhuisbacterie hem de das om zou doen. Innocence slaakte een zucht en stak haar Gucci-zonnebril behoedzaam in haar roze haar. Dat droeg ze vandaag in een ingetogen lage staart: 'Ik zeg: nederig, kuis, *verslagen*,' had Patrice verklaard ter-wijl hij goedkeurend knikte toen Samson voorzichtig wat talkpoeder aanbracht om haar gezonde blos te maskeren. 'O, bravo, Samson, bravo – schitterend triest smoeltje, zo!'

Ze was plichtsgetrouw blijven staan op de trap van het Whittington-ziekenhuis – een *gewoon* ziekenhuis! – zodat de verzamelde pers haar op de kiek kon zetten. De paparazzi schreeuwden ranzige teksten om haar aan het lachen te krijgen; gelukkig had Patrice haar uit voorzorg een goedkope nylon onderbroek aan laten trekken, voor een oprecht ge-kwelde blik. Ze droeg een mandje exotische vruchten (die ze straks zelf op zou eten), een teddybeer van Harrods (volwassenen die nog knuf-feldieren hebben moesten ze eigenlijk afschieten) en een pastelblauwe ochtendjas van kasjmier uit de collectie van Paul Smith. Deze 'cadeau-tjes' waren even vlug bij elkaar geraapt: die vent lag in coma, dus wat had hij eraan? Maar over haar outfit was heel goed nagedacht. Lang ge-leden, in de wc-pot van haar achterbuurtschool, had Innocence zichzelf beloofd dat ze voor elke dag van het jaar een paar schoenen zou hebben, en die belofte had ze meer dan ingelost.

W schreef artikelen over haar kledingkast. Nou, niet echt, maar het zou wel moeten. Nu ze een *fashion icon* was (er waren echt wel tijdschriften die haar stijl waanzinnig vonden, en Liz Hurley kon de klere krijgen) had ze personeel nodig om haar garderobe te overzien. Jasper Jones en zijn bedrijf, Closet Fairy, had die taak dan ook op zich genomen. Jasper hanteerde een uitgekiend kleurenschema en hij had een systeem om de verschillende outfits aan verschillende categorieën toe te wijzen. Innocence had een kast voor broeken, een kast voor jurken, een kast voor blouses, en eentje voor jassen. Elk kledingstuk hing in een speciale zak met daarop een foto. Op een speciale computer werd bijgehouden wat ze bij welke gelegenheid had gedragen, en via een 360-gradencamera kreeg je een totaalplaatje, vanuit alle hoeken. Aan het eind van elk seizoen archiveerde Jasper de topstukken, *misschien* voor Emily, ooit, maar dat hing van haar bui af. Voorlopig hield iedereen het erop dat de kleding naar het Victoria & Albert Museum zou gaan.

Volgens Patrice tipte de *Vogue* voor deze winter diamanten, epauletten, veren, goud, kanten panty's, paars, doorzichtige stoffen, fluweel en ritsen. Frustrerend genoeg had hij Innocence onmiddellijk verboden om deze dingen te dragen. Dus was ze voor de barmhartigheidsmissie van vandaag in een zedig zwart coltruitje gehuld van Ralph, een stijve, gerende rok met een laag tule erover van Calvin, zwartleren enkellaarsjes van Prada en een zwartkanten panty – want daar stond ze op. Haar tas was van Louis, maar klein en stichtelijk. Patrice had uitgeroepen dat ze zo een sexy, geestige versie van Julie Andrews in de *Sound of Music* was.

Ze ging met de armoedige lift omhoog, en hield haar adem in – het stonk hier naar desinfecteermiddel en naar de dood. Hoelang zou ze eigenlijk moeten blijven hangen, vroeg ze zich af. Voor patiënten die op het randje zweefden golden toch zeker heel beperkte bezoekuren? Maar als ze korter dan twee uur zou blijven, dan zouden de media haar ervan beschuldigen dat ze alleen maar 'voor de show' langs was gegaan.

De roddels en speculaties waren toch al zo *vreselijk*. Begrijpelijk was het wel: het was geen geheim dat zij en Jack elkaar verafschuwden en uiteraard was er een of andere glibber die munt wilde slaan uit de situatie en die het interview met Oprah van verleden jaar had opgeduikeld. Citaat: 'Ja, ik haat hem, en ik zou het inderdaad niet erg vinden als hij dood was. Dat weet hij ook best, want waarom denk je anders dat hij zich omringt met voormalige agenten van de Mossad? Hij piest in zijn broek van angst bij gedachte wat ik hem allemaal nog meer aan zou kunnen doen – en terecht!'

Dat was natuurlijk volkomen ironisch bedoeld, en Oprah had gebulderd van het neplachen – o, wat heerlijk, die zwarte humor van die gekke Britten, en dat ordinaire publiek van haar maar klappen. En nu ineens werden haar eigen woorden tegen haar gebruikt, totaal uit hun verband gerukt. En ook al was Scotland Yard niet van zins dergelijke onzin serieus te nemen, toch was het niet leuk. Het kwetste haar en het was slecht voor de zaken.

Ze voelde zich dan moordzuchtig, in werkelijk had ze absoluut geen trek om Repelsteeltje om te leggen. Laat hem nog maar flink wat jaartjes goud uit stro spinnen. Des te meer viel er te erven voor haar, zijn vrouw, als hij uiteindelijk het loodje zou leggen. Dat leek haar zo klaar als een klontje, en dus irriteerde het haar dat andere mensen het niet snapten.

Ze hadden het zo druk met De Vrouw Van Wie Hij Nooit Zoveel Hield Als Van Zijn Eerste, dat ze blind waren voor de waarheid. Terwijl het Innocence al zo lang duidelijk was. Jack had een vijand – een dodelijk wraakzuchtige vijand – en hij of zij kwam almaar dichterbij. Het was trouwens wel een gouden moment, toen ze zag hoe het Belle Époque aan gort geblazen werd. Net goed! In haar stoutste dromen had ze geen passender eind kunnen verzinnen voor zijn arrogante 'Paas Party'. Pasen in oktober! Dacht hij soms dat hij Jezus was? Innocence was geen christen, maar in dit geval wilde ze toch wel opkomen voor dat geloof. Hoe ironisch dat hij net zijn zware jongens had opgedragen om haar naar buiten te dragen: zo had hij waarschijnlijk haar leven gered. Over de doden niets dan goeds, maar ze vond het niet zo heel erg dat zijn scharreltje, die Maria, inmiddels onder de zoden lag. Dat zou haar leren met haar tengels van andermans kerel af te blijven.

Vandaag zou ze (net als tijdens al haar bezoekjes) haar man in het oor fluisteren: 'Die arme Maria is dood, het spijt me zo ontzettend voor je', in de hoop dat deze wetenschap zijn gezondheid nog verder zou verslechteren.

Maar hij leek er volkomen immuun voor in zijn droomwereldje. Ze las ook het in memoriam voor Mollie Tomkinson uit de LA *Times* aan hem voor: 'Vergelijkbaar met de veel te vroege dood van River Phoenix, een tragisch en schokkend verhaal over een kostbaar, van god gegeven talent dat zo wreed in de knop werd gebroken.'

Maar Innocence had geen medelijden met mooie, jonge dode meisjes.

Vrolijk had ze het stukje voorgelezen, omdat werd gesuggereerd dat Jacks immorele zaakjes zoveel levens hadden verwoest, en dat het gezien de hordes vijanden die hij had niet verwonderlijk was dat er zoiets was gebeurd. Misschien dat het in deze tijden helaas onvermijdelijk was dat een van die vijanden op terrorisme over was gegaan? En hoewel ze een dergelijke koelbloedige moordpartij natuurlijk absoluut niet wilden rechtvaardigen, zou je toch kunnen stellen dat de schuld voor Mollies dood op die fatale avond van de Paas Party aan haar gastheer kon worden toegedicht.

Daarbij werd gezegd dat haar diepbedroefde familie overwoog om ettelijk miljoenen dollars van hem te eisen wegens gederfd inkomen.

Innocence liet zich gelaten fouilleren door Jacks beveiliging. De agent zag er stug uit in zijn bomberjack. Er kon geen lachje af, en hij keek haar ook niet aan. 'Het was weer heerlijk,' mompelde ze toen hij uiteindelijk richting de deur knikte.

Tot haar verrassing kwam hij mee naar binnen.

'Dat dacht ik dus niet,' zei ze.

'Ik dacht het wel,' antwoordde hij. 'En ik ben degene met het pistool.'

'Alsjeblieft, zeg,' zei ze. Maar eigenlijk was ze wel blij met zijn gezelschap. Ze vond het vreselijk om bij Jack te zitten. Het voelde alsof de dood al in de kamer was, en ze wilde liever niet besmet worden. Liever had ze haar gevolg meegenomen om haar moed in te spreken – Patrice, Jamie, Samson – maar pr-technisch was het beter om alleen te gaan. En de agent was beter dan niets. Hoewel hij natuurlijk wel degelijk niets was. Mensen zoals zij hadden geen aandacht voor mensen zoals hij.

Ze liep langzaam om het bed. Het viel niet mee om haar man zo hulpeloos te zien liggen. Ze walgde van zwakte, in welke vorm dan ook. Hij leek zo grijs en zo gekrompen, en bij de aanblik van die spaghetti van buisjes waar hij aan lag, kon ze een huivering niet onderdrukken. En dan die *lucht*. Misselijkmakend zoet, alsof iets, of iemand, langzaam lag weg te rotten. Ze sproeide om zich heen met haar Chanel 5 alsof het traangas was.

'Dit is de allerlelijkste ruimte waar ik de afgelopen vijftien jaar ben geweest,' zei ze hardop, en ze slaakte een zucht. De neurochirurg die Jack had geopereerd, had gezegd dat het moeilijk was 'om iets over de toekomst te zeggen'. Hij zou dadelijk wel weer langskomen, met zijn belangrijke witte jas, om haar met nog meer clichés te vervelen. De waarheid was: Jack kon volledig herstellen, maar hij kon evengoed vannacht doodgaan. En als hij binnen nu en twee weken niet uit zijn coma zou ontwaken, dan zou ze voorstellen – of misschien was het verstandiger om het uit de mond van de arts te laten komen – dat hij van de hartlongmachine zou worden gehaald.

Innocence propte twee teddyberen tegen Jacks kussen, bij elk oor één. Toen trok ze er een stoel bij en legde haar harde leren laarzen op het zachte matras van zijn metalen bed, waarbij ze zijn bewegingloze benen langzaam maar nadrukkelijk aan de kant duwde tot ze lekker zat.

Toen scheurde ze het cellofaan van de fruitmand en at een kers. Er zaten een paar dubbele tussen, en die hing ze aan haar oren. Als kind kreeg ze nooit kersen; als volwassen vrouw zag ze Alfies mollige zusje door de enorme, druk ingerichte zitkamer van de Cannadines dansen met 'kersenoorbellen'. Ze kon het kind wel meppen. Ze klapte haar gouden tasspiegeltje open en bewonderde zichzelf. Die kersen kleurden mooi bij de diamanten oorbellen van een miljoen pond.

Terwijl ze een sigaret opstak waar de onverstoorbare agent bij stond, dacht ze: ik heb eindelijk het leven dat ik altijd wilde.

'Dat mag hier niet,' zei de agent, en hij knikte naar het plafond.

Shit. Als het sproeisysteem aansprong, dan kreeg ze natuurlijk legionella. Ze drukte haar peuk uit tegen de zijkant van haar stoel.

'Je denkt natuurlijk dat het me niks kan schelen,' zei ze koeltjes. 'Meneer Puddingkop, bedoel ik, maar ik ben *gek* van verdriet. Ik houd mijn pijn en wanhoop alleen liever voor me. Het is het toppunt van burgerlijkheid, egoïsme en slechte manieren om derden lastig te vallen met je emoties. Bovendien ben ik sowieso erg op mezelf, voor het geval je dat nog niet had gemerkt.'

De agent knipperde met zijn ogen en leek even een blik op zijn horloge te werpen.

'O, neem me niet kwalijk,' zei ze geërgerd. 'Verveel ik je?' *Ontzettende gorilla.*

Hij reageerde niet en ze keerde zich walgend van hem af. Ze had wel dringender zaken aan het hoofd. De advocaat van haar man had zo langzamerhand toch wel eens mogen terugbellen. Ze moest hem dringend spreken over het testament.

Ze *verdiende* het om alles te erven. Als zij er niet was geweest zou Jack alles zijn kwijtgeraakt, in plaats van het meeste. En dat niet alleen, zij was de moeder van zijn dochter – zijn *echte* dochter. Het afgelopen jaar was hun relatie erg stroef geweest. Hij had immers die maîtresse van hem. Ze hadden hooguit een keer of drie als man en vrouw in hetzelfde bed geslapen – nou ja, *geslapen* – de afgelopen twaalf maanden.

Maar dat was nu eenmaal het gevaar van extreme rijkdom en ongeremd succes. Je deelde verbluffend mooie paleizen van huizen overal ter wereld, maar je was bijna nooit tegelijkertijd in hetzelfde huis. Jij moest je belangen behartigen in New York, LA, op Bermuda of in Positano, terwijl hij de zijne in de gaten moest houden in Parijs, Rome en Madrid. Had *hij* een benefietfeest in Londen, moest *jij* net naar een modeshow in Milaan. Het was onmogelijk om een *Power Couple* te zijn: of je had macht, of je was een koppeltje. Jack en zij gaven de voorkeur aan de macht boven elkaar. Het was zo erg dat ze elkaar op het laatst alleen nog als schepen in de nacht passeerden. Na zo'n samenzijn, toen ze het in de douche hadden gedaan, was ze op haar knieën gezakt (iets wat ze al in geen jaren meer voor Jack had gedaan) en was ze als een gifslang om hem heen gerold in het enorme, rijkelijk versierde antieke bed, met de spiegel aan het hoofdeinde, en ze had geglimlacht.

'Wat is er?' vroeg hij met toegeknepen ogen.

Hij voelde zich schuldig ten opzichte van Maria. De *maîtresse*! Schuldig vanwege zijn verraad aan *haar*! Hij voelde zich schuldig omdat hij het met zijn eigen vrouw had gedaan! Ze genoot er altijd weer van om hem zo te zien worstelen.

'Trek het je niet aan,' zei ze dan terwijl ze hem over zijn borst aaide. 'Het is goed voor de kinderen dat ze weten dat we nog steeds... van elkaar *houden.*'

Hij had gesnoven als een varken. 'Ja hoor,' had hij geantwoord. 'En hoe weten ze dat dan? Ben je van plan om ze een tape te sturen of zo?'

Ze giechelde. 'Nou, ik word volgende week door *Harper's Bazaar* geïnterviewd. Dan laat ik wel iets vallen.'

'Als je het maar laat,' zei hij.

Ze hield haar hoofd schuin, alsof ze erover nadacht. 'Goed hoor, schat. Zoals je wilt. Ik zal wel zeggen dat ons huwelijk een kille bedoening is,' *om die slet van je niet overstuur te maken.*

Hij leek tevreden, terwijl zij een lok van zijn haar om haar vinger krulde en iets dichterbij schuifelde. 'Zeg schat,' had ze gezegd. 'Natuurlijk zou ik jou niet boos willen maken door... indiscreet te zijn over ons. Maar ik vraag me toch echt af wat Emily denkt. En, eh, Claudia, natuurlijk. Ik hoop dat je niks... doms van plan bent met je erfenis. Want je weet toch dat ik alles aan jou nalaat?' – dat kon ze makkelijk beloven, want ze was jaren jonger dan hij! Bovendien had ze een codicil bij haar testament dat hem als een gezwel zou schrappen – 'want ik wil natuurlijk dat uiteindelijk alles naar de meiden gaat.' Een leugen. Om bestwil. 'En ik zou geen betere beheerder weten voor hun fortuin dan hun vader.'

Ze had een slok barolo genomen om haar zenuwen te verhullen.

Hij had het kristallen wijnglas uit haar hand gewrikt en haar naar zich toe getrokken aan haar lievelingsketting: een hagedis bezet met honderden smaragden, met robijnen als ogen en klauwen van witgoud, die opklom tegen een traliewerk van zwarte diamanten. Het ding had een kwart miljoen pond gekost, en ze beschouwde het als een vriendje.

Hij had zijn lippen op de hare gedrukt, en ze voelde een prettige combinatie van lust en weerzin. Toen had hij haar ruw tegen het kussen gedrukt, en hij staarde in haar donkere ogen.

'Ik heb altijd al gezegd,' verklaarde hij, 'dat ik alles nalaat aan mijn vrouw.'

Huiverend van genot had ze haar ogen gesloten en haar lichaam gelukzalig om het zijne gevouwen. 'Kom,' had ze gefluisterd, 'laat me dat schuldgevoel van je nog eens lekker aanwakkeren.'

Dat ik alles nalaat aan mijn vrouw. Duidelijker dan dat kon je het niet krijgen. Als hij het echt zo had gezegd, dan was het waar. Jack was iemand die alleen loog door dingen niet te zeggen. Het was zijn stijl niet om harde leugens op te dissen. Dat was nu drie maanden geleden gebeurd, en er was in de tussentijd niets veranderd, dus waarom knaagde de twijfel dan toch zo aan haar? Misschien was het wel gewoon haar wantrouwige aard. Toch zou ze het liever met eigen ogen willen zien. Dan zou ze er pas gerust op kunnen zijn. Ze keek op haar horloge, stak een stukje kauwgom in haar mond en geeuwde nadrukkelijk. Hoelang moest ze nog in dit armoedige hok blijven zitten... Jezusmina, nog een uur en drie kwartier. Dan pas kon ze weg, nadat ze tactisch een enkele traan had weggepinkt voor de voorpagina's. Dat zou ze doen met een roze zakdoekje – ze moest ook weer niet te nadrukkelijk de rouwende weduwe spelen, want dat zou de roddelpers verdacht vinden.

Er klonk een harde knal, de deur werd open gesmeten en de kamer werd ineens gevuld door politie in uniform en het verblindende licht van televisiecamera's.

'Wat gebeurt hier?' gilde ze. 'Waar zijn jullie mee bezig? Er ligt hier iemand die rustig probeert te sterven. Opdonderen allemaal!'

'Innocence Ashford?' vroeg een hoge politiehufter met littekens van de acne en met grijs haar. 'Ik arresteer u op verdenking van de moord op Mollie Tomkinson en Maria Radcliffe, en de poging tot moord op Jack Kent. U hebt het recht om niet te antwoorden...'

LONDEN, NOVEMBER 1998

Innocence

Caroline Cartright was er geweldig trots op dat ze bij de Londense politie in dienst trad. Ze wilde al agent worden sinds ze vijf was. Dingen als ballet interesseerden haar geen bal. Wat had de juf ook alweer gezegd? 'Ze lijkt wel een paard in een manegebak.'

Deze baan was haar op het lijf geschreven; absoluut. Ze was streng maar rechtvaardig, altijd al geweest. Je had genoeg corrupte lui bij de dienst, maar daar hoorde zij niet bij. Zij vond het fijn om mensen te kunnen helpen, en een kroeggevecht wist ze in no time te stoppen. Ze had een prettige manier van handelen. Ze irriteerde nooit iemand. Ze was maar een onderdeurtje, maar als zij zei: 'Kom op, jongens,' dan hielden de grootste griezels op om elkaar in de puinpoeier te slaan, meestal uit stomme verbazing.

De vrouwen waren een stuk valser en gemener. Maar zelfs de meesten van hen hadden een zwak voor haar vriendelijke optreden. Ze bleef kalm, ze was geduldig. Ze noemde hen nooit 'dames' – neerbuigend was dat, en het werkte als een rode lap op een stier – en ze vond het prettig als ze hun de keus kon laten. Met ultimatums of dreigementen werkte ze liever niet. Ze liet ze hun waardigheid behouden: 'Laten we dit eens op een andere manier proberen op te lossen. Zo, gaat het een beetje, meid?' dat 'meid' van haar had iets intens kalmerends. Ze sprak het uit op dezelfde manier als je oma dat zou doen. Omdat de boosheid van haar klantjes altijd zo snel wegsmolt, dacht ze eigenlijk dat velen van hen niet genoeg vriendelijkheid hadden ontmoet in hun leven.

Heimelijk was Caroline er trots op dat ze iedereen, hoe dronken, geweiddadig of psychotisch ook, tot bedaren wist te krijgen.

Behalve Miss Innocence Ashford.

Ze hadden haar met handboeien om naar het bureau gebracht, en dan nog waren er zes mannelijke agenten nodig om haar in bedwang te houden. Zo'n pandemonium van duwende en schreeuwende reporters die Miss Ashford op de voet volgden, had Caroline nog nooit meegemaakt – ze had eerst nog medelijden met het mens. Het leek wel een stel wilde katten die bloed hadden geroken. Maar aan Carolines medeleven kwam al snel een eind. Ze was een van de agenten die het verhoor afnamen, en dat mens had haar de hele tijd met zulk zinderend venijn aangekeken dat het haar al haar wilskracht had gekost om niet te rillen van angst. Dat vond ze verschrikkelijk, en het maakte haar rancuneus. Niemand vindt het prettig om ontmaskerd te worden. Ook al zat Ashford met boeien vast aan haar stoel, en was die stoel aan de grond genageld, en ook al zaten er mensen mee te kijken, Caroline kwam maar niet los van het gevoel dat ze elk moment met stoel en al op zou kunnen springen om als een woeste vampier haar nek door te bijten.

Ze had een enorm sterk aura van kwaad om zich heen.

'Ik wil mijn telefoontje plegen,' had ze gezegd, en Caroline was even gaan verzitten. Ineens klonken er allerlei keelgeluiden en begon ze verschrikkelijke taal uit te slaan... Stuk uitschot, dacht ze voor ze er erg in had. Dat mens mocht nog zoveel geld hebben, diep vanbinnen was ze het laagste van het laagste, en daarom had ze niets te verliezen. Ze was geslepen en gedreven genoeg om zich tot wat voor misdaad dan ook te verlagen als ze zichzelf daarmee omhoog kon werken.

Miss Innocent Ashford had haar advocaat gebeld. Caroline hoopte dat ze nu wat tot bedaren zou komen.

Maar dat was bepaald niet het geval.

Het was een kort, maar explosief gesprek geweest.

Zij had de hoorn neergesmeten en was gaan gillen. Caroline en nog een agent waren geschrokken de kamer in gerend, in de veronderstelling dat ze een rolberoerte had gekregen. Het was net alsof je iemand voor je ogen in een demon zag veranderen. Wat die kerel ook had gezegd, ze was er helemaal van door het lint gegaan. Ze sloeg om zich heen alsof ze door de duivel was bezeten, vuurspuwend, krijsend. Als ze nog even zo doorging kreeg ze een flinke lel voor haar hoofd.

Ze gilde maar door, soms schril, soms onverstaanbaar, maar haar boodschap was duidelijk: 'Ik *vermoord* hem. Ik *vermoord* hem. Ik snij hem open en ik snij zijn hart eruit. Ik trek zijn darmen eruit en ram die door zijn strot. Hoe *durft* hij mij dit aan te doen, hoe *durft* hij – jezus, en dan al vanaf de *allereerste* dag dat ik hem ontmoette – hoe *durft* hij me zo te behandelen, hoe *waagt* hij het om mij dit aan toe doen!'

'Kuis je taal eens even,' had Caroline minzaam gemompeld. 'Ik heb gehoord wat je te zeggen hebt, dat hebben we allemaal, en het doet je zaak helemaal geen goed – we mogen alles wat je zegt als bewijs aanvoeren. Dus ga even zitten, hou je koest, en dan breng ik je een kop thee.'

Nou, dat mens vloog haar aan, werkelijk niet normaal! Ze kon nog net op tijd wegduiken, maar zelfs met al het gewicht van rechercheur Barton, agent Kruger en inspecteur Russell bij elkaar – en dat waren toch allemaal enthousiaste taarteters – kregen ze haar nauwelijks klein. Terwijl ze met plastic handboeien om in de cel werd gesmeten, had het wijf hun nog iets verschrikkelijks toegebeten. Caroline had zin om haar geheugen te wassen met een stuk zeep! Zoals haar oma altijd al zei, eerder bedroefd dan boos: 'Van jou hebben we voorlopig genoeg gehoord.'

LONDEN, NOVEMBER 1998

Emily

Emily zat naast haar vaders bed en tikte met haar voet. 'Klootzak,' zei ze.

Er kwam geen reactie. Hij lag daar op zijn rug, met open mond en opgedroogd spuug in zijn mondhoeken, rustig en raspend ademend. Ze pufte luid, leunde over het bed en siste in zijn oor: 'Ik haat je. Ik haat je zo ontzettend. Jij bent echt de allerslechtste vader van de hele wereld. Je geeft helemaal niet om mij. Terwijl alles wat ik nu door moet maken jouw schuld is.'

Ze klemde haar kaken op elkaar. Je kon niet eens pruilen met een co-mateuze pa. Het was echt de ultieme *whatever*. Het kon haar niet schelen of hij dood zou gaan. Oké, een beetje dan – want als hij er niet meer was zou ze nog veel eenzamer zijn dan ze nu al was. Hij had haar al in de steek gelaten omdat hij haar manier van leven niet goedkeurde (wat gek genoeg precies dezelfde manier van leven was als de zijne) en hij had haar in de steek gelaten omdat hij een egocentrische, haatdragende, leugenachtige klootzak was, en het zou echt iets voor hem zijn om ook nog echt dood te gaan en haar voorgoed te laten zitten.

Ze kon niet geloven, ze kon het *letterlijk* niet geloven wat hij had geflikt. Zijn laatste staaltje verraad was wel heel wreed en definitief. Als het bekend zou worden – godsamme – terwijl Innocence al verdacht werd en binnenkort terecht zou staan voor poging tot moord.

Emily kon het nauwelijks bevatten. Ze had zichzelf uit het ziekenhuis ontslagen zodra ze hoorde van haar moeders arrestatie (nadat ze de torenhoge rekening met haar creditcard had voldaan), was in een taxi gestapt en naar het politiebureau gegaan, waar ze eiste haar moeder te mogen spreken. Het feit dat ze negen maanden zwanger was opende deuren voor haar, en ze kreeg haar dan ook heel even te zien.

Vier aangeslagen mannen in pakken waren net op weg naar buiten. Innocence riep ze nog na: 'Zeshonderd pond per uur, en dan zit ik hier nog steeds? Waar betaal ik jullie eigenlijk voor? Stelletje schoften!'

'Leuk,' had Emily gemompeld. 'Nou, ik zie dat je je al lekker hebt aangepast.'

Haar moeder had gewacht tot de advocaten buiten gehoorsafstand waren. Toen sprong ze op en gromde hees: 'Jack en ik *zijn nooit getrouwd geweest.*' Bizar genoeg was ze veel mooier zonder al die make-up en al dat nepbruin. Waarschijnlijk was ze haar stem kwijtgeraakt door al dat krijsen. Ze had Emily door elkaar gerammeld en haar toe gesist: 'Dat zwijn van een vader van je is nooit echt met mij getrouwd.'

'Doe niet zo idioot,' had Emily geantwoord, en ze had nauwelijks lucht gekregen. Door de baby was haar longinhoud gehalveerd. 'Omdat jullie in het buitenland zijn getrouwd? Dat telt toch ook gewoon?' Emily wist precies hoe het zat met huwelijken; dat had ze allemaal bestudeerd voor ze met Tim trouwde in Las Vegas. Ze wilde immers geen enkel risico lopen.

'Nee,' zei haar moeder hees. 'Het is ongeldig.'

'Moeder, het doet er niet toe, desnoods bestond de ceremonie uit een plaatselijk boertje dat een kokosnoot boven jullie hoofden stuksloeg.

Als dat rechtsgeldig is in het land waar je trouwt, is het ook bij ons bindend. Zolang jullie tenminste geen neef en nicht waren.'

Innocence had woest met haar hoofd geschud. Ze moest nodig haar haar eens wassen. 'Het lag niet aan de ceremonie. Dat was allemaal prima in orde. En die vent was ook koosjer, gediplomeerd, gecertificeerd en de hele rambam.' Ze slikte. 'Maar die ceremonie was in een klein hutje op het strand – zijn eigendom – wat hij nooit tegen mij heeft gezegd – en dat hutje had geen licentie voor het voltrekken van huwelijken. Hij was de eigenaar, hij wist het, en hij heeft alle documenten die het bewijzen jaren geleden al bij zijn advocaat in bewaring gegeven. *Ik ben dus nooit zijn vrouw geweest!*'

Toen moest Emily ook even slikken. 'Maar... wat betekent dat dan? Je hebt toch zeker wel rechten? Ik bedoel, jullie hebben samengewoond...'

'Zeg, heb je te dicht bij het frituurvet gezeten?'

'*Wat?*'

'Ontzettende oliebol die je bent,' mompelde Innocence voor ze schreeuwde: 'We hebben nauwelijks onder één dak gewoond! Misschien dat we in totaal hooguit een jaar of twee in hetzelfde huis hebben gewoond – maar daar kan ik verder geen rechten aan ontlenen.'

'Dus, dan...'

'Hij is met zijn MAÎTRESSE getrouwd!' Haar moeder keek nerveus naar de deur, alsof iemand zou kunnen meeluisteren. 'En hij heeft alles aan haar nagelaten! Hij heeft me erin geluisd. Ik wist wel dat hij iets in zijn schild voerde. Ik heb hem er nog mee geconfronteerd en hij heeft me met zijn hand op het hart bezworen: "Lieve Innocence, ik zweer je dat ik alles nalaat aan mijn vrouw." En dat was ook zo, maar die vrouw was die verdomde Maria! Die godvergeten Maria Radcliffe! Ze zijn dit jaar in het geheim getrouwd, in dat kloterige Toscane!'

'Maar mama, Maria is dood.'

'Precies!' had Innocence gehijgd. 'En die lieve, schattige, wegrottende Maria heeft alles aan haar dochter nagelaten.'

'Omijngod. Dus nu krijgt een wildvreemde al ons geld!'

'Nee,' had Innocence haar toegebeten. 'Nee, nee. *Claudia* krijgt alles. Hij deed het namelijk met de biologische moeder van die trut. Claudia krijgt *alles.*'

Het duizelde Emily. Haar moeder had haar hoofd geschud en gezegd: 'En dat is dan nog het *best case scenario.*'

Waarop Emily stamelend had gevraagd: 'Wat is dan het worstcase-scenario?'

Daarop had Innocence Emily naar zich toe getrokken en in haar oor gefluisterd: 'Het ergste is dat dit bekend zal worden, en dat een of andere hebberige klotenklapper die Jack heeft belazerd tijdens dat drama met Lloyd's het optelsommetje maakt.'

Emily had haar hoofd geschud, niet-begrijpend.

Haar moeder gilde het uit van woede. 'Als ik nooit zijn vrouw ben geweest, dan kunnen ze zeggen dat het niet legaal was dat hij – of ik – zijn vermogen op mijn naam heeft gezet.'

'Dat is gelul, moeder. Echt. Hij kon zijn vermogen overmaken aan wie hij maar wilde, zolang hij het maar niet deed om van zijn financiële verplichtingen af te komen. Als jouw naam in die documenten stond, maakt het toch niet uit of je nou zijn vrouw was, of zijn tante of zijn schoenpoetser?'

Innocence had iets moeten wegslikken. 'Jezus, Emily. Ik hoop dat je gelijk hebt. Want dit gaat niet om het geld – niet meer, tenminste. Het gaat om een motief. God, ik snak naar een sigaret.' Ze had even gezwegen. 'Dit wordt nog voor het proces bekend. Ik weet het zeker. En dan kijk ik tegen levenslang aan, Lloyd's of geen Lloyd's.'

Emily klemde haar tanden op elkaar om het niet uit te gillen van woede. Ze wierp een woedende blik op haar vaders bewusteloze lichaam.

Deze familie had ook altijd pech.

Het zou veel gemakkelijker te accepteren zijn geweest als een wildvreemde haar vaders koninkrijk zou erven dan nu haar zusje alles kreeg. Niet dat Emily zo vals was, maar nou ja, gewoon, als je zelf aan de grond zit dan is het niet zo eenvoudig blij te zijn dat je zus zegeviert. Dan is het zelfs onmogelijk. Dan wil je liever niet eens voldoende bij bewustzijn zijn om die jaloezie te voelen die je opvreet vanbinnen; dan ben je alleen maar bezig om haar verbijsterende mazzel af te zetten tegen je eigen rotleven, en zelfs al zou je haar niet haten, dan zou je toch verzuren en haar niets dan slechts toewensen.

Moet je horen, ze zou er echt geen probleem mee hebben als een wildvreemde alles zou krijgen. Iemand die ze niet kende. Het is prima als mensen die je niet kent rijk en succesvol en gelukkig zijn. Dan ligt het niet zo voor de hand om jouw absolute rotleven met hun fantastische luxeleventje te vergelijken.

Haar leven was waardeloos en klote, en de baby was er nog niet eens. Ze leefde op de belachelijk lage toelage die die Scrooge van een moeder haar had toebedacht. Het was allemaal zo fout. OK! bood haar een bedrag voor het Baby Interview – daar zou ze het ziekenhuis misschien net van kunnen betalen, maar daarna zou ze wel heel erg creatief moeten worden, wilde ze dit kind een beetje leuk in de kleertjes kunnen blijven steken. Jezus! Geld, geld, geld! Nu ze geen cent meer te makken had, was dat het enige waar ze nog aan kon denken. Het leek wel een ziekte: financiële anorexia.

En haar echtgenoot die nog iets voor haar had kunnen doen, bijvoorbeeld door die enorme hut van hem in New York te verkopen, was letterlijk in rook opgegaan. De bom was ontploft en: boem, weg was hij: nergens meer te bekennen.

Ja, hij had wel geschreven. Ongetwijfeld was dat ook de correcte manier van handelen: om met je echtgenote te corresponderen nadat haar kop bijna van haar romp was geblazen door een enorme brandbom.

Tim had er ook echt een keurige brief van gemaakt, reuze bezorgd van toon. Hij vermeldde dat hij zich dagelijks op de hoogte liet houden van haar gesteldheid, en hij zou zo snel mogelijk terugkomen om voor haar te zorgen, maar hij zat nu in het buitenland (ze zag wel dat hij vaag deed over waar hij precies uithing, maar ze had de envelop al weggedaan, dus een poststempel had ze niet. Zijn vader, zo schreef hij, had het voor hem geregeld, en die had erop gestaan dat hij ergens in een warm oord met goede medische voorzieningen zou herstellen van het 'emotionele trauma'.

Dat was natuurlijk een leugen, en ze snapte ook wel dat het alleen maar was bedoeld om hen uit elkaar te houden. De graaf kende die uitdrukking waarschijnlijk niet eens: 'emotioneel trauma'. Ze stelde zich voor hoe hij zou kokhalzen als hij dat zou moeten uitspreken. Emotioneel trauma was iets voor mietjes. Een Engelsman zou liever in zijn zwaard vallen dan dat hij moest bekennen dat hij een 'emotioneel trauma' had.

Maar nu gebruikte hij het naar hartenlust om Timmie bij haar weg te houden. Dat zei genoeg over hoezeer de graaf hun verbintenis verafschuwde – nee, *haatte*.

Ze werd er down en depressief van. Zou Tim dan niet eens de moeite nemen om de geboorte van zijn kind bij te wonen? Tim was best een slappeling, maar als hij in vorm was, kon je toch wel met hem lachen. Hij was leuk gezelschap. Hij zag er geweldig uit. Hij was goed in bed. Ze vond het top om met hem getrouwd te zijn. Als hij nou maar een beetje sterker was, en een beetje geloof in haar kreeg, konden ze een geweldig stel zijn, dat wist ze zeker. En als ze een geweldig stel waren, een geweldig *gezinnetje*, dan zou de graaf misschien uiteindelijk toch omgaan – en dan zou Timmie toch zijn erfenis krijgen, en zij haar kasteel, en dan kwam alles toch nog goed.

Dat was wel een boel keer 'als'.

En nu zag het er ook nog naar uit dat Claudia er met alle poen vandoor ging, en al het geluk. Claudia was officieel de erfgename van een fortuin van enkele miljarden, en Emily kreeg geen cent! Onuitstaanbaar! Claudia zou hoe dan ook Jacks geld krijgen, of Maria nu dood was of niet. Die Maria had er verder niks mee te maken. Het was de wens van Jack dat Claudia alles zou krijgen. En zij was niet eens echt zijn dochter. Ze hadden niet eens een bloedband! Gelukkig wist Claudia nu nog van niks: de advocaat had het alleen aan Innocence verteld omdat het 'van belang was voor haar verdediging'. *Claudia* kreeg alles!

Emily keek naar haar vader. Er was geen schijn van kans dat hij ineens wakker werd en dat ze hem nog kon overhalen om zijn testament te veranderen.

Emily zou uiteraard het geld van haar moeder erven, uiteindelijk. Maar Innocence was zo'n moeder die dik honderd werd, en Emily zag er de lol niet van in om een flinke som geld op te strijken als je boven de veertig was en half invalide. Claudia zou haar geld al over ongeveer een jaar krijgen. Terwijl Emily er nog een eeuwigheid op zou moeten wachten!

'Klootzak!' zei ze. 'Ontzettende KLOOTZAK!' tierde ze uit alle macht in zijn oor. En toen voelde ze iets warms. Ze keek naar beneden. 'Fuck,' zei ze. Haar vliezen waren gebroken – het vruchtwater stroomde over haar nieuwste paar Jimmy Choos.

LONDEN, NOVEMBER 1998

Claudia

'Duk? Billy, hier. Hoe gaat ie?'
Claudia moest onwillekeurig lachen. Ze kende Billy van een persreisje en hij had haar toen de bijnaam 'Dorothy Uit Kansas' gegeven. Waarom wist ze eigenlijk niet, maar ze had het gevoel dat het lief bedoeld was; lichtelijk beledigend ook, maar toch lief.

'Billy! Ja, het gaat... wel goed, eigenlijk. Ik ben aan het freelancen. En hoe is het met jou?'

'Schat, met mij gaat het geweldig, maar er is iets dat je moet weten. Een vriend van me, een Italiaanse gozer, heeft een fotoagentschap – paparazzi, snap je? Nu hebben ze een plaatje binnengekregen waar jij even naar moet kijken. Het is foute boel, pop, en je kunt er verder niks aan doen.'

'Jeetje, wat is het dan?'

'Hij komt al naar je toe fietsen. Het spijt me, meid.'

Wat kon het in godsnaam zijn? Haar vader lag in coma. Haar moeder zat in de cel. Wat kon er verder nog voor ergs aan de hand zijn?

Geweldig, nou zat ze dus de hele tijd in de zenuwen. Goddank, daar was hij al. Ze zette haar handtekening en griste het pakje uit handen van de fietskoerier. Er zat een blauwe map in. Die sloeg ze open en trok er een foto uit. Toen plofte ze neer. O *nee*. Die arme, arme Emily. Wat walgelijk was dit. Hoe haalde hij dit in zijn hoofd? Dat kind kreeg een baby! En hij was toch zo ziek? Hoe *durfde* hij! Die arme Emily.

'Billy? Claudia. Jezus, man. Wat kan ik doen?'

'Niet veel, mop. Die plaatjesboer kan hier een miljoen voor vangen. Dus als jij niet ergens nog wat wisselgeld hebt liggen...'

'Is het al bekend? Heeft hij al met mensen gepraat?'

'Met ondergetekende. Meer niet.'

'Heeft hij nog... een paar uurtjes voor me?'

'Ik doe effe een belletje.'

Godallemachtig. Ze greep haar jas en nam een taxi naar het bureau waar Innocence vastzat.

'Sorry, meid,' zei de agent bij de receptie. Ze was vriendelijk maar streng. 'Ze mag geen bezoek.'

'Maar ik ben haar *dochter.*'

'Geen bezoek, vrees ik.'

'Kunt u dan misschien... een boodschap doorgeven? Of mag ik haar even bellen?'

De vrouw aarzelde. 'Wacht even. Hoe heette je ook weer?'

Claudia trommelde met haar vingers.

Na een minuut was de vrouw weer terug. 'Het spijt me,' zei ze. 'Maar je moeder wil... met niemand spreken.'

Niet met *mij*, dus.

Claudia zuchtte. Wat nu? Mevrouw Green misschien? Nee, die zou het niet begrijpen. Claudia wist nu al wat die zou zeggen. *Een miljoen pond? Wat een kolder! Dat is toch afpersing! Ik bel de politie!*

Haar ouders zouden heel Bolivia op kunnen kopen, en toch kon ze nog geen cent van ze loskrijgen.

Ze probeerde rustig te blijven ademen. Er was nog een mogelijkheid. Kom, Claudia, weet je zeker dat dit niet een excuus is? *Nee.* Wat was er nu belangrijker dan dit? Ze had zijn advies nodig. Ze keek op haar horloge. Tien voor een. Misschien dat ze hem nog net te pakken kon krijgen voor hij zou gaan lunchen.

De taxi naar de City reed martelend langzaam. Het was belachelijk druk op de weg. Toen ze bij Threadneedle Street aankwam, sprong ze uit de auto en trok de laatste vijftig meter een sprintje. Als hij niet met klanten hoefde te lunchen, dan at hij altijd een broodje bij de Italiaanse delicatessenwinkel – tonijn, sperziebonen en mayonaise op toast. Daar stond zijn kantoor, een groot, glimmend, hier-wordt-serieus-geld-verdiendgebouw. En o, die rugbyschouders herkende ze uit duizenden.

'Alfie, wacht!'

Hij draaide zich om. 'Claudia!'

En kleine, tonnetjesronde blondine stapte achter hem vandaan. Shit, de verloofde. Claudia realiseerde zich dat ze op het mens reageerde als een vampier op knoflook. Ze hoopte maar dat dat niet al te zichtbaar was, maar te oordelen naar de blik van de verloofde was het dat wel degelijk.

'Claudia, mag ik je voorstellen aan mijn verloofde, Polly. Polly, dit is Claudia. Claudia is een jeugdvriendin van me.'

'Ha,' zei Polly. Claudia vond het interessant dat het haar lukte om te glimlachen en haar de hand te schudden terwijl ze al haar spieren slap hield.

'Pollewop en ik zouden net samen gaan lunchen. Eet gezellig een hapje mee!'

O god.

'Alfie,' zei ze, en ze keek naar hem op. Hij keek terug, en zijn groene ogen priemden in de hare. Er speelde een vragende glimlach om zijn lippen. Als zij hem aankeek zag ze altijd twee mensen: de volwassene en het kind. Zijn blonde haar stond precies zo rechtovereind als toen hij klein was, en hij had nog datzelfde kuiltje in zijn wang als hij lachte. Hij was zo ontzettend aardig. Haar hart kromp ineen omdat ze best verliefd had kunnen worden op Alfie – als alles goed was gegaan en niet zo gruwelijk mis was gelopen. Hij had haar een keer gered en in zekere zin zou hij altijd haar held blijven.

'Alfie, ik moet je dringend spreken. Onder vier ogen.'

Hij keek geschrokken. *Zij* keek alsof ze een klap in haar gezicht had gehad.

'Liefste,' zei Alfie, 'Claudia en ik gaan even een praatje maken in de hal. Als jij nou vast gaat? Ik heb een tafeltje gereserveerd.'

'Dank je,' zei Claudia. 'Het spijt me dat ik zo geheimzinnig doe.'

Alfie grijnsde. 'Polly denkt nu ongetwijfeld dat jij gaat opbiechten dat je zwanger van me bent. Dat kost me minstens drie intens saaie opera-voorstellingen om het weer een beetje goed te maken. Nou,' – hij glimlachte nog maar eens terwijl hij de deur voor haar openhield – 'wat is er zo erg dat jij niet met ons mee wilt lunchen?'

Ze legde het uit, en de glimlach verdween.

'Ik weet niet wat ik moet doen,' zei ze. 'Emily staat op het punt te bevallen. Ze heeft al een bloeding gehad. Dit kan wel eens heel slecht zijn voor haar gezondheid. Ik weet zeker – denk ik – dat mijn ouders hier een stokje voor zouden willen steken, tot elke prijs. Maar ze zijn nu allebei niet... bereikbaar. En ik dacht – nou ja, misschien kan ik de graaf bellen?'

Alfie schudde zijn hoofd. 'Claudia, je kunt de publicatie van die foto niet tegenhouden. Dat gaat toch allemaal digitaal, of niet? Dus je kunt niet het negatief kopen. Als zij het willen afdrukken dan doen ze het, en dan laten ze zich daarvan niet weerhouden door een paar miljoen pond. Zelfs al zou je je ouders zover krijgen dat ze over de brug komen met het geld, dan nog is er geen enkele garantie. Dan heeft er altijd nog wel ergens iemand een kopietje op zijn computer, en die zal het dan echt wel verkopen. En dan worden je ouders nog beschuldigd van omkoping ook. Je kunt dit niet winnen. Ik zou me er verder maar niet mee bemoeien.'

Ze was heel stil. Ze had zin om op de zwartmarmeren vloer met zilveren spikkeltjes te gaan liggen en dan duizend jaar te gaan slapen. Ze staarde naar de gigantische moderne schilderijen. Die ene met de knalrode vlek in het midden vond ze mooi. Het gebouw deed haar denken aan een van de huizen van haar vader... dat in Bilbao? Ze kon het zich niet meer precies herinneren. Ze was er al lang niet meer op bezoek geweest. Hij mocht niet doodgaan. Ze haatte hem, maar... hij mocht niet doodgaan. En Innocence kreeg ze niet te spreken. Krankzinnig dat ze haar hadden gearresteerd. Ze mocht Innocence niet, maar toch gaf ze om haar. En belachelijk genoeg had ze haar ook nodig.

'Je hebt gelijk,' zei ze langzaam. 'Je hebt gelijk, Alfie. Ik kan niks doen.'

Hij kneep in haar hand. 'Claudia, maak je over de baby maar geen zorgen. Mensen krijgen gezonde baby's in de meest erbarmelijke omstandigheden. Het komt wel goed met haar.'

'Ga maar gauw,' zei ze, maar ze liet zijn hand niet los. 'Sorry dat ik jé in de problemen heb gebracht.'

Hij gaf haar een knipoog. 'Ach, was het maar waar.'

Ze stonden allebei op en hij kuste haar op de wang.

Ach, was het maar waar. Nou ja, dacht ze, je kunt helemaal niets met Alfie beginnen. Jij kunt überhaupt niets met een aardige vent beginnen. Jij kunt alleen maar iets met mannen beginnen die bijdragen aan jouw zelfhaat.

Ze nam de bus terug naar kantoor. Ze was als kind nooit met het openbaar vervoer geweest, en nu ze volwassen was, was het echt een feest om met de bus te mogen. Ze zat bovenin, helemaal vooraan, ze ging op in de schoonheid van Londen. Het vuil, de rotzooi, de mensen die op straat spuugden: het maakte haar allemaal niet uit. Als je van iets of iemand hield, hoe gewoon ook, dan werden ze alleen maar mooier. De route van de bus was lang en hij reed bovendien ontzettend langzaam. Maar ze had geen haast meer.

Ze moest Emily bellen om haar te waarschuwen. Misschien was dat zelfs al te laat. De vroege editie van de *Evening Standard* zou er al snel zijn. Claudia stapte uit. Ze was nog niet bij kantoor, maar ze wilde niet teruggaan. Morgen zouden ze de kranten lezen, en dan was er verder geen verklaring nodig.

Ze ging zitten op het eerste bankje dat ze zag, schoof haar zonnebril op haar neus en staarde naar de mensen die haastig voorbijliepen. Had zij hun familie maar, in plaats van de hare.

Om vijf uur kocht ze een *Evening Standard*. Ze bleef staan en bladerde er als een bezetene doorheen. Maar nee, niks. Misschien was het wel te... fout, voor de *Standard*. Die krant wilde immers graag in een goed blaadje blijven bij dat soort mensen. Misschien wilden ze de graaf niet tegen zich in het harnas jagen. Jammer dat dat voor de *Sun*, de *Daily Mirror* en de *Daily Express* niet opging. En de *Daily Mail* zou wel weer met een of ander ranzig excuus komen waarom ze de foto toch moesten afdrukken: 'Hoe durft deze fotograaf zoiets als dit te fotograferen – is onze privacy dan echt helemaal niet meer veilig?'

Naar huis gaan had geen zin. Ze ging naar een snackbar om wat naar de muur te staren tot de eerste edities op de stoepen vielen bij Charing Cross. Ze scande de voorpagina's, en keek, en keek...

Het was middernacht. Ze belde Billy op zijn mobieltje. 'Billy, Billy, wat is er in godsnaam aan de hand?'

'Kalm aan, tijger.' Hij was even stil. 'Zit je in het ziekenhuis?'

'Wat? Nee! Is er iets met mijn vader? O nee...'

'Nee, het is je zusje. Ze is aan het bevallen. Kreeg ik door om een uur of drie.' Hij zweeg weer. 'Maar ben je wel in de buurt?'

'Ik moet erheen – ze heeft verder niemand.' Ze had al bijna opgehangen tot ze zich realiseerde waarom ze ook alweer belde. 'Billy, wacht! Wat gebeurt er nou precies met die foto? Wie heeft hem gekocht?'

'Niemand,' antwoordde hij. 'Ze willen hun handen er niet aan branden.'

'O nee? *Hoezo* niet?'

'Ach, DUK. Ben je nou een rioolrat of een meisje met een geruit jurkje en een stinkend hondje? Emily krijgt een *baby*. Ze is *moeder*. Dan is ze dus onaantastbaar. Als ze die foto nu afdrukken dan is dat een bar slechte beurt voor ze. Vandaag willen ze babyfoto's. Dus, zoet maar. Vandaag zit Emily nog even safe.'

'En morgen?'

'Zolang ze nuttig blijft. Kop op, Dorothy. Ga maar snel naar je zus toe.'

Emily

'Ik heb een *zoon*,' fluisterde Emily in haar kussen. 'Ik heb een zoon.'

THE OLD BAILEY, LONDEN, EEN JAAR LATER, 1999

Innocence

Ze wist wel dat ze haar niet zouden veroordelen. Ze had de beste, duurste advocaten van het hele land. Ach mens, doe niet zo hysterisch. Innocence gooide haar haren naar achteren en stak haar neus in de lucht voor ze bedacht dat Humphrey Slater, de leider van haar team juristen, haar expliciet had verboden om 'provocerende gebaren' te maken.

Het scheelde niet veel of ze had ze allemaal verteld dat ze naar de hel konden lopen. Het was een idiote zaak en ze was woedend dat iedereen het desondanks zo serieus nam. Uiteraard moesten ze een goede verdediging voeren, al die ernstige gezichten en die belachelijke pruiken en die eindeloze stapels ordners gaven toch een zekere geloofwaardigheid aan de waanzinnige, bizarre beschuldigingen. De gruwelijke waarheid was natuurlijk aan het licht gekomen, want dat was de reden waarom ze een motief had om Jack te willen vermoorden. Tuurlijk, hij was degene die vanaf de allereerste dag tegen haar had gelogen en haar alles afhandig had gemaakt. Maar *dat had zij niet kunnen weten*. De jury zou haar dus geloven.

En zelfs als ze het niet wilden, dan nog moesten ze haar wel geloven, omdat vrouwen nooit met bommen gooien. Ze mocht dan rijk genoeg zijn geweest om iemand anders een aanslag te laten regelen, maar het was bepaald niet haar stijl. Dit was echt het werk van een vent: *ik blaas je op! Duh!* Elke vrouw in de jury zou toch zeker wel begrijpen dat als Innocence had geweten hoe het precies zat – dat haar man haar man niet was, en dat hij in het geheim met zijn minnares was getrouwd – dat ze het op een eerbare manier zou hebben aangepakt. Dan had ze hem natuurlijk recht in de ogen gekeken en hem recht in het hart gestoken met een keukenmes.

Deze redenering hield ze uiteraard voor zich.

Ze had zo'n beetje alles gedaan wat ze haar opdroegen. Ze probeerde om niet middels haar gezichtsuitdrukking te laten blijken dat ze die jury maar een stelletje tenenkrommende dwazen vond. Konden ze überhaupt wel Engels verstaan? Ze vond het verschrikkelijk dat ze zo op haar tellen moest passen om hen niet voor het hoofd te stoten. Slater had zich tactvol uitgedrukt, maar wat hij eigenlijk bedoelde was: Ze haten je omdat je rijk en mooi en succesvol bent, dus als je er nu heel gewoontjes en saai en zielig bij gaat zitten, dan haten ze je een beetje minder.

Ze had enorm haar best gedaan op haar kleren. Ze had de hulp van Jones ingeroepen, en negenenveertig variaties uitgekozen op een eenvoudig zwart broekpak, met lage schoentjes. 'O nee, dat niet!' had ze uitgeroepen toen ze die lage schoentjes onder ogen kreeg. 'Dan lijk ik net een huissloof.' En de dag vervloekend dat Jack het levenslicht zag, had ze Patrice toestemming gegeven om haar roze haar weer bruin te verven. Het was uitwasbare verf, maar toch. Wat een ellende.

De advocaten hadden haar geadviseerd geen sieraden te dragen, zelfs niet haar 'trouwring', want dat zou misschien aangeven dat ze waanbeelden had en dat ze voor zichzelf de illusie in stand wilde houden dat ze met hem was 'getrouwd'. Zij had daar tegen ingebracht dat het zou lijken dat ze verbitterd was als ze helemaal geen sieraden droeg. Liever behangen met juwelen en bol van de waanbeelden dan verbitterd en saai.

En dus had ze haar trouwring toch gedragen, samen met haar enorme diamanten verlovingsring en een witgouden horloge, ook met diamanten bezet, kosten: bijna een ton. Slater kreeg een rolberoerte toen hij dat zag, en hij zei: 'Dat is allemaal iets te opzichtig, vrees ik.'

Waarop zij ijskoud antwoordde: 'Ik vrees niets.'

Dat plebs in de jury wist toch het verschil niet tussen echte juwelen en troep van de markt. Voor het ongetrainde oog kon ze net zo goed van top tot teen in confectie van Marks & Spencer zijn gehuld. Een seconde, en voor het eerst in jaren, dacht Innocence aan haar moeder. Wat zou die trots zijn geweest als haar dochter het zich kon veroorloven om van top tot teen in Marks & Spencer gekleed te gaan.

Haar moeder was dood, trouwens. Treurig.

En ze zou ook heus wel de gevangenis in verdwenen zijn in gewone-mensenkleren, voor het oog van miljoenen mensen over de hele wereld. Dat er zo veel aandacht van de media was, was wel fijn. Er zaten zelfs Japanse journalisten. En allemaal wilden ze in haar hotels logeren. Kassa! Dus al te gewoontjes kon ze er ook weer niet uitzien – dat zou naar schuldgevoel rieken. De politie was gedwongen om de straat af te zetten, net als bij de bruiloft van Diana (aan Diana's begrafenis weigerde ze te denken), en haar gepantserde voertuig werd geëscorteerd door maar liefst vijf motoragenten. Prettig dat ze zo zorgvuldig met haar omsprongen. Al die aandacht (moest ze met tegenzin toegeven) was natuurlijk ook te danken aan het feit dat er een *celebrity* dood was. Boehoe. Ze had wel een film met Mollie Tomkinson gezien, maar toen had ze de dvd-speler al na tien minuten afgezet. Er was een grens aan het aantal keren dat je een magere tiener een gezicht als een kameel kon zien trekken. Toch had het haar verbaasd hoeveel mensen overstuur waren door Mollies dood. Die afgrijselijke pukkelige Amerikaanse kinderen die haar beledigingen naar het hoofd slingerden op straat, op de eerste dag van het proces. Al die in memoriams in de kranten. Zelfs de politie had zoveel aanloop niet voorzien. De tweede dag werd ze via een andere ingang naar binnen gesmokkeld.

Het werd een slepende zaak. Een aantal Hollywood-sterren – werden die mensen hun eigen stem ooit wel eens zat? – had via een videolink getuigenissen afgelegd.

Er was niet eens *bewijs*. Maar klaarblijkelijk waren er miljoenen manieren waarop je met veel pathos en trillend van emotie met een gepijnigde, oprechte en toch zo moedige uitdrukking op je gezicht kon zeggen: '*Ik* heb gezien hoe ze naar buiten werd gebracht, *ik* heb gezien dat ze pislink was, en toen werd *ik* omvergeblazen, waarbij ik een teennagel scheurde.' Het was voor hen niet meer dan een auditie. Eerlijk gezegd luisterde ze helemaal niet naar hen, ze probeerde na te gaan of ze wist wie van hen momenteel werk had. En er was ten minste een van de top-acteurs wiens terugtrekkende haargrens plotseling weer keurig op zijn oude plek zat.

Ze greep alles aan om niet gek te worden. Misselijk was ze, zoveel stress leverde dit op. Elke dag kwam er wel weer een of ander gênant detail over haar leven boven dat breed werd uitgemeten waar iedereen bij was. En Slater liet het maar begaan voor hij eindelijk een keertje zei: 'Ik zie hier de relevantie niet van in.' Het was overigens ook de eerste keer dat ze details te horen kreeg over Jacks affaire met die Maria. Afschuwelijk. Als je zijn medewerkers en zakenpartners mocht geloven – ze hoopte maar dat het de jury zou opvallen dat Jack geen vrienden had – waren Jack en Maria daadwerkelijk verliefd. Hoe kon dat nou? Dat mens was niet jong, ze was niet mooi, ze was niet rijk, ze had helemaal niks! Ze was gewoon van de straat!

Slater had haar aangemoedigd om te huilen waar iedereen bij zat. Tenminste, hij zei: 'Als u enige vrouwelijke emoties voelt opkomen, voelt u zich dan niet verplicht u in te houden.' Slater was toch zo'n zak.

Maar goed, ze kon niet huilen. Daar was ze veel te verbluft voor. Toen ze terugdacht aan die korte paradijselijke periode op Spyglass Island was ze oprecht gekwetst.

Jack haatte haar, maar ze wist dat hij toch ook niet zou willen dat ze naar de gevangenis zou gaan. Ze was met hem verbonden – al was het dus niet via een huwelijksgelofte – maar een band was er toch, en hij zou niet verbonden willen zijn met een crimineel. Daarbij was ze nog altijd de moeder van zijn dochter. Ze vond hem een monster, ze wist zelfs wel zeker dat hij dat was, maar toch wist ze dat hij dit niet zo had gepland. Hij was zelf verdomme bijna doodgegaan! Nee. Er was iemand anders. Iemand anders had die bom gelegd, niet om mensen te vermoorden, maar wel om flink wat schade toe te brengen. Wie het ook maar was die dit had gedaan, hij had zijn zin gekregen en zijn doel was heel precies bereikt.

Het was heet en bedompt in de rechtszaal – al die weerzinwekkende mensen die hun bacteriën uitademden in *haar* lucht – maar toch rilde Innocence.

Er was iemand die Jack haatte, en die zijn familie haatte, en die iemand had heel veel ongecontroleerde macht, want er kon nooit een mens bij Jack in de buurt komen. Geen van de vele vijanden die hij had gemaakt met het verraad van zijn wonderbaarlijke ontsnapping uit het Lloyd's-drama had hem ooit iets kunnen maken, al hadden velen het geprobeerd. Zijn rijkdom, zijn invloed, zijn legioenen *mensen*, zijn altijd aanwezige beveiliging – ex-Mossad, de allerbeste – al die indrukwekkende, ondoordringbare lagen die hem omringden, zorgden ervoor dat hij onaantastbaar was voor gewone mensen. Hij reisde alleen per gepantserde auto, hij at alleen in zijn eigen restaurants, hij sliep alleen in zijn eigen hotels, hij vloog alleen met zijn eigen vliegtuigen. Als hij een publiek evenement bijwoonde, dan liet hij zijn beveiligingsmensen de hele omgeving schoonvegen. Tegenwoordig kwam er geen mens die niet iemand was meer op spuugafstand van Jack Kent.

En toch.

Iemand had de intelligentie en de macht en de woede om daar allemaal doorheen te breken.

Iemand had hem weten te *pakken.*

De liefde van zijn leven was dood. De moeder van zijn kind stond terecht voor moord. Zelfs de meiden hadden eronder geleden. Claudia, die verloofd bleek te zijn *met haar biologische vader,* was zo goed als ingestort toen ze daar achter kwam. Hoe kon ze daar nu, in het licht van dit alles, zo zeker van zijn dat het puur toeval was? En met Emily was alles ook zo gruwelijk misgelopen. Die arme Emily met haar dromen over kastelen en die nu dan moeder was. Mijn god. Innocence had erop gestaan dat zij voor een nanny zou betalen, en een kraamhulp. Want in haar eentje zou Emily er niks van bakken; ze had geen idee, ze was nog maar zo'n klein meisje. Die mocht absoluut geen verantwoordelijkheid dragen voor een baby – die kleine engel, hij werd vandaag al een jaar! Natuurlijk zou er snel een eind komen aan dit mediacircus – het duurde nu al uren – en dan zou Innocence vrij zijn om direct naar het appartement op Ecclestone Square te gaan om haar kleinzoon op diens eerste verjaardag in de armen te sluiten.

'Het is vandaag een bijzondere dag voor George,' had ze tegen Emily gezegd. 'Ik wil niet dat je naar de rechtbank komt. Als ik ben vrijgesproken rijdt Charlie me wel naar je toe.'

Ze kon niet wachten.

Telkens als ze aan baby George dacht moest ze glimlachen. Helaas dacht ze zo vaak aan haar kleinzoon, vandaag een jaar oud, en aan wat hij van zijn verjaardagstaart zou vinden, dat ze de hele tijd zat te lachen toen de openbare aanklager een gruwelijke omschrijving gaf van Jacks vele verwondingen en de lugubere foto's liet zien van een verbrande Maria die nog maar een half hoofd had. Die stomme juryleden en die eikels op de publieke tribune hadden geschokt en vol afschuw gemompeld en Slater had haar een ferme por met zijn elleboog gegeven. Vlug zette ze haar ernstige gezicht weer op, maar het viel haar niet mee om dat vol te houden. Baby George, alweer een jaar! Het was het eigenaardigste dat haar ooit was overkomen. Ze vond kinderen afstotelijk, maar toch was ze stapelgek op dat kind.

Hij noemde haar La-La, die kleine dot. Wat een dropje. Hij had het perfecte woord bedacht in plaats van 'oma'.

Ze verbeet een grijns en probeerde op te letten. De openbare aanklager zeurde maar door over het Forensische Laboratorium in San Francisco. Bla, bla, bla, bewijs en analyse in de Unabomber-zaak, meest gerespecteerde onderzoekers ter wereld, kunnen een maximale hoeveelheid informatie halen uit de allerkleinste deeltjes springstof, stofdeeltjes, haar, radioactieve isotopen... gaap... en we doen dan ook een beroep op getuige-deskundige professor Zus-en-zo. Ze moest zichzelf knijpen om wakker te blijven. De professor was vijfenveertig, maar zo te zien knipte hij zijn haar nog steeds zelf met de keukenschaar. Hij zanikte maar door, over minuscule hoeveelheden olie die achterbleven op een vingerafdruk en die hem in staat stelden om de leeftijd van de verdachte vast te stellen, zijn dieet, en of hij rookte. 'Iedereen laat een biologische handtekening achter, en die kunnen wij onderzoeken.'

Ja, ja, applaus, applaus, en wat dan nog?

Een nieuwe verdachte.

Halleluja, dat betekende dat zij vrijuit zou gaan!

Iedereen strekte zijn hals terwijl een knorrige en ongeschoren man met handboeien om de verdachtenbank in werd geleid.

Gerry. Haar *broer*! Die vuile boef! Die godvergeten loser! Ze staarde hem aan – ze hallucineerde, dat kon niet anders. Ze had hem al zeker vijftien jaar niet meer gezien of gesproken. Nee, dat was niet helemaal waar. Hij had een keer contact opgenomen, om haar te chanteren – hij dreigde haar criminele verleden uit de doeken te doen – maar toen had ze hem hartelijk uitgelachen. 'Het is al te laat, snoes. Ik ben onaantastbaar. Dus kruip maar vlug je hol weer in. *Ciao!*' Wat hij hier ook kwam doen, het beloofde niet veel goeds. Zijn rattenkop droop van de weerzin, maar in die sluwe oogjes van hem zag ze de triomf, en ze wist: ik ga eraan.

Hij biechtte alles op. En het forensisch bewijs onderstreepte wat hij zei. Hij had de bom geplaatst – op bevel van zijn zuster. Die had hem drie miljoen pond betaald, handje contantje.

'Hij liegt,' stamelde ze tegen Slater. 'Het is van a tot z gelogen. Iemand heeft hem betaald – maar niet ik. Ik word erin geluisd.'

Ze wilde gillen en schreeuwen, maar ze was met stomheid geslagen van de schok. Wie luisde haar erin. *Wie?*

Slater keek haar vol spijt aan.

En nu... uren... minuten... seconden later, stond de voorzitter van de jury op, en schraapte zijn keel. Ze keek naar de bank waarop al haar advocaten zaten. Ze zaten er stuk voor stuk stijf en ernstig bij, met bezorgde, zelfingenomen tronies. Ze konden toch zeker wel iets *doen*?

Ze zag een druppel zweet van Slaters oor in zijn hals vallen.

'En in de zaak van Tomkinson tegen Ashford...' Ja, ja, schiet nou maar op... 'achten wij de beklaagde schuldig op alle punten.'

Het woord 'schuldig' dreunde nog lang na in haar oren en ze lachte schaapachtig omdat ze het niet kon geloven.

Vanaf de publieke tribune klonken verrukte kreetjes en snikken, want daar zat Mollies moeder dik en belachelijk te wezen met haar kitscherige zwarte sluier. Ze ving een glimp op van Claudia, die daar stil en zwijgend tussen de chaos zat te schudden met haar hoofd. Die avond stond er in de krant een artikel met de kop: INNOCENT? DACHT HET NIET!

Vierentwintig uur later, op weg naar de Greygates-gevangenis, zonder dat ze haar kleinzoon en zijn verjaardagstaart had kunnen zien, kon ze het nog steeds niet geloven. Maar toch was het zo. Sharon Marshall, ook bekend als Innocence Ashford, was veroordeeld voor de moorden op Mollie Tomkinson en Maria Radcliffe, en de poging tot moord op Jack Kent, en ze was veroordeeld tot een straf van vijfentwintig jaar, zonder voorwaardelijke vrijlating.

VIJF JAAR LATER, 2004

SUNDAY TIMES MAGAZINE: EXCLUSIEF INTERVIEW

Innocence Ashford, vrijgesproken van alle tenlasteleggingen, spreekt:
'Mijn tijd achter de tralies'

Het kauwgomroze haar is terug, net als de pose. 'Ik ben weer vrij, goddank,' zegt Innocence Ashford terwijl ze een Marlboro opsteekt en de rook volgt die opstijgt naar het hoge plafond van haar weelderige huis in Hampstead. Ze huivert, ook al lijkt haar gladde voorhoofd niet in staat te fronsen. 'Je hebt geen idee hoe het voelde om daar weg te kunnen. Ik zou het kunnen vergelijken met hoe gelukkig ik was op mijn trouwdag – maar dan zou ik liegen.'

'Daar' is Hare Majesteits Strafinrichting Greygates, een grote gevangenis in een victoriaans gebouw, waar vijfhonderd gevangenen zijn ondergebracht – en waar Innocence een traumatische periode van vijf jaar doorbracht in een cel van twee bij drie – 'dat kienen ze zo uit, schat, nog smaller en je wordt knettergek'. Ten onrechte was zij veroordeeld voor de bomaanslag die de uit de gratie gevallen hotelmagnaat Jack Kent ernstig verwondde en waarbij de achttien jaar oude filmster Mollie Tomkinson zo tragisch om het leven kwam. Die 'trouwdag' waar Innocence nu met een grimmig lachje aan refereert, was de dag, vierentwintig jaar geleden, waarop Kent deed alsof hij met haar in het huwelijk trad.

'Schat, ik had geen idee!' roept ze uit. 'Ik was verliefd op die man.' Ze kwam er pas achter dat haar zogenaamde echtgenoot haar had voorgelogen, en later in het huwelijk was getreden met zijn minnares, Maria Radcliffe, – die ook omkwam bij genoemde bomaanslag – en dat hij haar uit zijn testament had geschrapt, toen ze zes jaar geleden werd beschuldigd van de moorden. Kennelijk was haar verbittering voldoende motief.

Ze ligt languit op een met amethistkleurige wol beklede bank en snoept edamameboontjes. Ze lacht hard, maar haar blauwe ogen staan ernstig. 'Ik heb zijn geld niet nodig. Ik heb mijn eigen geld. Élite Retreats is de meest succesvolle hotelketen op de hele planeet. Ik heb zoveel geluk met mijn mensen. Ze hebben de zaak perfect gerund tijdens mijn... afwezigheid.' Er valt een veelbetekenende stilte terwijl de butler thee schenkt. Miss Ashford sopt haar kaakje in haar kopje van Wedgwood Jade en rolt gelukzalig met haar ogen. 'Die zaak was van meet af aan te belachelijk voor woorden,' verklaart ze op scherpe toon. 'En ik bedank mijn team juristen en de getalenteerde mensen van het forensisch laboratorium in San Francisco werkelijk uit de grond van mijn hart dat zij nieuw bewijs hebben gevonden waardoor ik uit die hel kon worden bevrijd.'

'Ik vind het wel vreselijk dat Ger,' haar stem trilt, 'vond dat hij geen andere keuze had dan zichzelf van het leven te beroven.' Ze springt op, en aait verdrietig over een grote hengst van Swarovski-kristal, die staat te steigeren op een tafeltje van massief walnotenhout. 'Maar hij heeft natuurlijk ook wel echt iets heel ergs gedaan door zich te laten omkopen om mij te beschuldigen... zijn afscheidsbrief was hartverscheurend. Of hij de hand aan zichzelf heeft geslagen omdat ze hem hebben belazerd? O, je bedoelt omdat ze het geld nooit naar hem hebben overgemaakt?'

Miss Ashford is even in gedachten verzonken. Ze loopt terug naar de bank, neemt met trillende handen nog een slok van haar thee, en zet het kopje dan aan de kant zodat ze haar handen in haar schoot kan leggen. Ook al doet ze haar best het te verbergen, het is duidelijk dat ze kapot is van de dood van haar broer. 'Nee,' zegt ze uiteindelijk. 'Ik weet zeker van niet. Ondanks alles was hij een fatsoenlijke man. Ik denk dat hij er stuk van was mij zo te hebben verraden. Had hij nu maar de naam onthuld van de kwaadaardige geest die hem hierbij heeft betrokken – het is heel beangstigend om geen idee te hebben, maar ik denk dat hij te bang was. Zeg, engel, heb je ook zo'n zin in een mandarijntje? Pascal! De mandarijnen. Dat is ook wat, hoor, om geen fruit meer te kunnen eten. Andere gevangenen bouwden een sigarettenschuld op, en ik een tomatenschuld. Mijn hemel.'

Ze is in het echt verbazend klein, met verfijnde jukbeenderen, kleine voetjes en een klaterende lach. Ze zegt dat ze in de gevangenis de lunch steevast oversloeg, omdat ze de energie toch niet nodig had. Het is donderdagochtend, elf uur, en ze ziet er fantastisch uit in een vintage paarse jurk van Armani en met zilveren hakjes van Miu Miu. Een met diamanten omringde smaragd ter grootte van een mussenei glinstert om haar hals.

'Ik heb altijd plezier gehad in mode,' zegt ze tevreden terwijl ze een partje mandarijn oppeuzelt dat Pascal voor haar heeft ontveld. 'Maar nu weet ik het helemaal te waarderen.'

Ze kijkt om zich heen in haar zitkamer – die is zo groot als een gymnastieklokaal (daar heeft ze er ook een van in haar huis, en een hele vleugel voor het personeel, en een 'inpak'-kamer voor cadeaus). De inrichting is ironisch kitsch. Er hangen enorme kroonluchters aan het plafond, de witte vloerkleden zijn dik en donzig, en aan beide zijden van de deur staat een levensgroot paar porseleinen jaguars op wacht. Er is een kamerscherm in de stijl van Lodewijk XVI met verguldsel en tuintafereeltjes versierd, misschien om de tocht tegen te houden.

De hele kamer staat vol met spulletjes: een prachtig Italiaans kistje beschilderd met groene blaadjes, bloemen en verguldsel vormt de sokkel voor een met diamanten bezette Eiffeltoren; een porseleinen schaal met porseleinen vruchten en porseleinen groente; een stel kristallen urnen met deksel en verscheidene handbeschilderde emaillen sierdoosjes bezet met edelstenen en piepkleine vogeltjes die elkaar in de vlucht lijken te kussen.

In het midden van de kamer staat een enorme troon in renaissancestijl, bekleed met paars en goudkleurig fluweel. Eentje maar.

De salontafels zijn uit ebbenhout gesneden, en aan de andere kant van de ruimte onder een rijkelijk bewerkte gouden spiegel bevindt zich de grootste schouw van Italiaans marmer die ik ooit heb gezien. Er brandt een vuurtje in, ook al schrijven we eind augustus.

De buitenmuur is helemaal uit glas opgetrokken. Hierdoor hebben we uitzicht over haar eindeloze gazon, haar pornografische buxusstruiken – 'Ach kind, ik zeg gewoon tegen mijn kleinzoon dat de mevrouw in de heg een vriendje op haar rug heeft om paardje te rijden' – rosaria, pagodes en een verwarmd zwembad van olympische afmetingen.

Hoe heeft ze zich kunnen redden in het contrast met haar eigen dagelijks leven? 'Dat viel ook niet mee. Ze hebben een strak regime, daar in Greygates, en sommige cipiers waren nog erger dan de gevangenen zelf. Ik vond het bijvoorbeeld niet zo prettig dat ze mijn celgenote, Sarina, voor "Paki" uitmaakten. Nog los van het feit dat je mensen niet hoort uit te schelden, het mens komt uit China! Het was walgelijk. Maar als je er tegen in opstand kwam, zoals ik – ik pik het niet als mensen mijn vrienden zo behandelen – dat werd je in de isoleer gegooid. We werden vaak als beesten behandeld. De luchtplaats – zo groot als mijn wc – was omgeven door granieten muren en prikkeldraad, en de cipiers noemden het "de stal". Ze kijkt ernstig. 'Alsof we varkens waren. Het disciplineprobleem heeft niets te maken met de gevangenen. Los van de havermout die we voor het ontbijt kregen, die echt verschrikkelijk lekker was, was het eten er om te janken. Onverteerbaar en veel goedkoop vlees. Er waren avonden dat we met zijn allen televisie mochten kijken, maar dat werd soms zonder opgaaf van redenen geschrapt. Kun je je voorstellen? Dan zit je dus echt drieëntwintig uur per dag op je cel. Bovendien was het voor sommige van de gevangenen echt onmogelijk om een keer te bellen.

'Ik? O, ik had er verder geen problemen. De meiden hebben me erg geholpen. In het begin was er wel wat gedoe, maar daar heb ik meteen korte metten mee gemaakt. Ik hou niet van geweld, maar je moet wel voor jezelf opkomen. Bovendien werkte ik hard – als schoonmaakster. Ik ben er nooit vies van geweest mijn handen uit de mouwen te steken – en ik heb een afschuw van viezigheid. Toen ik voor het eerst op de C-vleugel aankwam, gebruikten ze nog emmers als wc. Godzijdank is de inspectie langsgekomen, en die heeft daar een eind aan gemaakt. Dus nu zijn er fatsoenlijke plees. Bovendien lag de gemeenschappelijke ruimte vol met afval. Ik vond het fijn om daar eens lekker huis te houden. Dat gaf me een gevoel dat ik de zaak onder controle had.'

Miss Ashford drukt haar sigaret uit en slaakt een zucht. 'Je wordt er wel dankbaar van,' verklaart ze terwijl ze een pas gemanicuurde hand over de fluwelen bank laat glijden. 'Ik ben dankbaar voor een lekker bed, een kussen voor je hoofd; ik ben dankbaar dat ik door mijn tuin kan wandelen en de geur van een roos op mag snuiven. Als je van je privacy en je vrijheid beroofd bent geweest, dan zie je de wereld in een heel ander licht.'

Gemiddeld verdienen de gevangenen in Greygates vijf pond per week. Miss Ashford verdient met haar bedrijf 45 miljoen pond per jaar. Heeft haar verblijf in Greygates haar kijk op geld ook zo veranderd?

'Het winkeltje daar was zo duur! Ik kijk nu zeker met een milder oog naar de prijzen bij Harrods. Je kon de dingen die je echt nodig had natuurlijk ook in de kantine bestellen – maar dan kreeg je geen topkwaliteit, uiteraard. Hoe ik het heb gered? Door de Bijbel te lezen. Door te bidden. Door me in te beelden dat ik in Malibu op het strand was. Je moet je spiritueel wapenen om voldoende veerkracht op te kunnen brengen. Het had geen zin te hopen dat de faciliteiten werden verbeterd; als je vanbinnen sterk was had je daarbinnen rust. Sommige medegevangenen vulden verzoekschriften en klachtenformulieren in, maar dat heb ik zelf maar laten zitten toen ik een keer zag dat ze er eentje voor mijn ogen in stukken scheurden.'

Koestert ze wrok? 'De gevangenis berooft je van zoveel dingen: je vertrouwen in mensen, om maar eens wat te noemen. Ik ben zo schrikkerig als een kat geworden. Ik heb mijn personeel moeten verbieden om achter me te komen staan. Je hebt misschien wel gemerkt dat ze allemaal belletjes dragen: een tijdelijke maatregel tot ik me er weer gerust onder voel. Maar je moet niet stilstaan bij het verleden. Ik concentreer me op de toekomst, en ik hoop dat ik de wijsheid die ik heb opgedaan kan aanwenden om anderen te helpen. Ik moet het positieve benadrukken, want anders zou ik gek worden. Want ik heb natuurlijk de mooiste jaren met mijn kleinzoon moeten missen. En ik heb de geboorte van zijn kleine zusje moeten missen – mijn schat van een kleindochter, Molly. Ze kennen mij niet, en dat doet me veel pijn. Ik had mijn dochter graag willen bijstaan aan het begin van haar moederschap.

'Ik heb er niet kunnen zijn voor mijn stiefdochter Claudia, die aan een bipolaire stoornis lijdt... Of hoe heet dat ook alweer als je van een krankzinnige depressie omzwaait naar een idioot soort van high? Enfin, een of andere geestesziekte, die arme dot. *Entre nous*, ook niet echt heel veel mazzel met de mannen, dat kind. Een jeugdvriend van haar is onlangs getrouwd; op hem was ze altijd heimelijk verliefd. Ik weet wel dat ze waanzinnig jaloers – ik bedoel, verdrietig was. Maar ze houdt zich zo kranig. Ze ploetert maar door, en ze schrijft haar artikeltjes over koolsoepdiëten en dat soort zaken – echt heel nobel. Maar ja, familie is belangrijk, hè. Het is je basis, en zonder mij als haar anker vrees ik dat ze maar wat doelloos zou ronddobberen.'

Er klinkt zacht gegrom aan mijn voeten, en een felroze shih tzu plast tegen mijn enkel. 'Baby! Stoute meid! Nog een geluk dat je laarzen van plastic zijn en niet van leer. Ach jee, ze heeft me zo gemist. Ik heb een speciale dierenverzorger voor haar ingehuurd toen ik weg was, maar dat was toch niet hetzelfde, hoor. Ze is als een dochter voor mij en ze doet nu erg moeilijk. Ik denk dat ze getraumatiseerd is door mijn afwezigheid.'

Is Innocence zelf getraumatiseerd? Ze glimlacht. 'Zoals je weet ben ik afgelopen zondag in de kerk geweest. Het was belangrijk voor me, bidden. Wie aan God geeft, krijgt er veel voor terug. En ik ben gevoeliger dan de meeste mensen denken. In het begin had ik paniekaanvallen. Die ruimte is ook zo ontzettend klein. En de stalen brits is zo oncomfortabel, en de deken zo... goedkoop. Als je naar de wc ging had je geen enkele privacy – uiterst vernederend. 's Nachts had ik het ijskoud. En ik ben niet dol op muizen en vlooien. Bovendien kon ik in het begin niet slapen door al dat lawaai. Mensen die op de muren ramden, en dat geschreeuw. De bewakers die de hele tijd maar met enorme metalen deuren liepen te smijten – dat doen ze expres, ik weet het zeker – en vaak hoorde ik mijn medegevangenen gillen.'

Ze aarzelt even, en haar lip begint te trillen. 'In het begin – ze dachten immers dat ik schuldig was aan moord – stopten ze me in een cel met een moordenaar. Dat vond ik toch wel zo ontzettend. Ze heeft zelfs nog opgebiecht, in zekere zin. Ik weet niet of ze dat deed om me bang te maken, maar dat is haar dan gelukt. Ze had een liefdesrivale doodgestoken. "Ik zou het zo weer doen, alleen maar om die angstkreet van haar te horen." Ik geloof niet dat ik ooit in mijn leven zo bang ben geweest.'

Innocence dept haar enorme blauwe kijkers met de achterkant van haar hand, en ze neemt een slok van haar ijskoude Badoit. 'Gelukkig, voor mij tenminste, is dat mens naar een andere gevangenis overgebracht.' Ze zwijgt en schudt haar hoofd. 'Ik heb enorm veel kracht geput uit mijn familie en de brieven die ze me stuurden. Met name mijn schoonzoon, burggraaf Chateston, heeft voortdurend contact onderhouden.·En uiteraard' – ze klapt in haar handen – 'heeft me vooral zo goed gedaan: Jacks verbluffende herstel.

'Toen ik werd veroordeeld, was hij net weer bij bewustzijn, maar toen wisten ze nog niet of hij ooit weer zou kunnen lopen. En nu, nou ja, het lijkt wel alsof er nooit iets is gebeurd. Emotioneel gezien blijft hij natuurlijk wel altijd een beetje gek – dat komt doordat een bepaald deel van zijn hersenen is aangetast, zeggen de dokters – maar ja, die kenden hem daarvoor niet!

'Wat? Ach, dat is toch allemaal onzin, door de pers verzonnen. Het is vergeven en vergeten. We zijn dikke vrienden, echt heel dol op elkaar. Daarom is dit ook allemaal zo krankzinnig! Hij was de eerste die ik heb gezien, na mij stylist, dan – enfin, ik werd praktisch verblind door al die flitslichten. Ik zoek de aandacht nooit – ik ben erg op mezelf – maar ik respecteer het publiek wel. En als je een publieke figuur bent, en ze hebben altijd achter je gestaan, want dat was zo – ze zijn dol op mijn hotels en dat betekent voor mij persoonlijk zoveel. Dan heb ik het dus niet over het zakelijke, hè – dus ja, dan ben je het ze wel verschuldigd om een klein beetje met ze te delen van je wonderbaarlijke leven, zowel het mooie als het minder mooie.

'Maar inderdaad, ik ben bij Jack op bezoek geweest. Sorry? Nee, zeg! Ik heb hem verboden om mij in de gevangenis op te zoeken. Ik heb al mijn familie verboden om daar te komen. Claudia is een keer op bezoek geweest. Het was ontzettend pijnlijk om haar te zien, met die geur van buiten om haar heen. En mijn kleinzoon wilde ik een dergelijke herinnering al helemaal besparen. Kinderen hebben niets te zoeken in een gevangenis. Daar ben ik heel duidelijk in geweest.'

Innocence Ashford glimlacht in de richting van een gouden tafeltje met daarop – naast een fles van kobaltblauw glas met Innocence' eigen portret daarin geëtst – talloze zilveren lijstjes met foto's van haar kleinzoon George en de kleine Molly, en hun stralende ouders – want Tim en Emily Fortelyne zijn een heel gelukkig gezinnetje. 'Geweldig, toch? Iedereen had een grote mond, omdat ze nog zo jong waren, maar Emily weet altijd precies wat ze wil. Het is een ongelofelijk intelligente meid. Dat ziet zelfs de graaf nu wel in.

'Zo.' Ze leunt voorover. 'Ik heb nu een afspraak met een organisatie die liefdadigheidswerk doet in gevangenissen. Ze doen zulk goed werk en als ik hun kan adviseren of fondsen voor hen kan werven... Kan ik verder nog iets voor jou doen? Wil je misschien nog iets warms eten voor je weggaat?'

Ik verzeker Innocence dat ik verder niets nodig heb en ze kust me hartelijk op beide wangen. 'Het was erg leuk om je te ontmoeten,' zegt ze, en ze grijpt me met opmerkelijk veel kracht bij de schouders. 'Ik heb er enorm van genoten. Ik ben bang dat ik uren achter elkaar heb zitten babbelen. Bel gerust mijn assistent Jamie – die zal je meteen met me doorverbinden – als je verder nog iets wil vragen.'

Ze brengt me persoonlijk naar de deur, en wuift de butler weg. Dan sta ik op de marmeren trap bij haar voordeur, en staar ik in het wezenloze gezicht van een stenen leeuw, ademloos en totaal niet onder de indruk van onze ontmoeting. Haar charme is hypnotiserend, haar gebrek aan zelfmedelijden verbluffend. Lezer, ik zeg u, hij had gewoon met haar moeten trouwen!
©Sunday Times Ltd

CENTRAL PARK, NEW YORK, 2004

Innocence

Innocence neuriede bij zichzelf terwijl ze gracieus over de ijsbaan zwierde, *zoef, zoef.* Haar witte schaatsen sneden met een plezierige snelheid over het ijs. De koude lucht beet in haar huid en deden haar ogen tranen, en ze schaatste nog harder, genietend van de wind in haar roze haar, lachend voor de camera's, lachend naar de helderblauwe lucht, lachend naar de stad. Van hieruit leken de gebouwen compact, hoog en machtig maar niet te dichtbij: net vriendelijke reuzen die haar van een afstand bewaakten.

Die gek van de krant was er met boter en suiker ingestonken. Haar interview met Oprah was ook al zo'n succes. Ze deed heel nederig, vergevingsgezind, een beetje bang nog, maar toch vol goede moed. Ze had foto's van haar kleinkinderen laten zien, en ze had een traantje weggepinkt; ze had moed betoond. Ze had uitgelegd waarom ze New York had uitgekozen voor haar Coming-out Party: het was de stad die begreep wat het was om te lijden, die spirit toonde onder de meest erbarmelijke omstandigheden. Het was bovendien de stad die symbool stond voor de vrijheid. Ze was nog steeds een beetje gebutst door het Britse 'rechtssysteem'.

Het feest zou die avond in de Apple Core plaatsvinden. Maar eerst had ze met de familie een fotomoment georganiseerd voor de pers, op de ijsbaan in het park. Hoewel het haar niet groot genoeg kon zijn, was deze Coming-out Party een klein feestje: hooguit een stuk of duizend gasten. Kaartjes kostten drieduizend dollar – behalve dat van Jack, want dat kostte het tienvoudige – en uiteraard ging de volledige opbrengst naar de slachtoffers van 9/11.

Het was een exclusief feest voor een select gezelschap, en de elektronische scanners bij de ingang waren het nieuwste van het nieuwste. Ze wilde een 'knalfuif', maar het idee van die mensenmassa deed haar huiveren. Ze was bang om door iemand gepakt te worden. Onzin natuurlijk – dat was in de gevangenis ook nooit gebeurd, dus waarom nu wel? Maar ze kon haar angst niet wegredeneren; de angst dat er iets zou gebeuren was even erg als de daadwerkelijke gebeurtenis. Heel gek, dat ze zich in de buitenwereld minder veilig voelde dan toen ze nog vastzat.

Ze trok haar mantel van witte tijgerpels – 'Natuurlijk is die nep' had ze tegen die zwerver van de *Washington Post* gezegd' – nog wat steviger om zich heen, en draaide een pirouette. Er klonk applaus. Ze glimlachte, stak haar hiel in het ijs en sloeg haar hand voor haar mond alsof ze haar gegiechel wilde onderdrukken. Wat ze het meest had gemist in de gevangenis was het verlies van haar status, en dat niemand haar waardeerde of stroop om de mond smeerde. Het was fantastisch dat mensen zich weer zo voor haar uitsloofden.

Het was een heel basale menselijke behoefte, dat anderen zich voor je uitsloven. De Amerikanen begrepen dat een stuk beter dan de Engelsen. De Engelsen waren veel te druk met waardigheid en wilden nooit voor patserig doorgaan. Amerikanen wisten tenminste hoe je een prestatie moest vieren; succes was hier geen schande. Ze zou veel meer van haar tijd op het platteland gaan doorbrengen; ze zou veel vaker in die heerlijke woning in de Hollywood Hills zijn. Nu ze weer op vrije voeten was, snakte ze naar de buitenlucht, naar ruimte, naar zon en zee, naar de bergen en naar enorme ordinaire auto's.

Claudia schaatste treurig haar rondjes. Ze leek vandaag wel heel ongelukkig en gespannen. Ze bleef maar over haar schouder kijken. Zo iemand moest je er eigenlijk niet bij hebben op een fotoshoot. Nu Alfie met die paardenbek was getrouwd, liep ze de hele tijd maar met haar staart tussen de benen. Ze was ook nooit de schok te boven gekomen dat ze verliefd was geweest op haar bloedeigen vader – die idioot!

Ze glimlachte toen Emily en Timmy haar voorbij schaatsten, met George tussen hen in. De nanny en de kleine Molly stonden langs de kant te zwaaien. Ze was trots op Emily. Het was een slimme meid. Ze had het voor elkaar gekregen om het lievelingetje van de Britse pers te worden; ze had het aantal interviews dat ze gaf drastisch teruggesnoeid, maar toen Molly werd geboren had ze een prachtige fotoserie *gratis* aan alle kranten- en tijdschriftenredacties gestuurd. Nu Timmy was afgestudeerd in de kunstgeschiedenis en in een galerie in Chelsea werkte en nu ze tenminste weer kans had om ooit op een kasteel te kunnen wonen, had ze zichzelf bij de kladden gegrepen.

Emily had haar eigen parfum gelanceerd, haar eigen kledinglijn ontworpen (oké, wel voor een winkelketen, maar ze had nu eenmaal niet te kiezen), en ze was zelf model voor haar ontwerpen. Verder had ze haar naam geleend aan de modepagina in een van de chiquere maandbladen. Er was zelfs sprake van dat ze een dressing op de markt zou brengen, maar die onderhandelingen waren nog maar in een pril stadium.

Met tegenzin moest Innocence toegeven dat ze onder de indruk was van de overlevingsdrang van haar dochter. Emily had elke cent terugbetaald die Innocence haar had geleend, zelfs nog voordat die achter de tralies verdween. Waarschijnlijk rekende Emily altijd nog op een flinke erfenis, maar het was toch een mooi gebaar. Ze vermoedde dat Emily nog steeds woedend was op haar familie – op Jack omdat Claudia zijn lievelingetje was en op Claudia om diezelfde reden – maar nu ze niet langer financieel aan de grond zat, hield ze die woede stevig onder controle.

Innocence vond stiekem dat Emily behoorlijk was opgeknapt van een beetje armoede. Ze ging er niet meer van uit dat andere mensen alles wel voor haar regelden.

Waar was Jack trouwens? 'Angst voor slechte pr' was iets geweldigs. Het had hem gedwongen op het vliegtuig te stappen en om het spelletje mee te spelen dat ze zo'n gelukkig gezinnetje waren. O, daar had je hem, in een zwartleren jasje. Jeetje, zo was hij net George Bush die hip probeerde te doen.

'Jack, lieveling, kom eens bij me op het ijs!' riep ze, en ze trok een brede grijns toen alle cameralenzen zijn kant op zwaaiden.

Hij lachte met moeite, en zijn beveiligingsmensen kwamen dicht om hem heen staan. 'Ik zou wel willen, schat,' brulde hij terug, 'maar ik geef de voorkeur aan mannensporten. Ik hou niet van dat getut op het ijs. Bovendien moet ik me dan zo stevig aan je polsen vasthouden dat je straks nog denkt dat je weer terug bent in de nor!'

Ze probeerde geamuseerd te klinken, maar dat lukte haar niet. 'Ach, kom op, man. Je lijkt wel een oud lijk! Zo erg is die reuma van je toch ook weer niet? Kom, één rondje maar. Ik vraag je toch niet om met me te trouwen of zoiets?'

Hij stak zijn middelvinger naar haar op. Er werd druk geklikt. *Verdomme*. Dat was het probleem met zo'n beschadigde voorkwab. Hij was onberekenbaar. Hij had geen idee meer wat sociaal door de beugel kon en wat niet. Emily was totaal overstuur, zo had ze aan de *Mail on Sunday* verteld, dat hij een kaart aan zijn kleindochter had gestuurd op haar eerste verjaardag waarop alleen stond 'Gefeliciteerd lieve Molly, veel liefs, Jack'. Zelfs de graaf had zijn secretaresse nog met 'opa' laten ondertekenen.

Innocence trok een wenkbrauw op en stapte charmant van het ijs. Patrice stond meteen klaar met warme chocolademelk en een sigaret.

'Dank je, snoes.'

Ze schreed naar Jack en ging naast hem zitten. 'Wat word jij snel oud, zeg,' mompelde ze innig glimlachend in zijn oor.

'Dat wit maakt je dik,' antwoordde hij, en hij woelde door haar haren. Hij wist dat ze het niet kon uitstaan als iemand aan haar kapsel zat.

'Ik heb medelijden met je, want je bent een weduwnaar en een invalide,' zuchtte ze terwijl ze over zijn voorhoofd aaide. 'Maar ja, je hebt al in geen zes jaar seks gehad – tenminste niet zonder ervoor te hoeven betalen – dus dan snap ik best dat je een beetje chagrijnig bent.'

Hij bulderde van het lachen, maar tot haar genoegen klonk het nogal geforceerd. 'Spreek voor jezelf, vetklep,' fluisterde hij, en hij gaf een vriendschappelijke klap op haar knie die behoorlijk hard aankwam. 'Of heb je een paar heroïnehoertjes gevonden om mee te spelen, daarbinnen?'

Ze lachte uitbundig, met haar handen om haar hals geslagen, ook al had ze die op dat moment liever om de zijne geslagen. Ze schudde haar kapsel (dat niet bewoog) en zei: 'Je weet toch dat je met mij alle kanten op kan in bed?' Ze glimlachte. 'Het zou ontzettend dom zijn om alleen op mannen te vertrouwen, voor wat dan ook. Waarom zou je je zo laten beperken in je keuzes?' Stilte. 'O sorry, ik vergeet helemaal dat jij totaal geen keuzes hebt.' Ze knipoogde. 'Kom. Laten we leuk doen voor de pers, en dan mag je straks misschien een keertje meekijken.'

Ze stond op en knikte naar Jamie, die in zijn handen klapte. 'Gasten die vervoer nodig hebben naar de Apple Core mogen deze kant op komen,' kondigde hij aan. New York kende een aantal gruizige tradities en die stinkende paardenkoetsen die in Central Park rondhingen waren nog wel het ergst. Innocence kon niks stuitenders bedenken dan voortgetrokken te worden onder een vlooiendeken door een ruftende pony wiens kont zich maar een paar centimeter van jouw gezicht bevond. En dus had ze alle koetsjes afgehuurd om haar familie en andere schaatsers naar het feest te brengen. Zelf zat ze in een pompoen van roze glas, voortgetrokken door vier witte hengsten. *God bless America!*

In tegenstelling tot Jack wist Innocence prima hoe je een feestje moest bouwen. Met karaoke. Tuurlijk, er was ook andere muziek. Alle popsterren van het moment waren over elkaar heen gebuiteld om hun diensten aan te bieden vanwege het liefdadigheidsaspect – mijn god, wat waren die lui toch doorzichtig. Dus had ze een paar van hen toestemming gegeven om wat van hun liedjes te komen zingen. Justin leek haar ook best een lieve jongen, en het kon geen kwaad, maar al die muziek vond ze eigenlijk niks. Het was een enorm compliment dat Abba voor één keer bijeen was gekomen voor deze gelegenheid. Maar zou dat haar niet erg oud doen lijken? Waren de Spice Girls nou nog maar bij elkaar.

Ze vond het leuk, zo'n fijne verkleedpartij. Audrey Hepburn kon de pot op – haar stijlicoon was P. Diddy, een man die niet bang was voor een mooie bontjas en een prettige diamant. Een van de afschuwelijkste dingen van het gevangenisbestaan was wel dat ze gedwongen was om goedkope, kriebelende, foeilelijke kleren te dragen, *net als iedereen*. Nu ze weer vrij was kon ze de haute couture weer inzetten als barometer voor haar rijkdom en status; ze kon boven het schorriemorrie uitstijgen door dingen als een bodystocking van roze mohair die Karl Lagerfeld speciaal voor haar had ontworpen. Zo was ze tenminste echt onnavolgbaar.

Vanavond droeg ze een nauwsluitende Dior-jurk van roze satijn, met blote schouders, bezet met glimmertjes, steentjes en edelstenen die alleen al goed waren voor zo'n veertigduizend pond (Galliano was ook zo'n ontwerper die hield van uitspattingen, ze verafschuwde krenterigheid) en verder een diamanten tiara en roodsuède pumps van YSL, met een bandje over de wreef. Ze genoot van dat sensuele gevoel van dure couture op haar huid. Trouwens, nu ze vrij was werd ze zo ongeveer *overal* geil van.

Wat ze tegen Jack had gezegd klopte ook echt – ze had inderdaad een paar wijven gehad, in de bak. *Girl power*, weet je wel. Maar er kon toch niets op tegen een fijn pikkie. Zoals altijd vond ze Jacks vijandige houding opwindend, hoewel het ook best hielp dat hij zijn oude spieren weer helemaal terug had. Zijn fysiotherapeut verdiende een medaille voor de diensten die hij hiermee had bewezen aan de vrouw in het algemeen. Een van de weinige keren dat ze had gelachen, in de gevangeis, was toen ze een krabbeltje van Emily had ontvangen, die enorm lui was als het om communicatie ging, waarin ze vol afschuw schreef over hoe haar vaders benen erbij hingen onder zijn ziekenhuisjurk. 'Zijn linkerbeen lijkt wel vergaan. Jasses!'

Maar nu, na een streng regime van pilates en fysiotherapie en magere eiwitten, zat elk spiertje weer keurig op zijn plek. Wat had je aan een vent met hersenen? Innocence deed haar best niet te schaterlachen. Misschien dat ze hem wel mee zou lokken naar het penthouse. En als ze ervoor in de stemming was, zou ze dat ene domme blondje uitnodigen om mee te doen. Achtentwintig was dat wicht, met blond haar en donkere wenkbrauwen, verbijsterend achterlijk, niet al te dun, kom, hoe heette ze ook weer... Muffy... Buffy... Fluffy? Innocence kon het zich niet meer herinneren. Het was in elk geval iemand die je dolgraag een lesje wilde leren in bed.

En Innocence was in de stemming om klappen uit te delen.

Ze stond op het balkon om haar welkomstspeech te houden, en ze keek de zaal door. Alles was perfect in orde. De kaviaar was ingevlogen vanuit Petrossian Paris op Robertson Boulevard in LA. Wat je van ver haalt is lekker. De *strawberry margarita's* waren subliem. De nieuwe kroonluchter van Baccaratglas gaf de zaal iets betoverends. Alle gasten waren stuk voor stuk schitterend uitgedost. Maar toch was ze rusteloos. Er hing een bepaalde spanning in de lucht die haar bij de keel greep, en ze wist precies waar dat vandaan kwam. Ze draaide zich met een ruk om.

Claudia, die daar zat te mokken op een stoel. Dat stomme kind had een kop waar de melk spontaan zuur van zou worden.

Ze merkte dat het was stilgevallen in de zaal, en dat mensen vol verwachting omhoog stonden te kijken, met een enigszins verwarde glimlach.

Vlug zette ze haar heilige blik weer op. 'Welkom,' kirde ze toen Patrice haar de microfoon had overhandigd. 'Welkom en dank jullie wel. Bedankt dat jullie zijn gekomen. Jullie vrijgevigheid en jullie steun betekenen zoveel voor – voor mij, en voor de mensen van New York.'

Ze moest proberen om ook nog de woorden 'moedig' en 'spiritvol' te laten vallen, als dat laatste tenminste een woord was; misschien dat ze dan die tut van de *Washington Post* ook nog wist te bekoren.

'Ik denk dat er maar heel weinig mensen onder ons zijn die geen verdriet en tragedie kennen. Wat onze status ook moge zijn, en wat we ook op de bank hebben staan, wat voor kleren we ook dragen, wat voor auto's we ook rijden, wat voor huis – of huizen – we ook bewonen, het verlies van een dierbare – tijdelijk of voorgoed – is iets wat ons allemaal zal treffen. Maar laten we vooral niet bitter zijn! Laten we vooral onze zegeningen tellen. En laten we ons realiseren dat wie liefheeft daarvoor de prijs van het verlies ooit zal moeten betalen, maar we kunnen hoop putten uit het feit dat we tot liefde in staat zijn, en dat we levensmoed voelen in onze harten. Laten we onze spirit niet verliezen! Laten we... spiritvol blijven. Vanuit die gedachte wil ik jullie vragen om deze avond te dansen, te eten en te drinken. Vier het leven! Geniet van het mooie om je heen, van al die wonderbaarlijke geschenken die het leven ons biedt, al weet je dat er ook minder mooie dingen zijn. En nu we het daar toch over hebben: graag breng ik een dronk uit op Jack, en alle andere leden van mijn geliefde familie.' Jezus. Patrice was wel erg poëtisch geweest – hij moest echt op zijn tellen letten. 'Hartelijk dank en – veel plezier!'

Er klonk een stormachtig applaus en er werd driftig geflitst. Ze poseerde kort, keerde zich elegant opzij, met de kin omlaag en een schouder naar voren – je wilde toch niet *breeduit* op de foto – en schreed gracieus van de wenteltrap. Als ze binnen nu en een halfuur geen seks had gehad, werd ze *gek*. Maar helaas, ze had eerst iets anders aan het hoofd. Daar had je het kreng al.

'Claudia,' blafte ze. 'Wij moeten eens praten.'

Claudia sprong op. Ze zag er truttig uit in haar geelsatijnen strapless jurkje dat steeds van haar borst zakte. 'Wat is er toch mis met jou? Het lijkt wel alsof je kledingtips van Gwyneth Paltrow hebt gekregen.'

Claudia's enige reactie was een achteloos schouderophalen.

Innocence greep haar bij de arm en trok haar een zijkamertje in. Pas toen zag ze dat het schaap een bruin koffertje in haar hand had.

'Wat is *dat* in godsnaam?'

'Niks.'

'Bullshit. Dit is een feest, geen congres. Je ziet er idioot uit, zo. Wat is het, en waarom loop je rond met een kop als een dooie schelvis? Jij gaat nu lachen, liefje, anders denkt mijn publiek nog dat je niet blij voor me bent.'

Pislink werd ze hiervan, want Claudia werkte voor een aantal heel behoorlijke bladen, en toch had ze haar nog nooit om een exclusief interview gevraagd.

Claudia staarde naar de grond en Innocence werd door een enorme woede bevangen. Ze stampte op de grond: 'Kijk me aan als ik tegen je praat!' schreeuwde ze.

Langzaam tilde Claudia haar hoofd op en keek Innocence recht in de ogen. 'Er is iets met Emily,' stamelde ze.

Dat irriteerde Innocence onnoemelijk. 'Waar heb je het over? Het gaat *prima* met Emily.'

'Wat is er met mij?' klonk een helderde, verontwaardigde stem.

Innocence draaide zich om. 'Niet zo sluipen! Jezus!'

'Emily.' Claudia zag zo wit als melk. 'Ik moet je iets vertellen.'
Emily knikte smalend. 'Ja best, maar niet nu. Timmy is gek op Abba
en ik ben niet van plan om "Dancing Queen" te missen.'
Inmiddels zag Claudia groen. Innocence had geen idee dat de menselijke huid echt letterlijk groen kon zien. Opmerkelijk. Het kleurde wel
goed bij haar ogen, maar zo bij die jurk was het niks.
'Zijn de kinderen nog op? Ik wil graag even met ze pronken. Het is zo
moeilijk om de *New York Times* voor je te winnen.'
Emily schudde haar hoofd. 'Nanny stopt ze net in bed, moeder. Ze
heeft daar heel strikte regels voor en ik bemoei me daar verder niet mee.
By the way, ik heb de *Post* net vandaag een exclusief interview gegeven;
die vinden het geweldig dat de kinderen een traditionele Engelse opvoeding krijgen. Dus toen hebben we mijn arme schatje uit haar Dior-
trainingspakje gehesen en zo'n absoluut walgelijke fluwelen pantalon
aangetrokken, en we moesten George een echt motorfietsje voorhouden
om hem zover te krijgen dat hij die kilt aantrok. En ik heb zelf dingen
uit mijn eigen collectie aangetrokken. De fotograaf was leuk om mee te
werken – heette hij nou David LaChapelle? Een echte kunstenaar. Het
was net of we een muziekvideo aan het schieten waren. Mijn styliste
had wel eens met met J-Lo gewerkt, en met Beyoncé, en mijn visagiste
werkt ook voor Jennifer Garner en Uma Thurman. Echte vakmensen.
Er hing een geweldige *vibe*! Timmy had de interviewer totaal om zijn
vinger gewonden. Hij heeft verteld over de eeuwenoude vloek van de
Fortelynes: weet je wel, dat als de aalbessenstruik bij de gracht verwelkt,
dat dan ook de mannelijke lijn zal uitsterven. Dat ding is elk jaar op
sterven na dood, natuurlijk, want anders zou hij er al eeuwen staan,
en de gravin plant er dus gewoon steeds een nieuwe voor in de plaats,
omdat de graaf anders helemaal uit zijn dak zou gaan. En Timmy heeft
haar ook verteld over de geest in de Blauwe Kamer. Die is de afgelopen
twintig jaar vijf keer gezien. Hij draagt een Spaanse plooikraag en hij
zit altijd een boek te lezen; kennelijk is hij in diepe concentratie, ook
al heeft hij geen hoofd meer. Ik heb hem nooit gezien, maar de gravin
wel, en Kokkie ook. O ja, hij heeft ook nog gezegd dat hij zijn deel van
de opvoeding op zich nam, en dat hij George elke avond voorleest uit
De wind in de wilgen – maar hij heeft er natuurlijk niet bij gezegd dat
George dat een stom boek vindt, en dat hij veel liever met zijn neus in
zijn Spiderman-boekjes zit. Maar goed, ze *vrat* het, dat mens. Ze heeft

zeker vier uur met ons gezeten. Ze wilde precies zien hoe wij als gezin zijn, en ze was volkomen gebiologeerd. Ze was ook erg onder de indruk dat ik maar zes dagen per week gebruikmaak van Nanny, en dat ik Kokkie alleen maar biologisch laat koken voor de kids, en dat ik een perfecte balans heb weten te vinden tussen mijn gezinsleven en mijn werk, en dat terwijl ik pas tweeëntwintig ben. Ze was wel heel brutaal, want ze vroeg ook nog naar ons liefdesleven, maar dat vond ik geen probleem. Ik zei dat we erg avontuurlijk waren, als dat tenminste niet al te veel informatie was, maar ik zei ook dat het voordeel van zo jong kinderen krijgen is dat je het idee hebt dat je alles aankunt en dat je nooit moe bent. Ik *snap* die moeders gewoon niet die altijd maar klagen dat ze zo moe zijn. Ik neem aan dat het komt doordat ze hun kinderen krijgen als ze echt al superoud zijn. Dertig, of zo. En trouwens, ik vind het ook heel belangrijk dat je tijd maakt voor je huwelijk, dus het draait echt niet allemaal om de kids. Timmy en ik gaan elke zaterdag uit. Naar een bal voor het een of andere goede doel, of naar een musical, of we vliegen even naar Bermuda om te kuren, want Timmy zegt altijd: "We zijn verliefd geworden op een zaterdag en we hebben George verwekt op een zaterdag." Dus elke zaterdag schrijft hij een lief briefje voor me, om ons daaraan te herinneren – hij is toch zo attent wat dat betreft. Nou, ze zat helemaal te kwijlen en toen zei ze: "Hou op, schei uit, waarom kan ik nou nooit eens zo'n kerel vinden, gevoelig, en helemaal niet moeilijk over zijn emoties, laat staan eentje met een *kasteel*, potdorie!" Ik denk echt dat ze jaloers op me was, en ik kan haar geen ongelijk geven. Ik heb ontzettend gebboft met Tim. Hij is zelfs geïnteresseerd in mijn *kleding*. Hij had een fantastisch idee voor mijn lentecollectie. Om een laagje voile organza onder de satijnen rokjes te doen, *en* hij stelde voor om wat citroensap aan de dressing toe te voegen. Hij zei, nou ja, als het de bedoeling is dat ik er achter sta, dan lijkt het me wel een goed plan als ik er niet volledig van over mijn nek ga als ik het proef, anders zou het bedrog zijn. Hij is echt een totaal andere man geworden. Nou ja, ik geloof dat ze nu naar huis is, en dan staat het morgen in de krant, dus dan kunnen jullie het zelf lezen. Jippie!'

'Dus... wilde ze *mij* dan niet spreken... als La-La?'

'Je bedoelt grootmoeder, moeder. Zeg het nou gewoon eens. Nee, dat wilde ze niet.'

'Nou, goed dan. Hoewel ik het wel een tikkeltje vreemd vind. Ik ben per slot van rekening het verhaal, zou je denken, aangezien ik net vijf jaar ten onrechte in de gevangenis heb gezeten, terwijl jij zo ongeveer wekelijks een "exclusief" kijkje op jullie leven geeft.'

'Ik denk dat ik misschien wel weet waarom...'

'Hallo, hallo, goedenavond altesaam! Wat is dit, zeg, een moeder-praatgroep? Zeg engel, ik loop je overal te zoeken. Ze gaan beginnen met *Money, money, money*.'

Timmy zag er elegant uit in zijn smoking; dat sluike haar was zo ontzettend stijlvol en cool. Die rijke snobs met hun fotomodellenvrouwtjes was toch maar een ravissant slag mensen. Emily was hem niet waard, dat verwende krengetje. 'Ach schat, dat is jouw liedje, ga maar gauw. Let maar niet op ons.' Dit ging toch echt te ver, dat rotkind dat een beetje de schijnwerpers naar zich toe liep te trekken. Op elke andere avond zou ze daar geen probleem mee hebben gehad, maar dit was *haar* feest, en het was *haar* beurt om te schitteren.

'Emily, het zou beter zijn als jij nog even wachtte totdat ik...'

'JEZUS, Claudia, wat is er dan verdomme aan de hand? Je lijkt wel een muskiet die in mijn oor loopt te zaniken. Zeg het nou gewoon en verlos ons allemaal uit ons lijden!' Innocence keek Claudia woedend aan. Emily bleef ook staan, met opgetrokken wenkbrauwen en een hand op haar slanke heup. Ze zag er oogverblindend uit in een bleekroze top van Vera Wang, een microshort van Prada en gouden sandaaltjes van Christian Louboutin met hakken van platina. Timmy keek langs zijn haakneus zijn schoonzusje aan.

Claudia liet haar hoofd zakken, en langzaam begon ze aan haar koffertje te pulken.

'Wat heb je daar, verdomme, een bom?'

'Nee, dat niet, maar het is... wel bijna net zo erg – Nee, Innocence, relax... Nou nee, relaxen zou ik niet, maar... Timmy, ik denk dat je toch moet weten wat er aan de hand is. De *News of the World* komt hier morgen mee, en ik denk dat zij ook de *Post* hebben getipt. Het verbaast me eerlijk gezegd dat je niet allang door allerlei verslaggevers bent gebeld.'

Innocence keek naar haar schoonzoon. Hij zag eruit alsof hij elk moment over zijn nek kon gaan.

'Zoals je weet, Claudia, is het binnen ons gezin de regel' – hij keek naar zijn vrouw met een gespannen glimlach, en greep haar bij de hand – 'dat we elke zaterdag stipt om vijf uur 's middags onze mobieltjes uitzetten. Er is niets zo belangrijk dat het niet tot maandagochtend kan wachten, en als er iets met de kinderen is, dan kan Nanny altijd nog Jonny, de tweede butler, met de auto sturen. Als er iets met het werk is, weet ze dat ze ons niet hoeft te storen. Trouwens, ik heb inderdaad een aantal... wonderlijke boodschappen ontvangen van verslaggevers, maar ik praat niet met persmuskieten tenzij de pr-mensen van Emily daar officieel toestemming voor hebben gegeven.'

Er was wel degelijk stront aan de knikker. Zijn stem klonk half hysterisch. Hij was doodsbang, in paniek.

'Nou, Timmy, ik... ik ken mensen...'

'Als jij mensen *kent*, Claudia, waarom zorg je er dan niet voor dat die hun klep houden? Waarom laat je die dan niet oprotten? Dit gaat nergens over. Ik heb mijn advocaten opdracht gegeven en die staan klaar om te procederen.'

'Timmy, je kunt een krant niet aanklagen omdat ze de waarheid afdrukken. Ze hebben foto's. Een *heleboel* foto's. Foto's van zes jaar geleden, op dat eiland. En van verleden week, op Hampstead Heath. En als ik het zeggen mag, Tim, ik vind het allemaal behoorlijk laag – behoorlijk smerig, voor iemand met een vrouw en een gezin.'

'Zeg, hallo! Ben ik soms onzichtbaar? Wat is hier in godsnaam aan de hand? Wil iemand me misschien even uitleggen waar dit allemaal over gaat?'

Innocence begon hier een heel slecht gevoel over te krijgen. Dat o-god-nee-hè-gevoel. Dat begon met een koude klomp lood in je maag, waarna het met ijzige vingers langs je ruggengraat omhoog kroop, om vervolgens als een klam, verstikkend gevoel om je nek te gaan liggen. Ze schraapte haar keel. 'Meneer de burggraaf,' zei ze en ze hoorde de hoge noot van paniek in haar eigen stem. 'Wat is hier aan de hand? Ben je ondeugend geweest? Heb je iets vreselijks gedaan? Heb je je naam onder een petitie tegen de jacht gezet? Of heb je op een akelige politieke partij gestemd? Wat is er precies aan de hand, lieve jongen, dat je voor ons hebt achtergehouden?'

Langzaam maakte Claudia het koffertje open. Haar handen trilden en een hele stapel grofkorrelige zwart-witfoto's gleden op de vloer.

Iedereen keek. Iedereen zag het.

Emily's adem stokte.

Niemand zei iets.

En toen griste Emily een foto van de grond. Op die foto stond haar echtgenoot die zich aan een boom vasthield met een extatische blik, terwijl hij werd *bereden* door een of andere vent met een wollen muts op.

Ze liet de foto uit haar handen vallen. 'Ik ga. Ik ga... weg. Als de kranten commentaar van me willen, dan zal ik... dan zal ik zeggen dat ik een scheiding ga aanvragen.'

Innocence voelde een steek. Die begon in haar linkerarm en gleed helemaal door naar haar vingertoppen. Ze balde haar hand tot een vuist. 'Timmy?'

'Ja?'

De steek was weg, en er was pijn voor in de plaats gekomen. Tim greep zijn neus met beide handen vast. Het bloed droop tussen zijn vingers door.

'Dank je, moeder,' fluisterde Emily. 'Ik had het zelf niet beter kunnen uitdrukken.'

'Het spijt me zo,' zei Claudia. 'Ik wilde jullie alleen... waarschuwen.'

'Geweldig... tuurlijk... en bedankt.' Emily zweeg. 'Claudia, waar ik nou zo nieuwsgierig naar ben, hè. Ben jij nou autistisch of gewoon geestelijk gestoord?' Ze wendde zich tot Innocence. 'Mama. Wil je tegen Nanny zeggen dat ik... dat ik haar en de kinderen later laat komen... over een week of zo. Ik wil ze niet in de buurt hebben als ik... als ik niet helemaal mezelf ben.'

Toen keek ze haar echtgenoot aan. 'Neem één ding van me aan. Ik hou van je. Dat kasteel was een bonus. Misschien kan ik je op een dag vergeven dat je me op deze verschrikkelijke manier hebt belazerd. Ik heb het niet eens over die homoseks, maar over al jouw bullshit, al jouw leugens, jouw bedrog. Jouw hele leven met mij was niets anders dan een lafhartige schijnvertoning. Misschien dat ik je dat allemaal ooit zal kunnen vergeven. Maar zo lang ik leef zal ik het je niet vergeven dat je onze kinderen hebt verraden. Ik haat je. Jij hebt mijn leven geruïneerd, en ik mag lijden dat je wegrot.'

'Emily!' riep Tim. 'Wacht!'

Emily draaide zich half om.

'Toe. Alsjeblieft, ga niet weg. Ik kan je toch nog steeds... bieden wat je wilt. Ik kan je toch geborgenheid bieden.'

Emily's blik was zo fel dat je er verf mee van een muur had kunnen branden. '*Geborgenheid?*' vroeg ze. 'Stomme gek die je bent! Als ik op zoek was naar geborgenheid dan was ik wel in de gevangenis gaan zitten. Ik ben geen moppie uit de jaren vijftig, domme eikel. Jij redt mij niet van een of ander vreselijk leven waarin ik alleen maar brieven mag typen en koffie mag zetten. Ik ben van *nu*, schat. Ik ben van vandaag en ik ben van morgen, en meisjes zoals ik gaan niet meer voor een leven met een of andere klootzak om maar geen kantoorwerk te hoeven doen. Wij willen wel wat meer voor onszelf dan een paar lelijke oorbellen met kerst en een nieuwe Dyson-stofzuiger van een kerel die het allemaal geen flikker kan schelen. Wij zien niet meer door de vingers dat jullie een beetje om je heen neuken alleen maar omdat we zelf niet onze eigen telefoonrekening kunnen betalen! We werken, en dat vinden we prima. We willen eerlijkheid, we willen onze kinderen recht in de ogen kunnen kijken. Jullie kunnen ons stilzwijgen niet meer afkopen; jullie kunnen ons niet meer betalen om akkoord te gaan met wat jullie vinden dat wij verdienen. Vrouwen zoals ik zijn bovendien ook nog eens heel wijs, domme rukker die je bent, want wij willen geld, en *liefde*, wij willen het hele pakket, en daar zorgen we zelf voor, want wij zijn slim en superlekker en een of andere loser met een paar centen op zak is echt niet meer onze enige hoop, jij... stomme zak!' Emily snikte gesmoord en vloog de kamer uit.

Innocence stak een sigaret op. 'Donder op.'

Timmy en Claudia stoven meteen weg.

Toen zakte Innocence op de grond. In geen miljoen jaar zou ze dat anders hebben gedaan, in een avondjapon van Dior.

Ze staarde naar de smeulende peuk zonder iets te zien. Een hoopje as viel op haar glanzende roze jurk. Toen ze het er afveegde liet het een grote grijze vlek na. Innocence zuchtte en schudde haar hoofd. Jack en Fluffy, of hoe ze ook mocht heten, moesten maar even wachten – haar libido was tot het vriespunt gedaald. 'Jezus,' zei ze zachtjes. '*Life sucks.*'

Mark, persoonlijk medewerker van Ethan Summers

'Harder trekken, Mark! Ze zitten bijna in de controlezone!'
Hij kreeg bijna geen lucht – de G-krachten drukten op zijn borst
en zijn ribben knapten bijna – en hij gaf een ruk naar rechts aan zijn
joystick. Het gevechtsvliegtuig maakte een hoek van negentig graden
en hij voelde hoe het bloed uit zijn hoofd werd gezogen. Geen black-out,
geen black-out. Span je benen aan, span je buikspieren – biedt weerstand, goddomme!

'Gaan! Pak hem!'

Het vliegtuig schudde heftig tegen de felblauwe hemel, en terwijl zijn
hart als een dolle tekeerging kreeg hij de vijand rechts van zich in de
smiezen. 'We hebben hem in beeld.' Hij zette zijn tanden op elkaar en
haalde de trekker over. De cockpit vulde zich met het gekletter van ma-
chinegeweren en uit het andere vliegtuig steeg rook op. 'Hij is geraakt!
Je hebt hem te pakken, soldaat! We hebben *gewonnen*!'

Marks hele lichaam pulseerde van de triomf, of misschien trilde hij
wel gewoon. Dit gaf hem een waanzinnige *high*. Dit was het allercoolste,
en het allerengste wat hij ooit had gedaan. Die krankzinnige manoeu-
vre die zijn instructeur hem had laten uitvoeren – hij *was* Maverick.
Waan-zinnig. *Hij*, Mark, had een gevecht gewonnen. Het was ongelofelijk, maar hij had zelfs een stuk op zijn kop gevlogen op topsnelheid, en
zijn hoofd voelde als een kanonskogel. Het leek wel alsof zijn ruggengraat als een broodstengel in tweeën zou knappen, zo zwaar voelde het
toen aan. Maar hij had gewonnen, hij had *gewonnen*, hij had – o, shit.

'Mag het nog een keer, Skip?' vroeg Mark. 'Maar dit keer moeten we
wel verliezen.'

'Leuk geprobeerd, makker,' zei Ethan terwijl hij zijn Ray-Ban Aviator-
zonnebril met een brede grijns afzette en Mark een stomp tegen zijn
schouder gaf. 'Maar met de beste valt natuurlijk niet te sollen.'

Mark straalde terwijl Ethans copiloot hem een hand gaf en licht stot-
terend zei: 'Meneer Summers, met u stap ik zo weer in een vliegtuig.'
Hij keek totaal niet verrast toen de echte Top Gun – een man die vier

vijandige vliegtuigen uit de lucht had gehaald boven Irak – bloosde en zei: 'U hoort het natuurlijk wel vaker, maar wij zijn echt enorme fans van uw werk, meneer Summers. Zou u... zou u misschien een briefje willen signeren voor mijn vrouw?'

Ethan was blij, en dus was Mark blij. Missie geslaagd. De afgelopen maand hadden ze een cursus luchtgevechten voor gevorderden gevolgd, op anaconda's gejaagd in een Braziliaans moeras, ze hadden op stieren leren rijden in Montana en leren schieten met een Chieftain-tank. Niet dat Ethan geen zin meer had om te surfen op de kristalheldere golven van Malibu, samen met Cameron en Matthew, maar meestal wilde hij iets meer adrenaline laten stromen. Hij genoot van *echt* gevaar en het was dan ook Marks taak om dat te regelen.

Mark vond dat hij er tot nu toe behoorlijk in was geslaagd.

De helft van de tijd pieste hij dan ook in zijn broek van angst. Terwijl ze in een privéhelikopter terugvlogen naar Burbank, voelden zijn benen nog altijd shaky en het zweet gutste nog steeds van hem af. De hitte in de woestijn was ook niet te harden geweest; het was net of hij in een oven probeerde te ademen. Ethan wist toch beheerst en cool te blijven terwijl Mark al binnen een minuut gaar was. Maar man, ondanks de doodsangst, wat was dat gaaf! Op de helikopter was hij nooit echt tuk – dat was toch altijd iets van op hoop van zegen – maar na dat gevechtsvliegtuig voelde het als een ingeslapen oude dame.

Hij vond het altijd zo geweldig om te vertellen wat hij deed voor de kost: Chief Personal Assistant van Ethan Summers. Dan zag je hun ogen uitpuilen en hun monden vol ontzag openvallen. En terecht. Want hij, Mark, was de poortwachter. Hij was degene die de grootste ster van Hollywood elke ochtend wakker maakte met een driedubbele espresso in een Versace-beker; hij was degene die elk telefoontje beoordeelde, en hij was dan ook degene wiens kont je moest kussen en die je met cadeaus moest overstelpen ('kom maar door, schatjes'), want hij was de sleutel, hij had de macht. De Koning luisterde naar hem, en als iemand iets van Ethan Summers wilde, moest hij eerst langs Mark zien te komen, en dat wisten ze allemaal.

Al die kleine mensjes waren jaloers op de Hollywood-lifestyle, en daar hadden ze ook alle reden toe. Ze moesten eens weten!

Ze waren om drie uur 's nachts vertrokken uit de villa aan het strand van Malibu. Ethan was nog even snel het zwembad in gedoken, had het wit van een paar eieren gegeten met wat burrito's met gestoomde groente, en toen waren ze in de Ferrari 250 GT Berlinetta Lusso uit 1963 gesprongen en naar het vliegveld gereden. Het was een tweedehands beestje met 56.000 mijl op de klok, maar aangezien Steve McQueen de vorige eigenaar was, vergaf je dat de auto wel.

Marky zwom zelf nooit, maar als hij even een momentje had, dan vond hij het heerlijk om in de jacuzzi te zakken, of om op het balkon te gaan zitten en te gluren naar de kont van de jongen die het zwembad onderhield, of gewoon naar de kalme, blauwe Grote Oceaan, die glinsterde in het zonlicht aan het eind van het smetteloze gazon.

Het was alleen wel weer een poosje geleden dat hij zo'n momentje had gehad. Er was een hoop papierwerk te doen, en hij vertrouwde daar niemand anders mee. Ethan had natuurlijk zijn mensen – de agent, de pr-mensen, de juriste, de manager – maar Marky was zijn *makker*, zijn regelneef, zijn beste vriend.

Mark kende de echte Ethan, een zeldzaam privilege waar hij heel erg trots op was. Hij bewonderde Ethan omdat hij een wolk van mysterie om zich heen in stand wist te houden, zoals de sterren van vroeger. Moet je je voorstellen dat Cary Grant aan de boulevardpers zou vertellen wat hij bij het ontbijt had gegeten. Dat gaat je geen flikker aan! Mark was fan van de ouderwetse showbusiness: als ik een rol speel is het beter dat jullie *niet* weten wie ik zelf ben.

Het was jammer dat bepaalde journalisten dit gevoel niet deelden, maar Ethans superteam van juristen was handig, alwetend en genadeloos. Degenen die probeerden wat centen te verdienen door valse en lasterlijke praatjes te verspreiden, werden als ongedierte uitgeroeid. Ethan was erg op zijn privacy gesteld. En dat was een houding die duidelijk vrucht afwierp: net als de Oscar die hij had gewonnen. De talloze verzoeken om een bespreking, een woud aan scripts en de gelukwensen bleven weken later nog altijd binnenstromen. Mark liet de meeste boeketten doorsturen naar het ziekenhuis in de buurt, net als de chocoladecakejes en de manden met exotische vruchten. De zilveren Mercedes, het Breitling-horloge, de Luxuriator-zonnebril, met diamanten bezet, de Cheval Blanc uit 1982, de platina sieraden, de pakken van Marc Jacobs en Paul Smith, de LCD-schermen: al die gratis shit zou worden geveild en de opbrengst ging naar het academisch kinderziekenhuis St Jude.

Ethan was totaal anders dan andere, mindere goden. Marks lip krulde op als hij terugdacht aan hoe die eikel uit *Mates* de *goodie bag* bij Sundance doorzocht. Ethan accepteerde nooit geschenken. Hij was integer en hij had een eigen smaak. Hij had die 'gratis troep' niet nodig. De Oscar-uitreiking zelf was geweldig. Mark mocht graag alle roddels horen waar niet over werd gepubliceerd: het gezicht van John, totaal bezopen; Vince, jongen, toon de mensen eens wat respect en laat je vet wegzuigen. Dat joch uit dat Hobbit-drama; hoe homo kun je zijn? Jessica, de populaire meid, *getver*; en natuurlijk stond hij versteld van Ethans steengoede speech toen hij zijn Oscar voor de beste mannelijk hoofdrol in ontvangst mocht nemen. Hij wist hem zich nog woord voor woord te herinneren:

'De enige keren dat ik als kind ooit iets van een film te zien kreeg, was op televisies in winkeletalages, als ik op de bus stond te wachten. Het behoorde niet tot mijn levenssfeer, laat staan dat ik me zou kunnen indenken dat ik op een dag zelf in een film zou spelen. De eer die mij vanavond te beurt valt, stemt mij dan ook nederig, en herinnert me aan waar ik vandaan kom – van nergens, eigenlijk. Als het dus iets duidelijk maakt dan is het wel dat elk kind, hoe arm of hoe weinig bevoorrecht ook, zijn of haar droom kan waarmaken.'

Mark vond het stiekem wel jammer dat Ethans carrière in een stadium verkeerde waarin hij rustig de rode-lopergelegenheden waar hij niets te zoeken had kon overslaan – Mark was gek op rode lopers – maar Ethan had in een van zijn zeldzame interviews aan *Vanity Fair* toegegeven: 'Als je daar bent heb je steeds het gevoel dat iemand jouw kont likt of dat jij de kont van iemand anders moet likken.' Geestig, dat laatste, alsof Ethan bezwaar zou maken als iemand zijn kont likte!

Maar hij was een man van eer. Hij liet zich niet omkopen. Hij vond het niet prettig om bij mensen in het krijt te staan. Hij was dan ook zo ongeveer de enige ster die de *hospitality suites* meed die je in elk hotel en elke salon in LA zag opduiken, de week voor de Oscar-uitreiking. Hij walgde van dat gegraai naar gratis spullen en gratis behandelingen – je kon je billen laten schuren of nieuwe tanden laten aanmeten – zodat je daarna gedwongen was om te poseren en je eigen hebzucht schaamteloos te etaleren voor die vampieren van *InStyle*, *People* en andere tijdschriften. Aan zijn lijf geen polonaise. Hij vond het veel prettiger om zelf voor zijn spullen te betalen. En dat kon hij natuurlijk ook makkelijk. Een man die een huis kon laten neerzetten op een afgevlakte bergtop was fuck-off rijk. Het gigantisch grote huis in de Hollywood Hills was meer dan cool. Het had negen jaar buffelen gekost, maar Ethan had steeds de juiste keuzes gemaakt.

Mark kon het waarderen. Hij liep er rond als een moedereend op haar nest – hij was zo trots dat je zou denken dat hij elke steen zelf had gelegd!

Het pronkstuk, het zwembad van drie miljoen, was nu ook eindelijk af. Dat had twee jaar geduurd. Er was een waterval, een waterscherm zo groot als een garagedeur, dat dicht genoeg was om een film op te projecteren, en aan het eind van het zwembad stond een sculptuur van vier miljoen – Ethan was zo'n cultuurfreak, in tegenstelling tot al die smakeloze Amerikanen. Het was... ja, hoe moest je het omschrijven? Het was een verbluffend werk van de hand van Arno Breker. *Gewond*, heette het, en het stelde een man voor die naar zijn hoofd greep en die pijn leed. Hier in Californië zouden ze zeggen dat het 'superdiep' was.

Ethans eerste poolparty, afgelopen zaterdag, een week na de Oscars, was waanzinnig geweest. Elton kon er een puntje aan zuigen met al zijn aids-liefdadigheid. Konden mensen zich tegenwoordig geen vijf minuten meer amuseren zonder dat je ze meteen een schuldgevoel bezorgde? Bovendien had het heel wat meer klasse dan het jaarlijkse feest van *Vanity Fair* – het enige wat die deden was gratis sigaretten uitdelen. Zelfs het Oscar-feest van de studio: lekkende bakken met goudvissen boven je hoofd die de hele tijd kortsluiting veroorzaakten? Alsjeblieft! Dat is nog maar een stap verwijderd van zilver geschilderde meiden die tijgertje spelen in een kooi. Nee, Ethans feest was van een klassieke klasse. Goddelijk, heerlijk en simpel eten: kaviaar, gebraden kalfsvlees, kreeft. Het dessert: yoghurtijs. Verslavend lekker. Mensen moesten toch iets eten en het hielp als er geen vet of koolhydraten in de buurt waren, anders zouden ze weer massaal de vinger in de keel steken.

Mark vond het walgelijk. Minstens tien van de grootste filmsterren ter wereld hadden boulimia. Nou, je mag kotsen waar je wilt, maar *niet* in het Japanse toilet van mijn baas. Dit was alleen niet het slag mensen dat je in een toiletwagen kreeg. En het kwam helaas niet bij ze op om de pot nog even uit te borstelen als ze klaar waren, en het was toch zo onplezierig om die spetters van ze te zien, of, erger nog, te ruiken, zo zuur en zo triest. Het was iets wat bij een veel treuriger manier van leven hoorde, vond Mark. Hier, in deze exclusieve pracht en rijkdom viel het uit de toon. Volkomen.

Het personeel liep rond met Crystal champagne en cocktails: LA specials, zoals de Sunset Sour uit Bar Marmont, en de Burning Mandarin van Katsuya – Ethans persoonlijke favoriet. Hij was toch zo'n lekkerbek, en hij vond die verrassende kick van de chilipeper na dat zoete van de suiker en het zure van de citrusvruchten geweldig. Toen waren de gasten op drijvende kussens gaan liggen om naar horrorfilms te kijken – *The Omen* en *Psycho*. En dat bij volle maan.

Ethan was veel te cool om zijn eigen films te vertonen, hoewel, als je aandrong (het was immers onbeleefd om echte fans teleur te stellen), hij wel screenings had liggen van *Parajumper, Hit Point* en *Sick Day*, binnen in zijn eigen bioscoop. Net als alle andere ruimtes in het huis was ook die ingericht met exclusieve stukken, die de binnenhuisarchitect met zorg uit alle hoeken van, nou ja, Italië had gehaald.

Zachte wegzakstoelen van Armani Casa, bekleed met glimmende metallic stof, droegen bij aan je kijkplezier – maar misschien gaf je de voorkeur aan de witleren Unique-stoelen van Versace, boterzacht en met schitterend stikwerk. De sfeerverlichting was op afstand te bedienen, en er stonden overal kaarsen. Ethan hield van de romantiek van de naakte vlam – softie! Het was Mark die de Little Joseph-kandelaars van Maxim Velcovsky voor Qubus had ontdekt: een porseleinen kinderkopje, goddelijk gothic, dat kaal was totdat de druipende was een kapseltje vormde. Hij, Mark, wist wel wat Ethan mooi vond, beter dan een of ander wijf met nul procent lichaamsvet, enorme witte tanden en vol met lulkoek.

Het vuurwerk, dat nogal een big deal was, gezien de strenge voorschriften, was de kroon op de avond. Die Yanks kenden geen vuurwerk zoals de Britten en dus hadden ze het speciaal geïmporteerd uit de UK (fantastisch, verbluffend brandbaar geld). Minstens een van de A-list-sterren was eerder afgehaakt vanwege een ernstig gevalletje Niet Genoeg Gekregen. Eigenlijk vermoedde Mark dat ze in de war waren geraakt toen ze die kamers vol met boeken zagen: Shakespeare, Freud, Dickens, Tolstoj, Nigella. 'Maar heb je dit dan allemaal echt *gelezen*?'

En de directeur van de studio had een nerveus slaafje op hem af gestuurd voor het telefoonnummer van degene die dit allemaal had ontworpen.

Maar verder had iedereen zich vooral ontzettend goed vermaakt: hun ego's werden gestreeld, met hun bijzondere wensen was rekening gehouden (soja-allergie, aversie van de kleur geel, klokkenfobie, angst voor kale mensen enzovoort). De muziek was hard en retro, en er waren privéhoekjes waar je je kon terugtrekken als je een brandschone blonde starlet was, dochter van 'Hollywood-royalty', en je toch zin had in een triootje met je vriendje de drugsdealer, je beste vriendin en een flinke voorraad crystal meth. Dat was zo lief van Ethan: zelf moest hij van die viezigheid niets hebben, maar hij veroordeelde nooit iemand. Hij vond het fijn om mensen ter wille te kunnen zijn – daarvoor wilde hij wel betalen, maar niet zijn reputatie te grabbel gooien. Nu we het daar toch over hebben...

Mark had met kromme tenen aan moeten zien hoe het snoepje van de maand wanhopig haar best deed om close met Ethan te lijken. Ethan was te zeer een heer om haar en public te vernederen, maar het hele gezelschap had wel gezien dat de affectie maar van één kant kwam. Haar dagen waren geteld.

Ten eerste was ze niet eens genomineerd voor een Emmy, met haar beroerde sitcom *Curb Your Extremism*, waarin ze een zenuwpees van een tienerdochter van een bekeerde terrorist speelde, en ten tweede kreeg ze het op haar heupen als ze in een ruimte zonder spiegels was.

Ethan deed niet aan drugs, hij ging liever een stuk hardlopen in Runyon Canyon, maar dat gekke wijf scheen te denken dat cocaïne net zo gezond is als een selderijstengel. Vervolgens ging ze over op hompen cake en lepels pindakaas, waarna ze ging janken en braken en vervolgens vier uur de sportschool in verdween en met haar therapeut ging bellen. LA had haar met huid en haar verzwolgen, en ze kon het leven hier niet aan. Laatst kwam ze op een fiets langs – geen motorfiets, maar een fiets-fiets. Duh! Ze was hysterisch, want iemand had haar, terecht, vanuit zijn Hummer met een fles bekogeld en geroepen: 'Koop eens een auto, muts!'

Ethan zou het liefst weer uitgaan met Franse serveerstertjes: schattige meisjes die goed in hun vel zaten, weinig van je verwachtten en nog enige waardigheid bezaten. Ethan was zelf zevenentwintig, dus niet echt jong meer, en hij nam zijn carrière bloedserieus. Hot blijven was hard werken geblazen. De meest hilarische opmerking die iemand ooit over LA had gemaakt, was dat het er zo relaxed was. Ethan plande elke stap die hij zette zeer zorgvuldig, en daar schaamde hij zich totaal niet voor, in tegenstelling tot al die andere sterren die in de krant beweerden: 'O, ik ben er gewoon ingerold!' Het had jaren gekost om het juiste imago neer te zetten en te handhaven. Je kwam niet op de A-list dankzij je onnozelheid. In die eindeloze Hollywood-bullshit moest je je doel scherp voor ogen houden. Ethan was druk met het filmen van *Transmission*, anders had hij dit ongeleide projectiel allang gedumpt. Maar Mark had een aantal artikelen uitgeknipt en in een transparant mapje gedaan, zodat Ethan dat bij thuiskomst kon doornemen, en dan was ze er geweest. Ethan zou het natuurlijk liever op de ouderwetse manier uitmaken, want hij was nu eenmaal veel te vriendelijk. Maar als Mark het groene licht had gekregen zou hij haar wel een sms'je sturen en een zilverkleurige Kelly-bag van Hermès om de klap wat te verzachten.

Ethan had het razend druk: hij kon het zich niet veroorloven tijd te verspillen met losers. Andere sterren zaten ook nog in zaken: restaurants, renpaarden. Ethans belangstelling ging uit naar mensen. Hij deed liefdadigheidswerk, maar daar had hij het nooit over (in tegenstelling tot Angelina Jolie. Hield dat mens dan nooit haar klep?). Hij had levens gered toen die bom was ontploft in dat hotel in Parijs. Hij had zonder iets te zeggen betaald voor de revalidatie van een aantal van de gewonden, maar dat was niet algemeen bekend en dat wilde Ethan ook zo laten.

Mark kreeg een warm gevoel vanbinnen toen hij eraan dacht hoe attent Ethan was. Hij dacht na bij alles wat hij deed en hij begreep mensen zo goed. Dat was vast het geheim van zijn supersterrendom en zijn wereldwijde succes. Ethan had enorm veel macht; hij kreeg alles voor elkaar, maar toch klom hij steeds hoger, en dat vond Mark nog wel het allergeweldigst. Hij was hot, alles draaide om *Ethan*.

Als je was gearriveerd, als je een begrip was geworden, als je Tom Hanks was, Coca-Cola Light of KFC, dan werd het saai. Dan kreeg je ineens geen goed werk meer aangeboden en begon je rotzooi te maken. Als je was gearriveerd, kon je geen kant meer op.

Mark mocht graag geloven dat Ethans succes in een bescheiden maar toch belangrijke mate aan hem te danken was.

Emily

Ach ja, de Platina Driehoek. Maar och, je kon mensen hun wansmaak makkelijker vergeven als ze bakken met geld hadden. Ze wierp een blik in een enorme keuken vol bruine kastjes en met linoleum op de vloer. Hoe *haalden* ze het in hun hoofd? Enfin, de locatie was fantastisch, vlak bij de Pink Palace en niet zo heel ver van de Polo Lounge als je een paar borrels ophad. Het huis zelf was een opzichtige Toscaanse villa op zijn Californisch. Jammer dat het interieur de persoonlijkheid van de eigenaar zo duidelijk weerspiegelde. Het stond stijf van het crèmekleurige marmer, schilderijen van bomen en enorme banken, en de vloerbedekking op de trap was overtrokken met een dikke laag plastic. Niet echt cool. Onwillekeurig bedacht ze wat zijzelf met zo'n huis als dit zou hebben gedaan als ze achtentwintig miljoen op de bank had staan.

Gelukkig was het aan de buitenkant in elk geval schitterend. Als je de brede stenen trap beklom naar de gigantisch grote voordeur, kwam je langs een enorme vijver vol koikarpers. Toen Emily haar vinger in het water stak, kwam er eentje naar de oppervlakte om geaaid te worden, als een kat.

Het zwembad was blauw en sereen en omringd door palmen. Aan het uitzicht kwam geen einde. Daarachter waren tafeltjes en stoeltjes neergezet op het zacht glooiende gazon. Hier in de hemel van LA was het wat koeler en ze was blij dat ze een omslagdoek bij zich had. Het had ook wel iets betoverends, zo hoog boven de rest van de wereld, tussen de filmsterren en hotshots die samen vele miljoenen waard waren, allemaal op zo'n klein stukje grond samengepakt – en het was prettig om het gevoel te hebben dat je daar ook thuishoorde, al was het maar voor even. Wat alle andere aanwezigen betrof, hoorde zij bij hen, tenminste, in zekere zin.

Ze hield zich goed. In LA hadden ze er in elk geval geen idee van dat ze alle zeilen bij moest zetten om niet gek te worden. Haar financiële situatie was precair, en telkens als ze eraan dacht, dus dat was iedere minuut van de dag, kromp haar maag ineen. Sinds de scheiding had ze geen enkele van haar beloften – of bedreigingen – aan het adres van Tim waargemaakt. Ze had geen nieuwe liefde gevonden en ze had geen geld weten te verdienen. Het parfum liep voor geen meter; geen enkele vrouw wilde naar mislukking ruiken. Ze had een interview verkocht aan de hoogste bieder – een rechtse sensatiekrant – en de journaliste had haar afgeschilderd als hysterisch en verbitterd.

Plotseling leek het wel of ze de pest had.

En het ergste was nog wel dat ze twee kinderen had. Nee, zo bedoelde ze het niet. Ze had twee geweldige kinderen, en ze wilde hun alles kunnen geven. Mislukken was niet zo erg als je alleen was. Maar als alles misliep terwijl je kinderen had, dan viel het niet mee om jezelf elke dag in de spiegel aan te kijken. Ze was als de dood dat George nu al was beschadigd door de scheiding. Wat voor draai je er ook aan geeft, een kind wil niets liever dan dat papa en mama bij elkaar wonen en van elkaar houden, en anders niet. Ze dacht met angst en beven aan het moment dat hij al die afschuwelijke details zelf zou kunnen lezen. Hij hoefde alleen maar 'Fortelyne Emily Tim homo affaire' in te tikken en honderdduizend pijnlijke woorden floepten zo tevoorschijn.

Over de kleine Molly maakte ze zich minder zorgen. Die was nu zestien maanden, en voorlopig had ze genoeg aan mama en Nanny. Maar het was zo deprimerend om niet meer te kunnen leven zoals je dat gewend was. Ze moest er niet aan denken dat de kinderen het aan wat dan ook zou ontbreken. Ze kon ook niet geloven dat haar ouders, die dit optrekje op de heuvel alleen al van de rente op hun kapitaal zouden kunnen kopen, hadden geweigerd om haar te helpen. Ze was te trots om erom te vragen, en alle hints werden genegeerd.

Haar moeder wilde de kinderen graag onder de dure kleertjes en speeltjes bedelven en ze wilde ook best het schoolgeld voor George betalen. Ondanks dat ze in de bajes had gezeten, had Innocence geen idee hoe het was om een stapje terug te moeten doen. Haar laatste cadeau aan de kinderen was een victoriaans speelhuisje van negentienduizend dollar: er liep een veranda omheen, het had echte glas-in-loodramen, parketvloeren, *bloembakken* – het scheelde niet veel of Emily was er zelf in gaan wonen. Of nee. Ze had helemaal geen ruimte voor dat belachelijke speelhuisje, want Emily had helemaal geen tuin om het in te zetten. Op aanraden van Nanny had Emily het ding op eBay te koop gezet en van de opbrengst had ze zich bruin laten spuiten in de Portofino Sun

Spa in Beverly Hills, en had ze een BlackBerry aangeschaft, een Hello Kitty-luierpakje en nog wat kleine dingetjes.

Los van stompzinnige, nutteloze cadeaus had ze de hand stevig op de knip. Innocence vond dat haar dochter het zelf moest rooien (dat wist Emily best) en dat had ze tot nu toe ook altijd gedaan. Het maakte haar zo ontzettend kwaad, want zoals iedereen met ook maar een beetje verstand ook wel zag, had Innocence haar rijkdom vergaard door te bedriegen, te stelen, het met de juiste mensen te doen en over de rest heen te walsen. Dat was niet bepaald een erfenis waar je je kind mee op zou willen zadelen.

Emily had totaal geen spaargeld. Spaargeld: dat woord had de geur van armoede.

Ze huurde een driekamerappartement in Park La Brea voor 4200 dollar per maand. Het had een binnenplaats, hardhouten vloeren, koloniale luiken, granieten aanrechten en er waren een conciërge, een bewaker en een sportschool. Maar ze vond het niet prettig om te huren, en ze vond het al helemaal niet prettig om in een appartement te moeten wonen.

Het ergste was nog toen ze kleine George voor het eerst naar het appartementencomplex had meegenomen. Hij was de lobby in gelopen en had zijn jas op de grond laten vallen.

'Nee,' had ze toen gezegd terwijl ze het jasje van de vloer opraapte, stijf van de gêne. 'We hebben niet het hele gebouw, alleen een... klein gedeelte ervan.'

Appartement was een chic woord voor een flatje, en ze haatte het dat ze zo krap in de ruimte zat, met vreemde mensen links, rechts, boven en onder. Het was afschuwelijk om zo klein te moeten wonen – maar 170 vierkante meter! Ze had een landgoed om zich heen nodig. Nu leefde ze in armoede, en wakker worden in dat flatje was elke dag weer een klap in haar gezicht. Bovendien was het aan de overkant van de Grove: al die prachtige winkels met al die prachtige spulletjes. Hoe ongehoord ironisch!

Emily griste een glas champagne van een blad dat voorbijkwam, en ze probeerde het niet in één teug achterover te slaan. Als mensen hier zagen dat je meer dan één glas wegwerkte, dan had je een probleem en voor je het wist zouden ze een interventie organiseren en werd je meegesleurd naar de AA. Ze had wel eens een acteur een glaasje rode wijn zien drinken terwijl hij officieel droogstond, en toen waren drie mensen aan de tafeltjes om hem heen meteen om hulp gaan bellen. Het enig leuke eraan was dat je sponsor bij de AA waarschijnlijk een beroemdheid zou zijn.

Ze dronk dus meestal thuis, als de kinderen in bed lagen. Het viel soms niet mee om bij hen in de buurt te zijn. Ze was niet zichzelf en dat kon je niet altijd verstoppen. George was oud genoeg om door haar bevroren glimlach heen te prikken en hij had er last van. Als hij zijn mollige handje op haar hand legde en met een trillend lipje vroeg: 'Mama, is het mijn schuld?' dan werd ze misselijk van schaamte en zelfhaat.

Het was trouwens de schuld van haar vader. Jack – die coma had zijn persoonlijkheid weinig goedgedaan, wat wel zonde was – had haar een baantje gegeven. Ze was nu vicepresident pr-zaken in het Bel Air Belle Époque. *Vice.*

Wat een klootzak. Hij was echt een meester in het naar de kloten helpen van zijn kinderen. Niemand kon je beter geestelijk over de kling jagen dan papa. Hij betaalde haar net genoeg om Nanny te kunnen aanhouden, en Isabella, hoewel Isabella misschien niet lang meer kon blijven. Laatst was Emily langs Isabella's schoenen gelopen (die ze bij de voordeur had laten staan) en toen was ze er bijna in gebleven. Het was een paar Manolo's zo groot als een boot! De schoonmaakster droeg verdomme *Manolo's.* Maar natuurlijk: ze deed ook het huis van Rod Stewart en diens vrouw had haar kasten uitgemest. Maar toch, het gaf Emily geen goed gevoel. Althans, Emily voelde zich niet *beter.*

En Emily moest zich nu toch snel eens beter gaan voelen.

Ze voelde aan de creditcard van de zaak. Ze had hem nog maar drie dagen in haar bezit; als ze voordien met een cliënt uit lunchen wilde, moest ze dat uit eigen zak betalen en de kosten later declareren. Waarschijnlijk zou ze beter betaald krijgen als ze winkelbediende werd bij Wal-Mart. Dat zou trouwens ook minder desastreus zijn voor haar gevoel van eigenwaarde.

Haar baas, Agatha, was een vrouw met een veel te lange nek en een Brits accent dat regelrecht uit *Mary Poppins* kwam (suffe doos). Ze was nooit getrouwd geweest en ze had ook geen kinderen of überhaupt maar een relatie met een ander mens die haar werk in de weg zou kunnen staan, en Emily wist zeker dat ze haar in alle opzichten verafschuwde. Emily was jong, sexy, ze had kinderen maar geen geld, en ze zat hier omdat haar vader de grote baas was. Emily was woedend, omdat ze wist dat haar vader het baantje alleen maar had gegeven omdat hij wist dat ze er supergoed in zou zijn.

Toen Agatha haar de creditcard overhandigde, zei ze op haar afgemeten, ijzige toon: 'Voor het geval jij dat nog niet wist, maar wij doen hier in de stad niet meer aan enorme lunches. Mensen laten het voorgerecht er vaak bij inschieten. Bovendien hebben we een prima restaurant hier in het hotel, La Cuisine. Dus hou je een beetje in met die kaart.'

Vandaag, vanavond, was de eerste keer dat de kaart mee uit mocht. Haar baas had hier eigenlijk ook moeten zijn, ongetwijfeld om haar in de gaten te houden, maar Agatha's moeder was zo egocentrisch om die ochtend een hartaanval te krijgen, en dus liep Agatha nu door de gangen van het ziekenhuis te benen, en te denken: was ik maar gekloond in plaats van geboren.

Emily nipte van haar champagne en glimlachte naar haar schoot. Daar had je de beeldschone George: een tikje te mager, de huid onder de kin net iets te slap, en misschien in het echt niet zo heel beeldschoon. Matt Damon: mijn hemel, als die jongen nu echt zo graag op een filmster wilde lijken, dan moest hij nodig naast Brad gaan staan... en toch, Matt matte je af. Het was een lieve jongen. En Ethan Summers, mijn god, vergeleken bij hem was zelfs Johnny Depp een lelijkerd. Alle grote filmsterren droegen hun stralendste glimlach, en ook al was geen van de overige gasten hier van het slag dat hen zou bespringen, of in tranen uit zou barsten of hun voeten zou kussen – er waren tv-camera's bij.

Ze probeerde niet naar Ethan te kijken, maar dat viel niet mee. Het enige wat ze tegen hem had was dat hij, als een echte actieheld, Tim had gered bij de bomaanslag in Parijs. Hij had hem gewoon moeten laten verbranden.

Ze vroeg zich af of Ethan wist wie ze was.

Vast wel. *Entertainment Weekly* had haar ooit bestempeld als 'de Paris Hilton voor intellectuelen'. Rot op! Echt wel dat ze er een miljoen keer beter uitzag dan dat wicht. Maar misschien doelden ze wel op het feit dat zij ook een dochter van een hotelmagnaat was en dat ze ook zo'n dubieuze reputatie had? Dan was het niet zo erg. Ethan moest wel van haar gehoord hebben – ze was toch nog altijd lid van de Club, of niet soms...?

Ze haatte het, deze twijfels aan zichzelf, terwijl ze ooit zo zeker van zichzelf was geweest.

Als je beroemd was, werd je lid van een exclusieve club en de mensen die al lid waren, vonden het leuk dat je erbij kwam. De gedachte was: ik ben beroemd en jij bent beroemd, dus dan zul je wel oké zijn en dan moeten we misschien maar eens iets afspreken. Hoewel er natuurlijk wel verschillende niveaus van beroemdheid waren. In de entertainmentindustrie bestond een heel gedetailleerd systeem van rangen en standen en je moest heel goed weten wat je plaats was. Als een actrice op de cover van een tijdschrift verscheen voordat men vond dat ze daar recht op had, dan kon het zijn dat iedereen haar een poosje de rug toekeerde tot ze haar lesje had geleerd. Enfin, als Ethan niet wist wie ze was, dan zou daar snel genoeg verandering in komen. Al die mensen hier die zich voor hun beroep in mooie kleren moesten hijsen konden mooi de pot op, want vanavond zou zij de ster van de show zijn. Haar baas, Agatha, had heel serieus tegen haar gezegd dat ze maximaal maar tweeduizend dollar mocht uitgeven. Ook al was dit dan een benefietbijeenkomst uit naam van Belle Époque. Ze zou op iets tastbaars bieden, een 'bescheiden kunstwerkje, niets buitenissigs, lelijks of seksueel getints, van een bekende kunstenaar, bij voorkeur iemand uit deze contreien'.

Voor tweeduizend dollar zeker? Jack had de titel 'celebrity killer' al aan zijn predicaat van 'in ongenade gevallen miljardair' mogen toevoegen, dus wilde hij dan nu ook nog als vrek te boek staan? In naam van geweldige publiciteit zou Emily iets groots en iets fatsoenlijks aanschaffen en daar zou ze met een groots gebaar een ordinaire hoeveelheid geld voor neertellen.

Ze bladerde door de catalogus. Een reisje met een privéjacht langs de Griekse eilanden? Een vlucht naar Vegas per privéjet en een overnachting in het Wynn? *Gaap.*

Emily dacht eraan dat ze al in geen zes maanden seks had gehad en ondanks haar armoedige bestaan raakte ze niet in extase van boottochtjes, privéjets of dure hotels. Ze wilde een man om mee te spelen en er stond er niet één in de catalogus.

Waar ging het vanavond ook alweer om? Roemenië? Betere hygiëne? O nee, wezen in de derde wereld, dat was het.

Wat een mazzel voor die kleine weesjes, aangeraakt te worden door de heilige hand van Hollywood! Wisten die ondankbare wezenbaby's eigenlijk wel wat voor voorrecht het was dat al deze prachtige, beroemde, geweldige, machtige en uiterst bijzondere halfgoden twee uur van hun kostbare maandagavond voor hen opofferden? Deze mensen stonden op het punt om geld uit eigen zak op tafel te leggen terwijl die kinderen nog niets hadden gedaan om dat te verdienen, behalve dan hun vader en moeder verliezen. Wat waren zij gezegend! Was er maar iemand die Emily op die manier wilde bijstaan – haar situatie was toch minstens net zo wanhopig.

Emily wist dat ze zou moeten netwerken, en ze zou dat ook zeker hebben gedaan: ze zou flink in de lucht hebben gezoend en met gemak en souplesse over koetjes en kalfjes hebben gebabbeld. Maar ze had er geen zin in. Het was veel te vermoeiend om te praten over wie wat deed, zodat je wist wie de moeite waard was om een praatje mee aan te knopen. Bovendien wilde ze het graag verstandig spelen. Fox News was aanwezig en die vertrouwde ze voor geen meter, die filmden je altijd zo raar.

Dus zat ze op haar stoel, rookte, nipte van haar drankje, en bleef ze zich verstoppen achter haar zonnebril terwijl ze van het uitzicht genoot (de sterren op de grond – die in de lucht kon je altijd nog bekijken). Ze had wel een hele schaal gamba's naar binnen kunnen werken, om nog te zwijgen van die wontons gevuld met kreeft en het Kobe-rundvlees, maar ze wuifde alles kordaat weg. Paris was dan misschien gefilmd tijdens het seksen, maar voor zover Emily wist was de vernedering van gefilmd worden terwijl ze zat te eten, haar tot nu toe bespaard gebleven.

De vrouw die voor veilingmeester speelde was een van Emily's minst favoriete actrices. Het was die brute ambitie van haar die ze zo afstotend vond. In werkelijkheid was het mens een kille, harde, niet al te slimme vrouwenhater; bizar dat ze beroemd was geworden met lieve, schattige rollen in romantische films, een gewoonte die ze – waarschijnlijk zeer tegen haar zin – voortzette, ook nu ze al dik in de veertig was. Als je minder prominente acteurs sprak, kwam je erachter dat ze eigenlijk nauwelijks acteerden, maar dat ze hun hele carrière alleen maar variaties speelden van zichzelf.

Emily vroeg zich af of Nanny eraan zou denken om Molly avocado bij haar pasta te geven, en of ze George wel zou dwingen een beetje komkommer te nemen. Nanny was een no-nonsense type uit Perth, in

Australië, ze was dolblij als ze een beroemdheid had gezien op straat, hoe gestoord, onbelangrijk of niche die ook mocht zijn. Elke zondag stond ze vol eerbied toe te kijken hoe Ed Begley jr. boodschapjes deed op de boerenmarkt; en als ze Jeff Goldblum met zijn roze bril op in de supermarkt tegenkwam, was dat een big deal. En toch wist Emily – vreemd, want waarom dat wist ze eigenlijk niet – dat het maar een beetje vermaak voor haar was. Deze mensen deden haar eigenlijk niks. Terwijl die lui het helemaal waren voor iedereen hier in LA. Beroemdheden die je niet kende waren belangrijker voor de mensen hier dan familie, vermoedde Emily.

Ze was dol op deze stad, maar ze hadden er niet echt een helder idee van wat nu echt belangrijk was in het leven. Ze had Nanny nodig om nog enigszins met beide benen op de grond te blijven staan.

Ze liet een blad met bonbons in de vorm van schedels aan zich voorbijgaan, en ze probeerde wat aandacht te schenken aan de veilingmeesteres. Het kostte haar duidelijk moeite om dat tripje op het jacht aan de man te brengen. Maar de meeste aanwezigen hadden nu eenmaal zelf al een jacht. Emily onderdrukte een geeuw en staarde naar de rug van de ene helft van de Olsen-tweeling. Wie van beiden het ook mocht zijn, dat kind had totaal geen allure.

'Het tripje op dit jacht biedt veel bijzondere extraatjes. Ik doe er zelf een zoen bij van – nee, schat, nu geen ruzie, dit is voor het goede doel – meneer Ethan Summers! En voor minder dan tienduizend dollar kan dat natuurlijk niet; we hebben het hier niet over zomaar iemand!'

O, mijn *god*. Wat een brutaliteit! Een beetje slijmen met de ster van het moment ter meerdere eer en glorie van jezelf. Ik zou er geen tijd aan verspillen, snoes, want zoveel heb je daar niet meer van over. Hoewel dit wel de moeite van het bieden waard is. Emily's hand voelde weer aan haar zakelijke creditcard en ze wist opeens heel zeker dat niemand anders die kus van Ethan Summers verdiende. Hij was van haar.

En als het aan Emily lag, zou het niet bij die ene kus blijven.

Ethan

Ethan lachte. Het was geweldig om Ethan te zijn. Hij begreep niet waarom filmsterren depressies kregen. Wat had je in godsnaam te klagen als iedereen gek op je was?

Waarschijnlijk waren ze ziek van angst, dacht hij. Angst dat iemand anders meer succes zou hebben en dat iemand waar niemand nu nog van had gehoord, zou doorbreken. Angst dat iemand anders dat belangrijke script zou krijgen. Angst dat anderen een miljoen meer zouden verdienen, dat iemand anders een mooier lijf had dan zij, een lekkerder wijf, een slimmere agent, exclusievere uitnodigingen. Angst dat het morgen ineens allemaal voorbij zou zijn en dat ze helemaal alleen over zouden blijven met hun miljoenen dollars, maar zonder vrienden en zonder werk.

Ethan maakte zich over dat soort shit totaal geen zorgen. Hij wist dat hij een geweldig leven had, en hij genoot er met volle teugen van.

Beroemd zijn was iets krankzinnigs, maar je wende eraan. Je ego groeide mee met je succes. Hij vond het prettig dat mensen voor hem uitzonderingen maakten. Hij vond het fijn dat ze hem behandelden alsof hij heel speciaal was. Hij vond het fijn dat 99 procent van de mensen die hij tegenkwam liever over gebroken glas kropen dan dat ze hem zouden tegenspreken. Hij vond het fijn dat anderen ervoor zorgden dat zijn dag helemaal perfect was. Dat hij dat allemaal op prijs stelde was niet omdat hij een domme eikel was, maar omdat hij er een *beter mens* van werd.

Wie vindt het leuk om te worden tegengesproken? Wie vindt het leuk om op zijn lazer te krijgen? Wie vindt het leuk om als een stuk vuil te worden behandeld? Als dat allemaal gebeurde, ja, *dan* had je reden om je kut te voelen.

Maar als Hollywood-ster had je een droomleven. Je leven was een sprookje. Jouw wens was hun bevel. Je was net een verwend kind, want je kreeg altijd alles wat je wilde. Je had geen enkel excuus om niet verschrikkelijk lief voor iedereen te zijn.

Toegegeven, hij had zelf ook wel eens last gehad van een aanval van 'maar weet je wel wie ik ben!' toen de rode loper eens niet voor hem werd uitgerold – zoals gisteren, toen hij met de nieuwe, speciaal voor hem gebouwde Cadillac suv de verkeerde kant van een eenrichtingsstraat in reed en neus aan neus kwam te staan met een politiewagen. Er was zonder meer een moment van verblufte woede over de houding van die kerel – maar toen had hij natuurlijk zijn honkbalpetje afgezet en schaapachtig gelachen, en de man had geroepen: 'Ooo, meneer Summers. Gaat u verder, en nog veel succes!'

Daarna had hij om zichzelf moeten lachen dat hij zo lichtgeraakt was. Hij had een antwoord voor degenen die kritiek hadden op de sterren omdat die zichzelf zo serieus namen. Ze waren namelijk ster geworden *doordat* ze zichzelf zo serieus namen. Dat moest wel in deze stad, anders redde je het niet. Maar hij kon nog best om zichzelf lachen als zijn gevoel voor humor hem een keer in de steek had gelaten. Nu het allemaal toch goed was gekomen.

Vanavond voelde hij zich lekker in zijn vel, net als altijd. Het interview met *Los Angeles Magazine* was vandaag verschenen, en het was een topstuk. Ze waren naar het Natural History Museum gegaan en de journalist was erg gecharmeerd toen hij haar entree betaalde en zei: 'Mijn moeder zou me anders een draai om mijn oren geven!' Je kon gif innemen op de verblufte dankbaarheid als je afdaalde tot hun gewonemensenniveau.

Hij had zorgvuldig vermeden om over zichzelf in de derde persoon enkelvoud te praten, en hij had overtuigend gelachen toen de 'mythe' ter sprake kwam dat hij zijn tanden alleen wilde poetsen met water uit Fiji. Ze waren helemaal teruggereden naar de Hills en de chauffeur had hen afgezet bij Mr Chow. Terwijl Ethan van de kaart bestelde (tonijntartaar met citroen en extra frites) had hij niet zichtbaar genoten van alle overdreven zorgzaamheid. Hij had de parkeerjongen bij diens naam begroet, had de pr-medewerker een knuffel gegeven en hij had dankbaar geknikt toen ze hem het afgezonderde tafeltje hadden gewezen. Hij had, kortom, bewezen dat hij een allround beschaafde vent was.

En dat zou hij nu nog maar eens bewijzen.

Hij stond aarzelend op, grijnzend, blij maar enigszins verlegen dat alle ogen op hem waren gericht, terwijl de echte helden van de avond die kleine baby's in de derde wereld waren, en onder het luide applaus van de gevierde orde baadde hij in die vertrouwde gouden gloed, in die zee van liefdevolle gezichten. Hij kon zich nog precies herinneren wanneer hij voor het laatst iemand had zien fronsen, want dat kwam nog maar heel zelden voor.

'*You go, girl!*' riep Clooney. O, o, wat een grappenmaker was dat toch ook! Ethan weerstond de verleiding om hem een flinke hengst te verkopen.

Buiten droeg hij een zonnebril. Binnen had hij zich aangeleerd om nooit oogcontact te maken, om te voorkomen dat mensen hem lastigvielen. Het alternatief was om overal met bodyguards rond te lopen, wat weliswaar veel succes uitstraalde maar het was ook ongelofelijk irritant, alsof je met een troep bavianen leefde. Nu zette hij zijn Tom Ford-zonnebril af en liet zijn blik over de uitgelezen selectie vrouwen in het publiek glijden. Daar had je Katie – ach, de onaantastbare, de gracieuze, chocoladetaartminnende mevrouw Cruise – hij gaf haar zijn kleinejongensglimlach en zij lachte moederlijk terug. En daar was Emily Kent, pas weer terug op de vrijgezellenmarkt. Die arme Emily, een schoolvoorbeeld van wat slecht ouderschap kon aanrichten.

Hij gaf haar een knipoogje. *Make my day.*

Toen ging hij naast de veilingmeesteres staan en liet zich met een lachje door haar op de mond zoenen, zich afvragend of haar pr-medewerker haar soms expres geen pepermuntje had gegeven omdat het zo'n ongehoorde bitch was. Ze deed altijd net alsof andere vrouwen lucht voor haar waren, echt onbeschoft. Hij zou er misschien niet zo'n probleem mee hebben als ze het niet ook met haar eigen medewerkers, onder wie haar zusje, deed!

'Dus, lieve Ethan – jeetje, moet je die spieren van hem eens voelen – ik realiseer me ineens dat tienduizend wel erg weinig is. Kinders, ik vind eigenlijk dat we moreel verplicht zijn om op twintigduizend dollar in te zetten. Dus, dames – en heren! – denk aan die arme schattige weesjes, en vooral, denk aan een zoen van Ethan Summers, vol op de mond! Wat zeggen jullie ervan?'

Ethan grijnsde en zei: 'Man, als Clooney niet biedt, dan zwaait er wat voor hem!' Er werd hard gelachen, want beroemde mensen zijn nu eenmaal veel geestiger dan anderen.

'Vijftig, maar dan wil er wel een lap tong bij!' schreeuwde Damon.

Ethan schoot in de lach. Wat kon hij anders? Hij schreeuwde terug: 'Dat is chantage! Ik verdubbel het bedrag als we het bij een ferme hand kunnen laten!'

De veilingmeesteres, die geen zin had om uit de schijnwerpers te stappen, kwam tussenbeide. 'Het bieden begint dus bij honderdduizend dollar, als ik het goed heb berekend, en eerlijk gezegd ben ik daar niet erg van onder de indruk. Het gaat niet geweldig. Deze man komt voor minder dan vijftien miljoen zijn bed niet eens meer uit. Kom op, mensen!'

Hoe waagde ze het om zijn salaris te noemen – en het dan ook nog zo te onderschatten! Ze zette hem neer als goedkoop! Hij haatte haar.

Ze kwam op zijn lijst van mensen over wie hij het nooit meer wilde hebben, samen met die parvenu van een George Eads uit csi, die hem vorige week bijna in zijn zilveren Porsche had overreden op Mulholland Drive. Dat had hij aan Mark verteld, die een vreemde blik in zijn ogen kreeg. Ethan wist dat hoewel Mark George Eads nu namens hem haatte, hij ook jaloers was. Overreden worden door een beroemdheid had immers zo zijn voordelen. Als je ernstig gewond raakte, was zo'n ster verplicht om aan je ziekbed te verschijnen (en je niet met een van zijn vertegenwoordigers af te schepen). Je kon vrienden worden met zo iemand... toegang krijgen tot hun intieme kring... gezellige etentjes *chez* George. Ik bedoel, mits je goed verzekerd was, was het een buitenkansje, toch?

Marks reactie had hem zowel gefrustreerd als blij gemaakt. George Eads was alleen maar op *televisie*. Hij, Ethan, had in vier van de best bezochte films van de afgelopen drie jaar gespeeld. Hij kon niets fout doen. Hij was momenteel machtiger dan God zelf. De wereld lag aan zijn voeten.

Hij knipoogde innemend en lachte zijn witste lach.

'Tweehonderdduizend voor mijn lieve Ethan – maar dan moet hij wel in de lucht zoenen, anders komt er maar geroddel van.'

Ach, de geweldige Patricia Arquette. Wat een godin was dat ook. Hij adoreerde haar. Hij had nog met haar gewerkt toen hij pas begon; hij was nog niemand, hij werkte nog als ober, en zij was zo warm geweest, zo aardig, zo bemoedigend. Ethan vergat nooit hoe mensen hem hadden behandeld toen hij nog niet de grote Ethan Summers was. Zoals hij jaren later aan *Access Hollywood* vertelde: 'Ik voelde me omarmd.'

Hij blies een kus naar haar toe.

Er klonk gekletter, en een hese Britse stem schreeuwde: 'Vijfhonderdduizend – ach nee, doe maar een miljoen dollar!'

Er viel een verblufte stilte, en toen een gemompel dat aanzwol tot opgewonden enthousiasme, en mensen begonnen te klappen en te joelen en draaiden zich om op hun stoeltjes.

'Grote god!' riep de veilingmeesteres. Gelukkig hield ze voor de verandering haar gebruikelijke gevloek voor zich. 'Hollywoods grootste hit, Ethan Summers, daar gaat hij... eenmaal... andermaal... verkocht aan de dame in een oudje van Hervé, voor een bedrag van een miljoen dollar. Ik ben toch zo gelukkig voor al die kleine kindjes. Wat zullen ze blij in hun handjes klappen als ze dit horen! Ga eens staan, schat, dan kunnen we je allemaal even goed bekijken. O, het is Emily Kent! Lieverd, sorry dat ik je niet herkende. We hebben je al zo'n tijd niet gezien. Nou, wat een sensationele comeback – is het geen lieverd, dames en heren? Ethan, wat gaat er door je heen op dit moment?'

Hoezo, moest er iets anders door hem heen gaan dan gisteren?

Ethan draaide zijn zonnebril rond in zijn vingers en staarde eerst naar zijn voeten, en toen naar Emily, met een uitdagende blik.

Zij glimlachte, met halfopen mond, hijgend van de kick die ze kreeg van het risico dat ze had genomen. Toen legde ze een hand op haar slanke heup en tuitte haar lippen, waarbij ze hem recht in het gezicht keek. Ze had niet dat brandschone dat de meiden hier in Californië allemaal hadden. Ze had weliswaar een fragiele schoonheid en een strak, gebruind lichaam, maar ze was duidelijk een stoute meid met een grote mond waarmee ze zich voortdurend allerlei problemen op de hals haalde. Die meid was gewoon ranzig. Als je haar in bed kreeg, kon het haar geen moer schelen dat haar kapsel niet netjes op zijn plek bleef, ze zou je berijden als een paard.

Hij glimlachte nog eens en zonder zijn ogen van Emily af te houden vroeg hij: 'Wat er door me heen gaat? Extase.'

De veilingmeesteres slaakte een gilletje van plezier. 'Nou, big spender, kom maar naar voren.'

Langzaam schreed Emily op Ethan af. Ze ging vlak voor hem staan, zodat hij haar lichaamswarmte kon voelen. Die jurk, ze barstte er bijna uit. *Jezus*. Hun blikken hielden elkaar vast en ze begrepen elkaar.

Het werd doodstil, en ze hield haar hoofd een beetje schuin toen hij zich vooroverboog. Terwijl hun lippen elkaar raakten liet ze haar handen wapperen en greep hem toen bij de schouders. Hij trok haar tegen zich aan en drukte haar lichaam tegen het zijne. Het was alsof de hele menigte per teleporter naar de Valley was gestuurd en zij daar alleen waren, met zijn tweeën. Hij voelde haar ontspannen, en op dat moment wist hij dat ze van hem was.

NORTH CRESCENT DRIVE

Emily

Tuurlijk, het gaf een kick om de hotste filmster op aarde te kussen. Maar wat pas echt een kick gaf, was dat ze hem kuste voor een miljoenenpubliek. Emily vond het altijd al leuk als ze 'lekker puh' tegen de rest van de wereld kon zeggen – vooral tegen haar zusje, haar moeder, de meiden van school, al haar exen, haar man, haar vader en iedereen die wel eens wat gemeens over haar had gedacht.

Dus dan hield je een man of tien over.

Wat de filmster zelf betrof, Ethan Summers was een ongelofelijk lekker ding, charmant, rijk en succesvol. Zijn enige minpuntje was zijn relatiegeschiedenis: een afgrijselijke stoet supermodellen en Hollywood-godinnen. Aangezien Emily intelligenter was dan al die dames bij elkaar zou het een belediging zijn als men beweerde dat zij armoedig bij hen afstak. Ze zou boven hen uitsteken, want ze was iets heel bijzonders.

Toen hun lippen elkaar raakten en honderden camera's begonnen te klikken, liet Emily haar hand afglijden naar zijn kruis, trok de rits open en gaf hem een kneepje.

Ze voelde zijn gespierde lijf verstrakken van de lust, en dat hij begon te trillen. Aha, de hitte van de lust!

Wacht.

Stond Ethan nu wel echt te trillen van de hartstocht, of stond hij te... *lachen*?

Ze deed haar ogen open en zag dat het laatste het geval was. Woedend deed ze een stap naar achteren.

Met een grijns herstelde Ethan zich. En toen fluisterde hij haar in het oor: 'Zo goedkoop ben ik niet.' Wat een lef. Hier had ze dan een miljoen dollar aan uitgegeven!

Dat wil zeggen, papa's bedrijf had hier een miljoen dollar aan uitgegeven.

O, daar had je zijn secretaresse aan de telefoon. Kennelijk werd dit nog live uitgezonden ook. Nou ja, hij kon hier toch onmogelijk moeilijk over doen. Het was voor een goed doel. Bovendien had ze dringender zaken aan haar hoofd. Het publiek begon te klappen, onzeker, alsof de zoen er al op zat. Maar dat was niet de bedoeling!

Ze trok een wenkbrauw op. 'Was dat alles?'

Zijn grijns verdween. Hij greep haar bij de armen, trok haar woest tegen zich aan en kuste haar lang en ruw.

Ze was duizelig en slap van verlangen. Ze snakte naar adem toen hij haar eindelijk weer liet gaan. Het was het lot; ze waren voor elkaar bestemd. Haar gok had geloond. Dit was het einde van al haar problemen en het begin van een modern sprookje.

Ethan streelde haar haren en boog zich voorover om haar iets in te fluisteren. Nu ging het gebeuren. Hij zou haar mee uit vragen.

'Hé, *baby*, hoe heette je ook alweer?'

'Wat lief!' kirde de veilingmeesteres die ondanks al die operaties minstens veertig leek en tegenwoordig alleen nog maar werd gevraagd als oma of psychopate. 'Wat romantisch om zoveel geld af te staan voor al die kleine kindjes in de derde wereld. Bedankt, Ethan, ik begrijp dat het niet meeviel. En jij ook bedankt, Emily Kent, voor je meer dan ruimhartige bijdrage.'

De verzamelde Hollywood-sterren stonden op en klapten en juichten. Ze gaf Ethan haar allerbeste kwijnende blik en zei: 'Het was niet voor jou.'

Toen draaide ze zich om. Die vent was zo arrogant, die moest maar eens ouderwets Brits worden geschoffeerd.

Haar mobieltje rinkelde alweer.

'Ja?'

'Dag Emily, ik verbind je door met je vader.'

Shit. 'Papa! Hoe is het ermee, engel?'

'Emily. Je verveelt me. Je bent ontslagen. Je bureau in het hotel is al uitgeruimd. Je bent nu drieëntwintig en je bent moeder: financier je eigen blunders voortaan maar. Ik heb er genoeg van om je steeds maar in de krant te moeten zien, waar je onze naam door het slijk haalt. We spreken elkaar wel weer eens als je iets hebt bereikt in het leven. Tot dan.'

'Papa, wacht!'

Ze sprak tegen een dode lijn.

Ze schoof haar Gucci-zonnebril op haar neus en beende weg van de menigte naar de stilte in de pagode.

Als ze geen inkomen meer had zou ze het appartement kwijtraken. Tim zou de kinderen krijgen. Ze voelde zich niet lekker. Ze staarde naar het schitterende uitzicht op West-Hollywood en naar de blauwe, blauwe hemel, en het streepje oceaan in de verte, maar op dat moment zag ze alleen maar zwart.

'Steun je nog andere goede doelen?'

O god. Het was gewoon onmogelijk om niet naar Ethan Summers te glimlachen als hij zo schattig deed, maar ze was niet van plan haar zonnebril af te zetten.

Hij zweeg. 'Jack was dus niet zo onder de indruk.'

Het was vernederend dat hij precies wist hoe de vork in de steel zat. Natuurlijk wist hij wie ze was. Die kus was een grote fout geweest. Het toonde hoe wanhopig ze was. Ze wilde geen medelijden. Ze wilde alleen maar dat hij verliefd zou worden op haar.

'Dat is hij nooit.'

Hij stak een hand op. Heel even dacht ze dat hij haar zou slaan. Maar hij pakte heel voorzichtig haar zonnebril. 'Dat is beter.'

Ze zuchtte. 'Dus nu heb ik geen baan meer, en geen geld voor de huur.' Ze glimlachte. 'En ik denk dat zelfs *Access Hollywood* niet op een vijfde interview zit te wachten.'

Ethan boog zijn hoofd. Elke beweging, elke blik, elk woord maakte dat ze zijn kleren van zijn lijf wilde scheuren. 'Je kunt altijd bij mij logeren tot je de boel weer op de rit hebt. Ik beloof dat ik je niet...' hij boog vagelijk in de richting van haar decolleté – 'lastig zal vallen.'

Ja, ja, *ja*. Die hand in zijn broek – zie je nou wel – onweerstaanbaar!

Ze aarzelde nadrukkelijk. Ethan leek een lachje te onderdrukken. 'Dat is een heel vriendelijk aanbod,' zei ze. 'Dat zou ik heel fijn vinden. Maar ik heb een vraag.'

'Toe maar.'

Emily staarde in zijn ogen. 'Komt het wel eens voor dat jij... een belofte breekt?'

Emily

Nou en, dan had haar vader het nieuws gezien en haar op staande voet ontslagen. Jammer voor hem. Hij had afscheid genomen van het grootste pr-genie dat hij ooit nog in dienst zou hebben. Hij had geen idee. Hij dacht dat ze een miljoen dollar van zijn geld had weggegooid. Wat een domoor. Begreep hij dan niet dat pr een kwestie van perceptie was? En dat de perceptie van miljoenen mensen, van New York tot LA, van Londen tot Parijs, nu werd beïnvloed door het filmpje van de Dochter van de Hotelmagnaat die A-list Filmster Ethan Summers Kust voor Een Miljoen ten Bate van het Goede Doel?

Sommige zenders hadden Belle Époque zelfs bij naam genoemd. De reserveringen zouden hem om de oren vliegen. Mensen waren nu eenmaal dom. In hun neanderthalerbrein zouden ze de exclusiviteit en de begerenswaardigheid van Ethan Summers verbinden aan de hotels van haar vader: die zilveren glinstering van zijn Hollywood-glamour, zijn jeugdigheid en zijn sexappeal zouden allemaal afstralen op Jacks beschadigde imperium alsof het een hand elfenstof was, en dat voor slechts een miljoen dollar, terwijl Japanse frisdrankbedrijven hem het tienvoudige boden, omdat mensen wisten dat Ethans naam een reputatie helemaal kon herschrijven zodat de dollars vanzelf binnenstroomden.

Ze haatte haar vader met een diepe, donkere, brandende woede. Ze haatte hem hierom, om deze laatste misdaad, en ze haatte hem voor al zijn andere wandaden: dat Claudia de uitverkorene was, dat Claudia, die niet eens zijn echte kind was, zijn miljarden zou erven en dat er voor Emily nog geen dubbeltje af kon. Ze gaf haar moeder hier de schuld van; zij, Emily, werd gestraft voor de zonden van Innocence. Maria was de geliefde echtgenote en dus werd Claudia, haar dochter, beloond. Bovendien was hij een waardeloze grootvader. Hij was ongemakkelijk, geïrriteerd en gemeen tegen de kinderen. Hij vond het irritant dat ze zoveel geluid produceerden. Hij vond ze onbeleefd en ongedisciplineerd. Hij verwachtte dat ze gevoel voor decorum zouden hebben, maar het waren nog maar kinderen! Ze hadden zijn Mingvaas gebroken – ja, natuurlijk, dat ding stond op een pilaar! Ze hadden met paarse viltstift een buitenaards wezen op zijn Van Gogh getekend. Maar hij impliceerde in feite dat Emily een slechte moeder was. Hallo, pot!

Het was allemaal min of meer goed gekomen, maar dat had ze niet aan hem te danken. Jack was nu echt te ver gegaan. Hij had haar hele *leven* naar de knoppen geholpen. Zonder inkomen kon ze zich de huur van het appartement niet meer veroorloven; en Nanny zou ze ook niet aan kunnen houden.

Dat was nog het allerergste – dat ze Nanny kwijt was. Toen haar moeder gevangenisstraf kreeg was ze niet half zo overstuur als nu. Het verschil was namelijk dat je aan Nanny echt iets had. Dankzij Nanny was Emily niet doorgedraaid. Nanny fungeerde als buffer tussen Emily en de kinderen. Emily was zelf nog een kind – ze voelde zich iets van tien – en het moederschap was zulke serieuze shit dat ze er doodsbang voor was. Ze was bang voor George en voor baby Molly, want het waren veeleisende en machtige mensjes. Nanny hield vol dat zij, Emily, hun zon en hun maan was, maar eerlijk gezegd vond ze dat ze dat niet kon waarmaken.

Nanny was zo goed in haar werk; ze begreep die kinderen echt. Zij was degene die ervoor zorgde dat er geen oorlog uitbrak.

Nu ze de enige verzorger was, was Emily doodsbang om hun welzijn. Innocence hing ergens uit, maar waar wist ze niet – Spyglass Island misschien? Ze belde nooit terug, dus dat betekende dat ze geen zin had om Emily te spreken. Met andere woorden, de bank was dicht. Emily kon niet eens naar haar moeders huis in LA, want daar woonde nu een Spice Girl in. Een van hen (het interesseerde Emily niet welke) 'werkte' daar en Innocence, die een groot fan was van *Zigazig Ha* had haar het huis aangeboden tot de Spice Girl een eigen optrekje had gevonden. Of, zoals Emily hoopte en bad, totdat de autoriteiten haar visum niet meer wilden verlengen.

Natuurlijk was Claudia er altijd nog. Maar totdat Jack het loodje legde had Claudia zelf ook geen rooie cent. Ze was bovendien zo'n martelaar dat Emily haar vingers automatisch tot klauwen kromde als ze aan haar zusje dacht. Claudia leefde een stichtelijk leven vol zelfopoffering nu die Alfie van haar met die hondenkop was getrouwd. Ze zat eigenlijk enorm te pruilen. Claudia was de enige die kon schrijven voor *Vanity Fair* zonder dat er enige glamour van uitging. Als ze in de vs was verbleef ze in *andere* hotels, en de rest van de tijd was ze in dat appartement van d'r in Highgate. Kennelijk waren er nog vier andere appartementen in dat huis, en de bewoners vierden wel eens een *feestje* samen. Ik ging liever ter plekke dood. Claudia zou Emily het geld zonder meer hebben geleend, maar Emily was nog liever naar Vegas gaan liften om haar lichaam op de Strip aan te bieden. Maar nu konden Ethans mensen mooi helpen.

Omijngod, *Ethan!*

Hij had gedaan alsof hij haar naam niet meer wist. Die kus was zo opwindend dat ze hem zelf ook bijna was vergeten. Iedereen zat met uitpuilende ogen naar hen te kijken. Had ze al die beroemde mensen toch maar mooi het gras voor de voeten weggemaaid. De gastvrouw die erbij stond als een gebotoxte citroen had opgemerkt dat Emily zeker waar voor haar geld had gekregen, en Emily had gemompeld: 'Nog niet helemaal'.

Toen had ze het telefoontje van haar vader aangenomen, via juffrouw Green: dat was wel een flinke domper geweest. Papa zou haar rustig op straat laten verhongeren. Wat waanzinnig dat Ethan het telefoontje had opgevangen en dat hij haar had uitgenodigd bij hem thuis te komen. *Met* de kinderen. Wat een schat was het. Ze begreep helemaal waarom hij zo'n grote ster was. Hij had zo'n woest charisma, een soort dierlijke hitte waar iedereen zich aan wilde warmen: hij was net een energiebron. Ze wilde dolgraag met hem naar bed. Ze kon bijna niet in een rechte lijn blijven lopen bij de gedachte alleen al.

Het enige probleem was dat die creep van een Mark altijd bij hem in de buurt hing. En ze kon wel zien dat die het er niet mee eens was. Nou, dikke pech voor je, Griezelmans, *ik* ben nu eenmaal degene met een poes en niet jij. In zekere zin was het ook wel goed dat Griezelmans altijd in de buurt was als een soort menselijke kuisheidsgordel. Met Ethan kon ze zich namelijk totaal niet inhouden, ook al wist ze dat het beter was. Ze had eigenlijk het enige meisje moeten zijn dat niet meteen ging opzitten en pootjes geven, maar ze wilde hem zo ontzettend graag. Emily was altijd een vals kreng geweest. Iemand die nooit iemand terugbelde, die haar dates altijd verschoof, en die mannen wist in te peperen wat voor onbelangrijke plek zij innamen in haar geweldige leventje.

Maar met Ethan Summers deed je zulke dingen dus niet. Ze had het vermoeden dat hij niet van spelletjes hield. Dus was het maar beter zo.

Het zag er goed uit voor haar. Het was net een sprookje. Ze was in nood, en hij was de reddende held. Ze was halsoverkop verliefd geworden. Hij had haar gered zoals hij ook Tim had gered bij de bomaanslag in Parijs. Ze had nog niets over Tim gezegd – ze betwijfelde of Ethan zich hem nog kon herinneren – hij had gewoon uit een impuls gehandeld om een medemens te helpen. Tim was irrelevant. Het ging nu allemaal om haar en Ethan en niets wat haar daar nog van zou afbrengen.

Haar en *Ethan*.

Man, er waren wel twintig websites aan die vent gewijd. Daar kon je lezen welke kleren hij *op dit moment* droeg en waar je die kon kopen. Op *Reel Clothes* stond het kaki T-shirt dat hij in *Parajumper* had gedragen te koop voor 850 dollar. De kop in *People*, het meest bezochte artikel, was: Zonder shirt en *hot*: Ethan op het strand. De quote van de dag op ET was van Ethan, over de paparazzi: 'Wat zij doen is illegaal. Ik heb tien van die lui achter me aan met een snelheid van tachtig kilometer per uur. Ze willen me dus niet *betrappen* op krankzinnig gedrag, ze *zetten me aan* tot krankzinnig gedrag.'

Een korte uitspraak in *Variety* over zijn nieuwste film, *Hero*, was helemaal binnenstebuiten gekeerd en was door elk roddelblad in het land opgeraakeld: 'Ja, ik heb een held. De dochter van mijn agent, Angie, heeft een ontwikkelingsachterstand. Zij is mijn rolmodel. Vol goede moed heeft zij meer hobbels genomen – veters strikken, haar naam spellen – dan ik ooit zal hoeven nemen.'

Zijn huis was niet normaal zo groot. De dingen die je zag in MTV *Cribs* vielen erbij in het niet. Ze was wel gewend aan zoveel ruimte, aan huizen waar het drie minuten kostte om van de ene kant van een kamer naar de andere te komen. Maar dit huis leek nog groter dan de huizen van haar ouders, wat waarschijnlijk kwam doordat Innocence zo'n ekster was – ze bleef haar huizen maar volstoppen met allerlei *troep* – en Jack... nou ja, dat kon ze zich niet eens meer herinneren. Ze was al heel lang niet meer in een van haar vaders huizen geweest. Haar vader was niet zulk leuk gezelschap.

Hij had depressies na Maria's dood en hij was depressief dat hij door zijn verwondingen en zijn coma zo snel oud was geworden. Hij zag er nog steeds goed uit, voor een ouwe kerel. Hij had nog al zijn eigen haar. Ze haatte kale mannen. Die deden haar aan clowns denken.

Ethans huis was cool en wit en chic. Alle meubels waren stuk voor stuk kunstwerkjes; het was net een showroom, ingericht om je jaloers en vol ontzag aan te vergapen. Ze *was* ook jaloers op wat hij allemaal had – het land, het huis, de spullen erin; maar ze was vooral jaloers op waar dat allemaal voor stond: zekerheid.

Ze was jaloers omdat ze het allemaal zo prachtig vond: de hardhouten vloeren, de gestuukte muren, de kunst (*Blood Head* van Marc Quinn) – te gek! George hield van bloederige taferelen en kon zijn ogen er niet van afhouden – een doorzichtig afgietsel van het hoofd van de kunstenaar, gevuld met *echt bevroren bloed*! De schitterende, moderne kroonluchters (vooral die ene die bestond uit honderden zwarte en doorzichtige bollen van handgeblazen glas, net bubbels van goed en kwaad). Waar ze ook gek op was, waren zijn luxe loveseats van kaki nubuckleer, waar ze zo gezellig in kon kruipen met Molly en George.

Ze was dol op de ingelijste zwart-witposter van *Sick Day*, met daarop een foto van een heel sexy, ruige Ethan, met een geweer over zijn schouder; en op de enorme, strakke keuken van glas en staal – hij kookte nooit, maar zijn kok was waanzinnig goed; ze hield van het schilderij van de engel die in zijn slaapkamer hing; ze hield van de rieten paspop in haar eigen slaapkamer en van de kleine stenen waterspuwers op het dak; en van de met spiegels bedekte ladekast – het vierkante bad van zwart keramiek – de Dalek, uit *Doctor Who*, die op de gang stond – zijn klok in de vorm van een dartbord – en de zilvergrijze vacht die op haar enorme hemelbed lag – en dan hebben we het nog niet eens over de tuin en het zwembad en de pagode en de fitnessruimte en de sauna en het Turkse bad en de ondergrondse garage. Er waren miljoenen en miljoenen dollars in dit huis gestoken om er het perfecte toevluchtsoord van te maken en ze kon wel huilen van opluchting.

Stiekem wilde ze met hem trouwen en voor altijd gered zijn, in plaats van alleen maar voor een paar weekjes. Ze had uiteraard tegen hem gezegd dat ze zou blijven tot ze weer een baan had gevonden. Als het iets in de pr moest worden, zou ze waarschijnlijk haar cv naar haar moeder sturen. In de tussentijd kon ze even snel honderdduizend dollar verdienen. *Heat* – en *Heat* was wel duizend keer cooler dan *Hello!* – zou dolgraag met haar willen praten over haar beroemde vriend. Maar Ethan was erg op zijn privacy gesteld en ze wilde hem niet verraden – of kwijtraken.

Hij had haar een rondleiding gegeven en zijn personeel de opdracht gegeven om tot haar beschikking te staan, zelf was hij zestien uur per dag aan het werk voor *Transmission*. Ze zag hem nauwelijks.

Maar hij zei dat hij, als ze dit weekend niet hoefden te filmen, geheel de hare zou zijn. 'Gehele *de jouwe*,' had hij gezegd, en ze was helemaal zenuwachtig van opwinding. Misschien nam hij haar wel mee naar een strandhuis in Malibu, waar ze een romantische avond konden doorbrengen. En er zat maar een kleine kink in de kabel – of eigenlijk twee. De baby in bed krijgen kostte haar al een halve avond. Emily kon de verleiding van het middagdutje nooit weerstaan. Maar als ze Molly 's middags had laten slapen, vond Molly dat ze er al een halve nacht op had zitten en ging ze ervan uit dat ze tot middernacht beziggehouden werd. Zorgen voor een baby en een kind van zes was geestdodend, eerlijk gezegd. Emily was lijkbleek van de uitputting en ze kon niet begrijpen dat Nanny dit als werk had willen doen. Werken op een booreiland in de Noordzee was relaxter.

En dat personeel van Ethan was een stelletje idioten. Ze waren geprogrammeerd om aan de wensen van een jonge god te voldoen. Als Molly nou een puppy was geweest, dan hadden ze wel werk van haar gemaakt, maar mensenkinderen, daar had niemand ervaring mee en ze werden beschouwd als walgelijke, onvoorspelbare, onpeilbare lastpakken.

Als Emily, zoals Ethan had voorgesteld, aan de kok vroeg om een lunch voor Baby te bereiden, dan kwam hij met een kreeftensoep gevolgd door rauwe biefstuk. De assistente van Griezelmans had, ook weer op Ethans voorstel, wat speelgoed voor Baby gekocht, en ze kwam aan met een computergame en een driewieler. Emily keek om zich heen en zag haar kind van zestien maanden zonder ondersteuning op het fietsje balanceren op het granieten terras terwijl de assistente bezig was te controleren of ze nog geen gespleten haarpunten had.

Iedereen liet overal deuren en ramen openstaan; er stond geen hek om het zwembad en de jacuzzi, want dat zou de *look* maar verpesten. Emily was eraan gewend dat ze orders kon uitdelen en dat mensen dan ook naar haar luisterden. Het was een heel vervelend gevoel om geen rechten meer te hebben, om nergens meer blind van uit te kunnen gaan. Vroeger zag ze haar personeel niet eens, het kon haar ook niet schelen – los van Quintin beschouwde ze iedereen altijd als robots. Maar nu moest ze zich nederig opstellen, en achterdochtig, en dat deed haar zelfvertrouwen geen goed; de geïrriteerde blikken, de trillende neusvleugels: ze zag hun minachting overal. En dus stond Emily zelf om halfzeven op om het ontbijt voor de kinderen te maken, voor het geval de kok het idee had opgevat om een scheut cognac door hun havermout te roeren, en dan bracht de chauffeur George naar school in de zwarte terreinwagen, met Emily en Molly achterin, Molly in haar verplichte kinderzitje. De chauffeur had op dat zitje gereageerd alsof ze een geit mee wilde nemen (laat staan hoe hij op het kind reageerde). Ethans personeel deed haar was, maakte hun bedden op, maakte hun kamers schoon, brachten haar naar waar ze maar naartoe wilde, gaven haar te eten, deden boodschappen voor haar en brachten haar handdoeken voor bij het zwembad. Ze volgden Ethans orders heel precies op. Maar ze deden het met een laatdunkend air, zo van 'Wie *ben* jij eigenlijk?' Ze hield baby Molly liever zelf in de gaten. Dat was een volkomen on- zelfzuchtige daad van haar, want zelfs baby Molly mocht haar niet. Ze vermoedde dat het baby Molly irriteerde om overgeleverd te zijn aan zo'n amateur als zij.

Dus zelfs al was Ethan dit weekend 'geheel de hare', dan nog zou ze waarschijnlijk geen schijn van kans hebben om 'geheel de zijne' te zijn. George kon je nog wel om te tuin leiden met een schaaltje M&M's en een spannende film. Maar Molly was een heel andere kwestie. Het slaapje duurde 's middags lang niet altijd twee uur. Als zij het anders zag, dan kon het ook zomaar tien minuten duren.

Bovendien had Emily ongeveer een dag nodig om er toonbaar uit te zien. Ethan had een angstaanjagende catalogus vol voormalige vrien- dinnetjes. Ze stonden stuk voor stuk in de lijst die FHM opstelde met de '100 meest sexy vrouwen ter wereld'. En op dit moment zag Emily er al niet uit als de mooiste vrouw op een onbewoond eiland. Wat Emily dus eigenlijk wilde, was dat de kinderen vierentwintig uur onder an- dermans hoede waren. Ze wilde niet dat het een vluggertje moest zijn. Ze wilde dat dit het begin zou worden van een echte relatie. Ze wilde George en Molly stabiliteit kunnen bieden en een *vader*.

Na zes jaar ouderschap-op-afstand zat Emily plotseling in de vuur- linie en ze had geen idee hoe ze dit moest aanpakken. Hoe had zij ooit kunnen weten dat kinderen je geweldige, comfortabele leventje zo op zijn kop konden zetten?

Nou ja.

Ze moest nu niet in paniek raken. Het kwam wel goed. Ze moest al- leen nog even bedenken *hoe*.

MALIBU, DAT WEEKEND

George

In LA mocht je korte broeken dragen. Hij kon nu al onder water zwemmen en ringen opduiken vanaf de bodem van het zwembad, en zijn zwemleraar riep altijd: 'Goed gedaan!' en dan gaf hij hem een high five. Ethans zwembad was leuk, maar zijn huis niet. Hij verdwaalde de hele tijd en er waren veel te veel mensen. Hij vond het fijner om alleen te zijn in hun appartement met Molly en mama en Nanny. Hier in Ethans huis riep mama de hele tijd: 'Niet aankomen!'

Maar Ethan zelf vond hij wel heel leuk. Ethan was cool. Hij was een superheld. Hij was op tv. Hij was beroemd. Hij zat vaak te bellen en dan moest iedereen heel stil zijn. Die ochtend waren ze naar de dierentuin geweest en Ethan moest zich vermommen. Ethan had zijn soldaat bij zich, die bij de SAS had gezeten, maar toen George hem vroeg: 'Heb je wel eens iemand doodgemaakt?' had hij alleen maar even door zijn haar gewoeld en geen antwoord gegeven.

En toch stonden de mensen allemaal te staren. Sommigen kwamen naar hen toe en die zeiden: 'Ik vond je geweldig in *Hit Point*,' en dan zei hij: 'Dankjewel', en zijn vriend Mark zei ook: 'Bedankt', en dan knikte hij, en de SAS-man knikte ook en dan gingen die mensen weer weg.

Ze hadden veel gelopen in de dierentuin, maar hij vond de tijgers het leukst. Het smerigste was dat de aap poep zat te eten!

Hij mocht op Ethans schouders zitten, en Molly zat in de buggy. Mama zag er heel mooi uit vandaag, net een prinses. Hij vond Molly nu wel leuk. Ze was een schattige, mollige baby en hij was haar grote broer. Hij was een aardige grote broer. Hij was goed met baby's. Hij zag het altijd als ze iets in haar mond stopte. Ze stopte alles in haar mond, maar dat was gevaarlijk, want ze kon wel stikken. Hij mocht haar niet optillen. Mama zei: 'Kinderen mogen geen kinderen optillen.'

Nu zaten ze in Ethans andere huis, aan het strand, en daar was een zwembad met een glijbaan. Ethan zei dat je 's ochtends de dolfijnen kon zien spelen. Hij hield wel van dolfijnen, maar haaien vond hij leuker.

Op de terugweg van de dierentuin had Mark een krabburger voor hem gekocht bij Fatburger. Mark was Ethans bediende, dus niet zoiets als een mama, maar een *echte* bediende. Molly was nog te klein voor een krabburger, dus voor haar had mama macaroni met kaas gemaakt (smerig, man) en Ethan had haar daarbij geholpen. Mama kon helemaal niet koken en Ethan wist het ook niet precies, en het duurde wel duizend jaar voor ze de macaroni met kaas klaar hadden en Molly zat ondertussen maar te krijsen. Het deed echt pijn aan zijn oren.

Maar nu zat ze te eten. Hij kon niet aanzien hoe Molly at, want dat maakte hem misselijk, en een keertje had hij ook echt moeten overgeven. Toen was mama vreselijk boos geworden.

Vanavond was mama heel lief. Ze lachte veel en Ethan maakte grappen. Ze waren blij dat Molly de macaroni lekker vond. Hij vond het fijn als mama blij was. Dit was de beste dag ooit. Mama had beloofd dat ze na de lunch met z'n allen naar het strand zouden gaan, en dat George dan met Ethan ging surfen en zij zou gaan pootjebaden met Molly en daarna zouden ze nog een zandkasteel bouwen. Het was cool dat Ethan zijn eigen strand had. George vroeg zich af of hij de zee er ook bij had gekocht.

'Mama,' vroeg hij, 'wil je nu je bikini aantrekken? Ik geloof dat Molly klaar is met haar lunch. Ze gooit alles op de grond.'

Mama lachte, terwijl ze normaal gesproken boos zou worden. Ze *zoende* Ethan en ze knuffelden. Haar hele gezicht was roze. Hij vond het niet erg. Ze zoende papa nooit meer – ze waren geen vrienden. Papa was een domme eikel, ook al zeggen wij geen eikel, wij zeggen lastpost. Papa was een domme lastpost. Hij miste papa wel, maar mama was leuker.

'Oké,' zei mama. 'Als Ethan het goedvindt. Als hij niet te druk is.'

Ethan glimlachte. 'Kom, maatje, dan gaan we.'

Hij was dol op mama. Ze was de liefste mama van de hele wereld. 'Dankjewel mama. Ik hou zoveel van jou, wel tot aan de maan!'

'Ik hou ook van jou, schattebout. Als we straks terugkomen mag je een film kijken, als Molly haar slaapje doet. Hoe lijkt je dat?'

'O, super! Mag ik dan *Spiderman* zien? Zit jij ook in *Spiderman*, Ethan?'

'Nee, daar heb ik voor gepast.'

'Kom, lieverd, dan smeren we jou en Molly eerst even flink in met sunblock. Eh, sorry, Ethan, het kan wel even duren voor we daarmee klaar zijn.'

'Geeft niks. Kan Mark iets doen om je te helpen?'

'O, eh...'

'Mark!'

'Hallo.'

'Mark, wil jij misschien even op de baby letten, dan kan Emily zich omkleden. We gaan naar het strand.'

'O! Denk je dat je weet hoe je haar... Ze is heel sterk. Ze zit niet stil, dus je moet haar stevig vasthouden. Misschien dat je wat met haar kunt paardjerijden op je knie. Maar niet te veel. Oké. Zeker weten dat je haar vast hebt? Nou, ik ben zo weer terug. Bedankt!'

Mark keek boos. Hij was een waardeloze bediende. Mama was de kamer uit gegaan om de spullen voor het strand te halen, en Ethan zat Mark uit te lachen vanwege Molly. Mark was niet zo goed met baby's.

'Hou je niet van baby's, Mark?'

'Natuurlijk hou ik wel van baby's, George! Ik heb alleen een heel duur T-shirt aan. En ik wil niet dat ze – *shit*.'

'Nee, dat is spuug. Nanny zegt dat je het weg moet halen met een babydoekje. Zal ik er even eentje voor je halen?'

'Ja.'

George haalde een babydoekje voor Mark. 'Alsjeblieft. Wat zeg je dan?'

Mark zei dankjewel, maar hij zei het boos dus dan telt het niet.

George glimlachte naar Ethan. 'Ben ik niet lief geweest?'

'Heel lief, George.'

'Mag ik iets lekkers?'

'Je gaat straks met *mij* surfen, vriend. Iets lekkerders dan dat bestaat niet.'

'Ik bedoelde iets lekkers van chocola.'

'Straks, oké? Daar is mama alweer.'

Het zand was kokend heet, veel te heet om met blote voeten over te lopen. Malibu was fijner dan het strand van Santa Monica. Het was dichterbij. En je zat niet vast op de snelweg terwijl je echt heel nodig moest. Mark kwam mee met alle spullen, maar toen ging hij weer terug naar het huis. Dat vond George fijn. Mark vond hem niet aardig. Hij had het best door als grote mensen hem niet mochten, en Mark mocht hem niet. Maar dat was niet erg. Mark was helemaal niet cool. Hij woonde bij Ethan in het gastenverblijf.

George vond het geweldig dat hij het water in mocht. Molly trok de hele tijd haar hoedje van haar hoofd. *Hij* had een honkbalpetje op. Van de Green-Bay Packers. Dat droeg hij vaak. Mama trok haar korte broek en haar shirt uit, daaronder droeg ze haar bikini. Het water was niet zo heel warm, maar het was lekker. Hij had zijn duikbril niet nodig. Hij sprong op zijn surfplank, en ging er plat op liggen, net als Ethan, en toen peddelde hij de zee in. Hij keek om naar het strand en zwaaide naar mama, maar die zat Molly haar fles te geven en ze zag hem niet. Hier was het water diep, maar Ethan was vlak bij hem.

Hij gaf George een knipoog. 'Geen zorgen, grote vent,' zei hij. 'Ik hou je wel in de gaten. Nou, gaan we nog eens een golf pakken of hoe zit dat?'

George grijnsde. 'We gaan een golf pakken!'

'Oké dan!'

Hij kon best goed surfen, maar niet zo goed als Harrison en Jesse uit zijn klas. Die hadden veel meer geoefend. Ethan was waanzinnig goed. We hebben allemaal iets waar we goed in zijn, zei juffrouw Gilmore, maar Ethan kon alles.

Het was een fantastisch gevoel om over de golven te surfen, maar hij haatte het om te vallen en zeewater binnen te krijgen. Dat brandde in zijn neus, en huilen kon natuurlijk niet.

'Je moet je rechtervoet zo neerzetten, makker, dan blijf je in balans, je moet het echt *voelen* – net als bij fietsen.'

Gaaf!

'Mama! Mama, zag je het?' Hij rende het strand op.

'Je was geweldig, schattebout! En jij was ook niet zo slecht.'

'Mama, doe niet zo raar. Ethan is een supergoeie surfer!'

'Dat was een grapje, lieverd. Ik zat hem maar wat te plagen.' Mama trok haar neus op. 'Ik moet heel even terug naar huis. Ze heeft een schone luier nodig en ik ben de babydoekjes vergeten.'

'Maak je niet druk, liefie. Ik roep Mark even op, dan komt die ze wel brengen.'

'Mark kan Molly's luier niet verschonen!' zei mama, en ze proestte van het lachen. 'Hij zou doodgaan van ellende!'

Ethan lachte ook. 'Mark doet wel eens een beetje erg LA,' zei Ethan. 'Het is juist goed voor hem als hij weer eens voelt dat hij ook maar een mens is, net als wij allemaal.'

'Nou,' zei mama, 'behalve *jij* dan.'

Toen moesten ze allebei lachen. Grote mensen lachten altijd om domme grappen.

'Ik daag je uit,' zei Ethan. 'Vraag Mark maar of hij Molly mee naar huis neemt om haar te verschonen.'

'Dat kan ik niet maken. Dat vind ik ook niet eerlijk.'

'Toe dan!'

Mama keek niet blij. Maar toen zei ze: 'Oké.'

Ze zei 'oké' op dezelfde manier als ze dat tegen George zei als hij om ijs vroeg *en* een koekje *en* een lolly, allemaal tegelijk.

Mark rende het strand op zodra Ethan hem per walkietalkie had opgeroepen, en hij keek niet blij. Toch knikte hij toen mama hem instructies gaf. Ethan gaf hem een knipoog. George kon alleen knipogen als hij zijn andere oog met zijn vingers openhield.

'Je moet goed tussen de plooien schoonmaken,' zei George. 'En zorgen dat je geen poep aan je handen krijgt.' George was echt een goeie hulp.

Toen gingen mama en Ethan op het strand zitten en mama vroeg waarom George niet even een kuil ging graven.

Eigenlijk zou hij liever weer gaan surfen, maar kuilen graven was ook leuk, dus was het niet erg.

Mama keek steeds maar om naar het huis. En toen kuste Ethan haar, en keek ze niet meer. Ze hadden verkering. George had met twee meisjes verkering: Amber en Lauren Rosenheim.

Het was zwaar werk, zelfs met zijn schop. En het was zo heet, hij bleef maar dorst houden. De zon scheen in zijn ogen als hij zijn pet niet helemaal omlaag trok, zoals Ethan. Een zonnebril vond hij niks, die zat maar in de weg.

'Lieveling!' zei mama, en Ethan glimlachte een beetje boos. 'Wil jij misschien even kijken of het allemaal wel goedgaat met Mark en Molly? Alsjeblieft?'

'Goed dan,' zei George met een zucht. 'Ik lijk je slaafje wel.'

'Dank je,' zei mama.

George rende naar het huis. Het leek helemaal niet ver, maar dat was het wel. Hij wist een geheime weg die niemand kende, via de tuin. Het was best eng om daar te zijn, zonder mama. Hij hoorde helemaal niets. Toen ineens hoorde hij Molly boven een babygilletje slaken. Hij holde naar boven. Er klonk ook stromend water.

'Mark?'

'Ja, wat is er? Mijn handen zitten onder de stront. Ik ben me aan het ontsmetten.'

'Waar is Molly?'

'Die heb ik in de slaapkamer opgesloten.'

'Slaapt ze?'

'Was het maar waar.'

'Ze vindt het niet fijn in haar eentje. Dan huilt ze altijd en dan moet je haar opvrolijken door een aap na te doen. Dan doe je: "Oe-oe-oe!"'

'Nou, ik hoor niks. Ik weet zeker dat je haar best even een minuutje alleen kunt laten.'

'In welke slaapkamer zit ze? Mama vroeg of ik even wilde kijken hoe het ging.'

'Jezus christus. De vierde deur rechts.'

George rende de gang door. Hij was bang, banger dan die keer dat hij *Star Wars* had gekeken.

Heel langzaam deed hij de deur open, voor het geval Molly erachter zat.

Maar dat was niet zo.

'Molly! Molly!'

'Ga!' antwoordde ze dan altijd, want dat was haar woord voor 'George'.

Maar ze zei geen Ga en George zag de gordijnen opbollen door de wind. Hij holde de kamer door. De deuren naar het balkon stonden open, net als het muggenscherm. 'Molly?' schreeuwde hij. 'Molly?'

Toen zag hij haar met haar dikke luierkont door de spijlen van het balkon steken en hij gilde. Ze verdween, en toen was er alleen nog lucht. Hij stopte met gillen en een verschrikkelijk geluid vulde zijn oren. Hij wilde de trap af rennen, maar zijn benen leken wel van rubber, en hij kon maar heel langzaam lopen, één trede tegelijk.

'Mama!' gilde hij, en toen kwam ze en ze begon ook te gillen.

'Waar is ze? Waar is ze?'

'Ze is gevallen,' zei hij. 'Ze wilde vogeltje spelen maar het lukte niet.'

Hij voelde zich ziek en misselijk. Molly was vast dood en dan zou ze mama nooit meer zien.

'O god, ik hoor haar.'

Mama rende naar buiten. Die stomme idioot van een Mark, het was zijn schuld. 'O, god, ik wist niet dat de deuren openstonden. Gaat het wel met haar? Godzijdank is ze op het gras gevallen. Moet ik even een tube arnica halen?'

'Jij moet een ambulance bellen, godvergeten gek die je bent, dat kind kan wel een hersenbeschadiging hebben! Jezus, en als ze nou – O liefie, o liefie, mammie is er, stil maar, stil maar – o god, waarom heb ik hem dan ook – blijf van me af, Ethan. En sta daar niet zo te staan, klootzak, bel de ambulance!'

George was een grote, dappere jongen, maar soms mocht je best even huilen. Dus dat deed hij.

LOS ANGELES

Emily

Ze was bevroren. Ze kon niet huilen. Ze bleef de hele film steeds maar afdraaien in haar hoofd, alsof er de duizendste keer toch een ander einde aan zou komen. Ze was totaal ongeschikt als moeder. Haar grootste angst was werkelijkheid geworden. Ze had haar kinderen niet voor gevaar kunnen behoeden. Ze had geweigerd om iets kalmerends in te nemen, en toch had ze het gevoel alsof er mist hing in haar hoofd. Ze kreeg geen contact meer met de werkelijkheid, het leek te onverdraaglijk voor haar bewustzijn. Aan Ethan had ze totaal niets gehad. Hij leek helemaal op zijn rol in *Sick Day*, en daar was ze van geschrokken. Ze had verwacht dat hij wel in zou springen, dat hij de held zou zijn, dat hij eens in praktijk zou brengen wat hij allemaal had gespeeld, maar hij was alleen maar heel vreemd relaxed. Of misschien ging zij wel zo vreselijk uit haar dak dat elke normale menselijke handeling haar te langzaam ging. Ze wilde dat Molly *nu meteen* door een arts zou worden onderzocht. Ze wilde dat ze naar het ziekenhuis werd *overgestraald*.

Zij had zelf 911 moeten bellen, ook al kwam ze nauwelijks uit haar woorden. Uiteindelijk lukte het haar te zeggen: mijn baby, gevallen, uit het raam. Ze kon niet geloven dat ze die woorden wist te vormen; het was net een afschuwelijke nachtmerrie. Ze had het adres opgegeven.

De ambulance was zo traag als een slak, tenminste, zo voelde het. De politie was er een stuk sneller. Toen ze zich realiseerde dat ze niet met Molly mee mocht naar het ziekenhuis, was ze ingestort.

Wat was ze ook naïef. Het was een ongeluk, maar ze hadden het huis afgezet alsof het een plaats delict was. Het krioelde van de agenten die hun baas aanspraken met 'inspecteur'.

De paparazzi stonden klaar als gieren bij een lijk.

Mensen zeggen de ergste dingen als ze in shock zijn, maar had Griezelmans dat nou echt gezegd? 'Dit is verschrikkelijk voor Ethan, ik hoop wel dat je dat inziet.'

Ze was helemaal niet voorbereid op de vragen, op dat eindeloze verhoor. De man was vriendelijk, maar hij liet niet los. Waar was ze? Waarom was ze niet bij het Slachtoffer? Wie had die balkondeuren open laten staan? Had ze huwelijksproblemen? Dacht ze dat het een ongeluk was? Kende ze iemand die het Slachtoffer iets zou willen aandoen? 'Molly!' wilde ze uitroepen. 'Molly!'

Ze wilde de hele tijd alleen maar naar het ziekenhuis. 'Ik wil naar Molly!' gilde ze. 'Ik wil haar *nu* zien, ze heeft me nodig. Alstublieft!'

In Engeland zouden ze je een kop thee geven voor de schrik. Hier stond een blikje cola op tafel, alsof ze een klein kind was. Ze trilde onbedaarlijk. Ze kon het spul niet aanraken.

George, die verschrikkelijk bang was, werd door een politieagente een ander kamertje in geleid.

'Mama!' huilde hij toen hij mee werd genomen. Ze kon niet geloven dat ze een zesjarig kind wilden verhoren.

Ze was bang dat ze over haar nek zou gaan als ze terugdacht aan de blik op George' gezicht. Verleden jaar was Nanny een keer ziek, en toen was George om vijf uur 's ochtends haar kamer binnen gestuiterd – nadat Molly de hele nacht steeds wakker was geworden door een verkoudheid. 'Ga je bed weer in,' had Emily gesist. Maar hij schudde zijn hoofd. 'Ik laat je pakken en wegbrengen door een man, hoor!' Toen was hij vlug weer naar zijn bed gegaan, en ze schaamde zich; toch was ze ook opgelucht: ze was een vreselijke moeder maar in elk geval wel een die nog wat kon slapen.

Nu zou ze de rest van haar leven zonder slaap willen doen als ze dan George en Molly veilig bij zich kon hebben.

En het werd nog veel erger. Vast door iets wat die gestoorde Griezelmans had verklaard, maar ineens werd de kinderbescherming er bijgehaald.

De vrouw van de kinderbescherming gedroeg zich kil en formeel. Net als de detective liet ze lange stiltes vallen en *bleef* ze Emily maar aanstaren, waardoor Emily het gevoel had dat ze iets verdachts had gezegd. Ze voelde zich verdoofd en leeg en zo wanhopig van verdriet dat haar antwoorden kort en vijandig klonken. Wat hadden haar relaties met Timmy en haar ouders en haar zusje te maken met deze shit?

Misschien, als ze er ouder uit zou hebben gezien, en niet zo bruin, en als ze hier niet had gezeten in een piepkleine bikini met een korte broek erover, dan had ze wel gehuild en gesnikt, in plaats van er zo verstijfd van verdriet bij te zitten, en dan was het misschien allemaal heel anders gelopen.

Een kerel met een labjas aan kwam haar vingerafdrukken nemen. Een andere kerel nam foto's. Ze bedacht dat ze die voor een miljoen aan de *Enquirer* zou kunnen verkopen. Er kwam een enorme woede in haar naar boven. 'Waarom doet u *mij* dit allemaal aan? U zou met Mark moeten praten. *Hij* is degene die haar alleen heeft gelaten. Op dat moment was ze aan *zijn* zorg toevertrouwd.'

Het klonk als een excuus. Hij had schuld, maar zij was de schuldige. Zij was de moeder. Toen liet iemand het woord 'kindermishandeling' vallen. Dat kwam aan als een klap in haar gezicht. Ze vermoedden dus dat zij Molly opzettelijk had verwond, en er was een kans dat ze de kinderen bij haar weg zouden halen.

Ze moest vechten, maar ze was zo groggy. Door haar paniek kon ze niet op de juiste woorden komen. Ze hadden haar om haar Britse fiscale registratienummer gevraagd en ze begreep dat ze bij de politie in Engeland zouden checken of er al eerdere 'incidenten' waren geweest.

Wanhopig was ze. Dat ze een vriendin van Ethan Summers was, telde toch zeker ook wel? Dit was La-La land en hij was de Koning der Sterren. Zijn woord was heilig, zelfs al was dat van haar het niet. 'Vraag het dan aan Ethan,' zei ze op hese toon, 'die zal je vertellen dat ik echt een goede moeder ben.' De reactie die ze kreeg kwam totaal onverwacht.

De twee politiemensen wisselden een blik en een van hen zei koeltjes: 'De heer Summers heeft een verklaring afgelegd. Hij was ons zeer behulpzaam. De heer Summers heeft alles gedaan wat in zijn vermogen lag om ons bij ons onderzoek te helpen.'

Ethan zou toch zeker wel hebben verteld dat zij macaroni met kaas voor Molly had gemaakt, en dat ze haar had ingesmeerd met zonnebrandcrème, en dat ze haar een flesje had gegeven, in de schaduw, en dat ze liedjes voor haar had gezongen, en dat ze dat heerlijke mollige vetrolletje in haar halsje had gezoend? Als je geen zorgzame ouder was, dan deed je dat soort dingen niet. Ethan had hun misschien een gratis beker gegeven met een *Sick Day*-opdruk.

Waarom lieten ze haar dan niet gaan?

Uiteindelijk hadden ze haar toch naar het ziekenhuis gebracht, en de medewerkster van de kinderbescherming zat als een bewaker naast haar in de politiewagen.

Ze was de tel kwijtgeraakt, zo lang moest ze wachten. Ze bleef verdoofd totdat een arts de kamer binnen kwam en met een gespannen blik iets in het oor fluisterde van de kinderbeschermingsmevrouw. Die knikte en informeerde Emily vervolgens dat Molly een gebroken been had, een gebroken arm en allerlei kneuzingen, maar dat de eerste scan geen letstel liet zien aan de hersenen of de ruggengraat. Ook waren er geen interne bloedingen. Ze woog maar elf kilo, en ze was op het gras terechtgekomen, op haar buikje. Die drie dingen hadden haar gered van echt ernstige verwondingen.

Emily was grauw van opluchting. Ze voelde het bloed uit haar gezicht trekken en haar benen verslapten. Ze had geknikt, stilletjes, want ze kon haar stem niet gebruiken.

Ze zagen het allemaal volkomen verkeerd.

Ze had helemaal niet doorgehad wat er aan de hand was. Mensen zaten tegen haar aan te praten, maar zij zag alleen de kille uitdrukking op hun gezichten en hun woorden gingen dwars door haar heen.

'Uw kinderen worden hangende het onderzoek onder toezicht gesteld.' Raadsonderzoeker... pleegzorg... Openbaar Ministerie... rechtbank... rechter... getuige-deskundige... Ze kon het niet bevatten want ze maakte zich veel te druk of ze Molly wel de goede melk zouden geven. Ze haatte die Amerikaanse poedermelk. Emily liet altijd een Brits merk overkomen. En zouden ze haar eten uit een *potje* geven? Dat had ze in haar hele leven nog nooit gehad. En George, die was zo gevoelig. Hij zou het nooit toegeven, maar hij zou ziek zijn van angst. Hij had zijn mama nodig. Hij was misschien zelfs te verlegen om te vragen of hij naar de wc mocht.

Ze mocht Molly heel even zien. Het deed zo'n pijn om dat kleine armpje en beentje in het gips te moeten zien, en dat buisje in haar kleine neusje. En dan te bedenken dat het haar schuld was. Emily kon het niet aanzien en draaide zich van baby Molly af. Ze zag hoe die bitch van de kinderbescherming en de dokter elkaar aankeken. Ze begreep wat die blik moest uitdrukken: dat mens heeft een hart van steen.

Emily was zo geconcentreerd op de kleine dingetjes, dat ze de gruwelijke waarheid niet had gezien, of misschien niet had willen zien: er zou een man komen om George mee te nemen.

En als Molly voldoende was hersteld en het ziekenhuis mocht verlaten, dan zou die ook door een vreemde worden meegenomen, en dan zou ze bij vreemden gaan wonen.

Toen brak ze los uit haar trance en werd hysterisch. Ze sloeg om zich heen, gilde, krabde, beet, snikte het uit. Ze sloegen haar in de handboeien. Ze had het recht om bezwaar te maken tegen de beslissing, *als* een rechter haar zou willen horen. Dat zou afhangen van het bewijs. *Welk* bewijs?

Ze negeerden haar vraag, want dat deden ze als ze geen antwoord wilden geven. 'Ik wil een advocaat,' zei ze moeizaam. 'Ik wil nu een advocaat.' Ze was zo getraumatiseerd dat ze, in dit land dat van rechtszaken aan elkaar hing, had vergeten om een advocaat te eisen. Maar nu vroeg ze overal om: een advocaat, haar moeder. Ze wilde Innocence bij zich, want Innocence was spijkerhard en Innocence zou dit niet laten gebeuren. Haar vader – ach, aan hem had je niets.

Ze wilde Ethan. Ze wilde zijn sterke armen om zich heen, ze wilde door hem worden getroost, ze wilde dat hij alles weer goedmaakte, dat hij ervoor zou zorgen dat dit ophield. Hij zou alles rechtzetten. Hij zou zorgen dat ze haar kindjes terugkreeg. Gelukkig hadden ze haar niet gearresteerd... althans: *nog niet.*

In een waas belde ze naar de mobiel van Griezelmans.

'Ik stuur de chauffeur,' had hij gezegd. Ze voelde haar maag omdraaien van de haat, alleen al bij het horen van zijn stem. Hij was gif. Hij was degene die Molly had laten vallen en hij had nog geen woord gezegd om zich daarvoor te verontschuldigen. Ze durfde te wedden dat dat was omdat hij bang was dat ze hem voor de rechter zou slepen. Als hij 'sorry' zou zeggen, dan nam hij daarmee de verantwoordelijkheid op zich. Hij was een waardeloze galbak. Ze zou er wel voor zorgen dat Ethan hem de zak gaf, en het interview dat ze (voor niks) aan *People* zou geven, zou ervoor zorgen dat Griezelmans nooit meer ergens aan de slag kwam.

In het ziekenhuis moest ze haar mobieltje uitzetten. Ze had daardoor telefoontjes gemist van Innocence en van Claudia. Het nieuws was inmiddels bekend. Claudia kwam morgen overvliegen. Innocence was al met de jet onderweg naar LA. Te laat, dacht Emily in een reflex. De schrik in de stem van haar moeder stoorde haar.

Je had wel eens wat eerder iets voor me kunnen doen, moeder. Moet je nou eens kijken. En wat Claudia betreft, die half jankend een bericht had ingesproken... Emily voelde haar trekken verharden. *Hoe durf je je mijn verdriet toe te eigenen?* Terwijl Emily het felle zonlicht in stapte (normaal genoot ze van de warmte, maar nu voelde die verstikkend en beklemmend) stormde er een enorme horde fotografen en televisiecamera's op haar af – 'Emily, Emily!' – met hun walgelijk familiaire gedrag, alsof ze *vrienden* van je waren. Ze worstelde zich door hen heen en probeerde niet te huilen van angst terwijl zij aan haar trokken, rotopmerkingen naar haar hoofd slingerden en haar probeerden uit te lokken om met de perfecte soundbite te komen, zodat ze de vijfhonderdduizend-dollarfoto konden schieten voor op de cover van hun blad. Ze schudde haar hoofd en bedekte haar oren met haar handen. Ethans chauffeur stond onaangedaan te wachten naast de Bentley. Hij maakte geen aanstalten om haar te helpen. Toen ze bij de auto was, hijgend en trillend, hield hij het portier voor haar open alsof er geen vuiltje aan de lucht was.

De chauffeur zette de radio aan, en terwijl de muziek door de auto klonk, krulde Emily zich op tot een balletje en wiegde zachtjes heen en weer op de achterbank. Helemaal tot in de Hollywood Hills.

'Ethan!' riep ze terwijl ze langs de huishoudster stormde. 'Ethan! Ethan!'

Hij verscheen boven aan de trap, fris geschoren, in een onberispelijk zwart T-shirt met een kaki short. 'Ethan, o god, je moet me helpen. Ze hebben mijn kindjes van me afgepakt. Ze zijn natuurlijk doodsbang, ze hebben mij nodig. We moeten ze terughalen, vandaag nog, *nu*, alsjeblieft... ik weet zeker dat ze naar jou wel zullen luisteren...' Ze zakte op de grond en sloeg haar handen voor haar gezicht.

Ze had verwacht dat hij een kreet van ongeloof zou slaken, dat hij van de trap zou rennen, dat hij haar over haar bol zou aaien, maar er gebeurde helemaal niets. Hij zei geen woord. Ze keek op, en hij stond daar nog steeds, onbeweeglijk.

'Kom boven, Emily,' zei hij.

Langzaam stond ze op, en langzaam liep ze de trap op, met benen van lood. Haar hart ging tekeer. Hij keek zo ernstig. O god, had hij soms al geprobeerd iets voor haar te doen? Had hij slecht nieuws?

Hij knikte toen ze boven stond, maar toen ze hem wilde knuffelen deinsde hij achteruit.

Ze sprong van schrik naar achteren.

'Kom alsjeblieft mee naar mijn studeerkamer.'

Ze was in totale verwarring. 'Dit is verschrikkelijk voor Ethan,' had Griezelmans gezegd.

'Het spijt me, Ethan,' flapte ze eruit. Waarom bood *zij* haar excuses aan *hem* aan, terwijl *haar* baby uit *zijn* raam was gevallen? 'Ik hoop maar dat de pers je met rust laat. Ik... ik zal wel zeggen dat jij er niets mee te maken hebt.'

Ze dacht dat hij zou zeggen dat ze niet zo belachelijk moest doen, maar hij zei niets. Hij gebaarde alleen dat ze moest gaan zitten op de rode stoel met de rechte rugleuning. Het was heel raar. Ze ging zitten, en nu begonnen de tranen over haar gezicht te stromen.

Ethan zat achter zijn bureau, met zijn benen erop. Hij knikte naar een doos tissues. 'Emily,' zei hij. 'Gefeliciteerd. Veeg je neus eens af.'

Ze voelde haar keel dichtknijpen. Was hij nou sarcastisch? '*Gefeliciteerd?* Mijn kinderen zijn onder toezicht gesteld.' Ze durfde niet te zeggen 'dankzij jou', maar die gedachte bleef duidelijk in de lucht hangen.

Hij glimlachte. 'Dankzij mij?'

Ze keek naar haar voeten. Haar adem stolde in haar keel, als een harde brok.

Hij schoot in de lach en zij huiverde. Het kippenvel prikte op haar armen.

'Je mag het gerust zeggen, Emily. Het is mijn schuld dat jouw kleine Molly en George nu onder toezicht zijn gesteld, en nu aan de zorg van god weet wie zijn toevertrouwd, en dat jij, hun moeder, niets kunt doen om hen te beschermen of te redden. Wat vervelend nou. En je familie heeft al zoveel akelige dingen door moeten maken. Ik zeg "moeten", omdat ik dat zo voel. Het moest inderdaad.'

Ze slikte. Wat gebeurde hier? Dit was... intens gemeen. Moest hij soms oefenen voor een rol? 'Waarom zeg je dit soort... walgelijke dingen? Waar heb je het over?' fluisterde ze.

Hij grijnsde. 'Emily, de reden waarom ik je feliciteer, is omdat jij de eerste bent die het mag weten. O, dit is toch zo opwindend! Wacht heel even!' Hij stak een vinger op en drukte op de intercom. 'Mevrouw Klout? Twee thee graag, en het is een bijzondere gelegenheid, dus doet u er ook een paar KitKats bij? Super!'

Ze staarde hem aan. Wie was dit? Hij was zeker niet Ethan. Hij was een afschuwelijke man die net deed of hij Ethan was. Die ochtend nog was hij om vier uur haar kamer in geslopen, en toen had ze hem nog gepijpt. Ze was half verliefd op die man. Maar... ze moest hier weg.

Ze schrok toen Ethan een harde tik op het bureau gaf. 'AANDACHT, TRUT! *Hartelijk* dank.' Hij glimlachte. Hij was gestoord. Hij was volkomen krankzinnig. Deze psychopaat had de echte Ethan ontvoerd en hij had zich laten ombouwen om op hem te lijken, of zoiets. Dit was tenslotte LA.

'Wat...' begon ze hees, '...wat heb je met Ethan gedaan?'

Hij staarde haar aan en barstte in lachen uit. 'O, die is leuk! Die is echt zo schattig! Lieverd, ik *ben* Ethan. Maar, hou je vast, ik ben *acteur*! Maar, nee, wacht – je vraag is terecht. Kijk, het zit zo: Ethan Summers is de naam op mijn bankpasjes, maar ik ben ook wel eens Nathan Williams geweest, en Nathan Alexander is de naam waaronder ik momenteel bij de autoriteiten bekendsta – naar mijn lieve moeder, god hebbe haar ziel – maar mijn allereerste naam – misschien komt het je bekend voor, was Nathan *Kent*.'

Kent? 'Maar dat is...'

'*Ja*, Emily. Dat is. Dat is de naam van *jouw* vader. Kling! Kwartje gevallen? Mijn hemel, over traag gesproken. Ach, dank u, mevrouw Klout. En nog wel in het Royal Worcester en de zilveren theepot. Fantastisch. En mijn katoenen handschoenen – uitstekend. Ik vind het namelijk vreselijk als er vingerafdrukken op het zilver komen, Emily, dan heb je binnen een uur vlekken. Perfect. Dit is echt de enige manier om thee te drinken. En dan ook nog uw vetvrije, glutenvrije oranjebloesemkoekjes – u verwent me maar!'

'Zo, Emily. Ik ga jou een verhaaltje vertellen. Heel lang geleden adopteerde jouw vader een klein meisje. Die schattige, perfecte Claudia, o, wat een snoesje toch. Maar Felicia, zijn vrouw, die stomme trut, te stom om te blijven leven – suiker, Emily? – wilde een jongetje om haar gezin compleet te maken. *Me voici!*'

Ze staarde hem aan, deze krankzinnige man; ze kon het niet geloven.

'Ik dus, domme koe! *Ik!* En toen, toen die domme Felicia het loodje legde, toen trok Jack het allemaal niet. Kennelijk had hij de schurft aan mij. Aan *mij* – ik bedoel, moet je mij nou zien! Maar nee, niet goed genoeg voor Jack. Dus Jack heeft me weer teruggebracht naar de winkel. Hij wilde zijn geld terug. En weet je wat er toen met dat arme kleine jongetje gebeurde?'

Emily schudde haar hoofd. Ze beet op haar lip om niet te jammeren. Ze was zijn bestaan tot nu toe helemaal vergeten. Hij was gekomen en gegaan nog voor haar geboorte. Hij was een vage herinnering, een flard van een roddel die ze wel eens had opgevangen.

Ethan lachte – een verschrikkelijk geluid. 'O, van alles en nog wat. Seks, geweld, noem maar op. Ik denk zo'n beetje alles wat die twee van jou nu ook te wachten staat. Die George is zo'n dotje – die is voor zijn zevende iemands seksslaafje.'

Ze sprong op. 'Hou op. Hou je mond! Het spijt me – het spijt me wat mijn vader heeft gedaan. Hoor eens, hij is voor ons allemaal een verschrikkelijke vader, niet alleen voor jou.'

'Nee,' zei hij hatelijk. 'Jij moet je mond houden. Ik ben nog niet klaar. Ik heb besloten dat het niet eerlijk was dat Jack Kent mijn leven heeft verziekt. Ik heb namelijk een heel precies gevoel voor wat wel en niet eerlijk is, Emily. Ik besloot dat ik zijn leven ook zou verzieken.' Hij glimlachte. 'Dat heb ik natuurlijk aan Mark te danken. Hij heeft me zo ontzettend geholpen. Hij was mijn therapeut, vroeger. Hij was degene die me mijn dossier liet lezen. Dankzij hem weet ik dus wie verantwoordelijk was voor mijn kloteleven. Mark heeft me doen beseffen dat ik helemaal niet hoefde te lijden, dat ik iets van mezelf kon maken – dat ik het verdiende om gelukkig te zijn. En nu – oei, je moet echt een van die koekjes proberen... *toe dan* – nu ben ik bijna zover dat ik de Kentdynastie kan vernietigen. Ik zal jullie stuk voor stuk laten lijden zoals ik zelf heb geleden. *Dat* maakt mij gelukkig.'

Emily probeerde een stukje van het koekje door te slikken. Het leek wel of al het vocht uit haar mond was getrokken. 'Jij bent gek.'

'Krijgen we dat weer. Nee, Emily. Ik vereffen een rekening. En wat zo geestig is, iedereen had het kunnen doen. Je familie maakt het me wel heel gemakkelijk. Jullie hebben het over jezelf afgeroepen. Het enige wat ik hoefde te doen was het lot een klein handje helpen.'

Ging hij haar vermoorden? Ze kon geen kant op. Zou mevrouw

Klout haar helpen? Ze moest proberen om hem aan de praat te houden.

'W... wat bedoel je?'

'Leuk dat je het vraagt! Het moeilijkste was nog dat ik het er met niemand over kon hebben. Ken je dat gevoel, dat je iets geweldigs hebt gedaan en dat je niet kan wachten om het aan iemand te vertellen? Ooo, nou, ik kan ook niet wachten om jou dit te vertellen. Let op. Jack graaft zijn eigen graf door te trouwen met een op geld belust mokkel en door zijn vrienden en collega's te naaien zodat zij geen cent meer hebben. Wat een aardig mens, toch! In de tussentijd is Mark zo vriendelijk om mijn echte moeder voor me op te sporen, dat stomme wijf, en die was zo vriendelijk om me van een fatsoenlijke opleiding en een prettige erfenis te voorzien.'

'Is ze... overleden?'

'Ik heb haar vermoord. Maar ik heb er wel voor gezorgd dat het een ongeluk leek. Heb net zo lang gerouwd tot het testament was afgewikkeld, en toen ben ik vertrokken naar het Land van de Vrijheid. Wacht even, hoor. Ik heb haar oogbollen hier nog ergens staan. Ingemaakt. MAAAARK!'

O jezus. 'Laat maar... ik geloof je. Ga... ga verder.'

'Dus. Moeder heeft me op zo'n exclusieve school gedaan met een excellente toneelafdeling – mijn King Lear was een *sensatie*. De scouts lieten me niet meer met rust. Toen ben ik hier naartoe gekomen. Ik heb twee weken in een restaurant gewerkt, en toen had mijn agent een auditie voor me geregeld. Meer was er niet voor nodig. Ik hoefde maar met één iemand naar bed – de schrijver – ha! Geintje. Beroepsgeintje, lieverd, laat maar gaan. Mark kwam met me mee, die trouwe hond. Dus ik had wat geld, en ineens had ik veel geld. Ik had *macht*. Maar weet je wat het is, Emily, ik wil niet doen alsof ik zo geniaal ben. Een aap had het nog gekund.

'Die familie van je – jullie hebben het allemaal aan jezelf te danken. Neem nou Claudia. Toen Mark het dossier open liet liggen, heb ik Claudia geschreven. Ik deed net alsof ik een meisje was dat ze op een feestje had ontmoet. Die arme, sneue Claudia was zo wanhopig op zoek naar vriendschap dat ze me nog geloofde ook. Mark heeft het een en ander voor me uitgezocht, en toen heeft hij haar ouder op laten speuren door een privédetective. Kostte een dag of drie. Ze was op zoek naar een baan, en dus heb ik haar de kant van de journalistiek op gestuurd, en haar laten solliciteren bij de krant waar haar biologische vader werkte. De rest heeft ze zelf allemaal gedaan. Ik wist zeker dat ze voor hem zou vallen – ik pleeg altijd research, Emily, want zoals jij weet moet je nooit gokken op mazzel.

'Let op, want nu komt het slimme. Het is bewezen, mijn beste Emily, dat bloedverwanten die door adoptie van elkaar worden gescheiden, elkaar vaak seksueel aantrekkelijk vinden als ze herenigd worden. Mijn eigen moeder... smerig, man. Maar ik wist dat die lieve Claudia heel anders in elkaar zat dan ik. Doordat Jack zo'n zak is, snakte ze naar een vaderfiguur. Ze was wanhopig! Het enige wat ik hoefde te doen was zorgen dat zij elkaar zouden ontmoeten. Ik heb ze niet gedwongen verliefd te worden.'

Ze moest hier weg. Maar... ze moest het weten. 'Wat nog meer?'

'De bom – ja, ik beken schuld. Kijk, als jouw moeder net iets aardiger was geweest voor haar arme broer Gerry, dan had hij mij nooit willen helpen. Dan had hij gezegd: "Hoe durf je mij drie miljoen pond te bieden en mijn kinderen te bedreigen. Denk je nu echt dat ik mijn zus ooit iets aan zou willen doen?" Maar zal ik je eens wat zeggen? Hij greep de kans met beide handen aan, die engerd. Want zij had hem laten vallen, zoals Jack mij heeft laten vallen. *Familie!* Jullie hebben geen idee hoe belangrijk familie is. Familie is alles, liefde is alles, maar wat jullie betreft stelt dat allemaal niets voor. Jullie zijn alleen maar geobsedeerd door geld, jullie allemaal. Walgelijk.'

'En...'

'Timmy! Die ouwe nicht! Meisje, je moet echt je gaydar laten bijstellen, hoor.' Ethan schudde zijn hoofd. 'Maar ja, *money, money, money!* Je moest en zou in dat kasteel, toch? Als jij niet met Tim was getrouwd, had ik zelf nog wel een kansje durven wagen. Enfin, ik niet persoonlijk, ik geef de voorkeur aan poesjes. Maar Mark heeft zat connecties in die kringen. En iemand had het echt wel willen doen, voor de juiste prijs. Ik heb betaald voor zijn luxe vakantie in Barbuda – o, het is daar echt prachtig, zo romantisch. Denk je nu echt dat die vrek van een graaf zijn portemonnee zou trekken voor zijn zoon, nadat die met *jou* was getrouwd? Nee, Emily, daar had je dus alweer geen oog voor het menselijk hart. Mensen hebben gevoelens, emoties. En ze doen zelden iets wat niet bij ze past. Heb jij dan helemaal geen empathie, Emily?'

Heel langzaam keek Emily de studeerkamer door, op zoek naar een wapen. 'En mijn moeder die naar de gevangenis moest?' vroeg ze om hem op te jutten. Hoe meer hij praatte, des te minder aandacht zou hij hebben voor wat ze van plan was.

'Ha, dat was pure mazzel. Maar laten we eerlijk zijn, ze is zo'n boef – die had allang moeten zitten. Maar ook hier speelde de voorzienigheid een rol. Als zij en Jack elkaar niet zo haatten, dan had ik haar daar nooit voor kunnen laten opdraaien. Maar goed, ze kwam toch weer vrij. Daar mag ze haar broer wel dankbaar voor zijn. Die had een veel te grote mond. Hij moest weg.'

Emily maakte precies de goede geluiden. 'Hm... O, ja... Ha ha... Absoluut...' Misschien lag er wel ergens een presse-papier. Nee. Niemand gebruikte nog papier, behalve Timmy en de peuters. Die gouden boeddha? De Oscar. De Oscar was zwaar, maar die gouden boeddha leek haar zwaarder. Ze vroeg zich af of ze hem zou kunnen overmeesteren. Hij kende Braziliaans jiujitsu, of zoals hij het noemde, BJJ. Ze huiverde. De gedachte dat ze deze... gek... oraal had bediend... haar maag keerde ervan om.

'Emily, je luistert toch wel, mag ik hopen? Dit gaat jou ook aan.'

'Ja,' antwoordde ze. Ze dwong zichzelf om hem in de ogen te kijken. Prachtige ogen.

'Jij krijgt je kinderen nooit meer terug.'

Met een gil van primaire woede sprong ze over het bureau en sloeg ze haar klauwen in zijn gezicht. Hij gaf haar een stomp, op haar neus. De pijn was ondraaglijk. Ze kon bijna niet meer zien. Het warme bloed stroomde haar mond in, en het smaakte metalig. Ze probeerde aan zijn haar te trekken en ontblootte haar tanden om te bijten. Dit keer smeet hij haar op de grond. Haar hoofd kwam met een enorme klap op het steen terecht en een martelende, gloeiende pijn schoot door haar heen. Ze probeerde iets te zeggen, haar hand uit te steken, maar het lukte niet. Ze zag steeds vager. Ze zag zijn knappe gezicht in een waas, in de verte, en ze zag dat hij zijn witkatoenen handschoenen uittrok met zijn tanden, waarna hij ze – pft, *pft* – op de grond spuwde. Ze hoorde hem fluisteren: 'Slaap lekker, lieve Emily, mogen de engeltjes je te ruste leggen.' Toen, al deed ze nog zo haar best zich ertegen te verzetten, werd het donker.

Claudia

'Claudia? Claudia? Spreek ik met Claudia?' De stem klonk panieke-rig, bijna hysterisch, maar ook vaag bekend.
'Ja. Met Claudia. Met wie spreek ik?'
'Claudia, je kent me niet. Ik ben Ethan, en ik ben een vriend van je zus. Het spijt me verschrikkelijk, maar ik heb slecht nieuws.'
Ethan *Summers*. Die vent van al die films en de kindonvriendelijke strandvilla.
'Ik weet het al, van de kinderen,' zei ze, in de hoop dat ze duide-lijk klonk. 'Ik sta nu op LAX in de rij. Zeg tegen Emily dat ik een taxi pak naar de Hills. Ik bel haar vanaf de vaste lijn zodra ik er ben. Dag, *Ethan*.'
Ze hing op. Ze was journalist; ze had geen zin om te kwijlen en te slijmen omdat hij toevallig beroemd was. Ze interviewde elke maand beroemde mensen, en sommigen waren aardig en sommigen niet. Som-migen hadden talent, sommigen hadden vooral geluk. Het waren voor-namelijk doodnormale mensen, maar dan met meer geld en grotere ego's. Ze twijfelde er niet aan dat Ethan een gigantisch ego had.
Het nieuws dat George en Molly onder toezicht waren gesteld kwam volslagen uit de lucht vallen. Ze dacht eerst nog dat het een vreselijke vergissing was, maar Sky News had het nergens anders meer over. Dit verhaal had het allemaal: liefde, tragedie, geweld, roem, een beeldscho-ne jonge moeder – gegarandeerde kijkcijfers. Ze had direct een vlucht geboekt – zondagochtend was de eerste mogelijkheid. Het was niet bij haar opgekomen om haar vader te bellen. Innocence had *haar* gebeld – ze was op zakenreis en haar terugreis werd vertraagd door een tro-pische storm. Of ze Emily wilde zeggen dat ze direct kwam zodra de storm ging liggen. Claudia had Emily gebeld, maar die nam niet op. Claudia huiverde. De gedachte aan die twee prachtige kinderen die bij hun moeder weg moesten... het was onmenselijk. Ze kon wel huilen.
Als ze niet binnen vierentwintig uur – nee, twaalf uur – bij Emily terug zouden zijn, dan zou Claudia een internationale mediacampagne starten om ze weer terug te krijgen. *Vanity Fair, Sunday Times Style,* UK *Vogue* zouden allemaal wel meewerken: ze zou een openhartig stuk

schrijven over haar leven als dochter van Jack Kent en Miss Innocence Ashford. Ze zou genadeloos eerlijk zijn over wat Emily allemaal had uitgespookt, maar ook over hoe ze was, en hoe ze veranderd was sinds ze moeder was geworden. Echt, die kinderen waren een zegen in haar bestaan. Ze waren haar doel in het leven geworden, haar grote geluk.

Toegegeven, Emily had in eerste instantie wat steekjes laten vallen, maar ze was van ze gaan houden, en haar zelfvertrouwen als moeder was gegroeid. Als Claudia haar met haar zoon en dochter zag, moest ze regelmatig naar de badkamer rennen om een traantje weg te pinken. Het was prachtig, en gek genoeg ook pijnlijk om al die liefde te zien. Emily had geen idee dat ze zo'n natuurtalent was, en nu, vanwege een verschrikkelijke vergissing – het was zo'n vreselijke gedachte dat er maar een klein foutje voor nodig was en een kind was bijna dood – zou ze voor altijd worden gestraft; afgeschreven als ouder.

Emily was een van de weinige beruchte mensen op aarde van wie de reputatie een stuk erger was dan de werkelijkheid. Claudia zou de publieke opinie veranderen en de kinderbescherming zo dwingen om de zaak nog eens te bekijken. Niet omdat de zaak hun ter harte ging, maar omdat niemand *gehaat* wilde worden.

Natuurlijk, de belangrijkste boodschap van haar artikel – of artikelen, want ze zou voor alles en iedereen schrijven – zou zijn dat het vreemd was dat *Ethan* geen enkele schuld toebedeeld kreeg. Geen enkele krant of televisiezender had zelfs maar gesuggereerd dat *hij* er misschien iets mee te maken had. Ze had gezien dat verslaggevers wel vermeldden dat het ongeluk had plaatsgevonden op het terrein dat 'eigendom' was van de superster, maar dat ze zich in allerlei bochten wrongen om te stellen dat 'Ethan Summers niet in de buurt was', terwijl hij volgens *Claudia's* bronnen nog geen honderd meter verderop was. En de journalisten deden net zo vaag over *wie* de baby nou eigenlijk alleen had gelaten. 'De moeder van het kind, Emily Kent, dochter van de in ongenade gevallen miljardair Jack Kent, lag op het strand toen het ongeluk gebeurde', volgens een vrouwelijke verslaggeefster met een afgrijselijke pony en strenge wenkbrauwen. 'Mevrouw Kent had aan een medewerker van het strandhuis, die niet gekwalificeerd was om met kinderen om te gaan, gevraagd om de luier van de baby te verschonen. Ze wist dat de man daartoe geen enkele opleiding had genoten.'

Claudia voelde haar gezicht rood worden van woede. Het was misselijkmakend. Emily zou Molly's veiligheid nooit op het spel hebben gezet – het was een bizarre gedachte dat zij haar kind aan zo iemand had toevertrouwd. Claudia wilde dat hij zou worden verhoord – door de politie, en door haar. Zonder twijfel had Ethan de engste advocaten.

Haar lip trilde. Als haar vader zijn jongste dochter de volle steun van zijn juridische team had gegeven, dan was *Emily* net zo zorgvuldig behandeld door de media als meneer Summers.

Hij moet toch ergens aansprakelijk voor zijn. Ze had zelfs al met haar moeders advocaten op Madison Avenue gesproken. Er was een zaak in Californië waar een landeigenaar aansprakelijk werd gesteld voor de verwondingen van een peuter, opgelopen nadat ze uit een raam was gevallen: 'De wet schrijft de landeigenaar voor dat hij de veiligheid van de bewoners moet waarborgen op die plaatsen die onder zijn beheer vallen.'

Maar het was wel Emily's nieuwe beste vriend. Emily's *beroemde* beste vriend. Emily zou hem nooit willen aanklagen. Door Ethan Summers aan te klagen (en dan kon je net zo goed God aanklagen) zou Emily haar kinderen niet terugkrijgen.

Als Claudia wilde helpen, zou ze zich op Emily moeten concentreren. De media waren niet bang voor Emily. Ze was jong, naïef; ze was een gemakkelijk doelwit. Zij was het stereotype arme rijkeluiskindje. De hele wereld kon zien dat haar ouders te veel met zichzelf bezig waren om haar te steunen.

Nou, haar *zus* niet. Emily mocht haar niet, dat wist ze best. Maar ze was nooit dat moment vergeten waarop Emily doorhad dat haar verloofde Martin eigenlijk haar vader was. Emily had zich toen zo geweldig opgesteld. Ze had Claudia overeind gehouden toen Claudia bijna niet meer op haar benen kon staan. Claudia wist dat Emily van haar hield, ook al wist Emily dat zelf niet. En Claudia hield ook van Emily. Ze voelde zich als een klein, flikkerend waxinelichtje naast het spetterende vuurwerk dat haar zusje was. Ze hield van haar passie en haar scherpe verstand, en het zou geweldig zijn als *zij*, Claudia, echt iets *voor haar* kon doen. Als ze die fantastische kinderen kon redden, en ervoor kon zorgen dan hun moeder hen weer terugkreeg, dan zou ze in vrede kunnen sterven, in de wetenschap dat ze iets had bereikt wat er werkelijk toe deed.

Haar mobiele telefoon ging over. 'Hallo?'

'Claudia, nog een keer met Ethan. Het spijt me verschrikkelijk dat ik je lastigval, maar – het gaat niet om de kinderen. Het gaat om Emily.'

Claudia voelde een koude hand om haar hart. 'Wat is er met Emily?' Er klonk een gesmoorde snik, toen zei Ethan ineens: 'Ze is *dood*. Ze... heeft zelfmoord gepleegd. Ze... is waarschijnlijk van het balkon gesprongen. Mijn huishoudster heeft haar gevonden. Ze was gewoon... O god. Het spijt me zo. Ik denk dat het verdriet... de pijn... die arme kinderen... die arme kinderen...'

Mensen in de rij draaiden zich om en keken naar Claudia. 'Gaat het wel?' Ze had niet in de gaten dat ze geluid had gemaakt, maar nu greep ze zich vast aan iemand die ze totaal niet kende. 'Mijn zus,' hijgde ze. 'Mijn zus... ze is pas drieëntwintig.'

Een official bracht haar snel voor aan de rij; een andere vrouw drukte haar mobiele telefoon in haar hand. Weer iemand anders nam haar handbagage mee. 'Hebt u medische hulp nodig?' Een fles ijswater werd aan haar lippen gezet. In een waas overhandigde ze haar paspoort aan de douane. 'Weet u zeker dat het goed met u is, mevrouw?'

Ze huilde als een wolf, midden op het vliegveld. Het was een vergissing – hij moest zich vergist hebben – zoveel levenslust – dat kon niet zomaar *verdwijnen*. Ze rommelde met haar mobiel. Het was een onbekend nummer. Toen hij overging zette ze hem met een trillende hand tegen haar oor.

'Je vergist je, je vergist je,' schreeuwde ze. 'Het kan niet waar zijn – het is een vergissing, ze kan niet dood zijn. Ze zou de kinderen nooit alleen achterlaten – dat zou ze nooit doen. Alsjeblieft, kijk nog een keer, ze is gewoon bewusteloos.'

'Er is al een arts bij geweest, en die heeft het bevestigd,' fluisterde Ethan, en zijn stem sloeg over. 'Ik kan het ook niet geloven. Ze was mijn beste vriendin.'

Claudia schreeuwde. 'Je kende haar maar een paar weken. Ze was mijn *zus*! O mijn god, Emily! Laat me niet alleen, o alsjeblieft!'

'Claudia, ik stuur een auto.'

'Mijn moeder – ze weet het nog niet. Mijn ouders. Ik moet naar de Hills.'

'Mijn chauffeur brengt je waar je maar naartoe wilt.'

'Waar... waar is ze nu? Ik wil haar zien.'

'Ze is in het Cedars-Sinai-ziekenhuis. Ik heb met de chef de clinique gesproken. Claudia, het spijt me zo vreselijk.'

'En de *kinderen*? George, ze was zijn hele wereld. En baby Molly – o god.'

'Claudia. Alsjeblieft. Het komt allemaal goed. Ik help je. Wat ik ook kan doen, ik doe het.'

'Dank je,' stamelde ze. Duizelig, met rode ogen en vol ongeloof pakte ze haar koffer en liep ze de hal in waar duizenden glimlachende mensen op hun geliefden en dierbaren stonden te wachten, omdat ze niet wisten dat Emily Kent dood was en dat kleine George en Molly hun mammie nooit meer zouden zien. Claudia gilde het uit toen een koffer vanachter tegen haar kuiten reed. 'Doorlopen, dame!' zei een man. Pas toen realiseerde ze zich dat ze stilstond. Ze kon zich niet meer bewegen. De wereld stond stil. Hoe durfde hij zo vrolijk en onbezorgd rond te draaien, zo blauw en groen – hij moest *zwart* zijn, een koude, kille bol. Want Emily was dood en dit was het einde van de wereld.

'Claudia Mayer?' Een hand raakte voorzichtig haar schouder aan. 'Ik ben Christian. Meneer Ethan Summers heeft me gestuurd om u naar uw bestemming te brengen. Het spijt me van uw verlies. Laat mij uw bagage maar dragen. Is dit alles?'

Ze keek op, knikte en liet zich meevoeren naar een zwarte suv met geblindeerde ramen.

LOS ANGELES, MAANDAG

Innocence

Ze hebben geld, maar verder niks.
Innocence zat in het moratorium van het ziekenhuis, en onder haar bontjas rilde ze over haar hele lichaam.

Al die jaren later kon ze nog steeds de minachting in zijn stem horen. Ze had medelijden met hem, in die tijd. Zij hadden geld. Wat wilde je nog meer? Nu pas begreep ze het. Als je geen liefde had, als je kinderen niet veilig, warm, gelukkig, *in leven* waren, aan jouw zijde: dan had je niets. Zij en Jack wilden dat Emily zou lijden, want ze wilden dat ze sterk zou worden, en wat jou niet kapotmaakt, maakt je sterker. Mensen richten zich te veel op het 'maakt je sterker' deel van dat gezegde.

Ze wilde dat ze zou lijden omdat ze hen boos had gemaakt door geen goede dochter te zijn, van school gestuurd, zwanger, gescheiden, ze stapelde schande op schande voor de familie – en ze was slecht voor de *zaken.*

Geld was de oorzaak van alles.

Ze kon het niet geloven.

Emily's vriend de filmster had het heft in handen genomen. Geflankeerd door zijn bodyguards had hij voor het enorme hek van zijn huis gestaan om de pers op afstand te houden: 'Ik smeek jullie, gun Emily's geliefden hun privacy in deze moeilijke tijden.'

Hij had zelfs Jack gebeld. Hij was charmant en aardig, en normaal gesproken had ze een moord gedaan om close te kunnen zijn met Ethan Summers, maar ze was verstijfd en verdoofd van verdriet. Ze realiseerde zich dat ze liever had dat hij uit de buurt zou blijven. Hij was geen *familie.*

Emily's dood – *de dood van mijn lieveling* – was de schuld van het systeem. De politie, de kinderbescherming, de rechter, ze hadden Emily tot voorbeeld willen stellen omdat ze een 'publiek figuur' was. Ze hadden haar kinderen van haar afgepakt. Ze hadden de reden van haar bestaan weggenomen. Ze hadden bloed aan hun handen.

Zomaar.

Innocence huilde stilletjes, snikkend in haar handen. Ze streek zachtjes door Emily's haar, deinsde terug van de zwarte bloeduitstorting op haar koude, bleke gezicht, en ze boog haar hoofd voorover tot het de arm van haar dochter raakte. Ze was zo vreselijk koud in dat dunne, katoenen ziekenhuishemdje, liggend op het harde, koude, metalen bed. Had ze maar een deken, dacht Innocence.

'Vergeef me,' fluisterde ze. 'Ik ben tekortgeschoten. Ik ben tekortgeschoten als jouw moeder.' Ze slikte haar tranen in, en ze zei door haar opeengeklemde kaken: 'Maar ik zweer het je, Emily, als grootmoeder zal ik niet tekortschieten.'

Jack

W at gebeurde er met het lijk als het buiten zo *heet* was? Hou *op*. Maar dat akelige stemmetje in zijn hoofd bleef maar doorpraten, en porde in zijn pijn, en draaide zijn verdriet als een mes in zijn keel, tot hij zich op de glimmende witte kist wilde storten om hem met zijn nagels open te krabben, zijn dochter eruit te trekken en haar weer tot leven te schudden.

Hij kon niet geloven dat dit het laatste afscheid was. Emily hoorde niet onder de koude, harde grond. Haar plek was *hier*, bij haar kinderen. Ze had een geweldige toekomst voor zich, tientallen jaren vol liefde en geluk; ze was dringend nodig om de wereld wat sprankelends te geven.

'O, ze zou het hier *fantastisch* vinden,' zei een vrouw van middelbare leeftijd met een zonnebril op haar lelijke, opgerekte tronie. 'Ze verkeert in goed gezelschap – Marilyn Monroe ligt hier ook begraven – en *wat* een hotspot, midden in de duurste wijk van LA, en Wiltshire Boulevard ligt hier om de hoek.'

Hij wilde de stomme trut naar de keel vliegen. Hij wilde in haar afschuwelijke, plastisch mismaakte gezicht schreeuwen: waarom ben *jij* niet dood, jij ouwe heks? Het is een schande dat zij jong en beeldschoon en dood is, terwijl *jij* nog leeft met je afzichtelijke hoofd. Jij ademt *haar* lucht in. Marilyn Monroe mag blij zijn dat ze bij *haar* in de buurt mag liggen, niet andersom. Wat heb ik nou aan Marilyn Monroe, jij domme trut, ik ben mijn *dochter* aan het begraven!

Innocence was teruggekeerd naar het katholicisme dat ze lang geleden de rug had toegekeerd en ze had een dienst geregeld in de Kerk van de Goede Herder. Alle zeshonderd stoelen waren bezet, en dan stonden er nog vele mensen in het gangpad. Jonge doden trokken altijd een hoop publiek. Hij voelde zo veel pijn dat hij zich amper kon bewegen. Het was of Emily's dood wel had bereikt wat een coma niet kon: totale verlamming.

En toch moest hij handen schudden; moest hij antwoord geven op de condoleances; moest hij glimlachen om hun klungelige ongemak. Hij was een begenadigd spreker, hij vond het zelfs makkelijker om voor duizend man te spreken dan voor één, maar vandaag kon hij het niet aan. Om zelf te leven terwijl zijn lieveling dood was: het was zo volkomen fout. Zijn maag kon het letterlijk niet aan, en hij had overgegeven, vlak voor de dienst begon. Mevrouw Green, een nanny tot haar laatste snik, had hem een pepermuntje gegeven.

Hij haatte de kerk. Hij was te licht, te zonnig, de flarden licht vielen in een prachtig patroon door de glas-in-loodramen, waardoor de mensen op de voorste rijen in een soort rode en roze gloed waren gehuld. Veel geschikter voor een bruiloft.

Hij verlangde naar een Engelse kerk: kil, oud, muisstil in het bedompte licht van de lente, een gotische gloed. Of een orthodoxe synagoge: die in Marble Arch was prachtig. Emily zou begraven moeten worden in de stromende regen terwijl de hemelen huilden. Maar in plaats daarvan was ze hier, waar de zonnestralen zijn pijn belachelijk maakten, hier, in het land van de frivoliteit. Het hoogtepunt van deze begrafenis was niet dat hij rouwde om zijn drieëntwintigjarige dochter, maar dat een filmster een toespraak zou houden.

Er waren zoveel bodyguards aanwezig, zoveel ex-militairen, het leek eerder op een militaire begrafenis.

Hij had geruzied met Innocence, omdat hij de dag toch nog wat waardigheid mee wilde geven.

Hij had geweigerd om de bloemenletters EMILY te laten plaatsen. Walgelijk. Hij had ook geweigerd om Casablanca-lelies te bestellen – de geur van de dood. Innocence wilde de cameraploegen toelaten en hij was woedend geworden – tot hij de tranen in haar ogen zag en voelde hoe ze worstelde om de juiste woorden te vinden: 'Jack,' zei ze tussen samengeklemde kaken. 'Ik wil dat de wereld dit *ziet*.'

En dus was de televisie getuige, en daarmee de hele wereld. In ruil daarvoor had Innocence haar wens om Emily's naam in bloemen uit te spellen laten vallen.

'Dank je,' mompelde ze.

Ze knikte, een kleine, pijnlijke beweging.

Ze waren in elkaars armen gevallen, huilend. Ze snikte: 'Waarom, Jack, waarom, ze was onze *baby*.'

De kerk was gevuld met kleine boeketjes van witte bloemen, een symbool voor puurheid, want je hoefde niet rein van lichaam te zijn om puur van ziel te zijn. Emily was een goed mens geweest en Jack walgde van zichzelf om hoe hij haar had behandeld. Hij vond het moeilijk om toenadering tot haar te zoeken en dus was hij weggebleven – en toch, wat deed het pijn.

Hij was op afstand gebleven om zichzelf te beschermen, zodat het niet zo zou snijden als hij haar kwijt zou raken, zoals hij Felicia en Maria was kwijtgeraakt. Maar slechter dan nu had hij zich nog nooit gevoeld. Hij wist het: hij was verantwoordelijk voor deze dood. Hij had haar verwaarloosd, omdat hij niet wilde dat ze hem nodig zou hebben. Hij wilde dat ze op eigen benen kon staan. Maar nu pas begon hij te begrijpen dat een kind alleen op eigen benen kan staan als ze voldoende beschermd en geliefd is geweest vanaf de geboorte. Overlevingskracht was een *aangeleerde* vaardigheid, bijgeschaafd door de jaren heen. Nu zag hij zijn fouten glashelder in, en hij vroeg zich af waarom hij al die jaren zijn liefde en zijn geld had achtergehouden.

Zijn kleinkinderen moesten het zonder moeder stellen. Ze mochten voor 'de gelegenheid' uit het pleeggezin weg, maar dan wel begeleid door iemand van de kinderbescherming. Hij kon George amper in zijn ogen kijken, maar hij dwong zichzelf ertoe. George had zich als een robot gedragen tot hij Claudia zag. Toen werd hij hysterisch en begon hij om zich heen te slaan en te schoppen en te bijten: 'Ik wil mijn mammie! Ik wil mijn mammie!' Jack kon zich amper inhouden. Eindelijk had hij het kind rustig gekregen door hem lang in zijn armen te houden. Hij dwong zichzelf om aardig te zijn tegen de chaperonne. Voor het eerst had hij zijn eigen gevoelens opzijgezet ten bate van iemand anders.

'Ik wil bij tante Claudia blijven,' had George gefluisterd. 'Alsjeblieft. Molly vindt het niet leuk daar. Ze is bang in het donker. Het eten is vies. Ze moet slakken eten. Niemand geeft haar een knuffel. Alsjeblieft, opa, ik smeek je. Ik zal heel zoet zijn.'

Hij kon het niet meer aanhoren, zijn hart stond op het punt te breken. Het was even bij hem opgekomen om de kleinkinderen gewoon mee te nemen – hij kon bijna niet geloven dat ze de beslissing van een of andere onbelangrijke rechter moesten naleven – maar dit was het Amerikaanse rechtssysteem en het was een strijd die alleen gewonnen kon worden via de juiste bureaucratische wegen.

'Je mag naar tante Claudia,' zei hij vastberaden. 'Daar zal ik voor zorgen, George.' Hij was even stil. 'Het gebeurt misschien niet meteen, omdat er regels zijn. Maar ik zorg ervoor dat het snel gebeurt. Dat beloof ik. Jij en Molly mogen snel naar tante Claudia toe, heel snel.'

Daar zat het kind, mager, stil, verwilderd, hij klampte zich vast aan Claudia's arm, zielig ineengedoken in zijn marineblauwe pakje. Hij had altijd al een hekel gehad aan donkere kleuren voor een kind, en wel precies om deze reden. Een kind zou niets te maken moeten hebben met de *dood*.

Toen Jack achter het spreekgestoelte stond, merkte hij dat hij amper een zin kon vormen. Hij pakte het stukje papier dat mevrouw Green hem aanreikte.

'Vandaag voel ik dat mijn hart overstroomt van liefde voor Emily,' zei hij. 'Maar *zij* heeft dat nooit mogen voelen. Ze heeft nooit geweten dat het er zat. Het was heel gemakkelijk om van Emily te houden en toch vond ik het zo moeilijk – ik was zo bang voor de kracht van de liefde en de pijn die het kan aanrichten. En dus heb ik het verspild. Ik ben echt de armste, kleinste, stomste man in deze kerk. Ik heb het cadeau van de liefde gekregen, het wonderlijke geschenk van het leven – een *kind* – en ik heb dat geschenk *verspild*. Ik bid dat niemand in deze kerk ooit zo'n grote fout zal maken.

'Emily was mijn lieveling – *is* mijn lieveling, ze zal altijd mijn lieveling blijven – en het is zo verschrikkelijk moeilijk om te geloven dat ze weer terug is naar waar ze ooit vandaan is gekomen. En, als ik eerlijk ben, kan ik niet ontkomen aan de gedachte dat als ik meer voor haar had gedaan, ze vandaag nog hier had kunnen zijn. Dus heb ik een gedicht, een kort gedicht, om voor te lezen, voor Emily. Het is van een Schotse dichter, George McDonald.'

Hij keek op. Een wazige zee van gezichten staarde hem aan. Timmy, dat waardeloze stinkdier, stond daar met een zakdoekje, naast zijn vader. De graaf keek zwaarmoedig. Wat een hypocriet. Jack haatte hem om zijn schoorvoetende warmte naar Emily toe, na de onthullingen over Tim in de krant. Daar stond Elton, met die lieve vriend van hem, in begrafenispaars. Wie was die kerel op de derde rij? Hij zag er aangeslagen en bekend uit. Een acteur? *Quentin?* Quintin – een medewerker van Innocence. Kleine Molly lag te slapen in de armen van de chaperonne na een lange huilmarathon. Hij kon het niet uitstaan dat ze door zo'n groot verlies was getroffen.

Hij hoestte. Zijn keel voelde alsof hij met staalwol was gevuld.

'Een gedicht:

Kindlief, waar kom je vandaan?
Van overal naar hier gekomen.

Hoe kom je aan die blauwe ogen?
Uit de hemel toen ik kwam naar hier.

Hoe komt het dat ze zo sprankelen en stralen?
Er zit nog wat stof van de sterren in.

En dat ene traantje, hoe zit dat dan?
Dat lag op me te wachten toen ik aankwam.

Hoe komt je voorhoofd zo glad en hoog?
Door de zachte hand die mij steeds maar weer streelt.

En wat maakt je wang als die van een roos?
Door alle mooie dingen, die ik verkoos.

Hij stopte om de paar woorden. Toen hij eindelijk klaar was met lezen, fluisterde hij: 'Ik hoop dat Emily ergens is... waar ze het beter heeft.'

Het was Innocence, majestueus in plaats van belachelijk in haar zwarte sluier, die hem weer naar zijn stoel hielp. 'Ik weet dat Emily het beter heeft,' zei ze tegen de aanwezigen. 'Want waar ze ook is, het moet er beter zijn dan hier.'

Alles voelde obsceen: de rit, omgeven door beveiligingsmensen, in een glanzend zwarte auto met boterzachte leren bekleding – met al zijn belachelijke eisen was rekening gehouden – terwijl Emily dood in een kist lag. Nu wist hij wat het begrip 'in zak en as' betekende. Toen zijn jasje tussen de deur bleef hangen, trok hij er zo hard aan dat het scheurde, en hij was er gelukkig mee.

Bij de begraafplaats kostte het hem een volle minuut voor hij kracht bijeen had weten te rapen om uit te stappen. Hij wist dat de mensen die buiten stonden tot in zijn ziel zouden kunnen kijken en zijn diepe schaamte zouden zien. Op een vreemde manier was hij dankbaar voor de aanwezigheid van zoveel beroemde mensen – de aanwezigheid van Ethan Summers had andere beroemdheden aangetrokken als vliegen die op de stroop af komen.

Zo werd de aandacht van Jack afgeleid.

Tot zijn opluchting kon hij zijn donkere bril dragen, de enige reden om de zonnestralen niet te vervloeken. Het was een mythe dat het in LA altijd warm was. De winters waren ijzig koud. In Engeland had hij het nooit zo koud, waarschijnlijk omdat hij het daar verwachtte. Een extra dag winter voor zijn kleine meisje: was dat nou te veel gevraagd?

Ethans toespraak bracht mensen aan het huilen. Hij was kort en simpel: een verspilling van een prachtig leven, een prachtig mens, vanbinnen en vanbuiten, een moeder die nog zoveel te geven had, een zus, een dochter, een vriend. Het was niet hoogstaand, maar met zijn heldere, warme stem reikte de boodschap tot in het hart. Hij was net een man van god – nee, hij *was* een god – daar achter het spreekgestoelte. Jack keek toe hoe de burgers van LA hem vol bewondering aankeken. Onthoud goed, jongeman, dacht Jack bij zichzelf, onthoud goed wie vandaag de ster is.

Eén zinnetje bleef bij hem hangen, maar hij was dan ook erg lichtgeraakt. Ethan zei: 'We kunnen het lot niet ontlopen.'

Wat *bedoelde* hij daarmee? Het klonk alsof hij zei dat Emily's dood zo was bedoeld. Aangezien dat vreselijk ongepast en beledigend zou zijn, moest Jack wel aannemen dat hier een jongeman stond, zomaar wereldberoemd geworden, gewend om gelijk te krijgen, maar die – in het kille daglicht – toch niet kon voldoen aan de verwachtingen. Net als zij allemaal moest hij doodop zijn en verward van de schok. Je moest wel respect voor de man opbrengen. Hij had zelf gezegd dat hij misselijk was van schuldgevoel, omdat Emily er onder *zijn* dak een einde aan had gemaakt, terwijl hij juist wilde dat zijn huis voor haar een oase van rust zou zijn.

Jack zuchtte.

Het politieonderzoek was grondig geweest maar er was geen aanwijzing gevonden voor een eventuele misdaad. Ze waren vriendelijk, ze hielden vol dat het misschien *toch* een ongeluk was, dat ze gestruikeld was, maar de afschuwelijke mogelijkheid bleef bestaan, zeker gezien haar geestelijke staat, dat Emily de hoop eenvoudig had opgegeven en zichzelf de dood in had gestort.

Na de begrafenis was er een receptie in het Bel Air Belle Époque. De lange, elegante oprijlaan was aan beide kanten afgezet met hoge bomen. Ze hadden zilveren stammen en een klassieke *boom*vorm. Hij had twee enorme rijen van die bomen gezien langs Rodeo Drive en toen had hij gezegd: 'Die wil ik.' Hij wist nog steeds niet wat voor bomen het precies waren, maar ze waren echt sprookjesachtig. Nu was hun perfectie alleen maar een kwelling. De wereld zat vol met schoonheid die Emily nooit zou zien.

Hij wilde naar huis, naar zijn Londense huis, hij wilde in bed kruipen en een potje pillen achteroverslaan. Al die mensen die bagels met zalm naar binnen stonden te proppen terwijl Emily nog maar net in haar graf lag, walgelijk gewoon. Hoe konden ze in godsnaam een hap door hun keel krijgen? Zijn maag gaf alleen nog maar water over. Ze zeiden toch altijd dat mensen in LA niet aten. Dat was dus een leugen. Het waren varkens.

Hij vroeg zich af of hij ertussenuit kon knijpen en in het penthouse op de bank kon gaan liggen, waar het stil was en het eindeloos gemompel van al die mensen niet in zijn hoofd kon doordringen, waardoor hij zijn hoofd er het liefst af wilde trekken. Hij wilde schreeuwen en janken en huilen en op de grond vallen en zijn kleren afscheuren en overal om hem heen stonden mensen *taart* te eten.

Hij kon het niet uitstaan. Mensen met chocoladekruimels in hun mondhoeken, die hun hoofd achterover gooiden om de laatste druppels uit hun gratis glas wijn te kunnen drinken – ze hadden het niet eens over Emily, ze stonden te netwerken, kaartjes uit te wisselen, of ze stonden te roddelen over de andere gasten. Hij ving iets op: 'Zijn laatste rol was in *Teen Wolf*...' '...kon niet eens een bijrol regelen in *Entourage*.'

Een van de meisjes van Emily's leeftijd – waarom nou zij, waarom *jij* niet? – keek op naar een van die kerels die wel een acteur moest zijn (aangezien hij was omringd door vier kleerkasten met norse blikken en zonnebrillen op), ze stond met haar hele gewicht op één been, en met haar andere knie gebogen alsof ze een badpakmodel was. De pose trok de aandacht naar haar slanke enkels en haar sexy zwarte schoenen met open teen. Hij voelde een vlaag van woede opkomen. In een stad waar de jongeren hun lichaam en ziel zouden verkopen voor een doorbraak, maar te lui waren om er zelf echt aan te werken, waar alle wannabe's rondbanjerden in dure joggingpakken met yogamatjes onder hun arm, greep men elke gelegenheid aan om er goed uit te zien.

De begrafenis van zijn dochter was niets meer dan een modeshow. Een plek om iemand te versieren.

Hij stak zijn hand op – het teken voor 'blijf' was in bodyguardtaal hetzelfde als in hondentaal – liep naar de toiletten en sloot zich op in een wc. Hij deed het deksel van de wc dicht met zijn voet – die vervloekte Innocence en haar smetvrees – en ging zitten met zijn hoofd in zijn handen. O god, o god, hij kon niet meer verder, het was te veel. Hij mompelde in zichzelf en dus merkte hij niet meteen dat er iemand binnen was gekomen. Hij verstijfde en hield zijn adem in. Het was een vreemde angst, een overblijfsel uit zijn jeugd: hij haatte het om voetstappen te horen als hij op de wc zat, het kon wel een *roofdier* zijn. Het was de klassieke scène van mannelijke kwetsbaarheid in elke film: met je broek op de knieën worden gepakt. Het was een van de redenen waarom hij al in geen dertig jaar een openbaar toilet had gebruikt.

De man stond zijn handen te wassen, en te fluiten. Nu begon hij te neuriën, het leek wel een slaapliedje: 'O, hoe voelt het nou om alles te verliezen waar je van houdt? En ik ben nog lang niet klaar met je.'

Toen voelde hij de windvlaag waarmee deur dichtviel. Zijn geschokte gedachten hadden tijd nodig voor ze konden reageren. Hij sprong op, draaide het slot om, balde zijn vuisten en stormde de badkamer in, snakkend naar adem, kokend van woede, en keek om zich heen. De stem klonk onbekend – buitenlands? Hij wist het zeker – dit was zijn *aartsvijand.*

Hij stond te huilen, van angst, paniek en opwinding. Dit was de architect van al zijn verdriet – dit was de bron van het kwaad dat hem al zo lang achtervolgde. Hij had zich niets ingebeeld. Hij wist zonder enige twijfel dat dit de man was die zijn vrouw had vermoord, die een vloek had uitgesproken over zijn wereld, en nu stond hij zich te verkneukelen over Emily's dood – *te verkneukelen.* Hoe kon het dat hij überhaupt *hier* was? Hoe was hij door de beveiliging heen gekomen? Het leek wel of hij een soort mystieke kracht had. Hij was niet te stuiten – nee, door zijn angst was Jack in een bijgelovig oud wijf veranderd. Hij moest zichzelf bijeenrapen. Er moest iets logisch achter schuilgaan. Hier was de vijand waar hij tegen moest vechten – eindelijk had zijn angst een doel. Hier was de kans om wat ooit was begonnen, ten einde te brengen, als hij de logica maar kon ontrafelen. Denk, Jack, *denk.*

Jack pakte zijn hoofd beet. Het voelde alsof zijn hersenen uit elkaar werden gereten als een doorgekookte bloemkool. De migraine waar hij na de coma last van had, was totaal anders dan welke hoofdpijn die hij ooit had gehad.

Hij leunde tegen de muur, hij drukte zijn oogleden dicht tegen het licht dat als vleespennen in zijn hoofd priemde, en langzaam gleed hij omlaag tot hij op zijn hurken tegen de muur zat in een bal van pijn. Hij zette zijn handen tegen zijn slapen om te voorkomen dat zijn hoofd open zou breken. *Vind hem... vermoord hem... je kunt het... sta op... bescherm de kinderen...* zei de stem in zijn hoofd. Maar toen klonk de andere stem: *Zielige loser... hij heeft gewonnen... hij is onzichtbaar... ze gaan eraan... jullie allemaal... het is voorbij.*

BOEK VIJF

LOS ANGELES, EEN JAAR LATER, 2006

Claudia

Het voelde vreemd om te zijn behangen met twintig miljoen pond aan diamanten terwijl je normaal hoogstens wat zilveren oorbellen en een roze Casio-horloge droeg. Claudia verschoof de tiara op haar hoofd en raakte voorzichtig de ketting aan die hing te stralen om haar hals terwijl ze zichzelf in de spiegel bekeek.

Morgen om deze tijd zou het allemaal echt gebeuren.

'Ik ben de bruid.'

Instinctief dacht ze aan Alfie, en wat *hij* dacht over morgen. Het nieuws van zijn scheiding had haar als een mokerslag getroffen. Gek, hoe die dingen werken.

Ze vroeg zich af of haar verloofde ook in de spiegel keek en zich af-vroeg waarom hij nou precies voor *deze* optie had gekozen.

Niet dat er een betere keuze was geweest wat betreft haar toekomstige echtgenoot, maar wel een andere keuze.

Kon je iemand ooit wel echt helemaal kennen? Was dat eigenlijk wel zo belangrijk? Hij wist ook niet elk klein detail over *haar* – dat ze bij-voorbeeld dit soort rare gedachten had. Maar daarom noemden ze het ook bruiloftsstress. Je zou wel gek zijn als je een levenslange belofte ging doen zonder daar ook maar een klein beetje over te twijfelen. Weet je, niemand is perfect. Niet dat hij *niet* perfect was. Hij was echt ongelofe-lijk mooi, en een onvoorstelbaar aardig mens.

Hij *dacht* aan haar.

Ze had hem eerst nog kunnen weerstaan. Maar hij was vriendelijk volhardend. Hij had haar voor zich weten te winnen. Ze praatte met hem over haar jeugd en, vreemd genoeg voor een man als hij, hij luis-terde en hij *begreep* haar. Ze had hem verteld over de aanval op Spyglass

Island, toen ze nog klein was, en hij drukte haar gevoelens beter uit dan zij dat zelf kon! Het... *overweldigde* haar.

'Het verandert het menselijk lichaam in iets smerigs,' had hij gezegd. Ja, ja, *precies*. 'Om seks te hebben moet je *buiten jezelf* treden.' Juist, en dat kon zij dus niet. Ze kon het gewoon niet. Telkens als de mogelijkheid zich voordeed, zat zij vast in haar smerige lichaam, waarmee ze smerige dingen deed met een ander smerig lichaam... geen wonder dat haar horizontale geschiedenis zo kort en bedroevend was.

Hij had haar het bed ingepraat. *Zijn* lichaam was niet smerig – het was god die zijn kunstjes liet zien. En zijn persoonlijkheid was precies slecht genoeg om haar op te winden. Tel dat op bij het feit dat hij haar hart en ziel helemaal begreep en alsnog van haar hield, terwijl het gebruikelijke gevolg van totale openheid was dat elke normale man haar verachtte en medelijden met haar had: geen wonder dat de seks zo goed was.

Ze hield van hem om al deze redenen, maar ze hield vooral van hem omdat de kinderen zonder hem waarschijnlijk nog bij de kinderbescherming zouden zitten. Hij wist wat hij deed; Jack en Innocence waren alleen van de woorden en niet van de daden. *Zijn* advocaten hadden haar met wijsheid en voorzichtigheid terzijde gestaan. Waar haar ouders leken te denken dat de wetten van het speelplein golden, begreep hij het belang van meebuigen met bureaucraten in plaats van ze tegen je in het harnas te jagen. En het resultaat was dat zij nu de wettelijke voogd was van haar neefje en nichtje.

Emily kon in vrede rusten.

Mensen kunnen je verbazen in tijden van crisis. Ze gedragen zich maar zelden zoals je verwacht. Geld en misère tonen je hun werkelijke karakter.

Het was een schok geweest om Innocence zo ineen te zien storten.

Claudia had verwacht dat ze sterk zou zijn, onstuitbaar, maar bij elke tegenslag ging ze helemaal uit haar dak. Op de dag dat de rechter hun eerste verzoek naast zich neer had gelegd, zat Claudia aan de rand van het zwembad in de Hills te staren naar de hemel toen ze verderop een vreemd geluid hoorde, alsof er iets stukviel.

Het had haar meer dan drie minuten gekost om de bron van het geluid te vinden – Quintin, ineengedoken, had het haar gewezen. Op de begane grond van het huis stond Innocence het porselein kapot te gooien. Haar roze haren stonden in een soort wilde krans om haar hoofd, ze stond tot haar knieën in de scherven van porseleinen hondjes, katjes, engeltjes en elfjes, en ze stond al klaar om een grote Delfts blauwe vogel uit zijn porseleinen nest een wisse dood in te smijten.

'Hou daar mee op!' riep Claudia, verbaasd over haar eigen stem.

Innocence, eveneens verbaasd, stopte.

Claudia had de blauwe vogel uit haar handen gegrist. 'Dit helpt niet.'

'Dit helpt *mij*,' schreeuwde Innocence. 'En waarom ben jij zo *kalm*?'

'Met boos zijn bereik je niks. En ze hebben je nog zo *gezegd* dat je niets tegen CNN moest zeggen. De zaak is nog onder de rechter. De kinderbescherming is niet bepaald onder de indruk van dit soort gedrag en zij moeten aan onze kant staan, ze moeten weten dat we verantwoordelijkheidsbesef hebben. We mogen niet met de pers praten.'

'Jij *bent* de pers!'

'Innocence, ze hebben je geadviseerd dat het in ons belang is om geen commentaar te geven. Dus vind je het dan echt zo gek dat het in ons nadeel is als je dat advies in de wind slaat?'

'Ik kan het niet helpen! Ik ben zo *boos!* Ik ben BOOS! Ik heb zoveel... invloed... en ik kan goddomme helemaal niets doen voor mijn eigen kleinkinderen – het is ondraaglijk, ondraaglijk, ik *trek* het niet meer!'

'Het is verschrikkelijk dat ze niet bij ons zijn, maar daar werken we nu juist aan. Jouw idiote gedrag helpt daar alleen niet bij. Als zoiets gelekt wordt naar de *Enquirer*, dan zijn we de...'

'Jij zei dat ze onpartijdig waren, dat ze de pers moesten negeren!'

Innocence gedroeg zich onmogelijk, net een verwend kind. Ze *was* een verwend kind. Ze was eraan gewend om tegen elk probleem een stapel geld aan te smijten, en het was een schok voor haar dat geld hier helemaal niets uithaalde. Geld kon Emily niet tot leven wekken en geld kon haar kinderen niet terugbrengen. Innocence was verdwaasd van verdriet. Ze was zo van slag dat ze amper meer kon functioneren. Dat was allemaal niet erg, want haar personeel deed alles voor haar. Maar zij konden haar er niet van weerhouden om van alles en nog wat te roepen voor de camera, dingen die mensen zowel afschrikwekkend als intrigerend vonden. In de maanden na Emily's dood was het aandeel Élite Retreats met een derde gedaald.

Jack had meer succes, misschien omdat hij in staat was zijn emoties uit te schakelen. Nou ja, hij *kende* geen emoties! Dat was het. Hij was totaal geen steun geweest voor zijn familie. Op de begrafenis had Claudia gezien hoe Innocence *hem* troostte. Hij deed nooit iets voor iemand anders. Hij had haar in de schouder geknepen en zijn lippen op elkaar gedrukt als teken van verdriet. Meer vaderlijke gevoelens had hij niet te bieden – dit was zijn enige reactie op haar verlies van haar enige zus. Hij kon haar niet troosten, terwijl ze vond dat het zijn taak was. Ze dacht dat het door zijn angst kwam. Hij was bang voor verlies. Hij was bang dat als hij zijn tenen in de poel van het verdriet zou steken, hij zou uitglijden en zou verdrinken. Godallemachtig – *iedereen* is bang voor verlies! Maar zijn angst beheerste zijn leven en zijn relaties – het richtte hem te gronde. Het was een gekte die zoals de meeste gektes zijn wortels had in zijn jeugd. Zijn eigen vader was vertrokken toen hij zeven was. Ruth had gezegd: 'Je vader is weg. Opgeruimd staat netjes. Ik wil het er niet meer over hebben.'

Ruth had dit zomaar opgebiecht toen Claudia acht jaar oud was, terwijl ze pianospeelde in het huis op Primrose Hill en JR koekjes at en kruimels liet vallen op het Perzisch tapijt. Ruth had ook de wijsheden van *haar* moeder met haar gedeeld: 'Alleen een gebochelde trouwt met je als je geen maagd meer bent.' Dezelfde conversatie bevatte ook de volgende onmisbare informatie: 'Eet nooit tulpenbollen, daar krijg je vreselijke diarree van.' Nu Claudia er zo over nadacht, was Ruths dokter waarschijnlijk aan het experimenteren geslagen met haar medicatie.

Claudia was blij dat Ruth niet meer had hoeven meemaken wat voor rotzooi haar zoon van het leven maakte, maar tegelijkertijd was ze een beetje geïrriteerd – over Ruth, over Felicia – over die sterke vrouwen die van haar hadden gehouden en die haar in de steek hadden gelaten. Het was hun schuld, in zekere zin. *Jullie zijn dood en moet je nu eens zien.*

Als zij nog hadden geleefd waren ons misschien een hele hoop slechte dingen bespaard gebleven.

Ze moest proberen vooruit te kijken in plaats van achteruit. Ze wist dat ze niet met spijt over haar schouder moest kijken, omdat je toch niets aan het verleden kon veranderen. Je werd er alleen maar ongelukkig van. En toch viel aan die neiging geen weerstand te bieden. Je werd erdoor aangetrokken, zoals mensen langzamer gaan rijden als ze op de snelweg langs een ongeluk rijden.

'Tante Claudia? Gaat alles goed met je? Waar kijk je naar?'

Claudia sprong op en glimlachte. 'Lieverd, het gaat prima. Ik denk gewoon aan de bruiloft. Het is net zoiets als met een verjaardagsfeestje waarvoor je al je vrienden hebt uitgenodigd. Je wilt dat iedereen het naar zijn zin heeft. Ik hoop dat het heel leuk wordt. Maar dat wordt het vast wel. Heb jij er zin in, George?'

Ze glimlachte, hoopvol. Alle volwassenen probeerden wanhopig te doen of alles weer helemaal gewoon was voor George. Hij voerde een mooie show voor hen op, zodat zij zich geen zorgen zouden maken. Maar zij zag zijn diepe angst. Hij bekeek haar zo aandachtig dat hij elke verandering in haar gemoedstoestand opmerkte, en als ze ergernis toonde, pikte hij dat op, hij zoog de negatieve energie op en barstte dan uit in een hevige woedeaanval. Het was angstaanjagend, en het ging vaak helemaal nergens over – als het niet lukte om een sok aan te trekken, of als hij een tekening verprutste. Hij miste zijn moeder, hij wilde zijn moeder, hij was boos en verdrietig dat zijn moeder dood was en, nog erger, hij was *gestraft* – hij was weggehaald en hij moest bij wildvreemde mensen wonen. Hij had het volste recht om boos te zijn, maar het was zo moeilijk om aan te zien. Het was ondraaglijk te zien hoe een kind van wie je hield zoveel woede in zich had. Instinctief dacht je: dit straalt af op mij als ouder of voogd. Het was allemaal nieuw voor haar. Ze kon niet meer doen voor George dan gelijkmatig zijn, geduldig en liefdevol, maar, mijn hemel, wat was dat moeilijk.

Hij was gespannen; hij was aanhankelijk. Op school gedroeg hij zich uitstekend. Zijn gedrag thuis was onvoorspelbaar, gewelddadig en meestal angstaanjagend. Als hij op Claudia af kwam rennen, schoppend, slaand en bijtend, was ze verbijsterd en *bang*. Nu al, op zevenjarige leeftijd, was hij lichamelijk aan haar gewaagd. Als haar verloofde in de buurt was gedroeg hij zich beter – had George meer respect voor hem?

Haar therapeut – ze vond het beter dat *zij* een therapeut had dan George, meer ellende kon hij niet gebruiken – haar therapeut had gezegd dat George zich misschien juist veiliger voelde bij Claudia, dat hij haar durfde te testen. Het was een fijne interpretatie. Dus, hoe hard hij ook zou duwen, Claudia beloofde zichzelf dat ze hem nooit zou afwijzen, nooit. Als ze de neiging voelde om de tanden uit zijn hoofd te schudden, had ze een noodplan: ze zette Cartoon Network aan, liep de kamer uit en kwam tien minuten later weer terug. George kwam dan naar haar toe rennen voor een knuffel, om er zeker van te zijn dat ze hem had vergeven, dat ze nog steeds van hem hield. Tegen die tijd was haar woede bekoeld en kon ze hem weer vol overgave knuffelen.

'Ik kijk er niet naar uit dat jullie weggaan, maar het zal vast wel leuk worden met La-La. Ze zei dat ze mij en Molly een paar dagen meeneemt naar Florida om met de dolfijnen te zwemmen. Maar ik denk niet dat zij zelf ook het water in gaat. Volgens mij vindt zij dolfijnen helemaal niet *leuk*. Volgens mij plassen ze in het water. Opa zei dat hij misschien ook nog zou komen.'

'George, het wordt geweldig, en ik ben binnen vijf dagen weer terug. En ik bel je elke dag.'

'Fijn, tante Claudia.'

Ze was stil en zuchtte zachtjes, voorzichtig, zodat hij het niet zou horen.

Doordat ze haar tijd verdeelde tussen George en Molly, haar werk en haar bruiloft, raakte ze bijna overspannen. Molly was nu twee jaar oud, en ze had last van 'verlatingsangst'. Claudia's rug deed pijn van het rondslepen van Molly. Ze wilde niet neergezet worden. Als je vooroverboog om haar op de grond te zetten, klampte ze zich als een koala aan je vast, dus kon je niet anders dan haar met tegenzin weer optillen en haar op haar vaste plek op je heup terugzetten. Haar fysiotherapeut werd er *gek* van. Het was haar in ieder geval gelukt om Nanny op te sporen en haar weer in te huren. Innocence wilde haar wel betalen.

Toen ze het aanbod deed, had ze gezegd – Claudia wilde er niet meer aan terugdenken: – 'Ik laat jou alles na. Jij hebt meer voor Emily gedaan dan – je verdient het. Dus als ik voor Nanny betaal, betaal jij het in feite *zelf* – het is jouw geld.' Ze had het op een kille, botte en onverschillige toon gezegd, waardoor Claudia er niet op kon reageren.

Maar als je stiefmoeder aankondigt dat ze jou haar geld nalaat – een slordige vijfhonderdvijftig miljoen pond – dan is het niet eenvoudig om de woorden te vinden die in verhouding staan tot de gift, dus kan je uiteindelijk niets anders uitbrengen dan: 'O, oké, dank je.'

Het was te onwerkelijk.

Het zou goed zijn voor de kinderen – dat was het belangrijkste – voor hun toekomst. En het gaf een heel vredig gevoel om te weten dat ze zich nooit meer zorgen hoefde te maken omdat ze *geen* geld had, maar het zou haar leven niet echt veranderen. Ze genoot van haar werk, ze had een doel nodig, en ze had *haar eigen ding* nodig. Schrijven was haar uitlaatklep. Het was wat ze zelf had opgebouwd, het was haar niet via een erfenis in de schoot geworpen. Ze had ook nog haar flat in Londen, haar appartement op Woodrow Wilson, en er was niets wat ze niet had maar waar ze wel vurig naar verlangde. Emily had haar ooit gevraagd: 'Hoe kun je nou gelukkig zijn met zo'n *onbeduidend* leven?'

Maar dat was ze. Door Jack en Innocence was alles wat ze maar zou kunnen willen hebben voorhanden: zwemmen in een zwembad in de Hollywood Hills, vliegen naar Vegas in een privéjet, slapen in een kasteel in de bergen van Mexico, vakantie vieren in een villa aan de rand van het regenwoud in Maleisië, zonnebaden op een luxe jacht voor de kust van Cap Ferrat. Misschien was dat het wel, dat niemand ooit tegen haar zei: 'Dat kan je niet krijgen.'

En bovendien – ze haatte het als ze zulke gedachten had – trouwde ze met een *rijke* man. Voordat Innocence haar bot en kil vertelde dat ze alles zou erven, had ze zich behoorlijk geschaamd voor het enorme verschil in rijkdom tussen hen.

Ze had zelfs aan haar verloofde gevraagd of hij huwelijkse voorwaarden wilde opstellen. 'Absoluut niet,' had hij gezegd. 'Doe niet zo raar.' Toen grinnikte hij en voegde er nog aan toe: 'Ik ben veel te arrogant om te denken dat je me om mijn geld trouwt. Ik ben gewoon zo *geweldig!*'

Dus nu *zij* de rijkere van de twee was, kon ze onmogelijk aan hem vragen om voor huwelijkse voorwaarden te tekenen – dat zou wel erg lomp overkomen.

Jack had het natuurlijk wel gezegd. 'Ik laat je alles na, dus huwelijkse voorwaarden zijn wel degelijk van belang,' had hij haar met norse stem gezegd.

'Jack,' zei ze, want nu was het gewoon *echt* te veel – mijn hemel, hoeveel geld heeft één mens nodig? – 'waarom zet je niet gewoon een fonds op voor George en Molly? Alsjeblieft. Dat heb ik liever. Is dat belastingtechnisch ook niet veel beter?'

De wortel bungelde voor de neus van de ezel.

Hij had nog getwijfeld. 'Ik heb het er wel over met mijn advocaten,' zei hij. Waarna hij eraan toevoegde: 'Je bent een goeie meid, Claudia. Ik ben trots op je.'

Ze knikte en draaide zich om, zodat hij de tranen in haar ogen niet kon zien. Het was te pijnlijk. Als hij aardig tegen haar deed was het gewoon te verwarrend.

Ze glimlachte naar George. 'Nou. Het is bijna tijd om jou en Molly naar La-La te brengen, zodat ik me kan voorbereiden.'

Ze rilde inwendig uit angst voor de reactie van George.

'Maar tante Claudia, je hebt helemaal niets te doen! Je zei dat alles voor je wordt gedaan!'

'Nou, ja, je hebt gelijk, George.' Hij *had* ook gelijk. Ze voelde zich net een toeschouwer in plaats van het middelpunt. Het was net alsof ze met adel trouwde. Ze vergeleek het (in haar hoofd natuurlijk) met het huwelijk van lady Diana en prins Charles. Diana had ook geen idee gehad waar ze aan begon, en Claudia begon pas net in te zien voor wat voor leven *zij* had getekend. Er waren uitgesproken verwachtingen over hoe de bruiloft in elkaar moest zitten. Haar enige taak was om stilzwijgend toe te stemmen terwijl de meest prestigieuze huwelijksplanners van Los Angeles haar door een eindeloze lijst met opties begeleidden, en haar een flink zetje in de juiste richting gaven. Ze had graag een chocoladetaart met witte chocoladeglazuur gehad en nu zat ze opgescheept met een worteltaart – zuivel- en glutenvrij, want veel van haar gasten zouden wel eens allergisch kunnen zijn. Stilletjes dacht ze dat diezelfde gasten ook wel aan calorie-allergie leden, waarom zou ze daarover inzitten, maar ze wilde er geen probleem van maken. De uitnodigingen, de gastenlijst, de cadeaus, de tafelschikking, het linnen en het servies, de bloemen, de locatie, de geloftes, de video, de ceremonie, de auto, de muziek, het menu, de drank, de hele inrichting, het boeket, de ringen – zelfs de jurk had ze niet zelf uitgekozen. Roberto Cavalli had *gevraagd* of hij het misschien mocht doen; hoe kon ze dat weigeren?

Er waren dingen die ze liever zelf had gedaan – zoals haar make-up. Ze was nog maar een keer eerder professioneel opgemaakt, en die vrouw had een clown van haar gemaakt. Maar dit was *de* stylist (met een lang, indrukwekkend cv van beroemde vrouwen die ze had gestyled, allemaal van zichzelf al zo mooi dat ze helemaal geen styling nodig hadden). Maar *zij* deed natuurlijk geen wenkbrauwen – toe zeg! Dat was alsof je aan de elektricien vroeg om de wc te repareren. Daar hadden ze een – nee *de* – wenkbrauwspecialist voor, die haar fluisterend had gevraagd: 'Epileer je wel eens?' De haarstylist (die, zo had Claudia opgemerkt, rondreed in een Bentley) schudde zijn kale hoofd, tilde een lok haar op en liet hem weer vallen. 'Wie heeft je dit *aangedaan*?' riep hij alsof het een oorlogsmisdaad was. De rest van de tijd gedroegen ze zich onverschillig, maar hun schok dat iemand met haar status 'zichzelf zo kon mismaken' was duidelijk te groot om voor zich te houden. Er was een schoonheidsspecialist, die bijna alle haren uit haar lichaam had getrokken – neus, vingers, tenen; er was een vetmasseuse; een acupuncturist; een schoonheidstherapeut (de gezichtsreiniging met diamantdeeltjes, de bodyscrub); een zonnebankman, een manicurevrouw ('Droom ik nou of bijt je nagels?'); een pedicure (die zichtbaar geschokt was bij het zien van de geschilferde huid op haar voetzolen en die eerst op adem moest komen met een slokje Fijiwater). Ze moesten haar het gevoel geven dat ze beeldschoon was, maar tegen de tijd dat ze allemaal klaar met haar waren, voelde ze zich het lelijkste meisje op aarde.

'Je hebt gelijk,' zei Claudia weer. 'Ik hoef bijna niets zelf te doen. Maar vanavond, de avond voor mijn bruiloft, wat een heel spannende dag wordt, wil ik graag even rust aan mijn hoofd – om nog wat te lezen, om alleen te zijn. Snap je dat, George?'

Het kleine jongetje keek haar aan. 'Ik denk het wel. Is dat omdat Ethan je nooit meer met rust laat als je met hem getrouwd bent?'

'Ha!' zei Claudia. O, wat geestig. Hoewel – en ze wist niet precies waarom – ook weer niet zo geestig.

MARINA DEL REY, LOS ANGELES, DE VOLGENDE NAMIDDAG

Ethan

Ethan stond in de rozentuin van het Ritz-Carlton ten overstaan van driehonderd Hollywood-sterren – en god – en hij kuste zijn bruid. Hij vond het vooral fijn dat Claudia zo onbelangrijk was.

Je moest wel gek zijn om met een supermodel te trouwen, als je zo wanhopig was kon je er altijd nog eentje inhuren.

En alleen als je knettergek was trouwde je met een *actrice*. Hij kon zich echt geen grotere marteling indenken. Je zou een tweede man moeten inhuren die het af en toe even van je over kon nemen. Een man kon onmogelijk in zijn eentje al die noodzakelijke complimentjes blijven uitstorten die ze nodig had voor haar zelfvertrouwen, van 's ochtends vroeg tot 's avonds laat, dan de hele nacht door kletsen over haar werk – scène voor scène, moment voor moment, zin voor zin, woord voor woord; over haar gezicht; een kunstwerk, de camera kon er geen genoeg van krijgen, jong als een *tiener,* ja, je huid is het geheim; over haar lichaam – de lijn, de rondingen, het perfecte pilateslijf, maar *genen,* niemand kan op tegen wat door god gegeven is; over haar interpretatie – geniaal; over hoe ze de show stal – dat arme kind had geen enkele kans naast jou, ze is als een kaarsje in het zonlicht; over haar omgang met het inferieure talent van haar medespelers – je was echt zo *aardig* tegen haar. Het wegwuiven van angsten – vet? Wat! Waar? Nee, helemaal geen rimpels, nee, echt geen bobbels; en maar zeggen hoeveel talent ze heeft – zo overtuigend, adembenemend, een Oscar waardig; het denigreren van de competitie – die wordt echt zo lelijk oud, slecht acteerwerk, haar echte neus was beter, die heeft echt helemaal geen kont, gadverdamme wat een vieze cellulitis, totaal geen charisma, nul chemie; het afgeven op een concurrerende serie – echt tweederangs, schaamteloos, die zender staat op de rand van het faillissement... Ethan moest altijd denken aan die jongen van Arquette en dan lachte hij zich helemaal kapot.

Claudia was niet bedreigend voor de fans. Ze was mooi, niet wonderschoon. Ze konden zich niet voorstellen dat ze goed was in bed.

Maar zo slecht was ze niet. Ze genoot ervan, maar ze haatte zichzelf daarom, en dat vond hij dan weer heel opwindend.

Hij kon echt niet *wachten* op de huwelijksnacht. Ze had geen idee wat haar te wachten stond.

Eerlijk gezegd werd hij doodziek van haar. Ze hield maar niet op over de kinderen. Ze kon er letterlijk haar kop niet over houden, en toen realiseerde hij zich dat ze pas op zou houden met zeiken als ze het huis uit waren. Dat was een flinke domper.

Hij had liever gezien dat die twee ettertjes zouden wegrotten in het systeem. Hij wilde ze zien lijden. Het was als een prachtig gedicht, hoe de gedachte aan hun ongeluk de hele familie kapotmaakte. Ze waren veranderd.

Maar *hij* vond het allemaal wel best. Hij was flexibel. Je moest je aanpassen. Mensen waren zo vervelend en egoïstisch en stom dat ze niet konden bedenken dat iemand anders misschien wel een heel andere uitkomst had gewild. Maar het maakte allemaal niet uit! Hij had het allemaal perfect geregeld. De moeite die hij had genomen om de kinderen vrij te krijgen had Claudia ervan overtuigd dat ze verliefd op hem was. Dat was toch lastiger geweest dan hij aanvankelijk had gedacht – kieskeurige koe.

Hij was de held van de dag. Mensen waren altijd stomverbaasd als de werkelijkheid de kunst evenaarde. De wereld was zo simpel, en hield van symmetrie. Hij had ervoor gezorgd dat *hij* de leiding had over de juridische campagne om George en Molly terug te krijgen bij tante.

Er was altijd nog een andere manier.

De laatste drie maanden was hij als een vader geweest voor die kwallebakjes. Perfect. Als een stom wijf als Claudia het je moeilijk maakte, moest je gewoon ad hoc denken. Toen had hij zich gerealiseerd dat zij hem juist een wereldkans bood. Het was nog tot daar aan toe om pijn te lijden onder de handen van iemand die je niet kende. Maar op een of andere manier kon je dat later, als volwassene, allemaal rationaliseren: het was niet persoonlijk, het had niets met jou te maken, dit had iedereen kunnen overkomen.

Nu, dankzij Claudia's ongelofelijke koppigheid en het feit dat ze nog niet eens een fucking seconde haar kop erover kon houden, waren de kinderen van haar. En omdat hij Claudia wilde verleiden, hadden die kinderen ook tijd met hem doorgebracht en waren ze aan hem *gehecht* geraakt. Ze hielden van hem. En, zoals hij maar al te goed wist, het was veel, veel krachtiger, de wond zou zoveel dieper zijn als iemand van wie je hield je pijn deed.

'We zijn *getrouwd*, Ethan!' giechelde ze in zijn oor. 'We zijn getrouwd!'

Ze zat zo vol met liefde – liefde voor Emily, liefde voor de kinderen, liefde voor *hem*. Hij werd er helemaal gek van. Vreemd, want hij was even gek geworden van het feit dat deze familie helemaal geen respect had voor liefde. Zoals de grote Nicolas Cage ooit in een roddelblad had georakeld (Mark las alles): 'Je moet nooit neerkijken op de liefde.'

Ach ja! Claudia kon gewoon nooit winnen!

Met een groots gebaar boog hij zich voorover en kuste haar hand. Als hij haar nog één keer op haar mond zou moeten kussen, zou hij zich voor zijn kop schieten. Ze deed hem aan zijn moeder denken. Niet bepaald de beste kwaliteit in een vrouw.

Hij glimlachte en hun publiek werd uitzinnig, jubelde, klapte en overstelpte hen met rozenblaadjes. Kleine Molly had zich aan zijn broekspijp vastgeklampt, bang van het geluid, en hij wilde haar van zich afschudden, de lucht in trappen. Haar duim glinsterde van het kwijl en haar neus droop van het snot. Jezus, die kinderen; altijd wel ergens een *lek* uit een van de vele *gaten* in hun lichaam.

Hij ademde diep in en probeerde tot bedaren te komen door zich te focussen op zijn schitterende omgeving. De palmbomen, lang en statig tegen de achtergrond van de diepblauwe lucht; de Griekse pagode; de roze rozenblaadjes die voor hun voeten werden gestrooid, het hotel – een stille belediging voor Jack. Maar dit was geen pr-stunt, de vader van de bruid kon toch goddomme wel wat neertellen voor een normale locatie, in plaats van zijn oerlelijke jaren tachtig themahotel.

Hij voelde zich niet op zijn gemak als hij oogcontact had met Jack. Het moment waarop Jack zou doorhebben wie Ethan werkelijk was – het mooiste moment van Ethans leven, een orgiastisch *hoogtepunt* – zou aanbreken als Ethan zijn ware identiteit zou onthullen, terwijl hij Jack in zijn hart zou steken met het mes waar net de taart mee was aangesneden. Grappig, maar niet leuk genoeg – Ethan wilde niet de geschiedenisboeken ingaan als een sentimentele zak.

Toch viel het niet te ontkennen dat hij sentimenteel werd. Hij had precies *die datum* voor de bruiloft uitgekozen. Hij kon het niet helpen. Ja zeg, hij was ook geen machine. Hij had *ook* gevoelens. Hij wilde Jack op de proef stellen. Gewoon om te zien of hij zich iets zou kunnen herinneren, of deze datum nog van enig belang voor hem was. Het was eigenlijk echt zielig. Als een onbeminde huisvrouw die haar man niet herinnerde aan hun trouwdag maar hem dan wel een heel groot cadeau overhandigde: om de schuldige man zo op een sluwe manier zijn misdaad tegen hun liefde in te peperen.

Maar hij had niets door. Helemaal niets. Claudia had haar vader de datum verteld tijdens een videotelefoongesprek in Ethans mediakamer. Ethan had gretig zijn reactie afgewacht. Hij verwachtte dat zijn ogen zouden wegtrekken, een overpeinzing, een herinnering. *Niks.*

Ethan wilde de inzet verhogen. Er was geen bal aan om een onwetend slachtoffer te maken, je wilde wel dat je prooi zou tegenstribbelen, zou terugvechten. Iemand martelen die hersendood was, wat had je daar nou aan? Sinds hij Jack had gekweld, in het toilet tijdens Emily's begrafenis, was de spanning opgelopen.

Jack was achterdochtig, geagiteerd, maar *spijt* had hij niet. Hij was

414

naar de politie gegaan; hij had zijn beveiliging opgeschroefd; hij had met de media gesproken. *Time* had er een kort stukje aan gewijd, waarin ze een korte opsomming deden van de vreemde ongelukken die de familie Kent waren overkomen, onder de titel 'Belaagd of Vervloekt?'

Maar Jack verdacht *hem* nergens van. Dat was goed, maar tegelijk ook om razend van te worden. Ethan wilde berouw. Hij wilde spijt. Terwijl Jack zich gedroeg alsof *Jack* het slachtoffer was!

Het vrat aan Ethan dat Jack zo weinig moeite had met zijn misdaad dat hij het allang weer vergeten was. Het was niet eens bij hem opgekomen om naar het verleden te kijken, zijn *eigen* verleden, om zijn zonden onder ogen te zien.

De adembenemende waarheid was dat hij dacht dat hij nooit een zonde had begaan!

Hij had geen idee dat Ethan wel eens niet zomaar een jongen zou kunnen zijn. En toch, *zelfs dan* was hij niet aardig tegen hem. Het laatste wat hij tegen Ethan had gezegd voor de bruiloft was: 'Jij verandert wel vaak van stem.'

Rot toch op! Ethan was een expat, hij was de beste acteur van zijn generatie; hij was de levende River Phoenix. Het was zijn voorrecht om, als een ekster, brokjes taal te stelen die hem aanstonden, hiervandaan en daarvandaan. Hij had geen voorouders, geen familie, geen identiteit, hij was *niemand*. Zijn ziel was een lappendeken van imitaties van anderen.

Hij vond het geweldig dat niemand zijn accent kon plaatsen.

Maar misschien toonde Jack wel niets anders dan het wantrouwen dat iedere vader toont aan een jongeman die het met zijn dochter doet *en* die ook nog eens dapper genoeg is om hem te dwingen dat mee te vieren. Ethan kon het niet uitstaan. Het vreemde was, na achtentwintig jaar wachten was zijn geduld opgeraakt, op minder dan een dag voor de deadline. Dus zei hij iets. Niks bijzonders, maar toch. Na de ceremonie was Jack naar hem toe komen lopen met die irritante assistente van hem, om hem te feliciteren. 'Schitterend weer voor zo'n bijzondere dag,' zei hij. *Duh.*

Zonder al te veel venijn in zijn stem had Ethan geantwoord: 'Vandaag is altijd al een bijzondere dag voor mij geweest, maar het is ook jouw bijzondere dag, Jack, weet je nog wel?'

Jack zei: 'Natuurlijk, de trouwdag van je dochter is altijd een speciale dag voor een vader.'

Hij was gewoon te afgestompt om het te begrijpen, en Ethan zou zichzelf dus niet zo voor zijn kop moeten slaan. Hij was de onbeminde huisvrouw, die zich vruchteloos bleef douchen, met een kanten slipje om haar vette kont, knijpend in de rollen van haar buik terwijl ze zich wijsmaakte dat ze heus niet afzichtelijk was. Ethan voelde zijn gezicht branden van schaamte. 'Zal ik jou eens wat zeggen, *eikel*,' wilde hij schreeuwen. 'Achtentwintig jaar geleden heb jij mij op *deze dag* in de steek gelaten als vader, sloeg je de deur dicht in mijn kleine engelengezicht en stuurde je me naar de hel. Maar nu ben ik terug en ben jij weer mijn vader. Hallo, pa, deze keer stuur ik *jou* naar de hel.'

Ethan draaide zich om en concentreerde zich op Innocence. Hij moest gesust worden. Zij was blind door haar ijdelheid, door deze hele toestand, de status, de krankzinnige aandacht die de wereld schonk aan twee volwassenen die een contract tekenden om van elkaar te houden, en de enorme opwinding over het feit dat haar familie eindelijk een *beroemdheid* in hun midden had.

Het was misselijkmakend, zoals mensen beroemdheden konden aanbidden. Minstens de helft van alle sterren die hij kende waren absolute losers. Clooney. God man, wat haatte hij Clooney. Clooney met zijn fucking perfecte carrière, zijn perfecte keuzes, zijn voormalige serveerstertjes die hem zo adoreerden, zijn sprankelende persoonlijkheid, zijn *integriteit*, zijn vervloekte palazzo bij het Comomeer, hoe geweldig hij eruitzag in een pak, zijn gevoel voor humor, zijn universele populariteit. *Haat.*

'Claudia, je ziet er beeldschoon uit. *Mazzeltof.* Maar je maakt een grote fout door met die Summers te trouwen.'

'Dank je, George! Lief dat je bent gekomen. Ik vond het vreselijk om te horen van je motorongeluk. Hoe gaat het met je schouder?'

'Ach, een schrammetje, meer niet. Maak jij je maar zorgen om jezelf, jongedame.'

Ach ja. Clooney had geen idee hoe hij daarmee de spijker op zijn kop sloeg. De lul.

Ethan nam een glas champagne aan en liet zich overrompelen door een groep mensen die hem wilden gelukwensen. Deze mensen: als ze hem echt zouden kennen, zouden ze niet eens naar hem omkijken. Deze mensen, met hun compassie voor de armen, de minderbedeelden: alles wat hij ooit was geweest en alles wat hij was, werd door hen geminacht, en ze wisten het niet eens. Ze waren bang voor wat hij was – en dat deed pijn. Zelfs nu hij hun klamme zoenen moest verdragen, hun zweterige omhelzingen, hun vingers vol met bacteriën op zijn gezicht en hun vrolijke felicitaties die ze door hun witte, glimmende tanden in zijn oren tetterden, voelde hij zich afgewezen en geminacht. Hij keek om zich heen op zoek naar zijn Mark, de enige persoon in de wereld die echt wist wat *medeleven* was. Mark begreep hem. Mark was heerlijk corrumpeerbaar geweest. Ethan was de liefde van Marks leven en Mark zou alles voor hem doen, hem alles *vergeven.*

Hij zou Mark missen.

Hij moest naar binnen. Het zoemen van de paparazzihelikopters drong door tot in zijn schedel, zijn oren jeukten ervan. Om de dag door te komen deed hij net of dit een rol was in een romantische komedie. Hij hield van romantische komedies – niet om erin te acteren, maar om ernaar te kijken. Maar dan nog viel het niet mee. Was het maar vast avond.

Hij poseerde voor de foto's. Ze hadden afgesproken om een foto aan de media te geven in ruil voor privacy. Natuurlijk (hij keek omhoog) waren ze hun deel van de afspraak niet nagekomen en het was maar goed voor hun redacteuren dat Ethan zo'n professional was. Claudia – ze stond erop om die belachelijke *doos* van een appartement aan Woodrow Wilson aan te houden – was nog diezelfde ochtend overvallen door een groep fotografen toen ze de krant van de trap kwam halen. 'Waarom ren je zo?' vroeg hij toen ze het huis in kwam vluchten. 'Ben je bang?'

Het kon Ethan niks schelen dat ze geen respect hadden voor *haar,* maar wel dat ze geen respect hadden voor *zijn eigendom.* Een mindere man zou huurmoordenaars hebben ingehuurd om hen bij een of andere kruising om te leggen. Maar dat was Ethans stijl niet. Hij was een sportman. Niets kon hem van zijn doel afleiden.

Hij sloeg een arm om Jack heen, gewoon om te zien hoe dat voelde. Het kostte hem al zijn wilskracht om zijn hand op de rug van de man te houden. Zijn instinct eiste dat hij hem weg zou trekken, schreeuwend, alsof hij de zon had aangeraakt. Jack verstijfde en Ethan realiseerde zich dat fysiek contact zoeken een vergissing was geweest. Mensen waren ook beesten, en hoewel oppervlakkig, stom en inferieur, hadden ze nog een klein beetje dierlijk instinct behouden dat hen waarschuwde voor mogelijk gevaar. Zou Jack dat nu voelen?

Gelukkig leidde Molly hem af. Er was genoeg afleiding op bruiloften. Zijn speech zou hem de tijd geven tot vanavond. Bovendien had hij ook nog cadeaus voor de familie. Mark had een 18-karaats witgouden armband met 1604 diamanten erin gekocht van H. Stern in New York, een huwelijkscadeau van meer dan een half miljoen voor Ethans lieve vrouw. Ze zou het, zo bedacht hij gelukzalig, dragen tot in haar graf. Voor zijn schoonmoeder had Mark een zilveren jurk met open rug besteld bij Versace. Hij was kort en behoorlijk ordinair – ze vond hem vast geweldig. Bovendien zou het Jack een ongemakkelijk gevoel geven, omdat er iets niet helemaal *koosjer* was aan dat cadeau – mannen bleven nou eenmaal altijd bezitterig over de vrouwen met wie ze hadden geslapen en dit was bijna net zo erg als zijn schoonmoeder een vibrator cadeau doen.

Innocence zag er sexy uit.

Mark had gevoel voor mode. Hij hoefde alleen maar naar iemand te kijken of hij wist meteen wat iemand droeg en hoeveel het allemaal had gekost. Haar zonnebril werd geïdentificeerd als een Mask, duizend dollar, van Oliver Goldsmith Couture, verkrijgbaar op bestelling bij City of Angels. Het enige probleem met het stelen van stijltips van mensen die je kende, was dat je ze daarna niet lang meer kon laten leven. Ethan droeg nooit twee keer hetzelfde kledingstuk, dat verstoorde zijn gevoel van eigenwaarde. Niemand begreep dat een gevoel van eigenwaarde een *probleem* was voor geadopteerde mensen.

Zijn speech was een meesterwerk.

'Ik heb altijd geweten wat belangrijk is: liefde, en familie. Sommigen geloven dat een goede opvoeding essentieel is om een goede man te kunnen worden. Ik ben het daar niet mee eens. Zoals jullie wellicht weten, ben ik de eerste twaalf jaar van mijn leven opgevoed door mijn grootmoeder' – Mark had dit sprookje bedacht, het was een geniale zet, aangezien er niemand meer in leven was die het kon bevestigen en niemand zijn verhaal dus kon ontkrachten – 'aangezien mijn eigen moeder, die erg jong was toen ze mij kreeg, het niet aankon. Toch heb ik een paar prachtige jaren gehad waarin ik een liefdevolle relatie kon opbouwen met mijn moeder, voor zij, god hebbe haar ziel, overleed. Maar ik heb altijd spijt van wat ik heb moeten missen – en wat *zij* heeft moeten missen – en ik denk dat als je iets mist, je het meer weet te waarderen. Niemand waardeert liefde en familie meer dan ik, en ik heb mij voorgenomen om Claudia de rest van mijn leven lief te hebben en te koesteren.'

Claudia schonk hem een glimlach en kneep in zijn hand. Hij kneep terug, en keek toen op zijn horloge. Dat betekende een volle acht uur van liefde en koesteren – of langer. Dat was eigenlijk aan haar. Hij hoorde mensen op hun vingers fluiten en hij ontving een staande ovatie.

Bruidegom zijn had als voordeel dat de aanbidding ongekende hoogten bereikte. Hoewel al die mensen daar naar hem stonden te staren – het herinnerde hem aan dat klusje op Broadway. Hij hield niet echt van theater. Flikker maar op met je ambacht. Hij genoot meer van aanbidding op afstand, van zijn gezicht op het scherm, aanbeden worden door miljoenen terwijl hij ergens anders was, alleen, onbespied.

Maar er waren ergere dingen. En zijn honingzoete woorden hadden Jack alle wapens uit handen geslagen. Hij klemde zijn lippen op elkaar, knikte en stak een sigaar op. Smerig.

De bruid kreeg ook een hoop aandacht, maar dat was onvermijdelijk in die sneeuwstormhel van een jurk. Innocence was eveneens in het wit, wat hij ongepast vond. Ze was echt een ongelofelijk egoïstisch kreng. Was het nou echt niet bij haar opgekomen dat dit Claudia's dag was? Niettemin, Claudia had de sfeer weten te verzieken door een aantal van haar nietszeggende vrienden uit Engeland uit te nodigen.

Zoals Mark had opgemerkt toen hij een van de gasten in een spijkerbroek zag: 'Mijn leven is net vijf procent minder glamour geworden.'

Maar Claudia's grootste misdaad was wel om hem kennis te laten maken met die bekakte eikel van een Alfie Cannadine. Dit was de kerel die haar uit de handen van die viezerik had gered toen ze nog een kind was. Claudia had niks gezegd (sluw) maar hij wist meteen dat er iets tussen hen was. Alfie keek naar haar *op zo'n manier.* Het was de blik van een verliefde man, en Ethan kon wel kotsen. En Claudia bloosde toen ze zijn naam uitsprak. Ethan onderdrukte de behoefte om haar dwars door de kamer te slaan.

Een paar vriendelijke zinnen verder had hij vastgesteld dat deze Alfie gescheiden was – jong en vrijgezel. Ethan besefte nu pas hoeveel mazzel hij had gehad. Deze nozem had geen contact op willen nemen met de liefde van zijn leven omdat hij in een of ander roddelblad had gelezen dat ze een relatie had met Hollywoods grootste held. Jezus, man, toon eens wat ballen! Deze flapdrol had geen idee wat Ethan nu zag, *op zijn eigen bruiloft*: Claudia zou de grote Ethan Summers direct laten vallen voor deze stamelende nerd. Godzijdank had je nog hoffelijkheid in de wereld!

Het zou een waar genot zijn om deze waardeloze verspilling van ruimte in duizend stukjes te snijden. 'O, mijn excuses! Ik gebruik het steakmes. Vergeef me alstublieft. Als ik de hersenen eruit heb zal ik het groentemes pakken. Oeps, hou ik hem toch helemaal verkeerd vast!' Maar nee, hij zou Alfie niets aandoen. Hij zou de kerel met rust laten met zijn waardeloze leven. Het was moeilijk, heel moeilijk, om je driften te onderdrukken, om niet over te gaan tot een spontane slachtpartij, maar het was een kwestie van *intelligentie*. Het was het verschil tussen mislukking en succes.

Ethans lippen krulden op terwijl hij dacht aan die ongeorganiseerde seriemoordenaars. 'Ongeorganiseerd.' Dat zei alles. Ze hadden zichzelf niet in de hand. Stelletje *losers*. Ze maakten er een bende van en werden dan opgepakt.

Ethan was een superieure, ongeëvenaarde kunstenaar juist omdat hij geduld had, omdat hij zo precies was; hij begreep het nut van een plan, in plaats van je overal maar door te laten meeslepen.

En nu was hij er helemaal klaar voor.

Céline Dion maakte het allemaal goed. Ze was het waard. Hij had bijna gehuild toen ze hem gedag zoende. Ze was helemaal zijn type vrouw. Hij hield van haar imago – hoewel ze in het echt eigenlijk heel *lief* was – ze had een blik die mannen op meters afstand kon doden. Hij bedacht dat hij wel eens beïnvloed kon zijn door 'My Heart Will Go On'. Hij had beschamend vaak naar *Titanic* gekeken. Ethan Summers' gênante geheim was dat hij niet naar films voor zestien jaar en ouder kon kijken – en dat gold ook voor *Sick Day*. Hij moest eerst in een noodsessie hypnotherapie voor hij naar de preview kon kijken.

Jack had zijn speech kort gehouden – was hij onbeschoft, vriendelijk of gewoon gek in zijn hoofd? Hij had Claudia als een 'geweldige dochter' getypeerd – alsof *hij* wist wat dat inhield; hij zei iets over Emily – respectvolle stilte; en de kinderen – oe's en ah's; en hij had verkondigd dat hij altijd van Ethans werk had genoten, en dat het geweldig was om eindelijk eens 'wat talent in de familie te hebben'.

Iedereen lachte. Godver. Hadden ze ook om *zijn* speech gelachen? Was Jacks speech grappiger? Zijn speech was toch veel scherper.

Het eten was spectaculair (Oliver kookte), knapperige, rauwe bieten-salade met feta en peren als vooraf. Het was niet slecht. Het hotel was niet happig geweest om hun keuken uit handen te geven, maar het was een keuze tussen Oliver als kok of het verliezen van de opdracht. Hij had hun 'verlies' gecompenseerd – het ging mensen altijd alleen maar om geld. Ze hadden totaal geen gevoel voor eigenwaarde, geen ziel, geen *fatsoen*. Hij probeerde niet met zijn vingers te trommelen om de tijd sneller te laten gaan.

'Ik krijg geen hap naar binnen,' zei Claudia. 'Ik ben veel te opgewonden! Ik kan me niet concentreren. Het gaat allemaal in een waas langs me heen. Ik kan gewoon niet geloven dat we getrouwd zijn, Ethan.'

'Ik ook niet,' antwoordde hij, hij legde zo veel mogelijk enthousiasme in zijn stem. 'Ik kan niet wachten tot we eindelijk alleen zijn.'

Ze giechelde. 'Hoe vroeg denk je dat we weg kunnen?'

'Na de eerste dans?'

Ze gingen eerst naar het huis in Malibu voor ze, in theorie, naar het strand van de Costa Careyes zouden vliegen, in Mexico.

Hij voelde haar warmte; zijn neus kriebelde van de geur van haar parfum. Hij wilde naar de oceaan rennen om frisse lucht in te ademen. De eerste dans was op 'Satellite of Love' – niets meer dan een bewegende omhelzing. Hij was niet van plan om er nog een grote show van te maken. Dit was een bruiloft, niet *Dancing with the Stars*.

Je moest wel weten hoe je je moest gedragen.

'Ik heb een verrassing voor je thuis, mevrouw Summers,' mompelde hij.

'Jeetje,' mompelde ze terug. 'Is het een *grote* verrassing.'

'O ja, schat,' antwoordde hij terwijl hij haar zachtjes in haar haren kuste om de menigte en de camera's tevreden te stemmen. '*Gigantisch*. Het is de verrassing van je leven.'

Claudia

Het was afschuwelijk om te denken 'had ik maar', terwijl je in een witte Hummer limousine naar je eigen huwelijksnacht op weg was.

Ze hield van Ethan. Echt. Maar hun huwelijk was wat haar betrof een rationele beslissing, haar hart zat er niet in. Ze deed het omdat de kinderen van hem hielden, en hij van hen, en omdat hij zo'n goede vriend voor Emily was geweest, en omdat hij zo ongelofelijk lief was, en een veilige keuze; hij was hier in LA een belangrijke man; hij was *bekend*; hij zou er niet zomaar vandoor gaan.

Waarom had Alfie het niet gewoon *gezegd*? Het was zo suf, zo'n verspilling. Nu was zijn huwelijk met Polly alweer een tijdje ontbonden – 'een plichtmatig huwelijk' volgens de *Daily Mail*; ze had het op Google opgezocht – hij was nu zes maanden vrijgezel. Hij had niet eens een hint laten vallen. En niemand had haar er iets van verteld.

Ze kon het niet uitstaan. Ze moest iets zeggen. Terwijl Ethan met zijn agent stond te praten – een man die Claudia deed denken aan een velociraptor – had ze Alfie in een hoek gedrukt en het hem gevraagd. Wat had ze te verliezen? Zijn antwoord schokte haar.

'Je vader heeft het me verboden. Hij zei dat je nu gelukkig was, en dat ik je met rust moest laten.'

Wat? Ze voelde een enorme woede in haar opkomen.

Alfie voegde er nog aan toe: 'Hij probeerde je te beschermen, Clau. Hij wilde het goede doen. Ik weet ook van Martin. Het spijt me zo verschrikkelijk.' Ze werd bleek. 'Hij wilde niet dat je nog een keer gekwetst zou worden.'

'Maar...' zei ze, en de rest van de zin bleef onuitgesproken: *jij zou me nooit pijn doen, jij houdt van me.*

Ze keken elkaar hulpeloos aan. Plotseling voelde ze zich onnozel in haar enorme witte jurk, met die grote, zware ring aan haar vinger, terwijl *zijn* vinger weer ringloos was. De idiote gedachte om samen weg te lopen kwam bij haar op. Ze staarde in zijn ogen en hij schudde zijn hoofd nauwelijks merkbaar en kuste haar. Ach, zo teder, zo vol van spijt, zo vol van gemiste kansen.

Ze glimlachte bij zichzelf, en toen realiseerde ze zich dat haar man haar nek streelde.

'We zijn er,' zei hij. En toen, met een iets te strenge stem, vond ze – maar was de bruiloft niet voor alle mannen een soort plicht? – 'Je vindt het toch niet erg als ik je niet over de drempel til.' Het was een stelling, geen vraag. Hij was stil, en zij ook. 'Ik wil mijn rug niet verrekken.'

'Dat is prima, ik kan wel lopen.'

Het was gek. Ze waren allebei op een vreemde manier vlak, en het voelde heel raar. Wat idioot! Ze kreeg een angstig gevoel in haar maag. O god. Hij had toch niet gezien hoe ze met Alfie had staan praten? Ze schaamde zich. Het was echt heel gemeen – emotioneel vreemdgaan. Ze zou ontzettend haar best doen tijdens hun huwelijksnacht – jemig, was dat erg – om te denken in termen van *je best doen*? Hoewel hij mooi was, gespierd, bruin en met prachtige ogen en een mooie kaaklijn, was hij eigenlijk helemaal niet haar *type*. Ze voelde zich best tot hem aangetrokken, maar ze vond hem niet aantrekkelijk op die *beestachtige* manier zoals ze Alfie aantrekkelijk vond. Als je een wetenschappelijke vergelijking zou moeten maken, dan was Alfie een stuk lelijker – een te grote neus, meerdere keren gebroken bij het rugby, haar als stro – maar ze had klaarblijkelijk liever het onvolmaakte dan het perfecte.

Ze was doodop.

Ze had een luchtig, flirterig kanten setje aan, maar diep vanbinnen kon het haar niets schelen. Ze wilde het liefst in een katoenen pyjama op de bank zitten, met een tijdschrift en een kop chocolademelk – Ethans airconditioner was echt ijskoud, ze hadden altijd ruzie over de temperatuur, ze werd er gek van. Ze wilde zich uitrekken in een kingsize bed, *alleen*. Maar het was haar huwelijksnacht, en dan moest een vrouw presteren. Ethan zou geen genoegen nemen met half werk, dat wist ze best. Zelfs al zou hij comateus zijn van de vermoeidheid, dan nog zou hij seks willen hebben, omdat hij niet kon leven met de wetenschap dat hij tot die zielige 43 procent ongepassioneerde stellen behoorde die *niet* vrijen tijdens hun huwelijksnacht.

Hij kuste haar, heel vluchtig, op haar lippen. 'Ga jezelf maar mooi maken, ik ben er over een paar minuten.' Hij knipoogde en verdween. Hij deed heel geheimzinnig, maar goed, als beroemdheid, met die paparazzi die al je bewegingen in de gaten hielden, was een beetje privacy het enige wat je nog kon redden van de totale waanzin.

Ze rende de trap op – naar *zijn* slaapkamer. Die was lachwekkend groot; om überhaupt bij het bed te komen was al een sportieve prestatie. Ze had haar toiletspullen bij zich, ze zou even snel douchen. Ethan hield ervan als een vrouw 'schoon' was. Ze kreeg een raar gevoel toen ze terugdacht aan hoe hij dat zei, alsof vrouwen van nature *vies* waren. Zo nu en dan stond ze zichzelf een fantasietje over Alfie toe; zij verdeden geen tijd met douchen, ze *deden* het gewoon. Nou. Daar stond ze dan. Mevrouw Summers: het object van jaloezie van miljoenen vrouwen over de hele wereld.

Ze moesten eens weten. Ze kon zich niet neerleggen bij een man die zijn tanden had laten bleken. Niet dat een man gele tanden moest hebben, maar *stralend wit*? Soms was het gewoon een beetje te veel van het goede. Ze begreep wel dat hij zich mooi moest maken voor zijn werk, maar op de een of andere manier voelde het zo onmannelijk. Het was veel meer de Amerikaanse dan de *Britse* manier.

De deuren van Ethans badkamerkastjes liepen over de hele lengte van de enorme ruimte en waren bedekt met een spiegelmozaïek; meer een gebroken schervenmozaïek in plaats van nette vierkantjes. Het had een prachtig maar verontrustend effect; het deed haar denken aan Gaudi, de IJskoningin, een gebroken raam, alles tegelijk. Elk kastje stond vol met peperdure mannencosmetica. Ze dacht dat Alfie waarschijnlijk gewoon Head & Shoulders en een stuk zeep gebruikte.

Dit was belachelijk. Ze voelde zich vast beter na een nacht slapen. Maar de plicht riep.

Ze schudde haar bruidsjurk van zich af, ze had moeite met de knoopjes op haar rug – *hij zou dit toch moeten doen* – en ze draaide de douchekranen open.

Ze keek aandachtig naar zichzelf in de gebroken spiegelstukken. Daar stond ze dan, alleen. Het was het gevoel dat haar al haar hele leven achtervolgde, maar je verwachtte gewoon niet dat je je ook zo zou voelen een paar uur nadat een dominee je huwelijk had voltrokken. Voorzichtig haalde ze de tiara uit haar haren en deed ze haar diamanten ketting af. Het was heel aardig – en vreemd – geweest van Innocence om hem aan haar uit te lenen. Ze hadden tegenwoordig een goede verstandhouding, voor hun doen.

O mijn god, een *haar* op haar kin. Hoe konden ze die over het hoofd hebben gezien? Ze zag eruit als een heks. Althans, dat zou haar man van haar denken. Als je getrouwd was met een man die liefdesscènes met Angelina had gedaan en die ex-vriendinnen had in de Pirelli-kalender, dan moest je er piekfijn uitzien.

Hij moet toch wel ergens een pincet hebben. Ze trok een van de gebroken spiegeldeurtjes open, en nog een. Duizenden gebroken Claudia's imiteerden haar bewegingen. Ze voelde zich niet op haar gemak met zoveel reflecties van zichzelf om zich heen.

Er stonden eindeloos veel lotions en flesjes. Maar nergens een pincet. Misschien op een andere plank. Elektrische tandenborstels. Scheermesjes. Ze moest dat hoogste deurtje proberen. Als ze op de badrand ging staan kon ze er vast wel bij. Maar dan moest ze niet uitglijden. Felicia was ook in bad gestorven. Een hartaanval, en ze was dan wel geen bloedverwant, maar soms werd je bijgelovig.

Niets. Het kastje was leeg.

Goed dan. Dat zou ook wel een vreemde plek zijn om een pincet te bewaren. Zou je zoiets niet dichter bij de hand willen hebben?

Ze stapte voorzichtig van de badrand af en liep snel naar zijn nachtkastje. Ook bedekt met spiegelstukjes. Ze trok de onderste la open. Ah, zie je wel. Een pincet. Het laatje lag vol met tijdschriften: een *Vanity Fair* met Bill Murray op de voorkant gekleed als Elvis. Iemand had met pen 'dikkerd' op zijn hoofd geschreven. Er lag een uitgescheurd krantenartikel – een quote van Morgan Freeman, toen hij Ethan Summers een prijs uitreikte: 'Heel af en toe is een grootse filmster tevens een groots acteur.'

Wat was *dat*? Het zag eruit als twee donzige toverballen in een dichtgeschroefde pot vol met bruin vocht. Iets van een filmset? Wat vies. Daar, in de hoek, lag een klein roodfluwelen doosje. Er kwam een vage herinnering boven bij het zien van het doosje. Een déjà vu. Ze pakte het doosje op en maakte het heel langzaam open. Er zat een armbandje in, een dun gouden bandje met een dik, klein, gouden hartje eraan. Haar hart bonsde in haar keel en haar handen trilden terwijl ze het hart omdraaide en ja, er zat een klein deukje in het metaal – een tandafdruk van een vijfjarig meisje dat haar tand had gebroken toen ze probeerde vast te stellen of er *echt* chocola in zat, zoals die stoute Alfie had gezegd.

Hoe kon *Ethan* dit nou hebben? Hoe was dat mogelijk? Het was gestolen toen ze tien of elf jaar oud was. Haar benen voelden als van elastiek. Het was een cadeau van Felicia geweest en het was gestolen. Ze herinnerde zich hoe ze onder de dekens had liggen huilen, hoe het geluid van haar eigen snikken de harde muziek overstemde, en toen, plotseling, was ze zich afgrijselijk bewust van een geluid dat van veel dichterbij kwam – ze besefte met een angstaanjagend gevoel dat er iemand in haar kamer stond, een indringer. Ze wilde de dekens van zich af slaan en schreeuwend wegrennen, maar ze durfde het niet – ze wachtte – ze snikte – ze was bang dat Orinoco uit de gevangenis was ontsnapt en terug was gekomen om af te maken waar hij aan was begonnen. Zou hij haar doodschieten door de dekens of zou hij eerst haar pyjama van haar lijf scheuren? Ze hoorde hoe hij dichterbij kwam, hoe hij driftig door haar laatjes rommelde, en toen, ongelofelijk, was hij verdwenen, gesnapt, en het was Orinoco helemaal niet, het was een kleine dief, een *kind*. Ze realiseerde zich pas maanden later dat hij de armband had gestolen. De koude rillingen van angst liepen over haar rug toen haar hoofd de waarschuwing uitschreeuwde: *hoe komt Ethan dan aan je armband?*

'Die heb ik voor je gekocht, als huwelijkscadeau.'

Ze gilde en sprong op. Ethan stond achter haar. 'Jezus, ik schrik me rot. Ik... zocht een pincet. Sorry.' Ze voelde zich niet op haar gemak, ze was naakt terwijl hij al zijn kleren nog aanhad. 'Maar... hoe wist je dat deze van mij was? Hij is ooit gestolen. Hoe kon je dat in godsnaam weten?'

Hij had een vreemde uitdrukking op zijn gezicht. Waarom was er niets om haar mee te bedekken – een deken, een badjas?

'Nou, lieverd, toen hij gestolen was stond er een foto in de krant en...'

'Maar, Ethan, het heeft *nooit* in de krant gestaan. Ik heb het nooit aan iemand verteld. Ik was bang dat ik in de problemen zou komen.'

'Als je zo bang bent om in de problemen te komen, Claudia, waarom ga je er dan altijd naar op zoek? Je wilde het weten, of niet soms? Je moest zonodig de waarheid weten. Nou, en hoe bevalt de waarheid je, schat. *Ik* heb hem gestolen. Ik. Ja, *ik*. Ik was die dief in je mooie roze slaapkamer, ik stond daar te luisteren terwijl je zo aan het snikken was. Weet je dat ik je toen bijna heb neergestoken, om dat geluid te stoppen?'

Hij keek alsof hij een beleefde vraag stelde. Ze staarde naar hem, de angst welde in haar op als een gezwel. Op dat moment wist ze het. Hij had Emily vermoord.

'Waarom?' Haar stem sloeg over.

'Niet bewegen.'

Ze slikte. 'Je hebt nu toch alles. Je hebt het... zo goed gedaan. Je hebt jezelf... verbeterd.'

'Mezelf *verbeterd*? Jij neerbuigende feeks!'

'Nee... nee! Ik bedoelde... het spijt me. Het spijt me dat je de gevangenis in moest... maar het was niets persoonlijks. Je had' – ze kreeg het gevoel dat ze haar mond moest houden – 'je had ingebroken bij ons thuis.'

Hij stond te dichtbij – toonbeeld van beschaving in zijn witte jasje. 'Het was niets persoonlijks,' herhaalde hij lachend. 'Het was niets persoonlijks, zegt ze.'

Ze kon hem niet in zijn ogen kijken. De favoriete filmster van miljoenen was een psychotische moordenaar. En om de een of andere reden was zij zijn *vrouw* geworden.

'Claudia, je hebt helemaal gelijk. Het *was* ook niets persoonlijks. Maar dat had het wel moeten zijn. KIJK naar mijn gezicht! KIJK ernaar!'

Ze probeerde niet te knipperen en keek hem aan.

'Nou?'

Ze kon hem niet het antwoord geven dat hij wilde horen. Ze *wist* het antwoord niet. Ze wilde in huilen uitbarsten, maar ze wilde niet neergestoken worden. 'Ik weet het niet,' fluisterde ze. 'Alsjeblieft, mag ik wat kleren aantrekken?'

'Maar Claudia! Het is onze huwelijksnacht. Wil je dan geen vieze dingen doen?'

Ze bewoog haar hoofd naar voren, een kleine beweging.

Zijn hand streelde haar nek, ze rilde. Zijn andere hand ging naar zijn zak. Een pistool? Een mes?

Een aansteker. Hij ging haar haren in de brand steken, hij zou toekijken hoe ze levend verbrandde. Ze slikte een angstige schreeuw in.

Hij stak een sigaret aan en stopte de aansteker weer in zijn zak. 'Je hebt het bijna met je eigen pa gedaan, en nu doe je het met je broer! Je houdt het wel graag binnen de familie, of niet?'

'Wat...' ze kon amper praten. Dit was onzin. Het was een onenightstand geweest. Martin had haar moeder nooit meer gezien. Ethan, wie hij ook was, was niet haar broer. 'Ethan, ik heb... ik heb geen broer!'

Hij sloeg haar, hard. Ze hapte naar adem. Haar wang klopte van de pijn.

'Ik heet niet Ethan, ik heet *Nathan*! Ik ben Nathan, jij trut! Ik was je broer! Ik ben je broer! Jezus, wat ben jij smerig! Ik walg van je! Jij bent nog erger dan Emily! *Jij* was erbij! Zij was nog niet geboren, maar *jij* was erbij. Hoe *durf* je mij te vergeten! Hoe durf je! Hoe kon je?'

Hij schudde haar hard door elkaar. Ze zou haar nek breken.

'Stop! Eth – Nathan! Nathan – O god. Natuurlijk herinner ik me je, natuurlijk!'

Hij liet haar los. Ze stond nog steeds te rillen. 'Je weet het nog?' zei hij zacht.

Langzaam, alsof ze een wilde kat aanraakte, stak ze haar hand uit en streelde over zijn wang. Haar hoofd tolde. Ze knikte en wankelde om niet voorover te vallen.

Plotseling draaide hij zich om en liep de kamer door. Jezus. Wat nu? Hij kwam terug, glimlachend, met een witte nachtjapon in zijn handen. 'Hier.'

Trillend trok ze hem aan. Hij ging op het bed zitten en klopte met zijn hand op de deken. Ze ging naast hem zitten en schraapte haar keel. 'Ik heb een beeld in mijn hoofd. Ik ben een klein meisje en ik sta in een grote hal, met een parketvloer, en ik sta te kijken hoe een wiegje naar buiten wordt gedragen. En ik voel me zo ziek en alleen.'

Ze keek hem aan. De tranen rolden over zijn wangen. Misschien zou het allemaal nog goed komen. Hij zou in haar armen uithuilen. Hij zou in slaap vallen. Zij zou de politie bellen. Ze zouden hem meenemen naar... een inrichting. Een mooie.

'Ga verder.'

'Dat is het.'

'Verder *niets*?'

'Niemand sprak er ooit over. Maar ik dacht er veel aan, dat wiegje dat naar buiten werd gedragen. Ik was bang om ernaar te vragen – ik wist niet of het echt een herinnering was, of een droom. Het spijt me zo, Nathan. Was het... was het zo erg, daarna?'

Hij knikte, hij leunde tegen haar aan. Ze wilde hem van zich afduwen en wegrennen, maar ze beet op haar wang en trok hem dicht tegen zich aan. 'Arm kind.' Ze wachtte even. 'Ik weet dat het geen troost is...' Nu heel voorzichtig zijn, Claudia. '... maar hij was geen goede vader. Hij negeerde me... ik had niks aan hem. Hij wist niet hoe hij met kinderen moest omgaan. En Innocence haatte mij... Mijn jeugd was afschuwelijk. Je hebt niets gemist, geloof me.'

Hij ging rechtop zitten. Elke seconde vreesde ze voor haar leven. Maar nu glimlachte hij.

'Claudia, ik ben zo blij dat je dat zegt. Niet omdat ik me er beter door voel, alleen de totale vernietiging van de Kents kan mij weer beter doen voelen, maar omdat het me hoop geeft.'

'Hoop?' fluisterde ze.

'Ja, mevrouw. Wacht even.' Hij drukte op de bel. 'Mevrouw Klout? De champagne graag. Eén keer kloppen en laat het dan maar voor de deur staan. Dank u.'

Mevrouw Klout was stil en stug. Aan *haar* had ze niets.

Een paar minuten later bevond ze zich in de bizarre situatie om op bed te liggen met een moordenaar, die ook nog eens haar *man* was, nippend aan een glas peperdure champagne terwijl haar tanden zo hard klapperden dat ze bang was om een stuk uit het glas te bijten.

'*Dus*. Mijn plan was altijd om de familie Kent kapot te maken, net zoals zij mij kapot hebben gemaakt. Want, Claudia, hoewel ik eruitzie als een mooie jongeman, ben ik eigenlijk alleen maar een omhulsel.'

Ze was bang om het met hem eens te zijn; ze was bang om het niet met hem eens te zijn.

'Ik ben leeg. Ik verdien mijn geld met me te verplaatsen in andermans lichaam. Ik ben verdrietig, Claudia, want hoewel ik rationeel wel kan begrijpen onder welke omstandigheden Jack me afwees, kan ik het *emotioneel* niet aan, en mijn ziel zit onder de littekens door een gevoel van waardeloosheid. Dat is zo *fout*, en het is allemaal Jacks schuld. Ik wil dat hij ervoor zal boeten – en ik zal hem ook laten boeten, en jij gaat mij daarbij helpen, omdat hij *jou* pijn heeft gedaan. O, ik weet dat je me niet had geholpen als hij alleen *mij* pijn had gedaan – mensen denken altijd alleen aan zichzelf! Dus, als eerste pakken we natuurlijk al hun geld af – wat natuurlijk wel een beetje goedkoop is. Jij erft alles als Jack en Innocence dood zijn. Dus moeten we ze vermoorden. Een vliegtuigongeluk, een helikoptercrash. Iets saais. Dat kan wel worden geregeld. Het geld boeit me eigenlijk niet – ik pak alleen maar hun geld af omdat zij daar pijn van hebben. Ik denk dat jij net zo bent als ik – jij bent niet onder de indruk van geld, jij aanbidt het niet zoals zij. Het is zo' – hij haalde zijn neus op – '*ordinair*.

'Dat is een mogelijkheid. Ik denk gewoon even hardop, hoor. Ik heb natuurlijk veel liever de persoonlijke noot: een mes in het hart, net nadat ik het allemaal uit de doeken heb gedaan. Jij begrijpt dat wel, je bent journalist. Het is de voldoening van je naam in de krant zien, in plaats van een pseudoniem. Je wilt wel de eer die je toekomt! Als we het met een helikopter zouden doen, dan moet er een video zijn. Maar dat is slordig. Ik heb liever een messteek. Het enige nadeel is dat het meer *rotzooi* maakt. En – het is zonde, want ik ben echt gek op hem – dan moet ik ook Mark vermoorden. Je weet wel, dan moet ik *hem* de schuld op zich laten nemen voor het bloedbad. Jij steunt me dan, natuurlijk.'

Claudia zette haar champagneglas neer. 'Nathan,' zei ze. Haar stem klonk stevig – ze had hoop. 'Nathan. Ik begrijp je woede, maar... ik denk niet dat dit een goed idee is. Ze pakken je op. Dan moet je de gevangenis in.'

Hij keek haar aan. 'Nee, dat doen ze helemaal niet. Jij steunt me.' Hij grinnikte. 'En zelfs al zou dat zo zijn, dan is het me de moeite wel waard.'

Ze ademde diep in – haar laatste keer? 'Nathan. Ik walg van mijn vader. En ja, je hebt gelijk – ik *wilde* hem straffen – straffen voor hoe ze mij hebben behandeld. Maar... geen enkele ouder is perfect. En ik heb nu een leuk leven. Jij trouwens ook. Jij hebt zelfs een geweldig leven. Dat is toch de allerbeste wraak. Dus zet je eroverheen.'

'BULLSHIT!' schreeuwde hij. 'Een steek in het hart is de beste wraak! Godverdomme, ik wist dat je zo zou doen. Goed. Oké. Nou, misschien dat *dit* helpt. Maria, ja? *Je echte moeder.* Jack deed het met je echte moeder. Ze had hem opgespoord – jou. En hij heeft nooit de kloten gehad om het je te vertellen – het kwam nooit in hem op dat jij haar misschien wel zou willen ontmoeten, dat het je misschien wel zou helpen om jezelf te leren kennen, om je gebroken zelf te lijmen, om je te herenigen met de vrouw die je het leven heeft geschonken. Zoals altijd dacht hij alleen maar aan zichzelf, en trouwde hij met *jouw* biologische moeder en was het jouw biologische moeder die bij die bom in Parijs om het leven kwam. Ja, mijn werk, dat kan gebeuren hè, boe hoe, maar Maria was degene die erachter was gekomen, van Martin – mijn plannetje. Ja, Claudia, *ik* was je mysterieuze penvriendin die plotseling verhuisde naar... wat was het ook weer, Zuid-Afrika? Man, wat was jij goedgelovig. Jij denkt nooit na, Claudia. Dat doen jullie allemaal niet. Ik ben al mijn hele leven aan het denken, plannen aan het maken. Geniale plannen om jullie kapot te maken, om jullie leven tot een onvoorstelbare hel te maken, en het erge is dat jullie allemaal het lef hebben om te denken dat het allemaal TOEVAL is!'

Ze keek hem aan.

Hij trok een wenkbrauw op. 'Ben je al van mening veranderd?'

Maria.

Maria.

Uiteindelijk vond ze haar stem terug, onderdrukt, zacht, maar vastberaden. 'Ik haat Jack misschien wel. En ik... ik begrijp wat je zegt over... Maria. Maar ik zou nooit iemand vermoorden. Je vergist je in me. Je begrijpt het niet, Nathan. Je begrijpt niet hoe liefde werkt. Ik haat hem, maar ik hou ook van hem. En jij ook. Daarom doet het zoveel pijn.'

Ze wachtte even.

Hij zei niets.

Ze haalde haar schouders op. 'Geef het nou op, Nathan. Het is voorbij.'

'Nee, dat is het *niet*. Het is niet *voorbij*. Probeer me niet om te praten met je therapeutengelul! Jezus. Ik ben nog geen vijf minuten getrouwd en nu word ik er al *gek* van. Ik wist dat je moeilijk zou doen. Jezus, man. MARK!'

Hij schreeuwde in de microfoon. 'Mark! Breng ze naar binnen!'

Ze voelde haar hart ineenkrimpen. Hoewel ze het antwoord al wist, moest ze de vraag stellen. 'Breng wie naar binnen?'

Hij glimlachte naar haar, het was de blik van puur kwaad. 'Nou, mevrouw Summers. Je gaat dood, maar ik heb nog steeds wel zin in vieze dingen doen! Je kunt toch niet van me verwachten dat ik me onthoud in mijn huwelijksnacht?'

'Ethan... Nathan... ik doe alles voor je... alsjeblieft.' Ze snikte nu, smekend, op haar knieën.

'Mark! Breng de kinderen naar binnen.'

Jack

Jack zuchtte in zijn glas. 'Mevrouw Green. Claudia is getrouwd met een lulhannes.'

Mevrouw Green tuitte haar lippen en drukte haar kin tegen haar borst. Mensen praatten altijd zoveel tegen mevrouw Green omdat zij zo weinig zei. Ze was altijd heel goed geïnformeerd.

Hij kon de vijandigheid van de man voelen – het straalde van hem af. Hij was er wel aan gewend dat andere mannen briesten van het minderwaardigheidsgevoel, maar bij Summers was het anders. Waarom?

Jack mocht hem niet; *daarom*. Ego's als die van hem waren eraan gewend om aanbeden te worden. Dacht die kerel nou echt dat hij aanbidding verdiende van Jack? Zijn dochter was in zijn huis gestorven. Zijn kleindochter was er bijna om het leven gekomen. Op de een of andere manier was Emily als de dader uit de bus gekomen. Hij walgde ervan.

Er was geen *stilte* in deze man, geen bespiegelend verdriet. Alles ketste van hem af. Jacks detectives hadden niets gevonden.

Ze werkten er nog steeds aan. Maar niet snel genoeg.

En nu had hij Claudia afgepakt.

Jack was nooit goed geweest als schoonvader. Voelde het altijd als twee magneten die elkaar afstoten?

Hij stak een sigaret op. Het gelukkige stel was vertrokken; de meeste gasten waren nog aan het feesten. Innocence stond in de hoek, ze viel George Clooney lastig.

Hij had een moment nodig.

Zijn bijzondere dag.

Daar was iets mee.

Die kerel tartte hem met het verlies van zijn dochter. *Welke?*

Het leek wel gisteren dat ze voor het eerst in zijn leven was gekomen. Die geweldige *klik* die hij voelde toen hun ogen elkaar voor het eerst vonden – wie had ooit gedacht dat zo'n mollig hoopje mens je helemaal omver kon blazen? Het was de eerste baby die je je het best herinnerde. Daarna werd alles wazig. Die eerste baby gaf de liefde een heel nieuwe betekenis.

Hoe had het allemaal zo verkeerd kunnen lopen?

'Mevrouw Green?'

'Meneer.'

'Help me eens. Wanneer hebben we Claudia ook alweer gekregen?'

Hij hoefde zich bij mevrouw Green niet zorgvuldig uit te drukken. De klungeligheid van zijn woorden weerspiegelde absoluut niet zijn emoties, en dat begreep zij. Hij kon zich data nooit herinneren en het was haar schuld dat zij alles onthield.

Ze was even stil. 'Bijna tweeëndertig jaar geleden, meneer. Op eenentwintig februari. Het was op een vrijdag.'

Hij glimlachte naar haar. Het grappige was dat mevrouw Green nog helemaal niet voor hem *werkte* toen ze Claudia kregen. Ze was toen nog steeds de nanny van de Cannadines. Jack rilde, wat hij altijd deed als hij daaraan dacht. Het stelen van mevrouw Green was waarschijnlijk het begin geweest van zijn morele verval. Maar toch had hij er geen spijt van. Er waren verzachtende omstandigheden geweest – zijn vrouw was net overleden. Harry had het hem vergeven, ook al zinde de oude bok nog steeds op wraak.

'Hoe heb je nou onthouden dat het een vrijdag was?'

'Het rijmpje, meneer. De woorden zijn van toepassing op al uw kinderen – beide kinderen. Emily is op een maandag geboren.'

Het zoemde in zijn hoofd. 'Welk rijmpje?'

Ze schraapte haar keel:

> *Maandagskind is schoon van gezicht,*
> *Dinsdagskind kent altijd zijn plicht,*
> *Woensdagskind zit vol gevaar,*
> *Donderdagskind weet niet waar,*
> *Vrijdagskind vol liefde en geluk...*

'Al mijn kinderen?' zei hij. Zijn hoofd bonsde.

Hij keek naar mevrouw Green. Ze keek omlaag naar haar bruine veterschoenen. Heel zachtjes zei ze: 'Woensdagskind zit vol gevaar.'

Innocence

Het was een dilemma. De dierlijke behoefte om over je kleinkinderen te pochen tegen... *George Clooney!*

Ze wilde graag geloven dat niets onmogelijk was, maar het zag er niet naar uit. Die serveerster hing als een koortslip om hen heen.

'Nanny!'

'Ja, Miss Ashford.'

Australiërs. 'Nanny, waar zijn de kleintjes? Ze zijn toch niet zonder nachtzoen naar bed gegaan?'

'Nee, Miss Ashford, ze zijn bij Claudia.'

'Wat doen ze in godsnaam bij Claudia?'

'Ze wilden rozenblaadjes op het bed leggen.'

'Pardon?'

'Dat is toch een Engelse traditie? Als je gaat trouwen, dat de kinderen dan de bruidssuite mooi maken voor de huwelijksnacht?'

'Is dat een vraag?'

'Meneer Summers zei dat het een verrassing was voor Claudia.'

'Het is een verrassing voor *mij*, want ik – George, je gaat? – ach ja, het is ook al laat, maar we *bellen* – ja, dag schat – Spyglass Island – Dag.'

Nu was ze *echt* in een slechte bui.

'Nanny, wat is hier aan de hand? Ik heb nog nooit van zo'n traditie gehoord – en nu ik het wel hoor, vind ik het maar niks. Een *tweejarig* meisje, waar was je met je hoofd? En weet je wel hoe laat het is. Het is bijna middernacht, die kinderen zijn uitgeput. Waar gaat dit over? Hoe moeten ze in godsnaam terugkomen? Waarom heb je in hemelsnaam geen toestemming aan mij gevraagd?'

'Meneer Summers – ik dacht – Mark zei dat hij ze terug zou...'

'Midden in de nacht? Ben je helemaal *gek*?'

'Miss Ashford, het spijt me zo – ik... meneer Summers is nu toch hun *vader*, dus dacht ik dat het wel oké zou zijn, en dat u het ook oké zou vinden...'

'Hou je mond. Stil. Je irriteert me. Ga weg.'

In haar hoofd klonk een ruis. Het was niet Nanny's schuld, niet echt.

Ethan was overtuigend en belangrijk – geen wonder dat ze ermee had ingestemd. Het was een lief gebaar; hij wist hoe Claudia die kleintjes aanbad. Waarschijnlijk zou Mark ze niet terug naar het hotel brengen – ze konden dan net zo goed in Malibu blijven slapen. De pasgetrouwden zouden de volgende dag al wegvliegen – Nanny kon de kinderen de volgende morgen wel oppikken.

Daar had je Brad. Misschien nam ze nog wel een glas champagne.

Jack

Op dat ene moment van helderheid zag hij zijn leven alsof hij van boven af naar een stomme kleine mier stond te kijken.

Het was wonderbaarlijk dat je jezelf intelligent kon vinden en dat je toch alleen maar kon zien wat je wilde zien. Je was een strenge rechter voor jezelf, maar toch gaf je altijd positieve kritieken. Dat kind was geobsedeerd door je geweest sinds je de deur achter hem dicht had geslagen en *vergeten was dat hij bestond.*

Maar het maakte niet uit of het monster zo was geboren of zo was gemaakt. Hij had – O god – hij had Emily vermoord, en Maria, en nu had hij Claudia. Er was geen tijd om na te denken, geen tijd voor zelfhaat en spijt, hij moest iets *doen.* Hij moest iets doen. Hij moest zijn dochter redden.

Hij sprong op, het bloed klopte hard en heet in zijn keel. 'Innocence,' schreeuwde hij: 'Innocence.' Hij rukte aan haar schouder, haar drankje spatte uit haar glas. Ze draaide zich om, woedend; haar gezicht veranderde direct toen ze zijn gezicht zag. 'Ik weet het. Ik weet wie hij is – *hij* is het,' zei hij. 'Het is de jongen.'

Ze schudde haar hoofd, ze begreep hem niet.

'Nathan – de jongen die terugging. *Ethan*, hij is het, hij is psychotisch, hij is de jongen – hij heeft *Claudia.*'

Haar gezicht trok wit weg. 'Hij heeft Molly en George.'

Hij kon bijna niet meer op zijn benen staan. Hij was niet de man in een stad vol sprookjeshelden; hij kon niet eens meer doen alsof. Hij was doodsbang. Hij was doodsbang dat hij hen niet zou kunnen redden. Want *hij* moest dit doen – de politie – hij kon het risico niet nemen. Ethan was een Hollywood-godheid. Hij had geen tijd om mensen te overtuigen van dat wat ze niet wilden geloven.

Hij kon zijn beveiliging sturen om het voor hem te doen. Zij hadden pistolen.

Jack was een machtig man, een man die mensen kon betalen om alles te doen – bijna.

Nee.

Ethan wilde hem pakken.

En, goddomme, *hij* wilde Ethan pakken. Hij wilde die klootzak in zijn ogen kijken als hij op zijn borstkas knielde, zijn handen om zijn keel, terwijl hij het leven uit zijn lichaam kneep.

Het was tijd.

Hij moest het nu doen.

Innocence zag het in zijn ogen. 'We GAAN,' siste ze.

Hij kneep zijn kaken samen. 'We gaan,' zei hij.

Innocence

Dat was belachelijk. Wat *wilde* hij van hen? Nou, hij kon alles krijgen – ze zou hem haar laatste dollar geven, haar laatste cent.

'Het gaat hem niet om het geld,' zei Jack. 'Was het maar waar.'

Hij zette de motor uit en trommelde met zijn vingers op het stuur, ze keken naar het huis. Het was helemaal donker.

Ze was stil. Eindigde niet elke feel-good film met een kus en een pot geld, was *dat* niet wat je een goed gevoel gaf?

Ze had het koud, en woede vermengde zich met haar angst. De motor was uit. Ze zaten in de auto, hulpeloos. Hun plan om 'in te breken' leek idioot. Ethan Summers zou vast geen geld hebben bespaard op beveiliging. Hij had waarschijnlijk genoeg bewapende beveiliging bij de ingang, met instructies om inbrekers direct neer te knallen.

Jack had als een dolleman gereden (uit paniek, of omdat hij zelf nooit meer reed, ze wist niet precies waarom) maar wat nu? Ze had hem verboden om zijn beveiliging op de hoogte te brengen van de situatie – die zou zeker om versterking vragen. Ethan zou niet goed reageren op directe dreiging met geweld. Ze kon het risico niet nemen.

Plotseling baadde de auto in een zee van wit licht. Ze hapte naar adem. Flitsen, klikkend, keer op keer. Ze waren omsingeld.

'Het zijn de schoonouders!' zei een van de flitsers. 'Ze komen vast kijken of ze nog maagd is!'

De fotografen stonden als aasgieren om hun auto.

'*Godver!*' schreeuwde Jack. 'Rot toch op!'

Heel even was ze geschokt dat dit kon gebeuren. Deze idioten hadden alles verpest. Nu wist Ethan dat ze er waren.

Natuurlijk wist hij dat!

Wie hield ze eigenlijk voor de gek? Als Ethan hen daar niet wilde, dan zou *hij* daar ook niet zijn. Dan zouden de kinderen allang in Mexico zijn.

'De auto uit,' zei ze tegen Jack. 'We lopen gewoon door de voordeur naar binnen!'

Met een glimlach opende Innocence haar deur. 'Goedenavond. Jullie hebben helemaal gelijk! We komen onze kleinkinderen ophalen zodat de pasgetrouwden alleen kunnen zijn, als jullie begrijpen wat ik bedoel, en ik denk dat jullie dat wel begrijpen. Dag Charlie, hallo Max – is je vrouw al... een meisje, gefeliciteerd. Nu niet te streng zijn voor die arme Jack. Hij is heel bang voor grote mannen zoals jullie – nee, niet voor jou, Curtis, jij moet terug naar school. We zullen niet te lang binnen zijn. Jullie kunnen een mooie familiefoto krijgen, en dan laten jullie ze de rest van de nacht met rust, wat zeggen jullie daarvan?'

Ze keek naar Jack. 'We zien wel,' voegde ze er nog aan toe.

Ze drukte op de bel.

Niets.

Ze drukte nog een keer.

Langzaam, heel langzaam, openden de poorten.

Ze voelde zich als een vlieg die heel langzaam een web in loopt. Het ergste was nog dat ze wist dat dit Ethans hoogtepunt was. Dit was waar hij zijn *hele leven* naartoe had gewerkt. Hij zou hen allemaal vermoorden, en als hij met hen moest sterven, dan zou hij dat zeker niet laten. Die onverschilligheid was zijn ware troef.

Toen ze eindelijk bij de voordeur aankwamen, werd die meteen opengetrokken. 'Jullie zijn net op tijd,' zei Ethan met een glimlach op zijn gezicht. Geschokt zag ze zijn pistool. 'Het heeft jullie maar achtentwintig jaar gekost! Doe alsjeblieft je schoenen uit; we willen natuurlijk niet dat jullie het tapijt vies maken. En als het niet te veel moeite is, sta dan alsjeblieft toe dat Mark jullie even fouilleert! Een verborgen wapen – O, Jack, heeft die grote kerel je zijn grote pistool geleend? Wat lief van hem. Dank je, Mark, hoewel, misschien moeten we het maar weer aan hem teruggeven. Ik kan me niet indenken dat hij weet hoe je de trekker over moet halen. Hoe dan ook, kom alsjeblieft mee naar de slaapkamer. Ik stond op het punt om George van de bloemetjes en de bijtjes te vertellen. Willen jullie mee kijken?'

Ze had zich voorgenomen niets te zeggen, niets te doen, nergens op te reageren tot ze de kinderen kon zien. Tot dat punt was alles zinloos. Ze slikte haar misselijkheid in.

'Jij gemene kloo...'

Ze had geen tijd om het tegen Jack te zeggen, nee.

Hij sprong met een brul op Ethan af. Ethan stapte beheerst opzij, trok zijn schouders in een fractie van een seconde op en schoot Jack in zijn voet.

Jack schreeuwde en stortte in elkaar, snakkend en kermend. Hij lag op de vloer, schreeuwend van de pijn, zijn ogen wild van angst. Niet huilen, zei ze tegen zichzelf, geen geluid maken. Ze wilde snikken als een kind maar dat deed ze niet. Ze beet rillend op haar lip en trok langzaam Jacks stropdas af, bond hem om zijn been in een poging het bloeden te stelpen. Haar handen waren bedekt met het verse, rode bloed en zijn zachte gekreun deed haar bijna overgeven, meer nog dan de wond zelf: een keurig rond gat waar de kogel naar binnen was gegaan. De uitgangswond bij zijn enkel was groter, slordiger, en de huid rondom was gerafeld en rauw.

'*Jij* hebt me hiertoe gedreven!' zei Ethan. 'Ik wilde dit niet maar *jij* hebt me hiertoe gedreven!' De zweetdruppels liepen over zijn voorhoofd. 'Had dan verdomme ook je schoenen uitgetrokken!' Hij keek Mark aan. 'Allejezus... trek hem maar omhoog!'

Claudia

Het was een pistoolschot. Het was absoluut zeker een pistoolschot. Laat Ethan in godsnaam dood zijn.

'George,' zei ze, zuigend aan haar blauwe lip. 'Ethan speelt gewoon een spelletje.'

'Niet waar,' zei George. 'Hij is gemeen. Hij heeft je pijn gedaan. Hij heeft Molly aan het huilen gemaakt. Ik wil dat hij je losmaakt. Wat was dat voor geluid?'

Ze moest sterk zijn. 'Molly, lieverd, je moet een hutje maken. George, zie je deze deken op het bed? Ik wil dat je die in die mand daar legt, en Molly, jij moet daar lekker inkruipen, en dan is dat jouw piratennest. Snel, George. Help haar. Ze zijn zo weer terug.'

Het was niet echt een plan, maar Molly was uitgeput en bang. Misschien zou het werken.

'Nee! *Nee*. Ik wil niet in de mand! Ik bang voor de mand! Wil bij jou blijven!'

Verdomme.

'Dat is goed, Molly. Blijf maar bij tante Claudia. Ik zorg wel voor jullie. Kom maar dicht bij me. George. Zie je iets – iets scherps om het touw door te snijden? *Au.*'

Ze had haar gewicht verschoven en nu zat ze boven op het pincet. Maar met een pincet kon je geen touw doorsnijden.

'Wat is er, tante Claudia – O, ik zie het al...'

George pakte het pincet onder haar vandaan.

De deur klapte open. 'We zijn terug en kijk eens wie naar de voorstelling komt kijken!'

Ethans stem klonk maniakaal, en de hoop slonk weg in haar borstkas toen ze Jack aan zijn haren naar binnen getrokken zag worden. Zijn voet was in plastic gewikkeld – rood plastic – of was dat... *bloed*?

' Niet kijken, George. O god, alsjeblieft... het is genoeg zo. Hoe kun je dit doen, het zijn *kinderen*!'

'Hou je bek. Hoe durf je *mij* te zeggen hoe ik kinderen moet behandelen! Jouw familie *weet* niet hoe ze met kinderen om moeten gaan – of wel, Jack? Of wel, Jack?'

'La-la!' snikte George, hij rende naar Innocence en gooide zijn armen om haar heen.

'Je bent een grote jongen,' zei Innocence. 'Een dappere, grote jongen.' Ze keek naar Claudia en knikte. Wat betekende die knik? Dat George gedaan had wat nodig was? Claudia kon alleen maar hopen. Innocence was een ouwe taaie. Niet bang om de dood in de ogen te kijken – hoewel, zoals Emily zou hebben gezegd, zij was al oud.

'*Dat* zullen we nog wel eens zien,' zei Ethan. 'Wil je hem zien huilen als een klein meisje?' Met een harde ruk trok hij George aan zijn arm. 'Trek je kleren uit, George.'

'Nee!'

George probeerde Ethan in zijn hand te bijten. Ethan sloeg hem tegen zijn hoofd. 'Ach, hou toch op met janken, dat was nog *niks*. Je bent niet eens bewusteloos.'

Claudia wrong heen en weer in het touw. 'Alsjeblieft, Ethan. Alsjeblieft, je mag alles met me doen, alles, ik meen het...'

'Mijn bruid, ik *zal* alles met je doen. Geduld. Maar eerst even dit, goed? Mark, pak eens wat handdoeken. Ik wil geen bloed op mijn tapijt.'

Mark knikte. 'Ik ben maar *een* seconde weg, dus niemand moet iets geks proberen.'

'Hou je bek, Mark, ga nou maar. Ik denk dat de Blaffer en ik het wel aankunnen. O, en neem wat touw mee om Sharon Marshall vast te binden.' Hij grinnikte minachtend naar Innocence. 'Je moet je nooit schamen voor je afkomst.'

Innocence liet haar hoofd hangen.

Als er nog iets gedaan kon worden dan was dit het moment om het te doen. Maar Claudia's handen zaten te strak achter haar rug gebonden, George had de knoop niet los kunnen krijgen. Het was niet zoals in films, waar de kidnapper argeloos de knopen had vastgemaakt en het touw gemakkelijk losliet. Jack lag op de vloer, wit weggetrokken van de pijn. Ooit, toen ze nog klein waren, had Emily al het water uit de vissenkom gegooid omdat ze niet kon begrijpen waarom vissen niet verdronken. Claudia was de kamer in gelopen en zag alle goudvissen op de grond spartelen en naar adem snakken. Jack deed haar aan die goudvissen denken.

Ze kon het niet aan om hem zo te zien. Zelfs Innocence keek met een doodsbenauwde blik, alsof ze alle hoop had opgegeven. Ethan had zijn pistool op haar gericht. Het was stil in de kamer, op Molly na, die maar bleef huilen, en huilen, en huilen. Het geluid klonk als een hamer die bonkte in haar hoofd.

'JEZUS,' schreeuwde Ethan. '*Hou je* KOP! Mijn hoofd staat op ontploffen. Doe hier iets aan. Ik zeg het je, als dat kutkind niet binnen drie seconden haar bek houdt, schiet ik haar neer. Eén... twee...'

Innocence

'Als je haar naar mij brengt,' zei Innocence snel, 'dan stel ik haar wel op haar gemak.'

Ethan keek haar achterdochtig aan. 'Ze kan prima bij Claudia zitten.'

Hij pakte Molly met een arm op en smeet haar op het bed. Rillend van angst kroop het kleine meisje naar Claudia en begroef haar gezicht in haar schoot. Ze was klein, net iets groter dan een pop. Innocence voelde een vlaag van gloeiende woede. George stond in de hoek, zijn hoofd voorovergebogen. Ze zou nog eerder sterven voor ze iets met deze kinderen zou laten gebeuren. Het probleem was dat de kans groot was dat dat ook zou gebeuren, en daar zou niemand bij gebaat zijn.

'Het is goed, liefje,' fluisterde Claudia Molly toe. 'Het is goed.'

'Jack,' mompelde Innocence. 'Jack.'

Jack staarde haar versuft aan; zijn oogleden waren zwaar, zijn ogen waren bloeddoorlopen. Ze voelde weer een stoot van woede. Dit was niet het moment om het slachtoffer uit te hangen. Als ze op dat moment een pistool had gehad, had ze hem in zijn andere voet geschoten.

'Jij,' zei Ethan tegen Innocence terwijl zijn hoofd plotseling de andere kant op draaide. 'Ga weg daar. Daarheen.'

Innocence vertrok haar gezicht. 'Ik heb even een seconde nodig, als je het niet erg vindt. Ik heb mijn enkel verstuikt toen je me op de grond duwde.'

'Bullshit,' snauwde Ethan. Hij liep naar haar toe en trok haar ruw omhoog. Ze voelde de greep van zijn hand om haar bovenarm. Hij trok haar naar zich toe. 'Schiet op!'

'O,' zei Innocence terwijl ze voorover viel en zich aan Ethan vastklampte voor steun. Ze keek vol vreugde toe terwijl zijn mond openviel van de pijn, en ze glimlachte en klemde haar kaken op elkaar terwijl ze het pincet dieper en harder in zijn zachte vlees drukte onder in zijn rug, in zijn ruggengraat. Terwijl hij achteroversloeg van de pijn liet ze hem struikelen door haar voet achter zijn benen te plaatsen, waardoor hij als een omgedraaide kever op zijn rug belandde, driftig grijpend naar de bron van zijn pijn. Ze greep naar het pistool, maar hij was te snel. Ze kroop instinctief ineen, tot ze zich realiseerde dat hij niet op haar mikte. Het doelwit was George. 'Nee,' schreeuwde ze terwijl hij de trekker overhaalde. 'George, aan de *kant*!' George schreeuwde, en Ethan begon te lachen. Ze greep weer naar het pistool – ze kon niet kijken, ze durfde het niet – het was tenminste, godzijdank, een snelle dood geweest, een snelle dood voor een jongetje van zeven.

Jack

Een eenmanswave van een kreupele, dacht Jack, en hij wilde erom lachen. Het was gek hoe de geest werkte: eerst het instinct, het dierlijke deel; dan pas mocht de analyse, het menselijke deel, commentaar leveren op je handelen. Uitleg geven, zodat je kon begrijpen waarom. Jack had geen uitleg nodig van het rationele deel van zijn hersenen over wat hij zojuist had gedaan, hoewel, ja, je kon het zien als een man die een vreugdesprong maakte, maar je kon het ook vergelijken met een dolfijn die uit het water opspringt. Hij had instinctief gehandeld om zijn kleinzoon te beschermen. De kracht was uit het niets gekomen, en de kloppende, stromende warmte in zijn borstkas, de ademloosheid, het rode bloed dat over zijn vingers stroomde, betekende dat hij in zijn opzet was geslaagd. Hij had de kogel die voor George was bedoeld opgevangen en dat schonk hem geluk. De pijn stroomde door al zijn ledematen, het vermengde zich met de scheuten uit zijn gewonde voet, het reikte tot de kern van zijn lichaam, tot hij niet langer mens was, alleen nog een kloppende bal withete pijn. Het was gek, waar je hersenen zich mee bezighielden in je allerlaatste momenten – een van de weinige menselijke geheimen die nooit onthuld zouden worden. Hij dacht aan die dolfijnen, die sporen van fosforescerend licht nalieten, de allereerste nacht dat hij de vrouw zag die nu voor hem stond... Hij moest haar aanraken, hij moest zich op zijn buik naar haar toe trekken als een gewonde slang... Ja, goddank – zij had het pistool...

'Mark,' zei hij schor. De man was geruisloos als een kat de kamer in geslopen.

Innocence draaide zich om terwijl Mark met een keukenmes op haar af rende. Ze schoot hem in zijn borst.

'*Bitch!*' schreeuwde Ethan toen Mark op de grond viel zonder een geluid te maken. Ethan kroop overeind, pakte het mes op waar Mark het had laten vallen en trok George naar zich toe. Hij tilde het witte shirt van de angstige jongen op en drukte het mes tegen het zachte vlees van zijn buik. 'Geef het pistool of anders snij ik zijn buik open,' schreeuwde hij.

Langzaam boog Innocence voorover om het pistool naar hem toe te schuiven. Een traan rolde over haar wang.

'Jij, mietje,' zei Jack, hij dwong zijn longen om zijn woorden geluid mee te geven. Het kostte hem enorm veel kracht om te praten; al zijn energie vloeide langzaam uit zijn lichaam. 'Jij miezerig klein mannetje – zo vol met haat, te zwak om je eigen kwaad toe te geven. *Iedereen* maakt wel eens iets akeligs mee, je bent heus niet de enige. Jij wilt zo graag het slachtoffer zijn, dat drijft je duivelse ziel. Jij wilt ongeluk zaaien omdat je het niet kan uitstaan dat andere mensen gelukkig zijn, anders dan *jij*, zo zwak, waardeloos en alleen... Je fans *houden* niet van je, ze *kennen* je helemaal niet, geen wonder dat je eigen moeder je weggaf. Ze moet het kwaad dat als een larve in je zat, hebben geroken. Jou wegdoen is waarschijnlijk de beste beslissing zijn die ik ooit heb genomen...'

Met een schreeuw van woede smeet Ethan George op de grond en stortte zich op Jack, hij stak hem in zijn hart, eindeloos vaak.

Hij hoorde Claudia's schreeuw, ver, ver weg, Molly's huilen en het snikken van George.

Pijn op pijn; het maakte nu toch niets meer uit. Het was alsof hij toekeek naar hoe iemand anders werd neergestoken; hij dreef langzaam weg van zijn eigen, verfrommelde lichaam. Hij voelde Ethans hete adem branden op zijn huid. 'Ik haat je, ik haat je,' zei hij keer op keer, als een kind, tot er een knal klonk en zijn hoofd als een pompoen openspleet, flarden van zijn hersenen spatten op Jacks gezicht, warm en nat, en hij viel voorover, boven op hem.

'Jack! Jack, O god... George, lieverd, het is allemaal goed nu... Ethan is dood... hij kan je niets meer aandoen...'

Het huilen van zijn vrouwen vervaagde tot een waas, als in een droom, en er klonken sirenes en schreeuwende mannen. Hij was zich vaag bewust van Innocence, hoe ze haar voorhoofd afveegde, het pistool nog in haar handen, van hoe Ethans lichaam van hem af werd getrokken en een zachte stem, een gezicht dat over hem heen stond gebogen: 'Jack, alsjeblieft, het komt allemaal goed', en terwijl het licht voor de laatste keer doofde, verdween de pijn en werd hij vervuld met een gevoel van rust, omdat hij wist dat het waar was.

Claudia

'Kijk eens wat ik heb gevonden.' Molly duwde een roze schelp, als de hoorn van een eenhoorn onder haar neus.

'Hij is prachtig, lieverd.'

Voorzichtig drukte Molly de schelp in de zijkant van het zandkasteel. Ze droeg een lichtrood zwempak en toen ze vooroverboog, haar mollige benen recht als stokken, deed ze Claudia aan Winnie de Poe denken die vastzat in zijn konijnenhol.

Alfie en George keken op uit hun gegraven gat. George was bruin van de zon en zijn benen waren bedekt met het fijne zand. Ze genoot ervan om hem zo te zien: zijn haar helemaal in de war, een serieuze blik op zijn gezicht, vastberaden met volle teugen te genieten van zijn jeugd. Als ze hem omhelsde na een dag aan Santa Monica Beach, was zijn haar droog van het zout en rook het naar de zee en de zon.

Molly's gebrek aan begrip was in haar voordeel geweest. George had meer tijd nodig om erover heen te komen. De tekeningen die hij maakte – vol met bloed, druipende dolken en geel pistoolvuur – verraadde zijn innerlijke strijd. Maar hij was een weerbaar jongetje, nooit zo gelukkig als wanneer hij in de buurt van familie was, simpele dingen kon doen als een gat graven op het strand. Hij en Alfie stonden bewonderend toe te kijken terwijl het witte schuimende zeewater in hun gat stroomde.

'Kijk, La-La!'

Innocence – die een hekel had aan openbare stranden; aan alle stranden, eigenlijk – keek op vanaf haar riante zonnebed. Arme Quintin had het ding helemaal van de auto hierheen gedragen. 'Geweldig!' riep ze, met een half oog nog steeds op haar roddelblad gericht. 'Ga zo door!'

Claudia was niet overtuigd van een leven na de dood, maar ze mocht graag denken dat Jack en Emily goedkeurend van boven op hen neerkeken.

Ze had er goed aan gedaan om Ethans landgoed aan die stichting voor zieke kinderen na te laten. Dat is waar zijn geld thuishoorde. *Zij* wilde het niet hebben, en ze had het ook niet nodig. Ook Jacks erfenis hoefde ze niet zo nodig – maar die was er nou eenmaal. Ze had de zaak aan Innocence overgedaan, zodat die het kon beheren; de kinderen konden het overnemen als of wanneer zij dat wilden.

Claudia hoopte dat Jack de grap kon waarderen. Innocence had de Belle Époque helemaal intact gelaten. Ze had niet alle toeters en bellen vervangen, zoals ze ooit had gedreigd te doen; ze was trouw gebleven aan Jacks herinnering. Zelf zei ze dat ze het gemakkelijker vond om trouw te blijven aan een herinnering dan aan een echte man.

Claudia lachte naar Alfie; hij lachte naar haar. Haar hele lichaam was in de greep van het genot. Het bleef een raadsel voor haar, die kleine momentjes van geluk, als vallende sterren. Misschien genoot je meer van de kleine dingen in het leven als je de dood in de ogen had gekeken. Het grappige was dat er nooit iemand anders voor haar was geweest dan Alfie. Ze had een lange, moeilijke omweg genomen, maar nu was ze eindelijk thuis.

'Meneer George,' zei Alfie. 'Ik ben uitgehongerd. Wat dacht je ervan als we eens wat hotdogs gingen halen?'

'Ja!' schreeuwde George terwijl hij zijn schop naast zich neergooide.

'Claudia?'

'Graag!'

'Innocence? Ze worden van kip gemaakt, geloof ik.'

'Ja, kip en paard.' Innocence tilde haar zonnebril op. 'Ach, schiet maar op. Ik schuif mijn liposuctieafspraak wel een maand naar voren.'

Claudia giechelde en liet het warme droge zand door haar vingers glijden. Eigenlijk had Claudia altijd al van Innocence willen houden. En in de vergiffenis vond ze troost – voor hen allebei. 'Kom eens hier, Molly,' zei ze. 'Ik moet nog wat zonnebrand op je schouders smeren, en dan gaan we pootjebaden. Kijk eens. Goed zo.'

'Dankoewel,' zei Molly lachend.

'Niks te danken,' zei Claudia, en ze pakte het kinderhandje beet. Terwijl ze langs de branding liepen, klonk het ruisen van de zee haar als een concert in de oren, en de wind streelde als een geliefde door haar haren. Het was vreemd om de toekomst niet meer te hoeven vrezen. Maar het was anders nu, en ze wist, ze wist het zeker, dat er alleen nog goede dingen zouden komen.

DANKWOORD

Ik wil al die genereuze mensen bedanken, van wie velen mij belangrijke inzichten hebben gegeven in hun beroepen, terwijl ze wisten hoe mijn karakters hun dagelijkse bezigheden vreselijk in diskrediet zouden brengen. Ik dank Matt Woolgar, Victoria Aitken, Francesca Liversidge, Charles Corman, Emily Prichard-Gordon, Rory Aird, Greg Cheverall, Ruth Brainin, Vivianne Swan, Clare en Laura van *Imperial Nannies*, voormalig commandant Roy Tamm van *Specialist Operations* bij Scotland Yard, Christopher Eddy van Chargecrest Security Ltd, Charlotte Bush, Clarissa Andreen, Deborah Docwra-Chapman, Randhiraj Bilan, Samantha Hansard, Louise Potter, Jaimie Niska, Douglas Kean, Jonny Geller, Senior Lead Officer Ralph Sanchez van de politie in Los Angeles, Suzanne Pye, Kevin Boone, Nick Walduck, Jenny Lister, en Tom van AllExperts. Phil, zoals altijd dank ik ook jou. Ik hou van je.